아주
달콤한
갈증

아주
달콤한
갈증 1

초판 1쇄 인쇄일 2018년 2월 26일
초판 1쇄 발행일 2018년 3월 09일

지은이 | 서별아
펴낸이 | 김기선

편집장 | 김은지
편집부 | 박지은, 김지현, 김아름, 박신혜
디자인 | 금장미

펴낸곳 | 와이엠북스(YMBOOKS)
출판등록 | 2012년 7월 17일 (제2014-17호)
주소 | 서울시 도봉구 노해로 379, 1005호(창동, 대성빌딩)
전화 | 02)906-7768 / 팩스 | 02)906-7769
E-mail | ymbooks@nate.com

ISBN 979-11-322-4476-9 (04810)
ISBN 979-11-322-4475-2 (set)

값 12,800원

아주 달콤한 갈증 1

서별아 장편소설

YM
BOOKS

차 례

프롤로그

시린 바다에 위험한 폭풍우가 몰아쳤다. 까마득한 아래에 사나운 파도가 아귀를 벌리고 있는 가파른 절벽. 소녀는 뒤꿈치에 힘을 준 채 간신히 절벽 끝을 디디고 위태롭게 서 있었다. 반대편에는 당장이라도 소녀를 밀어 떨어트릴 듯 사나운 장정들의 모습이 보였다. 소녀가 서글픈 목소리로 물었다.

"정녕…… 소녀만 죽으면 모든 것이 끝나는 것입니까?"

그러자 장정들 사이를 헤치고 나온 한 노인이 대답했다.

"그래. 너만 죽으면 모든 게 끝이다. 그러니 자진해서 그 물건과 함께 바다에 뛰어들거라."

노인의 말에 소녀는 아플 정도로 손에 꼭 쥐고 있던 물건을 내려다보았다. 어둠 속에서도 금은보화처럼 노랗게 빛나는 동그란 물건. 뚜껑을 열면 작고 푸른 보석이 줄지어 반짝거리고, 가운데 길고 얇은 막대기가 째깍째깍 소리를 내며 빙글빙글 돌아가는 이 물건을 남자는 주머니 시계라 하였다.

이 물건처럼 반짝이는 노란 머리카락을 가진 사내였다. 동그란 테두리를 따라 둘러진 보석처럼 푸르고 영롱한 눈동자를 가진 남자였다. 어느 날 갑자기 부서진 배를 타고 나타난 괴이한 생김새의 그를 마을 사람들은 괴물이라 불렀지만, 소녀는 그리 여기지 않았다.

모두가 천대하는 소녀를 귀하다 말해주는 다정한 이였다. 차갑게 식은 주먹밥에 누더기나 다름없는 이불을 가져다준 것뿐인데, 답례로 이토록 진귀한 물건을 선물해준 상냥한 이였다.

소녀는 주머니 시계를 다시 소중히 목에 걸었다. 그러곤 결연한 눈동자로 저를 죽이려고 혈안이 된 마을 사람들을 바라봤다. 순간 문득 그런 생각이 들었다. 괴물은 과연 누구일까?

"우리도 정말 이러고 싶지 않다. 하지만 저주를 풀기 위해선 이 방법밖에 없구나. 미안하다, 얘야."

괴물은 바로 저들이다. 소녀는 피맺힌 입술을 깨물며 서슬 퍼렇게 중얼거렸다.

"……끝이 아닙니다."

그들이 저주라 믿는 재앙은 처음부터 저주가 아니었다. 그러니 저주라 믿는 이들에게 결코 이 저주가 끝날 리 없다. 혹 이 저주가 끝난다 해도, 소녀의 원망이 다시 저주가 되어 찾아올 테니.

"제가 죽어도 저주는 끝나지 않을 것입니다."

소녀는 스스로 시푸른 바다에 몸을 던졌다. 풍덩! 순식간에 입을 벌린 하얀 파도 속으로 소녀의 작은 몸이 빨려 들어갔다. 바다는 더욱 광포해졌고, 이내 소녀는 자취를 감췄다. 절벽 위에서 그 모습을 내려다본 노인과 장정들이 가슴을 쓸어내리며 중얼거렸다.

"이제 다 되었네. 전부 끝났어."

하지만 그들은 결코 알지 못했다. 깊고 시린 물속에서 소녀가 어떤 존재를 잉태하였는지. 자신들이 무엇을 세상에 나오게 하였는지.

그 순간은, 끝이 아니라 시작이었다.

1장. 위험한 계약

또다. 또 그 악몽이다.

까마득한 심연 속. 섬뜩하리만치 하얀 손이 점점 더 안나의 목을 향해 다가왔다.

닿지 않았는데도 느껴지는 싸늘한 체온. 바짝 깎은 손톱 아래 불그스름한 살. 기괴하게 구부러진 손가락. 그 모든 것들이 예고하는 것은 죽음이었다.

'살려줘……!'

안나는 흘러나오지 않는 목소리로 애타게 빌고 또 빌었다.

'제발……!'

내 꿈속의 목소리를 누군가가 들어주기를.

'나 좀 살려줘!'

*

겨울의 달은 모서리가 칼날처럼 푸르렀다. 시린 달빛에 어두운 도심 속 높이 솟은 마천루가 더욱 돋보였다. 그중 한 건물의 꼭대기 층 통유리창에 한 폭의 그림 같은 야경이 눈부시게 흐드러졌다. 방 안에는 야경에 반사된 실루엣이 그림자 연극처럼 비치고 있었다.

침대 위에 남녀가 뒤엉켜 있는 모습이 보였다. 그 모습이 퍽 기묘했다. 남자는 시체처럼 축 늘어진 여자의 몸 위에 올라타 있었고, 둘의 입술 사이를 여러 색깔의 연기가 가느다란 실처럼 잇고 있었다. 자세히 들여다보면 여자에게서 흘러나오는 연기를 남자가 빨아들이는 형국이었다. 사아아. 남자가 여자에게서 연기를 빨아들이는 동안 온몸의 솜털이 쭈뼛 일어설 정도로 스산한 소리가 방 안에 울려 퍼졌다.

그렇게 얼마쯤 연기를 흡수했을까? 여자의 뽀얗던 피부 가득 시뻘건 실핏줄이 거미줄처럼 돋아났다. 매끄러운 살갗은 어느새 푸석푸석해져 노인처럼 쭈글쭈글하게 변해 있었다.

"하아, 하악!"

여자는 금방이라도 숨이 넘어갈 것 같았다. 그때, 짐승의 것처럼 보이는 그림자가 침대맡으로 스윽 다가왔다.

"더 이상 드시면 위험합니다."

어둠 속에서 돌연 나타난 자가 남자의 행위를 저지했다.

"내 식사를 방해하지 마."

남자는 화가 난 듯 눈썹 끝을 올리며 더욱 여자를 향해 몸을 기울였다. 그러자 여자에게서 빨려 나오는 연기의 양이 급속히 늘어나더니, 곧 여자가 피를 울컥 토해냈다. 그 모습을 가만히 바라보던 자는 결국 최후의 카드를 꺼내 들었다.

"만약에 여자가 죽기라도 하면 후계자 자격을 박탈당하게 되실 겁니다."

그 순간, 남자의 움직임이 멎었다. 남자는 즉각 입을 다물었다. 동시에 여자와 연결되어 있던 매듭이 끊어지고, 연기가 허공에서 핏자국처럼 흩어졌다. 침대 위로 떨어진 연기가 지저분한 얼룩처럼 이불과 시트를 더럽혔다. 얼룩이 생겨난 자리에서 지독한 냄새가 피어올랐다.

남자는 이내 불만스러운 표정으로 상체를 일으켰다. 아직 배가 고팠지만, 당장 허기를 채우자고 후계자 자리를 버릴 수는 없었다. 허울뿐인 그 자리마저 잃으면 목숨을 부지할 수가 없으니까.

"고작 한 시간도 버티질 못하다니……."

남자는 신경질적으로 여자의 몸에서 내려왔다. 그러곤 간신히 실낱같은 숨만 내쉬는 여자를 싸늘하게 바라보며 말했다.

"그런 주제에 맛까지 최악이야."

입가에 묻은 지저분한 빛깔의 연기를 혀로 핥은 남자가 사납게 인상을 구겼다. 이 남자의 이름은 차시하. 인간의 꿈을 먹는 몽마(夢魔)였다.

"그렇게 맛없는 꿈을 여자의 몸이 쓰러지실 때까지 드셨습니까?"

그리고 불만을 토로하는 이자의 이름은 윤태주. 하급 몽마로 오랫동안 시하의 곁에서 그를 보필해온 충직한 비서였다.

"보십시오. 이 여자, 당장에라도 죽을 것 같은 거."

태주는 골치 아픈 표정으로 목숨이 위태로운 여자를 내려다봤다. 겨우 숨은 붙어 있지만, 여자를 완전히 회복시키려면 꽤 오랜 시간이 필요할 듯싶었다.

"제가 누누이 말씀드렸죠? 스위트 노트를 찾을 때까진 번거롭더라도 자주 사냥을 하시라고요."

스위트 노트. 그것은 몽마의 왕이 될 자격이 주어지는 후계자들에게 반드시 필요한 존재였다. 후계자들은 생명을 유지하기 위해 흡수해야 할 꿈의 양이 다른 몽마들에 비해 월등히 많았다. 그 양은 한 인간에게서 하룻밤 내내 꿈을 흡수해도 모자랄 정도였다. 그러나 그만큼의 꿈을 빼앗기고도 멀쩡한 인간은 극히 드물었다. 인간을 함부로 죽이면 안 된다는 규칙 때문에 후계자들은 마음껏 꿈을 흡수해도 죽지 않는 특별한 존재를 찾아야만 했다.

그 존재가 바로 스위트 노트였다. 천상의 향기인 양 더없이 달콤하고, 오로라처럼 아름다운 빛깔을 내뿜는 꿈을 꾸는 존재. 원하는 만큼 꿈을 흡수해도 죽지 않는 강력한 존재.

스위트 노트를 찾은 몽마의 힘은 그렇지 않은 몽마보다 월등히 강해졌다. 따라서 아직까지 스위트 노트를 찾지 못한 시하의 후계자 자리는 늘 위태로울 수밖에 없었다. 인간을 죽이게 될까 꿈도 마음대로 먹지 못해 항상 배가 고픈 것도 짜증 나는데, 비서에게 정곡을 찔리자 시하의 기분은 한층 더 가라앉았다.

"그래서 그만뒀잖아. 살았으면 됐지. 누누이 말하지만, 태주 넌 항상 잔소리가 지나치게 심해."

"저도 누누이 말씀드렸죠? 잔소리가 아니라 애정 어린 부탁이라니까요. 이번엔 정말 너무 많이 드셨어요. 이 여자가 어떻게 산 겁니까? 딱 봐도 송장에 더 가깝습니다. 온전히 살리려면 하루 이틀 가지고는 어림도 없다고요."

"저 봐, 또 잔소리."

마뜩잖게 중얼거린 시하는 여자를 살리기 위해 분주한 태주를 지나쳐 문을 향해 걸어갔다. 재빠르게 여자의 팔에 링거 바늘을 꽂아 넣던 태주가 물었다.

"어디 가세요? 제 잔소리가 듣기 싫어서 나가세요?"

"거 봐. 너도 잔소리인 거 인정하지?"

"그럼 제가 더 이상 잔소리를 안 하게, 앞으로 식사는 적당히 해주시면 되겠네요. 네?"

"모르나 본데, 지금도 적당히 하고 있는 거야."

그 말을 끝으로 곧바로 쾅 하고 문이 닫혔다. 태주는 언제나처럼 닫힌 문에다 대고 하소연을 했다.

"이게 적당히라고요? 아이고, 두 번 적당히 했다간 큰일 나겠네."

그러곤 이내 평소 하던 대로 주인의 뒤치다꺼리에 집중했다. 앞으로 그가 해야 할 일이 산더미처럼 쌓여 있었다. 여자가 호텔에 투숙하는 날짜도 며칠 더 미뤄야 하고, 그 며칠간 여자의 꿈속에 들어가 기억도 조작해야 했다. 정말이지 이 귀찮은 뒤치다꺼리를 언제까지 해야 하는지.

"휴우. 하루빨리 시하 님이 스위트 노트를 찾으셔야 할 텐데……."

깊은 한숨을 내쉰 태주가 다시 여자의 치료에 열을 올렸다.

*

"제발 살려줘!"

악몽에 시달리던 안나가 온몸이 땀에 흠뻑 젖은 채 잠에서 깼다. 꿈속에서 쏟아내지 못한 절규가 꿈에서 깨자 간신히 토해졌다. 뜨거운 숨이 계속 목구멍을 조여 왔다.

"하아……! 하아……!"

한 달 선부터 꾸기 시작한 악몽. 누군가에게 살해당하는 매우 불길한 꿈. 날이 갈수록 죽는 순간의 감각은 점점 더 현실처럼 생생해져서, 언제부턴가 안나는 이 꿈이 예지몽일지도 모른다는 의심이 들기 시작했다. 다만 아직 살인자의 얼굴은 시커먼 연기에 가려 잘 보이지 않았다. 그것이 오히려 안나로 하여금 공포심을 불러일으켰다.

대체 누가 자신을 죽이려 하는 걸까? 꿈에서 깬 지 한참이 지났는데도 여전히 손발이 달달 떨렸다. 두려움을 이겨내기 위해 안나는 습관처럼 어떤 물건을 찾았다. 침대 밑에서 조그만 상자를 꺼내 무릎 위에 올린 안나가 조심스레 뚜껑을 열었다. 안에는 순금으로 만들어진 낡은 회중시계가 하나 들어 있었다. 푸른색 사파이어가 테두리를 따라 장식된 아주 귀해 보이는 시계였다.

이건 돌아가신 아빠의 하나뿐인 유품이었다. 다른 유품은 전부 고모에게 빼앗겼지만, 이 회중시계는 경찰이 전소한 차 안에서 발견해 사건이 미결로 처리된 후 안나가 돌려받았다. 살아생전 아빠는 이 회중시계에 대해 유독 말을 아끼셨다. 안나가 혹 그것이 뭐냐고 물어보려 하면 무섭게 표정을 굳히곤 하셨다.

그러다 아주 우연히 아빠가 엄마에게 이상한 말을 하는 걸 들었던 적이 있다. '악마와 계약한 증표'니 함부로 버릴 순 없다고…….

그땐 어려서 아빠의 말을 무심히 넘기고 말았지만, 지금 안나는 악마에게라도 빌고 싶었다. 제발 여기서 나가게 해달라고.

족쇄에 묶여 밤마다 자신이 죽는 예지몽을 꾸는 건 끔찍했다. 게다가 그녀가 꿈속에서 죽임을 당하는 장소는 바로 이 캄캄한 방, 이 낡은 침대 위였다. 그러니 무슨 수를 써서든 하루빨리 여길 빠져나가야만 했다.

곰곰 다시금 오래전 아빠의 말을 떠올려보던 안나는 회중시계의 뚜껑을 열고 홀린 듯 빌었다. 지독한 악몽에 시달리느라 이마에 맺혀 있던 땀방울이 시계 위로 똑, 똑, 소리를 내며 떨어졌다.

"누구든 상관없어. 악마여도 좋으니 아무나 제발……!"

갑자기 시곗바늘이 비정상적인 속도로 돌아가기 시작했다.

"제발 날 여기서 꺼내줘!"

*

시하는 무작정 거리를 걷고 있었다. 문득 손등에 묻은 지저분한 꿈의 얼룩을 본 그가 걸음을 멈추고 깊은 한숨을 내쉬었다.

'내가 대체 지금 뭘 하고 있는 거지?'

그는 자신의 처지가 한심해서 견딜 수가 없었다. 달을 올려다보는 그의 눈동자가 달빛처럼 푸르게 빛이 났다. 그 파란 눈빛은 피와 살과 뼈에 새겨진 비극적인 기억을 떠올리며 점점 더 짙어졌다.

차시하. 그는 어둡고 차가운 심해에서 태어난 몽마였다. 그의 어머니는 조선의 외딴 섬에서 태어난 인간 소녀였으나, 아버지는 몽마들의 위대한 왕인 판이었다.

몽마의 왕은 부서진 배를 타고 조선의 작은 마을에 재앙을 몰고 왔다. 어느 무더운 여름날이었다. 작은 마을에는 밤마다 여인들의 비명이 곡소리처

14

럼 울려 퍼졌다.

판이 내린 저주였다. 그렇게 마을에 저주를 내린 것은 아버지였으나, 희생양이 된 것은 어머니였다. 마을 사람들을 피해 스스로 몸을 던진 어머니는 차디찬 바닷속에서 시하를 낳았다.

시하는 어머니의 슬픔, 원망, 분노, 절망을 양분으로 먹으며 그녀가 마지막까지 소중히 여겼던 회중시계에 깃들어 오랜 세월을 버텼다.

몇 년이 흘렀는지 가늠도 되지 않았다. 긴 시간을 떠돌다 뭍으로 흘러온 회중시계를 가난에 지쳐 죽기 위해 바닷가를 찾은 남자가 주웠다. 그 남자의 이름은 오성운이었다.

남자는 바닷물에 젖은 회중시계에 대고 부자가 되게 해달라며 소원을 빌었다. 시하는 태어나 처음으로 인간에게 소환되었고, 그의 소원을 들어주었다. 그에게 호텔을 지을 넉넉한 돈을 주었으며, 수많은 손님이 다녀가도록 인간을 유혹해주었다.

그 호텔이 바로 현재 대한민국에서 최고의 전통을 자랑하는 성운 호텔이었다. 계약의 대가로 시하는 호텔에 투숙하는 인간들의 꿈을 마음껏 먹어 치울 수 있었다. 회중시계와 함께 계약은 오성운의 자손에게로 대물림되었다.

그런데 1년 전부터 더 이상 약속은 지켜지지 않았다. 그 무렵 호텔의 경영자는 오성운의 4대손인 오태영이었다. 그 탓에 시하는 아무리 반쪽짜리 왕족이라지만, 길거리에서 인간 사냥을 하는 하급 몽마와 다를 바 없는 시간을 보내야만 했다.

"오태영 네놈이 감히……!"

거리를 배회하던 시하의 입에서 분노 섞인 음성이 내뱉어졌다. 1년이 아니라 100년이 지나 떠올려도 치가 떨릴 일이었다. 인간 주제에 감히 악마의 뒤통수를 치다니!

그런데 더 어이가 없는 사실은 그때부터 오태영의 종적을 알지 못하게 되었다는 것이다. 동시에 희한하게 성운 호텔에 결계가 쳐져 시하는 그 안으로 한 발자국도 디딜 수가 없게 되었다.

정말이지 말도 안 되는 일이었다. 악마와 계약으로 엮인 인간은 덫에 걸린 짐승이나 다름없었다. 죽어서도 그 영혼은 악마에게 귀속되었다.

하지만 시하는 오태영뿐만 아니라 성운 호텔에 투숙하는 인간의 꿈조차먹을 수 없게 되었다. 그렇게 대체 무슨 조화인지 영문도 알지 못한 채 1년이란 시간이 흘렀다. 그는 문득 뒤늦게 계약의 증표이자 매개인 회중시계가 어떻게 됐는지 궁금해졌다. 차라리 이제는 새로운 계약이라도 맺을 수 있게 회중시계가 아무 인간의 손에라도 들어갔으면 싶은 심정이었다.

하지만 그 역시도 가능성이 희박하다는 걸 모르지 않았다. 만약 회중시계가 새로운 누군가의 손에 들어갔다면 1년씩이나 아무에게도 소환되지 않을 리가 없었다. 인간은 궁지에 몰리면 반드시 악마를 찾게 되어 있다. 나약하거나 악한 자일수록 그것은 절대적인 법칙과도 같았다.

이 세상에 더 이상 전쟁은 일어나지 않지만, 전쟁보다 더한 일들이 숱하게 벌어지고 있었다. 그런데도 아무도 자신을 찾지 않는다. 그러니 1년이 아니라 얼마나 더 이 지겨운 사냥을 반복하며 살아야 할지 알 수 없었다.

시하는 낡은 기억에서 빠져나와 지긋지긋하단 표정으로 거리를 둘러봤다. 사냥할 여자는 많지만, 역시나 맛있는 먹이는 없었다. 급격히 밀려오는 허기에 그가 하는 수 없이 가장 가까이 있는 여자에게로 다가가려던 때였다.

"꺄악!"

갑자기 여자가 비명을 지르며 손에 들고 있던 커피를 바닥에 떨어뜨렸다. 여자는 눈 깜짝할 사이 먼발치로 달아났다.

'도대체 무슨 일이지?'

저 여자가 자신의 정체를 알아채고 달아났을 리는 없다. 시하는 호기심에 여자가 떨어뜨리고 간 커피를 향해 가까이 다가갔다. 그런데 일회용 컵 안에서 커피가 소용돌이치고 있었다.

"이건……?"

시하는 문득 머릿속을 채운 기시감에 무릎을 굽히고 앉아 좀 더 밀착해서 컵 안을 들여다봤다. 바로 그 순간. 휘리릭, 시하의 몸이 순식간에 컵 안으로 빨려 들어갔다.

*

"누구든 상관없어. 악마여도 좋으니 아무나 제발……! 제발 날 여기서 꺼내줘!"

안나가 간절하게 소원을 빈 바로 그 순간. 회중시계 위에 맺혀 있던 안나의 냄방울이 파르르 진동하기 시작하더니, 한순간에 거대한 물결이 되어 허공에서 소용돌이쳤다. 사나운 물살은 이내 파도의 포말처럼 부서졌고, 일순방 안의 공기가 축축하게 젖어 들었다. 젖은 공기에선 짐승의 것 같은 페로몬이 짙은 향기가 풍겼다. 숨을 쉬기 힘들 정도로 진한 냄새에 코를 벌름거리며 안나는 본능적으로 주변을 살폈다.

'갑자기 무슨 일이 일어난 거지?'

낮아진 온도 때문인지, 아니면 계속 퍼지는 이 진한 향기 때문인지 점점 열이 오르고 정신이 몽롱해져갔다. 안나는 마치 꿈을 꾸듯 이내 무거워지는 눈꺼풀에 억지로 힘을 줬다. 흐릿한 시야에 천천히 무언가 보이기 시작했다.

'말도 안 돼!'

정말 믿기지 않았지만, 훤칠한 키에 섹시한 슈트 차림을 한 남자가 허공에 떠 있었다. 허공에 뜬 남자의 얼굴을 확인하기 위해 안나는 거의 드러눕다시피 몸을 기울여야만 했다. 겨우 제대로 얼굴을 보게 된 남자는 생김새마저도 현실감이 느껴지지 않았다.

투명하리만치 창백한 피부. 야릇하고 그윽한 눈동자. 날카롭고 매끄러운 콧날. 나른하게 휘어진 얇은 입술. 그는 단연코 안나가 이제껏 봤던 남자 중에 가장 아름다운 남자였다. 특히 그의 눈동자는 바라보기만 해도 아찔한 기분이 들게 했다. 하지만 그에게서 풍기는 냄새는 사뭇 위협적이었다. 당장에라도 자신을 꿀꺽 집어삼킬 것만 같은 굶주린 기운이 느껴졌다.

족쇄 때문에 멀리 도망칠 수 없어 안나는 드러누운 채 가까스로 침대 머리까지 달아났다. 그 순간, 남자가 허공에서 바닥으로 사뿐히 내려앉아 안나와 다시 눈을 마주쳤다. 일순 남자의 눈동자 빛깔이 푸른색으로 변했다. 회중시계에 박힌 보석처럼 참으로 신비롭고 오묘한 색깔이었다. 남자는 그 푸른 눈동자로 한동안 유심히 안나를 관찰했다.

그 남자는 바로 시하였다. 그는 방금 길거리에 있다가 이곳으로 소환당했다. 바야흐로 1년 만의 일이었다. 다 포기한 순간 찾아든 행운은 미치도록 기뻤다.

하지만 시하는 막상 자신을 불러낸 인간을 보고 실망감을 감출 수 없었다. 작고 깡마른 인간 여자였다. 볼품없다고까지 느껴질 정도였다. 모습을 보아하니 너무도 연약해서 채 10분도 꿈을 흡수하지 못할 것 같았다. 제 식탁 위에 올렸다간 태주에게 맡겨도 살려낼 수 없을 만큼 병약한 인간이었다.

이런 먹이는 줘도 안 먹는다. 시하는 여자에게서 회중시계나 챙겨 얼른 자리를 떠야겠다고 생각했다. 그러다 문득 뭔가를 발견한 그의 눈빛이 돌연 날카롭게 반짝였다. 여자는 아주 불길한 꿈을 꾼 모양인지 덮고 있는 이불과 시트 모두 지저분했다. 그런데 거기에 수상한 뭔가가 묻어 있었다.

언뜻 보면 얼룩처럼 보이는 저것은 여자가 꾼 꿈의 흔적으로, 몽마들 사이에서는 찌꺼기라고 부르는 질 낮은 먹이였다. 주로 하급 몽마들이 이 찌꺼기를 먹어 치우곤 했다. 당연히 왕족인 시하는 단 한 번도 찌꺼기를 먹어 본 적이 없었다.

그런데 여자의 찌꺼기는 남달랐다. 찌꺼기조차도 찬란한 금빛으로 반짝이고 있었다. 게다가 이 달콤한 향기. 피 냄새에 가려져 알아차리지 못했던 여자의 향기는 더없이 매혹적이었다.

할짝. 시하는 침대 시트에 묻어 있는 찌꺼기를 손가락에 살짝 묻혀 핥았다. 신기하게도 아주 조금 찌꺼기를 먹었을 뿐인데 거짓말처럼 허기가 사라졌다. 그뿐이 아니었다. 마치 향기로운 꽃이 만발한 거대한 정원으로 순간 이동을 한 것처럼 황홀한 기분이 들었다.

실망이 역력했던 그의 얼굴에는 어느새 환희가 가득했다. 시하는 매우 기쁜 얼굴로 안나에게 말했다.

"드디어 찾았다, 내 스위트 노트."

'스위트 노트?'

느닷없이 시계에서 튀어나와 대뜸 이상한 말을 해대는 저 남자는 대체 누굴까? 안나는 온몸을 바들바들 떨면서도 고민하고 또 고민했다. 오래전 악마와 계약했다는 아빠의 말은 진실이었던 걸까? 본능적으로 숨을 깊이 들이마셔 냄새를 맡은 안나가 눈앞의 남자를 뚫어져라 바라봤다. 여전히 머릿속이 아찔해질 정도로 진한 향기가 풍기고 있었다.

이제 겨우 스무 살이 된 안나로서는 이런 게 바로 '취한다'라는 느낌일지도 모른다고 생각했다. 아름다운 외모. 야릇하고 위험한 향기. 그렇게 인간을 홀리는 존재. 어쩌면 정말로 자신이 악마를 불러낸 걸지도 몰랐다.

"다, 당신 혹시 악마예요?"

얕보이고 싶지 않은데 목소리가 멋대로 떨려 나왔다. 마치 냉동창고에 갇힌 것처럼 차가워진 방 안의 공기는 안나를 절로 위축되게 했다.

하지만 안나는 더 이상 물러설 곳이 없었다. 악마와 거래라도 하지 않으면 이 끔찍한 곳에서 벗어날 방법이 도무지 없을 것 같았다. 안나는 필사적으로 목소리를 쥐어짜내 다시 그에게 물었다.

"내가 당신을 불러낸 건가요?"

시하는 그런 안나를 흥미롭게 쳐다봤다. 그러더니 갑자기 가볍게 침대 위로 뛰어올랐다. 안나에게 가깝게 다가간 그가 검지로 그녀의 턱을 사붓이 들어 올리더니 대답했다.

"그래, 네가 날 불러냈지. 하지만 아주 오래전부터 나 역시 널 찾고 있었다."

"저, 저를요?"

"응. 널."

"나, 날 왜……?"

"넌 아주 특별한 존재거든."

안나는 시하의 말이 이해되지 않는다는 듯 고개를 갸웃했다. 하지만 시하는 안나가 못 알아들어도 상관없다는 듯 그저 어깨를 으쓱일 뿐이었다. 안나도 더는 묻지 않았다. 아무래도 상관없는 건 안나 역시 마찬가지였다. 지금 그녀에게 가장 중요한 건 그의 정체였다.

"어쨌든 당신 악마 맞는 거죠?"

그가 악마가 아니라면 안나에겐 아무 의미도 없었다. 안나의 말에 시하가 입꼬릴 끌어 올리며 되물었다.

"왜? 내가 악마였으면 좋겠나?"

"네."

"어째서?"

"……악마와 계약을 하길 원하니까요."

안나의 대답에 웃을 듯 말 듯 씰룩거리던 시하의 입술이 크게 곡선을 그렸다.

"그 대답."

그러곤 악마에게는 어울리지 않는 환한 미소를 지으며 중얼거렸다.

"마음에 든다. 내가 가장 듣고 싶었던 말이야."

＊

시하는 자신을 소환한 인간이 바로 오태영의 외동딸이라는 사실을 알고 매우 놀랐다. 이 무슨 말도 안 되는 운명의 장난이란 말인가.

하지만 놀라운 사실은 거기서 끝이 아니었다. 오태영이 갑자기 사라진 이유는 그가 죽었기 때문이었다. 그 중요한 사실을 시하는 감쪽같이 모르고 있었다. 게다가 오태영에게 딸이 있다는 사실조차도 전혀 모르고 있었다.

모든 사실을 알게 된 지금, 오태영이 성운 호텔에 결계를 친 이유는 대충 알 것 같았다. 아마도 자신의 딸만큼은 악마와 엮이게 하고 싶지 않았을 테지. 가문의 계약에서 벗어나게 해주고 싶었을 테지. 자신이 곧 죽게 된다는 사실을 알게 된 오태영은 필사적으로 딸의 인생에서 악마의 존재를 지우려고 한 게 틀림없었다. 하나 한낱 인간 주제에 어떻게 이렇게까지 많은 걸 철저하게 숨기고 대책을 세울 수 있었는지 생각할수록 놀라웠다.

억울함에 활활 끓는 속을 애써 억누르던 시하는 안나와 눈이 마주치자 피식 웃어버렸다. 오태영 그 인간의 영혼 따위, 갖지 못해도 그만이었다. 꼭꼭 숨겨두었던 그의 딸은 이제부터 제 것이었다. 분명 이 여자는 아주 달콤한 믹이가 되어줄 것이다. 바로 그때, 안나가 그에게 물었다.

"근데 아까 나더러 스위트 노트라고 그랬죠? 그게 대체 무슨 뜻이에요?"

"말 그대로. 네가 아주 달콤한 존재라는 뜻이지. 난 널 아주 오래전부터 찾아 헤맸다. 우리가 만난 건 운명이야."

"난 운명 같은 거 안 믿어요."

이제 보니 아무래도 이 여자가 순순히 제 먹이가 되어줄 것 같지는 않았다.

"그런 게 있다면 나는 태어날 때부터 이렇게 갇혀 지낼 운명이었다는 거잖아요. 그런 억울한 일을 내가 왜 받아들여야 하는데요?"

그 당돌한 말대로였다. 운명이라는 말은 안나를 유혹하기 위해서 아무렇게나 갖다 붙인 말일 뿐, 사실 어떤 의미도 담겨 있지 않았다.

"그래도 날 소환한 건 너다. 악마와 계약을 원한 것도 너였고. 왜? 이제 와서 다시 생각해보니 두려운 건가?"

하지만 안나를 발견한 이상, 시하는 다른 후계자에게 그녀를 빼앗길 생각이 추호도 없었다. 그런데 꿀 먹은 벙어리가 될 거라 예상했던 여자는 이번에도 시하의 말에 다부지게 대답했다.

"그런 게 아니에요. 난 그저 내가 당신을 소환했고, 먼저 계약을 원했다고 해서 부당한 조건으로 계약하고 싶지 않을 뿐이에요. 운명이니 뭐니 헛소릴 떠들어대는 거 보면, 어쨌든 당신도 내가 필요한 거잖아요."

"그래서?"

"나 역시 당신을 필요로 하게 만들어요."

"뭐?"

"내가 당신에게 소원을 이뤄달라 구걸하는 게 아니라, 당신이 내가 필요해서 내 소원을 들어주는 거예요. 일방적으로 원해서 어느 한쪽이 매달리는 계약이 아니라, 서로가 서로를 필요로 해서 맺어지는 계약. 그렇게 공정하고 공평하게 계약해요, 우리."

악마에게 공정 공평한 거래를 요구하다니, 기가 차면서도 시하는 조건을 말해보라는 듯 턱짓했다. 한차례 숨을 고른 안나가 거침없이 요구 조건을 말했다.

"내가 원하는 건 세 가지예요."

시하가 세 가지씩이나 되냐는 듯 눈을 흘겼지만, 안나는 거리낌이 없었다.

"첫 번째. 날 여기서 벗어나게 해줘요. 정확히는 고모한테서요."

안나의 말에 시하의 눈길이 저절로 그녀의 발목에 채워진 족쇄로 향했다. 시하의 시선을 느낀 안나가 창피한 듯 잠옷 치맛단을 끌어 내려 상처투성이 발목을 애써 가렸다. 발목에 자욱한 상처만 보더라도 여자가 어떤 지독한 일을 겪었는지 짐작이 갔다. 이미 예상했던 소원이기에 시하는 순순히 고개를 끄덕였다. 안나는 빠르게 말을 이었다.

"두 번째. 매일 밤 내가 죽는 예지몽을 꿔요. 당신이 무슨 일이 있어도 내가 죽지 않게 지켜줘요."

어쩐지, 침대 시트며 이불에 묻어 있던 불길한 흔적은 그 예지몽에서 비롯된 것이었다. 감히 제 먹이에 손을 대려 하는 자가 있다니, 그것은 시하로서도 용납할 수 없는 일이었다. 시하는 첫 번째 요구를 들었을 때보다 더 격렬하게 고개를 끄덕였다. 안나는 마지막 요구 조건을 말했다.

"세 번째. 우리 부모님, 단순히 사고로 돌아가신 게 아니에요. 난 범인을 찾고 싶어요. 내가 부모님을 죽인 범인을 찾을 수 있게 도와줘요."

세 번째 요구 조건까지 전부 말한 안나가 시하의 반응을 살폈다. 이번에도 쉽게 고개를 끄덕여줄 거라 예상했던 그는 뜻밖에 그다지 내키지 않는 표정이었다. 사실 오태영이 어떻게 죽었는지는 시하에겐 관심 밖의 문제였다. 그러니 오태영의 죽음을 파헤치는 건 그에겐 너무나 귀찮은 일일 뿐이었다. 시하의 속내를 알아차린 안나가 절대 양보하지 않겠다는 듯 단단히 팔짱을 꼈다.

"내가 말한 요구 조건을 전부 들어주지 않으면 계약 안 해요, 나."

안나의 맹랑한 말에 시하가 마뜩잖은 표정을 지었다. 악마에게 공정한 계약을 하자고 했을 때부터 알아봤어야 하는 건데. 왠지 그녀에게 휘둘리는 것 같아 기분이 묘했다. 하지만 마음에 들지 않는다고 해서 그녀를 강제로 쥐힐 수도 없는 노릇이었다. 만약 그랬나산 찌꺼기마저도 반짝이는 특별한 꿈이 아주 형편없어질 수도 있었다. 몽마가 인간에게서 꿈을 취하는 방식은 아주 은밀하고 야릇했다. 안나의 비위를 거슬러봤자 꿈을 먹는 데 방해만 될 뿐이었다. 결국 시하가 마지못해 고개를 끄덕였다.

"좋다."

그러나 그도 이대로 그녀에게 당하고만 있을 수는 없었다.

"이번엔 내 차례. 내가 원하는 요구 조건도 세 가지다."

"좋아요."

그는 곧 첫 번째 조건을 말했다.

"첫 번째. 내가 여기서 널 내보내는 즉시 너는 그 회중시계를 가지고 성운 호텔 펜트하우스로 가는 거다. 그리고 그곳에서 또 한 번 날 소환하는 거야."

대체 누가 무슨 수를 쓴 건지 몰라도 시하가 성운 호텔에 쳐진 결계를 물리적으로 깨트리는 것은 불가능했다. 하지만 안나가 호텔 안에서 자신을 소환한다면 결계를 뚫는 것도 가능할 것 같았다.

"알았어요. 날 여기서 꺼내주기만 하면 시키는 대로 할게요."

안나는 왜 그래야 하는지 묻지도 따지지도 않고 고개를 끄덕였다. 그녀는 정말로 여기서 나갈 수만 있다면 소환 따위 백번도 더 할 수 있다는 절박한 얼굴을 하고 있었다. 시하는 이어 다음 조건을 제시했다.

"두 번째. 앞으로 난 보름에 한 번씩 네 꿈을 먹을 거야."

"내 꿈을?"

"그래. 난 그냥 악마가 아니라 인간의 꿈을 먹는 악마거든. 인간은 우리더러 흔히 몽마라고들 하지."

시하의 말에 안나는 아주 오래전 무성했던 호텔에 관한 소문을 머릿속에 떠올렸다. 한때 성운 호텔에서 자면 간밤의 기억을 잃게 된다는 소문이 돌았던 적이 있었다. 그땐 말도 안 되는 일이라며 코웃음을 쳤었는데, 이제 보니 그 일은 실제로 벌어지고 있던 일이었다. 안나는 오싹함에 솜털이 쭈뼛 일어선 팔을 연신 문질렀다.

이 계약, 정말로 괜찮은 걸까? 어쩌면 차라리 이곳에 갇혀 있는 편이 이자와 계약하는 것보다 더 안전할지도 몰랐다. 하지만 안나는 애써 불안한 생각을 머릿속에서 떨쳐냈다. 이미 엎질러진 물을 주워 담을 수는 없으니까.

"알겠어요. 그럼 이제 마지막 조건을 말해봐요."

"마지막은 말 안 해도 이미 예감하고 있잖아?"

시하는 안나가 마음의 준비를 할 틈도 주지 않고 세 번째 요구 조건을 거침없이 말해왔다.

"내 것이 돼라. 오안나."

더없이 위험한 악마와의 계약은 그렇게 성사되었다.

*

안나의 방과 이어진 계단에서 수상하리만치 숨죽인 인기척이 들려오고 있었다.

"찬영이니?"

2층 계단을 살금살금 밟아 올라가던 찬영이 자신을 부르는 목소리에 깜짝 놀라 뒤를 돌아봤다.

"어, 어머니세요?"

거실에 아무도 없는 줄만 알았던 찬영은 적잖이 놀란 눈치였다.

"그래, 나다."

차가운 목소리와 함께 거실의 불이 환하게 켜졌다. 정숙이 피곤한 얼굴을 하고서 소파에 앉아 있었다. 탁자 위에는 그녀가 불면증 때문에 밤마다 마시는 와인이 어김없이 놓인 채였다.

"왜 불도 안 켜고 그러고 계셨어요?"

"엄마 요즘 불면증이 심해졌어. 불 켜고 있으면 잠이 더 안 올까 봐."

오정숙. 찬영의 어머니인 그녀는 대한민국에서 최고로 손꼽히는 성운 호텔의 현 사장이었다. 원래는 그녀의 오빠인 오태영과 그의 아내가 호텔을 경영했지만, 1년 전 갑작스러운 교통사고로 내외가 사망하면서 정숙이 경영권을 물려받았다.

"또 안나한테 가는 거니?"

"네. 안나 상태가 어떤지 좀 보려고요. 아주머니한테 얘기 들어보니까 요 며칠 계속 식사도 걸렀다던데."

안나는 그렇게 허무하게 가버린 오빠 부부의 하나뿐인 딸이었다. 막 장례를 치렀을 때만 해도 한꺼번에 부모를 잃고 충격이 큰 듯싶었지만, 혼자서 지내겠다고 고집을 부려 한동안은 경제적인 도움만 주고 지냈다.

그러다 6개월 전 문제가 생겼다. 괜찮은 줄만 알았던 안나에게 미약한 몽유병 증상이 발생한 것이다. 주치의의 소견으로는 정신적인 충격 때문이라고 했다. 안나는 매일 밤 맨발로 거리를 활보했고, 기억에 없는 동안 온갖 귀찮은 문제를 일으켰다. 정숙은 아침이면 늘 잠옷 차림의 안나를 경찰서에서 몰래 데려와야만 했다.

안나의 병세는 나날이 심각해져 갔다. 하지만 정숙은 안나를 절대로 정신병원에 입원시킬 수 없었다. 안나는 영원히 세상에 드러나선 안 되는 존재였다. 안나에게 갔어야 할 오빠의 유산까지 모조리 자신이 가로챘기 때문이었다. 만에 하나 안나의 존재가 세상에 알려지게 되면, 그녀가 애써 묻은 죄도 낱낱이 밝혀지게 될 것이었다.

그래서 정숙은 비밀리에 안나를 제집으로 데려왔다. 그리고 병을 치료하는 척하며 안나를 방에 가두고 두 발에 족쇄를 채웠다.

그 후로 조마조마한 날들이 하루, 이틀, 무수히 흘러갔다. 안나는 매일같이 족쇄를 뜯어내려고 발버둥 치다가 발목에 상처만 늘려갔다. 아프다고 우는 안나를 정숙은 차갑게 외면했다. 사실 마음 같아선 안나에게 이보다 훨씬 더 모질게 하고 싶었다. 안나는 그 여자의 딸이니까…….

정숙은 처음부터 새언니가 마음에 들지 않았다. 태생도, 과거도 알 수 없는 수상한 여자. 급기야 그녀와 결혼한 후에 오빠까지 덩달아 수상해졌다. 오빠 부부의 비밀스러운 행각은 안나가 태어난 후로 더욱더 심해졌다. 두 사람은 외부에 안나가 성운 호텔의 상속녀라는 사실을 철저하게 숨겼고, 호텔에도 절대 오지 못하게 했다. 안나를 감금한 지금이야 오빠의 그 의뭉스러운 행동들이 차라리 다행이다 싶기는 했지만, 정숙은 여전히 이해가 되지 않았다. 오빠는 대체 왜 그랬던 걸까?

정숙은 오빠를 죽음으로 몰아간 의문의 사고마저 전부 새언니 탓이라고 생각했다. 그러니 그 여자가 낳은 딸이 성운 호텔 이미지에 먹칠을 하게 생겼는데 원망하는 마음이 들지 않을 리 없다. 차라리 오빠를 죽게 만든 그 차에 안나가 대신 타고 있었으면 하는 생각까지 했었다. 그런데 그녀의 마음 약한 아들 찬영은 저렇게 틈만 나면 안나를 돌봤다.

"닥터 강이 알아서 잘 돌봐주고 있으니 너는 신경 쓰지 말래도."

당연히 정숙은 찬영이 안나에게 마음을 쓰는 것이 달갑지 않았다. 하지만 번번이 혼을 내도 찬영은 말을 듣지 않았다.

"일주일 동안 프랑스 출장 가 있느라 살펴보지도 못했어요. 잠깐 얼굴만 보고 내려올게요."

결국 이번에도 찬영을 막지 못했다. 아들이 계단을 올라가는 소리를 들으며 정숙은 탁자에 놓인 글라스를 집어 들어 단숨에 와인을 삼켰다. 제 어미가 오빠에게 그랬듯, 안나가 찬영을 위험에 빠뜨릴지도 모른다는 생각에 그녀는 불안해서 견딜 수가 없었다.

　　"안 되겠네."

　　정숙이 와인 잔을 탁자 위에 내려놓으며 중얼거렸다.

　　"더는 그냥 둘 수 없겠어."

　　그녀의 위험한 혼잣말이 고요한 거실에 스며들었다. 찬영은 어머니가 어떤 위험한 생각을 하고 있는지도 모른 채, 안나가 잠들어 있는 방으로 향했다. 익숙히 노크도 없이 곧징 방 안으로 들어가 스위치를 켰다. 하지만 고장이 난 것인지 방에 불이 들어오지 않았다. 찬영은 주머니에서 휴대전화를 꺼내 발치에 불을 비추며 앞으로 나아갔다.

　　"안나야. 자고 있니?"

　　평소에도 조용하긴 했지만, 오늘따라 이상하리만치 방 안이 고요했다. 게다가 한겨울에 이렇게까지 습도가 높은 것도 이상했다. 마치 실내인데도 비가 흠뻑 내린 것 같았다. 불안한 기분에 찬영은 자꾸만 주절주절 말을 뱉어 내며 어둠 속으로 발을 내디뎠다.

　　"오빠가 출장 다녀오느라 오랫동안 못 왔어. 정말 미안해. 그래도 안나 보고 싶어서 공항에 도착하자마자 바로 온 거야. 이해하지?"

　　그렇게 대답 없는 혼잣말을 하며 찬영이 간신히 침대에 다다랐을 때였다.

　　"안나야!"

　　갑자기 찬영이 울부짖듯 안나의 이름을 외쳤다. 휴대전화 불빛으로 정신없이 사방을 비춰 보지만, 방 안 어디에도 안나는 없었다.

　　"안나야, 어딨어? 안나야!"

　　침대 위에는 무시무시한 힘으로 뜯겨나간 피 묻은 족쇄만이 덩그러니 놓여 있을 뿐이었다. 비로소 안나가 사라진 사실을 실감한 찬영이 계단을 정신없이 달려 내려왔다. 쿵쾅쿵쾅! 그 요란한 소리에 막 잠에 들려던 정숙이 짜증스러운 표정을 지으며 깼다.

"찬영아, 왜 이렇게 시끄러워? 엄마 지금 겨우 잠들 뻔했는데."

"큰일 났어요, 어머니!"

"얘는. 대체 무슨 큰일이 났기에 그리 수선을 피워?"

"안나가……. 안나가……!"

턱 끝까지 차오른 숨을 고르느라 찬영이 말을 채 끝내기도 전에 정숙이 소파에서 벌떡 일어섰다. 듣지 않아도 이미 찬영의 말을 예감한 그녀의 눈빛이 사납게 요동쳤다.

"……안나가 사라졌어요!"

*

"헉……! 헉……!"

안나는 호텔의 정원을 맨발로 가로지르고 있었다. 상처 난 발로 그녀는 뛰고 또 뛰었다. 악마는 결계 때문에 호텔 안으로는 한 발짝도 들어갈 수 없다며 냉정하게 그녀를 홀로 호텔에 들여보냈다. 게다가 자신의 첫 번째 요구 조건을 제대로 이행하지 않으면 곧바로 계약을 파기하겠다고 안나를 무섭게 위협했다.

'명심해. 30분 주겠다. 30분 넘기면 무조건 계약 파기야.'

조금 전, '내 것이 돼라'라는 악마의 말에 안나는 '자신의 요구 조건을 모두 이행하고 나면'이라는 조건을 하나 더 덧붙였었다. 아무리 필요에 의한 계약이라지만, 그런 제멋대로인 요구 조건을 한 번에 오케이하는 건 자존심이 상했다. 악마는 마뜩잖은 표정을 짓고 있었다. 이 악마, 그때의 복수를 하는 게 분명했다.

"치사하고 쪼잔한 악마!"

안나는 숨이 턱 끝까지 차올랐는데도 흠씬 욕을 뱉어냈다. 하도 뛰어서 목이 찢어질 것처럼 아픈데도 신기하게 욕은 할 수 있었다.

"아아악!"

악에 받친 비명을 지르며 안나는 계속 뛰었다. 겨우 아물었던 발목의 상처가 터져서 피가 배어나오는 것이 느껴졌다. 발바닥이 따끔따끔 쑤셨고, 퉁퉁 부어 오르기 직전처럼 마구 간지러웠다. 그래도 절대로 뛰는 걸 멈출 수는 없었다.

그렇게 얼마쯤 뛰었을까? 저 앞에 눈부신 불빛이 보였다. 호텔 로비에서 새어 나오는 불빛이었다. 안나는 마지막 힘을 쥐어짜 로비까지 달려갔다. 야심한 시각인 탓에 로비에는 직원이 많지 않았다. 한겨울에 얇은 잠옷만 입고서 피투성이 맨발로 뛰어오는 여자를 보고 모두가 당황을 금치 못했다.

"설마 안나 아가씨?"

그중 한 명이 안나를 알아보고 기겁했다. 안나의 존재는 오태영 사장 내외가 철저히 비밀에 부쳐 호텔에조차 아는 이가 극히 드물었다. 안나를 알아본 직원의 명찰에는 서윤희라는 이름 석 자가 반듯이 적혀 있었다.

사실 윤희도 안나를 본 것은 딱 한 번뿐이었다. 아마도 오태영 사장 부부가 돌아가시기 몇 달 전이었던 거로 기억한다. 몰래 호텔로 찾아온 딸애를 오태영 사장은 크게 혼을 내 돌려보냈다.

'절대 호텔에는 찾아오면 안 된다고 했잖아! 어서 집으로 돌아가!'

20년을 넘게 성운 호텔에서 일했지만, 그렇게 큰 목소리로 화를 내는 오태영 사장의 모습을 본 것은 그때가 유일했다. 때문에 오래도록 뇌리에서 지워지지 않았다. 눈물이 그렁그렁하던 안나의 모습이. 그런 딸애를 안타깝게 바라보던 오태영 사장의 모습이. 도대체 무슨 사연일까? 이따금 문득 그날의 생각이 나곤 했었다. 그런데 그 아가씨가 난데없이 잠옷 차림에 피투성이 맨발을 하고서 호텔에 나타나다니.

"……악!"

그때, 드디어 호텔에 도착했다는 안도감 때문인지 다리가 풀린 안나가 바닥에 고꾸라졌다.

"아가씨!"

굳어 있던 윤희가 넘어지는 안나를 보고 놀라 재빨리 프런트 데스크에서 빠져나왔다. 황급히 안나를 부축하는데, 그녀는 기절할 것 같은 상태에서도 필사적으로 무언가를 말하려 하고 있었다.

"뭐라고요, 아가씨?"

안나는 윤희의 품에 안겨서 악마가 시킨 대로 말했다.

"날 오늘 밤…… 펜트하우스에서…… 자게…… 해줘요."

간신히 안나의 말을 알아들은 윤희는 마침 펜트하우스가 비어 있어 곧 준비하겠다고 대답했다. 준비하기 위해 일어서려는 윤희의 팔을 안나가 다급히 붙잡았다.

"그리고 고모……. 고모한테는 여기에 나 왔다고 말하지 말아요. 절대로……."

그 말을 끝으로 안나는 결국 정신을 잃고 말았다.

"아가씨! 정신 차려보세요, 아가씨!"

윤희가 아무리 애타게 불러도 안나는 깊은 잠에 빠진 것처럼 일어나지 못했다.

＊

안나는 무척 오랜만에 머릿속이 개운했다. 모처럼 몽유병 증상도 나타나지 않고, 끔찍한 예지몽도 꾸지 않은 채 단잠을 잔 덕분이었다.

'잠깐만? 단잠?'

헐레벌떡 일어난 안나가 재빨리 어젯밤 일을 떠올렸다. 프런트 데스크에서 일하는 직원의 품에 안겨 기절하듯 잠들어버렸던 게 생각났다.

"미쳤어, 오안나! 그렇다고 푹 잠을 자버리면 어쩌자는 거야!"

시간을 헤아리는 안나의 얼굴이 사색이 되었다. 분명 악마는 30분의 시간제한을 두었는데, 지금 이 개운한 몸 상태를 보면 30분이 아니라 30시간은 족히 자고 일어난 것 같았다. 안나는 서둘러 시하를 소환하기 위해 목에 걸고 있던 회중시계를 손에 꼭 움켜쥐었다. 그런데 그 순간, 갑자기 문틈으로 익숙한 향기가 뻗어 들어왔다.

"어? 이건 고모 향수 냄샌데."

안나에겐 보통 사람들보다 더 뛰어난 특별한 능력이 있었다. 바로 비정상적으로 발달한 후각이었다. 생전에 조향사셨던 어머니에게서 물려받은 능력이었다.

"얼른 문 열어요!"

아니나 다를까. 어김없이 문 바깥에서 고모의 냉랭한 목소리가 들려왔다. 아무리 직원에게 입단속을 시켰어도 하룻밤이나 지났는데, 수상한 사람이 호텔에 나타났다는 소식이 고모 귀에 들어가지 않았을 리 없었다.

"왜 이렇게 동작이 느려? 내가 직접 열어?"

고모의 사나운 재촉에 당황한 직원이 서두르는 기척이 느껴졌다. 이대로 들키면 모든 게 끝장이었다. 삑, 삑. 카드키가 작동하는 소리에 안나는 본능적으로 욕실 안으로 뛰어들어갔다. 욕조에 들어가 몸을 웅크리고 언젠가처럼 회중시계를 손에 꼭 쥔 채 소원을 빌었다. 설마 시간제한 어겼다고 정말 안 나타나는 건 아니겠지?

"이 망할 악마, 얼른 나타나!"

그러나 악마는 정말로 나타나지 않았다. 욕실 바깥에선 펜트하우스 안으로 들어온 고모가 대동한 직원들에게 샅샅이 뒤지라고 지시를 내리고 있었다. 혹시나 반말에 기분이 상해서 나타나지 않는 건가 싶어 안나는 다시 존댓말로 소원을 빌었다.

"제발 나타나 주세요!"

하지만 이번에도 악마는 묵묵부답이었다.

"나 지금 완전 위험한 상황이란 말이에요. 제발⋯⋯."

답답함에 안나는 머리를 뒤로 젖히며 이를 악물었다. 그 바람에 얼결에 작동하고 만 샤워기에서 물이 콸콸콸 쏟아졌다. 갑자기 물소리가 들려와 펜트하우스 안을 뒤지던 사람들이 자신이 욕실에 숨어 있다는 사실을 눈치챌까 마음이 조급해졌다. 안나는 다급한 마음에 샤워기를 끌 생각도 못 하고 다시 부랴부랴 소원을 빌었다.

"그 재수 없는 요구 조건 당장 받아들일 테니까 얼른 나타나라고, 차시하!"

그 순간, 회중시계의 바늘이 믿을 수 없는 속도로 빠르게 돌아가기 시작했다.

"아……!"

마치 데자뷰 같은 익숙한 느낌에 안나의 얼굴에 안도의 미소가 피어올랐다. 시계 위에 떨어진 물방울이 파르르 진동하기 시작했다. 물방울은 곧 거센 물살로 변했고, 허공에서 사납게 휘몰아쳤다. 이미 한 번 맡아본 적 있는 뜨겁고 진한 냄새가 욕실 안을 가득 채웠다.

"빨리, 더 빨리!"

타들어가는 안나의 마음에 응답하듯 물살은 더욱 거칠어졌다. 이윽고 욕조 안에 점점 차오르던 물이 폭탄이 터지기라도 한 것처럼 한순간 흘러넘쳤다. 그리고 바로 그때. 벌컥! 욕실의 문이 열렸다.

*

"이게 대체 무슨 무례한 짓입니까?"

시하가 무척 화가 난 얼굴로 갑자기 문을 열고 들이닥친 사람들을 노려보며 말했다. 정말이지 아슬아슬한 타이밍이었다. 상의를 벗고 자는 습관이 없었다면 퍽 곤란했을 상황이었다. 시하는 마치 애초부터 반신욕을 하고 있었던 사람처럼 훌륭한 잔근육을 자랑하며 커다란 욕조에 등을 기대고 앉아 있었다. 반면 안나는 물속에서 죽을힘을 다해 숨을 참고 있는 중이었다. 펜트하우스의 욕실은 웬만한 호텔 룸처럼 넓었고 욕조도 깊었기에 바지를 입고 있는 시하의 하반신도, 안나의 모습도 욕실 문 쪽에서는 보이지 않았다. 그래도 시간을 길게 끄는 것은 위험했다.

"성운 호텔은 고객 서비스를 이런 식으로 합니까?"

빨리 저들을 내보내야겠다는 생각에 시하는 더 날카롭게 다그쳤다.

"예? 아, 아니. 그런 게 아니라……."

정숙은 욕조 안에서 반신욕 중인 남자의 모습에 무척 당황한 듯 보였다. 분명 수상한 여자가 어젯밤 갑자기 호텔에 나타나 펜트하우스에 머물고 있다고 들었는데, 저 남자는 대체 누구란 말인가?

'혹시……?'

정숙의 시선이 슬그머니 욕조 안으로 향하던 때였다.

"지금 어딜 보는 겁니까?"

말도 안 되는 의심을 머릿속에 떠올리던 정숙은 이어지는 시하의 호통에 반사적으로 고개를 숙였다.

"계속 거기서 내 벗은 몸을 감상하고 있을 생각입니까?"

저 남자가 누구든 간에 펜트하우스에서 머물 정도면 어마어마한 재력가가 틀림없었다. 그런데 그런 사람의 방에 갑자기 들이닥친 것도 모자라 욕실 문까지 함부로 열어 보다니! 정숙은 황급히 사죄하고 허둥지둥 욕실을 나섰다.

"죄송합니다! 저희 쪽에 착오가 있어서 이런 무례를 저질렀습니다! 정말 죄송합니다!"

정숙을 뒤따라온 직원들까지 그녀를 따라 전부 고개를 숙이고는 서둘러 뒤돌아섰다. 우르르 사람들이 빠져나가고 이내 욕실 문이 닫혔다. 닫히는 문틈으로 그 수를 헤아려보던 시하는 속으로 혀를 찼다.

'대체 이 조그만 여자애 하나 잡자고 직원을 몇이나 데리고 온 거야?'

시하의 시선이 한계에 다다랐는지 물속에서 온몸을 배배 꼬기 시작한 안나에게 향했다. 사람이 모두 빠져나간 것조차 느끼지 못했는지 안나는 물에서 나올 생각이 도통 없어 보였다. 그사이 뽀글뽀글 올라오는 기포의 수가 급격히 늘어났다. 얼른 꺼내주려다가 시하는 문득 자신을 소환하면서 안나가 했던 '재수 없는 요구 조건'이라는 말이 떠올라 그녀가 잠수하고 있는 상태 그대로 두었다. '내 것'이 되는 게 재수가 없는 일이란 말이지?

'죽을 것 같으면 알아서 나오겠지.'

그렇게 생각하며 안나를 잠자코 지켜봤다. 하지만 당장 숨이 넘어가게 생겼는데도 안나는 버티고 있었다. 도도하고 콧대 높은 아가씨는 바로 옆에 자신이 있는데도 손 한번 내밀지 않았다. 하긴. 그러니 악마를 상대로 공정한 계약 운운할 수 있었겠지. 결국 시하가 먼저 안나의 손을 붙잡았다. 그대로 손을 잡아당기자 안나가 힘없이 수면 밖으로 끌려 나왔다.

"어푸! 하아, 하아!"

아슬아슬하게 숨을 토해내는 입술은 이미 보랏빛이었다. 안 그래도 생기가 없던 뺨은 꼭 얼어버린 것처럼 창백했다. 자기 목숨보다 자존심이라니. 정말이지 이렇게나 자존심 센 인간 여자는 처음이었다. 여태껏 그가 꿈을 빼앗았던 여자들과는 달라도 너무 달랐다.

"하지만 그래야 내 것이 될 자격이 있지."

가만히 안나를 바라보던 시하가 만족스럽게 웃었다. 재수 없는 악마 취급을 받아도 상관없었다. 이 여자는 이미 자신의 덫에 걸렸다. 시하가 안나에게로 천천히 손을 뻗었다.

"너……."

그러곤 차갑게 언 안나의 뺨을 손등으로 툭툭 두드리며 말했다.

"분명히 내 거, 한다고 했다?"

안나는 차갑다 못해 얼음 같은 숨을 가쁘게 몰아쉬며 표정을 찡그렸다. 시하의 손끝에서 꽃이 피듯 그녀의 뺨이 점점 붉어졌다. 부끄러워서인지, 짜증이 나서인지 알 수 없는 열기. 그 열기를 손가락 끝으로 느끼며 시하가 얄밉게 웃었다.

"너 방금, 내 여자 하기로 한 거야."

'내 여자.' 시하는 일부러 '내 거'라는 말보다 더 자극적인 표현을 썼다. 이 말에 과연 자존심 센 아가씨는 어떤 반응을 보일까? 자기가 한 말을 하지 않은 거로 만들 뻔뻔함은 없지만, 그렇다고 순순히 인정할 만큼 고분고분하지도 않은 성격. 으레 오랫동안 감금당해 있다 보면 자아를 잃고 비굴해질 법도 한데, 이 여자는 궁지에 몰릴수록 더욱 발버둥 치는 타입이었다.

그래서 시하는 진심으로 안나가 어떤 반응을 보일지 궁금했다. 한 번도 인간을 상대로 이런 적 없는데, 스스로가 낯설다는 걸 알면서도 호기심을 떨쳐낼 수 없었다. 시하의 노골적인 시선에 망설이던 안나가 이내 결심한 듯 그의 손을 떼어내며 말했다.

"하면 되잖아요."

"뭐?"

"해요. 할 거예요. 누가 안 한대요?"

"너 지금 네가 뭘 한다고 한 건지 알아?"

"네 거! 네 여자! 한다고요!"

시하는 애써 속으로 실망의 감탄사를 눌러 삼켰다. 안나가 이런 식으로 순순히 상황을 받아들이는 건 그가 예상한 답안지에는 없었다. 왠지 모르게 맥이 탁 풀리는 기분이었다. 그는 시시하고 재미없는 건 배고픈 것만큼이나 질색이었다.

바로 그때였다. 찰박, 욕조 안에서 물살이 이는 소리가 들려왔다. 안나가 물속에서 무릎을 끌어모으고 있었다. 그 위에 턱을 괴고 시하를 비스듬히 올려다보며 안나가 수상하게 말꼬리를 늘였다.

"……그런데요."

심드렁하니 욕조 턱에 머리를 한껏 젖혀 기대고 있던 시하가 그 꿍꿍이 짙은 목소리에 즉각적으로 고개를 세웠다. 시선이 정확하게 맞물렸다. 기습적으로 맞닿은 안나의 당돌한 눈빛에 척추가 다 짜릿해 시하는 자신도 모르게 허리를 세웠다.

"내가 스무 살이긴 하지만, 아직 만으로 열여덟 살이거든요."

"그래서?"

호기심으로 폭발하기 일보 직전인 속마음과는 달리 되묻는 시하의 음성은 덤덤했다.

"대한민국에서 만 열여덟은 법적으로 미성년자로 봐요. 그런데 당신은 실제론 몇 살인지 모르겠지만, 20대 후반이나 30대 초반처럼 보인단 말이죠. 그러니까……."

"그러니까?"

이번엔 시하의 목소리에서 긴장감이 느껴졌다. 안나가 보란 듯이 그의 귓가에 다가가 속삭였다.

"당신의 여자가 되는 건 조금 나중으로 미루는 게 좋겠어요."

그러곤 다시 뒤로 물러나 느릿하게 손을 뻗어 시하의 뺨을 톡톡 두드렸다. 도발적인 동작은 명백히 조금 전 시하가 했던 행동을 의도적으로 따라 하는 뉘앙스였다.

"내가 법적으로 성인이 될 때까지."

안나처럼 뺨에 통증이 느껴지는 것도 아닌데, 가녀린 손가락이 닿자 시하가 저도 모르게 움찔했다. 그런 반응을 즐기듯 안나가 손가락으로 시하의 뺨을 쓸어내리며 말했다.

"쉽게 말해서 내 스무 살 생일 때까지요."

역시나 오안나는 만만한 아가씨가 아니었다.

"그래서 생일이 언젠데?"

안나의 당돌한 태도에 기쁘면서도 동시에 분한 기분에 휩싸인 채 시하가 퉁명하게 물었다. 안나는 태연하게 답했다.

"7월이에요."

그렇다면 지금이 1월이니 앞으로 6개월이나 더 기다려야 한다는 소리였다.

"이거 완전히 계약 사기잖아."

시하는 어처구니가 없었다. 악마 앞에서 인간의 법칙을 들이밀며 기세등등한 안나가 우스웠다. 동시에 그런 안나에게 꼼짝 못 하는 자신의 꼴이 용납이 되지 않았다. 대체 자신이 언제 나이 따져가며 여자의 꿈을 빼앗았다고.

배스 가운을 걸치고 욕실에서 나온 시하는 줄곧 불만스러운 눈으로 안나를 노려봤다. 하지만 안나는 철저히 시하의 따가운 시선을 무시하고 있었다. 그러길 한참, 전신거울 앞에서 수건으로 몸에 묻은 물기를 닦아내던 안나가 말했다.

"아무래도 안 되겠어요. 고모한테서 완전히 벗어나려면 아빠의 호텔을 되찾는 방법밖에는 없을 것 같아요. 계속 숨고 노망난 질 수는 없으니까요."

"아직 법적으론 미성년자라며? 그런데 대체 어떻게 호텔을 되찾겠다는 거지?"

시하는 '법적 미성년자'라는 단어에 불만을 꾹꾹 눌러 담아 되물었다.

"걱정 마요. 그건 내가 생각해둔 시나리오가 있어요. 고모 말고 다른 법적 보호자를 찾을 거예요. 아빠랑 친했던 분들 중에 내 법적 보호자를 해주실 만한 분이 꽤 있어요. 법적 보호자가 지정되면 호텔 경영에 관한 문제는 그분에게 잠시 위임해두면 돼요. 그럼 다 해결돼요."

안나의 말대로 다른 법적 보호자만 찾으면 호텔에 관한 문제는 해결이 가능했다. 하지만 그 대상이 누구냐가 시하에겐 굉장히 중요한 문제였다. 성운 호텔을 욕심내는 인물이 어디 오정숙 하나일까.

"대체 누굴 네 법적 보호자로 생각하고 있는 거지?"

그러자 안나가 처음으로 답지 않게 우물쭈물거렸다.

"그건, 차차 생각해보려고요."

"뭐? 너 정말 법적 보호자를 해줄 만한 사람이 있긴 한 거야?"

"그럼요. 아빠가 친구가 얼마나 많았는데요. 난 그냥 고르기만 하면 돼요. 근데 너무 많아서 누구로 하면 좋을지 고민 중이에요."

말을 하던 도중 안나는 슬그머니 시하의 시선을 피했다. 양심에 찔렸기 때문이다. 엄밀히 말해 그녀는 지금 거짓말을 하는 건 아니었다. 아빠는 정말로 친구가 많았고, 머릿속에 떠오르는 도와줄 만한 사람이 족히 열 명은 넘었다.

　하지만 떠올리는 사람마다 전부 고모와도 긴밀한 관계가 있었다. 앞으로 고모의 악행을 밝히고 법적 보호자의 권한을 빼앗아와야 하는데, 고모와 가까운 사람을 선택할 수는 없었다. 고모와 관계가 없는 아버지의 지인. 그에 적합한 인물을 찾아내려면 시간이 좀 더 필요할 것 같았다. 그런데 사정도 모르고 악마는 시종일관 자신을 압박했다. 다시 거울을 쳐다봤을 때도 여전히 그는 안나를 노려보고 있었다. 안나는 황급히 말꼬리를 돌렸다.

　"아, 여기 체크인 안 했죠? 혹시라도 고모가 확인하면 곤란해지니까 얼른 가서 체크인부터 하는 게 어때요?"

　그때였다. 시하가 돌연 눈을 빛내며 말했다.

　"그 법적 보호자라는 거 말이야."

　"또 그 얘기예요? 그건 내가 알아서 한다고 했잖아요."

　"빨리 찾을수록 서로 이득이니까, 나도 열심히 고민해봤거든?"

　불현듯 불길한 예감이 머릿속을 스치고 지나갔지만, 안나는 애써 모른 척하며 대꾸했다.

　"그래서요……?"

　하지만 역시나 불길한 예감은 틀리는 법이 없었다.

　"굳이 힘들게 멀리서 찾을 필요 있어?"

　괜히 딴청을 피우며 발을 닦던 안나가 시하의 말에 수건 아래로 발등을 꼭 움켜쥐었다.

　"내 생각엔 네 가까이에 아주 적합한 사람. 아니, 악마가 있는 것 같거든."

　시하가 거울 속에서 손가락으로 자신의 얼굴을 가리키며 말했다.

　"바로 여기에."

그와 눈이 마주친 안나가 입술을 꾹 깨물었다. 아무래도 제 발등 제가 찍은 것 같았다. 이 악마 앞에서 법적 보호자 얘기는 꺼내는 게 아니었다.

*

펜트하우스에서 시하에게 무안을 당한 정숙은 씩씩거리며 대표실로 돌아왔다. 그녀를 기다리고 있던 찬영이 벌떡 일어서 소리쳤다.

"안나는요? 찾으셨어요?"

너무도 다급하고 간절해 보이는 아들의 모습에 정숙은 피곤한 듯 눈을 길게 깜빴다가 떴다.

"언제 온 거니?"

정숙은 아들을 지나쳐 소파에 드러눕듯이 기대어 앉았다. 펜트하우스에서 벌어진 일 때문에 아직까지도 얼굴이 벌겠다.

'지금 어딜 보는 겁니까? 계속 거기서 내 벗은 몸을 감상하고 있을 생각입니까?'

제아무리 실수했다고 해도, 정숙은 자신이 그런 변태 취급을 받았다는 게 믿기지 않았다. 수치심을 떨쳐내기 위해 정숙은 비서가 가져온 냉수를 벌컥벌컥 들이켰다. 정숙이 물을 다 마시는 시간도 기다리지 못한 찬영이 재촉했다.

"어머니, 안나는요! 호텔에 나타난 사람이 정말 안나가 맞아요?"

"찬영아, 진정해!"

"제가 어떻게 진정해요! 어서 말씀해주세요, 어머니!"

"그래! 안나가 맞다! 하지만 당장은 안나를 보러 가선 안 돼!"

고함을 지르며 정숙은 상체를 반듯이 세웠다. 아들을 똑바로 바라보는 그녀의 입에서는 무척 태연하게 그럴싸한 거짓말이 튀어나왔다.

"네? 그게 무슨 말씀이세요? 왜 안나를 보면 안 된다는 거예요?"

"안나는 당분간 우리와 떨어져 지내며 호텔에서 조용히 치료받기로 했다."

안나가 집에서 사라진 사실을 알았을 때, 찬영은 당장 경찰에 신고하려고 했다. 그런 찬영을 정숙은 가까스로 아침까지만 기다려보자며 말렸다. 그후 호텔에 수상한 사람이 나타났다는 연락을 받고 혹시 안나일지도 모른다는 생각에 새벽부터 펜트하우스로 찾아간 것이었다.

정숙은 안나를 찾지 못했다는 사실을 찬영이 알면 이번에야말로 경찰에 신고하리라 생각했다. 그것만큼은 반드시 막아야 했다. 거짓말을 해서라도. 무슨 수를 써서라도.

"갑자기 호텔에서 치료를 받는다니요? 어머니, 안나한테 대체 무슨 일이 생긴 거예요? 안 되겠어요. 지금 당장 안나한테 가봐야겠어요."

"거기 서!"

정숙은 반사적으로 대표실을 나가려는 찬영을 불러 세웠다.

"가봤자 소용없다. 지금은 닥터 강이 약으로 재운 상태니까. 정신적으로도 육체적으로도 약해져서 당분간은 강제로라도 쉬어야 하는 상태라고 했어."

"어째서……? 대체 왜요?"

찬영의 눈동자에 무력감에서 비롯된 슬픔이 그렁그렁했다.

"우리를 보면 무의식적으로 부모님의 사고가 떠오르는 걸지도 모른다고 닥터 강이 그러더구나. 날 보면 제 아빠 얼굴이 생각나는 건 어쩌면 당연한 거겠지. 한동안 안나와는 거리를 두고 지내라고 권유받았다."

"하지만 어머니. 안나 몽유병도 그렇고, 곁에서 누군가가 돌봐주지 않으면……."

"그 병을 치료해야 하니까 안나를 만나면 안 된다는 거야. 앞으로는 족쇄를 채우는 대신 펜트하우스 입구를 막고 경비를 두기로 했다. 직원들 입단속도 철저히 시켜뒀어. 그러니까……."

털썩. 찬영이 힘없이 다시 의자에 주저앉았다.

"찬영이 너도 잠시 동안 안나 일에 관여하지 않도록 해. 지금은 그게 오히려 안나를 위하는 일이야.”

“……..”

“찬영아.”

“……..”

“대답 안 하니?”

“……알겠습니다.”

찬영이 마지못해 대답하자 그때야 정숙도 다그치던 입을 닫았다. 다시 물
컵을 손에 들며 정숙은 아들을 힐긋 바라봤다.

‘이렇게까지 말했으니 찬영이도 한동안은 얌전히 지내겠지.’

성숙은 그렇게 여기며 간신히 바짝바짝 타는 목을 축였다. 그러곤 전화를
집어 들어 곧바로 수행비서 김주석 실장을 호출했다.

“찬영이 너는 이제 나가보렴.”

정숙은 멍하니 있던 찬영을 서둘러 내보냈다. 어깨를 축 늘어뜨리고서 대
표실을 나서는 아들의 뒷모습을 보며 그녀가 팔걸이 위로 주먹을 꼭 움켜쥐
었다.

이건 절대 놓쳐서는 안 되는 마지막 기회였다. 성운 호텔에서 안나를 끊
어낼 수 있는 기회. 제 아들에게서 안나를 떼어낼 수 있는 기회. 안 그래도
손을 쓰려 했는데 때마침 안나가 사라져주었다. 거짓말로 찬영의 시선까지
돌렸으니 다시없을 기회가 찾아온 셈이었다. 바득 움켜쥔 정숙의 손등 위로
핏줄이 도드라졌다.

“대표님, 부르셨습니까?”

그때, 찬영을 스쳐 지나며 주석이 대표실 안으로 들어섰다. 정숙은 찬영이
완전히 멀어진 걸 확인하고 가까이 다가온 주석에게 귓속말로 은밀하게 지시
를 내렸다. 속삭이는 정숙의 눈빛이 그 어느 때보다 날카롭게 번뜩였다.

“알겠습니다. 말씀하신 대로 조속히 준비하겠습니다.”

주석은 지체하지 않고 대표실을 서둘러 빠져나갔다. 홀로 대표실에 남겨

진 정숙은 그제야 손에서 힘을 풀었다. 긴장감에 손가락 끝까지 저렸다.

하지만 이렇게 스트레스받는 일도 더는 없을 것이다. 지긋지긋한 안나의 보호자 역할도 이제 정말 끝이었다. 창가로 걸어간 정숙은 찌릿한 손마디를 문지르며 아득하게 내려다보이는 호텔 경관을 눈에 담았다. 이번 일만 제대로 마무리되면, 안나가 다시 이곳으로 돌아오는 일은 절대 없을 터.

"이제 이곳은 완전히 내 것이 될 거야."

커다란 창에 정숙의 위험한 미소가 비치고 있었다.

2장. 꿈과 현실의 경계

"목말라요? 물 줄까요?"

시하가 주방에서 컵을 집어 들자 안나가 답지 않게 다정한 목소리로 물었다. 시하는 그녀의 말을 못 들은 척하며 싱크대에서 물을 받았다. 그러자 안나에게서 또 인위적인 상냥한 말이 흘러나왔다.

"냉장고 문에 정수기 있어요. 수돗물 말고 그거 마셔요."

그가 법적 보호자를 자처한 이후로 안나는 내내 이런 상태였다. 그의 뒤꽁무니만 졸졸 따라다니고 있었다. 게다가 좋알좋알, 어찌나 말이 많은지. 아까부터 귀찮은 강아지처럼 구는 안나를 더 이상 무시하지 못하고 시하가 비로소 입을 열었다.

"너."

"왜요? 다른 거 필요한 거 있어요? 뭐?"

"왜 계속 나 따라다녀?"

처음에는 시하가 절대 법적 보호자를 해서는 안 된다고 난리를 치던 안나였다. 이제 겨우 꽃 핀 스무 살 인생을 저당 잡힐 수 없다고 강력하게 억울함을 호소했다. 귀가 따가울 정도로 열변을 토하며 따라다니더니, 어느새 작전을 바꾼 모양이었다. 채찍에서 당근으로. 친절하게 굴면 시하가 마음을 바꿔줄 거라 순진한 기대를 하고 있는 듯했다.

'애석하게도 전혀 그럴 마음이 없는데 어쩌나.'

시하가 가소롭다는 듯이 빤히 쳐다보자 안나가 지레 변명을 시작했다.

"아니, 여기 안 와 봐서 뭐가 어디에 있는지 잘 모를 거 아니에요. 난 명색이 여기 상속녀니까, 필요한 거 있으면 찾아주려고. 정말 선의로."

하지만 안나가 방금 한 말은 거짓말이었다. 상속녀인 것은 맞지만, 이곳 어디에 뭐가 있는지 그녀 역시 전혀 알지 못했다. 상속녀인 걸 숨기느라 호텔 근처에는 얼씬도 못 했었다.

시하는 피식 튀어나온 웃음을 몰래 삼켰다. 자신이 거짓말에 소질이 없다는 걸 전혀 모르는 걸까? 혹 진짜로 물건을 찾아달라 부탁할까 봐 불안해하는 눈동자가 애처로울 지경인데.

"그럼 머스크 페르소나를 찾아줘."

시하는 안나의 거짓말을 눈치챘으면서도 짓궂게 요구했다.

"네? 머, 머스크 뭐요?"

아니나 다를까. 속눈썹이 파르르 떨리는 것이 잔뜩 당황한 기색이었다.

"머스크 페르소나. 향수 이름이야."

"향수?"

"그래. 아주 특별한 향수."

시하는 팔짱을 끼고 어디 한번 찾아보라는 듯 가볍게 턱짓했다. 머스크 페르소나는 약 50년 전 만들어진 귀한 향수였다. 구체적으로 어떤 향이 나는지, 그 용기가 어떻게 생겼는지, 대체 어떤 용도인지, 이제 갓 스무 살이 된 안나가, 게다가 인간인 안나가 절대 알 수 있을 리가 없었다. 그래서 아주 살짝 힌트를 줬다.

"내가 꿈 대신 먹는 향이야. 이 펜트하우스 안에 있으니까 찾아봐."

몽마는 기본적으로 인간이 잠들었을 때만 한정적으로 꿈을 취할 수 있었다. 때문에 인간의 꿈을 흡수하기 어려운 낮에는 당연히 몽마의 활동이 뜸했다. 하지만 인간 세상에 적응해 살아가는 몽마에게 낮 활동에 제약이 생기는 것은 치명적이었다. 그래서 언젠가부터 낮에도 식사가 가능하도록 인간의 꿈을 향수로 만들기 시작했다.

세월이 흐르면서 몽마들 사이에서 향수는 단순히 생명을 유지하는 데 그치지 않고 부와 명예까지 상징하게 되었다. 시하 역시 오태영에게 배신당하기 전까지만 해도 전속 조향사를 두고 자신만의 특별한 향수 포뮬러까지 가지고 있었다. 구하기 힘든 최고급 천연 머스크 향료를 사용해 만든 그만의 페르소나 향수는 우월한 힘과 후계자의 지위를 상징했다.

그 귀한 향수가 바로 이곳에 있었나. 1년 선, 오태영에게 배신당할 술 모르고 이곳에 향수를 두고 갔기 때문이었다. 시하야말로 1년 전까지만 해도 이 펜트하우스에 자주 다녀갔었다. 이곳에서 꿈을 흡수하고, 그 꿈으로 향수를 만들어 상비했기 때문에 단 한 번도 허기를 느껴본 적 없었다. 이곳 성운 호텔에는 인간의 꿈으로 만든 향수는 물론, 인간을 잠들게 해서 강제로 꿈의 출입구를 열어주는 향수까지 몽마를 위한 다양한 물건이 가득했다.

젠장! 이곳에 들어올 수만 있었어도 길거리에서 여자를 사냥하는 저급한 일 따위는 할 필요도 없었을 텐데. 시하는 또다시 엄습하는 배신감에 치 떨며 안나를 향해 물었다.

"왜 가만히 있지? 못 찾겠어?"

"네? 아, 아뇨! 금방 찾아줄 테니까 잠깐만 기다려 봐요!"

처음 들어보는 향수 이름에 당황한 안나가 응접실 한쪽 벽을 꽉 채우고 있는 진열장을 향해 쪼르르 달려가 소리쳤다. 그러곤 진열되어 있는 각양각색의 향수를 바라보며 눈동자를 요리조리 굴렸다. 성운 호텔은 대한민국에서 가장 오랜 전통을 가지고 있는 곳으로도 유명했지만, 바로 이 향수로도 유명했다.

이 향기가 있는 곳이 당신의 낙원

그것은 성운 호텔이 줄곧 내세운 모토였다. 성운 호텔에 속한 전속 조향사들은 350여 개가 넘는 룸마다 직접 제조한 향수로 각기 다른 분위기를 연출해냈다. 그 향기를 맡으면 마치 낙원에 있는 것 같은 기분을 느낀다 하여 성운 호텔은 '향기의 낙원'이라고도 불렸다.

그중에서도 가장 비싼 비용을 지불해야 하는 펜트하우스에는 50여 가지가 넘는 성운 호텔의 시그니처 향수가 모두 전시되어 있었다. 분명 이 중에 시하가 말한 머스크 페르소나도 있을 터였다.

안나는 정신을 집중하고서 기민한 후각을 한껏 발동시켰다. 후읍! 코로 한껏 숨을 들이마시자 용기 안에 단단히 봉해져 있어도 50가지가 넘는 향기가 낱낱이 맡아졌다. 향수 하나에 10가지가 넘는 향료가 조합되니 중복된 걸 감안해도 모두 합하면 족히 300여 가지가 넘었다. 그 많은 향료를 분별하느라 머리가 다 지끈거렸다. 그럼에도 순식간에 머스크 향이 나는 향수를 몇 가지 추려낸 안나가 그것들을 가지고 시하의 앞으로 걸어갔다.

"이 중에 있죠? 그 머스크 페르소나라는 거."

시하는 안나가 자신만만하게 내민 향수를 내려다보곤, 이어 향수가 가득 줄 세워진 전시대 역시 흘깃 바라봤다. 아마도 저 중에서 머스크 종류는 다 가지고 온 모양이었다. 시하는 조금 전 50여 가지의 향수를 펌핑도 하지 않고 시향 하던 안나의 모습을 떠올렸다. 희미한 향이 족히 300여 가지는 뒤섞여 있었을 텐데 잘도 구별해냈다.

'아무래도 후각이 평범하진 않은 것 같군.'

각각의 향수가 담긴 용기는 디자이너가 만든 것으로 용기 자체가 향수의 이름과도 같아 라벨이 붙어 있거나 하지는 않았다. 당연히 어떤 종류의 향수인지 설명이 적혀 있을 리도 없었다. 그건 안나가 오로지 후각만으로 향수의 종류를 알아내 가지고 왔다는 의미였다. 실로 대단한 후각이었다. 하지만 이번엔 잘못 짚었다. 시하는 안나가 내민 향수들을 도로 물렸다.

"노력은 가상한데, 틀렸어."

"그럴 리가……! 말도 안 돼요!"

안나는 시하의 말을 믿을 수 없다는 듯 또다시 코를 킁킁거렸다. 아무리 맡고 또 맡아도 제 손에 들려 있는 세 가지 향수에서는 전부 머스크향이 났다.

"거짓말하지 마요."

"거짓말? 내가?"

"그래요, 거짓말! 누가 속을 줄 알고? 내가 저기서 머스크향 나는 건 다 가지고 왔다고요."

"정말 확신해?"

시하는 억울해하는 안나에게 느긋한 눈빛으로 되물었다. 그 당당한 눈빛에 일순 자신감이 50퍼센트 정도 감소했지만, 안나는 도리어 고개를 더 빳빳이 치켜들었다.

"당연하죠! 내 코는 지금까지 한 번도 틀린 적이 없거든요."

"대단한 자신감이군. 그런데 만약에 네가 틀렸다면?"

아, 또 저 눈빛. 안나는 기죽지 않으려고 눈에 힘을 꽉 주며 대꾸했다.

"그럼 소원 한 가지 들어줄게요."

"좋아. 그 말, 후회하지 마."

다짐을 받은 시하는 곧장 서재로 걸음을 옮겼다.

"우와, 이게 다 몇 권이야?"

안나는 마치 도서관을 방불케 하는 서재의 풍경에 입을 다물지 못했다. 시하는 커다란 책장 앞에서 우뚝 걸음을 멈췄다. 드르륵. 그가 레일을 따라 앞줄의 책장을 옆으로 밀자 뒷줄의 책장이 드러났다. 뒷줄에는 한눈에 보기에도 꽤 낡아 보이는 고서들이 가득했다. 세월을 증명하듯 묵은 종이 냄새가 일순 가득 풍겼다. 그중에서 시하는 구석에 놓인 가장 두꺼운 책을 꺼내 들었다. 책이 꽂혀 있던 자리 뒤, 좁은 공간에 숨겨져 있던 향수가 보였다.

'뭐야, 저런 곳에……?'

안나의 눈이 휘둥그레졌다. 그 노골적인 당황한 기색에 애써 웃음을 참으며 시하는 조심스러운 손길로 향수를 꺼내 안나의 눈앞에 들이밀었다.

"아직도 네가 맞다고 확신해?"

"그럼요!"

우렁찬 대답과는 달리 안나는 불안한 얼굴로 시하가 내민 용기 가까이 코를 가져갔다. 그러곤 어쩌면 저 용기에 담긴 향수가 그가 말한 머스크 페르소나가 아닐지도 모른다는 실낱같은 희망에 기대서 코를 한껏 킁킁거렸다. 그러자 미미하지만 냄새가 맡아졌다.

"이건, 이끼 냄새?"

비가 촉촉이 내리는 날 흙과 나무에서 나는 냄새였다. 숲길을 산책할 때면 이런 냄새를 종종 맡을 수 있었다. 안나가 씨익 웃으며 시하를 올려다봤다.

"내 코는 틀린 적이 없다고 말했죠? 희미하지만 여기선 이끼 냄새가 나요. 머스크향이라고 날 속일 생각은 눈곱만큼도 하지 말아요."

"속일 생각 없어. 이끼 냄새는 병에 묻어 있는 다른 냄새고."

시하는 안나의 코가 매우 특별하다는 걸 인정하지 않을 수 없었다. 1년 전 용기에 묻은 냄새까지 맡을 수 있다니. 하지만 애석하게도 이번에도 역시 그녀의 판단은 틀렸다.

"네가 찾아냈어야 할 진짜 냄새는 이거."

시하는 안나의 코앞에서 용기의 펌프를 가볍게 눌렀다. 순식간에 안나의 주변뿐만 아니라 서재 가득 위험할 만큼 달콤한 향기가 퍼져 나갔다. 용기에 묻어 있던 이끼 냄새도, 안나가 가져온 세 가지 향수에서 새어 나오는 머스크 향기도, 서재 가득 부유하는 묵은 종이 냄새도, 단 한 번 뿌려진 그 향기에 묻혀 전부 사라져갔다. 이제까지 맡아본 적 없는 황홀한 향기였다.

"이게…… 대체 어떻게 된 거예요?"

이럴 수는 없었다. 세상에 이토록 아름답고 매혹적인 향기가 있다는 것도 믿기지 않았지만, 용기 안에 담긴 향기가 전혀 맡아지지 않는다는 사실 역시 안나에겐 무척 놀라운 일이었다. 아무리 입구를 단단히 막았다 한들 미량의 향기가 새어 나오는 걸 막을 수는 없다.

하지만 이 향수는 그렇지 않았다. 안나의 비상한 코로도 전혀 냄새를 맡을 수 없었다. 시하는 안나가 주어를 말하지 않아도 금세 무엇을 물었는지 알아차리고 대답했다.

"결계를 친 거야. 향수 용기에."

"결계?"

"그래. 절대 향기가 빠져나오지 못하도록. 이건 무척 귀한 향수니까."

이제는 이만한 향수를 만들어낼 수 있는 조향사는 어디 가서 찾기도 힘들었다. 시하는 서재 곳곳에 스며들기 시작한 향기를 놓칠세라 한껏 빨아들였다. 가만히 그 모습을 지켜보던 안나가 시하의 손에서 향수를 빼앗아 펌프를 꾹 눌렀다. 하지만 아무리 힘을 세게 줘도 펌프는 눌리지 않았다.

"안타깝게도 이 결계를 깰 수 있는 건 향수의 주인밖에 없어."

시하는 도로 안나에게서 향수를 가져가 너무도 가뿐하게 펌프를 눌렀다.

"그리고 그 주인은 나. 결국 이건 나밖에 뿌릴 수 없다는 뜻이지."

그 순간, 마치 지문 인식이라도 된 것처럼 쉽게 펌프가 눌렸다. 멍하니 그 모습을 지켜보던 안나는 이내 억울한 눈으로 시하를 노려봤다.

"치사해요!"

"뭐가?"

"결계가 쳐진 용기에 담긴 향수를 무슨 수로 찾아내요? 게다가 이렇게 종이 냄새밖에 안 나는 책장 뒤에다 꼭꼭 숨겨뒀으면서! 이런 건 공평하지 않아요."

"법적 미성년자 운운하면서 일방적으로 계약 이행을 미룬 사람이 할 말은 아닌 것 같은데?"

시하와 안나가 한 치의 양보도 없이 서로를 맹렬히 노려봤다. 그렇게 둘이 팽팽하게 맞서고 있을 때였다. 별안간 초인종 소리와 함께 펜트하우스에 누군가가 찾아왔다.

혹시 정숙이 다시 찾아온 걸지도 몰라 안나는 재빨리 시하에게 대신 나가보라 눈짓했다. 시하가 마지못해 현관문을 향해 걸음을 옮겼다. 안나도 그의 등 뒤에 몸을 숨기고 동태를 살폈다. 놀랍게도 문밖에 서 있는 사람은 윤희였다. 어제 자신을 구해준 바로 그 직원.

"제발 안나 아가씨에게 아무 일도 없어야 할 텐데······."

윤희는 얼마 없는 쉬는 날임에도 불구하고 안나가 걱정돼 밤새 잠 한숨 못 자고 일찍 호텔을 찾아온 것이었다. 오정숙 사장이 경호직원들을 대동하고 펜트하우스를 찾아갔다는 소식을 들은 후라 그녀의 마음은 한없이 불안하기만 했다. 로비에 있던 부하직원들 입단속을 그렇게 철저하게 시켰는데도 결국 비밀이 지켜지지 않은 것이다.

그녀는 초조한 마음에 또 한 번 초인종을 누르고 기다렸다. 이윽고 철컥, 문이 열리는 소리에 그녀가 번개처럼 반응했다. 그런데 문을 열고 모습을 드러낸 사람은 그녀가 예상한 사람이 아니었다.

"누, 누구······?"

너무 놀라 질문을 채 끝내지도 못한 윤희의 입이 저절로 벌어졌다. 샤워가운만 입고서 젖은 머리카락을 쓸어 올리며 나온 시하의 아찔한 모습이 그녀를 당황시킨 게 분명했다. 한참을 말을 잃었던 윤희가 뒤늦게 정신을 차리고 다시 물었다.

"······대체 누구시죠? 누군데 여기 계신 건가요?"

시하는 찰나에 살짝 뒤를 돌아보더니, 순식간에 윤희에게 바짝 다가갔다. 그러곤 윤희의 가슴에 매달린 명찰을 빠르게 확인했다. 이내 그는 무척 고급스러운 향수 용기를 그녀의 코앞에 바짝 가져다 대며 말했다.

"어서 와요, 서윤희 지배인."

동시에 윤희의 얼굴에 무언가를 분사했다. 털썩! 윤희는 곧장 그대로 정신을 잃고 바닥에 쓰러졌다.

"이봐요! 대체 그분한테 무슨 짓을 한 거예요?"

안나는 쓰러진 윤희를 둘러업고 응접실에 들어서는 시하를 보고 경악을 금치 못했다. 언제 챙긴 건지 그의 손에는 조금 전 안나가 정답으로 내밀었던 머스크 향수 중 하나가 들려 있었다. 그리고 대뜸 그 향수로 윤희를 기절시켜버린 것이었다.

"날 도와준 분한테 대체 무슨 짓을 한 거냐고요!"

안나는 순식간에 벌어진 일에 어처구니가 없었다.

"차시하 씨!"

대답도 해주지 않고 윤희의 상태를 살피던 시하가 그제야 안나를 바라봤다. 그러곤 대수롭지 않게 상황을 설명했다.

"걱정 마. 잠든 것뿐이니까."

"멀쩡히 서 있다가 왜 갑자기 기절하듯 잠드는 건데요? 서 지배인님한테 그 향수 뿌린 거 봤어요. 이게 대체 무슨 일인지 설명해줘요."

그러자 시하는 조금 전 찾아낸 머스크 페르소나와 방금 윤희에게 뿌린 향수를 각각 양손에 들고 침착하게 설명을 시작했다. 그는 먼저 머스크 페르소나를 들고 있는 쪽 손을 앞으로 내밀었다.

"몽마가 사용하는 향수의 종류는 두 가지야. 하나는 이 머스크 페르소나처럼 인간의 꿈을 흉내 내 향수로 만든 것. 이런 종류를 몽마들은 페르소나라고 부르지. 어떤 향수를 먹느냐에 따라서 하급 몽마들은 마치 가면을 쓰는 것처럼 외형까지 바뀌는 게 가능하거든."

시하의 설명을 듣고 나니 안나는 왜 그가 향수를 꿈 대신 먹는다고 했는지 알 것 같았다. 그리고 문득 조금 전 머스크 페르소나를 빨아들이던 그의 모습이 머릿속에 떠올랐다.

'설마 저 잘생긴 얼굴도 페르소나 때문인 걸까?'

빤히 시하의 얼굴을 바라보던 안나는 그와 눈이 마주치자 황급히 눈길을 피했다. 시하는 안나의 태도가 수상했지만, 일단 설명을 이어 나갔다. 시간이 없었다. 그가 이번엔 윤희에게 뿌린 향수를 들고 있는 쪽 손을 내밀었다.

"이건 엔트라스. 페르소나를 만드는 작업이 어려워서 그 대체용으로 만들어진 거야. 쉽게 말해 인간을 잠들게 해서 강제로 꿈의 출입구를 열어주는 장치라고 보면 돼."

시하는 두 가지 향수를 다시 나란히 놓으며 설명을 정리했다.

"이 두 가지 다 낮에는 인간의 꿈을 먹을 수 없으니까 그 대안으로 만들어진 향수야. 인간들 틈에 섞여서 살아가는 몽마들 나름의 생존 방법인 거지."

안나도 모든 걸 이해했다는 듯 고개를 끄덕였다. 지금까지 성운 호텔에서 기억을 잃었다고 호소한 투숙객들은 바로 이 엔트라스로 잠들었던 게 분명했다. 방금 전 순식간에 잠들어버린 윤희 역시 마찬가지였다. 안나는 시하의 설명에 제 추측을 덧붙였다.

"그러니까 서 지배인님이 잠든 건, 이 엔트라스 냄새를 맡았기 때문이라는 거죠?"

"정답."

시하는 두 개의 용기를 응접실 테이블 위에 내려놓고 다시 윤희의 곁에 한쪽 무릎을 굽히고 앉았다. 안나도 쪼르르 그 옆에 가서 시하의 행동을 지켜봤다. 윤희가 그저 잠든 것뿐이라는 걸 알면서도 여전히 안심이 되지 않는 기색이었다.

"근데 왜 서 지배인님을 잠들게 만든 거예요? 설마……?"

안나가 돌연 정색하며 시하의 어깨를 잡아 자신을 돌아보게 만들었다.

"이 와중에 서 지배인님 꿈을 먹으려는 거예요?"

"뭐? 날 뭐로 보고!"

누굴 머릿속에 밥 생각밖에 없는 악마로 아나. 어처구니가 없었지만, 시하는 애써 흥분을 가라앉혔다. 방금 윤희에게 사용한 엔트라스는 부향률이 그리 높지 않아 지속시간 역시 길지 않았다. 윤희가 깨어나기 전에 계획한 일을 끝마치려면 안나에게 지금 자신이 하려는 일을 서둘러 납득시켜야만 했다.

"너. 호텔을 되찾고 싶다고 했지?"

안나는 반사적으로 고개를 끄덕였다.

"그러기 위해선 일단 호텔 정보를 빠르고 정확하게 알려줄 사람이 필요할 거야. 나도 네 고모한테서 너에 관한 법적인 권리를 빼앗아오려면 정보원이 필요하고."

"서 지배인님을 정보원으로 만들 계획이에요?"

"맞아. 그러기 위해서 지금부터 난 서 지배인 꿈에 들어가려고 해."

그 순간, 시하의 눈동자 색깔이 서서히 어두운 푸른빛으로 물들어갔다. 그리고 어김없이 풍겨오는 위험하고 아찔한 냄새. 낯설면서도 익숙한 위험한 향기에 또다시 의식이 가물가물해지려고 했다. 몽롱한 와중에 시하의 목소리가 들려왔다.

"그러니까 얌전히 기다리고 있어."

"네? 서 지배인님 꿈에 들어가서 뭘 어쩔 생각인데요?"

"다녀와서 말해줄게. 지금은 시간이 없어."

"잠깐만……. 이봐요, 차시하 씨!"

안나가 시하의 이름을 외쳤지만, 되돌아오는 대답 없이 공허했다. 이미 그는 윤희의 꿈속으로 사라져버린 후였다.

*

윤희의 꿈속으로 들어온 시하는 제일 먼저 궤도부터 살폈다. 인간의 모든 기억은 무의식의 영역에 저장되고, 잠든 사이 무의식이 발현되어 꿈을 꾸게 된다. 따라서 윤희의 꿈속에도 과거의 모든 기억이 저장되어 있을 터. 반듯한 성격답게 윤희의 기억은 일직선 궤도를 따라 차곡차곡 저장되어 있었다. 그녀가 안나와 마주쳤던 지난 새벽의 기억을 찾는 일은 무리가 없어 보였다. 그저 시간의 방향을 쭉 따라가기만 하면 되는 문제였다.

시하는 곧장 날개를 펼치고 시간의 방향을 따라 날아갔다. 그가 윤희의 꿈속에서 제일 처음 맞닥뜨린 기억은 적어도 20년은 된 오래전의 것이었다. 윤희는 바로 이 순간의 꿈을 꾸고 있는 중이었다.

엔트라스에 의해 잠들게 되면 인생에서 가장 강렬한 기억을 남긴 순간의 꿈을 꾸게 되어 있었다. 즉 바로 이 순간이 윤희에게 인생의 가장 중요한 한 순간이라는 뜻이었다. 무슨 큰 문제라도 생긴 것인지 그녀는 굵은 눈물을 뚝뚝 흘리며 오태영 사장에게 연신 고개를 숙이고 있었다.

'죄송합니다, 사장님. 근데 저 정말 훔치지 않았어요. 제발 믿어주세요.'

윤희가 호텔에 입사한 지 얼마 되지 않았을 무렵인 듯했다. 투숙한 손님의 귀중품이 방 안에서 없어졌고, 당시 룸메이드로 일했던 윤희가 범인으로 지목된 상황이었다. 모두가 그녀를 범인이라고 쉽게 추측했다. 하지만 유일하게 오태영 사장만이 윤희의 말을 믿어주었다.

'그만 울어요. 훔치지 않았다는 윤희 씨 말 믿으니까.'

'저, 정말이세요, 사장님?'

'손님께는 일단 내가 사과를 드리고 보상을 해드리기로 했으니 더는 이 일을 문제 삼진 않을 거예요. 나중에 윤희 씨 억울함은 내가 꼭 풀어줄게요.'

'감사합니다! 정말 감사합니다, 사장님! 이 은혜, 절대로 잊지 않을게요!'

그렇게 오태영 사장이 직접 나서서 도난 사건은 일단락되었다. 시하는 그 모습을 보며 실소했다. 악마의 뒤통수는 아무렇지도 않게 치는 인간이 제 부하에겐 한없이 너그러운 모습이 가소롭기 그지없었다.

더없이 무표정한 얼굴로 시하는 오태영이 윤희를 다독이는 순간을 지나갔다. 그렇게 계속 날아가다 보니 도난 사건 이후의 일도 알 수 있었다. 윤희는 직원용 휴게실에서 동료와 함께 이야기를 나누는 중이었다.

'와, 그때 그 손님 자기가 다른 곳에서 잃어버리고선 아까우니까 윤희 씨한테 뒤집어씌운 거였다며? 양심도 없지, 진짜.'

'누가 아니래? 사장님이 끝까지 추적해서 찾아내셨대. 우리 사장님 진짜 대단하다, 그치? 윤희 씨도 맘고생 많았어.'

오태영 사장의 노력으로 귀중품 도난 사건의 전말이 밝혀지고, 윤희의 무죄도 입증되었다. 무심하게 태도를 바꾼 동료들 앞에서는 덤덤한 척 굴었지만, 그때부터 윤희에게 오태영 사장은 더없이 소중한 은인이 되었다. 이렇게 20년이 지나서도 여전히 그때의 꿈을 꿀 정도로. 덕분에 생각보다 일이 쉽게 풀릴 것 같았다. 윤희는 이미 안나의 아군이나 다름없었다.

그렇게 또다시 한참을 날아가다 보니 익숙한 모습이 보였다. 시하는 자신도 모르게 날아가는 속도를 늦췄다. 그러다 급기야 날갯짓을 멈추고 말았다. 윤희의 시선 끝에서 오태영 사장이 누군가와 다투고 있었다.

'절대 호텔에는 찾아오면 안 된다고 했잖아! 어서 집으로 돌아가!'

'너무해! 펜트하우스에서 생일 파티 한 번 해주는 게 뭐 그렇게 어렵다고!'

눈물을 흘리며 서러움을 토로하는 여고생은 다름 아닌 안나였다. 윤희의 기억 속 안나는 예쁜 교복을 입고 있었고, 눈은 반짝반짝했으며, 복숭아처럼 발그레한 뺨에 생기가 가득했다. 피가 묻은 잠옷 차림에, 계속 갇혀 지낸 탓에 앙상하게 말라버린 데다 혈색마저 창백한 지금과는 영 다른 모습이었다.

'앞으로 아빠랑은 말도 안 할 거야!'

철없이 화를 내는 모습조차도 어여뻐서 자꾸만 눈길이 갔다. 상처 하나 없이 뽀얀 다리, 립스틱도 바르지 않았는데 붉고 싱그러운 입술, 달콤해 보이는 눈물. 시하는 내내 안나에게 향하는 눈길을 막지 못하고 저도 모르게 그 뒤를 따라 조용히 날아갔다.

하지만 얼마 못 가 앞을 가로막히고 말았다. 윤희의 꿈속에선 시하도 윤희가 보고 듣고 느낀 감각만을 알 수 있었다. 윤희가 바라본 안나의 모습은 거기까지였다. 그사이 그녀는 오태영에게 다가가 말을 걸고 있었다.

'사장님, 저대로 따님을 돌려보내도 괜찮으세요?'

윤희가 묻자 오태영이 애틋한 얼굴로 고개를 저었다.

'괜찮아요. 이렇게라도 해야 저 애가 다시는 이곳에 안 올 테니까.'

그 말을 듣고 나서야 그동안 추측만 했던 모든 것이 비로소 확실해졌다. 오태영은 하나뿐인 딸을 지키고 싶었던 게 틀림없었다. 바로 이 몽마 차시하로부터.

호텔에 오면 안나는 어떻게든 자신과 만나게 됐을 게 뻔했다. 그렇게 되면 외동딸인 그녀는 다른 오성운의 자손들이 그랬듯 자신과 계약을 해야만 했다. 시하는 오태영이 제 딸을 지키기 위해 자신과의 관계를 끊으려 했다는 걸 똑똑히 알 수 있었다.

"그렇게 노력했는데 모두 수포가 되었군. 이걸 안타까워해야 하나?"

시하가 비죽 웃었다. 태생을 거스르지 못한 잔인하고 이기적인 비소였다. 그는 족쇄에 묶인 채 자신을 불러냈던 안나의 모습을 머릿속에 떠올렸다. 운명의 장난인지 몰라도 오태영이 마지막까지 지키려 했던 그 딸이 스스로 악마를 불러냈다. 자신을 배신한 오태영에게 이만큼 잔인한 벌이 또 있을까?

시하는 차가운 비웃음을 입가에 매단 채 다시 날기 시작했다. 그러곤 미련 없이 윤희가 목격한 오태영의 애달픈 부정(父情)을 무심히 저편으로 흘려보냈다. 그렇게 얼마쯤 날아갔을까.

"젠장!"

빠른 속도로 윤희의 꿈속을 날아가던 시하가 느닷없이 욕지거릴 뱉어냈다. 스멀스멀 피어오르는 달콤한 향기. 아주 미량만으로도 본능을 들끓게 만드는 이것은 분명 안나가 꾸는 꿈의 향기였다. 아무래도 윤희의 곁에 있다가 안나 역시 엔트라스에 취해버린 모양이었다.

안나 같은 스위트 노트는 엔트라스에 의해 꿈의 출입구가 열려버리면 그 파급효과가 엄청났다. 꿈의 출입구가 열리는 즉시 순식간에 그녀의 존재가 노출돼 버리고 말 것이다. 대비책도 없이 그런 일이 발생했다간 안나를 노리는 몽마들이 수도 없이 생겨날 터였다. 안나 같은 훌륭한 먹이를 그들이 절대 놓칠 리가 없으니까.

아주 잠깐 다른 누군가가 안나의 꿈을 먹는 걸 상상만 했는데도 기분이 매우 더러웠다. 시하는 앞뒤 재지 않고 곧바로 꿈의 출입구부터 찾았다. 지금 당장 안나를 깨워야만 했다. 하지만 시하가 윤희의 꿈에서 빠져나왔을 때, 안나는 이미 완전히 곯아떨어져 있었다.

"일어나, 오안나! 지금 잠들면 위험해!"

아무리 어깨를 세게 흔들어도 안나는 눈 한 번 깜빡거리지를 않았다. 시하는 탐탁지 않은 표정을 지으며 안나를 깨울 방법을 고민했다. 그러나 인간을 잠재워 꿈을 빼앗는 몽마로서는 인간을 깨우는 방법이 쉽게 떠오르지 않았다. 한참을 고민한 끝에 그는 어렵게 결정을 내렸다.

"하는 수 없군."

시하가 테이블에 뺨을 기댄 채 잠들어 있는 안나에게로 슬며시 고개를 기울였다. 갈라지고 부르튼 안나의 입술을 바라보며 시하는 문득 윤희의 꿈에서 본 붉고 싱그러웠던 입술을 떠올렸다.

'그 입술이었으면 좋았을 텐데.'

의도가 미묘한 생각을 하며 시하는 조금 더 안나에게로 다가갔다. 눈 깜짝할 사이, 둘의 간격이 입술이 닿을 듯 가까워졌다. 달콤한 향기에 반응한 시하의 목울대가 아슬아슬하게 출렁였다. 갈증을 못 이기고 푸르게 변하려는 눈동자를 그는 가까스로 다스렸다.

먼저 코끝이 간질간질하게 스쳤다. 다음엔 뜨거운 숨결이, 그다음엔 윗입술과 아랫입술이 차례로 맞물렸다. 촉, 촉. 시하는 혀를 내밀어 버석하게 메마른 입술을 적시고 부드럽게 사이를 가르고 들어갔다. 마치 무언가를 불어넣듯 그는 계속 입술을 맞대고 있었다. 그렇게 몇 시간 같은 몇 초가 지났을 때, 안나가 드디어 눈을 떴다.

"이게 뭐 하는 짓이에요? 변태예요?"

안나의 표현에 시하의 표정이 사납게 굳었다. 서로의 숨결이 맞물릴 정도로 밀착된 거리에서 둘은 서로의 눈을 바라봤다. 시하가 얼굴을 살짝 떼어내 왼쪽으로 기울였던 고개를 오른쪽으로 기울이며 이를 악문 채로 되물었다.

"지금 누구더러 변태라는 거지? 생명의 은인한테 고맙다곤 못할망정?"

"생명의 은인?"

"그래. 네가 엔트라스로 잠들면 무슨 일이 벌어지는지 알아?"

"그, 그걸 내가 어떻게 알아요? 무슨 일이 벌어지는데요?"

시하의 매서운 기세에 살짝 주눅이 든 안나가 순진하게 물었다. 그가 한숨을 크게 내쉬었다. 이 아가씨, 역시나 자기 자신이 어떤 존재인지 조금도 모르고 있었다.

스위트 노트의 '노트'는 인간의 꿈을 환산한 단위였다. 그것은 꿈의 맛, 향, 색, 형태, 그리고 몽마가 꿈을 취했을 때의 효과를 모두 종합한 것이었다. 평범한 인간이 꾸는 꿈의 노트를 1부터 100까지 분류할 수 있다면, 안나와 같은 스위트 노트가 꾸는 꿈의 노트는 그 수치를 훨씬 웃돌았다.

보통의 인간이 꾸는 꿈은 쉽게 뭉개지는 연기 같은 형태를 가지고, 희미하고 흐릿한 색깔을 띠며, 향기 역시 금방 사라져버리지만, 스위트 노트는 달랐다. 그들의 꿈은 거대한 꼬리의 형태를 가지고, 오로라처럼 찬란하고 신비로운 색감을 띠며, 조향사가 악마에게 영혼을 팔아서라도 만들고 싶을 만큼 달콤하고 유혹적인 향기를 풍겼다. 안나가 만약 엔트라스로 꿈을 꾸게 된다면 그 크고 긴 꼬리에 수십, 아니, 수백의 몽마가 달라붙어 영혼까지 빨아먹을 게 분명했다.

"못해도 이 도시에 사는 몽마란 몽마는 죄다 널 먹겠다고 쳐들어올 거야. 찾아오는 몽마마다 꿈을 빼앗겼다간 아무리 너라도 심장까지 바짝 쪼그라들걸?"

시하의 말을 가만히 듣고 있던 안나가 자신도 모르게 심장 위에서 주먹을 꽉 움켜쥐었다. 온몸이 바싹 말린 오징어처럼 쪼그라드는 상상을 하고 나니 그의 말이 더 섬뜩하게 들렸다.

"그 사태 막으려고 기껏 도와줬더니, 뭐? 변태?"

"아니, 나는……. 깨우는 방법이 얼마나 많고 많은데. 그냥 어깨를 흔들어도 되고……."

"어깨를 아무리 흔들어도 안 일어났던 게 누구더라?"

"그렇다고 키스를 하면 어떡해요? 놀랐잖아요."

"뭐? 키스? 누가? 내가?"

"왜요? 나한테 입 맞춘 건 맞잖아요."

안나의 목소리가 점점 더 기어들어갔다.

"착각하지 마."

반면 시하의 표정은 점점 더 싸늘해졌다.

"방금 내가 한 건 키스가 아니라 영역 표시야. 네 꿈에서 내 냄새가 나면 웬만한 몽마는 함부로 못 건들 테니까."

그러고 보니 안나는 잠결에도 그의 키스가 참으로 이상하다고 생각했었다. 키스가 아니라 오히려 인공호흡에 가까운 느낌이었달까. 무언가를 몸 안으로 불어넣는 기분이었다. 게다가 입술이 닿았을 때, 그에게선 불순한 욕망의 냄새가 전혀 맡아지지 않았다. 전말을 알게 된 안나의 얼굴이 한순간 새빨갛게 달아올랐다. 시하는 안나를 향해 잔인하게 확인사살을 퍼부었다.

"아무래도 단단히 오해를 하고 있는 것 같은데, 내가 너한테 내 것이 되라고 하는 건 어디까지나 필요에 의해서지, 널 좋아해서가 아니야. 알았어?"

안나는 잔뜩 시무룩해져서 억지로 대답했다.

"알았어요. 오해한 건 미안해요. 그렇지만 나도……."

안나의 변명까지 틀어막은 채, 시하의 잔인한 확인사살은 끝날 줄 모르고 이어졌다.

"나도 취향이라는 게 있어. 너는 내 타입 아니니까 앞으로 그런 기분 나쁜 오해는 삼가도록 해."

"알았다고요. 그래서 미안하다고 했잖아요. 근데 나도……."

"대체 어떻게 하면 그런 식으로 사고방식이 가능한 거야? 내가 너 같은 애한테 그런 마음이 들 것 같아?"

너 같은 애? 결국 시하의 무례한 태도는 안나를 욱하게 만들고 말았다.

"이번 기회에 확실히 말해두겠는데, 내 취향은……."

"내가 알았다고 몇 번을 말해, 이 악마야!"

시하가 계속 말 한마디 못 하게 하고 취향 타령만 해대는 걸 더는 들어줄수 없었다.

"사람 말 좀 끝까지 들어요! 날 구해주려는 의도였든 뭐든 당신은 나한테입을 맞췄고, 난 그게 기분 나빴어요! 그럼 당신도 취향 어필만 할 게 아니라 사과 먼저 해야 하는 거 아니에요?"

논리적인 반박에 시하가 할 말을 잃은 사이, 안나 역시 자신의 취향을 분명하게 밝혔다.

"그리고 나는 뭐, 취향 없는 줄 알아요? 당신도 전혀 내 타입 아니거든요? 방금 한 게 내 첫 키스였으면 나도 가만 안 있었어! 피차 필요에 의해서 계약 맺은 건데 억울해하지 마요! 정 싫으면 계약 파기하든가!"

한바탕 고함을 지른 안나가 씩씩거리며 침실로 들어갔다. 쿵쾅쿵쾅, 요란하게 사라지는 안나를 쫓으려다 시하는 문득 그녀가 조금 전 했던 말을 떠올렸다.

'방금 한 게 내 첫 키스였으면 나도 가만 안 있었어!'

그 말인즉, 방금 한 게 첫 키스가 아니었다? 이제 겨우 스무 살밖에 안 됐으면서 무슨 놈의 첫 키스를 그렇게 빨리 해? 이유도 모르고 기분이 나빠진 시하는 안나를 뒤쫓아 가려던 것도 잊고 다시 날개를 펼쳤다.

'집어치워. 내가 왜 쟤 마음을 신경 써?'

하던 일이나 마저 해야지. 시하는 안나가 들어간 침실 쪽을 무심한 눈으로 흘깃 바라보곤, 이내 윤희의 꿈속으로 들어갔다.

＊

다시 윤희의 꿈속에 들어간 시하는 어느덧 20년이란 시간을 전부 흘러 어젯밤 윤희가 안나를 목격한 그 시간에 당도했다. 워낙 늦은 시간인지라 몇 없는 직원들조차 꾸벅꾸벅 졸고 있었고, 오직 윤희만이 업무에 열중하고 있었다. 그런데 문득, 멀리서 수상한 소리가 들려왔다.

'······악마!'

밤중에 난데없이 들려오는 시끄러운 기척에 윤희가 천천히 자리에서 일어섰다. 그 순간, 윤희의 오감을 그대로 느끼고 있던 시하의 얼굴이 무섭게 일그러졌다.

'치사하고 쪼잔한 악마!'

인간인 윤희는 못 들었을지 몰라도 악마인 시하의 귀에는 똑똑히 들렸다. 안나가 자신을 욕하는 그 우렁찬 목소리가.

'뭐? 내가 치사하고 쪼잔해?'

동시에 안나에게 변태로 낙인찍혔던 게 생각나 시하는 마뜩잖은 얼굴로 두 주먹을 불끈 쥐었다. 애써 가라앉힌 분노가 다시 부글부글 끓어올라왔다. 하지만 참고 또 참으며 시하는 안나가 자신이 요구한 대로 행동하는 것을 지켜봤다. 생각 같아선 잠든 안나의 머리라도 한 대 쥐어박고 싶었지만, 이곳은 윤희의 꿈속인 만큼 함부로 개입할 수는 없었다. 목표한 시간이 될 때까지 기다려야만 했다.

'이 일, 절대로 새어 나가지 않게 입단속 철저히 해. 알았어?'

윤희는 안나를 펜트하우스로 옮기고 돌아와 안나를 같이 옮긴 직원에게 주의를 주고 있었다. 그제야 시하는 윤희의 꿈속에 끼어 들어갈 준비를 시작했다. 바로 여기서부터 윤희의 꿈을 조작해야만 했다.

시하가 손가락을 탁 소리가 나게 튕겼다. 순식간에 샤워 가운 차림에서 슈트 차림으로 모습이 바뀌었다. 완벽한 모습을 갖춘 뒤 시하는 날개를 접고 천천히 바닥으로 내려앉았다.

그 순간 대리석으로 된 로비 바닥이 마치 물의 표면처럼 찰랑거렸다. 꿈과 현실의 경계였다. 시하가 천천히 두 발을 디뎌 경계 위에 아슬아슬하게 착지했다. 물결이 차르르 번지고, 꿈은 순식간에 현실이 되었다. 시하의 구두 밑에서 물결치던 바닥은 어느새 다시 단단해져 있었다. 안나의 등장으로 한바탕 소란이 일었다가 다시 고요가 찾아온 로비에 남성의 구두 굽 소리가 울려 퍼졌다.

"어서 오십……."

바로 그때, 윤희의 곁에서 인사를 건네던 직원이 말을 끝내지 못하고 모래가 날리듯 순식간에 사라졌다. 이제 로비에는 시하와 윤희, 둘밖에 남아 있지 않았다. 공교롭게도 딱 시하가 나타난 타이밍에만 로비에 윤희 혼자 있었던 것으로 꿈이 조작된 것이다. 이제부터 벌어질 모든 일은 윤희와 시하만이 공유할 수 있게 되었다. 다른 직원들이 시하의 존재를 알지 못해도 상관없도록.

"혹시 여기에 오안나라는 사람이 찾아오지 않았습니까?"

모든 준비를 끝마친 시하가 윤희에게 자연스럽게 다가가 물었다. 안나의 사정을 계속 고민하고 있던 윤희는 갑작스럽게 그녀의 이름을 언급하는 남자를 경계하는 눈초리로 바라봤다.

"실례지만 누구시죠?"

윤희의 질문에 시하는 주머니 속에 손을 집어넣어 한순간에 명함을 만들어냈다. 그러곤 손에 잡힌 명함을 꺼내 윤희에게 내밀었다. 명함을 본 윤희의 두 눈이 휘둥그레졌다. 시하가 내민 명함에는 '에뚜알르 호텔 그룹 전무이사 이안 클라인'이라고 적혀 있었다.

"에, 에뚜알르 호텔?"

윤희가 놀라는 것도 당연했다. 에뚜알르 호텔이라면 프랑스에서도 손꼽히는 유명한 호텔이었다. 무엇보다 성운 호텔은 에뚜알르 호텔과 한국지사 계약을 체결하고 오랫동안 협력관계를 유지해오고 있었다. 오태영 사장이 부사장 자리에 있었을 때 체결된 협약이었다.

그때 당시만 해도 대한민국 최고의 호텔과 프랑스 최고의 호텔이 협약을 맺는 것에 많은 논란이 있었다. 한국지사 계약을 맺는 것이 성운 호텔에 매우 불리했기 때문이었다. 당시 오태영 부사장은 끝까지 협약을 반대했다.

그 몇 년 뒤, 사장으로 부임한 후에도 그는 계약 조건을 개선하기 위해서 많은 노력을 기울였다. 하지만 그다지 성과를 거두진 못했다. 생각한 대로 일이 풀리지 않아 괴로워하던 오태영 사장의 모습이 눈에 선했다.

'아차. 내가 이런 생각을 하고 있을 때가 아니지.'

무심코 예전 일을 떠올리던 윤희는 서둘러 수석 직원들에게만 하달된 에뚜알르 호텔 인사 연락망을 살폈다. 시하는 태연하게 윤희의 행동을 지켜봤다. 비록 빈껍데기 같은 직함뿐이긴 하지만, 실제로도 그는 에뚜알르 호텔의 진무이사이기 때문에 전혀 문제 될 게 없었다.

에뚜알르 호텔. 그곳의 대표는 몽마들의 왕이자 시하의 아버지인 판이었다. 그곳은 시하기 데이니기도 훨씬 진부터 몽마들이 인간의 꿈을 빼앗는 은밀한 낙원이었다. 그리고 시하의 배다른 형제들이 지분을 차지하기 위해 각축전을 벌이는 살벌한 곳이기도 했다.

170년 전, 물에서 태어나 시하가 맨 처음 찾아간 곳이 바로 그곳이었다. 그러나 애석하게도 어머니가 조선의 여인인 까닭에 괄시를 받았던 시하는 그곳에서 자리를 잡지 못했다. 그곳은 시하에게 모진 기억밖에는 없는 곳이었다.

세월이 흐르고 흘러 터를 잡은 곳이 결국 어미가 나고 죽었던 조선의 땅이었다. 까마득한 그 옛날, 그는 이안 클라인이라는 이름을 버리고 어머니의 성을 따서 차시하라는 이름을 지었다. 시하는 더는 누구에게도 이안 클라인이라는 이름으로 불리고 싶지 않았다. 그때 인사 연락망에서 시하를 발견한 윤희가 황급히 고개를 숙였다.

"이, 이안 클라인 전무님! 몰라뵈서 정말 죄송합니다."

시하는 쓴 속내를 감추고 부드럽게 미소 지었다.

"아닙니다. 성운 호텔엔 굉장히 오랜만이라서요. 못 알아보는 게 당연하죠. 그보다 한국에서는 이안 클라인이 아니라 차시하라는 이름을 쓰고 있으니, 그렇게 불러주세요."

"알겠습니다. 그런데 차시하 전무님께서 이 시간에 이곳은 어쩐 일로……."

급변한 윤희의 태도에 시하는 속으로 쓰게 웃었다. 허울뿐이었던 에뚜알르 호텔의 전무이사라는 직함이 이제 와서 도움이 될 줄은 미처 몰랐다. 시하는 계획했던 대로 윤희의 가슴에 달린 명찰을 바라보며 뜸을 들였다. 윤희가 수상한 눈초리로 시하를 보며 물었다.

"왜 그러시죠?"

"함부로 발설할 수 없는 일이긴 하지만, 서윤희 지배인은 믿을 수 있는 부하라고 들었으니 특별히 말씀드리죠."

"뭘, 말인가요?"

"사실 전 이곳 성운 호텔의 전 대표셨던 오태영 사장님과는 특별한 인연을 가지고 있습니다. 이곳에 파견된 후로 에뚜알르 호텔과의 한국지사 계약 조건을 완화하기 위해 사장님과 계속 은밀히 연락을 주고받고 있었거든요."

"그, 그게 정말이세요?"

"네. 제가 비록 에뚜알르에서 일하는 사람이긴 해도, 협약 자체가 성운 호텔에 불리하다는 오태영 사장님의 생각에 동조하는 입장이라서요."

시하는 윤희의 의심을 없애기 위해 치밀하게 계산한 거짓말을 술술 꺼내놓았다.

"그런데 1년 전쯤 오태영 사장님에게서 제 변호사를 통해 연락이 왔습니다. 저를 따님의 법적 보호자로 지정하고 싶으시다고요."

"법적 보호자요?"

"네. 저희가 계속 추진하던 일과 무슨 관계가 있는 건가 싶어 다시 연락을 드렸는데, 아무리 해도 연락이 닿질 않았습니다. 그리고 얼마 뒤에 오태영 대표께서 돌아가셨다는 얘기를 전해 들었죠."

그 순간, 의심이 가득했던 윤희의 표정에 슬그머니 변화가 생기기 시작했다. 계속 고민하고 있던 안나의 사정이 시하가 하는 이야기를 통해 짐작이 되는 듯했다. 시하는 윤희의 달라지는 표정을 예의 주시하며 말을 이었다.

"그 소식을 듣고 전 오태영 대표에게 뭔가 문제가 생긴 건 아니었을까 판단했습니다. 제게 따님의 법적 보호자를 부탁한 것은 혹시 모를 일을 대비하려고 했던 게 아닐까 하고요."

혹시 모를 일. 그건 오태영 사장의 갑작스러운 죽음을 가리키는 말이었다.

"그때부터 계속 따님인 오안나 씨를 찾고 있었는데, 어제 극적으로 연락이 됐습니다. 오늘 이곳 펜트하우스에서 만나기로 약속을 했어요."

시하의 설명을 들은 윤희의 눈빛에서 완전히 의심의 기색이 지워졌다.

'날 오늘 밤…… 펜트하우스에서…… 자게…… 해줘요.'

맨발에 삼옷만 입고서 절박하게 호텔로 찾아온 안나의 사정.

'고모……. 고모한테는 여기에 나 왔다고 말하지 말아요. 절대로…….'

그리고 그 일을 오정숙 사장에게 비밀로 해야만 했던 사정. 윤희는 안나가 차시하 전무를 만나려고 한 이유가 현 성운 호텔 사장인 오정숙 때문이라고 결론을 내리고 조심스레 입을 열었다.

"사정은 잘 알겠습니다. 그런데 죄송하지만, 지금은 아가씨가 잠이 드셔서요. 아침에 다시 찾아와주시는 게 어떨까요?"

"그렇게 하도록 하죠."

윤희의 말에 시하는 곧장 고개를 끄덕였다. 윤희가 당장에 안나를 만나게 해주지 않을 거라는 것도 이미 예상하고 있었다. 그녀의 반듯한 성정으로 볼 때 잠옷 차림의 안나가 혼자 머무는 방에 선뜻 자신을 데려가지는 않을 거라고 생각했기 때문이다. 지금은 윤희에게 자신이 안나의 법적 보호자라고 완벽히 인식시킨 것만으로 만족했다.

시하는 윤희의 배웅을 받으며 호텔을 빠져나오자마자 다시 경계를 박차고 날아올랐다. 어김없이 물결이 출렁이듯 땅이 흔들렸다. 이내 그가 있던 공간은 다시 현실에서 꿈이 되었다. 시하는 재빨리 꿈의 출입구를 찾아 날아갔다.

이제 그가 할 일은 윤희가 잠에서 깰 때까지, 안나의 완벽한 법적 보호자가 되어 돌아오는 것이었다. 그리고 이 계획을 성공시키려면 안나의 적극적인 협조가 필요했다. 시하는 윤희의 꿈을 빠져나오자마자 곧장 안나에게로 향했다.

"방금 서 지배인 꿈에 들어가 기억을 조작하고 나왔어."

조금 전 각자의 취향을 확인한 것 때문에 기분이 상했는지 살짝 시큰둥하던 안나가 금세 적극적으로 반응했다.

"기억을 조작하다니? 조금 더 구체적으로 설명해봐요."

"난 서 지배인이 널 여기에 데려다놓고 다시 로비로 돌아왔을 때, 원래는 일어나지 않았던 일을 꿈속에서 일어나게 만들었어. 꿈과 현실의 경계는 무척 모호해서 인간은 꿈에서 벌어진 일을 쉽게 현실이라고 믿어버리거든."

안나는 시하가 설명해주는 이야기에 어느새 푹 빠져든 기색이었다.

"그래서 서 지배인님 꿈속에서 어떤 일을 일어나게 만든 건데요?"

"서 지배인이 널 여기에 데려다둔 바로 직후에 내가 나타나서 널 보러 왔다고 말했어. 1년 전부터 계속 널 찾고 있었고, 극적으로 연락이 닿아서 펜트하우스에서 만나기로 했다고."

"서 지배인님이 그 말을 순순히 믿어요?"

"처음엔 경계했지. 하지만 내가 믿을 수밖에 없게 만들었어."

"어떻게요?"

"오태영 사장이 죽기 직전 날 네 법적 보호자로 지정했다고 말했거든."

흥미진진하게 시하의 말을 듣고 있던 안나가 그 순간 불만스러운 목소리로 되물었다.

"내 법적 보호자, 정말로 하려고요?"

"왜? 싫어?"

"싫은 건 아니지만……."

안나는 시하의 기분을 상하게 했다가 그가 바로 일을 추진할까 봐 말꼬리를 흐리며 대답했다.

"귀찮지 않겠어요? 과정이 쉽지 않을 텐데."

"하긴, 오정숙한테서 네 법적 보호자 권한 빼앗아오기가 여간 곤란한 게 아니더군. 오태영의 유언장도 조작해야 하고, 법정 싸움에서 이기려면 확보해야 할 증거도 많고 말이지. 귀찮은데 차라리 편하게 진짜 보호자 할까?"

"진짜 보호자?"

"그래. 어디 보자. 아버지는 돌아가셨고, 오빠는 없고, 삼촌도 없는 것 같고, 그럼 남편밖에 없겠네?"

"나, 남편?"

남편이라는 소름 끼치는 단어에 안나가 커다란 베개를 시하에게 집어 던졌다.

"뭐예요, 진짜! 지금 나랑 장난해요?"

시하가 안나가 집어 던진 베개를 가뿐히 받아내며 대꾸했다.

"장난 아닌데. 생각해보니까 내가 꼭 네 법적 보호자가 되어야 할 것 같더라고. 고모한테서 벗어나게 도와달라며? 널 죽이려는 살인자로부터 목숨도 지켜달라며? 게다가 부모님 죽인 범인 찾는 것도 도와달라고 했잖아. 맞지?"

"그, 그랬죠?"

"그러려면 내가 네 옆에 24시간 붙어 있어야 할 텐데. 법적 보호자라고 하면 수상하게 보는 눈도 줄어들 거 아니야. 안 그래?"

안나는 이 악마가 이렇게 말이 능수능란했었나 싶어 멍하니 눈만 깜빡거렸다.

"아님, 정말 남편이라고 해? 그럴까? 귀찮게 이것저것 조작할 필요 없이 그냥 6개월만 기다리면 결혼도 할 수 있는데. 법적으로 미성년자 씨?"

"아뇨!"

안나가 자신이 법적으로 미성년자라는 사실을 적극 어필하면서 마지막 요구 조건의 이행을 미뤘던 건, 그때까지 고모에게서 완벽히 벗어난 뒤 계약을 없던 일로 하기 위해서였다. 아무리 생각해도 악마와의 계약이라니, 너무 위험한 일이 아닌가. 그런데 그런 악마가 남편이라니! 안나는 부리나케 고개를 저었다.

"그냥 법적 보호자 하세요! 마음대로 하세요!"

"좋아. 그럼 이제 너도 동의한 거다?"

안나는 그의 입에서 또다시 남편 소리가 나올까 봐 반사적으로 고개를 끄덕였다. 누가 악마 아니랄까 봐 사람을 홀리는 기술이 아주 대단했다. 시하에게서 다시 베개를 빼앗아와 품에 끌어안은 안나가 마뜩잖은 기색으로 볼을 부풀렸다. 남편 막자고 결국 법적 보호자를 허락하고 말다니. 억울하고 분했다. 하지만 어쩔 수가 없었다. 안나가 기어코 이 시간부로 자신의 법적 보호자가 된 악마를 바라보며 물었다.

"그래서 이제부터 내가 뭘 하면 되는데요?"

시하가 결국 제 뜻에 굴복한 안나의 머리를 부드럽게 쓰다듬으며 대답했다.

"넌 내가 시키는 대로만 하면 돼."

시하가 윤희의 꿈속에서 설계한 시나리오는 이랬다. 윤희는 시하와 약속한 시간이 되기 전에 안나에게 입을 만한 옷을 가져다주기 위해 펜트하우스를 찾는다. 그런데 안나는 그때까지도 잠들어 있고, 그녀는 차마 안나를 깨우지 못하고 기다리다가 꾸벅꾸벅 졸게 된다. 그 후 윤희가 잠에서 깨는 타이밍에 맞춰 시하가 펜트하우스에 도착하는 것으로 꿈과 현실이 이어지게 되는 것이었다.

"서 지배인한테 뿌린 엔트라스 효과는 지속 시간이 2시간 남짓이야. 이제 한 3, 40분 후면 서 지배인이 깨어날 거야. 난 그때까지 밖에서 마저 준비할 것들이 있어."

당장 꿈속에서 서윤희를 만났을 때 입었던 옷으로 갈아입어야 하고, 그녀가 안나에게 가져다줄 옷도 마련해야만 했다. 그 외에도 준비해야 할 게 한둘이 아니었다.

시하는 그렇게 자신이 윤희의 꿈속에서 했던 일들에 관해 설명을 마치고 잠시 사라졌다. 그러곤 아까 주방에서 떠놓았던 물 한 잔과 머스크 페르소나를 가지고 다시 침실로 돌아왔다.

"나는 나가서 필요한 것들 챙겨서 다시 올 거야. 너는 서 지배인이 깨어날 때까지 잠든 척만 하면 돼. 아, 실제로 잠들지는 말고. 이유는 알지?"

"알았어요. 근데 그사이에 또 고모가 쳐들어오기라도 하면 그땐 어떡해요?"

시하는 차원을 이동할 준비를 하면서 안나의 질문에 대수롭지 않게 대답했다.

"그럼 너도 또 소환해. 뭐가 문제야?"

"아……."

참으로 간단한 문제였다. 반사적으로 고개를 끄덕이다가, 안나는 시하가 소환한 지 세 번 만에 나타나서 애간장이 타들어갔던 기억을 문득 떠올렸다.

"제발 부탁인데, 이번엔 바로 바로 와요. 아침에 그랬던 것처럼 또 막 버티시 말고."

"버티다니? 그건 또 무슨 소리야?"

시하가 영문을 모르겠다는 눈초리로 안나를 내려다봤다. 안나는 문밖에서 고모의 목소리가 들려오던 조마조마한 순간을 떠올리며 발끈했다.

"우와, 발뺌하는 거 봐. 내가 세 번이나 불렀는데, 겨우 마지막에야 나타났잖아요! 일부러 그런 거 맞죠? 내가 30분 시간제한 안 지켜서? 아니면 망할 악마라고 불러서 기분 나빠서 그랬어요?"

"너, 나더러 망할 악마라고도 했어?"

'뭐야, 이 악마? 정말로 못 들었던 건가?'

안나는 어쩐지 또 제 발등을 찍은 기분이 들어 저도 모르게 고개를 저었다.

"아뇨? 그런 적 없는데요."

"없기는? 치사하고 쪼잔한 악마라고도 했는데 망할 악마라고는 안 했을까?"

"그, 그걸 어떻게 알았어요?"

시하는 재수 없다느니 변태라느니, 그동안 안나가 했던 막말을 떠올리며 눈을 가늘게 떴다. 걸핏하면 제 욕을 하는 스위트 노트라니, 아무래도 상대를 잘못 고른 것 같았다. 하지만 안나의 달콤한 꿈을 떠올리니 욕쯤이야 들어도 상관없다 싶었다. 굳이 안나가 아니더라도 인간에게서 원망받는 일이야 익숙했으니까.

"됐어. 그보다 너, 여태껏 날 소환할 때 어떻게 했는지나 말해봐."

시하는 인간이 자신을 소환하는 즉시 곧바로 차원을 이동하게 되어 있었다. 그런데도 안나가 세 번 만에 자신을 소환하는 것에 성공했다고 말하는 것을 보면 분명 뭔가 문제가 있었다는 뜻이다. 안나는 시하의 말에 곰곰이 그를 소환했던 순간을 떠올렸다.

"그러니까 이렇게……. 회중시계를 딱 손에 쥐고 소원을 빌었죠."

안나가 회중시계의 뚜껑을 열어 두 손으로 꼭 쥐며 그때의 상황을 그대로 재연했다. 그러자 잠자코 그 모습을 지켜본 시하가 딱 한마디를 던졌다.

"그게 다야?"

"그럼 뭐가 또 있어야 하는데요?"

"물."

"물?"

"그래, 물. 시계에 물이 묻어 있어야 해."

물에서 태어나 오랜 세월 물속을 떠돌았던 시하는 차가운 물의 성질을 가진 악마였다. 차원을 이동할 때나 몽마의 힘을 발휘할 때 모두 어김없이 물의 성질이 발동됐다. 시하는 문득 안나가 자신을 소환했을 때 틀어져 있던 샤워기를 기억해내곤 되물었다.

"근데 너 분명 샤워기를 틀어놨었던 것 같은데? 알고 그런 거 아니었어?"

"그건 그쪽이 너무 안 나타나니까 화도 나고 답답해서 바둥거리다가 우연히……."

"우연히? 그럼 처음에 날 소환했을 때는?"

시하의 물음에 안나는 그때의 상황을 머릿속에 떠올렸다. 똑, 똑, 하는 소리와 함께 불현듯 시계 위에 떨어지던 물방울이 떠올랐다. 가만히 생각해보니 그건 물이 아니라 땀이었다. 그래, 악몽을 꾸느라 흘린 땀방울이 분명 시계 위에 떨어졌었다.

"아, 그땐 시계에 내 땀방울이 떨어져서."

안나의 설명에 시하가 황당한 시선으로 그녀를 바라봤다. 오태영의 딸이 자신을 불러낸 상황이 전부 우연이었다니, 아무래도 오태영은 신에게서마저 버림받은 모양이었다.

"좋아. 이제까지는 우연이었을지 몰라도 앞으론 명심해. 회중시계에 물이 묻어 있어야 날 소환할 수 있어. 말해 봐. 뭐가 있어야 한다고?"

안나는 그가 나타날 때마다 허공에서 휘몰아치던 물 폭탄을 머릿속에 떠올리며 마지못해 대답했다.

"물."

"그래. 싸력시 마. 서 시배인이 깨기 전에 모는 순비를 끝마쳐야 하니까 꼭 그전에 날 다시 소환해야 해."

"알았어요. 근데 물은 아무 물이나 되는 거예요? 땀으로도 되는 거 보면 그런 것 같은데."

"맞아. 아무 물이나 상관없어."

"침도?"

"그래, 침도……. 뭐?"

그 순간 침을 뱉는 시늉을 하는 안나의 모습이 시하의 눈에 들어왔다. 시하가 이를 꽉 악물며 말했다.

"어디 뱉기만 해 봐. 감히 그 시계가 어떤 시곈 줄 알고."

"아니, 내가 무슨 불순한 의도가 있어서 그러는 게 아니라, 혹시 물 한 방울 안 나오는 사막 같은 데 갑자기 떨어질 수도 있으니까. 하루아침에 악마도 소환했는데, 그런 일이 절대 안 일어난다고 어떻게 장담해요?"

"지금 당장 널 진짜 사막에다 떨어트려 줄까? 아니면 지옥불은 어때? 거긴 사막보다 더 뜨거울 텐데."

안나는 지옥의 유황불을 상상하곤 몸을 부르르 떨었다. 시하는 그런 안나를 지그시 바라봤다. 하여간 이기지도 못할 걸 매번 꿈틀거린단 말이지.

"만에 하나라는 게 있잖아요!"

이렇게. 밟으면 밟는 대로 매번. 시하는 무심코 윤희의 꿈속에서 본 눈물이 그렁그렁했던 안나의 모습을 떠올리며 대꾸했다.

"그럴 땐 차라리 울어."

"뭐라고요?"

"차라리 내 이름을 부르짖으면서 울라고. 그편이 훨씬 맛있을 것 같으니까."

안나의 눈물을 상상하며 시하가 잔인하게 입술을 핥았다. 당장에라도 절 잡아먹을 것 같은 신호. 안나는 살아야 한다는 본능에 잽싸게 말꼬리를 돌렸다.

"어? 벌써 시간이 이렇게 됐나? 서 지배인님 깨기 전에 빨리 다녀와야 하는 거 아니었어요?"

반사적으로 시계를 본 시하가 황급히 머스크 페르소나를 코앞에 가져다 댔다. 그러곤 가슴이 들썩일 정도로 깊이 숨을 들이마셨다.

이내 컵에 담긴 물이 진동하기 시작했다. 몽마의 능력 중 하나가 발동되고 있는 것이었다. 몽마는 냄새를 맡으면, 냄새를 묻힌 주인이 있는 장소로 순식간에 이동할 수 있는 능력을 가지고 있었다. 물론 그때의 이동수단 역시 소환될 때와 마찬가지로 물이었다.

안나가 맡았던 병에 묻은 이끼의 냄새는 태주의 냄새였다. 이제 남은 건 태주가 있는 장소로 이동하는 것뿐. 이윽고 컵에 담긴 물의 파동이 거세졌다. 그것을 본 시하가 안나의 귀에 다가가 속삭였다.

"참, 아까 한 내기. 내가 이겼으니까, 소원 들어줄 준비나 단단히 하고 있으라고."

시하의 말에 안나가 눈을 동그랗게 떴다.

'그럼 소원 한 가지 들어줄게요.'

어쩜. 그와의 내기에서 진 걸 까맣게 잊고 있었다. 안나가 그 말을 했던 제 입을 찰싹 내리치며 시하를 다급히 불렀다.

"잠깐만! 무슨 소원 빌 건데요? 얘길 해주고 가야 내가 마음의 준비라도……. 앗!"

그러나 이번에도 시하는 안나의 말에 대답해주지 않았다. 휘리릭. 그는 윤희의 꿈에 들어갈 때와 마찬가지로 순식간에 사라져버렸다.

*

"방금, 뭐라고 말씀하셨습니까?"

태주가 믿기지 않는다는 듯이 눈을 수차례 깜빡이며 물었다. 어김없이 물보라늘 일으키며 갑자기 나타난 주인이 한 말 때문이었다.

"내가 다시 성운 호텔의 주인이 되어야겠다고 말했다."

"네?"

태주는 너무 놀란 나머지 비명 치듯 되묻고 말았다. 그럴 만도 한 것이 성운 호텔이 100년 넘게 이어져 오는 동안, 단 한 번도 경영에는 관심을 가진 적 없는 주인이었다. 호텔의 실질적인 경영자가 되면 더 쉽게 판의 눈에 들 수 있다고 수백 번을 말해왔지만, 그의 주인은 그때마다 번번이 더 고집스럽게 외면하곤 했다. 그런데 다시 호텔을 되찾아야겠다니.

"그 말씀, 진심이십니까?"

"그래, 진심이다."

제 주인의 눈에 진정으로 굳은 결심이 서려 있었다. 태주는 곰곰 지난날을 떠올렸다. 제 주인이 호텔 경영에 관심이 없는 데는 기구한 사연이 있었다.

오랜 세월, 시하는 줄곧 목숨의 위협을 받아왔다. 부계와 모계 중 어느 한쪽만 왕족의 혈통을 이어받은 몽마들이 숱하게 겪는 일이었다. 특히 천대받는 인간, 그것도 동양인의 피를 이어받은 시하의 경우는 더욱 심한 위협을 수시로 겪어왔다.

혼혈 왕족은 순혈 왕족에게 있어 스위트 노트나 다름없는 존재였다. 반은 인간이나 반은 몽마. 인간만큼 달콤한 꿈을 꾸면서도 몽마만큼 강한 존재. 한없이 천하지만, 더없이 귀한 먹이. 종종 후계자가 되지 못한 혼혈 왕족은 순혈 왕족 밑에서 노예처럼 부려지기도 했다.

그래서 혼혈 왕족의 몽마들은 후계자 자리를 차지하기 위해 보다 더 필사적이었다. 후계자라는 건 왕이 될 수도 있는 존재를 의미했으니, 순혈 왕족이라 하더라도 후계자의 지위를 가진 혼혈 왕족은 함부로 건들지 못했다. 실제로 왕은 그런 자식이 있는지 없는지조차도 모르지만, 그래도 그 허울뿐인 자리는 곧 왕의 비호를 상징했으니까.

시하 역시 다르지 않았다. 그도 목숨을 부지하기 위해 후계자의 자리를 지키길 원했고, 스위트 노트를 찾길 원했다. 하지만 그는 결코 왕이 되길 바라지 않았다. 시하는 오히려 왕의 피를 이어받은 자신을 혐오했다.

오래전 몽마들의 낙원에 찾아갔을 때, 그는 자신의 아버지가 얼마나 잔인하고 비정한 존재인지를 뼈저리게 깨달았다. 순혈 형제들의 공격을 견디지 못한 그는 결국 프랑스를 떠나 조선으로 다시 돌아와야만 했다.

그렇게 시하가 어쩔 수 없이 조선에 정착했던 그때, 왕이 다시 그에게 손을 내밀었다. 시하는 늦게라도 아버지에게 아들로 인정받은 것 같아 기뻤다.

그러나 사실 왕은 시하가 호텔 주인과 계약을 맺고, 호텔에 투숙하는 조선인의 꿈을 마음껏 먹을 수 있다는 걸 알고 관심을 가진 것이었다. 까마득한 오래전부터 조선의 여인에게 흥미를 느껴온 왕이었다.

그 사실을 알지 못했던 시하는 어떻게든 아버지의 마음에 들고 싶어서 지사 계약이라는 명목으로 성운 호텔을 왕에게 가져다 바치기도 했다. 하지만 더 이상 조선의 여인에게 흥미를 느끼지 못하게 된 왕은 또다시 아들에게 무심해졌다.

시하는 그제야 알게 되었다. 왕이 품은 조선의 여인이 비단 자신의 어미만이 아니었음을. 잔인한 그에게 버려진 여인이 더 존재했음을. 지금 이 땅에는 시하처럼 버려진 왕의 후손이 무려 셋이나 더 있었다.

그 사실을 안 시하는 그때부터 도리어 호텔 경영에서 완전히 손을 떼버렸다. 왕의 눈에 들고자 하는 미련 따위 마음속에서 모조리 몰아낸 것이다. 그는 그저 죽지 않기 위해 탐탁지 않은 후계자의 자리를 지켜왔고, 살기 위해 그 오랜 시간을 스위트 노트를 찾아 헤맸다.

그랬던 주인이 호텔을 되찾으려 한다. 그 의미는 남달랐다. 태주는 감격에 벅차올랐다. 진흙 속에서 태어나 이끼에 파묻혀 살았던 진창 같았던 하급 몽마의 삶. 그 삶에서 자신을 구원해준 주인에게서 이따금 선천적인 무력감과 패배감을 엿볼 때마다 태주는 늘 이 순간을 꿈꿔왔다. 주인이 그 아픈 그늘에서 벗어나려 꿈틀거리는 바로 이 순간을.

"제 목숨을 바쳐서라도 돕겠습니다. 시하 님이 다시 성운 호텔을 되찾을 수 있도록."

태주가 예를 다해 주인에게 고개를 숙였다. 다시 고개를 들자 어느새 주인도 태주를 더없이 진지한 눈으로 바라보고 있었다.

"지금부터 네가 해줘야 할 일이 있다."

"네, 뭐든 명령하셔도 됩니다."

시하가 날개를 접고 바닥에 내려서며 명령했다.

"일단 옷부터 갈아입자."

윤희가 깨기까지 불과 30분밖에 남지 않은 시점이었다.

*

"지시하신 일, 알아 왔습니다."

신속한 움직임으로 대표실에 들어선 주석이 정숙의 책상 위에 서류를 올려놓았다. 그를 기다리고 있던 정숙은 조급한 손길로 서류를 집어 들었다. 그녀의 눈이 빠르게 서류의 내용을 훑었다.

"이게 전부 사실이야?"

서류의 내용을 확인하는 정숙의 목소리가 격렬하게 떨렸다.

"네. 몇 번이나 확인했습니다. 한국지사 쪽 전무이사 차시하가 분명합니다."

챙그랑! 정숙이 집어 던진 서류 뭉치에 부딪힌 화병이 바닥에 떨어져 산산조각이 났다. 펜트하우스 욕실에서 정숙에게 창피를 준 자가 협력 지사인

에뚜알르 호텔의 전무이사였던 것이다.

"차시하 전무는 에뚜알르 호텔 대표가 한국인 여자와 만나 낳은 사생아로, 경영에는 그다지 관심이 없는 것으로 알려져 있습니다. 그래서 본사가 아닌 한국지사로 발령이 난 것 같은데, 그간 성운 호텔의 경영에는 일절 손대지 않았던 것으로 보입니다."

실질적인 경영에는 관여하지 않는다고 해도, 그자가 성운 호텔에 미치는 영향력은 절대 무시할 수 있는 것이 아니었다. 정숙은 주석의 보고를 들으며 이를 꽉 악물었다.

"정보에 의하면 1년 전만 해도 자주 저희 펜트하우스에 묵었다고 합니다만, 그 후로는 전혀 모습을 드러내지 않았습니다."

그 망할 작자는 하필이면 정숙이 경영권을 물려받은 1년 전부터 아예 성운 호텔에 모습을 드러내지 않았다. 덕분에 정숙은 그를 알아보지 못했고, 그만 뼈아픈 실수를 하고 말았던 것이다.

정숙이 의자에서 일어나 통유리창 앞으로 걸어갔다. 우뚝 솟은 호텔 주위로 운치 있는 숲길과 대규모의 호수가 조성되어 있었다. 오늘도 더할 나위 없이 아름다운 풍경이었다. 정숙이 창 위로 그 풍경을 움켜쥐듯 손가락을 구부렸다. 그녀는 이 호텔을 오롯이 갖기 위해서라면 못 할 게 없었다.

"김 실장, 그거 준비해. 아무래도 차시하 전무를 직접 만나 다시 한 번 사과를 해야겠어."

정숙이 말한 물건은 시가 천만 원을 훌쩍 넘는 최고급 빈티지 와인이었다. 주석은 놀라긴 했지만, 곧 차시하가 가지고 있는 성운 호텔 주식에 딱 어울리는 사죄의 선물이라고 생각하며 고개를 끄덕였다.

"알겠습니다."

주석이 대답 후 가만히 있자 정숙이 빤히 그를 쳐다봤다. 그 집요한 시선에 그제야 주석이 아차 싶은 얼굴로 입을 열었다.

"아, 다른 지시하신 사항도 알아봤는데, 지난밤 펜트하우스에 들어간 사람은 분명히 여자가 맞답니다. CCTV상으로 얼굴 확인까진 불가능하지만, 당시 당직지배인이 그 여자를 펜트하우스로 데려간 정황은 정보원을 통해서 확실하게 확인했습니다."

"그 여자와 차시하 전무의 관계는?"

"아직 그 여자가 차시하 전무의 일행인지 아닌지는 파악하지 못했습니다."

"그럼 그 여자를 데려갔다던 당직지배인은 누구야?"

"서윤희 당직지배인입니다."

서윤희라면 오빠에게 충성도가 높은 직원이라 정숙도 기억하는 인물 중 하나였다.

"서윤희 지배인은 지금 어디 있어?"

"오늘 휴일인 거로 알고 있습니다."

"그럼 내일 출근하는 대로 나한테 데려오고. 서윤희 지배인 곁에도 우리 쪽 사람 심어놔."

"알겠습니다."

"그리고 그 펜트하우스로 들어갔다는 여자, 인상착의는?"

"잠옷처럼 보이는 옷을 입고 있었고, 발목에 상처가 많았다고 했습니다. 입고 있는 잠옷에까지 피가 묻어 있었다고 하더군요."

주석의 보고에 정숙의 눈매가 가늘어졌다. 안나가 사라진 시각과 여자가 호텔에 나타난 시각. 그리고 의심의 여지가 없는 인상착의. 그 여자는 분명 안나일 확률이 높았다.

"그 말인즉, 안나가 지금 차시하 전무와 함께 있을지도 모른다?"

하나부터 열까지 수상한 것투성이였다. 1년 동안 두문불출했던 차시하가 갑자기 다시 호텔에 나타난 것도 의아했고, 그가 나타난 시점에 안나가 탈출을 감행한 것도 석연치 않았다.

"김 실장, 두 사람 관계 샅샅이 조사해서 다시 보고해."

맨 꼭대기에 위치한 펜트하우스를 가늠하듯, 천장을 바라보는 정숙의 눈빛에 위험한 호기심이 잔뜩 일렁였다.

*

안나는 초조한 기색으로 회중시계를 들여다보다가 마지못해 걸음을 옮겼다. 시하가 예고한 윤희가 깨기로 예정된 시각이 이제 얼마 남지 않았다. 그녀가 향한 곳은 욕실이었다.

"얼른 나타나요. 서 지배인님 금방 깰 것 같단 말이에요."

그러곤 욕실에 들어가자마자 곧장 그가 시킨 대로 시계에 물을 묻히고 소환을 했다. 안나는 물폭탄을 대비해 재빠르게 욕실 문을 닫고 나갔다. 어김없이 거친 파도 소리가 들렸다. 조금 뒤 폭풍 같은 소리가 잠잠해졌을 때, 안나는 다시 욕실 문을 열었다.

욕조 안에 시하 말고 한 명이 더 있었다. 동그란 안경이 무척 잘 어울리는 귀여운 남자였다. 남자와 눈이 마주치자 안나는 본능적으로 그의 냄새를 맡았다. 머스크 페르소나 용기에 묻어 있던 이끼 냄새가 남자에게서 맡아졌다.

"아까 그 병에 묻어 있던 냄새 주인…… 맞죠?"

안나가 시하를 바라보며 물었다. 시하가 다시 한 번 안나의 후각에 놀라움을 금치 못하며 대답했다.

"맞아, 이쪽은 내 비서."

"뵙고 싶었습니다, 안나 님. 저는 시하 님을 모시는 비서, 윤태주라고 합니다."

태주가 인사를 건네는 사이 시하는 곧바로 욕실을 나서 윤희가 잠들어 있는 응접실로 향했다. 바로 그 순간, 윤희가 잠에서 깨려는지 뒤척였다. 시하는 곧장 태주에게 가지고 온 물건을 윤희의 곁에 두라고 지시했다.

"우린 나갔다가 때맞춰 들어올 테니까, 넌 서 지배인 앞에서 실수하지 말고 연기 잘해."

꿈과 어긋나는 말을 한마디라도 했다간 조작은 실패하고 만다. 시하는 안나에게 거듭 신신당부하며 펜트하우스를 빠져나갔다. 안나는 얼른 다시 침실로 들어갔다. 잠시 후, 문밖에서 잠에서 깬 윤희의 당황한 목소리가 들려왔다.

"어머. 내가 도대체 언제 잠들었던 거지?"

그때, 타이밍을 맞춰 안나도 응접실로 나갔다. 이제, 꿈이 진짜 현실이 될 시간이었다.

"깨셨어요, 서 지배인님?"

안나의 살짝 어색한 연기를 알아차리지 못할 정도로 윤희는 크게 당황한 기색이었다.

"아, 안나 아가씨! 제가 왜 여기서……?"

"많이 피곤하셨나 봐요."

안나는 대충 얼버무리듯 대답했다. 그럼에도 윤희는 쉽게 그녀의 연기를 믿었다. 이 역시도 몽마의 힘 때문이었다.

"죄송합니다. 제가 그만 무례를 저질렀습니다."

"괜찮아요. 신경 쓰지 않으셔도 돼요."

안나는 그저 놀랍기만 했다. 윤희는 이 상황을 전혀 의심하지 않는 것뿐만 아니라, 이후에도 정말로 시하가 말한 대로 행동했다.

"참, 조금 있으면 아가씨의 법적 보호자라는 분이 오실 거예요. 그러니 그 전에 이 옷으로 갈아입으세요. 사이즈는 눈짐작으로 맞춰봤는데, 잘 맞으실지 모르겠어요."

그녀는 철석같이 차시하가 제 법적 보호자라고 믿고 있었다. 게다가 시하가 준비해 온 옷을 자신이 준비해 온 것이라고 당연하게 여겼다. 그러나 윤희에게서 인위적인 냄새는 조금도 맡을 수 없었다. 이 모든 상황이 윤희에겐 진짜 현실이었다.

'이렇게까지 꿈과 현실을 착각할 수도 있구나.'

향수 한 방울이면 꿈과 현실의 경계를 마음대로 조작할 수 있는 존재. 몽마가 마음만 먹으면 인간을 멋대로 조종할 수도 있겠다는 생각에 등줄기가 오싹해졌다. 안나는 놀란 티를 숨기기 위해 입매에 힘을 바짝 주며 대꾸했다.

"괜찮아요. 아무리 커봤자 이 잠옷보다는 훨씬 나을 테니까."

끔찍한 기억이 묻은 잠옷을 꾹 움켜쥐었다가 놓은 안나가 윤희가 건넨 옷을 받아 들었다.

"그럼 편하게 씻고 옷 갈아입으세요. 저는 밖에서 기다릴게요. 참!"

침실을 나서려던 윤희가 문득 무언가 생각이 났는지 다시 부리나케 뒤를 돌아봤다.

"혹시 배고프진 않으세요? 벌써 11시가 다 됐는데."

"어, 그러고 보니⋯⋯."

안나가 배가 고프다는 말을 하기 창피했던지 말끝을 흐렸다. 무심코 배를 문지르는 안나의 행동에 윤희가 샐쭉 웃으며 말했다.

"그럼 간단하게 식사도 준비할게요."

"고마워요, 서 지배인님."

"별말씀을요. 제가 받은 은혜를 생각하면 당연한 일인걸요."

이윽고 윤희가 빠져나가고 침실 문이 완전히 닫혔다. 안나가 다시 한 번 홀쭉한 제 배를 문질렀다. 무심결에 느낀 허기에 묘한 감정이 들었다. 고모네 집에 갇힌 채 족쇄에 묶여 있던 지난 6개월. 반항하듯 하루 세끼를 다 굶어도 배가 고픈 줄도 모르고 공포에 떨었던 그 시간이 주마등처럼 머릿속을 스쳐 지나갔다.

"⋯⋯두고 봐. 더 이상 그렇게 얌전히 당하지만은 않을 테니까. 절대로."

스스로에게 경고하듯 몇 번이고 똑같은 말을 되뇐 안나가 이내 잠옷을 벗기 시작했다. 툭. 잔인한 기억이 고스란히 깃든 하얀색 잠옷이 거칠게 바닥으로 내팽개쳐졌다.

*

펜트하우스 밖에선 시하와 태주가 적당한 타이밍을 기다리고 있었다.

"안나 님, 그 옷으로 갈아입으면 무지무지 예쁘겠죠? 제가 진짜 심혈을 기울여서 고른 원피스인데."

태주의 질문에 시하가 콧방귀를 뀌었다.

"태주 너, 호박에 줄 긋는다고 수박 되는 거 봤어?"

"그 말은 안나 님이 호박이라는 말씀이세요?"

"뭐, 늙은 호박까진 아니고 단호박 정도는 되겠네."

"에이, 어딜 봐서 안나 님이 단호박입니까? 그러다 그 단호박에 뒤통수 제대로 맞으세요, 시하 님."

"걱정 마. 내 뒤통수는 절대로 멀쩡할 테니까."

오 안나. 그 녀석은 교목이나 살 어울리는 애송이였다. 뇌리 깊숙이 남아버린 윤희의 꿈속 안나의 모습을 떠올린 시하가 무심히 펜트하우스의 현관을 바라봤다.

"그나저나 이제 그만 초인종 눌러도 되지 않을까요? 얼추 시간이 된 것 같은데."

주인의 시선을 눈치챈 태주가 초인종에 손가락을 올리며 물었다. 반사적으로 시간을 확인한 시하가 고개를 끄덕였다.

"어서 눌러. 시간 됐다."

시하의 명령에 태주가 냉큼 초인종을 눌렀다. 곧장 철컥, 현관문이 열리는 소리가 들려왔다. 시하는 느긋하게 슈트 매무새를 정리하며 한 발짝 뒤로 물러났다. 그는 분명 꿈속에서처럼 우아하고 여유 넘치게 윤희에게 인사를 건넬 생각이었다.

"안녕하세요. 어제 인사드렸던 차시하……."

하지만 문을 연 사람은 예상 밖에 윤희가 아니라 안나였다. 안나는 피가 묻은 잠옷을 벗고 단정한 원피스 차림으로 시하의 눈앞에 서 있었다. 시하는 그만 말문이 막히고 말았다. 세상의 온갖 불행이란 불행은 다 끌어안고 사는 듯 보였던 소녀의 미소는 믿을 수 없을 만큼 눈이 부셨다.

"어서 오세요, 차시하 전무님."

아무런 말도 못 하는 그를 대신해 안나가 먼저 인사를 건넸다. 말도 안 돼. 옷 한 벌에 이미지가 이렇게까지 달라질 수도 있는 건가? 시하는 안나의 미소가 마치 목구멍에 턱 하고 걸린 것만 같았다. 목구멍 안쪽이 간질간질 한 기분이 참기 힘들어 괜한 헛기침을 여러 번 했다. 갑자기 이상한 행동을 하는 주인의 뒤에서 태주가 애써 웃음을 삼켰다.

"뭘 그렇게 멍하니 서 있어요? 내가 그렇게 예쁜가?"

"뭐?"

망부석처럼 굳어 있던 시하가 안나의 말 한마디에 어깨를 움찔했다. 당황 한 시하는 자신도 모르게 이제껏 본 중에 가장 날카로운 눈빛으로 안나를 노려봤다. 함박웃음을 짓고 있던 안나의 표정이 민망한 듯 붉게 물들었다.

"농담이에요, 농담. 뭘 그렇게까지 정색을……. 와, 무슨 말을 못 하겠네, 진짜."

안나가 속상한 얼굴로 입고 있는 원피스를 내려다봤다. 이까짓 원피스가 뭐라고. 이런 원피스, 부모님이 살아 계실 때만 해도 수없이 입어봤는데.

그런데 조금 전 잠옷에서 원피스로 갈아입는 순간, 기분이 날아갈 듯 행복 해졌다. 꼭 다시 태어난 기분이었다. 겨우 옷 한 벌에 이런 뭉클한 기분을 느낄 수 있다는 게 안나는 낯설면서도 신기했다. 그래서 조금 들떴던 모양이다. 별 생각 없이 예쁘냐고 물어본 것인데, 시하가 저렇게까지 정색할 줄은 몰랐다.

"어, 얼른 들어오기나 해요! 서 지배인님 기다리고 계시니까."

무안해져서 툭 쏘아붙인 안나는 시하를 그대로 놔두고 펜트하우스 안으 로 들어갔다. 곧장 따라 들어가려다가 멋쩍게 멈춰 선 시하의 등 뒤에서 태 주가 작게 소곤거렸다.

"뒤통수, 멀쩡하세요?"

시하는 반사적으로 손바닥으로 뒤통수를 감쌌다가 황급히 손을 내렸다.

"오해하지 마. 저 녀석이 예뻐서 그런 게 절대로 아니니까."

태주가 의심이 가득 담긴 눈으로 빤히 시하를 쳐다봤다. 시하가 제 발 저 려 버럭 성질을 냈다.

"왜 그렇게 봐? 내 뒤통수 완전 멀쩡해!"

"그럼 왜 그렇게 멍하니 서 계셨는데요?"

"그건……. 그건! 원피스가 안 어울려도 저렇게 안 어울릴 수가 있나 싶어서. 그래서 그런 거야."

"어어? 저거 제가 잡지에서 어떤 여배우가 입은 거 보고 고른 건데. 제 눈엔 안나 님이 그 여배우보다도 훨씬 더 잘 어울리는 것 같은데요?"

"무슨 말도 안 되는 소릴. 태주 너, 당장 안과 가서 시력 검사부터 받아!"

더는 우스운 변명을 하고 싶지 않았는지, 시하가 멀쩡한 태주의 시력을 문제 삼고는 펜트하우스 안으로 들어갔다. 태주가 키득키득 웃더니, 안경을 빗어 렌즈를 소매로 닦아내며 소리쳤다.

"안경 쓰면 완전 잘 보이거든요?"

그러곤 냉큼 퉁명한 주인의 뒤를 쫓았다.

*

"괜찮으시면 같이 드세요."

윤희의 그 한마디에 어쩌다 보니 시하와 태주도 함께 식사를 하게 되었다. 그녀가 준비한 메뉴는 부드러운 오믈렛에 버섯과 토마토, 아스파라거스를 구워 곁들인 간단한 요리였다. 윤희가 다소 걱정스러운 기색으로 식사를 권했다.

"재료가 부족해서 이것밖에는 못 만들었지만, 많이 드세요. 마음 같아선 룸서비스라도 부르고 싶은데……."

윤희는 안나의 처지를 생각하며 말끝을 흐렸다. 그런 윤희의 마음을 알아차렸는지 안나는 일부러 더 밝게 행동했다. 겨우 오믈렛이 마치 산해진미라도 되는 것처럼 눈을 반짝였다.

"와, 엄청 맛있어 보여요!"

유난히 과장된 말투였다. 그런 칭찬에도 윤희가 수줍게 웃었다.

"보기에만 그렇고 입맛에 안 맞으실까 봐 걱정이에요."

"에이, 이렇게 맛있어 보이는데 무슨 걱정이에요. 어쨌든 잘 먹겠습니다!"

안나는 냉큼 포크를 집어 들었다. 하지만 마주 앉은 시하는 폭신폭신해 보이는 오믈렛을 아무리 봐도 식욕이 생기질 않았다. 인간 세상에서 오래 살았지만, 인간이 먹는 음식만큼은 도저히 입에 맞지 않았다. 게다가 눈앞에 저토록 달콤한 먹이가 있는데, 한낱 계란 따위가 눈에 들어올 리 없었다.

시하가 잘 먹고 싶은 건 따로 있었다. 몰래 입맛을 다시는 시하의 시선이 마주 앉은 안나에게로 향했다. 안나의 입 안으로 꿀떡 넘어가는 오믈렛을 보니 그것이 이제야 먹음직스러워 보였다.

"서 지배인님, 우리 입맛 걱정할 필요 없겠어요. 진짜 맛있는데요?"

시하가 군침을 흘리고 있는 줄도 모르고, 안나는 오랜만에 먹는 따뜻한 음식에 또 한 번 말도 안 되는 행복감을 느끼고 있었다. 윤희의 요리는 돌아가신 엄마를 떠올리게 했다. 그녀는 지난 6개월간 감금되어 있느라 잔뜩 줄어든 위장이 부담을 느끼는 것도 모르고 식사에 열중했다. 정신을 차리고 보니 어느새 오믈렛이 담겨 있던 접시가 싹싹 비어 있었다. 그때였다.

"괜찮으면 내 것도 먹어."

찰나에 안나의 빈 접시와 시하의 손도 대지 않은 접시가 자연스럽게 바뀌었다. 고개를 드니 시하가 어울리지 않게 다정한 미소를 지으며 그녀를 바라보고 있었다. 그는 지금 법적 보호자 역할에 아주 충실하고 있는 중이었다. 안나는 그의 가식적인 연기에 머리끝부터 발끝까지 오싹한 기분을 느끼며 어색하게 물었다.

"전무님은 왜 안 드세요?"

"난 안나 네가 먹는 모습만 봐도 배가 불러서."

할짝. 시하가 보란 듯이 입술을 핥았다. '안나'라는 호칭에 한 번, 제가 먹는 모습만 봐도 배가 부르다는 말에 두 번, 혀로 입술을 훔치는 모습에 세 번 소름이 끼친 안나가 온몸을 부르르 떨었다.

'앞으로 난 보름에 한 번씩 네 꿈을 먹을 거야.'

왜 하필 지금 이 순간에 그 말이 생각난 건지 모르겠다. 그러다 문득 궁금해졌다. 몽마는 인간의 꿈을 어떻게 먹을까? 일순 저도 모르게 제 입술에 영역 표시를 했던 시하의 모습을 상상해버린 안나가 얼굴을 붉히며 오믈렛을 크게 떠 한입에 쑤셔 넣었다. 그러곤 부담스러운 그의 눈빛을 피하기 위해 적극적으로 연기를 펼쳤다.

"전무님이 주셔서 그런가. 아까 먹은 오믈렛보다 더 맛있는 것 같아요."

"그래? 많이 먹어. 오랜만에 봤는데, 너무 말랐다."

시하의 말투는 다정했지만, 줄곧 갇혀 지내 제대로 먹지 못했던 안나에게 '말랐다'는 말은 세법 상저가 되는 날이었다. 곁에서 태주가 아차 싶은 표정을 짓는 모습이 보였다. 비서도 아는 걸 주인은 왜 모르는지. 말없이 입을 꾹 다물고 있던 안나가 잠시 후 포크로 오믈렛을 크게 잘라내서 시하에게 내밀었다.

"진짜 맛있으니까 전무님도 한입 드셔보세요. 자, 아……."

시하가 눈을 기름하게 뜨며 안나를 바라봤다. 이유는 몰라도 그녀는 무언가에 기분이 상한 눈치였다. 똑똑하니 자신이 인간의 음식은 잘 못 먹는다는 사실을 눈치채고서 일부러 이런 행동을 하는 게 틀림없었다. 윤희의 앞에서 안나가 주는 음식을 거부할 수가 없어 이러지도 저러지도 못하던 시하가 굳은 결심을 한 듯 주먹을 꽉 움켜쥐었다. 그러곤 안나의 손목을 부드럽게 움켜쥐고 오믈렛이 꽂힌 포크를 입 안으로 삼켰다.

예상치 못한 시하의 행동에 안나가 딸꾹질 같은 신음을 흘렸다. 이제 보니 시하는 오믈렛이 아니라 포크를 핥고 있었다. 그가 지금 무엇을 먹고 있는지 선연히 느껴졌다. 오믈렛이 아니라 안나의 타액을 먹고 있는 것이었다. 쪽 소리가 나게 입 안에서 포크를 빼낸 시하가 느른한 동작으로 입꼬리를 닦아냈다.

안나는 경악스러웠다. 그를 보고 있는 시각도, 그가 내는 소리를 듣고 있는 청각도, 그의 손에 닿아 있는 촉각도, 모두 극도로 자극적이었다. 안나의 피부가 다시 새빨갛게 달아올랐다. 시하는 무척이나 만족스러운 얼굴로 안나와 시선을 마주했다.

"고마워. 진짜 맛있네, 이거."

특히 '이거'를 발음할 때의 목소리는 정말이지 지나치게 위험했다. 안나는 아까 현관문 앞에서 자신을 맞닥뜨리고 멍하니 굳어버렸던 시하처럼 아무 말도 하지 못했다. 그의 아슬아슬한 눈빛이 목구멍에 턱 하니 걸린 것만 같았다. 시하의 시선을 피하기 위해 안나는 다시 오믈렛을 입에 쑤셔 넣었다. 그 순간, 목구멍에 억지로 밀어 넣은 오믈렛에 사레가 들리고 말았다.

"켁! 켁!"

"아가씨, 괜찮으세요?

안나가 기침을 쏟아내자 윤희가 화들짝 놀라며 그녀의 등을 두드려주었다.

"안나 아가씨, 여기 물이요! 물 드세요!"

태주는 황급히 컵에 물을 따라 내밀었다. 시하만 아무런 행동도 취하지 않고 그저 빤히 안나를 보고 있었다. 그런데 그 눈빛이 너무나도 집요하고 뜨거웠다.

"푸흡!"

태주가 따라준 물을 마시던 안나가 이번엔 물을 뿜어냈다.

"아가씨!"

결국 윤희가 자리에서 일어났다.

"아무래도 체하신 것 같아요. 제가 약 가지고 올게요."

윤희는 다급히 주방을 나섰다. 안나는 입꼬리를 타고 흘러내리는 물을 손등으로 닦아내며 시하를 노려봤다. 생각할수록 기가 막혔다. 세상에 어떤 법적인 보호자가 자신이 보살피는 상대를 바라보며 저런 노골적인 눈빛을 지을까?

그러나 시하는 거세진 갈증 탓에 도저히 안나의 기분을 살필 여력이 없었다. 사레가 들려 안나의 하얀 피부가 붉게 물드는 모습조차 너무나 자극적이었다. 조금 맛본 안나의 타액에 갈증은 더욱 들끓었다. 시하는 당장에라도 안나를 잠재워 제 아래에 두고 심장 밑바닥까지 꿈을 빨아들이고 싶었다. 본능이 동한 그의 눈동자가 일순 푸른빛으로 일렁였다. 그 모습을 본 태주가 제 주인의 욕망을 알아차리고 얼른 중재에 나섰다.

"잠시만요. 시하 님, 지금 연극 중이라는 거 잊으신 거 아니죠?"

시하는 뒤늦게 정신이 번쩍 들었다. 본능에 불타오르던 그의 눈빛이 거짓말처럼 잠잠해졌다. 태주가 제 주인을 향해 한 번 더 연극 속 캐릭터를 설명했다.

"지금 이 자리에서 시하 님은 오래전부터 가깝게 지내왔던 오태영 사장의 따님, 즉 안나 아가씨를 구하러 온 다정하고 친절한 법적 보호자세요."

'다정하고 친절한'이라는 수식어에 시하가 멋쩍게 시선을 흘겼다. 자신이 식사 내내 노골적으로 먹이를 앞에 둔 짐승의 눈빛을 하고 있었던 게 생각난 까닭이다. 그는 제가 캐릭터와 먼 행동을 취했다는 걸 인정하지 않을 수 없었다.

"미안. 내가 실수했나. 앞으로는 똑바로 할게."

그 이후로 시하는 정말 다정다감한 법적 보호자처럼 행동했다. 약을 가지고 돌아온 윤희는 그 모습을 보고 더욱더 시하의 말을 신뢰하게 되었다.

"두 분 사이가 너무 좋아 보이세요. 아가씨에게 이렇게 다정하게 대해주시는 걸 보니 차시하 전무님이 더더욱 믿음이 가네요."

어렵사리 실수를 만회한 연극은 다행스럽게도 성공적이었다. 윤희는 식사가 끝나고 신속하게 차를 준비했다. 룸메이드부터 시작해 당직지배인의 자리까지 올라온 그녀는 모든 일에 능숙하고 완벽했다. 각자의 기호를 충분히 묻고 취향에 맞는 차를 내준 뒤, 자리에 앉아 시하를 물끄러미 바라봤다. 이제 이야기를 들려달라는 뜻이었다.

시하는 쌉쌀한 차를 한 모금 들이켠 후에 계획했던 이야기를 자연스럽게 전달했다. 모든 이야기를 듣고 난 후 윤희의 반응은 예상대로였다.

"그러니까 오정숙 대표님께서 안나 아가씨의 유산을 모두 가로채고, 그것도 모자라 집 안에 감금하기까지 했다는 말이죠?"

찻잔을 쥔 윤희의 손이 바르르 떨렸다. 그녀의 시선이 6개월이 넘도록 족쇄에 묶여 있느라 상처투성이가 되어버린 안나의 발목을 향했다. 더 이상 안나는 연극을 할 필요가 없었다. 그녀는 실제로도 믿고 있던 상대에게 유산을 전부 빼앗기고 감금까지 당한 가련한 상속녀였다. 안나의 주먹 쥔 두 손에 파르스름한 핏줄이 일어섰다. 시하가 속을 알 수 없는 눈으로 안나의 손을 물끄러미 바라봤다. 그때, 윤희의 격앙된 목소리가 고요한 공간에 울려 퍼졌다.

"용서할 수 없어요. 어떻게 그런 짓을……!"

윤희가 손에 쥔 찻잔 속 푸르스름한 찻물이 위태롭게 출렁였다. 그녀는 지금 오정숙이 저지른 파렴치한 범죄에 분노하고 있는 것이었다. 오태영에게 은혜를 갚아야 한다는 사명감에 정의감까지 더해진 윤희는 더할 나위 없이 완벽한 아군이었다. 윤희를 가만히 지켜보던 시하가 태주에게 신호를 주었다. 태주는 곧장 준비해 온 서류를 윤희에게 내밀었다.

"이건 저희가 지금까지 모은 증거입니다. 안타깝게도 현재로선 오정숙 사장이 안나 아가씨를 학대했다는 직접적인 증거는 없습니다. 대신 안나 아가씨가 누군가에게 확실히 학대를 받았다는 진단서랑, 오정숙 사장이 유산을 가로챈 정황 증거는 확보한 상황입니다."

시하를 모셔온 100년 가까이 태주는 온갖 자격증을 섭렵했다. 그중에는 변호사 자격증도 포함되어 있었다. 태주가 더없이 믿음직스러운 모습으로 윤희에게 말했다.

"저희는 지금부터 안나 아가씨가 자신의 정당한 권리를 누릴 수 있도록 오정숙 대표와 맞서 싸울 생각입니다. 서 지배인님도 저희의 든든한 지원군이 되어주셨으면 합니다."

윤희는 일말의 망설임도 없이 고개를 끄덕였다.

"물론이죠. 제가 뭘 어떻게 도와드리면 될까요?"

"일단 오정숙 대표가 가지고 있는 안나 아가씨의 법적 보호자 권한을 박탈할 생각입니다. 그런데 이 문제는 법원에서 판결을 받아야 하는 문제기 때문에 저희가 승소하려면 좀 더 확실한 증거를 모을 시간이 필요합니다."

"그러면 그동안 안나 아가씨를 보살필 사람이 있어야겠군요."

"네. 증거를 다 모을 때까지 안나 아가씨를 안전하게 지켜줄 사람이 필요

합니다. 저희 판단으로는 서 지배인님이 적임자라고 생각했고요."

"그런 거라면 맡겨주세요. 두 분이 확실한 증거를 모을 때까지 제가 반드시 안나 아가씨를 지켜드리겠습니다."

윤희가 안나의 하얀 손을 단단히 붙잡으며 말했다. 그렇게 시하가 윤희의 꿈속에서 설계한 대로 모든 일이 착착 진행되어가고 있었다.

그런데 바로 그 순간, 예상치 못한 변수가 발생했다. 또다시 난데없이 초인종 소리가 울려 퍼졌다. 곧이어 뜻밖의 목소리가 현관문 너머에서 들려왔다.

"계세요? 저 성운 호텔 오정숙 대표입니다. 새벽에 있었던 불미스러운 일에 대해서 다시 한 번 정식으로 사죄드리려고 찾아왔습니다."

오정숙이 놀연 펜트하우스로 찾아온 것이었다. 시하는 일순 뒷목이 써늘해지는 걸 느꼈다. 윤희는 시하가 조금 전 펜트하우스에 도착한 것으로 알고 있는 상태였다. 그런데 오정숙은 새벽녘, 이곳에서 시하에게 저지른 실수를 만회하러 나타난 상황. 서윤희와 오정숙이 만나는 순간, 꿈과 현실 사이에 회복 불가능한 균열이 가고 말 것이었다.

급작스러운 비상사태에 시하와 태주가 난감한 시선을 주고받던 바로 그때였다. 치이익. 갑자기 무언가 분사되는 소리가 들려왔다. 동시에 윤희가 털썩, 바닥으로 쓰러졌다. 그 소리에 시하와 태주가 다급히 뒤를 돌아봤다. 한 손에 향수를 든 채 쓰러진 윤희를 내려다보며 놀란 듯 두 눈을 연신 깜빡이는 안나의 모습이 보였다. 상황이 곤란해졌다는 걸 직감적으로 깨달은 안나가 오늘 아침 시하가 윤희에게 사용했던 향수를 가져와 그녀에게 또 한번 뿌린 것이었다. 안나가 금방이라도 울 것 같은 얼굴로 시하에게 물었다.

"이거, 두 번 뿌린다고 해서 사람이 죽는 건 아니죠?"

대담하게 일을 벌일 땐 언제고, 함빡 겁을 집어먹은 안나의 모습에 시하가 이내 피식 웃으며 대답했다.

"괜찮아. 이번엔 꽤 오래 못 일어나겠지만, 죽지는 않아."

"꽤 오래? 어, 얼마나?"

"보통 연달아 뿌렸을 땐 원래 지속시간의 두 배 정도 소요되니까 한 네다섯 시간 정도?"

"하아, 다행이다……."

잔뜩 긴장하고 있던 안나가 안도의 한숨을 크게 내쉬었다. 그런 안나의 곁으로 다가간 태주가 상냥한 미소를 지어 보이곤, 곧장 잠든 윤희를 안아 들었다. 시하가 재빨리 지시를 내렸다.

"태주 넌 지금 당장 서 지배인 꿈에 들어가서 꿈을 다시 조작해. 나는 혼자 호텔에 찾아간 게 아니라 태주 너랑 같이 간 거야. 체크인도 그때 미리 한 거고. 아, 가능하면 CCTV 관리자도 매수해두고."

"네, 시하 님."

"그리고 안나 너도 방에 들어가 있어. 오정숙은 내가 처리할 테니까."

"알겠어요. 조심해요."

그렇게 안나와 태주가 침실로 들어가고 굳게 문이 닫혔다. 응접실에 홀로 남겨진 시하의 눈빛이 선뜩하게 빛났다. 그가 기다란 손가락을 깍지 끼며 유연하게 몸을 풀었다.

"자, 그럼 나도 어디 한번 뒷수습을 해볼까?"

시하는 마치 아무 일도 없었다는 듯 태연하게 현관으로 걸어가 활짝 문을 열었다. 그러곤 아찔한 미소와 함께 인사를 건넸다.

"어서 오세요, 오정숙 대표님. 안 그래도 기다리고 있었습니다."

그것이 더없이 위험한 악마의 초대라는 걸, 오정숙이 결코 알아차릴 리 없었다.

3장. 불행해서 더 달콤한

　오정숙이 들어오고 펜트하우스 응접실에는 순식간에 레스토랑이 차려졌다. 시하는 천만 원이 훌쩍 넘는 최고급 빈티지 와인을 마치 음미하듯이 바라봤다. 인간이 먹는 음식 중에서 그가 유일하게 좋아하는 것이 바로 이 와인이었다. 젖은 낙엽을 걷어내면 올라오는 검붉은 과실 향. 혀끝으로 맛보는 다채롭고 풍부한 맛과 향기는 인간의 꿈을 닮았다. 또한 그 꿈 으슥한 곳에 깃들어 있는 원초적인 인간의 욕망과도 닮아 있었다.

　"제가 사과의 의미로 특별히 준비한 와인입니다. 와인, 좋아하시나요?"

　"네, 좋아합니다. 무척 훌륭한 와인이네요. 황홀한 향기가 나는군요."

　시하는 시선을 비틀어 제 앞에 앉은 오정숙의 욕망을 진득이 들여다봤다. 오정숙은 기회비용을 까다롭게 따지는 부류였다. 천만 원이라는 가격은 그녀가 이미 자신이 누구인지, 정체를 알고 있다는 의미였다. 에뚜알르 호텔 전무이사. 분명 그 직함이 오정숙으로 하여금 저 와인을 준비하게 만들었을 것이다.

　게다가 그녀가 준비한 것은 거기서 끝이 아니었다. 와인에 어울리는 최고급 스테이크. 우아하고 화려한 테이블 세팅. 깔끔한 디켄팅 실력을 보여주는 전문 소믈리에까지. 시하는 오정숙의 욕망을 가늠하며 와인잔을 살살 돌렸다.

"그런데 스테이크에는 전혀 손을 대지 않으시네요?"

정숙이 육즙 한 방울 묻지 않은 시하의 깨끗한 접시를 바라보며 물었다. 시하는 보란 듯이 주방 싱크대 위에 놓인 설거지가 끝난 접시에 눈길을 두며 대답했다.

"아침을 늦게 먹어서요."

"그러세요? 그러면 제가 괜히 요리를 준비해 왔나 보네요."

"아닙니다. 아무리 배가 불러도 이토록 달콤한 와인 향기를 맡고 있으니 절로 군침이 도네요. 먹고 싶어졌습니다."

먹고 싶다고 말하는 시하의 눈빛이 예리했다. 시하는 더없이 우아하게 스테이크를 썰어 입 안에 넣고 씹어 삼켰다. 고기의 맛 같은 건 하나도 느끼지 못했지만, 그는 꽤나 맛있어하는 표정을 자연스럽게 지어 보였다. 일단은 오정숙의 비위를 맞춰줄 생각이었다.

"어떠세요? 저희 호텔에서 자랑하는 미슐랭 3스타를 받은 프렌치 레스토랑의 요리랍니다. 맛도 맛이지만, 레스토랑이 30층에 있어 전망까지 완벽한 곳이죠. 물론 이곳 펜트하우스에 비할 바는 아니지만요."

"역시. 와인만큼이나 스테이크도 훌륭하네요."

미슐랭 3스타 레스토랑이라. 그렇다면 그 레스토랑에 자신을 초대해도 됐을 텐데, 직접 펜트하우스로 찾아와 이런 번거로운 일을 벌인다는 건 오정숙의 목적이 비단 사과만이 아니라는 뜻이었다. 오정숙이 진짜 관심 있는 것은 이 펜트하우스. 정확히 말하면 이 펜트하우스에 숨어 있는 누군가. 그 누군가에 관해 알고 싶은 정숙의 눈동자에 조바심이 엿보였다.

"그런데 차시하 전무님."

"이런. 제가 누군지 벌써 알고 계시는군요."

시하가 커트러리를 테이블 위에 내려놓으며 짐짓 놀란 표정을 지었다. 그는 일부러 느긋하게 뜸을 들였다. 이건 유희였다. 시하는 정숙이 더 안달이 나길 바랐다. 본론을 꺼내지 못한 정숙의 표정이 찰나에 날카로워졌다가 차분해졌다. 소믈리에가 디켄팅이 끝난 와인을 잔에 따라 테이블 위에 내려놓았다. 정숙이 다시 기회를 노리며 와인 잔을 들고 건배를 권했다.

"당연히 알다마다요. 어제는 경황이 없어서 미처 알아보지 못했지만, 총회 때 봬서 얼굴을 기억하고 있었는걸요. 다시 한 번 어제 일을 진심으로 사과드립니다."

거짓말. 시하는 성운 호텔의 총회에 참석한 적이 단 한 번도 없었다. 오정숙은 그저 어떻게든 저와의 관계를 만들고 싶은 것뿐이었다. 시하는 잇새를 비집고 나오는 조소를 티 내지 않고 정숙의 말에 대꾸했다.

"괜찮습니다. 그렇지 않아도 저 역시 당황해서 대표님께 무례한 발언을 했던 것에 대해 사과드리고 싶었습니다."

그리고 정숙 역시 시하의 말이 진심이 아니란 것쯤은 쉽게 간파하고 있었다. 그렇게 진심을 숨긴 교묘한 사과의 말들이 붉은 와인 위를 오갔다. 동시에 쨍, 유리가 부딪치며 악기 같은 소리를 냈다.

"……실은 어제, 확실하진 않지만 제가 찾고 있는 사람이 여기 펜트하우스에 나타났다는 이야기를 들어서요."

드디어 나온 본론. 시하는 향기로운 와인을 한 모금 마시며 정숙이 비로소 꺼낸 이야기에 입꼬릴 은근히 끌어 올렸다.

"그래서 어제 전무님께 그런 무례한 실수를 저지르고 말았던 겁니다. 이해해주시길 바라요. 워낙 간절했다 보니."

한 모금의 양만큼 수면이 가라앉은 붉은 와인 위로 제 반응을 살피려는 오정숙의 간사한 눈빛이 스치듯 보였다. 시하는 슬그머니 와인 잔을 내려놓았다.

"그렇습니까?"

처음부터 저쪽에서 먼저 본론을 꺼내온다면, 이쪽에서도 본론을 꺼내줄 계획이었다.

"신기하군요. 공교롭게도 저 역시 누군가를 찾아서 이곳에 왔거든요."

"예?"

"그전에, 대표님이 간절하게 찾고 있는 사람이 누구죠? 제가 도울 수 있는 일이라면 돕고 싶은데⋯⋯."

"죄송하지만, 제 개인적인 용무라 말씀드리기가 어려울 것 같습니다. 대신 전무님께서 찾고 계신 분을 말씀해주시면, 제가 최선을 다해 도와드리겠습니다."

그리고 만약 저쪽에서 한발 뒤로 물러난다면⋯⋯.

"그래주시겠습니까? 그렇지 않아도 대표님께 부탁을 드리려던 참인데. 제가 찾고 있는 사람의 이름은⋯⋯."

이쪽은 오히려 한 발 밀어 붙여줄 생각이었다.

"오안나."

그 한 발은 총성처럼 더없이 강력했다. 시하가 거리낌 없이 입에 담은 안나의 이름에 정숙의 눈동자가 경련이라도 일으킨 것처럼 무섭게 떨렸다.

"돌아가신 오태영 사장의 하나뿐인 따님이자 대표님 조카분이시죠? 그리고⋯⋯."

정숙이 부들거리는 두 손을 무릎 위에서 꽉 움켜쥐는 순간, 시하는 쐐기를 박았다.

"6개월 전 갑자기 사라진 성운 호텔의 상속녀."

정숙의 눈동자가 완전히 갈피를 잃고 말았다.

'저 악마가 대체 지금 뭐라는 거야?'

당황스러운 건 정숙을 피해 방 안에 숨은 안나 역시도 마찬가지였다. 안나는 문을 사이에 두고 시하와 고모가 나누는 대화를 엿듣고 있었다. 대체 그가 고모와 무슨 말을 할지 궁금해서 참을 수가 없었다.

그러다 느닷없이 시하의 입에서 제 이름을 흘러나오는 순간, 깜짝 놀라 반사적으로 입을 틀어막았다. 혀끝까지 튀어나온 비명을 가까스로 집어삼켰다. 그가 고모 앞에서 직접적으로 제 이름을 꺼낼 줄은 차마 상상도 하지 못했다.

그는 대체 무슨 생각인 걸까? 시하의 말을 들으며 안나는 자신이 그들 눈에 보이지 않는 곳에 있다는 사실도 잊은 채 숨을 죽였다. 대화에 끼어 있지 않은데도 숨이 턱턱 막히는 기분이었다. 고모가 당혹스러워하는 것이 냄새로 느껴졌다. 굳이 보지 않아도, 무섭게 치켜 올라간 눈매가 잔뜩 일그러졌을 표정이 눈에 선했다. 그리고 시하가 마지막으로 꺼낸 말을 듣고 나서야 안나는 비로소 그가 무슨 생각을 하고 있는지 알 수 있었다.

"그녀를 찾는 걸 도와주시겠습니까?"

6개월간 자신의 집에 감금되어 있다가 달아난 조카를 찾게 도와달라는 의문의 남자. 게다가 어리고 외톨이였던 아이에게 했듯이 함부로 음모를 꾸밀 수조차 없는 대단한 재력가. 그런 차시하가 오안나를 찾고 있다는 사실은 고모에게 상당한 압박이 될 것이었다.

"아⋯⋯. 차시하 전무님이 찾고 있는 사람이 제 조카였나요? 노, 놀랍네요."

역시나 고모는 답지 않게 말까지 더듬으며 당황한 기색을 수습하고 있었다.

"뭐가, 놀랍습니까? 혹 대표님은 찾고 싶지 않은데, 제가 오지랖이라도 떨고 있는 겁니까?"

시하가 그런 정숙을 떠보듯이 되물었다. 그녀는 순식간에 가면을 쓰고 비련의 주인공 같은 목소리로 입을 열었다.

"뭔가 단단히 오해하고 계신 것 같군요. 이제는 도저히 말씀드리지 않을 수가 없겠네요."

"뭘 말입니까?"

"사실 안나에게는 심각한 병이 있어요."

안나는 비참한 심정으로 보이지 않는 문 너머의 시하를 상상했다. 시하는 잠시 아무런 말도 없었다. 안나도 잘 알고 있었다. 고모에게서 제 법적 보호자 권한을 빼앗아오려는 그에게 자신이 몽유병이 있다는 사실을 말해줬어야 한다는 것을. 고모는 얼마든지 자신을 가둬놨던 이유에 대해서 제 병을 방패 삼을 수 있었다. 그걸 알면서도 차마 솔직하게 털어놓지 못했다. 밤마다 정신을 놓고 맨발로 거리를 활보하는 자신이 창피해서 끝내 입술이 떨어지질 않았다.

"처음에는 병원에도 데려가 보려고 했는데, 안나가 너무 싫어했어요. 워낙에 자존심이 센 아이니 창피했을 거예요. 같이 사는 것조차 끝까지 거부했으니까요."

고모의 말은 표면적으로는 사실이었다. 부모님이 돌아가신 지 얼마 되지 않아 안나는 자신에게 몽유병이 생겼다는 걸 알았다. 그래서 병을 들키지 않기 위해 혼자 살겠다고 터무니없는 고집을 부렸다. 하지만 결국엔 고모에게 끌려가 감금을 당했고, 그 후 그녀의 병은 손을 쓸 수 없을 정도가 되고 말았다.

"안나의 병은 점점 더 심각해졌어요. 어느 날은 사람이 많은 버스 정류장에서 정신을 잃고 쓰러져 있었고, 또 어느 날은 한밤중에 불량배들에게 해코지를 당할 뻔했죠. 죽은 개 시체 옆에서 그 애를 발견한 적도 있어요."

그래, 거기까진 어느 정도 사실이었다. 하지만 이어진 고모의 말은 명백한 거짓이었다. 문틈으로 한순간 거짓말을 할 때 나는 악취가 강하게 새어 들어왔다.

"그러다 안나가 어느 날 갑자기 사라졌어요. 그게 바로 6개월 전 밤이었죠."

고모는 짧은 몇 문장으로 안나가 도망치지 않으면 죽는다는 생각이 들 만큼 끔찍했던 그 시간을 완벽히 지워버렸다.

"차시하 전무님. 무슨 연유에서 안나를 찾으시는지 모르겠지만, 저야말로 정말 안나를 찾고 싶어요. 그 아이, 제게도 하나뿐인 조카예요."

거짓말…… 안나는 느릿느릿 고개를 저었다.

"찾고 싶지 않냐고 물으셨나요? 제가 왜 안 찾아봤겠어요? 지금도 찾고 있어요. 이곳에서 찾으려 했던 사람도 바로 안나였고요. 그 아이, 예전부터 이곳에 꼭 와보고 싶어 했거든요."

"그런데 왜 경찰에 실종신고를 하지 않으신 거죠?"

"실종신고를 하지 못한 건 언론 때문이었어요. 전무님도 같은 기업인이니까 잘 아시잖아요. 1년 전 오빠의 죽음만 해도 언론이 어떤 음해를 할지 몰라서 언론 통제를 단단히 했어요. 이러쿵저러쿵 떠들어대는 말들 때문에 안나가 상처받을까 봐서요."

고모의 가증스러운 거짓말은 끝이 없었다.

"그런데 다른 사람도 아니고 제가, 그 애가 몽유병에 걸려 사라진 사실을 어떻게 대놓고 공표하겠어요?"

거짓말! 문에 바짝 몸을 밀착시키고 있던 안나가 더 참지 못하고 천천히 뒷걸음질 쳤다. 당장에라도 이 문을 열고 뛰쳐나가 고모의 앞으로 가서 미친 듯이 소리치고 싶었다.

"그동안 저도 마음이 문드러졌어요. 그 어리고 세상 물정 모르는 아이가 무슨 큰일이라도 당한 건 아닌지 밤에 잠도 제대로 못 잤어요."

그렇게 내가 걱정돼서 족쇄에 짐승처럼 묶어놓고 방에 가둔 거냐고!

"그런데 지난 6개월간 아무리 수소문을 해봐도 그 아이 머리카락 한 올 조차 찾지를 못했죠. 그 아이 닮은 여자애들 볼 때마다 억장이 무너지는 제 기분을 전무님은 상상할 수 있으시겠어요?"

그렇게 마음이 아파서 매일 밤 발버둥 치다 발목이 찢어지고 또 찢어져 우는 날 모른 척한 거냐고!

전부 다 거짓말! 거짓말! 거짓말! 조금씩 뒤로 물러나던 안나가 한순간 격앙된 감정을 참지 못하고 다시 문을 향해 다가갔다. 그렇게 안나가 벌컥 문을 열어젖히기 직전!

때마침 윤희의 꿈속에 들어갔던 태주가 조작을 끝내고 나왔다. 아슬아슬한 순간, 문을 열고 뛰쳐나가려는 안나를 발견한 태주가 곧장 팔을 뻗었다.

'안 돼요, 안나 님!'

지금 문을 열었다간 겨우 다시 조작한 꿈도 망가지고 말았다. 태주는 필사적으로 안나의 앙상한 허리를 끌어당겼다. 간신히 문이 열리는 것은 막았지만, 그 반동으로 둘은 바닥으로 넘어졌다. 쿵! 안나를 감싼 태주의 몸이 바닥에 부딪히며 큰 소리가 났다. 분명 문밖에서도 들릴 만한 기척이었다.

"이게 무슨 소리죠?"

고모의 날카로운 목소리가 들려왔다. 느긋하던 시하의 표정이 미세하게 흔들렸다. 정숙이 벌떡 일어나 소리가 나는 쪽으로 걸어갔다. 어느새 문 앞에 선 정숙이 눈을 빛내며 문고리에 손을 뻗고 있었다.

'설마 여기에 안 나가……?'

조카의 실종에 눈물이라도 펑펑 쏟아낼 것 같았던 그녀의 눈가는 거짓말처럼 멀끔했다.

"그 문, 여실 겁니까?"

그때였다. 느닷없이 등 뒤에서 들려오는 목소리에 정숙이 화들짝 놀라 뒤돌아섰다. 기척도 없이 시하가 바로 등 뒤에 다가와 있었다.

"차시하 전무님……."

팔짱을 끼고서 자신의 행동을 지켜보는 그의 눈빛이 새벽녘 욕실에서 본 눈빛과 똑같았다. 그 간담이 서늘한 눈빛을 받아내며 정숙은 자신이 또 실수를 저지를 뻔했다는 사실을 뒤늦게 깨달았다.

"저, 저는 단지 수상한 소리가 나서……. 제가 여기 책임자니까……."

"그 수상한 소리라는 거, 아마도 내 여자가 내는 소리일 겁니다."

정숙의 변명이 끝나는 순간보다 시하의 예상치 못한 말이 마무리되는 순간이 더 빨랐다.

"내, 내 여자……?"

정숙이 제 실수를 깨달았을 때보다 훨씬 더 당황한 얼굴로 되물었다. 보통 이런 자리에서 사람들은 매우 격식 있고 품위 있는 말투와 단어를 사용하고는 했다. 내가 가진 패는 최대한 적게 보이고, 상대가 가진 패는 최대한 많이 엿봐야 하기 때문에 진심을 숨기는 대신 상대방이 불쾌하지 않게 예의를 갖추는 것이다. 기업과 기업 간에 굵직굵직한 계약을 많이 진행해본 정숙은 이런 대화법에 꽤나 익숙했다.

하지만 시하는 번번이 허를 찔렀다. 조금 전엔 자신이 가진 결정적인 패를 먼저 뒤집어 보이더니, 이번엔 듣기에도 민망한 노골적인 단어를 서슴없이 사용했다.

'내 여자라는 건 애인이라는 뜻이겠지?'

그렇다면 펜트하우스 안에 차시하 혼자 있던 게 아니라는 뜻이었다. 하지만 그가 방금 한 말이 문을 열지 못하게 하려고 한 교묘한 거짓말일 가능성도 충분히 있었다. 정숙이 의심스러운 기색으로 선뜻 움직이질 않자 시하가 말을 덧붙였다.

"사실 오 대표님이 이렇게 식사까지 준비해 오실 줄 모르고 내 여자한테 금방 가실 거라고 말해버렸거든요. 지금 옷을 제대로 입고 있지 않아서 나오지도 못하고. 너무 오래 갇혀 있었더니 심술이 난 모양이에요."

갇혀 있다는 표현에 정숙의 날카로운 눈썹이 움찔하고 꿈틀거렸다. 제 발저린 마음이 마치 가시방석 위에 앉아 있는 것처럼 불편했다. 정숙은 결국 마지못해 물러났다.

"아무래도 제가 두 분의 좋은 시간을 방해한 것 같군요."

"그럴 리가요. 이렇게 직접 오셔서 사과까지 해주셨는데요. 게다가 선물해주신 와인도 무척 훌륭했고, 대화도 무척 유익했습니다."

"그렇다면 안심이네요."

"무엇보다 앞으로는 안나를 찾는 일이 더 수월해질 것 같아 마음이 놓입니다. 대표님께서도 적극적으로 도와주실 테니까요. 안 그렇습니까?"

"무, 물론이죠. 오히려 제가 전무님의 도움을 받는 건데요, 뭘."

시하가 허물없이 안나라는 호칭을 사용하자 정숙의 표정이 미세하게 일그러졌다. 그가 일부러 유도한 바였다. 오정숙이 안나와 자신의 관계를 맘껏 상상하기를. 또한 자신이 안나를 찾으려는 이유를 한껏 고심하기를. 그리하여 결국 지금 제 앞에서 뻔뻔하게 뒤집어쓰고 있는 가면이 산산이 부서지기를. 그래야만 달콤한 먹이를 이자의 손에서 온전히 빼앗아 올 수 있을 테니까.

"그럼 전 이만 가보겠습니다. 다음에 또 뵙죠, 차시하 전무님."

자신을 바라보는 시하의 시선이 소름 끼치도록 집요해지자 정숙이 먼저 악수를 청했다. 시하는 자연스럽게 그 손을 맞잡았다. 차갑다 못해 시린 손이었다. 그 온도가 마치 겁을 주는 것처럼 느껴져서 정숙이 지레 손을 뺐냈다. 시하가 작게 소리 내어 웃다가 뒤늦게 무언가 생각이 난 듯 감탄사를 내뱉었다.

"아, 그렇지 않아도 저도 사죄의 의미로 오 대표님께 드리고 싶은 선물이 있었는데. 잠시만 기다려주시겠습니까?"

"네? 아, 네……."

정숙은 시하의 모습을 수상한 눈길로 지켜봤다. 곧장 서재로 들어간 시하는 손에 상자 하나를 들고 나왔다.

"성운 호텔이 향수로 유명한 만큼 오 대표님도 향수에 일가견이 있으실 것 같아 준비해 봤습니다. 프랑스에서 제가 직접 가져온 특별한 향수입니다."

"어머나. 뭘 이런 걸, 다. 스틸 미드나잇. 향수 이름이 상당히 독특하네요?"

"자정, 그 아름답고 유혹적인 시간의 향기를 빼앗아 만든 향수라는 뜻이죠. 불면에 도움이 되는 향수입니다. 부디 마음에 드시길."

"당장 오늘 밤에 뿌려봐야겠어요. 감사합니다, 전무님. 그럼 전 이제 진짜 가볼게요."

"그래요. 조심해서 가세요, 오 대표님. 향수, 꼭 뿌려주시고요."

"네, 어떤 향인지 무척 기대가 되네요."

정숙은 그렇게 시하가 선물한 향수를 손에 들고 천천히 펜트하우스를 빠져나갔다. 달칵. 시하는 문이 닫히자마자 곧바로 침실을 향해 빠르게 걸음을 옮겼다. 안나의 상태가 궁금해서 조바심이 났다. 하지만 어쩐지 선뜻 문을 열 수 없었다. 그는 문 앞에 우두커니 서서 말했다.

"갔어, 네 고모."

그러자 그 순간.

"흑……! 흐윽……!"

목구멍이 짓무르도록 꾹꾹 참았던 안나의 비참한 울음소리가 문틈으로 터져 나왔다. 시하는 안나의 울음소리가 멎을 때까지 차마 문을 열지 못했다. 지금까지 내내 당돌하고 앙큼하게 굴어서 몰랐는데, 계속 저 눈물을 가슴에 담아두고 있었던 거다.

짧은 시곗바늘의 숫자가 한 차례 바뀌고 나서야 침실 안은 고요해졌다. 시하는 그제야 천천히 문을 열었다. 태주의 품에 아기처럼 안긴 채 넋이 나가 있는 안나의 모습이 보였다. 보드라운 뺨에는 눈물이 말라붙어 있었고, 긴 속눈썹은 눈물에 젖어 한껏 처져 있었다. 그 순간, 시하는 문득 자신이 안나에게 했던 잔인한 말이 떠올랐다.

'차라리 울어.'

'내 이름을 부르짖으면서 울라고. 그 편이 훨씬 맛있을 것 같으니까.'

왜인지 이유를 알 수 없지만, 그때 생각했던 것처럼 안나의 눈물이 맛있어 보이지 않았다. 가슴이 답답해져서 익시도 숨을 크게 한 번 내쉬었다. 이번엔 예쁜 옷으로 갈아입고서 새초롬하게 웃으며 묻던 안나의 말이 생각났다.

'내가 그렇게 예쁜가?'

아니라는 말조차 나오지 못하게, 목구멍에 가시처럼 걸렸었던 그 웃음.

"그래. 너, 그때 웃었었지……."

"네? 뭐라고요, 시하 님?"

시하가 무심코 중얼거린 혼잣말에 안나의 들썩이는 등을 부드럽게 쓸어내려주던 태주가 되물었다. 하지만 시하는 대답하지 않고 그저 안나에게 닿아 있는 태주의 손을 무심히 바라보며 성큼성큼 걸음을 옮겼다. 그러곤 눈 깜짝할 사이 안나를 똑바로 일으켜 세웠다. 그가 여전히 생기 없는 눈빛으로 자신을 바라보는 안나에게 말했다.

"가자. 갈 데가 있어."

"어…… 어딜?"

"가보면 알아. 그 전에 잠깐 이것부터 확인하고."

그 순간, 시하의 입술이 예고도 없이 안나의 속눈썹 위로 내려앉았다. 촉, 붉은 혀를 내밀어 그가 안나의 젖은 눈가를 살포시 훔쳤다. 멍한 와중에도 놀라서 자신을 밀어내는 안나가 달아나지 못하게 허리를 단단히 붙잡으며 시하는 희미하게 미간을 구겼다. 직접 먹어본 그녀의 눈물은 조금 전 생각대로 정말 맛이 없었다. 어쩐지 기분이 급속도로 나빠졌다.

시하는 그대로 안나의 가냘픈 몸을 품에 안아 들었다. 안나는 넋이 나가 비명조차 지르지 못했다. 어느새 날개를 펼친 시하가 망연히 주저앉아 있는 태주를 내려다보며 명령했다.

"서 지배인 깨어나거든 우리가 펜트하우스에 없는 사정은 알아서 대충 둘러대."

"그걸 대충 어떻게 둘러댑니까?"

"뭐, 갑자기 오정숙이 다시 안나가 있는지 없는지 확인하러 나타나서 급하게 피했다고 하든가. 아, 그 김에 서 지배인도 놀라서 우왕좌왕하다가 머리를 다쳐서 기절했다고 하면 되겠네."

"그런 스펙터클한 거짓말을 과연 믿을까요?"

"믿게 만들어야지. 꿈 조작만 확실하게 하면 돼. 어쨌든 우린 잠시 나갔다 올 테니 저녁이 되거든 소환하고."

"네? 저 빼고 두 분만요? 어디 다녀오시려고요?"

탓! 그는 이번에도 태주의 말에 대답하지 않은 채 창틀을 박차고 하늘로 날아올랐다. 그 뒤로 태주의 절절한 외침이 외로이 따라붙었다.

"저 혼자 저녁때까지 여기서 뭐 하라고요? 시하 님! 시하니이이임!"

*

시하가 안나를 데리고 간 곳은 요즘 가장 유명한 디자이너의 부티크였다. 시하의 등장으로 늘 손님으로 북적거리던 부티크 안은 오늘따라 유난히 조용했다. 동시에 직원들은 매우 분주한 모습이었는데, 그 이유는 바로 그가 데리고 나타난 아름다운 레이디, 안나 때문이었다.

안나는 아무런 설명도 듣지 못한 채 곧장 탈의실 안으로 끌려갔다. 잠시 후, 반짝이는 커튼이 걷히고 탈의실에서 그녀가 걸어 나왔다. 그녀가 몇 걸음 떨어진 앞을 사납게 노려보며 물었다.

"대체 지금 나랑 뭐 하자는 거예요?"

정확히 안나가 노려본 지점에 시하가 소파에 다리를 꼬고 앉아 있었다. 안나는 화사한 옷으로 갈아입고 포니테일 스타일로 머리를 묶어 전보다 한층 더 상큼한 느낌을 풍기고 있었지만, 표정만은 한없이 살벌했다. 흘깃, 고개를 들어 안나를 본 시하가 무의미하게 뒤적이던 잡지를 덮으며 되물었다.

"왜? 그 옷도 마음에 안 들어?"

안나의 표정이 무섭게 굳어 있자 시하가 직원에게 신호를 줬다. 빨리 다른 옷을 사시고 오라는 뜻이었나. 안나는 더 이상 참을 수가 없어서 계속 입 안에서만 맴돌던 말을 결국 끄집어냈다.

"지금 나 동정하는 거예요?"

제 입으로 물어놓고도 자존심이 상해서 안나는 입술을 꾹 깨물었다. 시하는 이 부티크에 안나를 데리고 들어와 마음에 드는 물건은 전부 사도 된다며 억지로 등을 떠밀었다. 정신을 차리고 보니 인형처럼 몇 번이나 옷을 갈아입은 후였다. 지금도 탈의실 안에서는 새로운 옷을 가져오는 직원과 안나가 갈아입은 옷가지를 정리하는 직원이 분주하게 움직이고 있었다. 두 대의 옷걸이에는 이미 옷들이 수북했다. 지금 안나가 입고 있는 옷은 벌써 아홉 번째 갈아입은 옷이었다.

사실 다섯 벌의 옷을 갈아입을 때만 해도 안나는 무슨 일이 벌어진 건지 파악이 되지 않았다. 그런데 아홉 번째 옷까지 갈아입고 나니 분명히 알 것 같았다. 조금 전까지 펑펑 운 여자를 데리고 와서 이런 쇼핑을 시켜주는 그의 의도가 무엇인지.

"나 동정해요?"

확신을 가지고 말하면서도 안나는 어이가 없었다. 악마가 동정이라니, 전혀 어울리지 않았다. 그도 인정하기에 자존심이 상하는지 미간을 잔뜩 좁혔다.

"내가 널 왜?"

"그거야……!"

안나는 대답하려다 울컥하는 표정을 숨기지 못하고 입을 꾹 다물었다. 어느 날 갑자기 부모님을 잃고, 유산을 전부 빼앗긴 채 감금된 불쌍한 상속녀. 그것도 모자라 심각한 몽유병까지 앓고 있었다니.

그녀는 감쪽같이 거짓말을 하는 고모의 목소리를 처음부터 끝까지 들었으면서도 바보처럼 굴었다. 철저하게 연극을 할 생각이었으면 눈물 한 방울 보이지 말았어야 했고, 그간 당했던 학대에 분노할 생각이었으면 문을 박차고 뛰쳐나가 고모의 앞에 당당히 섰어야 했다. 이도 저도 못 한 주제에 고모가 떠난 자리에서 펑펑 울기나 하고.

'바보 같아, 진짜.'

스스로가 한심해서 견딜 수가 없었다. 눈물을 참느라 눈시울이 새빨개진 상태로 안나가 시하를 바라봤다. 흐느낌을 참으려고 세게 깨문 입술이 붉다 못해 하 다. 악마 앞에서도 시종일관 당돌하다 못해 건방지게 굴었으면서, 결국 과거의 상처 앞에선 그 정도밖에 안 되는 제 모습이 얼마나 우스웠을까?

"허튼소리 마. 난 동정 같은 거 안 해."

곧바로 안나의 말을 부정한 시하의 표정이 노골적으로 일그러졌다.

"그런 감정은 정말 맛없거든."

그러곤 눈물이 고인 안나의 눈가를 무미하게 쓰다듬으며 말을 이었다.

"아까 네 눈물도 엄청 맛없었어. 그게 싫어서 이런 안 어울리는 짓까지 하는 거고."

불현듯 제 속눈썹을 핥아 올리던 시하의 야릇한 모습이 머릿속에 뭉게뭉게 피어올랐다. 꿈만 먹는 줄 알았더니 타액도 먹고, 감정도 먹고, 몽마는 아무래도 잡식인 모양이었다.

"왜 맘대로 내 눈물을 먹어요? 난 허락한 적 없거든요?"

"먹을 땐 아무 말 안 해놓고?"

"언제 허락이나 구했어요?"

"그래, 그럼. 앞으론 허락 맡고 먹도록 할게. 어차피 앞으로 보름에 한 번씩 네 꿈을 먹어야 하니까."

잠깐만. 보름에 한 번, 그런 일을 계속 겪어야 한다고? 안나는 문득 속눈썹 결 사이사이, 뭉근하게 점막을 눌러오던 혀의 감촉을 떠올리고 어깨를 부르르 떨었다. 눈빛도 체온도 시린 악마는 믿기지 않을 정도로 혀만큼은 뜨거웠다.

"서, 설마 꿈도 그런 식으로 먹는 건 아니죠?"

"궁금해? 탈의실 안에서 확인시켜줄까?"

악마가 사악한 녹소리로 물었다. 그는 지금 당장 이 자리에서도 알려줄 수 있다는 듯 얄미운 미소를 지어 보였다. 안나는 냉큼 고개를 저었다.

"아뇨. 굳이 지금 일 필요는 없죠."

"하여간 센 척은."

시하는 피식 웃으며 안나를 다시 뒤로 돌려세웠다. 그러곤 가볍게 등을 밀었다.

"가서 마음에 드는 옷이나 골라."

하지만 안나는 발끝에 힘을 주고 버티며 고집스럽게 뒤를 돌아봤다. 여전히 그의 의도가 이해되지 않았다.

"날 동정하는 것도 아니라면서 도대체 왜 이러는 거예요?"

"아까 웃었잖아."

"네?"

"새 옷으로 갈아입고 웃었잖아, 너."

그 순간 뒷목에 그의 숨결이 닿았다. 차가운 건지 뜨거운 건지 가늠이 되지 않을 정도로 자극적인 온도에 안나가 어깨를 움찔 떨었다.

"짜증 나긴 하지만, 얄밉게 웃는 게 훨씬 맛있어, 너는."

"그러니까 당신 입맛대로 날 요리하려고 이런 짓을 한다는 거예요? 지금 무슨 조미료 쳐요?"

"빙고. 세상에서 가장 비싼 조미료지."

그렇게 말하며 시하가 다시 한 번 손끝에 힘을 실었다.

"앗!"

안나는 더 이상 버티지 못하고 탈의실 방향으로 튕겨 나갔다. 어느새 눈물은 쏙 들어가 있었다. 말도 안 되지만, 차시하의 이기적인 말에 위로를 받았다는 생각이 들었다. 직원의 손에 끌려가며 안나는 무의식적으로 시하가 제 몸에 묻히고 간 냄새를 맡았다. 절대 동정이 아니라는 말과는 달리 그에게선 무척 다정한 냄새가 맡아졌다. 직원이 커튼을 닫기 직전, 그 사이로 다시 무심해진 시하의 모습을 보면서 안나는 중얼거렸다.

"언제는 자기 이름 부르짖으면서 올라고 했으면서……."

진짜 이상한 악마였다. 그런데 이상한 악마의 이상한 행동은 거기서 끝이 아니었다.

"지금 뭐 하는 거예요?"

마지막으로 입어본 니트 원피스를 거울로 들여다보던 안나가 저 뒤에서 시하의 모습을 발견하고 기함했다. 스윽 고개를 기울인 안나는 재빨리 그의 옆을 살폈다. 못해도 스무 개는 되어 보이는 커다란 쇼핑백이 수북이 쌓여 있었다. 동정이 아니라고 못을 박은 후로 시하는 안나에게 아홉 벌로도 모자라 열 벌 이상의 옷을 더 갈아입혔다. 정말이지 조미료 한번 엄청나게 쳐 댔다. 나중엔 체력적인 부담까지 느껴질 정도였다.

더는 옷을 못 갈아입겠다고 백기를 흔들자 그는 아무런 대꾸도 없이 조용히 계산대로 걸어갔다. 대체 뭘 하려나 싶었는데, 갑자기 탈의실 옷걸이에 걸려 있는 옷을 모두 포장해달라고 하고선 카드를 꺼낸 것이었다.

"설마 그걸 다 사려는 거예요?"

안나는 자신이 분명 헛된 오해를 한 거라고 생각하며 한 번 더 물었다.

"아니죠?"

"맞는데?"

매우 단순명료한 대답인데, 무얼 의미하는지 선뜻 파악이 되지 않았다.

그의 대답을 듣고도 한참을 눈만 깜빡거리던 안나가 부랴부랴 시하의 곁으로 뛰어갔다.

"잠깐만요! 아직 계산하지 말아요!"

그가 대체 뭐가 문제냐는 눈빛으로 안나를 마주 봤다.

"왜? 더 살 거야?"

"그런 뜻이 아니라! 이렇게나 많이 필요 없으니까 다 사지 말라는 거예요! 나는 지금 입고 있는 거랑 어, 저거! 저 옷만 사면 될 것 같아요."

안나는 냉큼 아홉 번째 갈아입었던 화사한 옷이 담긴 쇼핑백을 집어 계산대 위에 올렸다.

"봐요. 이것만 해도 나 이미 입이 찢어지게 웃고 있거든요? 그러니까 조미료는 이 정도만 쳐요."

안나는 손가락으로 자신의 얼굴을 가리키며 과장되게 웃어 보였다. 억지로 웃느라 경직된 얼굴 근육이 뻐근할 정도인데, 시하는 별 반응이 없었다. 가만히 안나를 들여다보는 눈동자는 깊고 잔잔했다. 시하는 속으로 안나의 생각을 계산하고 있었다. 비록 비밀에 부쳤다고는 하나, 대한민국 최고 호텔의 상속녀로 살았으면서 이 정도 옷을 사는 것에 부담을 느끼는 것은 아닐 터였다. 그렇다면 안나가 이토록 질색하는 이유는 분명 자존심 때문이었다. 확실히 눈앞의 아가씨는 공짜로 옷을 사준다고 해서 무작정 받을 성격이 아니었다. 시하는 계산대 위에 한쪽 팔을 올려 턱을 괸 자세로 안나를 내려다봤다. 그러곤 더없이 냉정하게 말했다.

"두 벌이든 스무 벌이든 네가 나한테서 공짜로 옷을 받는다는 사실은 같아. 어설프게 자존심 세운다는 생각 안 들어?"

"이건……."

망설이던 안나는 쇼핑백을 쥔 손에 꾸욱 힘을 주며 대답했다.

"이건 나중에 돈 벌어서 갚을 거예요!"

시하는 안나의 말이 이해가 되지 않아서 되물었다.

"뭘 한다고?"

"갚는다고요. 고모 일만 해결되면 나도 스무 살이니까 무슨 일이라도 할수 있어요."

"네가 일을 하겠다는 거야?"

지난 6개월, 감금된 채 학대를 받았다고는 하지만 안나는 상속녀로 20년 가까이 살아온 온실 속 화초였다. 오태영이 그녀의 신분을 속인 것과도 별개의 문제였다. 시하는 안나의 머릿속에서 일하려는 발상이 나왔다는 자체가 놀라웠다. 하지만 안나의 의지는 더없이 확고했다.

"나도 지금 내 현실이 어떤지 정도는 알아요. 스무 벌 전부는 무리지만, 두 벌 정도는 갚을 수 있어요. 아까 서 지배인님 앞에서 연극하기 위해서 입은 옷은 엄밀하게 말하면 계약 이행 사항에 포함되니까 뺐어요."

분명 가련한 말인데, 전혀 가련하게 들리지가 않았다. 게다가 그 와중에 마음에 드는 옷의 우선순위를 고르고, 세 벌이 아니라 두 벌로 계산까지 철저하게 하는 안나의 모습이 시하는 기가 막혔다.

"그래서 끝까지 그 두 벌만 계산하겠다?"

"네. 이게 지금의 내 현실이니까요."

고집스럽게 고개를 끄덕이는 안나를 보며 시하의 눈매가 깊어졌다. 무언가 고민하는 듯한 모습이었다. 안나의 성격상 절대로 자신의 고집을 꺾는 짓은 하지 않을 것이다. 그런데 시하는 그 고집을 반드시 꺾어야만 했다. 저기 쌓아놓은 옷들은 전부 다 도도한 오안나를 위한 알맞은 조미료니까. 잠시 후, 갈등을 끝낸 그가 짧게 한마디 했다.

"소원, 이걸로 하지."

"소원?"

"내가 내기에서 이겨서 얻어낸 소원. 여기에 쓰겠다고."

그 말에 안나의 눈이 휘둥그레졌다. 시하는 지체 없이 다시 카드를 내밀었다.

"이거 전부 다 계산해주세요."

"네, 알겠습니다."

직원은 안나가 또다시 계산을 못 하게 할까 봐 재빨리 카드를 가져가 긁었다. 삐빅. 카드 결제가 완료됐다는 알림음에 멍하니 굳어 있던 안나가 입을 벌린 채 시하를 올려다봤다. 악마의 상냥하고 수상한 소원에 미처 뇌를 거치지도 않고 질문이 뱉어져 나왔다.

"……미쳤어요?"

시하는 즐거운 듯이 쿡쿡 웃었다.

"진짜 미친 거예요?"

시하의 웃음소리가 조금 너 커졌나. 오안나를 만난 이후로 이런 멍청한 표정은 처음 봤다. 그것만으로도 이만한 대가를 지불할 가치는 충분하다고 그는 생각했다.

*

부티크를 빠져나온 시하와 안나는 곧장 성운 호텔로 향했다. 하지만 결계 때문에 안으로는 들어갈 수가 없어 근처에서 태주가 소환해주기를 기다렸다. 성운 호텔은 둥글게 숲으로 둘러싸여 있었다. 숲길을 따라 조성된 산책로 끝에는 성운 호텔에 완벽한 뷰를 선사하는 커다란 호수가 반짝이고 있었다. 시하와 안나는 그 호수 앞 벤치에 나란히 앉았다.

"태주 씨가 언제쯤 우리를 소환해줄까요?"

퐁당. 안나가 호수에 조그만 돌을 던지며 물었다.

"자기만 혼자 집 지키게 했다고 삐쳐서 막 엄청 늦게 부르고 그러는 건 아니겠죠?"

대답 없는 시하 대신 이번에도 호수에 던져진 돌이 퐁당 가라앉는 소리만 들렸다.

"계속 그렇게 아무 말도 안 할 거예요?"

흘깃 시하를 바라본 안나가 한숨을 푹 내쉬었다. 이 호수에 도착한 뒤로 그는 내내 저 상태였다. 무슨 안 좋은 기억이라도 떠올리고 있는 걸까? 하지만 물어보기에는 왠지 자존심이 상해서 안나는 다시 무심히 앞을 바라봤다. 저렇게 가까운 곳에 호텔이 있는데 들어갈 수 없다는 사실이 좀처럼 실감이 나지 않았다. 안나가 원망스러운 말투로 투덜거렸다.

"대체 그 결계는 누가 쳐놓은 거예요? 나갈 땐 마음대로지만, 들어갈 땐 아니라니, 무지 이상한 결계네요."

그러자 이곳에 온 뒤 처음으로 시하가 반응을 보였다.

"혹시 너……."

시하는 무언가 물어볼 것이 있는 사람처럼 안나를 빤히 쳐다봤다. 하지만 그는 이내 다시 입을 다물어버렸다.

"아무것도 아니야."

"나도 됐네요."

안나도 더 이상은 시하가 말을 해주길 바라지 않았다. 그래도 침묵은 견디기 힘들어 생각나는 대로 콧노래를 흥얼거렸다. 가만히 그 나긋한 목소리를 들으며 시하는 머릿속에 떠오른 생각을 신중히 이어갔다. 안나가 말한 이상한 결계는 다름 아닌 그녀의 아버지, 오태영이 쳐놓은 것이었다. 자신에게서 딸을 지키기 위해 쳐놓은 결계.

시하는 언젠가 안나가 그 사실을 알게 될 날을 무심코 상상해버리고 말았다. 이미 회중시계로 자신을 불러낸 시점에 그녀는 아버지와 자신의 관계를 어느 정도 짐작하고 있을지도 몰랐다. 하지만 오태영이 자신에게서 도망치려 했다는 사실만큼은 전혀 모르고 있는 것 같았다. 일순 자신을 경멸의 눈으로 쳐다보는 안나의 얼굴이 선명하게 그려졌다. 그렇게 되면 안나는 절대로 저에게 꿈을 내어주려 하지 않을 것이다. 시하는 혹시 모르니 안나에게 결계에 관해서 물어보려던 생각을 머릿속에서 얼른 지워버렸다.

순간, 바람이 분 것도 아닌데 갑자기 잔잔한 호수에 물결이 일기 시작했다. 시하는 재빨리 벤치에서 일어서서 바닥에 놓아둔 쇼핑백을 챙겨 들었다. 그러곤 깜짝 놀라 자신을 바라보는 안나에게도 명령했다.

"소환 시작됐으니까 얼른 쇼핑백 챙기고 나 붙잡아."

"네? 언제?"

"방금. 저 앞을 봐."

앞을 바라보니 시하의 말대로 호수에 파문이 번지고 있었다. 안나는 재빨리 쇼핑백을 집어 들며 물었다.

"이제 뭐 하면 돼요?"

어쩐지 기분이 묘했다. 지금껏 소환이 되는 걸 지켜보기만 했지, 직접 소환이 되는 것은 처음이었다.

"차원 속에서 나 놓치면 안 되니까 단단히 붙잡아."

하지만 손에 들고 있는 쇼핑백의 수가 워낙 많아서 시하를 단단히 붙잡는 것은 거의 불가능에 가까웠다.

"뭐 하고 있어? 얼른 붙잡으라니까."

시하가 채근하자 안나가 억울해하며 중얼거렸다.

"그러게 내가 두 벌만 사면 된다니까……."

그사이 호수가 더욱 거칠게 요동치기 시작했다. 이러다 자칫 정말로 이곳에 자신만 남겨질 수도 있었다. 안나가 굳게 결심을 굳힌 듯 두 눈을 질끈 감으며 소리쳤다.

"오해하지 마요, 절대로!"

"뭘?"

"이거요!"

'이거'라는 말이 끝나기 무섭게 안나가 시하를 향해 뛰어올랐다. 따뜻한 무언가가 순식간에 품 안으로 쏟아져 들어왔다. 시하가 놀란 듯 눈을 크게 떴다. 부드럽고 가느다란 팔이 그의 목을 동아줄이라도 되는 양 꼭 끌어안았다. 진한 에

센스를 온몸에 뿌리기라도 한 것처럼, 곧 안나의 달콤한 숨결과 체향이 피부로 스며들었다. 맞닿아 열이 오른 살갗이 참을 수 없을 만큼 간질간질했다.

"오안나. 너 진짜……."

뜻밖에 악마를 미치게 만드는 재주가 있다니까. 시하는 차마 전할 수 없는 말을 그냥 꿀꺽 삼켰다. 바야흐로 시하가 뒤늦게 안나가 말한 '이거'의 의미를 온몸으로 깨달은 그 순간이었다. 동시에 둘은 호수 속으로 휘리릭 빨려 들어갔다.

살랑살랑. 잠깐 사이에 호수는 무슨 일이 있었냐는 듯 고요해져 있었다.

*

집으로 돌아온 정숙은 무척 피곤한 기색이었다. 그녀는 무의식적으로 낮에 본 차시하의 모습을 머릿속에 떠올렸다. 그 눈빛, 그 말투, 그 체온. 그의 모든 것이 마치 한겨울 바닷속에 빠진 것처럼 시리고 냉철하게 느껴져서 떠올리는 것만으로도 마사지를 받은 것이 무색하게 온몸이 욱신거렸다.

정숙은 콘솔 위에 핸드백과 작은 종이가방을 내려놓고서 곧장 습관처럼 와인셀러로 향했다. 오빠가 죽고 안나의 유산을 가로챈 뒤부터 시작된 불면증은 이젠 와인을 마시지 않으면 해결이 되지 않았다.

걸음을 옮기던 정숙이 문득 뒤돌아섰다. 그녀의 시선은 콘솔 위에 올려둔 종이가방에 박혀 있었다. 스틸 미드나잇. 의미심장했던 향수의 이름이 머릿속에 꼬리가 긴 유성처럼 맴돌았다.

정숙이 홀린 듯이 향수를 꺼내 들었다. 자정의 향기를 빼앗아 만든 은은한 붉은 빛깔의 향수가 섬세한 용기 안에 그녀를 유혹하듯 고여 있었다. 정숙은 곧장 뚜껑을 열어 손목과 귀 뒤쪽에 향수를 펌핑 했다. 달콤하면서도 자극적인 향이 사르르 번졌다. 매혹적인 향기가 콧속을 파고들자 마치 와인 한 병을 전부 비운 것처럼 몸이 뜨겁고 나른해졌다.

"피곤해……."

정숙은 무심결에 중얼거렸다. 그녀는 와인을 마시려 했던 것도 잊은 채 곧장 소파로 다가가 쓰러지듯 앉았다. 온종일 긴장했던 데다 마사지까지 받고 와서인지 잠이 솔솔 쏟아졌다. 눈꺼풀을 짓누르는 이 감각은 실로 놀라웠다. 오랜 시간 시달렸던 불면증이 마치 새빨간 거짓말 같았다. 정숙은 미처 침실로 가지도 못하고 결국 그대로 잠들어버리고 말았다.

"어머니……?"

그 모습을 술에 취해 집으로 돌아온 찬영이 보고 놀라움을 금치 못했다. 평소에 불면증 때문에 새벽까지 잠을 못 이루던 어머니는 마치 죽은 듯이 잠들어 있었다. 시계를 확인해보니 이제 겨우 저녁 7시밖에 되지 않은 시각이었다.

의아한 표정을 지은 찬영이 조심스럽게 정숙에게 다가갔다. 불편한 정장 차림 그대로 잠든 것을 보니 어지간히 피곤하셨던 모양이다. 찬영은 어머니를 소파 위에 편안하게 눕히고, 목까지 답답하게 채워진 단추를 하나 풀어드렸다.

곧바로 담요를 가지러 가기 위해 일어섰던 그가 불현듯 다시 주저앉았다. 변한 것 하나 없는 집 안이 오늘따라 낯설게 느껴졌다. 게다가 거실에선 평소 어머니가 뿌리던 향수와 사뭇 다른 냄새가 맡아졌다. 곧장 몸이 달아오를 정도로 기묘하고 자극적인 향기였다. 가뜩이나 술에 취해 있던 탓에 정신이 금방 몽롱해졌다.

찬영은 저도 모르게 마치 홀린 듯이 계속해서 냄새를 들이마셨다. 그렇게 얼마쯤 그 낯선 향기를 흡수했을까? 이내 찬영의 눈도 까무룩 감기기 시작했다. 얼마 지나지 않아 그도 정숙처럼 한없이 깊은 잠에 빠져들었다.

두 사람이 잠든 거실의 시계는 밤을 향해 쉼 없이 움직였다. 더욱 진해진 스틸 미드나잇의 향기가 그들을 감싸고 있었다.

*

"두 분, 지금 뭐 하십니까?"

어두운 수영장, 물속에서 부둥켜안고 있는 시하와 안나를 발견한 태주가 손에서 수건을 떨어트렸다.

"이러려고 제가 두 분을 소환한 게 아닌데……."

태주는 차마 말을 끝맺지 못했다. 수영장 안에는 몇 개인지 알 수도 없을 만큼 많은 쇼핑백이 둥둥 떠다니고 있었다.

"저한텐 일만 잔뜩 시키시고, 두 분은 즐거운 시간을 잔뜩 보내고 오셨나 보네요."

태주가 '잔뜩'에 잔뜩 힘을 주며 말했다. 절 따돌리고 나가서 쇼핑하고 온 둘이 뭐가 예쁘다고 수건까지 준비해서 기다렸는지 회의감이 들었다. 하필 저렇게 껴안고 나타날 줄은……. 뭐, 쇼핑백 더미를 보아하니 껴안은 이유야 짐작은 가지만 말이다. 태주가 흘러내린 안경을 추어올리며 서늘하게 물었다.

"계속 그러고 계실 겁니까? 저, 비켜드려요?"

그 순간, 두려움에 시하를 꽉 끌어안고 있던 안나가 번쩍 눈을 떴다. 그제야 난 누구인지, 여긴 어딘지 확실히 인식이 되었다. 자신은 수영장 안에서 악마를 끌어안고 있었고, 저 멀리서 마치 못 볼 꼴을 봤다는 듯 태주가 찌푸린 표정을 짓고 서 있었다.

"앗! 태, 태주 씨, 이건……!"

말도 안 되는 오해를 하고 있는 게 분명했다.

"오해예요, 오해! 내가 두 손이 꽉 차서……. 그래서 어쩔 수 없이……. 어푸!"

안나가 다급하게 태주를 뒤좇아가려다 다리가 풀리는 바람에 물속으로 꼬르륵 가라앉았다. 시하가 무심하게 안나의 허리를 잡아 물 위로 끌어 올렸다.

"잠수가 취미야?"

어쩌다 보니 그 앞에서 잠수를 두 번째 하긴 했지만, 이런 상황에 농담이라니 얄미웠다.

"아니거든요? 나는 태주 씨가 이상한 오해를 하니까 풀어주려고……. 그쪽도 가만히 있지만 말고 뭐라고 변명 좀 해봐요."

"태주도 차원 이동 할 때 어떻게 해야 하는지 알아. 네 반응이 재밌으니까 장난치는 거잖아."

"그, 그런 거예요?"

안나가 휙 고개를 돌려 태주를 바라보며 또 한 번 물었다.

"그런 거였어요?"

어둠 속에서 뒤돌아 서 있던 태주의 어깨가 꿈틀꿈틀 흔들렸다. 지금까지 애써 웃음을 참고 있었던 것이다. 모든 것이 연기였다.

"뭐야, 난 그런 줄도 모르고 진짜 심각했잖아요!"

시하에게서 멀찍이 떨어진 안나가 조심조심 수영장 물살을 가르며 걸어갔다. 아까 부티크에서 물에 빠져도 젖지 않게 꼼꼼하게 방수 포장을 해달라고 하더니, 다 이유가 있었다. 하마터면 새로 산 옷이 다 젖을 뻔했다. 빵빵하게 부풀어 오른 비닐 쇼핑백을 튜브 삼은 안나는 간신히 수영장 턱이 있는 곳까지 도달했다. 그때 갑자기 눈앞에 커다란 손이 내밀어졌다. 위를 올려다보니 역시 시하였다.

"그새 또 차원 이동 한 거예요?"

"무슨. 이 정도 거리 이동하는 데 차원까지 연결할 필요는 없어. 물만 있으면."

그러고 보니 전에도 이랬던 적이 있었다. 이 악마, 제 머리카락에서 흘러내린 물방울을 통해서 순식간에 등 뒤로 이동했었지. 앞으론 물방울 하나도 조심해야겠다고 안나는 생각했다. 악마가 언제 어디서 어떻게 튀어나올지 모르니까. 침 흘리며 자다가 침대 위에서 악마를 맞닥뜨리는 일 같은 건 상상도 하고 싶지 않았다. 안나는 시하가 내민 손을 탁 쳐내고 낑낑거리며 물 밖으로 올라갔다. 쇼핑백에 담은 옷들은 무사했지만, 제일 마음에 들어 그 자리에서 갈아입은 원피스는 쫄딱 젖어버리고 말았다. 게다가 니트 원피스인 탓에 물을 흠뻑 머금어 온몸이 천근만근 무겁게 느껴졌다.

"옷부터 갈아입어야겠어요. 저 먼저 들어갈게요."

"방으로 따뜻한 차라도 가져다드릴까요?"

"아뇨! 방은 좀……. 물 종류는 필요하면 제가 직접 마실게요."

안나가 곤란해하며 펜트하우스 안으로 후다닥 들어갔다. 태주가 그 마음 다 안다는 듯 고개를 끄덕이며 원흉인 주인을 바라봤다. 시하 역시 불편했는지 물에 젖은 재킷과 조끼를 벗고 있었다. 기본적으로 물로 차원 이동을 한다고 해도 시하는 옷이 젖지 않았다. 하지만 이번엔 수영장에서 소환되었기 때문에 차원 이동이 끝난 후에 옷이 젖고 만 것이었다.

"왜 하필 수영장에서 소환한 거야? 귀찮게."

시하가 태주를 노려보며 펜트하우스 안으로 향했다.

"그 귀찮은 짓, 주인님 덕분에 시도 때도 없이 하는 비서도 있거든요? 말이 나와서 말인데, 제가 비서지 청소부는 아니지 않⋯⋯."

그러나 말을 끝내기도 전에 문이 닫히는 소리가 들려왔다. 홀로 남은 태주가 한숨을 푹 내쉬며 수영장을 바라봤다. 뒤치다꺼리는 역시나 이번에도 비서의 몫으로 남겨져 있었다. 오늘 태주는 아닌 밤중에 펜트하우스 수영장에서 쇼핑백 낚시를 해야 할 운명이었다.

그렇게 태주가 쇼핑백을 전부 건져 올렸을 때, 멀끔한 옷으로 갈아입은 시하가 다시 펜트하우스 문을 열고 나왔다. 반사적으로 시계를 보니 자정이 얼마 남지 않은 시각이었다. 태주는 시하가 어딜 가려는지 바로 알 수 있었다.

"오정숙한테 가십니까?"

"어. 날 경계하는 것 같아서 안 뿌릴 줄 알았더니 괜한 걱정이었어. 조금 전에 뿌린 것 같아."

"생각보다 더 빨리 오정숙의 꿈을 조작할 수 있게 되었네요."

태주가 시하의 넥타이 매무새를 만져주며 입맛을 다셨다.

"먹고 싶어?"

찰나에 쏙 빠져나왔다가 사라지는 태주의 붉은 혀를 본 시하가 피식 웃으며 물었다. 악행을 저지른 자가 꾸는 악몽은 하급 몽마에게는 최고의 식사였다. 악하면 악할수록, 더러우면 더러울수록, 불행하면 불행할수록 꿈은 더욱 맛있어지는 법.

"찌꺼기 묻혀올게."

침을 꿀꺽 삼키는 태주의 귀여운 모습에 시하가 피식 웃으며 커다란 날개를 펼쳤다. 달빛에 반사광이 도드라진 악마의 날개는 상상 이상으로 아름다웠다.

"해 뜨기 전에 소환해."

이내 그 아름다운 날개가 어두운 허공을 고요히 가로질렀다.

*

태주가 시하를 배웅하고 돌아왔을 때, 안나는 어느새 젖은 옷을 갈아입고 머리카락을 말리고 있었다.

"왜 혼자 들어와요?"

"네?"

드라이어의 시끄러운 소리 때문인지 태주가 고개를 갸웃했다. 안나는 드라이어를 끄고 다시 한 번 물었다.

"왜 태주 씨 혼자 들어오냐고요."

이번엔 정확히 안나의 말을 알아들은 태주가 조용히 그녀에게 다가갔다. 그러곤 자연스럽게 안나의 손에서 드라이어를 가져와 머리카락을 말리는 걸 도왔다.

"시하 님은 오정숙한테 가셨어요."

태주에게서 도로 드라이어를 가져오려던 안나는 고모의 이름이 흘러나오자 당황해서 몸이 굳어버리고 말았다.

"고모…… 한테요? 이번에도 꿈을 조작하려는 건가요?"

"네. 오정숙이 가로챈 오태영의 유언장에 안나 님의 법적 보호자에 관한 내용을 추가해야 하니까요."

안나가 상황을 이해했다는 듯 고개를 끄덕였다. 그녀는 무슨 말을 더 꺼내려다가 이내 입을 다물었다. 거울 너머로 그 모습을 본 태주가 먼저 물었다.

"무슨 고민거리라도 있으세요?"

태주의 다정한 목소리에 안나가 용기를 내어 말했다.

"아까 고모가 하는 얘기 들었죠? 저한테 몽유병이 있다는 얘기……."

안나의 목소리가 너무도 슬퍼서 태주는 머리카락을 다 말리고도 드라이어를 끄지 못했다. 그렇게라도 안나가 말하고 싶어 하지 않는 비밀을 숨겨주고 싶었다.

"스트레스를 받은 날이면 증상이 더 심해지거든요. 그러니까 내가 무슨 말을 하고 싶었냐면, 태주 씨……."

조금 전 망설이다가 눌러 삼키고 말았던 말을 안나는 힘겹게 뱉어냈다.

"오늘 밤 족쇄로 절 묶어주세요. 안 그럼 밤에 뛰쳐나가서 제가 여기에 있는 걸 들키게 될지도 몰라요."

위이이잉. 안나의 울먹임을 감추듯 드라이어 소리가 유난히 크게 들렸다. 태주는 그제야 드라이어를 끄고 안나의 앞으로 가서 무릎을 굽히고 앉았다. 무릎을 움켜쥔 손을 붙잡으며 고개 숙인 안나의 눈을 애원하듯 올려다봤다.

"안나 님, 그런 슬픈 말은 하지 마세요."

"하지만 태주 씨. 내가 잠든 사이 펜트하우스 밖으로 나가기라도 하면……. 그러다 혹시 고모 눈에 띄기라도 하면……."

"제가 문밖에서 잘 지키고 있을게요. 괜찮을 거예요. 제발 족쇄로 묶어달라는 슬픈 말은 두 번 다시 하지 말아주세요."

태주는 끝끝내 안나의 부탁을 들어주지 않았다. 그저 상처 치료에 도움이 되는 연고를 가져와 안나의 발목에 정성스레 발라주었을 뿐이었다.

"쉬세요, 안나 님."

그렇게 태주는 침실을 빠져나갔다. 노란 미등만이 외롭게 불을 밝힌 공간. 안나는 침대에 누워 불안한 듯 몸을 뒤척거렸다. 태주가 약속한 대로 문밖에서 지키고 서 있다는 걸 알면서도 불안한 마음이 쉬이 진정되지 않았다.

고모네 집에 갇혀 있을 때도 스트레스를 심하게 받은 날이면 몽유병 증상이 심해지곤 했다. 그때마다 심하게 발버둥 쳐서 발목엔 나날이 상처만 늘어갔다. 그걸 알기 때문에 안나는 밀려오는 잠을 억지로 쫓아냈다. 족쇄도 하고 있지 않은 지금, 자신이 무슨 일을 벌일지 알 수 없었다.

하지만 오늘 하루 참으로 고단했다. 이른 아침부터 윤희를 상대로 연극을 해야 했고, 고모의 거짓말을 들으며 극심한 스트레스를 받았다. 거기에 악마가 이상한 소원을 비는 바람에 부티크에 가서 옷을 스무 벌이나 갈아입고, 난생처음 차원 이동까지 경험했다. 덕분에 극도의 피곤함이 안나의 눈두덩에 덕지덕지 엉겨 붙어 있었다.

"자면 안 되는데……. 진짜 안 되는데……. 오늘은 위험한데……."

거늡 숭얼거리면서도 안나의 눈은 결국 스르르 감겨 갔다. 얼마 지나지 않아 안나는 수마(睡魔)에 굴복한 채 잠에 빠지고 말았다.

*

안나가 잠든 그 시각.

"이것 참……."

오정숙의 집에 도착한 시하는 무언가를 내려다보며 곤란한 표정을 짓고 있었다. 거실 소파에 쓰러진 채 깊게 잠든 오정숙과 문찬영의 모습이 보였다. 보나 마나 둘 다 스틸 미드나잇 향기에 취해 잠든 게 분명했다.

이 상황은 정말이지 곤란했다. 두 사람은 지금 공유몽이란 걸 꾸고 있었다. 공유몽은 같은 엔트라스로 두 명의 인간이 잠들 경우 꾸게 되는 꿈이었다. 그런데 공유몽을 통해서는 두 인간이 공유한 기억밖에 볼 수가 없었다. 즉, 오정숙이 오태영의 유언장을 조작하고 유산을 가로챘다는 사실을 문찬영이 알지 못하는 경우, 시하 역시 그 시점에 접근이 불가능했다. 기껏 꿈속에 들어갔는데 오정숙이 오태영의 유언장을 빼돌린 시점을 찾지 못할 수도 있다는 뜻이었다.

시하는 갈등했다. 불확실한 상황에 나서서 굳이 번거로운 일을 하는 건 그의 성미에 맞지 않았다. 그럴 바에야 태주가 다시 소환할 때까지 성운 호텔 호수에서 느긋하게 잠을 자는 편이 그에겐 더욱 유익했다. 귀찮은 일은 여기까지. 찌꺼기를 묻혀 가겠단 약속을 지키지 못하는 것이 마음에 걸렸지만, 그것은 나중에라도 할 수 있었다. 결국 시하가 다시 날개를 펼쳤을 때였다.

"안나야……."

느닷없이 문찬영의 입에서 안나의 이름이 흘러나왔다. 시하는 저도 모르게 뒤돌아 문찬영을 다시 바라봤다.

"오안나의 꿈을 꾸고 있는 건가?"

왜? 호기심을 참지 못하고 시하는 날개를 접은 채 바닥으로 내려앉았다. 문찬영은 잠든 와중에도 잔뜩 달뜬 상태였다. 붉게 상기된 얼굴, 앓듯이 떨고 있는 몸, 자꾸만 움찔거리는 손.

"안나야……."

어째서인지 거듭 안나의 이름을 부르는 문찬영의 행동이 시하의 비위를 거슬렸다.

"안…… 읍!"

시하는 또다시 안나의 이름을 부르려는 문찬영의 입을 거칠게 틀어막았다. 호텔로 돌아가려던 생각은 이미 그의 머릿속에서 지워지고 없었다. 그 대신 어느새 몽마로서의 잔인한 본능이 눈을 뜨고 있었다.

이윽고 시하의 눈동자 색깔이 완연한 푸른빛으로 변했을 때. 자정을 알리는 열두 번의 종소리가 울려 퍼지기 시작했다. 동시에 스틸 미드나잇의 향기가 더욱 진해졌다.

시하는 삽시간에 능력을 발동시켜 두 사람의 공유몽 속으로 들어갔다. 들어가자마자 그는 운 좋게 오정숙이 오태영의 유언장을 가로챈 순간을 금방 찾아낼 수 있었다. 좀 더 시간을 따라가 유언장을 어디에 숨겼는지까지 확인한 시하는 가만히 허공에서 날개를 멈춰 세웠다. 그들의 악몽을 빼앗아 태주에게 약속한 선물도 확실히 챙겼으니, 이제는 꿈을 빠져나가야만 했다.

하지만 시하는 일부러 오정숙과 문찬영의 꿈에서 빠져나오지 않았다. 문찬영이 자꾸만 안나의 이름을 부르는 행동에서 뭔가 찜찜함을 느낀 까닭이었다. 그렇게 한참을, 무얼 찾는지도 모르고서 시하는 두 사람의 공유몽 속을 헤맸다.

꿈은 대부분의 구간이 어둠이었다. 오정숙과 문찬영은 모자지간임에도 그다지 많은 기억을 공유하고 있지 않았다. 따라서 그들의 공유몽에서 확인할 수 있는 것은 많지 않았다.

단 하나 확실한 것은 문찬영이 오정숙이 안나를 학대한다는 사실을 확실하게 인지하고 있다는 것이었다. 문찬영은 오정숙이 유언장을 조작해 안나의 유산을 모두 가로챈 사실 또한 분명하게 알고 있었다. 그리고 자신의 어머니가 안나의 두 발에 족쇄를 채우고 방에 가둔 것이 몽유병을 치료하기 위해서가 아니라, 범죄를 은닉하기 위해서라는 것 또한 파악하고 있었다.

이상한 일이었다. 꿈에서 본 문찬영은 오정숙이 불안해할 정도로 안나를 끔찍이 아끼는 사촌오빠였다. 그는 오정숙이 아무리 말려도 안나를 살피는 것을 그만두지 않았다. 출장에서 돌아올 때도 제일 먼저 안나를 찾아가 그녀의 안위부터 살폈다.

"그런데 어째서 문찬영은 오정숙의 악행을 다 알고 있으면서도 오안나를 구해주지 않은 거지?"

앞뒤가 맞지 않았다. 시하는 오정숙의 시선에서 찬영이 안나의 방문을 열고 안으로 들어가는 모습을 물끄러미 지켜봤다. 그러나 안타깝게도 그들이 서로 공유하는 기억은 거기까지였다. 시하가 무섭게 뇌까렸다.

"문찬영. 저 안에서 대체 무슨 짓을 한 거야?"

붙박인 듯 서서 단단히 닫힌 안나의 방문을 한참 동안 노려봤다. 발길이 쉬이 떼어지질 않았다. 머릿속에 똬리를 튼 찜찜한 기분 역시 가벼이 떨쳐지질 않았다.

그사이 바깥에는 주홍빛 새벽이 밝아오고 있었다. 이제 슬슬 안나가 있는 펜트하우스로 돌아갈 시간이었다. 지속시간이 거의 다 되었는지 오정숙과 문찬영이 꾸는 꿈도 서서히 흐릿해졌다. 오정숙이 실제로 숨겨놓은 유언장을 찾아 현실까지 조작하려면 꿈에서 빠져나가는 걸 서둘러야 했다.

"젠장!"

욕지거릴 내뱉은 시하가 마지못해 꿈의 출입구를 찾아 움직였다. 문찬영이 저 문 너머에서 무슨 짓을 했는지 알아내는 것은 나중으로 미루는 수밖에 없었다. 그 순간 자정의 마법이 끝이 났다. 동시에 태주로부터 소환이 시작되었다.

"안나야……."

문찬영은 그때까지도 여전히 안나의 꿈을 꾸고 있었다. 그 모습을 보고 있자니, 시하는 조금만 더 시간이 주어진다면 풀 수 있는 문제를 풀지 못한 것처럼 가슴이 답답했다.

하지만 더 이상 주어진 시간이 없었다. 태주에게 주기 위해 넥타이에 묻힌 오정숙과 문찬영의 찌꺼기에선 몽마인 그조차도 인상을 찌푸릴 만큼 역겨운 냄새가 풍겼다. 탐욕에 눈이 먼 오정숙의 악몽만으로 꿈에서 이런 고약한 냄새가 나는 건 불가능했다.

"……너."

급기야 눈물까지 흘리는 찬영을 내려다보며 시하는 잇새를 짓이겼다.

"대체 정체가 뭐야?"

그사이 소환이 임박했는지 거실 탁자에 놓인 화병이 달그락거리기 시작했다. 그 순간에도 시하의 섬뜩한 시선은 찬영에게 붙박여 있었다. 곧 그의 몸이 화병에 고인 물 안으로 빨려 들어갔다.

"안나야……."

마지막 순간까지 문찬영의 소름 끼치는 목소리가 들려왔다. 차원 속에서 시하가 까드득 이를 악물었다.

*

어둡고 고요한 안나의 침실.

'안나야.'

문이 열리고, 찬영이 방 안으로 들어왔다. 안나는 족쇄에 두 발이 묶인 채 침대 위에 누워 있었다.

'오빠 왔어.'

이건 분명 꿈이었다. 악마와 계약까지 해가며 고모 집에서 도망쳤는데, 찬영이 이곳에 나타날 리 없었다. 하지만 꿈은 마치 지금 벌어지고 있는 일처럼 지나치게 생생했다. 발버둥 칠 때마다 발목이 찢어지는 감각이 너무나도 고통스러웠다.

'우리 안나, 보고 싶어 죽는 줄 알았어.'

찬영이 침대에 묶여 있는 안나의 머리카락을 손끝으로 쓰다듬며 속삭였다. 안나는 필사적으로 찬영의 손끝을 피해 고개를 돌렸다.

문찬영. 그는 오래전 불임인 고모가 입양한 자식이었다. 안나가 막 중학생이 되었을 무렵이었던가. 고모는 대한민국 최고의 대학에 수석으로 입학한 고아를 제 아들로 선택해 데려왔다.

외동딸이었던 안나는 똑똑하고 자상한 사촌오빠가 생긴 것이 무척 행복했다. 찬영이 저에게 유난히 스킨십이 잦은 것도, 절 바라보는 눈빛이 부담스러울 만큼 뜨거운 것도, 순전히 자신을 동생으로서 아끼기 때문이라고 생각했었다. 고모가 자신을 좁은 방 안에 가두기 전까지만 해도.

'오빠는 이렇게라도 안나와 같이 살 수 있어서 좋아.'

제발 고모한테서 도망칠 수 있게 도와달라던 안나에게 찬영이 한 말이었다.

'아니. 오히려 안나가 오빠한테서 달아날 수 없게 돼서 너무 행복한걸.'

그 순간, 안나는 찬영이 자신에게 어떤 마음을 품었는지 뼈저리게 알 수 있었다. 처음부터 변함없이 찬영의 애정은 비틀려 있었다. 단지 안나의 눈이 가려져 있던 것일 뿐.

함께 살게 된 후로, 아니, 감금당한 후로, 찬영은 사촌오빠라는 허울을 핑계 삼아 매일 밤 안나의 방에 찾아와 끈적한 눈으로 그녀를 쳐다보곤 했다. 겨우 침대 끝에 서서 자신을 쳐다보는 것뿐인데도 안나는 찬영의 눈빛에 질

식해 버릴 것만 같았다.

갑작스러운 부모님의 죽음, 날이 갈수록 심해지는 몽유병, 고모의 학대, 살해당하는 끔찍한 예지몽, 그리고…… 찬영의 소름 끼치는 집착. 연달아 찾아온 불행은 안나를 더욱 병들게 했다.

"제발 날 그런 눈으로 보지 마……"

도저히 더 이상은 견딜 수 없었다.

"저리 가란 말이야!"

발버둥 치던 안나가 결국 침대를 박차고 뛰쳐나갔다. 꿈인 줄 알면서도 도망치지 않고서는 버틸 수가 없었다. 고모네 집에서는 족쇄에 묶여 달아날 수 없었지만, 지금은 족쇄에 묶여 있지 않았다. 그때는 발버둥 치며 발목에 상처를 새기는 것밖에 할 수 없었지만, 지금은 문을 열고 달아날 수 있었다. 안나는 필사적으로 뛰어가 침실 문을 열었다.

찬영에게서 도망치는 꿈과 이대로 펜트하우스를 빠져나가면 고모에게 들킬지도 모르는 현실이 머릿속에서 어지럽게 뒤엉켰다. 어느 쪽이 진짜든 간에 안나가 바라는 것은 딱 한 가지였다.

"살려줘……!"

허겁지겁 달려나가느라 발이 문턱에 걸렸다.

"나 좀 살…… 악!"

그 반동을 이기지 못하고, 안나의 몸이 쓰러지듯 문밖으로 튕겨 나갔다. 바로 그 순간, 누군가의 단단한 두 팔이 안나의 허물어지는 몸을 받아 안았다. 안나는 눈을 감은 상태였지만, 마치 눈에 보이듯 진한 향기가 풍겨와 상대가 누구인지 단번에 알 수 있었다. 이 냄새는, 그였다.

"차시하……"

내가 불러낸 악마. 이 끔찍한 꿈에서, 나를 구원해줄 악마.

"제발 나 좀 살려줘요."

그 순간, 마치 거짓말처럼 악몽이 서서히 걷혀가기 시작했다. 동시에 위태롭던 정신이 아득하게 잠겨갔다. 까마득해진 의식 너머로 그의 목소리가 들렸다. 그는 마치 짐승처럼 누군가의 이름을 뇌까리고 있었다. 공기가 진동할 정도로 치를 떠는 목소리. 이를 악물고 내뱉는 말에는 분노가 가득 서려 있었다.

안나는 어둠 속에서 악마의 두 눈이 시푸르게 빛나는 걸 얼핏 본 것 같았다. 그렇게 그녀는 악마의 품에 안긴 채 결국 정신을 잃고 말았다.

시하는 제 품에서 기절한 안나를 복잡한 시선으로 내려다봤다. 그렇지 않아도 막 소환된 순간, 태주 녀석 태도가 이상했었다.

"시, 시하 님! 안나 님이…… 안나 님이……!"

태주는 눈에 띄게 불안한 모습이었다. 게다가 녀석은 펜트하우스 응접실에서 자신을 소환했다. 청소라면 지긋지긋하다는 녀석이 대체 왜 온통 고급 가구밖에 없는 응접실에서 절 소환했을까? 시하는 안나의 침실 문 앞에 다다라서야 태주가 벌인 수상한 행동의 이유를 깨달았다.

침실 문틈으로 황금빛 연기가 스멀스멀 새어 나오고 있었다. 안나가 꾸는 악몽의 흔적이었다. 꽤 넓은 침실을 비집고 나올 정도면 꼬리의 크기가 어느 정도인지 짐작할 만했다.

다칠 우려가 있는 태주를 뒤로 물리며 시하는 조심스럽게 문을 열었다. 역시나 하급 몽마인 태주는 감히 접근도 못 할 만큼 크고 기다란 꼬리가 침실에 똬리를 틀고도 모자라 너울거리고 있었다.

"제발 날 그런 눈으로 보지 마……."

안나는 누군가를 보며 두려움에 떨고 있었다. 시하는 그 모습에 이중적인 감정을 느꼈다. 가슴속이 복잡했다. 미칠 듯이 화가 났고, 한편으론 흥분도 되었다. 하지만 곧 흥분이 분노를 압도했다.

오안나. 대체 어떤 악몽을 꾸고 있기에…… 이렇게 말도 안 되게 달콤한 거야?

어느새 멋대로 시하의 몸이 본능에 들끓기 시작했다. 그녀의 모든 불행을 먹고서 몸집을 키운 꿈의 꼬리는 이제껏 본 꿈 중에 가장 거대하고 달콤했다. 낙원에서만 피는 달콤한 꽃향기가 뜨거운 열을 머금고 아지랑이처럼 피어올랐다. 태주는 그 압도적인 광경에 눈을 질끈 감아버렸지만, 시하는 마치 황홀경을 보듯 안나가 피운 꼬리를 바라봤다. 이게 바로 스위트 노트가 꾸는 꿈. 시하는 찬란한 금빛으로 반짝이는 그 악몽을 낱낱이 두 눈에 담았다.

"저리 가란 말이야!"

이토록 달콤한 악몽 속에서 안나가 필사적으로 도망치는 자는…….

"살려줘……!"

문찬영이었다.

"나 좀 살…… 악!"

다급히 침실을 뛰쳐나오던 안나는 문턱에 발이 걸려 힘없이 제 품으로 허물어졌다. 시하는 기다렸다는 듯이 안나를 끌어안았다. 이성은 본능에 무참히 꺾여버렸다. 안나가 죽을 듯이 괴로워하는 것을 알면서도 시하는 부러 그녀를 깨우지 않았다. 대신 허겁지겁 안나의 악몽을 빨아들였다.

사아아아. 제 주인이 꿈을 먹는 소리에 태주가 몸을 부르르 떨었다. 안나의 꿈은 시하가 굶주림에 시달린 지난 1년을 모조리 달래주고도 남았다. 그 어떤 조향사가 만든 페르소나도 감히 따라올 수 없을 만큼 달콤한 향기가 정신을 마비시켰다.

"아아……."

나른하니 안나의 꿈에 취한 채 시하는 뒤에서 이러지도 저러지도 못하고 있는 태주를 불렀다.

"태주야."

그러곤 넥타이를 풀어 태주에게 던져주며 말했다.

"인간은 정말 신기해."

태주는 오정숙과 문찬영의 찌꺼기가 묻은 넥타이를 우걱우걱 씹어 먹으며 주인의 말에 귀 기울였다.

"인생이 불행해질수록, 꿈은 더욱더 달콤해지거든."

하지만 이 정도로 꿈이 달콤해지려면……. 안나가 겪은 불행은 짐작도 되지 않을 만큼 아득하고도 깊을 터. 안나에게 불행을 안겨준 자의 죄는 자비로운 신에게조차 용서받지 못할 만큼 추악할 것이 분명했다. 시하가 제 품 안에서 정신을 잃은 안나를 더없이 너그러운 눈으로 바라봤다. 그러나 입술은 정반대로 더없이 성난 짐승처럼 매섭게 찬영의 이름을 뇌까렸다.

"문찬영……."

공기가 진동할 정도로 치를 떠는 목소리.

"왜 그렇게 찜찜한가 했더니……."

조금 전 문찬영의 꿈에서 보았던 안나의 방문을 떠올린 시하가 분노로 이를 악물었다. 어미는 안나의 재산을 모두 빼앗은 파렴치고, 그 아들은 스토커라니.

"이런 이유였어?"

형편없는 인간들 주제에 감히 내 먹이를 탐냈단 말이지. 이전과는 비할 수 없이 시푸르게 변한 악마의 눈동자가 사납게 번뜩였다.

＊

시하가 안나의 악몽을 전부 먹어 치우기까진 꽤 오랜 시간이 걸렸다. 간신히 악몽을 잠재우고 안나를 다시 침대에 눕힌 시하가 멀찍이 물러나 있던 태주를 불렀다.

"열이 많이 나. 이대로 두면 안 될 것 같은데."

태주는 곧바로 해열제와 물수건을 준비해서 돌아왔다. 시하는 안나에게 바짝 붙어서 상태를 유심히 살피고 있었다. 얼른 안나를 치료해야 했기에 태주는 괜히 헛기침 소리를 내며 주인의 주의를 끌었다. 그런데도 안나를 살피는 데에만 골몰한 주인은 도통 자리를 비켜주질 않았다.

"시하 님?"

"왜?"

태주가 불렀는데도 시하는 옆을 돌아보지도 않았다. 퉁명한 대답에 태주가 흐뭇한 미소를 지으며 대꾸했다. 제 주인은 아닌 척해도 속으로는 안나 님을 많이 생각하고 있는 게 틀림없었다.

"비켜주셔야 제가 안나 님을 치료하죠."

"그 약만 먹이면 되는 거야?"

이건 또 무슨 반응이지? 의아해하는 태주의 시선이 쟁반 위에 올려둔 해열제로 향했다. 설마 자리를 비켜주느니 대신 치료를 하시겠다는 건가? 태주는 쟁반 위에 올려진 물수건도 내밀어 보였다.

"안나 님 이마에 물수건도 올려주시고요. 땀도 닦아주셔야 해요."

"이리 내."

한평생 남을 간호하는 일 같은 건 해본 적도 없는 주인이었다. 설마 시하가 진짜로 대신하겠다고 나설지 몰라서 태주는 얼떨떨하게 쟁반을 내밀었다.

자신만만하게 쟁반을 받아 간 시하가 곤란한 듯 한숨을 흘렸다. 또다시 유심히 안나를 살피던 그가 잠시 후 손가락으로 그녀의 입술을 가리켰다.

"근데 애가 이런데 약을 어떻게 먹여?"

안나는 머리카락이 흠뻑 젖을 정도로 식은땀을 흘려대면서도 입술은 하얗게 메말라 있었다. 그뿐 아니라 창백한 얼굴이며 축 늘어진 몸이며 도저히 일어나 앉아 스스로 약을 삼킬 수 있는 모습이 아니었다. 태주는 차마 이것까진 못 하시겠지 생각하며 대답했다.

"숟가락으로 조금씩 떠서 먹여주세요."

이내 믿지 못할 광경이 태주의 눈앞에 펼쳐졌다. 시하가 커다란 손으로 조막만 한 차 스푼을 쥐고 진짜로 안나에게 해열제를 떠먹이고 있었다. 제가 아플 때는 간호 같은 거 할 줄 모른다며 약만 픽 던져준 주인이 생각나 태주가 서운한 듯이 눈을 흘겼다. 그런데 안나가 자꾸만 무의식적으로 입을 다물어서 번번이 해열제가 입술 새로 흘러내렸다.

"흘리는 게 반이네요. 그러게 이런 일 해본 적도 없으신 분이 왜 갑자기 변덕을 부리셔선. 이리 주세요."

태주가 서운한 마음 반, 약이 아까운 마음 반으로 구박하며 시하가 쥐고 있는 차 스푼에 손을 뻗었다. 그러자 시하가 갑자기 차 스푼을 탁 내려놓더니, 쟁반을 다시 태주에게 내밀곤 해열제를 제 입에 털어 넣었다.

"뭐 하세요? 안나 님이 먹어야 할 걸 왜 시하 님이⋯⋯!"

놀라서 두 눈이 휘둥그레진 태주가 얼마 못 가 입을 틀어막았다. 태주는 숨도 못 쉬고 눈앞에서 벌어지는 일을 지켜봤다.

"으음⋯⋯."

시하가 입 안에 해열제를 머금은 채로 안나에게 입을 맞췄다. 안나의 목울대가 미약하게 움직였다. 시하는 조급하게 굴지 않고 천천히 해열제를 안나의 입 안으로 밀어 넣었다. 해열제에서는 인위적인 단맛이 났다. 나란히 비교할 정도는 아니지만, 그 달큰한 향에 조금 전 먹은 안나의 꿈이 떠올라 시하의 턱에 단단히 힘이 들어갔다.

"읍!"

의도치 않게 거칠게 밀어붙이자 안나에게서 괴로운 신음이 튀어나왔다. 시하가 반사적으로 턱에서 힘을 빼고 다시 부드럽게 마지막 남은 해열제를 안나에게 흘려보냈다.

"흐음⋯⋯."

하지만 안나는 진이 빠져 액체조차도 제대로 삼키지 못했다. 다시 턱에 힘을 주고 숨을 불어넣자 그제야 입 안에 남은 해열제를 꿀꺽 삼켰다. 천천히 입술을 떼어내고서 시하는 기세등등하게 태주를 바라봤다.

"의외로 간단하네."

태주가 넋을 놓고 있다가 기가 차서 대꾸했다.

"세상에. 뭔 약을 그리 박력 있게! 아니, 이게 아니라! 그러다 나중에 안나 님한테 변태라고 한 소리 들으실걸요?"

"이미 한 번 들었는데, 두 번이라고 못 들을까."

"네? 설마 이미 변태 짓을 하신 거예요?"

"어쩔 수 없었어."

시하는 억울한 표정을 지으며 가만히 잠든 안나의 얼굴을 들여다봤다. 하얗게 메말라 있던 안나의 입술이 그사이 분홍빛으로 촉촉하게 젖어 있었다.

'방금 한 게 내 첫 키스였으면 나도 가만 안 있었어!'

순간적으로 또 그 말이 떠올라버렸다. 시하가 분한 기색으로 팔짱을 끼고 생각에 골몰했다. 지난 1년은 이렇게 탈진할 정도로 끔찍한 악몽을 매일같이 꿨을 테니, 키스는커녕 남자를 만나기도 쉽지 않았을 것이다. 안나는 그 전에 첫 키스를 한 게 분명했다. 그렇다면 지금보다 더 어릴 때 첫 키스를 했다는 뜻인데…….

'대체 어떤 놈이야? 법적 미성년자를 건드린 파렴치한 같은 놈이?'

눈썹 끝을 무섭게 치켜세운 시하가 다시 안나의 입술을 노려봤다. 그때 갑자기 귓가에 태주의 시무룩한 목소리가 들려왔다.

"시하 님."

"왜."

태주는 여전히 고통에서 헤어 나오지 못한 안나를 물끄러미 바라보며 물었다.

"안나 님은 도대체 어떤 악몽을 꾸셨던 걸까요? 100년을 살았지만 가까이 다가서는 것조차 무서웠던 꿈은 처음이었습니다."

시하는 다시 태주에게서 안나에게로 시선을 거두며 되물었다.

"태주 너라면 어떨 것 같아?"

"네? 뭐가요?"

"갑작스럽게 소중한 가족을 잃었고, 그 슬픔에 몹쓸 병을 얻었어. 그리고 믿었던 사람에게 배신을 당했으며, 족쇄에 묶인 채 갇혀 지내기까지 했지. 게다가……."

"지금도 끔찍한데 뭐가 또 있습니까?"

"스토커까지 있었지."

"스토커요?"

"어, 아주 고약한 냄새를 풍기는 더러운 스토커."

시하가 태주가 입가에 묻히고 있는 넥타이의 흔적은 죽일 듯이 노려봤다. 태주가 그 서슬 퍼런 눈빛에 깜짝 놀라 침대 밑으로 고개를 숙였다가 다시 빼꼼 시하를 바라봤다. 주인의 시선이 꽂혀 있는 입 언저리를 매만지다가 손가락에 묻어나온 넥타이 조각에 태주는 깨달았다. 분명 제 주인은 오정숙의 집에 다녀왔는데, 오정숙에게는 이렇게까지 싸늘한 시선을 비춘 적이 없었다. 그렇다면 그곳에 있는 또 다른 누군가가 바로 그 더러운 스토커라는 얘기였다. 또 다른 누군가?

'아. 그 아들······.'

태주는 이제야 안나가 왜 이토록 끔찍하게 괴로워하는지 알 것 같았다. 안나는 시옥보나 너 삼인한 곳에 갇혀 있었나.

*

"으음······."

정숙은 나른한 신음을 내며 잠에서 깼다. 그녀는 자신이 소파에서 잠들었다는 사실이 믿기지 않는 듯 연신 눈을 깜빡거렸다. 그러다 뒤늦게 바로 곁에 잠들어 있는 찬영을 발견하고 고개를 갸웃거렸다.

"얘는 또 왜 여기 잠들어 있어?"

정숙은 곧바로 찬영의 어깨를 흔들었다. 하지만 찬영은 깊이 잠든 모양인지 꿈쩍도 하질 않았다. 우우웅, 라디에이터가 작동하는 소리가 고요한 거실을 나른하게 울렸다. 라디에이터 때문인지 공기는 더없이 따뜻하고 포근했다. 그런데 왜인지 몸은 지나치게 차갑게 식어 있었다. 정숙은 한기를 느끼며 잔뜩 몸을 웅크린 채 소파에서 일어섰다. 어째서인지 자꾸만 미묘한 기분이 들어 거실을 두리번거렸다. 분명 달라진 거 하나 없는데 왜 낯선 기분이 드는 걸까?

'이상해. 왜 이렇게 마음이 불안한 거지?'

근원을 알 수 없는 불안감에 자꾸만 심장이 쿵쿵 뛰었다. 정숙은 불안함의 이유도 모른 채 본능적으로 서재로 걸음을 옮겼다. 서재에 들어가자마자 그녀는 곧장 액자 뒤에 숨겨둔 금고를 열어 봉투 하나를 꺼냈다. 그 안에는 죽은 오빠의 유언장이 들어 있었다.

정숙은 바들바들 떨리는 손으로 조심스럽게 유언장을 펼쳤다. 1년 전 유언장을 안나 몰래 빼돌린 뒤로 처음 다시 꺼내보는 것이었다. 천천히 유언장을 읽어 내려갔다. 익숙한 오빠의 글씨체조차 낯설게 느껴졌다. 유언장의 중간 즈음에 적힌 한 문장을 읽을 때에 그녀의 심장이 점점 더 빠른 속도로 뛰기 시작했다.

[안나가 성인이 될 때까지 유산은 내가 지정한 법적 보호자에게 위임한다.]

불안감의 이유는 바로 이것이었다. 정숙은 문득 생각했다.

'혹시 차시하 전무가 나타난 이유가 바로 이건 아닐까?'

오빠의 죽음과 비슷한 시기에 성운 호텔에 발길을 끊었던 차시하 전무가 다시 나타난 이유. 동시에 체념한 듯 보였던 안나가 갑자기 도망친 이유.

'설마 차시하 전무가 오빠가 지정한 안나의 법적 보호자는 아니겠지?'

최근 벌어진 일들의 연결고리를 묶어나가던 정숙이 무심코 떠오른 생각에 고개를 저었다.

'아니야. 아닐 거야. 오빠가 얼마나 에뚜알르 호텔과의 한국지사 계약을 반대했었는데.'

그런 오빠가 에뚜알르 호텔에서 파견한 차시하와 돈독한 관계일 리 없었다. 게다가 이미 안나의 법적 보호자 권한은 유일한 친족인 자신이 가지고 있었다. 태영이 지정한 안나의 법적 보호자도 자신이 분명할 거라고 생각했다. 정숙은 그렇게 거듭 자신을 세뇌했다. 하지만 불안은 쉽사리 가시질 않았다.

'그런데 왜 이렇게 불안한 거야? 왜 이렇게……'

그 불안함조차 시하가 꿈속에서 심어놓은 것이란 사실을 정숙은 알지 못했다. 시하는 정숙이 유언장을 보자마자 자신을 떠올리게끔 조작했다. 어쨌든 사냥꾼은 숨을 필요가 없었다. 숨는 것은 도망치는 자가 해야 할 일이었다. 제가 누군지 힌트를 조금씩 던져주며 도망자를 궁지로 몰아넣는 것. 그

132

것이 바로 사냥꾼의 몫이었다.

바람으로는 나그네의 옷을 벗길 수 없지만 뜨거운 햇볕으로는 나그네를 벌거벗게 만들 수 있듯이, 오정숙에게 죄를 자백하라고 물고 늘어져봤자 원하는 것을 얻을 수는 없다. 두려움에 떨다가 스스로 자폭하게 만들 것이다. 그래서 시하는 오정숙이 이유도 모른 채 자신을 두려워하게 만들었다. 그렇게 오정숙의 무의식에 완벽히 줄을 매달았고, 그녀를 자신의 꼭두각시 인형으로 만들었다.

그에 정숙은 완벽히 놀아났다. 마치 금단 증상이 온 알코올중독자처럼 정숙이 파르르 떠는 손으로 와인셀러를 열었다. 와인의 종류를 고를 새도 없이 손에 잡히는 대로 아무 와인이나 꺼내 든 그녀는 성마르게 코르크 마개를 열었다. 얼마나 조급했던지 코르크 마개에 손등이 긁혀 상처가 난 것도 그녀는 알아차리지 못했다. 엉망으로 따진 코르크 마개가 정숙의 손에서 벗어나 데굴데굴 바닥을 굴러갔다. 정숙은 잔에 따르지도 않고 병째로 와인을 들이마셨다. 병에 가득 차 있던 와인이 순식간에 절반으로 줄어들었다.

탁! 정숙은 그제야 가쁜 숨을 몰아쉬며 병을 내려놓았다. 그녀는 입꼬리를 타고 흘러내린 와인을 아무렇게나 손등으로 닦아냈다. 상처에 와인이 닿자 뒤늦게 따끔거리는 고통이 느껴졌다. 악에 받친 정숙의 시선이 탁자 위에 놓인 향수를 향했다.

"그만해, 차시하……."

그러곤 이어 거실에 쓰러져 있는 찬영을 바라봤다.

"날 불안하게 만드는 사람은 우리 찬영이 하나로도 족하니까."

정숙이 밀려드는 불안감을 이기지 못하고 또다시 병째로 와인을 벌컥 들이켰다.

＊

"도대체 얼마나 더 자려는 거야?"

시하가 잠든 안나를 바라보며 투덜거렸다. 새벽녘 고단한 악몽을 꾼 후로 안나는 계속 잠만 자고 있었다. 어느새 점심때가 가까워져 오는 시각이니, 이렇게 안나의 얼굴을 보고만 있었던 것도 벌써 반나절이나 되었다.

"잠꾸러기네."

안나의 땀에 젖은 머리카락을 손끝으로 문지르며 시하가 중얼거렸다. 그렇게 한참을 부드러운 머리카락을 손에 쥐고 이런저런 장난을 치다 그마저도 이내 재미가 시들해졌는지 끝을 살짝 잡아당겼다.

안나가 나른한 신음을 내며 몸을 뒤척였다. 순간적으로 깜짝 놀라 손을 떼어낸 시하가 다시 조용해진 안나를 보곤 엎드려 턱을 괴었다. 찌푸린 미간이 서서히 평평해지는 것을 본 그의 미간도 잔뜩 구겨져 있다가 덩달아 펴졌다.

"하긴……."

그동안 고약한 악몽을 꾸느라 잠도 제대로 못 잤을 텐데. 안나를 깨우고 싶은 마음이 쏙 들어간 시하는 어느새 제대로 감상 모드에 돌입했다. 처음 만났을 때보다 혈색이 환해져서인지 어여쁜 이목구비가 유난히 눈길을 사로잡았다. 단정한 눈썹, 청초한 눈매, 고운 콧대, 적당히 도톰하면서도 예쁜 색을 가진 입술. 윤희의 꿈속에서 보았던 그 모습을 금세 되찾은 듯했다. 그동안 티격태격하던 습관 때문에 조금 심심해서 그렇지, 이대로 계속 안나가 단잠을 자는 모습을 보는 것도 나쁘지 않았다.

그러다 문득, 시하는 자기 자신이 낯설게 느꼈다. 원래의 그는 절대 이런 행동을 하는 존재가 아니었다. 내 것이 아니면 바로 옆에 있는 자의 목이 떨어져 나가도 눈 하나 깜짝 안 하는 냉정하고 무자비한 성정은 물론. 심지어 내 것에조차도 다정한 말과 행동은 해본 적 없는 무심함까지 완벽하게 갖춘 그였다.

그런 그가 안나가 웃는 모습을 보자고 옷을 스무 벌이나 사주고, 억지로 선물을 받게 하려고 아까운 소원을 쓰고, 아프지 말라고 손수 해열제를 먹여주기까지 했다니. 뭐, 앞으로 죽을 때까지 제게 꿈을 빼앗길 가련한 먹이니 이 정도 자비쯤은 베풀 수 있었다. 그럼에도 불구하고 순간순간 자신이 저지른 행동이 낯설게 느껴지는 건 어쩔 도리가 없었다.

다른 형제들은 스위트 노트를 대할 때 어땠더라? 더욱 달콤한 꿈을 얻기 위해 일부러 스위트 노트를 불행에 빠트리는 잔인한 형제도 있었고, 스위트 노트를 찾아놓고도 철저하게 무관심한 형제도 있었다. 반대로 결국 먹이밖에 되지 않는 존재를 마치 공주처럼 떠받드는 형제도 있었다. 그러니 이 정도면 안나도 나름 매우 훌륭한 대접을 받고 있는 것 같다는 생각이 들었다. 시하는 허공에서 안나의 이마를 튕기는 흉내를 내며 중얼거렸다.

"고마운 줄 알라고. 건방진 아가씨."

바로 그때, 기가 막힌 타이밍에 안나가 슬며시 눈을 떴다. 잠기운이 슬쩍 묻은 눈이 새초롬하니 시하를 올려다봤다.

"뭘 고마워하라는 거예요? 나한테 또 몰래 입 맞췄으면서."

갑자기 잠을 깬 안나 탓에 놀랐던 시하는 뒤늦게 번쩍 정신을 차렸다. 그러곤 그녀의 이마를 엄지로 꾹 누르며 입을 열었다.

"그래, 했어. 하지만 누누이 말했듯이, 내가 한 건……."

"키스가 아니었다고요?"

안나가 몸을 일으키며 부루퉁하게 시하가 하려던 말을 가로챘다.

"알아요. 이제 그런 착각 안 해요."

왜지? 착각이라는 말이 이상하게 짜증 났다. 시하는 애써 아무렇지도 않은 척, 일어나 앉은 안나의 등 뒤로 베개를 받쳐주며 말했다.

"그래, 착각하지 않았다니 다행이네. 네가 열이 많이 나서……."

"어쩔 수 없이 그렇게 해열제 먹여준 거 맞죠? 심하게 악몽을 꾼 다음이면 원래 약도 못 먹을 정도로 며칠씩 앓고 그랬어요. 덕분에 열은 이제 안 나네요."

스스로 이마에 손바닥을 대고 체온을 가늠해본 안나가 이번에도 시하의 말을 빼앗아갔다. 안나는 해열제를 먹이느라 입을 맞춘 상황을 아무렇지 않게 받아들였다. 이번에 입을 맞출 때도 그에게서 불순한 욕망의 냄새를 전

혀 맡지 못했기 때문이다. 처음 입을 맞췄을 때 맡지 못한 몇 가지 냄새를
더 맡을 수 있었지만, 워낙 열이 많이 오른 상태라 정확히 구분하기 어려웠
다. 단 하나 확실한 것은, 그가 정말 자신에게 약을 먹이려고 집중했다는 것.
그래서 안나는 이렇게 침착할 수 있는 것이었다.

도리어 그런 안나의 반응에 흥분한 쪽은 시하였다. 젠장! 왜 그렇게 덤덤
한 반응인 건데? 이유를 알 수 없는 짜증이 자꾸만 치밀어 올라 시하는 벌
떡 일어섰다.

"잠깐만요."

가타부타 말도 없이 방을 나가려는 시하를 안나가 다급히 불러 세웠다.
어쩐지 안나를 쳐다볼 엄두가 나지 않아 시하가 돌아선 그대로 대꾸했다.

"왜?"

"들었어요, 태주 씨한테. 고모의 꿈을 조작하러 다녀왔다면서요. 어떻게
됐는지 말 안 해줄 거예요?"

시하가 안나에게는 들리지 않게 혀를 찼다. 어떻게든 안나의 눈을 마주
보고 싶지 않았는데, 도저히 그럴 수 없게 만든다. 하는 수 없이 뒤돌아선 시
하가 그대로 문에 등을 기대고 서서 어설프게 안나를 마주 봤다. 되도록 시
선을 비켜 보며 시하는 입을 열었다.

"유언장은 확실히 조작했어. 다만."

"다만?"

"유언장에 내 이름을 써넣기엔 위험부담이 너무 컸어. 그러면 오정숙이
애초에 날 알아보지 못한 게 말이 안 되니까. 네 법적 보호자로 지정된 사람
을 안다면 철저하게 뒷조사를 하고도 남을 사람이잖아."

"그래서 어떻게 했는데요?"

"네가 성인이 될 때까지 유산은 오태영이 지정한 법적 보호자에게 위임
한다는 정도로만 조작했어."

"그 정도 가지고 안심할 수 있을까요?"

"일단은 그 정도만 해도 오정숙이 네 유산을 완벽히 가로채기 위해 유언장을 빼돌렸다는 정황은 성립돼. 또 내가 네 법적 보호자가 될 수 있는 가능성도 생기고."

"하지만 그 정도로는 고모한테서 내 법적 보호자 권한을 확실히 빼앗아 올 수 없는 거 아니에요? 고모가 만약 아빠가 지정한 법적 보호자가 자신이라고 주장하면요?"

"충분히 그럴 수 있지. 오태영이 날 네 법적 보호자로 지정한다는 문서 정도는 얼마든지 만들어낼 수 있는 것처럼, 오정숙 역시도 그런 위조문서쯤이야 손쉽게 만들 수 있을 테니까."

시하의 설명에 인나가 애써 한숨을 삼켰다. 정말이지 무엇 하나 쉽지 않은 상황이었다.

"대책은 있어요?"

"그건 내가 오히려 너한테 묻고 싶은 말인데."

의뭉스러운 말투에 인나가 시하를 빤히 바라봤다. 그러곤 이내 그의 의도를 파악해내고 곰곰 생각에 잠겼다.

"증거가 필요한 거군요. 고모가 날 감금했다는 증거. 그래야만 확실히 고모를 무너뜨릴 수 있는 거죠?"

"그래. 정말 아무런 증거도 없는 거야? 아주 사소한 거라도 좋아. 진짜 없어?"

안나는 입술을 꾹 깨물었다. 할 수만 있다면 영영 말하고 싶지 않았지만, 시하의 말투가 답지 않게 간절해서 어떻게든 힘을 보태고 싶었다.

"있을지도 몰라요, 증거."

"있을지도 모른다니? 그게 무슨 말이야?"

"확실하지 않아서요. 고모 집에 들어가기 전에 누군가한테 편지를 쓴 적이 있어요. 고모 집에서 살게 됐다고. 앞으로 답장은 그쪽으로 보내달라고요. 하지만 답장이 안 왔어요."

이상하다고 생각했다. 아무리 늦어도 답장은 꼬박꼬박 해주던 사람인데.

늦어서 미안하다고. 다정하게 사과를 해주던 사람인데. 만약 그 사람이 답장을 안 한 것이 아니라면 그 외의 가능성은 하나였다. 고모가 그의 답장을 숨긴 게 분명했다. 그리고 만약 그가 자신이 보낸 편지를 간직하고 있다면, 고모네 집에서 살게 됐다는 편지의 내용만으로도 충분히 유리한 정황을 만들 수 있었다. 그때부터 자신의 행적이 뚝 끊겼으니까. 안나의 말을 들은 시하는 문득 오정숙의 금고에서 보았던 종이 뭉치를 떠올렸다. 그러곤 화색을 띤 얼굴로 물었다.

"그게 정말이야? 그 사람이 누군데?"

하지만 안나는 곧바로 대답할 수가 없었다. 그의 이름을 떠올리는 것만으로도 바늘로 쿡쿡 찌르듯 가슴이 아팠다. 그를 다시 만나게 된다면 이런 불쌍한 모습이 아니라, 모든 걸 원래대로 되돌려놓은 좀 더 나중이기를 간절히 바랐다.

"오안나?"

안나의 기색이 갑자기 우울해진 것을 본 시하의 음성이 사뭇 날카롭게 울려 퍼졌다. 시하는 음성만큼이나 매서운 눈빛으로 안나를 살폈다. 그녀는 분홍빛 입술을 매만지며 누군가를 애달피 떠올리고 있었다. 누구기에 안나가 저토록 아픈 표정을 짓는 것일까? 대체 누구기에…….

그러다 문득 또다시 그 빌어먹을 단어가 떠올라버렸다. 안나가 무의식적으로 매만지고 있는 입술을 보는 순간, 자연스레 떠오른 그 단어. 첫 키스. 시하가 저도 모르게 충동적으로 안나의 어깨를 그러쥐었을 때였다.

"주은재. 은재 오빠……."

안나의 입에서 낯선 남자의 이름이 흘러나왔다. 또다시 이유를 알 수 없이 시하의 심장이 욱신거렸다.

4장. 첫사랑이 미치는 영향

수많은 인파로 붐비는 공항.

"으아아."

커다란 배낭을 멘 남자가 출입구를 빠져나와 늘어지게 기지개를 켰다. 프랑스에서 3년을 살다 왔지만, 그의 짐은 배낭 하나가 전부였다. 가벼운 짐만큼 홀가분한 미소를 지으며 남자가 겉옷 안주머니에서 사진 한 장을 꺼냈다.

"우리 도둑 아가씨는 지금 뭐 하고 있을까?"

남자는 사진 속 여자의 동그란 이마에 가볍게 손가락을 튕기며 뭐가 그리 좋은지 연신 웃었다. 3년 전, 프랑스로 떠나던 날 그에게서 입술을 빼앗아간 도둑 아가씨. 사진 뒷면에는 앙증맞은 글씨체로 '은재 오빠에게'라고 적혀 있었다.

"거짓말쟁이. 내가 좋아 죽겠다면서, 반년 전부터 연락도 전혀 안 하고."

너는 알까? 내가 널 얼마나 보고 싶어 했는지. 네가 얼마나 그리웠는지. 가까운 곳에 있었다면 너는 분명 내 마음을 알아줬을 텐데.

"그래서 이 오빠가 직접 찾으러 왔다."

공항에서 렌트한 차를 타고 목적지에 도착한 은재는 콧노래를 흥얼거리며 익숙한 길을 걸었다. 3년 만에 안나를 다시 만날 수 있다는 생각에 마음이 자꾸만 풍선처럼 부풀어 올랐다.

"안나야⋯⋯."

지금쯤이면 대학생이 될 생각에 잔뜩 들떠 있겠지? 워낙에 꾸미는 걸 좋아하는 아이니 분명 쇼핑을 장난 아니게 했을 거야. 내가 사 온 옷은 마음에 들어 할까? 배낭 안에 곱게 포장해온 옷과 구두를 떠올리며 은재는 흐뭇이 웃었다.

한국으로 돌아가는 날짜가 결정되고 몇 번이나 가게 앞에서 걸음이 멈추곤 했었다. 전부 여성의 물건을 파는 가게였다. 옷이라든가 구두라든가 액세서리, 화장품 같은 것들. 매번 멋쩍어 그냥 돌아서고 말았지만, 그때마다 순간적으로 머릿속에 떠오른 건 안나의 얼굴이었다. 깜짝 놀라는 눈동자, 활짝 미소 짓는 입술, 그 어여쁜 얼굴.

그런데 공항 가는 길에 보았던 옷이 안나에게 잘 어울릴 것 같아 그만 충동적으로 선물을 구매해버리고 말았다. 그동안 수십 번 했던 고민이 무색하게. 프랑스로 유학을 떠날 때만 해도 설마 자신이 이런 행동을 할 거라곤 생각지 못했다. 그 아이를 위해 옷을 사고, 선물을 받고 활짝 웃어줄 모습을 기대하게 되다니. 헤어지기 싫다며 엉엉 울던 아이를 볼 때도 그저 귀엽기만 했을 뿐인데. 귀여운 여동생. 정말 그 이상도 이하도 아니었는데.

'안나야. 언제 이렇게 내 안에서 너란 존재가 커진 걸까?'

은재는 문득 안나를 처음 만났던 날을 떠올렸다. 안나는 은재가 군대를 제대한 후 2년 동안 아르바이트를 했던 향수 공방 '부케'의 사장님 딸이었다. 부케의 사장님은 매우 아름다운 향을 만드는 조향사였다. 우연히 그 근처를 지나다가 사장님이 만든 향기에 반해 은재가 그 자리에서 아르바이트를 하게 해달라고 무작정 부탁했을 정도였다.

그때 그 향기⋯⋯. 그 향기는 은재가 맡아본 그 어떤 향기보다도 아름다웠다. 태어나서 한 번도 맡아본 적 없는 향기였다. 낙원에 피는 꽃의 향기가 이토록 아름다울까.

그 후 은재는 곧바로 부케에서 아르바이트를 시작했다. 그는 남다른 후각을 가지고 있어 시향만 해도 향수의 정확한 포뮬러를 알아낼 수 있었다. 하지만 그를 처음 부케로 이끌었던 그 향기만큼은 끝까지 포뮬러를 알아내지 못했다. 결국 자존심을 굽히고 사장님께 포뮬러를 물어볼 수밖에 없었다.

'이 향기는 어떤 향료로 만든 건가요? 아무리 해도 알 수 없는 향료가 하나 섞여 있는데.'

바로 그 질문이 은재에게 안나와의 인연을 가져다주었다.

'어떤 향료를 섞었는지는 비밀. 그렇지만 힌트는 줄 수 있어.'

'힌트?'

'응. 이건 내 딸의 체향을 모티프로 만든 향수야. 어때? 내 딸애 한번 만나볼래? 그럼 그 비밀의 향료가 뭔지 알 수 있을지도 모르잖아.'

짓궂은 장난처럼, 혹은 누군가 의도한 운명처럼. 그렇게 은재는 안나를 만났다.

'오빠가 날 보자고 했어요?'

'어?'

'엄마가 날 꼭 보고 싶어 하는 남자가 있다고 했거든요. 나 엄청엄청엄청 바쁜 사람이라 진짜진짜진짜 겨우 시간 내서 온 건데.'

'어어? 그, 그래?'

'근데 오길 잘한 것 같아.'

'어?'

'나도 오빠 좋아요. 딱 내 취향이야.'

처음 만난 자리에서 얼빠진 채로 들었던 앙큼한 고백. 부케에서 아르바이트를 했던 2년 동안 수도 없이 들었던 고백은 은재가 프랑스로 떠나는 날까지도 여전했다.

'흐어엉. 오빠 돌아올 때쯤이면 나도 대학생이 돼 있을 거예요. 그럼 나랑

사귈 수 있는 거죠? 흐엉. 까짓것 3년. 조신하게 기다리고 있을 테니까. 응?'

엉엉 울며 통보해놓고, 쪽, 아주 재빠르게 도둑 키스를 하고 달아났던 안나.

'방금 한 거 내 첫 키스예요. 그러니까 오빠 돌아오면 나 책임져야 돼요! 알았죠?'

'그렇게 맹랑하게 고백할 땐 언제고, 연락 한 번이 없고 말이야.'

은재가 다시 생각해도 서운한지 입술을 배쭉 내밀었다. 안나는 처음 2년 간은 귀찮을 정도로 연락을 해오더니, 그 후 반년 동안 점차 연락이 뜸해지기 시작했다. 그러다 급기야 6개월 전부턴 매정하게 느껴질 정도로 아무런 소식도 전해오지 않았다. 이 사진과 함께 보내온 편지가 마지막이었다.

[보고 싶어요, 은재 오빠.]

바로 그때부터였을지도 모르겠다.

'나도 네가 보고 싶어진 게.'

자주 떠올리다 보니 좋아하게 되었다. 그리워하고, 보고 싶어 하다 보니 사랑하게 되었다. 먼 프랑스에서 무럭무럭 키운 마음을 안나에게 말해주고 싶어서 애가 탔다. 은재는 설렘을 참지 못하고 부케로 가는 걸음을 서둘렀다.

하지만 막상 공방이 있던 곳에 도착했을 때. 은재의 얼굴빛은 참혹히 어두워지고 말았다. 한낮의 따사로운 햇살조차 아무 소용 없을 만큼.

사무치는 절망감에 은재는 길바닥에 털썩 주저앉았다. 향수 공방 부케는 옛날 모습을 그대로 간직한 채, 먼지를 잔뜩 뒤집어쓰고 있었다. 옆 가게 주인의 말로는 1년 전 사장이 죽고 그 뒤로 폐허 아닌 폐허가 돼버렸다고 했다. 워낙 갑작스러운 사고였던지라 매물로 내놓지도 못한 가게는 주인을 잃은 채, 그렇게 방치되고 말았다.

'그럼 사장님 따님은요? 오안나라고 딸이 있었는데요. 혹시 소식 들은 건 없나요?'

'몰라. 처음에는 틈틈이 와서 청소도 하고 그랬는데 언젠가부터 소식이 전혀 없어. 아, 맞다.'

'뭔가 생각이 나셨어요?'

'앞으로 먼 데로 가게 돼서 전처럼 가게에 자주 못 올 것 같다고 인사하러 왔었지, 아마?'

'그게 언젠가요?'

'반년 전이었을걸?'

조금 전 옆 가게 주인과 나눈 대화를 곱씹어 보던 은재가 부리나케 배낭에서 작은 뭉치 하나를 꺼냈다. 지난 3년 동안 안나에게서 받은 편지들이었다. 은재는 그중에서 마지막으로 받은 편지를 꺼냈다. 거기에도 옆 가게 주인이 했던 말과 비슷한 내용이 적혀 있었다.

[앞으로 고모 집에서 지내게 됐어요. 답장은 이 주소로 보내주면 돼요. 이번에는 답장 빨리 써줘요. 보고 싶어요, 은재 오빠.]

안나가 이 편지를 보내온 것 역시 6개월 전이었다. 공교롭게도 고모 집에서 지내게 되면서부터 안나의 추적 가능한 행적이 모두 끊긴 것이다.

은재는 재빨리 마지막 편지를 뺀 나머지를 다시 배낭에 집어넣고 일어섰다. 지금 당장 그곳에 가야 한다는 생각 말고는 아무런 생각도 들지 않았다. 문득 속상한 마음에 굳게 잠긴 문 너머 먼지가 잔뜩 쌓인 향수 용기들을 보다가 은재는 어렵사리 발길을 돌렸다. 안나를, 찾아야만 했다.

*

시하는 안나가 말한 편지를 찾기 위해 다시 오정숙의 집을 찾았다. 지붕 위에 몸을 숨긴 그는 집 안에서 들려오는 기척에 귀를 기울이고 있었다. 인간의 기척은 하나밖에 느껴지지 않았다. 역겨운 냄새가 진동하는 걸 보니 집 안에 있는 건 분명 문찬영이었다. 오정숙은 이미 잠에서 깬 집을 나선 모양이었다.

시하는 고민했다. 지금 당장 집에 들어갈지, 아니면 문찬영 역시 집을 나설 때를 기다려야 할지. 스틸 미드나잇의 지속시간은 이미 지났다. 무턱대고 집 안에 들어갔다가 문찬영과 마주치면 낭패였다.

하지만 또 다른 증거의 가능성을 알게 된 이상, 한시도 지체할 수가 없었다. 오태영의 유언장이 숨겨져 있던 금고에는 분명 두툼한 종이 뭉치도 함께 들어 있었다. 모양도 크기도 색도 전부 다른 봉투를 대충 묶어놓은 것이었다. 그건 주은재라는 자가 안나에게 보낸 편지가 틀림없었다.

'미리 알았으면 유언장을 조작할 때 그 편지들도 찾아봤을 거 아니야?'

'빨리 말 못 해서 미안해요. 근데 어쩔 수 없었어요. 이런 모습, 은재 오빠한테는 보여주고 싶지 않았거든요.'

안나가 설명한 이유를 떠올리자 또다시 속절없이 화가 났다. 도대체 주은재 그 인간이 뭐라고! 답답한 기분은 무슨 짓을 해도 풀리지 않았다. 시하는 거칠어진 숨을 애써 진정시켰다. 일단은 그 편지들을 무사히 가져가는 것만 생각하자. 혹시 누구라도 맞닥뜨렸을 때를 대비해 챙긴 엔트라스 용기를 손에 꾹 쥔 채, 시하는 몸을 일으켰다. 그러곤 현관에 설치된 CCTV를 바라보며 손가락을 튕겼다. 순식간에 CCTV를 물방울이 감쌌다. 화면은 흐릿해져 아무것도 담아내지 못했다.

바로 그때였다. 바스락, 마른 나뭇가지가 누군가의 발에 밟히는 소리가 났다. 혹시 오정숙이 집에 돌아왔을지도 모른다는 생각에 시하는 재빠르게 몸을 낮추고 지붕 아래를 주시했다. 그런데 집 앞에 나타난 사람은 오정숙이 아니었다. 웬 커다란 배낭을 멘 남자가 손에 무언가를 들고 오정숙의 집 앞을 계속 기웃거리고 있었다.

'도대체 누구지?'

한참을 뚫어져라 남자를 쳐다보던 시하의 눈썹 끝이 한순간 무섭게 치켜올라갔다. 남자가 손에 들고 있는 사진. 그 사진 속 활짝 웃고 있는 여자는 그도 무척 잘 아는 사람이었다. 안나였다.

시하는 직감했다. 저 남자가 안나를 울린 주은재라고. 이성적 사고를 할 틈도 없이 시하는 순식간에 은재의 뒤편에 고인 물 위로 이동했다. 그러곤 마치 한발 늦게 오정숙의 집에 도착한 사람처럼 자연스럽게 은재에게 다가가 말을 걸었다.

"주은재 씨?"

은재가 반사적으로 뒤를 돌아봤다. 그는 갑자기 나타난 시하를 경계하는 눈초리로 살폈다. 이미 뒤를 돌아보기 전부터 상대방의 목소리에 호의가 담기지 않았다는 사실이 느껴졌었다. 그 느낌은 정확했다. 허공에서 정확히 맞물린 남자의 시선은 서늘하다 못해 싸늘할 정도였다.

"누구시죠?"

상대의 적의에 은재 역시 퉁명하게 되물었다. 그 순간, 그의 입에서 믿을 수 없는 이름이 흘러나왔다.

"오안나."

은재의 표정이 흠칫 굳었다. 그 모습을 본 시하가 확신하며 물었다.

"아시죠?"

은재는 눈으로는 여전히 시하를 경계하면서 한 발짝 다가가 되물었다.

"그러는 당신은 안나를 어떻게 알고 있는 거죠?"

안나와의 관계를 묻자 시하가 미묘한 표정을 지으며 주머니에서 명함을 꺼내 내밀었다. 은재는 신중하게 명함을 확인했다. 그렇게 명함에 적힌 이름을 살피는데, 믿기지 않는 말이 들려왔다.

"저는 안나의 법적 보호자입니다."

그의 말대로라면 그는 지금 안나를 돌보고 있는 사람이었다. 저런 남자가 안나의 법적 보호자라는 사실도 충격적이고 믿기지 않는데, 이어지는 말은 은재의 마음을 더욱더 무참히 뒤흔들어 놓았다.

"안나가 지금 무척 위험한 상황입니다. 주은재 씨의 도움이 필요해요."

"위험하다니? 안나한테 무슨 일이라도 생긴 겁니까?"

은재는 시하의 말이 진실인지 여부를 판단할 정신조차 없었다. 안나가 위험하다는 말에 흥분해서 곧바로 시하의 팔을 붙잡으며 소리쳤다.

"어서 말해요! 도대체 안나한테 무슨 일이 생긴 겁니까?"

하지만 시하는 전혀 동요하는 기색도 없이 가뿐히 은재의 힘을 제압하며 말했다.

"흥분 가라앉히고, 일단 주은재 씨는 성운 호텔 라운지 카페로 가서 기다리세요. 자세한 사정은 그곳에서 다시 만난 후에 설명하죠."

은재는 기분이 언짢았다. 그는 마치 부하를 다루듯 자신에게 명령하고 있었다. 게다가 엉뚱한 지시만 내리는 그의 태도도 마음에 들지 않았다. 그는 일부러 제일 중요한 안나의 이야기를 하지 않고 있었다.

"제가 왜 그래야 하죠?"

그래서 언짢은 기분을 노골적으로 드러냈다. 하지만 시하는 아주 조금 움찔하는 기색조차 없었다.

"시간이 없습니다, 주은재 씨. 사정은 나중에 설명하겠다고 내가 분명히 말했을 텐데요?"

고압적으로 은재의 말을 일축한 시하가 또다시 지시를 덧붙였다.

"애석하게도 시간은 없지만, 우리를 감시하는 눈은 많습니다. 그러니 카페에 내가 나타나거든 처음 보는 척을 하세요."

남자가 하는 말은 온통 답을 알 수 없는 문제 같았다. 하지만 이어지는 말은 그 의미를 분명히 알 수 있었다.

"그 후에 안나를 만날 수 있게 해주겠습니다."

안나를 만날 수 있다. 그것만으로 은재는 더 이상 따지지 않았다. 차시하의 행동은 처음 만난 순간부터 지금까지 무례하고 독선적이었지만, 거짓말을 하고 있다는 인상은 조금도 풍기지 않았다. 계속 이렇게 이 남자와 마주보고 있느니, 빨리 그의 요구 조건을 들어주고 안나를 만나고 싶었다. 은재가 고개를 끄덕이자 시하가 다시 이야기를 진행시켰다.

"직업이 뭡니까?"

"조향사입니다."

"마침 잘됐네요. 이제부터 주은재 씨는 내가 성운 호텔에 스카우트해온 조향사입니다. 그럼 감시자들의 눈을 속이기가 더 쉽겠죠."

은재의 눈이 가느다래졌다. 차시하 이 남자, 대체 어떤 자일까? 성운 호텔이 향수 분야에서 얼마나 명성을 떨치고 있는지 한국에서 조향사를 꿈꾸는 사람이라면 모를 리가 없었다.

은재 역시 마찬가지였다. 그가 프랑스의 향수 전문학교로 유학을 떠난 이유는 성운 호텔의 수석 조향사가 되기 위해서였다. 그런데 은재가 3년이라는 시간 동안 피땀 흘려 노력한 그 자리를 이 남자는 한마디 말로 아무렇지 않게 좌지우지하고 있었다.

문득 처음 만났을 때 시하가 건넨 명함에 적혀 있던 직함이 은재의 뇌리를 스치고 지나갔다. 차시하라는 오만한 이름 옆에 적혀 있던 직함은 분명 에뚜알르 호텔 전무이사였다. 성운 호텔이 에뚜알르 호텔의 한국지사라는 건 은재도 익히 알고 있는 사실이었다.

안나는 대체 이런 사람과 어떤 관계가 있는 것일까? 게다가 감시까지 당하고 있는 사정은 대체 무엇일까? 저와 안나의 관계가 궁금해서 미칠 것 같은 은재의 눈빛을 전부 읽어냈지만, 시하는 잠자코 입을 다물고 있었다. 그에게 쉽게 저와 안나의 관계를 알려주고 싶지 않았다. 아니, 할 수만 있다면 끝까지 주은재가 저와 안나의 관계를 멋대로 의심하고 상상하기를 원했다.

"저는 이곳에 볼일이 있으니 먼저 가서 기다리세요. 안나에게 당신이 만나러 올 거라고 전해두겠습니다."

그래서 일부러 더 다정하게 안나의 이름을 불렀다. 순간적으로 은재가 두 주먹을 바득 쥐며 감정을 참는 것이 느껴졌다.

"그럼 성운 호텔에서 뵙죠, 주은재 씨."

시하는 승리감 비슷한 희열을 느끼며 먼저 뒤돌아섰다. 아침 내내 잠든 안나를 바라보며 느꼈던 그 오묘한 마음이, 주은재의 이름을 입에 담으며 울먹거리던 안나를 볼 때 느꼈던 그 욱신거리는 통증이, 그 순간 느낀 희열로 인해 아무것도 아닌 것처럼 느껴졌다.

*

시하와 은재가 집 앞을 막 떠난 시각. 찬영은 지독히도 생생했던 꿈에 넋이 나간 채 잠에서 깼다.

"안나야……."

꿈의 여운인지 입에서 절로 안나의 이름부터 흘러나왔다. 출장을 다녀온 기간까지 포함하면 안나를 못 본 지도 벌써 열흘이 훌쩍 넘었다. 술에 취해서 그리움을 참는 것도 더는 한계였다. 지금 당장 안나가 보고 싶어 미칠 것 같았다.

'잠깐 가서 얼굴만 보고 오면 안 될까?'

그에게 몰래 안나를 지켜보는 일은 익숙했다. 처음 어머니의 집에 왔을 때, 안나는 사랑스러운 목소리로 '오빠'라고 부르며 인사를 건네주었었다.

'오빠라고 불러도 되죠? 외동이라서 외로웠는데 오빠가 생겨서 너무 좋아요.'

저라는 존재가 있어서 너무 좋다고 말해준 첫 사람. 그때부터 찬영은 줄곧 안나를 몰래 지켜봐 왔다. 늘 멀리서. 안나와 다른 가족들이 결코 알아차리지 못하도록.

그런데 6개월 전 멀리서밖에 볼 수 없었던 안나가 기적처럼 그의 가까이 왔다. 명목은 몽유병을 치료하기 위해서였지만, 찬영은 어머니가 안나를 가둔 진짜 이유를 알고 있었다. 1년 전, 그는 돌아가신 외삼촌의 유언장을 어머니가 안나 몰래 훔치는 걸 목격했었다. 어머니가 안나를 감금한 이유는 바로 그 순간에서 기인했다. 안나의 존재가 세상에 드러나 자신의 범죄가 밝혀질까 두려운 것이었다. 동시에 성인이 된 안나에게 유산을 되돌려주고 싶지 않은 욕심이 어머니의 머릿속을 가득 채우고 있었다.

하지만 그 모든 사실을 알고 있음에도 찬영은 침묵을 택했다. 손만 뻗으면 닿을 수 있는 가까운 곳에 안나가 있다는 사실이 너무도 행복했으니까. 어머니의 범죄를 방조해서라도 그 행복을 지키고 싶었다.

하지만 겨우 6개월 만에 다시 비참하게 그 행복을 빼앗기고 말았다. 새삼 그 잠깐의 행복이 너무도 억울하게 느껴졌다.

'이럴 거면 처음부터 희망을 주지나 말지. 평생을 널 내 옆에 둘 수 있을 줄만 알았어.'

찬영은 입술을 짓깨물며 소파에서 벌떡 일어섰다. 어머니께 혼이 나는 한이 있어도 오늘은 반드시 안나를 봐야 할 것만 같았다.

'그냥 얼굴만…….. 정말 얼굴만 보고 오는 거야.'

어느새 안나의 웃는 얼굴이 눈앞에 아른거려 더는 아무것도 보이지 않고 아무 생각도 들지 않았다. 찬영은 그대로 거침없이 문을 열고 집을 나섰다.

*

시하는 문찬영이 안나를 만나러 간 줄은 꿈에도 모른 채, 텅 빈 집에서 무사히 편지를 훔쳐낸 후 펜트하우스로 소환되었다.

"안나는?"

"응접실에 계세요. 컴퓨터로 뭐 좀 알아볼 게 있다고 하시던데."

"그래?"

안나가 무얼 알아보는지 궁금하면서도 시하는 무심하게 반응했다. 그러나 빨라지는 발걸음만은 막을 길이 없었다. 태주가 뒤따르기 버거울 만큼 빠르게 펜트하우스 안으로 들어간 시하의 눈에 노트북에 얼굴을 바짝 들이대고 있는 안나의 모습이 보였다. 시하가 곧장 안나의 등 뒤로 다가가 노트북 화면을 보며 물었다.

"뭘 그렇게 열심히 봐?"

"엄마야!"

안나가 화들짝 놀라며 뒤를 돌아봤다. 노트북 화면을 엿보려 가깝게 들이민 얼굴 탓에 뒤돌아본 안나의 코끝이 아슬아슬하게 스쳤다. 시하는 저도 모르게 숨을 참았다.

"기, 기척 좀 내고 다녀요! 깜짝 놀랐잖아요!"

당황한 안나가 코앞에서 핀잔을 쏟아냈다. 동시에 뜨거운 숨결이 시하의 입술 위로 끼얹어졌다. 안나가 곧바로 뒤로 고개를 기울여 간격을 벌렸지만, 달콤한 숨결의 여운은 진득했다. 간질간질한 기운에 시하가 혀로 입술을 몇 번이나 핥다가 결국엔 꾹 깨물었다.

영문을 알 수 없었다. 비록 키스는 아니지만, 이미 두 번씩이나 꽤 깊고 진하게 저 입술을 맛본 적 있었다. 그런데도 단지 숨결이 닿은 것만으로 설명하기 힘든 자극을 느껴버린 것이 못내 자존심이 상했다. 시하가 자신과 간격을 벌리기 위해 있는 힘껏 고개를 뒤로 젖히고 안나의 이마를 손가락으로 밀며 허리를 세웠다.

"누가 기척을 숨겼다는 거야? 자기가 못 느낀 거면서."

"어어어? 이러다 나 뒤통수 깨져요. 얼른 손가락에 힘 안 빼요?"

경고했는데도 시하는 말을 듣지 않았다. 까딱하면 소파 밑으로 굴러떨어질 상황에 안나가 시하의 손목을 덥석 붙잡아 버렸다.

"그런다고 내가 순순히 당할 줄 알아요?"

"그래? 그럼 어디 한번 끝까지 버텨보시지?"

안간힘을 쓰는 안나의 모습이 재밌는지 시하가 손끝에 더욱더 힘을 실어 안나를 밀었다. 안나도 지지 않고 시하의 팔을 줄타기하듯 타고 올라갔다. 넝쿨처럼 시하의 팔을 감은 안나가 급기야 시하의 목을 두 팔로 단단히 감쌌다. 그러곤 발끝에 힘을 주고 몸을 일으켰다.

순식간에 소파 등받이를 사이에 두고 포옹하는 자세가 되어버리고 말았

다. 시하의 몸이 나무토막처럼 굳었다. 안나가 그런 시하의 귓가에 속삭였
다.

"그러게……."

그 목소리가 얄미울 만큼 당당했다.

"왜 시비를 걸어요, 시비를? 내가 뒤통수를 대리석 바닥에 박았으면 박았
지 포옹은 안 할 줄 알았어요?"

그러곤 조금 전보다 더 기세등등하게 말했다.

"선산의 말씀. 넝쿨 표시니 해열제를 먹이기 위해서니 얼토당토않은 이
유로 입을 몇 번이나 맞췄는데 포옹쯤이야 껌이죠, 뭐."

'몇 번이니'라고 표현하니 적어도 다섯 번 이성처럼 들리는네, 입을 맞춘
건 겨우 두 번이었다. 그런데 그 두 번 만에 안나는 저와의 스킨십에 완벽히
면역이 된 것 같았다. 그것이 또 시하의 자존심을 묘하게 건드렸다.

다음번엔 온몸이, 아니, 입술까지 떨려서 찍소리도 안 나오는 스킨십을
해주지. 다리가 풀려서 무릎이라도 꿇는다면 아주 볼만할 거야. 자못 유치
하기까지 한 생각을 속으로 벼르며 시하가 안나가 보던 노트북 화면을 내려
다봤다.

"그나저나 대체 뭘 그렇게 집중해서 보고 있었던 거냐니까?"

안나가 황급히 노트북을 덮으며 말했다.

"사생활은 존중해주시죠? 당신은 법적 보호자일 뿐이지, 내 아빠가 아니
에요."

아빠가 아니라는 말에는 격하게 동감했지만, 선을 긋는 행동은 마음에 들
지 않았다. 하지만 시하는 안나의 그런 말을 전혀 신경 쓰지 않는 척, 괜히
기지개를 켜며 시큰둥하게 중얼거렸다.

"그래? 그럼 너는 내가 방금 어딜 가서 뭘 하고 왔는지도 전혀 궁금하지
않겠네."

의미와는 정반대로 도리어 더 궁금하게 만드는 말투였다. 노트북을 챙겨

슬그머니 침실로 들어가려던 안나가 결국 뒤돌아서 물었다.

"그러고 보니 어딜 다녀온 거예요? 손에 든 건 또 뭐고?"

"이거?"

시하는 오정숙의 금고에서 빼내온 주은재의 편지들을 살살 흔들며 되물었다. 찰나에도 이중적인 감정이 마음속에서 오락가락했다. 이걸 보여줄까? 말까?

지난 6개월, 주은재는 안나에게 겨우 6통의 편지를 보냈다. 하지만 그 안에는 6개월 동안 겨우 참아낸 그리움이 꾹꾹 눌러 담겨 있었다. 만약 이 편지를 읽는다면 그의 마음을 못 알아차릴 수가 없을 만큼.

이 편지들은 오정숙이 안나를 집에 가뒀다는 확실한 증거는 되지 못하겠지만, 적어도 그럴듯한 정황 증거는 될 수 있었다. 그렇기에 언젠가는 안나도 이 편지의 존재를 알게 될 것이었다. 안나에게 지금 당장 알려주는 것이 옳았다.

하지만 알려주고 싶지 않았다. 주은재의 마음 따위, 안나에게 보여주고 싶지 않았다. 왜 그런 기분이 드는지 이유도 알지 못한 채, 시하는 결국 본능을 이기지 못했다.

"이것보다 내가 누구를 만나고 왔는지 알면 더 놀랄 텐데."

편지를 주머니에 찔러 넣으며 시하가 뜸을 들였다. 안나가 답답함에 협박하듯 뒤돌아서며 말했다.

"누굴 만나고 왔기에 이렇게 뜸을 들여요? 얼른 말해줘요. 계속 말 안 해주면 나 그냥 갈 거예요."

안나가 빈말이 아님을 보여주듯 정말로 다시 뒤돌아선 순간이었다.

"주은재."

어차피 만날 거라면 진심 따위 모르고 만났으면 좋겠다.

"주은재 만나고 왔다고."

굳이 알 필요 없잖아. 이미 지나간 일 따위.

"은재 오빠를 만났다고요? 그게 정말이에요?"

시하의 입에서 흘러나온 이름에 안나가 품에 안은 노트북을 더 꼭 끌어 안았다. 그녀의 굳은 어깨가 애처롭게 떨렸다. 그 떨림을 눈에 담으며 시하가 말을 이었다.

"그래, 그가 곧 여기로 올 거야."

일순 안나의 표정이 왈칵 일그러졌다. 웃는지 우는지 알 수 없는 얼굴. 그 복잡한 얼굴을 보는 시하의 속도 덩달아 복잡해졌다.

*

"언제는 제 현실이 뭔지 잘 알아서 공짜로는 받을 수 없다더니."

시하가 불만스러운 표정으로 라운지 카페에 들어섰다. 주은재가 올 거라는 얘기를 전해 들은 후 안나는 은재 오빠를 보는 건 나중으로 미뤄달라며 사정을 했다. 강경하게 결국엔 봐야 하는 사이라고 못을 박았더니, 그럼 최대한 예쁜 모습으로 만나고 싶다며 그때부터 시하가 선물한 옷을 죄다 꺼내 입어보기 시작했다.

이럴 줄 알았으면 원하는 대로 두 벌만 선물할 것을. 아니. 그 두 벌도 선물하지 말걸. 부티크에서 사용했던 메이크업 제품과 액세서리까지 모두 받아 온 것이 뒤늦게 후회가 되었다. 곁에서 '아름다우십니다!'를 연발하는 태주는 또 얼마나 꼴사나운지. 하나부터 열까지 모든 게 다 불만스러웠다.

그리고 그 언짢은 기분은 카페에서 자신을 기다리고 있는 주은재를 발견한 순간 정점을 찍었다. 그사이 옷을 갈아입은 모양인지 주은재 역시 한껏 멋을 낸 모습이었다. 시하는 무표정한 얼굴로 은재와 마주 보고 앉았다.

"여기서 1시간이 넘게 기다렸습니다."

은재는 시하가 자리에 앉기 무섭게 정중하게 불만을 꺼내놓았다. 시하 역시 마뜩잖은 얼굴로 대답했다.

"그래도 지루하진 않았을 것 같은데. 그사이에 옷도 갈아입었네."

"스카우트된 직장에 처음 가는 건데 아까 그 모습은 영 아닌 것 같아서요."

어설픈 변명이었다. 분명 안나에게 멋진 모습을 보여주고 싶어서 옷을 갈아입은 게 틀림없었다.

"그래요?"

시하는 악수를 건네는 척하며 은재의 귓가에 낮게 속삭였다.

"잡담은 관두고, 일단은 우리를 지켜보는 눈부터 속이죠."

주변에 오정숙의 감시원으로 보이는 자가 몇 있었다. 그때부터 한참 동안 시하는 은재와 성운 호텔의 향수에 관한 이야기를 건조하게 주고받았다. 대부분 무의미한 이야기만 오고 갔다.

결국 은재가 먼저 안나의 이야기를 꺼냈다. 물론 그의 태도는 조심스러웠다. 시하에게 가까이 상체를 기울이고 아주 작은 목소리로 속삭였다.

"이제 그만 데려가주시죠. 카페에서 대화가 너무 길면 그것도 의심스러울 것 같은데."

맞는 말이었다. 하지만 안나와 만나게 하고 싶지 않다는 본심이 무의식중에 자꾸 발목을 잡고 있었다. 계속 쏟아지는 은재의 추궁하는 듯한 눈빛에 결국 시하가 마지못해 자리를 털고 일어섰다.

"그럼 제가 머물고 있는 펜트하우스에 성운 호텔의 시그니처 향수들이 전시되어 있으니 보러 가실까요?"

"물론이죠. 안 그래도 무척 보고 싶었거든요."

주은재가 말하는 무척 보고 싶었다는 대상은 당연히 향수가 아니라 안나였다. 시하는 저도 모르게 이를 악물었다. 그러곤 너무 힘을 줘 바짝 당기는 턱을 문지르며 천천히 VIP용 엘리베이터로 향했다. 뒤따라오는 은재의 발소리에도 긴장감이 실려 있었다. 둘 사이, 눈에 보이지 않는 신경전이 첨예했다.

그렇게 두 사람이 엘리베이터 앞에서 나란히 멈춰 섰을 때였다. 때마침 엘리베이터가 도착하고 활짝 문이 열렸다. 마음이 급한 은재가 먼저 올라탔다. 시하는 한발 늦게 엘리베이터에 올라탔다.

바로 그때였다. 일순 시하의 표정이 눈에 띄게 굳었다. 은재마저 그 섬 한 기운을 단번에 느낄 수 있을 정도였다. 엘리베이터의 숫자가 꼭대기를 향해 치솟는 내내 시하의 눈길이 험악하게 누군가를 바라봤다.

'저 인간이 왜 여기에 있는 거지?'

엘리베이터 안에는 이곳에 절대로 있으면 안 되는 사람이 타고 있었다. 안나의 위험한 사촌오빠, 문찬영이었다.

시하는 곁눈으로 문찬영이 눌러놓은 층수를 확인했다. 불실한 예삼내로 그가 향하는 곳은 펜트하우스가 있는 맨 꼭대기 층이었다. 문찬영은 지금 안나를 보러 가는 것이 확실했다.

시하가 주먹을 부득 움켜쥐며 이번엔 반대쪽에 서 있는 은재를 힐긋 바라봤다. 안나를 만나러 가는 길, 마음이 설레는지 은재의 얼굴에 미소가 가득했다.

주은재, 문찬영. 한 명은 오안나의 첫사랑, 또 한 명은 오안나의 스토커. 그 둘이 한꺼번에 오안나를 만나러 가는 이 대책 없는 상황이라니.

정말이지 짜증 나는 딜레마가 아닐 수 없었다. 지금 문찬영을 상대하려면 주은재 혼자 펜트하우스로 올려보내야 했다. 그렇게 되면 안나와 주은재 둘이서 보게 되는 상황. 안나의 곁에 태주가 있다고는 하나 전혀 믿음이 가지 않았다.

하지만 아무리 생각해도 이대로 안나와 문찬영을 마주치게 할 수도 없는 노릇. 만약 다시 문찬영을 만나게 된다면, 안나가 오늘 밤 꾸는 악몽은 시하의 힘으로도 제어가 불가능할 만큼 위험할 게 뻔했다.

"하아……."

깊은 한숨을 내쉰 시하가 결국 중간에 아무 층이나 누른 후 은재에게 말했다.

"먼저 올라가 계시죠. 저는 갑자기 처리할 일이 생겨서."

은재가 의아한 듯 시하의 어깨너머로 엘리베이터에 타고 있는 또 다른 남자를 몰래 바라봤다.

'시간은 없지만, 우리를 감시하는 눈은 많습니다.'

이곳에 오기 전 시하가 했던 말을 떠올린 은재는 곧바로 고개를 끄덕였다. 엘리베이터에 올라탄 뒤로 내내 낌새가 수상하더라니, 이유가 있었던 것이다.

"그럼 저 먼저 가 있겠습니다. 천천히 오세요."

'천천히'에 일부러 힘을 주는 은재를 보며 시하의 표정이 싸늘하게 식었다. 은재의 말이 마치 안나랑 단둘이 오래 있고 싶으니 늦게 와달라는 말처럼 들렸다. 제길. 누구 좋으라고? 어림도 없었다.

"아뇨. 최대한 빨리 처리하고 가도록 하죠. 10분이면 됩니다."

엘리베이터 문이 열리는 걸 확인한 시하가 어금니를 악물며 대꾸했다.

"그럼."

"컥!"

동시에 문찬영이 억눌린 비명을 내지르며 엘리베이터 바깥으로 튕겨 나갔다. 예상치 못한 광경에 은재가 굳어 있는 사이, 시하는 마치 아무 일도 없었다는 듯 느긋하게 엘리베이터에서 내려 찬영의 허리를 지르밟았다.

"아악!"

날카로운 비명이 채 끝나기도 전, 한쪽 무릎을 굽히고 앉은 시하가 그의 머리카락을 손에 쥐고 억지로 고개를 들어 올렸다. 찬영을 살피는 시하의 눈빛은 그저 보는 것만으로도 온몸이 달달 떨릴 만큼 잔인하고 광포했다.

모든 광경을 닫히는 엘리베이터 문틈 사이로 지켜본 은재는 저도 모르게 어깨를 떨었다. 일순 시하의 눈동자 색깔이 심해처럼 푸른 빛깔로 일렁이는 것 같은 착각이 들었다. 동시에 온몸에 차가운 소름이 돋았다. 그 서늘한 감각은 은재로 하여금 이제껏 경험해본 적 없는 공포를 불러일으켰다. 그래서 그는 그만 반사적으로 눈길을 피하고 말았다. 은재가 가까스로 다시 시하의 눈동자 색깔을 확인하기 위해 고개를 돌렸을 땐, 이미 엘리베이터 문은 닫히고 난 후였다.

*

시하는 문찬영을 끌고 사람들의 눈에 띄지 않는 곳으로 이동했다. 비상구를 열고 나가니 직원들만 이용하는 창고가 보였다. 그곳에 찬영을 밀어 넣은 시하는 그를 쥐 새끼 보듯이 매서운 눈으로 내려다봤다.

분명 새벽녘 보았던 공유몽 속에서 오정숙은 문찬영에게 안나가 조용히 치료를 받아야 하니 펜트하우스에는 찾아가지 말라고 단호하게 명령했었다. 더러운 수작을 부리기 위해 되는 대로 지껄인 거짓말이었겠지만, 문찬영은 그 사실을 알지 못했다. 아니, 설사 거짓인 걸 알았다 하더라도 문찬영은 어머니의 말이라면 절대적으로 복종하는 유약한 아들이었다.

그런 문찬영이 이곳에 나타났다는 건 그만큼 안나에 대한 집착이 강하다는 뜻이었다. 또한 오정숙에 대한 두려움보다 안나에 대한 비틀린 애정이 더 크다는 의미이기도 했다.

시하의 머릿속에 다시금 안나의 악몽에서 보았던 문찬영의 모습이 떠올랐다. 어둠 속에서 안나를 더듬던 그 몽롱한 눈빛. 그 더러운 눈빛으로 또 내 먹이를 탐하겠다는 거야? 감히 네까짓 게? 시하는 이를 악물며 물었다.

"펜트하우스에는 무슨 일로 찾아가는 겁니까?"

최대한 이성적으로 말했지만, 그의 목소리에는 숨기지 못한 노기가 가득했다.

"어서 말하세요. 문찬영 씨. 무슨 일로 내 거처에 찾아가는 거냐고 물었습니다."

하지만 찬영은 갑작스러운 공격에 정신을 차리기가 쉽지 않았다. 바닥에 명치가 짓눌려 목소리조차 제대로 나오지 않았다. 그런 와중에 낯선 남자가 자신의 이름을 입에 담는 데다, 펜트하우스를 내 거처라고 말하자 머릿속이 뒤죽박죽이 되고 말았다. 정신없는 찬영의 입에서 순순히 안나의 이름이 흘러나왔다.

"그럴 리가 없어. 거, 거기엔 안나가, 우리 안나……. 쿨럭!"

시하는 일말의 망설임도 없이 그 입을 손아귀에 틀어쥐었다.

"우윽!"

"펜트하우스에는 나밖에 없습니다. 내가 분명 내 거처라고 말하지 않았습니까."

나머지 손으로 찬영의 눈을 뒤덮었다. 스르륵, 얼굴 전체를 가린 손바닥으로 눈꺼풀을 끌어 내리며 시하가 낮은 목소리로 말했다.

"참고로 말하면, 나는 내 공간에 누가 함부로 드나드는 걸 아주 싫어합니다. 그러니까 당신은……."

시하의 몸에서 스멀스멀 피어오른 푸른 기운이 찬영에게로 순식간에 빨려 들어갔다.

"방금 내가 아주 싫어하는 짓을 했다는 뜻이죠."

시하는 천천히 찬영의 눈가에서 손을 떼어냈다. 찬영의 눈은 잠든 듯이 꼭 감겨 있었다.

"벌을 주겠습니다."

아니, 자세히 보니 마치 접착제를 붙여놓은 것처럼 눈을 뜨지 못하고 있는 것이었다. 연신 꿈틀대는 찬영의 눈을 바라보며 시하가 중얼거렸다.

"어떤 꿈을 꾸게 해줄까요?"

고민도 잠시, 이내 시하가 흘려보낸 몽마의 기운이 찬영의 뇌리에서 꿈을 만들어내기 시작했다. 꿈에 저장된 과거의 기억을 조작하는 것 외에도 몽마의 능력은 많았다. 이를테면, 몽마는 인간의 꿈을 최면처럼 이용할 수도 있었다.

"아, 이게 좋겠군. 당신은 한동안 이 펜트하우스를 떠올리기만 해도 몸서리가 쳐질 겁니다."

그 순간, 정말로 찬영이 발작하듯 몸을 사납게 떨기 시작했다.

"아니지, 당분간은 아예 성운 호텔 근처에 얼씬도 하지 않는 게 좋겠군요. 이곳에 오면 누군가가 당신을 죽이려 들 테니까. 그것도 아주 잔인하게."

찬영이 꿈속에서 성운 호텔에 발을 들인 순간, 갑자기 시커먼 누군가가 나타나 그를 어둠 속으로 휙 끌고 들어갔다. 그리고 사정없이 목을 졸랐다. 목뼈가 부러질 것 같은 아찔한 감각은 꿈이 아니라 생생한 현실처럼 그를 덮쳐왔다. 찬영은 시하가 선사한 지독한 악몽에 몸부림쳤다.

"아, 안 돼! 컥! 제발 살려줘! 제발!"

찬영의 비명이 격렬해지자 시하가 재빨리 손가락을 튕겨 커다란 물방울을 만들어냈다. 그러곤 곧장 물방울을 찬영의 입 속으로 집어넣었다.

"제…… 어푸! 사, 살…… 쿨럭!"

찬영은 마치 물에 빠진 사람처럼 억지로 물을 삼킬 수밖에 없었다. 물방울은 완전히 사라지지 않고, 찬영이 익사하지 않을 정도로 크기를 부풀렸다 줄였다 하며 그가 내지르는 비명을 차단했다.

그사이 악몽은 점점 더 잔인해져 갔다. 시커먼 손이 찬영의 얼굴을 더듬으며 눈가로 기어 올라왔다. 찰나에 기분 나쁜 손가락이 거뭇한 눈 밑에서 바짝 굽어졌다.

"안 돼!"

계속 물을 먹어 바스러진 비명을 끝으로 찬영의 몸이 축 늘어졌다. 고통을 견디지 못하고 결국 혼절하고 만 것이었다.

"겨우 이 정도 악몽에 기절하면 곤란한데……."

찬영의 입속에 담긴 물방울을 펑 터뜨리며 시하가 비식 웃었다. 이토록 나약한 주제에 감히 제 먹이에 손을 대다니. 가소롭기 짝이 없었다. 잠시 바닥에 볼품없이 쓰러져 있는 찬영을 감상하던 그가 이내 만족스럽게 몸을 일으켰다. 터벅터벅. 그가 어둠 속에서 천천히 문을 향해 걸음을 옮겼다. 그러곤 창고를 나서기 직전, 싸늘한 미소를 지으며 아주 상냥하게 속삭였다.

"부디 좋은 꿈 꾸시길."

＊

시하는 엘리베이터에 올라타 곧장 시계부터 확인했다. 조금 전 주은재를 먼저 펜트하우스로 올려 보내고 벌써 20분이나 지나 있었다. 10분이면 된다고 장담해놨는데. 그사이 주은재가 안나를 만나 어떤 말을 했을지 상상하는 것만으로도 속이 뒤틀렸다.

엘리베이터가 펜트하우스가 있는 꼭대기 층에 도착하자마자 시하는 걸음을 서둘렀다. 눈 깜짝할 사이 현관 앞에 도착한 시하가 막 비밀번호를 누르려 했을 때였다. 까르르. 문 너머에서 천진난만한 웃음소리가 들려왔다. 안나의 웃음소리였다.

잠깐 사이에도 문득 그런 생각이 들었다. 안나가 소리 없이 미소 짓는 정도만 보았지, 저토록 신이 나서 웃는 소리는 들어본 적이 없는 것 같다고.

이유를 알 수 없는 통증에 손바닥이 찌릿했다. 바득 손에 힘을 주며 시하는 안에서 들려오는 소리에 귀를 기울였다. 안나가 수줍은 목소리로 무슨 말을 하고 있었다.

"……사귀는 건 좀 생각을 해봐야 할 것 같아요."

그 순간, 시하의 눈이 번쩍 뜨였다. 방금 자신이 무슨 말을 들은 건지 도무지 믿기지가 않았다. 사귄다니? 누가? 누구랑? 아무래도 주은재가 벌써 고백이라도 한 모양이었다.

"벌써 세 번이나 고백받는데 계속 거절하는 것도 못 할 짓이겠죠?"

그 잠깐 사이에 세 번이나 고백을 했단 말이야? 주은재도 주은재지만, 시하는 도대체 안나가 지금 뭐라고 하는 건지 알 수가 없었다. 주은재의 고백을 거절하는 게 못 할 짓이 아니라, 저와의 계약을 까먹고 있는 게 절대 해선 안 될 일이었다. 자신과 한 계약을 까맣게 잊어버린 게 아닌 이상 어떻게 저런 말을 한단 말인가? 그것도 그냥 계약도 아니고 악마랑 한 계약이었다. 시하는 끓어오르는 속을 애써 눌러 삼키며 안나의 목소리에 집중했다.

"그냥 받아줄까요? 한 6개월 뒤에?"

하지만 이어지는 말을 듣는 순간, 시하는 도저히 참을 수가 없었다. 6개월 뒤에는 완벽히 제 것이 되기로 계약까지 해놓고, 다른 남자와 연애를 하겠다니. 감히 누구를 농락하려는 거야? 시하는 두 번 생각할 것도 없이 그대로 비밀번호를 누르고 문을 열었다. 그러곤 거침없이 응접실로 뛰어 들어가 소리쳤다.

"오안나!"

깜짝 놀란 안나가 벌떡 일어서서 달려 나왔다. 하지만 시하는 당황한 안나의 얼굴 따위는 눈에 들어오지도 않았다.

"당장 거절해!"

그저 머릿속엔 주은재의 고백을 막을 생각밖에 없었다.

"당장 거절하라고!"

안나가 황급히 흥분한 시하를 말렸다.

"뭐, 뭘 거절하라는 거예요? 일단 진정부터 하고……."

진정하긴 뭘 진정해? 시하는 그제야 안나의 얼굴을 제대로 바라봤다. 젠장! 눈에서 불꽃이 튀는 찰나에도 한껏 꾸민 안나의 모습이 참 예뻐 보였다. 그러니까 주은재 만나려고 이렇게 예쁘게 꾸몄다는 거지, 지금? 이런데 어떻게 진정을 하라는 거야? 바로 그때였다.

"오래 기다리셨죠? 윤태주표 라떼랑 수제 쿠키 나왔습니다. 참고로 제가 바리스타 자격증이랑 베이킹 자격증도 땄…… 어? 시하 님, 언제 오셨어요?"

태주가 주방에서 커피와 쿠키가 놓인 쟁반을 들고 나왔다. 시하는 태주를 매섭게 노려봤다. 하여간 윤태주, 오안나 옆에 바짝 붙어서 매의 눈으로 감시를 해도 모자랄 판에! 제 주인이 아끼던 먹이를 다른 놈에게 빼앗기게 생겼는데 비서라는 놈은 참으로 천하태평이었다.

시하는 다시 거친 시선으로 안나를 바라봤다. 아무리 그래봤자 제일 마음에 안 드는 존재는 바로 이 여자였다. 그때, 은재가 안나만 보느라 자신은 안중에도 없는 시하를 불렀다.

"차시하 씨."

"왜 부릅니까?"

"고백, 설마 진심으로 거절하라고 말하는 겁니까?"

"그럼 진짜지 가짜겠어?"

질문을 한 은재는 돌아보지도 않고 시하가 신경질적으로 대답했다. 가까스로 유지하던 이성이 무너졌는지 그의 입에선 존댓말 대신 예민한 반말이 튀어 나갔다. 은재는 시하에게 마치 다짐을 받듯 다시 물었다.

"그러니까 정말로 지금 차시하 씨 본인을 거절해달라고 안나에게 말한 거다, 이 뜻이라는 거죠?"

"그래, 당장 날 거절……!"

잠깐만? 날 거절해달라니? 대체 지금 무슨 소릴 하는 거야? 시하가 황당한 표정으로 은재에게 따져 물으려던 순간이었다.

"시, 시하 씨!"

안나가 다급히 그의 팔을 붙잡아왔다. 시하는 뻣뻣하게 고개를 기울여 안나를 내려다봤다. 이 와중에도 그녀가 성을 빼고 부르는 제 이름이 너무도 달콤하게 들려서 귀가 다 먹먹했다.

"미, 미안해요! 내가 당신이 나한테 고백한 걸 은재 오빠한테 말했어요."

'내가? 고백을 해? 너한테? 언제?'

"알아요. 당신 자존심 센 거. 그래서 말 안 하려고 했는데 은재 오빠가 날 너무 걱정해서 어쩔 수가 없었어요."

'너 지금 무슨 소리 하는 거야?'

시하가 말없이 눈빛으로 하는 추궁을 알아들은 안나의 얼굴이 더욱더 벌게졌다. 상황 파악이 잘 되지는 않았지만, 어쩐지 말을 아껴야 할 것 같아 시하는 일단 입을 다물었다.

"나, 날 좋아해서……. 그래서 날 도와주려는 거잖아요. 은재 오빠를 납득시키려면 사실대로 말하는 수밖에 없었어요. 미안해요, 시하 씨."

안나가 안절부절못하며 시하와 은재를 번갈아 바라봤다. 시하는 서서히 어떤 일이 벌어진 건지 맥락이 잡히는 것 같았다.

"차시하 씨. 안나의 상황은 전해 들었습니다. 안나가 성운 호텔 상속녀였다는 사실은 놀랐지만, 저도 재벌가에서 유산 싸움이 흔한 일인 거 잘 압니다. 안나한테 감시자가 붙어 있다든가, 당분간 숨어 지내야 하는 이 상황도 충분히 이해해요."

웃기는 소리였다. 안나가 겪고 있는 일은 단순한 유산 싸움이 아니었다. 오정숙의 범죄, 문찬영의 집착, 악마와 한 계약. 그 어떤 것도 주은재는 안나에게 전해 듣지 못했다. 그런 주제에 정작 엉뚱한 것을 지나치게 의심하고 있었다.

"하지만 차시하 씨 당신은 믿을 수가 없어요. 당신이 정말로 안나 아버님이 지정한 법적 보호자인지도 확인 불가능하고요. 그런데 이곳에서 안나와 함께 지내고 있다니……."

그런 거였군. 시하가 이제 이해가 된다는 의미로 가볍게 팔짱을 끼고 안나를 바라봤다. 안나는 혹 시하가 비밀을 말하기라도 할까 봐 계속 초조한 기색으로 그를 바라보고 있었다.

'오안나 너, 딱 걸렸어.'

시하의 입가에 희미하게 피어오른 미소를 본 안나가 입술을 깨물었다. 어쩌다 이런 상황까지 오게 됐는지 스스로도 이해할 수 없었다. 그저 은재 오빠에게 나쁜 비밀을 들키고 싶지 않았던 것뿐이었다. 악마와 계약까지 할 만큼 궁지에 몰려 있었던 걸 숨기고 싶었을 뿐이었다. 은재가 대체 어떤 위험한 일에 휘말린 거냐며, 왜 차시하와 함께 지내는지 물어왔을 때 도저히 솔직하게 말할 수가 없었다.

입에서 멋대로 거짓말이 튀어나왔다. 부모님이 돌아가신 후 고모와 유산 분쟁을 겪고 있는 상태라고. 그 과정에서 시하의 도움을 받고 있다고. 그런데 차시하와의 관계 역시도 은재에게 제대로 설명하는 것은 불가능했다. 악마와 계약했다고 솔직하게 말할 수는 없었으니까.

하지만 아무리 그래도 왜 그런 거짓말을 했을까? 안나는 15분 전으로 돌아가 말도 안 되는 거짓말을 한 자신의 입을 틀어막고 싶었다.

'시하 씨가 날 많이 좋아해요. 처음엔 아빠 부탁으로 날 도우려고 했지만, 점점 내가 좋아지게 됐대요. 아, 벌써 세 번이나 고백받았어요. 진심 같아 보여요. 수상한 사람 아니니까 안심해도 돼요.'

마치 봇물 터지듯 거짓말이 거짓말을 물고 나왔다. 그렇게 눈덩이처럼 불어난 거짓말이 채 끝나기도 전, 시하가 쳐들어온 것이었다. 그와 미리 말을 맞춰놓은 것도 아니어서 모든 거짓말이 탄로 날 수도 있는 상황. 안나가 불안함에 고개를 푹 숙인 바로 그때였다.

"그래서 주은재 씨한테 다 말한 거야?"

시하가 한 발짝 다가오며 말했다. 그의 야릇한 향기가 진하게 훅 끼쳐왔다. 안나는 저도 모르게 뒷걸음질 치며 되물었다.

"네? 뭐, 뭘······?"

"주은재 씨가 날 믿지 못하니까 확인시켜주려고?"

시하는 야속하게도 안나가 애써 벌린 간격을 다시 순식간에 좁혀오며 물었다. 도대체 지금 그는 무슨 생각을 하고 있는 걸까? 열심히 고민해봤지만, 안나는 그의 생각을 도무지 알 수 없었다. 그의 머릿속을 가늠해보려 눈을 마주쳤다가 어쩐지 짓궂게 보이는 눈빛에 다시 반사적으로 시선을 피하고 말았다. 황급히 집중해서 그의 냄새라도 맡아보려 했지만, 머릿속이 엉망진 창이어서인지 코까지 마비된 것 같았다. 그러는 사이에도 간격은 계속 좁혀 지고 있었다. 입 안이 바짝바짝 타들어갔다.

"내가 화낼 거라고 생각했어?"

"나, 나는……."

제가 먼저 시작한 연극인데, 머릿속에선 아무런 대사도 생각나지 않았다. 한마디도 하지 못한 채 귀까지 새빨갛게 달아오른 안나를 보며 시하가 희미 하게 미소 지었다. 첫사랑이 오안나에게 미치는 영향은 꽤 컸다. 그 당돌한 오안나가 부끄러워 어쩔 줄 몰라 하는 모습이라니. 계속 괴롭히고 싶을 만 큼 귀여웠다. 붉어진 얼굴도, 꼼지락거리는 손가락도, 자꾸만 도망치는 작은 발도. 하지만 더 이상은 도망치는 걸 허락하지 않겠다는 듯, 시하가 안나의 허리를 불시에 끌어당기며 속삭였다.

"천만에. 난 처음부터 말할 생각이었는데."

그에게 허리를 붙잡힌 채로 안나는 긴장감에 꿀꺽 침을 삼켰다. 차시하와 이렇게 밀착된 상태인 것도, 그가 처음부터 하려 했다는 말도 모두 두려웠 다. 설마 은재 오빠 앞에서 거짓말을 전부 밝히려는 건가? 후회스러웠다. 초 조해서 미칠 것만 같았다. 애초에 이런 터무니없는 거짓말을 하는 게 아니 었는데.

"시, 시하 씨 우리 잠깐 얘기 좀……."

어떻게든 시하를 말려보려고 안나가 그의 손을 붙잡은 순간이었다.

"……내가 오안나 좋아한다고."

안나가 붙잡은 손을 마치 결박하듯 단단히 깍지 끼며 시하가 말했다. 전 혀 예상치 못한 그의 말에 안나의 머릿속에서 종소리가 울려 퍼졌다. 충격 으로 하염없이 눈을 깜빡이며 안나가 물었다.

"지금 무, 무슨 말을 하는 거예요?"

"처음부터 그렇게 말할 생각이었다고, 난."

안나는 놀란 토끼처럼 시하를 올려다봤다. 시하가 천천히 고개를 기울여 안나의 귓가에 부드럽게 속삭였다.

"덧붙여서."

마치 그의 입술이 귀를 깨문 것 같았다. 데인 것처럼 화끈거려서 안나가 어깨를 옅게 떨었다.

"너, 내 거 만들려고 엄청 노력 중이라는 말도 할 생각이었는데."

한없이 뜨거운 숨결. 더없이 노골적인 말. 그리고 거짓말 속에 교묘하게 숨긴 진실. 안나는 그대로 굳어버리고 말았다. 시하가 굳은 안나의 허리를 끌어안은 채 은재를 똑바로 바라보게 뒤돌아섰다. 안나는 보지 못할 테지만, 주은재의 표정이 아주 볼만했다. 소유욕을 한껏 드러내며 시하는 입고 있던 코트 자락으로 안나의 몸을 가렸다. 자기 걸 함부로 넘보지 말라는 듯한 신호가 가득한 날카로운 몸짓이었다. 동시에 어둡게 가라앉는 은재의 얼굴을 보며 시하가 입꼬리를 끌어 올렸다. 응접실에 뛰어들어오던 순간의 반쯤 미쳐 있던 기색은 온데간데없이 그의 얼굴에는 여유로운 미소가 그득했다. 보란 듯이 안나를 더 꽉 끌어안으며 시하가 말했다.

"직접 봤으니 알겠죠, 주은재 씨?"

이번에 그의 눈길이 향한 상대는 당연히 안나가 아니라 은재였다.

"이 여자, 내 겁니다."

은재가 비참함에 입술을 꾹 깨물었다.

*

"시하 씨. 잠깐 나랑 얘기 좀 해요."

시하의 깜짝 선전포고에 놀란 안나는 다급히 그를 침실로 끌고 들어왔다. 그가 다짜고짜 끌어안는 바람에 은재 오빠의 표정을 살피진 못했지만, 얼마나 당황했을지 상상이 갔다. 무려 3년 만에 다시 만난 것이었다. 그동안 얼마나 이 재회의 순간을 꿈꿔왔는지 모른다. 그런데 지금 제 모습이 창피해서 아주 조금 자존심을 세워보려던 게 이런 낙인을 찍을 줄은 정말 몰랐다.

"은재 오빠 앞에서 꼭 그렇게 말해야 했어요?"

"내가 뭘?"

하지만 이 남자, 자신이 뭘 망쳤는지 전혀 모르고 있었다.

"은재 오빠가 완전히 오해할 말을 했잖아요. 난 그냥……!"

"나 정도 되는 남자가 널 짝사랑해서 곁에서 도와주고 있다고 말하면, 적어도 자존심은 지킬 수 있을 것 같았어?"

시하가 불시에 허를 찌르며 물었다. 그는 이 상황을 전혀 모르고 있는 게 아니었다. 당황했는지 거칠게 일렁이는 안나의 눈을 늘여다보며 시하가 직설적으로 말했다.

"네가 그래서 적당히 날 이용해볼 생각이라는 거, 곧바로 알아챘다고, 난."

안나는 그에게 미안한 동시에 기가 막혔다. 그러니까 이 남자는 다 알면서도 아까처럼 행동했다는 뜻이었다.

"어떻게 그럴 수 있어요? 다 알면서 일부러 나 골탕 먹이니까 재밌어요?"

"골탕?"

"그래요! 적당히 일방통행 정도로 해도 될 걸 완벽히 쌍방통행으로 만들어버렸잖아요. 이 여자는 내 거라는 말 같은 건 대체 왜 했어요?"

안나가 억울한 눈으로 쏘아보자 그 상황이 마음에 들지 않는 듯 팔짱을 끼며 시하가 물었다.

"그럼 나도 하나만 묻자. 먼저 골탕을 먹인 게 누구지?"

그 질문에 안나는 대답할 수 없었다.

"네 자존심 세우자고 날 널 짝사랑하는 남자 따위로 만들어놓고, 억울해? 이런 상황까지 갈 줄 몰랐으니 내가 이해해줘야 하는 건가?"

시하가 화를 참는 듯 답답하게 채워져 있던 넥타이를 거칠게 끌러냈다.

그는 조금 전까지 안나를 품고 있느라 달아오른 열기를 참지 못하고 코트와 재킷마저 사납게 벗어 던졌다.

잔뜩 화가 난 그 모습을 보며 안나는 애꿎은 입술만 잘근잘근 깨물 수밖에 없었다. 그의 말대로 먼저 이 말도 안 되는 거짓말을 시작한 건 자신이었다. 분명 예전에도 그와 취향 때문에 크게 다툰 적이 있었다. 그는 자신을 좋아하지 않는다. 잘못한 건 저였다. 실수한 것도 저였다.

"하지만……. 아무리 그래도……!"

다 알면서도 속상한 건 어쩔 수가 없었다. 3년 만에 다시 만난 첫사랑 앞에서 다른 남자랑 서로 좋아하는 사이라고 말한 셈이나 마찬가지였다. 어느새 안나의 눈가에 눈물이 그렁그렁했다. 그 눈물을 보면서도 시하가 심드렁하게 말했다.

"미안하지만, 난 메리트가 없는 일은 아예 시작조차 안 해. 내가 누군가를 좋아하기로 결정했다면, 그건 상대방 역시 날 좋아하게 만들 자신이 있어서야."

"그러니까 아무리 거짓말이라도 당신이 날 좋아하는 거면, 나도 당신을 좋아해야 한다?"

"그래. 그래야 내 자존심도 지킬 수 있지. 그게 바로 공정하고 공평한 거 아니겠어? 너 공정 공평한 거 좋아하잖아?"

안나는 누군가를 좋아하는 일에 마치 복수하듯 공정 공평을 운운하는 시하를 안타까운 눈빛으로 바라봤다.

"당신, 누구 좋아해본 적이 있기나 해요?"

"그건 왜 물어?"

"없겠죠, 당연히."

단정하는 듯한 안나의 말투에 시하가 발끈했다.

"네가 그걸 어떻게 알아?"

"해본 적 없으니까 사랑에 공정 공평을 운운할 수 있는 거예요. 사랑이 계약은 아니잖아요. 거래도 아니잖아요. 내가 우주만큼 사랑해도 상대방은 날 풀 한 포기만큼도 사랑해주지 않을 수도 있어요."

"그래서 대체 하고 싶은 말이 뭐야?"

"나 역시 그렇다고요. 당신이 날 아무리 좋아한다고 매달려도 나는 절대 그런 마음 안 생길 거거든요?"

속상한 만큼 안나는 시하의 말을 더 강하게 부정했다. 여자의 마음 같은 건 눈곱만큼도 몰라주는 저런 남자는 정말로 싫었다. 그런데도 시하는 한껏 자신만만한 표정으로 대꾸했다.

"그건 모르는 일이지. 애초에 성립이 불가능한 전제잖아. 내가 널 안 좋아하니까. 하지만 내가 마음만 먹으면……."

"아뇨! 성립이 가능하든 불가능하든, 당신이 마음을 먹든 안 먹든, 이 문제는 내겐 너무 분명한 일이에요. 난 당신 절대로 안 좋아해요. 이 마음은 절대로 안 바뀌어요."

안나는 시하가 끼어들 틈을 주지 않기 위해 속사포처럼 할 말을 쏟아냈다. 이번만큼은 절대 차시하에게 말리고 싶지 않았다. 시하는 그런 안나를 빤히 쳐다봤다. 그 강렬한 시선에 안나는 숨이 막혔다. 그는 그저 바라보기만 할 뿐인데도 마치 어딘가에 갇혀 추궁당하는 것처럼 심장이 조여왔다. 진짜 그럴 것 같아? 정말 나한테 반하지 않을 자신 있어? 그의 눈빛이 끈질기게 그렇게 묻고 있었다.

안나는 절대 질 수 없다는 듯 억지로 시하의 눈을 뚫어져라 들여다봤다. 하지만 안나가 간과하고 있는 게 있었다. 원래 안 된다고 하면 할수록 더 하고 싶어지는 게 악마의 본성이었다. 이 아가씨, 지금 자신이 얼마나 위험한 도발을 하고 있는지 알기나 할까? 꿍꿍이 짙은 미소를 입가에 띤 채 시하가 안나를 향해 한 걸음 밀어붙이며 중얼거렸다.

"그렇게 자꾸 아니라고만 하니까 오기가 생기잖아."

톡, 톡. 단추를 풀어 소매를 걷어 올리며 그가 다가왔다. 귓가로 낮게 파고드는 목소리에 심장이 먼저 덜컥 내려앉았다.

"오기?"

몸은 겁에 질린 본심을 그대로 반영해 움직였다. 뒷걸음질을 치던 안나가 침대 턱에 발이 걸려 찰나에 뒤로 넘어졌다.

"읏!"

아무리 탄력 좋은 매트리스여도 뒤통수는 아팠다. 안나가 머리가 찡하게 울리는 통증에 잠깐 눈을 감았다가 다시 뜬 순간이었다. 시야가 갑자기 어두워지더니, 묵직한 체중이 매트리스를 누르는 게 몸 아래에서 느껴졌다.

"네가 그럴수록 나는……."

동시에 나른한 목소리가 귓가를 간질였다.

"널 제대로 유혹해보고 싶어진다고."

코끝이 닿을락 말락 한 아주 가까운 거리에 차시하, 그의 얼굴이 있었다. 갓 블렌딩한 원두색처럼 그윽한 눈동자가 집요한 시선을 던져왔다. 마치 꿈을 꾸듯 순식간에 기분이 몽롱해졌다. 멀쩡히 고정되어 있는 머리가 또다시 찡하니 울려왔다. 안나는 반사적으로 고개를 돌렸다. 시하가 재빨리 그런 안나의 턱을 붙잡아 똑바로 시선을 마주했다.

"눈, 왜 피해?"

"내가 언제요?"

그렇게 말을 하는 와중에도 안나는 본능적으로 시선을 피하고 있었다. 시하가 확인시켜주듯 안나가 눈을 피하는 타이밍에 맞춰 대답했다.

"피했는데, 방금."

"안 그랬거든요?"

고개를 못 돌리게 하니 눈동자만 데구르르 굴린다. 시하가 희미하게 웃음을 터뜨리며 말했다.

"지금도 피했어. 뭐가 그렇게 부끄러워? 나한텐 절대 안 반할 거라며?"

"안 반할 거예요, 절대!"

고집스럽게 소리는 치지만, 안나는 여전히 눈도 제대로 마주치지 못했다. 그 모습을 보며 시하는 문득 일전에 했던 생각을 다시 했다. 다음번엔 온몸이, 아니, 입술까지 떨려서 찍소리도 안 나오는 스킨십을 해주리라던 그 마음. 반쯤은 장난에 불과했던 그때의 생각은 지금 이 순간 결심으로 바뀌었다. 위험한 생각을 하며 시하가 위협에 불과했던 거리를 천천히 좁혀갔다.

"그럼 너는 어디 한번 날 열심히 거부해봐."

그러곤 자신에게 절대 반하지 않겠다던 그 입술 위에서 야릇하게 속삭였다.

"나는 널 열심히 유혹할 테니까."

닿을 듯 밀 듯 아슬아슬한 입술 사이로 달아오른 숨결이 걷잡을 수 없이 뒤섞였다.

*

은재는 안나가 시하를 데리고 들어간 침실 문을 바라보며 우두커니 서 있었다. 제 눈을 똑바로 바라보며 안나가 자기 거라고 말하던 시하의 목소리가 뇌리에서 쉽게 떠나질 않았다. 동시에 엘리베이터 안에서 목격했던 믿지 못할 광경도 꼬리를 물듯이 떠올랐다. 안나는 차시하를 거듭 믿어도 되는 사람이라고 말했지만, 은재는 아무리 생각해도 그를 믿을 수가 없었다.

'먼저 올라가 계시죠. 저는 갑자기 처리할 일이 생겨서.'

처리할 일. 사람을 발로 짓밟는 일을 그렇게 표현한 남자였다. 쓰러져 벌벌 떨고 있는 남자의 머리채를 잡아 고개를 꺾는 그의 행동에선 일말의 망설임도 찾아볼 수 없었다. 그리고 그때 본 눈빛. 일순 악마의 것인 양 시푸르게 보였던 그 눈동자. 착각이었든 아니었든 간에 분명 차시하가 그때 했던 행동은 악마와 다를 바 없었다. 그런 무자비하고 잔인한 자가 다름 아닌 안나 곁에 있었다. 심지어 같은 공간에서 생활한다니, 불안한 게 당연했다.

'시하 씨가 날 많이 좋아해요. ……진심 같아 보여요.'

그 말을 할 때 안나는 분명 동요하고 있었다. 무언가 석연치 않은 냄새가 났다. 안나가 변명하듯 쏟아낸 많은 말 가운데 무엇이 진실이고 거짓일까? 아무것도 정확한 판단이 서지 않았다.

그러니 괜찮다는 안나 말만 믿고 이대로 마냥 손 놓고 있을 수만은 없었다. 저 역시 안나를 위해서 뭔가 해야만 한다고 생각했다. 고민하던 은재는 이곳에 오기 전 매장에서 구입해 가방에 넣어둔 휴대전화를 확인했다. 그때, 시하와 안나가 침실에서 나왔다.

"오빠, 미안해요. 많이 당황했죠? 내가 옛날에 오빠 좋아했던 거 알고 시하 씨가 심통이 났나 봐요."

미안한 목소리로 사과하며 제게 다가올 때도, 안나의 손은 여전히 시하에게 단단히 붙들려 있었다. 옛날에 좋아했다는 안나의 말이 불시에 가슴을 푹 파고들었다. 그러나 정작 은재의 눈에 거슬리는 건 따로 있었다. 안나와 시하 모두 마치 박치기라도 한 것처럼 이마 중앙이 붉어진 상태였다.

대체 저 안에서 무슨 일이 있었기에……. 은재는 물끄러미 침실 쪽을 바라보다 애써 궁금증을 억누른 채로 입을 열었다.

"안나야. 내가 도울 수 있는 일이라면 뭐든 도울게."

은재의 다정한 말에 안나가 울컥 치솟는 감정을 애써 누르며 말했다.

"아, 오빠. 그렇지 않아도 오빠한테 부탁할 게 있었어요. 혹시 6개월 전에 내가 마지막으로 보낸 편지, 가지고 있어요?"

안나는 혹시나 은재에게서 아니라는 대답이 되돌아오면 어쩌나 불안한 눈빛을 지어 보였다. 대답을 기다리며 깍지 낀 손에 반사적으로 힘을 주는 안나를 시하가 불만스럽게 바라봤다. 그녀가 긴장하고 있는 게 손가락 사이사이로 오롯이 전해졌다.

단순히 증거를 얻지 못할까 봐 걱정하는 게 아니었다. 안나는 지금 은재의 마음을 기대하고 있는 것이었다. 안나가 품고 있는 애틋한 기대가 와르르 무너져버렸으면 좋겠다는 고약한 생각이 시하의 머릿속을 지배했다. 그 바람은 노골적으로 그의 눈빛에 묻어 나왔다. 자신이 안나의 편지를 버렸길 바라는 시하의 눈빛을 알아챈 은재가 서둘러 옆자리에 놓아둔 가방의 지퍼를 열었다.

"당연하지. 그 편지 말고도 전부 다 가지고 있어."

찰나에 시하가 은재의 가방 안을 힐끔 바라봤다. 전부 합해 100장 가까이 되는 많은 양의 편지가 참 소중하게도 담겨 있었다. 시하는 당장에 저 편지를 만져보고 싶어서 손을 빼려고 안달인 안나를 더 단단히 붙잡았다. 아무리 용을 써도 그가 손을 놔주지 않자 안나가 체념하고 대신 은재에게 고맙다는 말을 전달했다.

"고마워요, 오빠. 나는 오빠가 답장도 별로 안 하고 그래서 내가 보낸 편지는 다 버렸을 거라고 생각했어요."

"그럴 리가. 안나 네가 더 이상 편지를 보내지 않았을 때도 난 너한테 편지 썼어. 비록 한 달에 한 번 정도밖에 보내지 못했지만."

은재의 말을 들은 안나가 시하를 획 노려봤다. 그가 이곳에 나타났을 때 숨겼던 종이 뭉치가 무엇이었는지 예상이 되어서였다. 한참을 눈빛으로 시하에게 화를 내고 있는데, 등 뒤에서 은재의 안타까운 목소리가 들려왔다.

"넌…… 내가 보낸 편지는 역시 못 받았지? 그러니까 답장이 없었던 거 맞지?"

그의 질문에 안나가 재빨리 표정을 가다듬고 뒤를 돌아봤다.

"네. 저한테 사정이 좀 있어서……."

"그런데 이건 왜 필요한 거야?"

애써 아쉬움을 털어낸 은재가 수많은 편지 중에서 안나가 말한 마지막 편지를 골라 건네며 물었다. 안나는 어색한 표정으로 입을 열었다.

"아, 그건요……."

또 은재에게 거짓말을 해야만 했다. 차마 고모네 집에 갇혀 있었다는 증거가 필요해서라고 말할 수는 없었다. 아아, 그에게 대체 뭐라고 설명하면 좋을까? 안나가 한참을 우물쭈물하고 있는데, 보다 못한 시하가 끼어들었다.

"6개월 전 안나가 오정숙의 집에서 지냈다는 정황 증거가 필요합니다. 아무래도 그때 유언장을 빼앗긴 것 같거든요."

꽤 그럴싸한 대답을 꺼내놓으며 시하는 안나 대신 편지를 건네받으려고 손을 뻗었다. 하지만 은재는 선뜻 편지를 잡은 손가락에서 힘을 빼지 않았다. 둘 사이에 보이지 않는 긴장감이 흐르자 안나가 냉큼 시하의 말을 거들었다.

"시하 씨 말이 맞아요. 그래서 그 편지가 필요했어요. 거기에 적혀 있잖아요. 앞으로 고모 집에서 지내게 됐다고."

안나가 덧붙이는 말에 은재가 의심스러운 듯 가느다랗게 떴던 눈매에 힘을 풀었다. 동시에 손가락에서도 힘을 뺐다. 방금 은재의 태도가 의미하는 바는 너무도 뻔했다. 안나 말만 믿고 듣겠다는 뜻이었다. 저는 없는 사람 취급하겠다는 의지가 아주 확고했다. 시하는 은재가 놓아준 편지를 곧바로 제 주머니에 찔러 넣으며 퉁명하게 말했다.

"용건 끝났으니 주은재 씨는 이만 가보시죠."

"시하 씨!"

당장 은재를 내쫓겠다는 시하의 말에 안나가 펄쩍 뛰었다. 하지만 은재는 시하가 이렇게 나올 걸 예상했다는 듯 덤덤하게 반응했다.

"괜찮아, 안나야. 안 그래도 오늘은 이만 가보려고 했어."

"하지만 오빠……."

"괜찮다니까. 앞으로 자주 볼 텐데, 뭘."

자주 볼 거라는 은재의 말에 시하가 그에게로 마뜩잖은 시선을 두었을 때였다. 은재가 기습적으로 물었다.

"차시하 씨. 그럼 전 언제부터 출근하면 될까요?"

"출근?"

"아직 아무것도 해결이 되지 않았는데, 어설프게 연극을 끝낼 수는 없지 않나요?"

은재의 말인즉슨, 카페에서 했던 연극대로 앞으로 성운 호텔에서 조향사로 일을 하겠다는 뜻이었다. 미처 은재가 이렇게 나올 걸 예상하지 못했던 시하는 떨떠름하게 대답했다.

"그런 거라면 보수 협상이 잘 안 된 거로 처리해도 되는데. 불편할 텐데 굳이 계속 나와 얼굴을 볼 필요가 있습니까?"

"설마 에뚜알르 호텔 전무이사께서 대한민국 조향사들의 워너비가 성운 호텔인 걸 모르실 리는 없을 테고."

물러날 의지가 전혀 없다는 것을 피력하며 은재가 깔끔히 자신이 했던 말에 못을 박았다.

"그리고 제가 돈 욕심은 별로 없어서요. 조금만 주셔도 성심성의껏 일하겠습니다."

결국 앞으로 계속 불편한 얼굴을 보겠다는 것이었다. 그렇게 해서라도 은재는 자신 역시 안나의 곁에 있겠다는 의지를 내보인 것이었다. 만만치 않은 자였다. 하지만 도리어 그 점이 시하의 승부욕에 활활 불을 붙였다.

시하는 속으로 안나의 마음속 지분을 계산해봤다. 지금은 주은재가 안나의 마음을 90퍼센트쯤 차지하고 있을 게 뻔했다. 첫사랑이라는 그의 위치는 절대 허투루 넘길 게 아니었다. 그에 반해 나머지 10퍼센트를 차지하고 있는 자신에 대한 안나의 감정은 미움, 원망, 증오 같은 부정적인 것들뿐일 게 분명했다. 아무리 생각해도 쉽게 역전될 위치가 아니었다.

안나를 공략할 방법을 곰곰 고민하며 시하가 먼저 은재에게 악수를 청했다. 일단은 안나에게서 주은재를 멀리 떨어뜨려놓는 게 중요했다. 그러기 위해 가장 좋은 방법은 연극이든 뭐든 자신이 주은재 위에 군림하는 것이었다.

'첫사랑이든 스토커든 감히 내 먹이에 다른 놈이 손대는 걸 가만히 두고 볼 수는 없지.'

시하가 교묘한 속내를 숨기며 은재에게 말했다.

"좋습니다. 당장 내일부터 출근하세요. 참고로 그러면 내가 주은재 씨 상사인 겁니다."

시하가 무슨 의도로 그런 말을 하는지 알아차린 은재의 손에 사나운 힘이 실렸다. 하지만 시하는 전혀 개의치 않은 채, 은재에게 손을 내밀 때부터 준비했던 말을 입 밖으로 뱉어냈다.

"아까 들어보니 계속 날 차시하 씨라고 부르던데. 내일 다른 직원들 앞에서 실수하면 곤란하니 지금 당장 연습해보세요. 자, 내가 누구입니까? 주은재 씨?"

시하가 오만하게 미소 지었다. 은재는 마지못해 손을 위아래로 흔들며 그의 직함을 입에 담았다.

"차시하…… 전무님이시죠."

은재의 입에서 흘러나온 '님'이라는 호칭에 시하가 입꼬리를 슬쩍 끌어 올렸다. 그 승리감에 취한 미소에 또다시 속이 부글부글 끓어올랐지만, 은재는 애써 마음을 다독였다. 안나 앞에서 차시하처럼 유치한 모습을 보일 수는 없었다.

"그럼 내일 뵙겠습니다. 차시하 전무님."

이런 호칭 따위 골백번도 더 내뱉을 수 있다는 듯, 은재는 다시 한 번 시하를 전무님이라고 부르며 뒤돌아섰다. 현관문을 열고 나가는 그의 뒤를 안나가 졸졸 따라 나갔다. 시하도 따라나서려는데, 안나가 한순간 뒤돌아보더니 그를 무섭게 노려봤다.

"쫓아 나오지 말아요. 가만 안 둘 거야."

사실 안나의 말은 하나도 무섭지 않았다. 하지만 이제까지 멋대로 한 게 있어서 시하는 두 손바닥을 하늘로 향하게 들어 보이며 일단 한발 물러났다. 그러곤 멀리서 안나가 주은재를 배웅하는 모습을 바라봤다. 스킨십이 오가는 것도 아닌데, 그저 분위기만으로도 꽤나 다정하게 보이는 두 사람의 모습에 멀쩡했던 입 안이 갑자기 쓰게 느껴졌다. 그가 혀로 연신 쓰디쓴 입 안을 훑던 바로 그때였다. 은재가 가방에서 무언가를 꺼내 안나에게 건네는 모습을 본 그의 눈썹이 기묘하게 구부러졌다.

"참, 이거 선물."

안나는 뜻밖의 선물에 깜짝 놀랐는지 잠시 굳어 있다가 뒤늦게 상자를 받아 들었다.

"선물? 나 주는 거예요?"

"그럼 나 입으려고 여자 옷을 샀을까?"

"옷을 샀어요? 오빠가 직접?"

"응. 어울릴 것 같아서 못 참고 사버렸어."

못 참고 사버렸다니. 별거 아닌 말 같은데, 어쩐지 가슴이 간질간질해졌다. 안나가 상자를 꼭 껴안으며 수줍게 답했다.

"내일 당장 입어볼게요. 고마워요, 오빠."

은재가 그녀 어깨너머로 시하를 힐끔 쳐다보곤, 고개를 숙여 조그맣게 속삭였다.

"그 옷 입은 모습 나도 보고 싶은데."

"네?"

"그냥. 잘 어울릴 것 같아서. 보여주면 안 돼?"

실은 차시하가 먼저 그 모습을 보는 게 싫었다. 하지만 유치한 속마음이기에 차마 이유를 말할 수 없었다. 빤히 닿아오는 은재의 시선에 뺨이 발그레 달아오른 안나가 대답했다.

"오빠 그런 말도 할 줄 아는 사람이었어요? 3년 사이에 성격이 엄청 변한 것 같아요."

"성격이 변한 게 아니라 마음이 변한 거야."

"마음? 그게 무슨 뜻이에요?"

아무것도 모르고 순진하게 물어오는 안나에게 은재는 그저 웃음밖에 지어줄 게 없었다. 당장은 너무 급할 테니까.

"그런 게 있어. 그보다 괜찮으면 우리 내일 같이 밥이라도 먹을까?"

선물 받은 옷을 차려입고 식사라니, 안나가 문득 연인들의 데이트 같다고 생각했을 때였다. 달콤한 분위기에 누군가 훼방을 놓았다.

"하!"

시하였다. 멀리서 그가 큰 소리로 실소를 뱉어내고 있었다. 안나는 찰나에 반짝 시하를 노려보고 다시 은재를 향해 돌아섰다.

시하는 저는 신경도 쓰지 않는 안나의 조그만 뒤통수를 뚫어져라 노려봤다. 살랑살랑 흔들리는 결 좋은 머리카락이 왜 이렇게 얄미워 보이는지 알 수가 없었다. 조금 전 제 앞에서는 절대 유혹에 넘어가지 않을 거라고 호언장담하던 여자였다. 그 여자가 다른 남자의 데이트 신청에 뺨을 붉히는 모습을 보는 기분은 썩 유쾌하지 않았다.

게다가 제가 옷을 스무 벌을 사줬을 때 안나는 고맙다는 말 같은 건 절대 하지 않았다. 억지로 떠넘겼다고는 해도 어쨌든 선물은 선물. 저렇게 쉽게 할 수 있는 말이면 저한테도 해줘야 마땅했다. 원래도 시종일관 신경을 거슬리는 존재긴 했지만, 주은재 옆에 있는 오안나는 눈빛, 목소리, 손끝 발끝, 심지어 머리카락 한 올까지 전부 마음에 들지 않았다. 그도 그럴 게 제 말은 죽어라 안 듣던 아가씨가 주은재 앞에선 내내 딴사람처럼 얌전하게 굴고 있기 때문이었다.

손, 그다음엔 어깨, 마지막으로 머리. 은재가 쓰다듬는 안나의 신체 부위를 따라 시선을 옮기던 시하가 어금니를 으득 악물었다. 제 손이 닿을 때마다 앙칼지게 노려보던 아가씨는 이번에도 또 주은재의 손길에 뺨을 붉혔다. 저러다 아주 피부가 분홍색으로 물들 기세였다.

'하다 하다 나한텐 박치기까지 했으면서.'

시하가 아직까지도 얼얼한 이마를 문지르며 속으로 중얼거렸다. 조금 전 침실에서, 널 열심히 유혹하겠다는 말이 끝나자마자 안나는 박치기를 감행했다.

'뭐 하는 짓이야?'

'이건 내 의지예요!'

'의지?'

'네! 당신 유혹에 절대 넘어가지 않겠다는 필사적인 의지요!'

통증의 강도만큼, 안나는 진심이었다. 얼마나 세게 부딪혔던지 혹이 난 것 같았다. 손가락을 갖다 대기만 해도 찌르르 울리는 통증이 예사롭지 않았다. 악마 체면에 혹이라니. 시하가 머리카락을 끌어 내려 빨개진 부위를 가리려던 때였다. 순간적으로 그의 눈썹 끝이 매섭게 치켜 올라갔다.

'뭐야, 저건 또?'

은재가 안나의 이마에 후 하고 입김을 불어주고 있었다.

"많이 아파? 어쩌다 이런 거야?"

"아, 한눈팔다가 벽에 그만 부딪혔지 뭐예요."

벽? 벼억? 벽 같은 소리 하고 있네!

그 순간, 은재의 시선이 시하가 가리다 만 이마로 향했다. 동시에 그의 입꼬리가 비스듬히 올라갔다.

'웃어?'

그 비웃음이 정확히 혹이 난 부위에 닿았다 떨어지는 것을 알아차린 시하가 머리카락을 벅벅 흐트렸다. '내 거'라는 말로 잠시 누렸던 승리감 대신 졸지에 '벽'이 되어버린 탓에 쓰디쓴 패배감이 몰려왔다. 게다가 이어지는 은재의 말은 시하의 눈앞을 더 캄캄하게 만들었다.

"맞다. 나도 당분간 성운 호텔에서 지낼 거야. 매일 너 보러 올게."

주은재를 오안나 곁에서 최대한 멀리 떨어뜨려 놓으려던 계획이 시작부터 난관에 봉착한 것이다. 성운 호텔에서 조향사로 일하는 것도 모자라 생활까지 하겠다니. 뒤틀리는 시하의 속도 모르고 안나가 수줍게 대답했다.

"네, 오빠. 기다릴게요."

"춥다. 먼저 들어가."

"오빠 가는 거 보고요."

한참을 그렇게 누가 먼저 가느냐로 실랑이 아니 실랑이를 벌이던 둘은 결국 동시에 뒤돌아섰다. 시하는 은재를 배웅하고 돌아오는 안나의 앞을 가로막았다. 이대로 오안나를 얌전히 들여보내기엔 기분이 최악이었다.

"뭐예요?"

한순간에 안색이 싹 달라진 안나가 물었다. 주은재 앞에선 그런 표정 안 지었으면서. 이 아가씨, 차별이 아주 습관이었다. 시하는 못마땅하게 팔짱을 낀 채로 안나가 품에 안고 있는 상자를 눈짓으로 가리키며 물었다.

"그거 뭐야?"

"다 보고 있었으면서 뭘 물어요? 은재 오빠가 옷 선물해줬어요. 왜요?"

"근데 왜 나한테는 고맙다는 말 안 하는데?"

안나는 눈을 깜빡이며 시하가 방금 한 말의 의미를 고민했다. 옷을 사준 건 은재 오빤데, 왜 차시하한테 고맙다는 말을 해야 하는지 이해되지 않았다. 그러다 문득 자신이 입고 있는 옷을 본 안나가 기름한 눈으로 시하를 노려봤다. 와, 설마 옷 스무 벌 사준 걸 이제 와서 생색내는 거야?

"안 받겠다는 거 소원 쓰겠다면서 억지로 줄 때는 언제고?"

안나의 말이 정확한 사실이었기에 시하는 더 불평하지 못했다. 그러나 불만스러운 표정은 그대로였다. 그 상태로 굳은 듯 움직이질 않는 시하를 보며 안나가 나직하게 한숨을 내쉬었다. 차시하를 순순히 물러나게 하는 방법은 한 가지밖에 없었다. 안나가 돌연 고개를 푹 숙이며 말했다.

"아, 네네, 조미료 팍팍 쳐줘서 너무너무 감사했습니다."

영혼이라곤 한 톨도 담기지 않은 감사를 건넨 안나가 시하를 쓱 지나쳐 안으로 들어갔다. 멍하니 그 뒷모습을 바라보던 시하가 불현듯 미간을 구겼다. 단전에서부터 묵직한 한숨이 솟아올라왔다. 오안나를 유혹하겠다던 그의 원대한 계획에 방해가 되는 치명적인 사실 한 가지를 방금 깨달았기 때문이었다.

방해 요인은 바로 오안나 그 자체였다. 안나는 그간 그가 눈만 마주쳐도 사랑을 고백해오던 여느 여자들과 확실히 달랐다. 오안나는 차시하가 눈을 마주치면 질색하며 피하거나, 오히려 한판 싸우자고 노려보는 여자였다.

갑자기 나타난 그녀의 첫사랑도 전혀 문제가 아니었다. 주은재 앞에서는 무장해제 되는 오안나의 철벽이 차시하 앞에만 서면 겹겹이 되는 게 문제였지.

게다가 문제는 또 있었다. 단 한 번도 여자를 진심으로 좋아해본 적 없는 그는, 당연히 여자를 진심으로 유혹하는 법도 알지 못했다. 상대가 철벽 오안나라면 문제는 더 심각했다. 기세 좋게 유혹하겠다고 선전포고는 했는데…….

"젠장. 내제 오안나를 반하게 하려면 뭘 어떻게 해야 하는 거야?"

시하가 답답함을 참지 못하고 속마음을 그대로 입 밖으로 뱉어냈을 때였다.

"제가 좀 알려드릴까요?"

갑자기 등 뒤에서 태주가 튀어나와 말했다.

"안나 님을 유혹하는 방법."

안경 너머 태주의 눈동자가 수상하게 반짝이고 있었다.

*

시하를 따돌리고 곧장 침실로 들어온 안나는 은재가 건넨 상자부터 열었다. 마치 세트처럼 잘 어울리는 옷과 구두가 보였다. 은재가 보자마자 자신을 떠올렸다는 옷. 그 마음이 물들어서인지 옷이 참 예뻐 보였다. 아직 추운 겨울인데, 그저 보고만 있어도 봄이 찾아온 것 같았다. 조심스럽게 상자에서 옷을 꺼낸 안나가 시하가 있을 문 너머를 힐끔 쳐다보며 중얼거렸다.

"이런 게 바로 선물이라는 거지."

자기 입으로 분명 선물이 아니라 조미료라고 했으면서 이제 와서 생색은……. 거울 앞으로 다가간 안나가 옷을 몸에 댄 채 이리저리 자신의 모습을 살폈다. 그러다 이내 무의식중에 은재가 선물한 옷을 침대 위에 내려놓고, 시하에게서 받은 옷을 입고 있는 자신의 모습을 물끄러미 바라봤다.

"이것도 나름 예쁘긴 한데……."

뒤돌아 허리가 잘록하게 들어간 뒷모습을 바라보며 안나가 중얼거렸다. 무심코 이 옷을 사주며 시하가 했던 말이 머릿속에 떠올랐다.

'새 옷으로 갈아입고 웃었잖아, 너.'

'짜증 나긴 하지만, 얄밉게 웃는 게 훨씬 맛있어, 너는.'

비록 조미료를 쳐야 하는 음식 취급을 받긴 했지만, 그래도 그 말 덕분에 위안을 얻었다. 그가 아니었다면 고모의 잔인한 거짓말에 받은 상처를 쉽게 떨쳐낼 수 없었을 것이다. 게다가 그는 그날 악몽에 달뜬 자신을 돌봐주기까지 했었다.

'평생 남 병간호 같은 건 안 해봤을 것 같은데. 내가 잠에서 깰 때까지 옆에 있어주고, 약도 먹여주고…….'

시하와 있었던 일을 곰곰 떠올리다 보니 쓸데없이 그가 입을 맞춰 약을 먹여준 기억까지 꼬리를 물고 이어졌다. 급기야 기억은 더 오래전으로 흘러가, 엔트라스로 잠든 자신을 구하기 위해 그가 했던 입맞춤까지 연쇄 작용처럼 떠올라버리고 말았다. 그와 했던 두 번의 입맞춤을 생생하게 떠올린 안나가 부끄러움에 온몸을 부르르 떨었다. 거울 속에 목까지 발그레해진 제 모습이 보였다. 안나는 마치 못 볼 꼴을 본 사람처럼 휙 뒤돌아서며 고개를 도리도리 저었다.

'정신 차려, 오안나. 그건 키스가 아니야. 전혀 떨릴 게 아니라고.'

하지만 입술에 닿았던 그 뜨겁고 촉촉한 감각은 아무리 애를 써도 쉽게 잊히지가 않았다. 그래서 저도 모르게 아까 그런 짓을 저질러버린 거였다.

'그럼 너는 어디 한번 날 열심히 거부해봐. 나는 널 열심히 유혹할 테니까.'

입술 위에서 노니는 그의 숨결을 차마 견딜 수가 없었다. 그저 숨결만 닿은 것뿐인데, 입술이 직접 닿을 때보다 심장이 더 미친 듯이 뛰어댔다. 닿지 않은 입술 사이, 뒤섞이는 숨결이 마치 자극적인 영화의 예고편처럼 뜨거웠다.

당연했다. 널 유혹하겠다고 선언한 남자는 처음 만난 순간부터 '내 것'이 되라고 말했던 뻔뻔한 악마였다. 그런 남자가 대놓고 유혹을 하겠다고 말하는데 웬만한 일로는 정신을 차리기가 쉽지 않았다. 정신을 차렸을 땐, 이미 저 역시도 눈물이 핑 돌 정도로 세차게 박치기를 해버린 후였다.

"아파……."

무심결에 이마를 만진 안나가 울상을 지었다. 그러곤 아직도 얼얼한 이마를 문지르며 가물가물한 기억을 더듬었다.

'이건 내 의지예요!'

'의지?'

'네! 당신 유혹에 절대 넘어가지 않겠다는 필사적인 의지요!'

동요를 감추기 위해서 다급히 둘러댄 말이었지만, 정말로 이 아픔이 그 순간 그녀가 했던 맹세의 증표라는 생각이 들었다. 안나는 다시 한 번 각오를 다잡았다. 무슨 일이 있어도 그의 유혹에 넘어가지 않겠다. 절대로 차시하, 그 남자에게 반하지 않을 것이다. 그렇게 결심에 또 결심을 하고 있던 때였다.

드르륵. 느닷없이 선물 상자 안쪽에서 진동 소리가 들려왔다. 고개를 갸웃하며 침대로 다가간 안나가 상자 안쪽을 자세히 살폈다. 상자 안에는 옷과 구두 외에도 물건이 하나 더 들어 있었다. 휴대전화였다. 방금 메시지가 들어온 탓에 액정에 불이 환하게 들어와 있었다. 안나는 조심스레 휴대전화를 집어 들어 내용을 확인했다.

[안나야. 나 은재 오빠. 이거 내 번호니까 저장해.]

은재에게서 온 문자였다. 아무래도 실수가 아니라 그가 일부러 휴대전화를 선물 상자 안에 넣어둔 것 같았다. 이어진 그의 메시지는 안나의 추측에 확신을 실었다.

[있잖아. 우리 내일 진짜 만날래? 차시하 씨 몰래.]

'몰래'라는 말에 애써 다독인 심장이 더욱 불안하게 뛰어댔다. 안나가 떨리는 손끝으로 막 은재에게 답장을 보내려던 순간이었다.

"오안나. 나 잠깐 들어간다?"

바깥에서 시하의 목소리가 들리기 무섭게 벌컥, 문이 열렸다. 안나는 다급히 이불 밑에 휴대전화를 숨기고 후다닥 뒤돌아섰다.

"무, 무슨 일이에요? 가, 가, 갑자기?"

유난히 말을 더듬는 안나를 시하가 집요하게 바라봤다. 안나는 혹시 자신이 이불 밑에 무언가 숨긴 사실을 들켰을까 입술만 깨물며 전전긍긍했다. 그런데 그 순간, 느닷없이 머리 위에서 부드러운 손길이 느껴졌다. 톡, 톡, 간지럽게 내려앉은 손길이 이내 머리카락을 쓰다듬었다.

감전된 것처럼 몸이 부르르 떨릴 뻔한 걸 가까스로 참아낸 안나가 천천히 고개를 들어 올렸다. 그러자 너무도 다정한 눈빛으로 자신을 바라보고 있는 시하와 눈이 마주쳤다. 놀라서 딸꾹질이 나올 것만 같았다. 이 남자 뭐야? 갑자기 왜 이러는데?

"나 잠깐 나갔다 올 거야. 금방 올 테니까 집 잘 지키고 있어."

다정한 눈빛이며 상냥한 말투까지. 그는 이제껏 안나가 알던 차시하가 아니었다. 당황한 안나는 대답도 못 하고 하염없이 눈만 깜빡거렸다. 바로 그때, 그가 기이한 행동의 정점을 찍었다.

촉. 혹이 난 이마 위에 내려앉았다 멀어지는 입술. 설마 지금 굿바이 키스를 한 거야? 그의 행위를 깨달은 동시에 문득 이마에 찌릿찌릿한 통증이 느껴졌다. 그러나 이 통증이 혹 때문인지, 그의 입술 때문인지는 갈피가 잡히지 않았다.

"다녀올게."

시하가 그대로 문을 닫고 나가자 안나는 비명을 지를 뻔한 제 입을 틀어막으며 힘없이 침대 위에 주저앉았다. 쿵쿵. 재빨리 그가 남기고 간 냄새를 맡아봤지만, 머릿속은 더 혼란스러워질 뿐이었다. 그의 말, 그의 행동, 그의 눈빛, 그의 손길, 그의 미소. 그 모든 게 정답을 알 수 없는 문제처럼 느껴졌다. 그리고 무엇보다…….

두근두근두근. 미친 것처럼 뛰어대는 이 심장이 단지 차시하가 안 하던 행동을 해서 놀라 그런 것인지, 아니면 그의 굿바이 키스에 설레서 그런 것인지, 안나는 도무지 알 수 없었다.

*

"태주 너! 정말 이렇게만 하면 오안나가 나한테 넘어오는 거지?"

침실 문을 닫고 나오자마자 시하가 다급히 태주에게 다가가 물었다. 응접실 소파에 앉아 있던 태주가 안경을 추어올리며 의심스러운 눈초리로 되물었다.

"제가 시킨 대로 똑같이 하고 나오신 거죠?"

"그래. 머리 쓰담쓰담. 상냥하게 인사. 기습 굿바이 키스까지 다 했어."

시하는 방금 자신이 했던 행동을 나열하면서 얼굴을 일그러뜨렸다. 시키는 대로만 하면 백 퍼센트 안나를 유혹할 수 있다고 하기에 냉큼 알겠다고는 했지만, 확신이 서지 않았다. 정말 이런 행동을 하면 여자의 마음을 움직일 수 있다고? 말도 안 된다는 소리가 목구멍까지 치고 올라왔다.

게다가 조금 전 안나의 반응을 생각하면 윤태주 이 자식 완전 엉터리는 아닐까 의심만 더 쌓여갈 뿐이었다. 잔뜩 굳은 표정. 이게 뭘 잘못 먹었나 수상하게 쳐다보는 눈빛. 금방이라도 비명을 지를 것처럼 움찔거리던 입술. 그게 정말 오안나가 자신에게 흔들리는 신호란 말인가? 시하는 저도 모르게 한숨을 내쉬었다. 태주가 그런 주인에게 다가가 위로하듯 어깨를 다독였다.

"원래 누군가를 좋아하는 일이 그리 쉽지 않답니다. 한숨 천 번이 기본이라고 생각하세요. 게다가 시하 님은 이런 경험이 처음이시잖아요."

시하는 싸늘한 시선으로 태주를 바라보며 방금 그가 한 말을 정정했다.

"말은 똑바로 해. 나는 오안나를 좋아하는 게 아니라, 단지 유혹하려는 것뿐이니까."

"그럼요, 그럼요. 시하 님은 안나 님을 좋아하는 게 아니라, 그저 유혹하려는 것뿐이시죠."

놀리듯이 방금 제가 한 말을 그대로 따라 읊는 태주를 시하가 흠씬 노려봤다. 그 와중에 마치 너는 모르는 걸 나는 다 알고 있다는 그 음흉한 눈빛이 시하의 자존심을 긁었다. 아무래도 비서의 군기를 다시 들여야 할 때가 된 듯싶었다.

하지만 당장은 급히 가야 할 곳이 있었다. 시하는 태주에게 한마디 하려다 말고 현관 쪽으로 걸음을 옮겼다. 윤희가 꼭 전해야 할 말이 있으니 로비에 와달라는 연락을 남겼다고 했다.

"서 지배인이 무슨 일로 보자는 건지는 얘기 안 해?"

"전화로는 할 수 없는 말이라고 했습니다. 얼른 내려가 보세요. 목소리만 들어도 아주 급한 것 같았거든요."

"그래. 그동안 네가 나 대신 안나 잘 지키고."

"네. 시하 님이 시켜서 열심히 지키는 거라고 티도 팍팍 내드릴게요."

"뭐? 쓸데없이 그런 티를 왜 내?"

"어우, 우리 시하 님이 이렇게 유혹의 기본을 모르신다니까. 다정하게 굴었으면 티를 내셔야죠. 말 안 하고 있으면 누가 알아요? 그러다 라이벌한테 안나 님 뺏기기나 하지."

라이벌이라는 말에 머릿속에 주은재를 떠올린 시하가 더는 불평 없이 입을 다물었다. 절대로 주은재에게만큼은 안나를 빼앗길 수 없었다. 뭐, 주은재 아니라 그 누구에게도 제 먹이를 빼앗길 생각이 없지만.

"저만 믿으시라니까요. 그럼 안나 님 유혹하는 거 일도 아니에요. 제가 시킨 대로 내일 아침에 2단계나 제대로 진행해주시고요."

어쩐지 사기꾼 같았지만, 시하는 착실하게 태주가 시킨 대로 내일 아침에 해야 할 2단계를 머릿속에 떠올렸다. 그러던 중 그가 불현듯 물었다.

"근데 태주 너, 연애, 해본 적은 있어?"

당연히 예스라는 대답이 돌아올 줄 알고 한 질문이었다. 그런데 순간, 태주가 이제껏 시하에게 보여준 것 중에 가장 어색한 미소를 지어 보였다. 동시에 시하의 이마에 핏줄이 불뚝 도드라졌다. 그의 입술 사이로 한껏 격앙된 목소리가 흘러나왔다.

"그런 주제에 널 대체 뭘 믿으라고!"

"이거 왜 이러세요? 모쏠도 지식은 있어요! 어차피 시하 님도 여자만 많았지, 진짜 사랑 같은 건 안 해본 모쏠 아니십니까? 저는 연애는 안 해봤어도 진실한 짝사랑 정도는 해봤다고요! 둘 다 모쏠이면 당연히 좀 더 나은 모쏠이 부족한 모쏠을 가르치는 게……."

"시끄러워! 그 입 다물지 못해?"

순간 조잘조잘 떠들어대던 태주의 입이 냉큼 다물어졌다. 제 주인의 기색이 여간 심각해 보이는 게 아니었다.

"어디 한마디만 더 해봐! 제대로 지옥을 맛보게 해줄 테니까!"

한겨울 얼어붙은 강보다 더 싸늘한 눈빛으로 태주를 노려본 시하가 이내 펜트하우스를 나섰다. 어쩐지 윤태주, 처음부터 수상하다 싶더라니. 코치가 엉터리라는 사실을 알고 나니 앞으로가 더 막막해졌다. 시하는 답답함에 머리를 마구 헝클어뜨렸다.

정말이지 고작 오안나 유혹하는 일이 이렇게 어려울 줄이야. 이 차시하가……. 겨우 먹이밖에 되지 않는 인간 여자 때문에 이렇게 골치를 썩을 줄이야.

오안나의 첫사랑에서부터 시작된 이 말도 안 되는 사태에 나오는 건 한숨뿐이었다. 시하는 또다시 묵직한 한숨만 푹푹 내쉬며 떨어지지 않는 발걸음을 억지로 옮겼다.

5장. 처음이라서

　부글부글 끓어오르는 속을 애써 억누르며 시하는 윤희를 만나기로 한 로비로 향했다. 그런데 중간에 갑자기 엘리베이터 문이 열렸다. 눈앞에 보이는 풍경은 비즈니스 고객을 응대하는 층의 라운지였다. 그러나 문만 열리고 사람의 모습은 보이지 않았다.

　"젠장. 이젠 엘리베이터 문까지 제멋대로군."

　도무지 마음대로 되는 법이 없는 안나를 무심코 떠올린 시하가 곧장 닫힘 버튼을 누르려 했을 때였다. 느닷없이 바깥에서 불쑥 손이 뻗어져 나와 시하의 팔을 잡아당겼다. 방심하고 있던 찰나 시하는 순식간에 엘리베이터에서 끌어 내려졌다.

　"이게 뭐 하는…… 읍!"

　문이 닫히는 소리가 들려옴과 동시에 시하의 팔을 잡아당긴 손이 이번엔 입을 틀어막았다. 그제야 정면에 마주 선 손의 주인이 눈에 들어왔다. 윤희였다. 과격한 행동을 하는 와중에도 그녀는 퍽 정중한 표정이었다. 윤희가 스르르 손을 풀자 시하가 곧장 입을 열었다.

　"서 지배인, 이게 대체 무슨…… 윽!"

하지만 시하가 채 질문을 끝내기도 전에 윤희가 다시 팔을 잡아끌었다. 그녀는 시하를 곧장 비어 있는 회의실로 끌고 들어갔다.

쾅! 문이 닫힌 회의실 안에는 막 사용이 끝난 빔프로젝터의 파란 불빛이 어른거리고 있었다. 시하는 자신을 푸르스름한 불빛 건너편으로 밀어놓고, 문에 바짝 귀를 대고 있는 윤희에게 이번엔 제대로 물었다.

"서 지배인. 도대체 무슨 일입니까?"

시하의 물음에도 윤희는 한참을 더 바깥에서 나는 소리에 귀를 기울였다. 바깥에 아무도 지나가지 않는 걸 확인하고는 조심스레 다가왔다.

"긴급하게 드릴 말씀이 있어서요. 극비로 말씀드려야 할 것 같아 부득이하게 무례를 범했습니다."

안나가 호텔에 나타난 날, 시하가 펜트하우스에 체크인하는 걸 윤희 혼자도운 거로 상황을 조작해놨기에 오정숙의 의심은 당연히 윤희에게로 향했다. 곧바로 윤희의 밑으로 오정숙의 정보원이 들어왔다고 했다. 그런 상황에서 철저하게 극비로 전달해야 할 이야기라니. 윤희가 이렇게까지 행동하니 덩달아 시하도 긴장이 되었다. 대체 무슨 일이기에…….

"오정숙 대표가 제게 스파이 제의를 해왔습니다."

오정숙이 할 만한 행동들을 예상해보던 시하는 뜻밖의 단어가 들려오자 다시 물었다.

"스파이?"

"네. 오태영 사장님이 에뚜알르 호텔에 적대적이었던 사실을 이용해 절 포섭하려고 했습니다."

시하는 검지로 턱을 문지르며 윤희의 말을 대신 이었다. 서윤희가 오태영 사장에게 은혜를 입은 사건은 오정숙도 뒷조사를 통해 금방 알아냈을 것이다. 그러니…….

"틀림없이 내가 오태영 사장을 죽게 한 배후라고 주장했겠죠. 제발 오빠를 죽인 범인을 벌할 수 있게 도와달라고 했을 테고요."

윤희는 고개를 끄덕였다.

"더불어 전무님께서 안나 아가씨의 목숨도 노리고 있다고 말했습니다. 혹시 안나 아가씨를 전무님이 숨기고 있는 거라면 꼭 자신에게 알려줘야 한다고요. 그래야만 안나 아가씨를 구할 수 있다고."

"……하!"

가만히 윤희의 이야기를 듣고 있던 시하가 격한 실소를 터뜨렸다. 저런 터무니없는 거짓말을 하다니. 오정숙도 어지간히 궁지에 몰린 모양이었다. 벌벌 떠는 모습을 보는 것이 꽤나 즐거우면서도, 파렴치한 거짓말에는 분노를 숨길 수 없었다.

"그래서 서 지배인은 어떻게 반응했습니까?"

질문을 던진 시하가 윤희의 대답을 더 가까이에서 듣기 위해 푸른 불빛 속으로 걸음을 옮겼다. 시하는 검푸른 물결 같은 불빛 속에서 시린 윤곽을 드러내고 서 있었다. 단지 그 모습을 보는 것만으로도 마치 악몽을 꾸는 것처럼 두려운 느낌이 들었다. 윤희는 본능적으로 움츠러든 어깨를 억지로 폈다. 그러곤 떨리는 목소리를 다잡으며 대표실에 불려가서 했던 말을 그대로 전달했다.

"저는 한 번도 안나 아가씨를 뵌 적이 없다고 말했습니다. 그래서 별 도움이 안 될 거라고요."

"하지만 오정숙이 그 정도로 납득할 리가 없겠죠."

"전무님 말씀대로 오정숙 사장은 제게 며칠 전 밤에 펜트하우스로 데려간 여자는 누구였냐고 떠보듯이 물었습니다."

"그 질문을 할 때 오정숙의 표정은 어때 보였습니까?"

"아직 확신을 갖지 못한 것처럼 보였습니다. 눈빛에 조바심이 가득했거든요."

윤희의 대답에 시하는 의외라는 표정을 지어 보였다.

"아직 오정숙에게 확실한 정보가 들어가지 않았나 보군요."

"네. 다행히 제가 안나 아가씨를 알아본 걸 아는 직원은 없었던 모양입니다. 다들 안나 아가씨가 갑자기 뛰어들어와서 혼비백산했었거든요. 아가씨 모습이 워낙 충격적이어서."

윤희는 마치 다시 그 상황이 닥친 듯 놀란 가슴을 쓸어내리며 말을 이었다.

"저도 정신이 하나도 없었는데, 아마 안나 아가씨 이름을 직접적으로 부른 건 처음 한 번뿐이었을 겁니다. 다들 마찬가지로 놀라서 못 들은 것 같고요."

"그거 다행이군요. 이후에 오정숙 대표의 질문에는 어떻게 대처했습니까?"

"일전에 윤 비서님이 전달해주신 대로, 제가 펜트하우스로 데려간 여자는 전무님의 연인이라고 설명을 해뒀습니다. 후에 전무님이 오셔서 여자분 대신 체크인을 한 거라고요."

엔트라스에서 깬 윤희에게 태주는 이후 오정숙에게 불려갈 상황까지 대비해 미리 지시를 내려두었다. 조금 전까지 겨 엉터리라고 욕할 땐 언제고, 속으로 참 유능한 비서를 두었다고 뿌듯해하며 시하는 질문을 이었다.

"내가 오태영 사장을 죽인 배후라고 들었을 때도 티 안 나게 연기했습니까?"

"네. 일단 오정숙 대표가 꾸민 전무님의 정체를 듣고 놀라는 척을 하긴 했습니다만……."

"잘됐습니다."

"네? 잘됐다니? 뭐가 말씀입니까?"

"오정숙 쪽에서 그런 고약한 거짓말을 해온다면, 우리도 더 이상 가만히 있을 수 없죠. 한 일주일 정도는 느긋하게 관찰하려고 했지만, 이젠 그럴 필요가 없겠군요."

치밀한 계획을 세우듯 눈매가 가늘어진 시하를 바라보며 윤희가 물었다.

"전무님. 뭘 어쩌시려는 겁니까?"

"지금부터 서 지배인은 이중 스파이가 되는 겁니다. 오정숙이 방심할 수 있도록 최대한 많은 우리 쪽 정보를 넘기세요."

"정보를 넘기라니? 설마 진짜 전무님의 정보를 넘기라는 말씀이세요?"

"네. 그렇게 서 지배인은 오정숙의 신임을 사세요. 어차피 차근차근 패를 보여줄 생각이었습니다. 방심하게 만들어놓고, 결정타를 날릴 계획이었죠."

안나를 찾아 프랑스에서 이곳까지 날아온 사실을 대놓고 말해준 것. 유언장을 읽고 차시하라는 이름을 떠올리도록 꿈을 조작한 것. 전부 다 같은 맥락에서 진행시킨 일들이었다.

"기왕이면 내 손으로 패를 직접 뒤집어 보여주는 것보다, 자신이 훔쳐봤다고 여기는 편이 더 맹목적으로 믿을 수 있을 겁니다. 서 지배인이 오정숙의 눈앞에 내 패를 가져다주세요."

"하지만 그러다 도리어 저쪽에 유리한 상황만 만들어주는 건 아닐지……."

"서 지배인, 난 안나를 언제까지 숨겨두기만 할 생각이 없습니다. 가능하다면 하루라도 빨리 그녀를 세상에 드러나게 할 거예요."

윤희는 온종일 펜트하우스 안에만 갇혀 있어야 할 안나의 처지를 떠올리며 시하의 생각에 동조했다.

"하지만 그러기엔 우린 아직 재판에서 이길 만한 결정적인 정보를 손에 쥐지 못했습니다. 더 이상은 안나에게서 나올 정보가 없어요. 이제 그 정보를 찾을 곳은 단 한 곳뿐입니다."

윤희는 시하가 말한 그 단 한 곳이 어딘지 알겠다는 듯 고개를 끄덕이며 덧붙였다.

"오정숙 사장, 본인뿐이군요."

"네. 그러니 당분간은 늙은 도마뱀이 내가 일부러 잘라낸 꼬리를 자기 엉덩이에 갖다 붙이게 시간을 주는 겁니다."

그렇게 말하는 시하의 두 눈이 시푸르게 빛이 났다.

"그럼 그 꼬리가 결국 오정숙 자신의 목을 조르게 될 테니."

찰나, 윤희는 빔프로젝터의 불빛에 눈이 멀어 깨닫지 못했다.

"그녀는 끝내 악마의 발 앞에 무릎을 꿇게 되겠죠."

진짜 악마가 더없이 잔인하고 사악하게 눈을 반짝이는 그 순간을.

*

시하가 윤희에게 오정숙에게 전달할 정보들을 세세하게 지시하고 펜트하우스로 돌아왔을 때, 응접실의 불은 깜깜하게 꺼져 있었다. 묘한 눈빛으로 고요한 공간을 잠시 둘러본 시하는 자연스럽게 안나의 침실 쪽으로 향했다.

연애 한 번 해본 적 없다는 태주의 조언을 따르는 게 마뜩잖기는 했지만, 당장 믿을 구석이 그것밖에는 없었다. 진실한 짝사랑이라도 해봤다니 태주 말대로 그가 저보다 낫기는 할 것이다. 그렇게 자신의 행동을 합리화하며 시하는 꿋꿋이 걸음을 옮겼다.

태주가 유혹의 기본은 예상 못 한 순간에 얼굴을 비치는 거라고 했다. 지금 오안나에게 가는 건 절대 그 녀석이 보고 싶어서가 아니었다. 정당화를 끝낸 시하가 막 침실 문을 노크하려 했을 때였다.

"안나 님, 먼저 주무신다고 하셨는데……."

언제 나온 건지 태주가 등 뒤에 눈을 비비며 서 있었다.

"벌써 잔다고?"

"네, 피곤하시다고."

시하는 숫자 8을 가리키고 있는 짧은 시곗바늘을 바라보며 미간을 살짝 좁혔다. 자는 애를 억지로 깨울 수도 없고. 오늘 밤은 악몽도 꾸지 않는지 평온하기만 한 기척에 그가 하는 수 없이 뒤돌아섰다.

"그러게 안나 님이 보고 싶으셨으면 좀 일찍 오시지."

태주가 잠기운이 그렁그렁한 목소리로 중얼거린 말에 시하가 눈을 부릅떴다.

"누가 누구를 보고 싶어 해? 내가?"

"네, 시하 님이요."

"오안나를?"

"네에, 안나 님을요."

"전혀 아니거든!"

고함 소리에 조용히 시하의 뒤를 따르던 태주가 깜짝 놀라 몸을 웅크렸다.

"놀라라! 그러다 안나 님 깨시겠어요."

태주의 말에 시하가 침실 쪽을 힐끔 쳐다보며 투덜거렸다.

"그러게 왜 자꾸 쓸데없는 소리를 해? 내가 언제 오안나를 보고 싶어 했다고……."

"근데 왜 오자마자 안나 님부터 찾으시는데요? 안 보고 싶은데 꼭 봐야 하는 이유라도 있으셨어요?"

기가 막힐 정도로 타당한 반박을 하는 태주를 향해 시하는 그가 한 말 그대로 돌려주었다.

"네가 그랬잖아. 자주 얼굴 보면 정든다고. 예상치 못한 순간에 보면 더 반갑다고."

"네, 네. 반대로 싫은 상대가 그러면 스토커 취급받기 쉬울 거라고도 했죠."

"그럼 나보고 대체 어쩌라는 건데?"

"시하 님. 제가 여자가 남자에게 반할 때가 언제라고 했죠?"

구체적인 행동지침 대신, 이미 결론까지 내린 질문을 다시 던지는 태주를 시하가 노려봤다.

"그건 왜 또 물어? 아까 실컷 설명해놓고."

오안나 유혹하기 대작전. 그 유치한 이름을 가진 단계별 계획에는 시하가 해야 할 소소한 행동들이 구체적으로 제시되어 있었다.

"다시 한 번 복습해보자고요. 상대방이 갑자기 머리를 쓰담쓰담 해준다거나, 까칠한 말만 하던 상대가 느닷없이 자상한 말을 건넨다거나, 집에 데려다주는 길에 이마에 굿바이 키스를 해준다거나……."

"아침에 일어나서 잠긴 목소리로 '잘 잤어?' 하고 인사를 하거나, 소매 걷어붙이고 날렵하게 운전하는 모습이 문득 섹시해 보일 때, 여자는 남자한테 반한다며? 다 기억하고 있거든? 복습은 무슨."

그것이 진실인지 여부는 알 수 없지만, 어쨌든 시하는 태주의 지시대로 내일 아침에는 '잘 잤어?'를 실행해 옮길 계획이었다.

"그런데 여기에는 아주 중요한 전제 조건이 있어요."

시하는 이제 와서 중요한 전제 조건을 말하는 태주를 어처구니없는 눈으로 바라봤다.

"그게 뭘까요, 시하 님?"

저게! 시하는 순간적으로 울컥 화가 치솟았지만, 꾹 참았다. 안나가 함께 지낸 후부터 태주는 걸핏하면 하극상 비슷한 짓을 일삼았다. 이번 기회에 비서 놈의 콧대를 콱 밟아주겠다고 시하는 생각했다. 그러곤 조금 전 태주가 했던 말에서 힌트를 얻어 자신만만하게 대답했다.

"태주 네가 그랬지? 같은 행동이라도 싫은 사람이 하면 스토커로 취급받기 쉽다고. 그 말에서 유추해보면 이미 답은 나왔어."

태주는 주인의 추리가 그럴듯하여 기대감을 가지고 물었다.

"그래서 시하 님이 생각하는 그 전제 조건이 무엇입니까?"

시하가 자신의 얼굴을 손가락으로 똑바로 가리키며 답했다.

"그 모든 행동을 하는 상대가 잘생겨야 한다는 거지. 나처럼. 잘생긴 남자 싫어하는 여잔 없잖아?"

뻔뻔하게도 정답이라고 확신하는 주인의 표정을 보며 태주가 고개를 푹 떨궜다. 힌트는 제대로 이해했으면서, 얻어낸 답은 제대로 꽝이었다.

확실히 시하가 잘생긴 것은 부정할 수가 없었다. 인간을 유혹하기 위해 태어난 존재는 누구나 반할 만큼 아름다웠다. 그간 저 잘생긴 얼굴로 얼마나 많은 여자를 유혹해 꿈을 먹어 치웠던가. 100년을 훌쩍 넘도록 그리 손쉽게 인간을 유혹하며 살아왔으니, 저런 생각밖에 할 수 없는 게 어쩌면 당연할지도 몰랐다.

"시하 님 말씀도 일리가 있어요. 하지만 이 세상 모든 여자가 잘생긴 남자를 좋아하는 건 아니거든요. 그런 거면 안나 님도 진작 시하 님한테 반했겠죠. 안 그렇습니까?"

시하는 자신도 모르게 고개를 끄덕였다. 듣고 보니 정말 그랬다. 오안나는 저에게 반하지 않았다. 여우처럼 생긴 주은재한테는 잘도 반해놓고, 생각할수록 어이가 없었다. 어쩐지 조바심이 든 시하는 더 이상 자존심을 세우지 않고 태주를 협박했다.

"그냥 말해. 대체 그 전제 조건이 뭐지."

"에이, 그런 중요한 걸 그렇게 쉽게 알려드릴 순…… 헉!"

그때, 시하의 주위로 푸른 물방울이 퐁퐁 피어오르기 시작했다.

"당장 말 안 하면 나도 널 어떻게 할지 몰라. 참고로 물어보는 건데, 태주 네가 가장 싫어하는 게 뭐야? 아, 내가 물난리 치면서 집에 돌아오는 거였나?"

저 물방울! 저건 작은 감옥이었다. 더 뜸을 들였다간 태주는 자신이 가장 끔찍하게 여기는 그 상황이 구백구십 번 반복되는 꿈속에 갇히게 될 거라고 확신했다. 제 주인은 그런 잔인한 짓도 서슴없이 해낼 악마였다. 겁에 질린 얼굴로 태주는 곧장 입을 열었다.

"지, 진심이에요!"

"진심?"

"네, 진심!"

시하는 정답을 들었는데도 어째 더 아리송한 기분만 들었다.

"진심이 뭐 어쨌다는 거야? 좀 더 성의 있게 설명 못 해?"

목소리가 커지자 시하의 옆에 둥둥 떠 있는 물방울도 부풀어 올랐다.

'절대 저기에 갇히면 안 돼! 그랬다간 분명 살아 나오지 못할 거야.'

태주는 물방울에서 최대한 몸을 멀리 떨어뜨린 채 설명했다.

"상대가 나를 정말로 좋아하는구나. 바로 그 진심이 느껴질 때 여자는 남자한테 반해요. 반하진 않더라도, 적어도 고마워는 할걸요?"

"진심이 느껴질 때라……."

"남자가 쓰담쓰담을 해줄 때도, 다정한 말을 건넬 때도, 이마에 입을 맞출 때도, 잘 잤어? 하고 인사를 건넬 때도, 운전할 때도. 진심이 안 느껴지면 그건 그냥 단순히 작업에 불과하거든요. 일명 추파라고 하죠."

뭔가 감이 잡힐 듯, 잡히지 않는 느낌이었다. 시하는 자신도 모르게 되물었다.

"그래서 그 진심이란 건…… 어떻게 느끼게 할 수 있는데?"

태주는 씨익 웃으며 대답했다.

"뭘 그렇게 당연한 걸 묻고 그러세요? 좋아하면 되죠."

태주의 손가락이 시하의 얼굴을 가리켰다.

"시하 님이……."

그리고 천천히 어딘가로 이동했다. 이내 시하의 시선도 태주의 손가락을 따라 움직였다. 그 끝에는 안나가 잠들어 있는 침실이 있었다.

"안나 님을."

어쩐지 그녀가 악몽을 꾸지 않아도, 달콤한 향내가 풍겨오는 듯했다.

*

시하는 밤새 잠을 이룰 수 없었다. 누군가를 진심으로 좋아한다는 게 과연 어떤 걸까? 아무리 생각해봐도 정답을 알 수 없었다.

사랑이라는 달콤한 말로 어머니를 속였던 아버지. 그 잔인한 왕을 끝까지 잊지 못하고 차디찬 바닷속에서 죽어가던 어미의 구슬픈 마음이 제 몸에 피로, 숨결로 흐르고 있기 때문일까? 아니면 마음 없이 인간을 유혹하고 꿈을 빼앗는 것이 당연한 몽마의 본능 때문일까?

지난 오랜 세월, 시하는 그 누구도 좋아해 본 적이 없었다. 그런 시하의 세월을 옆에서 지켜봐 왔기에 태주는 친절하게 조언을 남겼다.

'시하 님, 누군가를 좋아하는 걸 알아차리는 건 의외로 쉬워요. 그 마음은 아무리 악마라도 숨길 수가 없거든요.'

'그래서 좋아한다는 게 대체 어떤 건데?'

'계속 상대방 생각이 나는 거요. 밥은 먹었는지, 잠은 잘 잤는지, 내 눈에 안 보일 땐 뭐 하고 있는지, 어디 있는지. 방금 시하 님이 안나 님의 침실 문을 열어보려던 것처럼.'

'그건 그냥 호기심일 뿐이지. 그게 어떻게 누군가를 좋아한다는 증거가 될 수 있어?'

'아뇨. 누구나 다 그렇게 시작해요. 그러니 시하 님도 어렵지 않을 거예요. 제가 보기엔 이미 시작하신 것 같은데요? 시하 님은.'

"태주 이 자식, 도대체 내가 뭘 시작했다는 거야?"

끝내 정답을 듣고도 그게 왜 정답인지 알아내지 못한 시하는 답답한 마음에 침대를 박차고 일어났다. 어느새 날이 환하게 밝아 있었다. 목이 말라서 그는 곧장 주방으로 향했다. 아니, 곧바로 주방에 가려고 했지만, 그 잠깐 사이 안나의 침실 문이 눈에 띄어서 절로 발길이 그리로 향하고 말았다. 문 앞에 서서 시하는 진지하게 생각했다.

'정말 고작 이런 게 누군가를 좋아한다는 증거라고? 내가 이미 시작한 거라고?'

시하는 고개를 세게 저었다.

'아니. 그 애는 단지 내 먹이일 뿐이야.'

그래서 절대로 빼앗기면 안 되니까 이렇게 자꾸 확인하려는 거라고. 혼란스러운 마음을 애써 정리하며 시하가 막 노크를 하려던 순간이었다.

달칵. 문이 열리고 고운 빛깔의 나비 날개처럼 화사한 옷을 입은 안나가 안에서 나왔다. 안나는 문 앞에 서 있는 시하를 보고 놀란 듯 눈을 동그랗게 떴다가, 잠시 할 말을 고민하는 듯하더니, 이내 어설프게 인사를 건네왔다. 끝에는 어색한 눈웃음도 지어 보이며.

"조, 좋은 아침."

시하는 멍하니 굳어 계획한 대로 '잘 잤어?'라는 인사만 계속 입 안에서 굴리고 있었다. 그런데 그때.

"잘 잤어요?"

도리어 기습을 당한 시하의 심장이 쿵 소리를 내며 내려앉았다.

'젠장. 내가 먼저 인사하려고 했는데.'

시하는 반사적으로 뒤돌아 주먹을 꽉 움켜쥐었다. 어쩐지 안나의 얼굴을 똑바로 쳐다볼 수가 없었다. 인간 여자는 원래 다 저런 건가 싶었다. 처음 만났을 때만 해도 창백하니 생기라곤 하나도 찾아볼 수 없었던 녀석은 단 며칠 사이에 두 뺨도, 입술도, 모두 화사해져 마치 꽃 같았다.

'예쁘네……'

무심결에 그렇게 생각이 들 만큼. 시하는 속으로 태주의 욕을 흠씬 뱉어 냈다.

'윤태주, 이 순 사기꾼 같으니라고!'

좋아하는 마음이 담기지 않은 인사는 그저 추파에 불과하다더니. 전혀 아니었다. 별거 아닌 인사에 심장이 이렇게 미친 듯이 추락할 수도 있었다. 한편, 안나는 갑자기 뒤돌아선 시하의 등을 보며 고개를 갸우뚱했다.

'잘 잤어요?'

이 말이 저렇게 갑자기 등을 질 만큼 정색할 말인가 싶었다.

'그냥 평범한 인사일 뿐이잖아?'

게다가 자신이 인사를 건넬 수밖에 없도록 아침부터 제 침실 문 앞에 서 있었던 건 바로 그였다. 그래놓곤 저런 싸늘한 아우라라니. 생각 같아선 저도 똑같이 그를 콱 무시해버리고 싶었지만, 안나는 꾹 참았다. 오늘만큼은 저 악마에게 부탁해야 할 일이 있으니까.

"……저기, 차시하 씨."

그래서 최대한 얌전하게 그를 불렀다. 하지만 그는 뒤도 돌아보지 않았다.

"저기요? 차시하 씨?"

일부러 대답하지 않은 것인데도 거듭 제 이름을 부르는 안나 때문에 시하는 진심으로 돌아버릴 것 같았다. 그는 일단 낼 수 있는 가장 덤덤한 목소리로 대답했다. 동요를 숨기느라 목에 너무 힘을 준 나머지 성대가 까끌까끌했다.

"……왜?"

"할 말이 있어요."

"그냥 해."

지금 얼굴을 마주하면 이 정도 담담한 척도 못 할 것 같아서 반사적으로 까칠한 말이 튀어 나갔다.

"얼굴 보고 할 얘기예요."

하지만 안나는 집요했다. 시하는 속에서 무언가 울렁거리는 느낌에 턱에 힘을 바짝 주고 주먹을 꽉 움켜쥐었다. 그사이 안나는 그의 앞에 서서 눈을 마주치고 있었다.

"나중에라도 그쪽이 딴말하면 안 되니까."

대체 무슨 소리를 할 생각이기에 눈을 보고 확인까지 받아야 하는 걸까?

"할 말이 뭔데?"

시하는 교묘하게 시선을 어긋나게 두며 물었다. 그런데 얄미운 오안나는 애써 피한 시선을 확 잡아채며 대꾸해왔다. 꼼짝없이 눈이 마주치게 생긴 상황.

"나 좀 밖에 나갔다 와도 돼요? 고모한테는 절대 안 들키게 조심할게요. 변장을 하라면 변장도 할 테니까……."

안나의 눈을 요리조리 피해보려던 시하가 그 순간 똑바로 시선을 내리꽂았다.

"밖엘, 나가겠다고?"

집요하게 눈을 맞추려 들 땐 언제고, 막상 매서운 눈길이 꽂히니 안나는 슬그머니 고개를 내렸다. 긴장한 그녀의 발끝이 곱아드는 것이 시하의 눈에도 보였다.

"여기 숨어 지낸 건 며칠 안 되지만, 고모 집에서 갇혀 있었던 것까지 포함하면 나 6개월이 넘게 밖에 제대로 못 나갔잖아요. 답답해서……."

안나가 몸을 배배 꼬며 말했다. 시하의 입꼬리가 일순 치솟았다. 그의 눈동자에 짓궂은 기색이 스멀스멀 들어찼다. 역시 오안나 앞에서 쩔쩔매는 건 성미에 맞지 않았다. 이렇게 손바닥 위에 올려놓고 이리 흔들고 저리 흔드는 게 훨씬 재밌지.

"부탁하는 사람의 태도가 영 아닌데."

마치 '자, 내 손바닥 위에 올라가 볼래?'라고 속삭이는 듯한 목소리에 안나가 고개를 홱 들었다. 불길한 예감대로 시하의 눈매와 입매가 짓궂게 휘어져 있었다. 안나는 입술을 잘근잘근 깨물었다. 무슨 수를 써서든 펜트하우스 밖으로 나가야만 하는데……. 은재에게 이미 만나겠다고 약속해버린 까닭이었다. 고모 집에 갇혀 있다 도망쳐 나온 상황이라 펜트하우스에서 숨어 지내고 있다고 솔직하게 말할 수는 없었으니까. 거짓말은 계속 꼬리에 꼬리를 물고 불가피한 상황을 만들어내고 있었다. 안나는 두 눈을 질끈 감고 부탁했다.

"제발 나가게 해줘요. 너무 답답해서 그래요. 진짜 조심할게요."

"조심할 필요 없어."

절대 안 된다고 하면 바짓가랑이라도 붙잡고 매달릴 각오를 했던 안나는 의외의 대답에 감았던 눈을 떴다.

"네?"

"조심할 필요 없다고. 변장도 안 해도 돼."

시하는 만족스러운 말투로 한 번 더 대답했다. 어제 오정숙이 윤희에게 스파이를 제안함으로써 계획을 수정한 상황. 이제부턴 안나를 숨기지 않고 드러낼 것이었다. 이미 윤희를 통해 계획을 일부 진행시켜뒀다. 시하는 진심임을 강조하기 위해 물끄러미 안나를 응시했다. 하지만 안나는 도무지 믿을 수 없다는 듯이 되물었다.

"방금 한 말 진짜예요?"

"어."

"진짜로 나갔다 와도 된다고요?"

"어. 몇 번을 말해."

몇 번을 들어도 믿기지 않아서 안나는 자기도 모르게 코를 벌름거렸다. 시하는 그런 안나의 코를 비틀 듯이 잡아 쥐었다.

"그거 굉장히 거슬리는 습관인 거 알아?"

"네? 뭐가요?"

"상대방 눈 들여다보면서 냄새 맡는 거. 꼭 나한테서 냄새라도 나는 것 같잖아."

시하의 지적에 안나는 눈에 띄게 동요하더니, 곧바로 자신의 코를 두 손으로 틀어막았다.

"미, 미안해요. 앞으론 안 그럴게요."

"됐어. 아무튼 나갔다 와. 대신 너무 오래는 안 돼."

"알았어요! 점심만 먹고 올게요."

안나는 안도감에 비명이 터져 나올 뻔한 입을 가까스로 틀어막았다. 그녀가 기쁜 내색을 억지로 참는 모습을 지켜보면서 시하도 뿌듯한 기분을 애써 참았다. 그러다 문득 새삼스럽게 다시 안나의 옷차림이 그의 눈에 들어왔다. 처음엔 제가 사준 옷 중에 하나인 줄 알았는데, 자세히 보니 아니었다. 예쁘긴 하지만 저런 계절감을 상실한 하늘하늘한 봄 원피스는 자신이 선물한 스무 벌의 옷에 포함되어 있지 않았다. 그렇다면 저 옷은 어제 주은재가 선물한 그 옷이라는 소리였다. 일순 시하의 이마에 푸르스름한 핏줄이 불뚝 도드라졌다.

"오안나, 너 설마……?"

밖에 나가려는 이유가 주은재를 만나기 위해서였어? 그러나 시하는 어쩐지 안나에게 주은새에 관해 물어볼 수 없었다. 입술이 찰싹 달라붙어 도무지 떨어질 생각을 하지 않았다.

"나 뭐요?"

그사이 안나가 평소였으면 까탈스럽게 물었을 말도 애교스럽게 물었다. 기분이 꽤나 좋은 모양이었다. 하지만 시하의 기분은 한없이 곤두박질치고 있었다. 조금 전만 해도 꿀처럼 달콤하게 들렸던 안나의 목소리에 가슴이 마치 돌덩이가 된 것처럼 뻐근해졌다. 꽃처럼 예뻐 보였던 얼굴도 얄밉게만 보였다.

"왜 말을 하다 말아요. 나 설마 뭐요?"

시하는 안나의 질문을 무시하고서 그대로 자신의 방으로 향했다. 그러곤 손에 긴 코트 하나를 쥐고 다시 나왔다. 그는 곧장 자신을 수상하게 보는 안나의 어깨에 코트를 걸쳐주었다.

"이게 뭐예요? 왜 이걸 나한테 입혀요?"

안나가 황당한 목소리로 물었다. 시하의 몸에 딱 맞게 재단된 코트는 그녀에게는 품도 크고 길이도 지나치게 길었다. 발목까지 완전히 가리는 길이의 코트는 입었다는 표현보다 뒤집어썼다는 표현이 훨씬 잘 어울리는 모양새였다.

"설마 나더러 이걸 입고 나가라는 뜻은 아니죠?"

"맞는데, 그 의미?"

"변장은 안 해도 된다면서요?"

"지금 내가 널 변장시키는 거로 보여?"

시하는 답지 않게 손수 단추까지 채워주었다. 유난히 야하게 느껴지는 기다란 손가락이 단추를 매만졌다. 그 손끝을 내려다보며 안나는 저도 모르게 침을 꿀꺽 삼켰다. 이 남자는 쓸데없이 단추 채우는 모습마저 야릇하고 난리였다. 출렁이는 안나의 목을 은밀하게 바라보며 시하가 코트의 단추를 하나둘 채워 나갔다. 그러곤 천천히 고개를 기울여 안나의 귓가에 속삭였다.

"아닌데, 그런 거."

꿀이 뚝뚝 떨어지는 달콤한 목소리였다.

"이렇게 얇은 옷 입고 밖에 나가면……."

그는 지금 일부러 이렇게 다정하게 구는 게 분명했다.

"감기 걸리니까 그런 건데."

미처 소매에 팔을 집어넣지 못해 애벌레처럼 꿈틀대던 안나의 움직임이 거짓말처럼 굳었다. 또다. 또였다. 예고도 없이 훅 치고 들어오는 유혹. 절대 넘어가지 않을 거라고 큰소리 떵떵 쳐놨는데, 마음은 속절없이 흔들리고 있었다.

"입고 다녀와."

그의 달콤한 목소리가 귓가를 계속 간질이는 와중에도 안나는 '넘어가면 안 돼'란 말을 주문처럼 외웠다.

"절대 벗으면 안 된다?"

하지만 아무 소용이 없었다. 이상하게 평소처럼 그에게 앙칼지게 따질 수가 없었다. 이게 다 코트에서 그의 냄새가 잔뜩 풍기고 있기 때문이었다. 처음 만났을 때부터 사람을 유혹하고 홀리는 냄새라고 생각했었다. 분명 그 냄새 때문에 지금도 정신을 차릴 수가 없는 것이었다. 안나는 요동치는 눈빛을 숨기려고 애써 시선을 저 멀리 현관에 두었다.

"다, 다녀올게요."

그러곤 어설픈 인사를 건넨 후 무작정 뛰었다. 그 순간엔 그저 1초라도 빨리 시하의 시야에서 사라지고 싶은 마음뿐이었다.

작은 아기 곰 같은 그 뒷모습을 바라보며 시하가 흐뭇이 웃었다. 그때, 짝짝짝! 몰래 숨어서 주인이 2단계를 잘 실행에 옮기는지 살펴보던 태주가 박수까지 치며 등장했다. 시하가 태주를 얄밉게 흘겨봤다.

"지금 뭐 해?"

"뭐 하긴요? 우리 주인님이 안나 님 유혹하는 거 보고 감탄하는 중이죠. 코트 벗어주기 같은 안 가르쳐드렸는데, 혹시 저 몰래 공부라도 하셨어요?"

"공부는 무슨."

"근데 잠깐 사이에 스킬이 이렇게 좋아지십니까?"

"네가 그랬잖아. 무조건 진심이 전제 조건이 돼야 한다고."

흥미로운 대꾸에 태주가 눈을 가늘게 뜨고 시하를 바라봤다.

"그래서 아까 유혹에 어떤 진심을 담으셨는데요?"

"너 오안나가 지금 누굴 만나러 가는지 알아?"

"저야 모르죠. 누굴 만나러 가셨습니까?"

"주은재."

태주가 주인의 진심을 알겠다는 듯 고개를 끄덕였다. 시하의 진심. 그건 질투였다. 눈치 빠른 비서 덕분에 다시 한 번 자신의 감정을 깨달은 시하가 이를 으득 물며 중얼거렸다.

"진짜 싫다. 오안나가 주은재 만나는 거."

인정하지 않을 수 없었다. 자신이 주은재를 질투하고 있다는 걸.

*

정숙은 벌써 이틀째 계속 잠만 자고 있는 찬영을 걱정스러운 눈으로 바라봤다. 이틀 전, 찬영은 비상계단의 조그만 창고에서 정신을 잃고 쓰러진 채 발견되었다. 그는 겉으로는 다친 데라곤 하나 없이 말짱해 보였다.

하지만 그날 후로 찬영은 기이하게도 절대 눈을 뜨려고 하지 않았다. 마치 귀신이나 악마에 홀린 것처럼 필사적으로 두 눈을 가리고 오로지 잠만 청했다. 잠들면 어김없이 악몽을 꾸면서도.

꿈에서 무엇을 보는 것인지 찬영은 자꾸만 손가락으로 눈에 상처를 내려 했다. 결국 교통사고라도 당한 환자처럼 얼굴에 붕대를 감을 수밖에 없었다.

처참한 몰골의 아들을 내려다보며 정숙은 긴 한숨을 내쉬었다. 호텔 근처 엔 얼씬도 하지 말라고 했더니, 난데없이 이렇게 엉망인 꼴을 하고서 호텔 안 에서 발견되다니. 분명 찬영이 제 말을 안 듣고 안나를 보러 간 것이 틀림없었 다. 아들이 제 말을 어기는 경우는 유일하게 안나와 관련됐을 때뿐이니까.

"찬영아. 네가 자꾸 이러면 안나한테 아무런 도움 될 게 없어."

정숙이 찬영의 땀에 젖은 머리카락을 쓸어내리며 속삭였다. 그녀는 6년 전 오빠 부부가 더 이상 자녀계획이 없는 것을 알고 입양을 결심했다. 자신 에게 아들이 있으면 성운 호텔을 상속받는 데 유리할 거라는 판단에서였다. 하지만 워낙 냉혹한 성정의 그녀는 어린아이를 데려와 정을 붙일 자신이 없 었다. 그래서 고른 아이가 명문대에 수석으로 입학한 고아였다. 마치 제 배 아파 낳은 것처럼 성공에 대한 야욕이 절 똑 닮은 아이였다. 모든 것이 완벽 하다고 생각했다. 그 아이가 안나에게 기묘한 집착을 갖기 전까지만 해도.

"엄마는 우리 계획을 방해하는 거라면 뭐든 없앨 거야."

찬영이 마치 말귀를 알아들은 것처럼 미약하게 몸을 떨었다.

"그러니까 제발 엄마 말을 들으렴."

정숙이 붕대가 감긴 찬영의 얼굴 위로 이마를 기댔다. 그때, 그녀의 휴대 전화가 부르르 진동했다. 발신인은 주석이었다. 정숙은 곧바로 찬영의 방을 빠져나와 전화를 받았다.

"어, 그래. 김 실장. 서 지배인은 뭐라고 해?"

-서윤희 지배인이 우리 쪽 제안을 수락했습니다. 벌써 차시하 전무에 관한 몇 가지 정보를 넘겨받았습니다. 그런데 개중에 대표님께서도 보시면 놀랄 만한 사진이 한 장 포함되어 있었습니다.

"사진?"

-네. 차시하 전무의 연인을 몰래 찍었다면서 사진을 한 장 줬는데, 그 여자, 안나 아가씨와 똑 닮았습니다. 쌍둥이라고 해도 믿길 정도로요.

주석의 말에 정숙이 입꼬리를 끌어 올렸다. 아무리 숨기려고 해봤자 결국 이렇게 들키고 말 문제인 것을.

'그러게 곁에 있는 사람을 잘 구슬렸어야지.'

결국엔 돈이 모든 걸 해결해주었다. 꼿꼿한 대나무 같아 보이던 서윤희 지배인도 결국 돈 앞에서 차시하를 배신했다.

"김 실장, 지금 당장 닥터 강한테 연락 넣어서 내일 내 사무실에서 보자고 해."

-네, 알겠습니다.

"그리고 찬영이 저렇게 만든 게 누구인지도 자세히 알아보고."

-네.

전화를 끊은 뒤 정숙은 한때 안나가 지냈던 방문을 유심히 바라봤다. 원래는 저곳에서 모든 걸 마무리 지을 계획이었지만, 차시하의 곁에서 끝을 내는 것도 나쁘지 않을 것 같다는 생각이 들었다.

"그렇다면 이 방은 흔적조차 남기지 말고 싹 없애버려야겠지."

정숙이 거침없이 안나의 방문을 열어젖혔다. 성큼성큼 걸어가 꼭꼭 닫혀 있던 커튼도 활짝 걷었다. 그러자 안나의 피가 묻어 있는 이불이 적나라하게 보였다. 그 위에 실로 오랜만에 따스한 햇볕이 쏟아져 내렸다.

*

"역시 사람은 햇빛을 보고 살아야 해."

싸늘한 겨울 기운이 다소 주춤한 한낮. 시하의 커다란 코트를 입고 거리를 걸으면서 안나는 문득 울컥 올라오는 감정을 눌러 삼켰다. 두 발로 제대로 걸어본 게 얼마 만인지 모르겠다. 시하를 만나 고모네 집에서 벗어난 뒤로는 늘 펜트하우스에서 숨어 지내야 했다. 그도 아니면 어두운 밤 미친 여자처럼 정신없이 호텔 정원을 가로질러 뛰었던 게 전부였다.

안나는 발이 가벼운 게 영 어색한지 조심스럽게 걸음을 옮겼다. 펜트하우스 실내를 걸을 때와는 또 다른 느낌이었다. 이 무거운 코트만 아니었어도 더 산뜻한 기분을 느낄 수 있을 것 같은데. 그래도 모처럼 겨울이 아닌 듯 날씨까지 화창해서 가슴이 벅차올랐다. 저 멀리 손을 흔드는 은재의 모습이 보였다.

"안나야, 여기!"

안나는 얼른 은재의 앞으로 뛰어갔다.

"오빠. 많이 기다렸어요?"

"아냐. 나도 방금 왔어."

"다행이다."

"그나저나 파스타 어때? 괜찮아?"

"저는 다 좋아요."

은재는 안나를 호텔 근방에서 가장 유명한 이탈리안 레스토랑으로 데리고 갔다. 사실 안나는 오늘 은재를 만나 모든 걸 솔직하게 털어놓을 생각이었다. 아무리 자신이 겪은 일들이 쉽게 말할 수 없는 끔찍한 일이라고는 하나, 거짓말은 꼬리에 꼬리를 물고 이어졌고 그럴수록 양심에 가책이 느껴졌다.

차시하가 악마라는 말은 해봤자 믿기 어려울 테니, 그 사실 빼고 전부 다 말하자. 그는 날 좋아하지 않고, 그저 고모한테서 호텔을 되찾는 일을 도와주고 있는 법적 보호자일 뿐이라고 말하자. 분명히 그렇게 다짐하고 또 다짐했는데, 막상 은재의 얼굴을 보니 생각처럼 말이 입 밖으로 나오지 않았다.

"무슨 걱정거리라도 있어? 통 못 먹네."

파스타를 먹지는 않고, 그저 포크에 돌돌 말고만 있는 안나를 보다 못한 은재가 먼저 말을 꺼냈다.

"아, 오빠……."

안나는 걱정이 가득한 은재의 표정을 보며 파스타가 잔뜩 말려 있는 포크를 접시 위에 내려놓았다. 그러곤 잔뜩 비장한 표정으로 입을 열었다.

"사실 나, 오빠한테 거짓말한 게 있어요."

은재도 커트러리를 내려놓고 눈을 마주쳤다. 그의 표정도 안나 못지않게 심각했다.

"네가 나한테 거짓말을 했다는 건 이미 알아."

"네?"

예상치 못한 은재의 대꾸에 안나가 놀란 듯 눈을 크게 떴다. 은재가 손가락을 하나씩 하나씩 접으며 말을 이었다.

"네가 상속녀라는 사실? 아니면 고모와 유산 다툼을 벌이고 있다는 거? 그것도 아니면 차시하가 널 좋아한다는 거? 다만 뭘 거짓말했는지를 모를 뿐이지."

안나는 은재가 자신의 거짓말을 알고 있다는 사실에 퍽 놀랐지만, 곧바로 사과부터 했다.

"오빠 앞에서 창피한 모습 보여주고 싶지 않아서 그랬어요. 차시하 씨가 날 좋아한다고 말한 거, 그것만 거짓말이었어요. 미안해요, 오빠."

"그게 거짓말이라니, 오히려 다행이네. 괜찮아. 이제라도 말해줬으니까."

그리고 은재가 자신의 사과를 받아주자마자 궁금했던 걸 질문했다.

"근데 오빠, 어떻게 안 거예요? 내가 거짓말을 하고 있다는 거?"

굉장히 조심스러운 기색으로 묻는 안나에게 은재는 알쏭달쏭한 대답을 들려주었다.

"……나도 너랑 같아."

"네? 뭐가요?"

"나도 감정이나 생각에서 냄새를 맡을 수 있어, 안나야."

은재의 대답을 들은 안나의 눈이 충격으로 커다래졌다. 그건 부모님이 절대 그 누구에게도 들키지 말라고 신신당부했던 능력이었다. 이따금 습관처럼 그 능력을 쓰긴 해도 지금까지 아무에게도 들킨 적이 없었기에 안심하고 있었다. 오늘 시하에게 냄새를 맡는 습관을 들킬 뻔했던 상황도 잘 넘겼다고 여겼는데, 생각지도 못하게 은재에게 들킬 줄이야. 그보다 더 놀라운 건 은재 역시 같은 능력을 가지고 있다는 사실이었다.

"그래서 무리해서라도 차시하 씨 몰래 만나자고 한 거야. 네가 나한테 무슨 거짓말을 하는지 알고 싶어서."

당황해서 굳어버린 안나와는 달리 은재는 별로 대수롭지 않게 어딘가를 바라보며 말을 이었다.

"뭐, '몰래'는 실패한 것 같지만."

안나가 멍하니 은재를 따라 어딘가로 시선을 옮겼다. 그의 시선 끝에 놓인 다른 테이블에 익숙한 누군가가 앉아 있었다.

'말도 안 돼! 왜 저 남자가 여기 있는 거야?'

은재가 터뜨린 비밀에 받은 충격이 아직 가시지도 않은 그때. 멀찍이 떨어진 테이블에 앉은 남자의 정체를 알게 된 안나는 연달아 큰 충격을 받았다.

"오안나."

시하였다. 잘 다녀오라며 인사까지 건넨 악마가 바로 저기에 있었다. 그는 안나와 눈이 마주치자마자 기다렸다는 듯 이름까지 부르며 다가왔다. 그런 시하를 보며 안나는 기가 막혀 입을 다물지 못했다. 어쩐지 순순히 보내주더라니. 곧바로 미행을 한 것이다. 신문으로 얼굴을 가린 모양새가 마치 첩보 영화라도 한 편 찍고 있는 분위기였다. 시하의 곁에서 억지로 끌려온 듯 어색하게 웃고 있는 태주를 본 안나가 옅게 한숨을 내쉬었다. 그사이 어느새 등 뒤에 와서 선 시하가 안나의 어깨에 다시 코트를 걸쳐주며 말했다.

"이 코트, 내가 절대 벗으면 안 된다고 했을 텐데?"

안나는 곧바로 그가 걸쳐준 코트를 다시 벗으며 대꾸했다.

"실내에 들어왔으면 이런 거추장스러운 겉옷은 벗는 게 당연하잖아요."

"거추장스럽다고?"

"밥 먹는 데 불편하잖아요."

"그래놓곤 파스타는 입에도 안 대던데? 왜? 입에 안 맞아?"

안나가 일부러 벗어놓은 코트를 기어코 다시 어깨 위에 얹으며 시하가 속삭였다.

"내가 다른 거 사줄까?"

분명 안나에게 묻는 말인데도, 그의 시선은 은재를 향하고 있었다. 자신이 사준 원피스 위를 묵직하게 덮는 코트를 바라보던 은재의 시선도 자연스레 위를 향했다. 분명 안나는 차시하가 자신을 좋아한다는 말이 거짓말이라고 했는데, 지금 그의 행동을 보면 꼭 진실 같았다. 저건 누가 봐도, 어떻게 봐도, 질투였으니까.

"그만해요. 밥 먹는 동안만 벗고 있겠다는데 왜 자꾸 이래요?"

"별로 거추장스러워 보이지도 않는데 그냥 입고 있어. 감기 걸린다니까?"

"감기는 무슨? 실내가 이렇게 따뜻한데."

"걸리면 어떡할 거야? 또 지난번처럼 약 먹고 싶어? 그런 의미라면 나도 더는 안 말려."

시하의 말에 대체 무슨 약을 먹은 건지 꿋꿋하게 반항하던 안나가 일순 얌전해졌다. 그 모습을 본 은재의 눈이 가늘어졌다. 시하는 의기양양하게 안나의 어깨에 코트를 척 걸쳐주며 승리의 미소를 지었다.

은재가 보기에 그 모습은 마치 자기 여자에게 제 냄새를 묻히는 영역 표시 같은 느낌이 들었다. 후각이 예민한 은재는 시하가 안나에게 코트를 걸

쳐줄 때마다 풀썩거리며 나는 그의 냄새가 시종일관 거슬렸다.

처음 만났을 때부터 느꼈지만, 차시하에게서는 보통 인간한테는 맡을 수 없는 냄새가 났다. 단순히 체취가 짙은 걸 떠나 강렬한 페로몬의 향기가 풍겼다. 일부러 만들려 해도 저토록 선명한 페로몬 향수는 만들 수도 없을 것이다. 무엇보다 신경 쓰이는 건, 그런 차시하의 냄새에 뺨을 발그레 붉히는 안나였다.

'차시하 씨가 날 좋아한다고 말한 거, 그것만 거짓말이었어요.'

분명 차시하가 자신을 좋아하지 않는다고 말할 때의 안나는 진심이었다. 그것에 서운해하거나 속상해하는 냄새도 풍기지 않았다. 근데 왜 차시하도 안나도 지금은 전혀 다른 냄새를 풍기는 것일까? 은재는 짐짓 아무렇지 않은 척 잘라놓은 스테이크를 안나의 접시에 올려놓으며 말했다.

"안나랑 제가 방금까지 아주 중요한 이야기를 나누던 중이었거든요. 식사도 잊을 만큼."

시하는 쉽게 은재의 도발에 넘어갔다.

"아주, 중요한 이야기?"

의뭉스러운 미소를 입가에 띠며 은재가 대꾸했다.

"이를테면 비밀, 같은 거랄까."

"비밀?"

"오, 오빠!"

'비밀'이라는 단어에 안나는 안절부절못했다. 은재가 도발하고 있는 상대는 시하인데도, 엉뚱하게도 안나가 더 눈에 띄게 곤란해 보였다. 혹시라도 은재가 코에 관한 비밀에 관해 이야기할까 봐 그녀는 불안해서 죽을 것 같았다.

부모님은 안나가 어렸을 때부터 절대로 이 비밀을 아무에게도 들켜선 안된다고 말씀하셨다. 상속녀인 사실을 은연중에 티 낼 때보다, 누군가의 감정이나 생각을 냄새로 읽어낼 때 더 크게 혼을 내곤 하셨다. 스무 살 생일이 지나면 지금보다 훨씬 더 섬세하고 구체적으로 인간의 감정이나 생각에서 냄새를 맡을 수 있게 될 거라며 걱정하셨던 모습이 아직도 눈에 선했다.

안나는 부모님께서 자신이 상속녀인 사실을 감추려는 것도 바로 이 비밀 때문일 거라고 추측했다. 부모님이 돌아가신 후로 그 비밀을 아는 이는 이 제껏 아무도 없었다. 그런데 갑자기 은재로도 모자라 시하까지 비밀을 공유하게 둘 수는 없는 노릇이었다.

"도대체 그 비밀이 뭐야?"

시하의 추궁에 안나가 얼른 은재가 준 스테이크를 입에 집어넣고 말했다.

"와, 이 스테이크 진짜 입에서 살살 녹아요. 보니까 차, 차시하 씨도 스테이크 시켰네요?"

안나는 어떻게든 이야기 주제를 바꾸고 싶었지만, 시하가 쉽게 포기하지 않았다.

"그 비밀이 뭐냐니까? 왜 말을 돌려?"

게다가 시하가 집요한 만큼 은재도 마찬가지였다. 화제를 전환하려는 안나의 노력이 무색하게 은재는 '비밀'에 관해 다시 언급했다.

"그 비밀. 한 가지는 분명하게 말씀드릴 수 있겠네요."

마치 비밀을 말하기로 작정한 듯한 말투에 안나가 저도 모르게 손에 들고 있던 포크를 떨어트렸다. 챙그랑! 금속이 도자기 그릇에 부딪히며 날카로운 소음이 울려 퍼졌다. 안나의 귀에는 그 소리가 제 심장이 철렁 내려앉는 소리처럼 들렸다. 다음 순간, 타이밍을 맞추기라도 한 것처럼 은재의 말이 이어졌다.

"이제 더는 제 앞에서 연기하지 않아도 됩니다, 차시하 전무님."

은재는 보란 듯이 안나의 입가에 묻은 스테이크 소스를 엄지로 닦아주며 덧붙였다.

"안나가 다 말해줬거든요."

노골적인 은재의 행동에 돌처럼 굳어버린 안나가 도르르 눈동자만 굴렸다. 그러곤 더없이 초조한 기색으로 두 남자 사이를 살폈다. 두 남자에게 제발 그만하라고 간절하게 눈빛으로 빌었지만, 둘 중 누구도 신경 쓰지 않는 것 같았다. 결국 은재의 입술이 열렸다.

"차시하 전무님이 안나 좋아한다는 거, 사실은 거짓말이라면서요?"

그런데 은재가 밝힌 비밀은 안나의 예상과는 전혀 다른 것이었다. 은재가 안나를 향해 부드러이 미소 지으며 물었다.

"그렇지, 안나야?"

"……마, 맞아요."

그 문제라면 어차피 돌아가서 시하에게도 전부 말할 생각이었다. 안나는 놀란 가슴을 쓸어내리며 안도의 한숨을 내쉬었다. 그러곤 당혹감에 젖어 있던 표정을 냉큼 다듬으며 은재의 말에 동조했다.

"내가 다 말했어요. 그거 거짓말이라고. 이제 이걸로 차시하 씨 자존심도 지킨 거죠?"

문득 그날, 시하가 지었던 냉정한 눈빛이 떠올라 안나가 퉁명하게 말했다. 시하는 마치 화가 난 것처럼 눈도 마주치지 않고 스테이크를 썰어 넘기기에 여념이 없는 안나를 물끄러미 내려다봤다. 잠시 생각에 빠져 있던 그가 이내 안나의 말에 반박했다.

"난 더 이상 거짓말 아닌데?"

"켁, 켁!"

예상치 못한 시하의 발언에 스테이크가 목에 걸렸는지 안나가 기침을 해 댔다. 그녀가 당혹스러운 눈으로 시하를 올려다보며 물었다.

"거, 거짓말이 아니라니? 그게 무, 무슨 뜻이에요?"

시하가 천천히 안나와 은재 사이에 자리를 잡았다. 그러곤 사레가 들린 안나의 등을 손바닥으로 부드럽게 쓸어내리며 돌연 은재의 이름을 불렀다.

"주은재 씨."

은재는 기분 나쁜 예감에 자신도 모르게 주먹을 움켜쥐며 시선을 옮겼다.

"당신 눈에도 보이지 않습니까?"

"뭐가 말이죠?"

"모르는 척하지 마."

시하는 스스로 생각해도 어처구니가 없는지 피식 웃으며 말을 이었다.

"지금 내 모습, 웃기지 않아? 이 여자가 다른 남자랑 밥 먹는다고 해서 눈에 불을 켜고 여기까지 따라왔는데."

안나는 귓속을 파고드는 시하의 말에 정신을 차릴 수가 없었다.

"자존심이 상해서 차마 그놈이랑 밥 먹지 말고 나랑 먹자는 말도 못 하고 미행이나 했다고, 이 내가."

이런 실적실적한 감성은 아무리 처음 겪어보는 거라고 해도 모를 수가 없었다. 차라리 모른 척이라도 하고 싶은데, 외면마저 마음대로 할 수가 없었다.

"누가 봐도 미친놈처럼 굴고 있는데, 이게 연기 같아?"

어느새 그의 시선은 안나를 똑바로 향하고 있었다.

"그래 보여?"

혼란스러워 보이는 시하의 눈을 바라보며 안나의 눈동자도 정처 없이 흔들렸다. 그의 눈빛에 가득 담긴 감정을. 그 혼란스러운 진심을. 그녀 역시 절대 모를 수가 없었으므로.

*

은재와의 식사는 허겁지겁 끝이 났다. 당연했다. 느닷없이 고백 아닌 고백을 들었는데 태평하게 파스타를 먹을 정신이 남아 있을 리가 없었다. 덕분에 은재에게 묻고 싶은 말이 많았지만, 어쩔 수 없이 다음으로 미뤄야만 했다. 안나는 도망치듯이 원래 계획했던 두 번째 장소로 이동했다.

그런데 이 악마, 식사 자리를 파투 낸 거로도 모자라 뻔뻔하게 안나의 다

아주 달콤한 갈증 215

음 목적지까지 쫓아왔다. 책이 즐비한 서점. 그중 교재가 빼곡한 코너에서 책을 찾느라 분주한 안나에게 시하는 끊임없이 말을 걸었다.

"아까 밥 제대로 못 먹은 것 같던데, 배 안 고파?"

'내가 누구 때문에 밥을 제대로 못 먹었는데?'

안나가 휙 째려보자 시하가 괜한 딴청을 피우며 말꼬리를 돌렸다.

"뭐, 찾는 책이라도 있어?"

대답을 해주지 않으면 질문을 바꿔가며 계속 귀찮게 굴 것 같아 안나는 하는 수 없이 대답했다.

"검정고시용 교재 찾아요."

"검정고시?"

"네. 고모 덕분에 갇혀 있느라 출석 일수 모자라서 내가 지금 중졸이거든요. 그런데 알아보니까 룸메이드로 일하려고 해도 자격이 고졸부터더라고요."

일전에 일해서 옷값을 갚겠다더니, 아무래도 진심으로 한 말이었던 모양이다. 시하의 머릿속에 문득 언젠가 안나가 보고 있던 노트북 화면이 떠올랐다. 동시에 인터넷 검색창에 떠 있던 단어가 검정고시였던 게 얼핏 기억이 났다.

"그때 노트북으로 보고 있던 게 이거였어?"

기억을 회상하며 기름하게 변한 시하의 눈을 본 안나가 쏘아붙였다.

"내가 분명 사생활은 지켜달라고 했을 텐데요, 법적 보호자님?"

"그러게 좀 더 꼼꼼히 숨기지 그랬어? 미안하지만 내가 시력이 완전 좋거든."

심드렁하게 대꾸하는 시하를 보며 안나가 책을 찾는 데 방해가 되는 코트 소매를 대충 추켜올렸다.

"말릴 생각은 꿈도 꾸지 마요. 난 이미 결심했으니까. 법적 보호자 도움 없이 내 스스로 제대로 살 거예요."

그러자 시하가 안나의 손목을 잡아 자신을 보게끔 돌려세우며 말했다.

"해. 안 말려."

그러곤 이번에도 예고 없이 유혹의 기술을 발동시켰다. 상냥하게 긴 소매를 접어주며 그가 안나의 귓가에 속삭였다.

"나 몰래 주은재 만나는 것만 아니면 뭐든 네가 하고 싶은 대로 해."

안나는 조용한 서점 한복판에서 비명이라도 지르고 싶은 심정이었다. 아까 은재 앞에서 했던 말이 그의 진심이 아니라고 부정하고 싶은데, 심장은 자꾸만 멋대로 그의 말에 떨고 있었다. 빤히 시하의 얼굴을 들여다보다, 안나는 그만 충동적으로 묻고 말았다.

"……정말로 내가 좋아요?"

안나의 질문에 마저 다른 쪽 소매를 접어 올리던 시하가 멈칫했다. 그 잠깐의 순간이 마치 천 년 같다고 느껴졌다. 잠시 후, 시하는 한숨 같은 숨을 길게 내쉬며 답했다.

"나도 몰라."

맥 빠지는 대답이었다.

"이런 적이 처음이라서."

처음이라서. 이건 그의 진심이었다. 질투하는 것까진 인정하지만, 좋아하냐고 묻는 말에는 순순히 그렇다고 대답할 수 없었다. 그 어이없는 이유에 안나가 어색하게 웃으며 되물었다.

"아까는 잘 아는 것처럼 말했잖아요."

"몰라. 아무리 생각해도 모르겠는 걸 어떡하라고. 내가 확실하게 아는 건 오안나 네가 주은재를 만나는 게 상당히 화가 난다는 거, 그거 하나야."

소매 밑으로 조금씩 드러나는 안나의 피부가 유난히 빨갰다. 태연한 척 물었지만, 사실 안나는 지금 미칠 것 같았다. 좋아하는지 잘 모르겠다는 맥없는 말에 왜 가슴이 뛰는지 알 수 없었다. 정말이지 엉엉 울고 싶은 심정이었다. 이런 건 고백도 뭣도 아니었다. 어쩌면 악마가 그저 재미 삼아 인간을 괴롭히고 있는 걸지도 몰랐다.

"차시하 씨……. 잘 모르겠으면 그런 말 하지 마요. 사람 헷갈리게 왜 그래요?"

시하가 돌연 화를 내듯 으르렁거렸다.

"나도 지금 헷갈려 죽겠거든? 그러니까 너나 그런 거 묻지 마."

"지금 나한테 화내는 거예요?"

"너한테 화내는 거 아니야. 그냥 나도 혼란스러워서 그래."

"나더러 대체 뭘 어쩌라는 거야?"

"누가 너더러 뭐 하래? 아무것도 하지 마."

"뭐라고요?"

"주은재고 뭐고. 내 마음이 확실해질 때까진, 나 말고 다른 남자 만나지 말라고, 오안나."

시하가 다 접은 소매 밖으로 나온 안나의 손을 꽉 붙잡으며 경고하듯이 말했다.

"다음번엔 나도 내가 무슨 짓을 할지 모르겠으니까."

그의 말에 안나는 마치 밧줄에 꽁꽁 묶인 것처럼 아무런 행동도 할 수 없었다. 그에게 붙잡힌 손이 마치 불에 덴 것처럼 화끈거렸다.

*

서점에서 시하에게 고백 아닌 고백을 또다시 들은 후, 안나는 시하와 언젠가 그를 껴안았던 호숫가 벤치에 나란히 앉아 있었다. 이번에도 태주가 소환해주기를 무작정 기다리는 것이었다. 태주는 레스토랑에서 나온 직후 은재와 함께 먼저 호텔로 돌아갔다. 두 분이 할 얘기가 있을 것 같다며 뒤도 안 돌아보고 갈 때, 그를 붙잡았어야 했다. 차시하와 단둘이 있는 게 이렇게 어색할 줄이야.

'으으, 숨 막혀서 죽을 것 같아.'

안나는 시하의 눈치를 살피며 몰래 몸을 부르르 떨었다. 처음 그와 이곳에서 소환을 기다릴 때도 어색했지만, 지금은 그날의 몇 배는 더 숨 막히는 기분이 들었다.

"저기, 나 먼저 그냥 들어가면 안 돼요?"

참다못한 안나가 쭈뼛거리며 묻자 시하가 곧바로 단호하게 대답했다.

"안 돼."

일말의 희망마저 꺾인 안나가 시무룩하게 투덜거렸다.

"그러게 왜 호텔 밖으로 나오고 그래요? 소환 번거로운 거 뻔히 알면서."

"말했잖아. 아까 나 완전 미친놈 같았다고. 그딴 거 생각할 겨를 없었어."

자꾸 그렇게 돌직구를 날려대니 심장이 멋대로 미쳐 날뛰었다. 시하의 한마디, 한마디에 안나는 울고 싶은 기분이 들었다. 그때, 호수 표면에서 벌어지는 소환 신호가 안나의 눈에 포착됐다. 뽀글뽀글 올라오는 기포에 그녀는 마치 구세주라도 만난 것처럼 벌떡 벤치에서 일어서 소리쳤다.

"저거 소환 시작된 거 맞죠? 그쵸?"

"맞아."

시하의 대답에 안나가 얼른 그를 붙잡기 위해 뒤돌아섰다. 이번엔 오른손에 들고 있는 쇼핑백 하나가 전부였다. 그때처럼 그를 어떻게 붙잡을지 난감한 고민 같은 건 하지 않아도 되었다. 당연히 굳이 껴안을 필요도 없었다. 안나가 재빨리 시하의 허리춤을 붙잡기 위해 왼손을 뻗었을 때였다.

"……어?"

갑자기 불쑥 몸이 뒤쪽으로 끌어당겨졌다. 기울어지는 그녀를 단단한 팔이 와락 끌어안았다. 정신을 차리고 보니, 이미 시하의 품에 꽉 안겨 있었다.

"뭐, 뭐예요?"

미처 방어할 틈도 없이 시하에게 안긴 안나가 작게 반항했다.

"이, 이건 대체 무슨 뜻인데요?"

안나가 달뜬 목소리로 묻자 시하가 한숨을 내쉬듯 대답했다.

"차원에서 나 놓치면 곤란하니까. 너도 예전에 나 이렇게 잡았잖아."

아니, 그때랑 지금이랑 같아요? 따지고 싶었지만, 안나는 꿀 먹은 벙어리 처럼 한마디도 할 수 없었다.

노을이 지는 호숫가, 숨 막히도록 어색한 분위기, 갑자기 시작된 소환, 그리고 악마 차시하. 모든 것이 그때와 똑같은데, 또 전혀 달랐다. 그때는 적어도 이렇게 심장이 터질 것처럼 뛰지 않았다. 안나는 시하의 가슴에 얼굴을 기댄 채 고개를 마구잡이로 흔들었다.

'제발 정신 차려, 오안나. 악마한테 이런 감정을 느껴서 어쩌자는 거야, 대체?'

하지만 강하게 부정하면 부정할수록, 심장은 더욱더 빨리 뛰어댈 뿐이었다. 그 순간, 안나의 머릿속에 아까 시하가 했던 변명이 떠올랐다. 처음이라서. 그 어이없는 이유가 지금 안나가 느끼고 있는 모든 걸 설명해주었다. 안나에게도 이런 감정은 처음이었다. 그래서 어떻게 대처해야 하는지도 알지 못했다. 이러다 심장이 뻥 터져버릴지도 모르겠다는 생각이 든 순간. 휘리릭, 안나는 시하의 품에 안긴 채 그렇게 순식간에 호수 속으로 빨려 들어갔다.

*

안나와 헤어진 은재는 곧장 성운 호텔 정원에 있는 향수 공방으로 향했다. 성운 호텔에서 사용하는 모든 향수가 만들어지는 곳, 성운 프라그랑스. 일명 향기의 정원이라고 불리는 곳이었다.

그곳에서 일하는 조향사는 전부 여섯이었는데, 하나같이 실력이 출중한 인재들이었다. 하지만 그 틈에서도 은재는 전혀 기죽지 않았다. 아니, 오히려 실력으로 그들을 완벽히 압도했다. 비록 안나를 위협하는 적의 눈을 속이기 위한 거짓 연극이라곤 하나, 은재의 조향 실력만큼은 진짜였다.

전 세계에서 가장 유명한 프랑스 향수 전문학교 출신. 특별한 후각을 타고난 것은 물론 탁월한 조향 실력까지 갖춘 천재. 똑같은 향료를 조합해도 은재는 더 아름답고 매혹적인 향수를 만들어냈다. 그리고 그 능력은 성운 프라그랑스 모든 조향사의 감탄을 자아내기에 충분했다. 덕분에 은재는 비록 거짓 연극이라 할지라도 성운 프라그랑스에 손쉽게 입성할 수 있었다.

정원에 세워진 성운 프라그랑스 건물은 마치 작은 성 같았다. 무성하게 드리워진 사시사철 푸른 잎사귀. 그 위로 한 폭의 그림처럼 우뚝 솟은 공방 건물은 철저하게 조향사 개개인의 독립성을 보장하도록 설계되어 있었다.

에뚜알드 호텔 자시하 전무이사가 직접 스카우트해온 수석 조향사 주은재. 은재에게도 타이틀에 걸맞은 그만을 위한 공간이 주어졌다. 그가 쓰게 된 조향실은 성운 호텔의 수석 조향사들이 줄곧 사용해온 공간이었다.

불을 켜자 고급스러운 조향실의 모습이 드러났다. 역대 수석 조향사가 대대로 사용하던 공간이니만큼 인테리어 역시 더욱 특별했다. 좁은 복도 벽에는 전임 수석 조향사들의 사진이 그들의 시그니처 향수와 함께 전시되어 있었고, 복도 끝을 기점으로 부채꼴 모양으로 된 독특한 구조의 조향실이 한눈에 들어오게끔 펼쳐졌다. 중앙에는 마치 유물을 보는 듯 착각이 드는 클래식한 디자인의 조향대가 놓여 있었는데, 그 위로 각종 조향 도구와 200여 가지가 넘는 향료가 담긴 시약병이 즐비했다. 개중에는 은재가 '부케'에서 가져온 안나 어머니의 특수한 향료들도 깔끔하게 정리되어 있었다.

은재는 겉옷을 벗어 옷걸이에 걸고, 천천히 조향대로 다가갔다. 그러곤 수백 개의 시약병 중 활짝 핀 벚꽃색을 닮은 분홍빛 액체가 담긴 병을 하나 집어 들어 빤히 바라봤다. 찰랑찰랑. 향료가 담긴 병을 살짝 흔들자 시향지에 묻히지도 않았는데 곧 달콤한 냄새가 사르르 번져 나갔다. 동시에 은재의 머릿속엔 차시하의 스킨십에 얼굴을 붉히던 안나의 모습이 떠올랐다.

"젠장!"

느닷없이 은재가 답지 않게 욕지거릴 내뱉었다. 뺨이 발그레 달아오르던 안나에게서 사르르 번져가던 달콤한 향기. 그 사랑스러운 향기가 문득 떠오른 까닭이었다. 은재가 어금니를 으득 물며 안나에게서 맡았던 냄새의 이름을 소리 내어 읊었다.

"설렘."

그건 분명 달콤한 설렘의 향기였다. 3년 전만 해도 안나가 제 앞에서 뺨을 붉히며 피우던 향기. 하지만 이제는 다른 남자를 바라보며 피우는 수줍은 향기. 은재는 애써 모른 척하려고 해도 자꾸만 밀려드는 서운함에 주먹을 꽉 움켜쥐었다. 그의 얼굴에 희미하게 불쾌감이 서렸다.

안나의 부끄러워하는 표정 위로 차시하의 자신만만한 표정이 겹쳐졌다. 기어코 안나의 어깨에 코트를 걸쳐주며 그가 짓던 미소가 여전히 선연했다. 그의 향기에 조화롭게 섞여 들던 안나의 체취가 떠오르자 턱에 절로 힘이 들어갔다.

"차시하⋯⋯."

털썩. 의자에 주저앉은 은재가 낮게 시하의 이름을 뇌까렸다.

"대체 안나 옆에 있는 목적이 뭐야?"

그러곤 대답 없는 질문을 거듭 물었다.

"안나한테 뭘 원하는 건데?"

그는 은재가 안나에게 중요한 이야기를 꺼내던 그 순간에 마치 기다렸다는 듯이 나타났다. 마치 일부러 방해라도 하는 것처럼. 정말이지 기가 막힌 타이밍이었다.

'나도 너처럼 인간의 생각이나 감정에서 냄새를 맡을 수 있어, 안나야.'

얼마나 고민하고 또 고민하다가 꺼낸 이야기였는데. 은재 역시 안나처럼 오랜 시간 자신의 능력을 숨겨왔다. 인간의 감정과 생각에서 냄새를 맡을 수 있는 비범한 능력. 나아가 감정, 생각, 기억에서 향을 추출하는 것이 가능한 특별한 능력.

그 능력은 소수의 일족에게만 은밀하게 전해져 내려왔다. 대물림된 그 능력으로 인해 오랜 세월에 걸쳐 수많은 비밀과 사연이 생겨났다. 일족 전체가 목숨의 위협을 받았고, 살아남기 위해 세상과의 단절을 택했으며, 철저히 존재를 숨긴 채 자손들을 지켜냈다. 그래서 안나의 부모님도 하나뿐인 딸의 능력이 세상에 드러나지 않게끔 비밀에 부쳤던 것이다. 그 능력은 신의 선물이자 저주였다.

은재가 그 특별한 능력에 관해 정확히 알게 된 것은 스무 살 생일 때였다. 스무 번째 생일, 즉, 성년식이 치러지는 날 밤 일족은 자신의 힘을 자각하는 통과의례를 거치게 되어 있었다.

안나는 그 통과의례에 대해 알려주고 도와줄 부모님이 돌아가셨기 때문에 그때를 제대로 대비하지 못할 게 뻔했다. 그러므로 안나에게 이 특별한 능력에 관해 제대로 알려주는 것이 바로 자신의 역할이라고 은재는 줄곧 생각했다. 그런데 그 중요한 이야기를 전하려던 순간에 차시하가 나타나 훼방을 놓은 것이다.

"하필 그 인간은 그 타이밍에 나타나선……."

무심결에 중얼거리던 은재가 문득 날카롭게 눈을 빛냈다.

"아니, 어쩌면 인간이 아닐지도……."

분명 그에게선 평범한 인간과는 다른 향기가 났다. 이 세상에 존재하는 대부분의 향을 알고 있는 은재로서도 쉬이 알아낼 수 없는 희귀한 향. 그러고 보니 윤태주 비서에게서도 얼핏 이끼 냄새가 났는데, 그 역시도 확실히 보통 인간에게선 맡기 힘든 냄새였다.

'가만, 이끼 냄새?'

그 순간, 은재의 뇌리에 얼핏 다른 종족의 향기에 관한 기록을 본 기억이 스쳐 지나갔다. 이내 그 기억은 엄청나게 불길한 추측으로 이어졌다.

'……설마?'

그런 말도 안 되는 일이 벌어졌을 리가 없어. 애써 부정하면서도 끝내 위험한 예감을 떨쳐내지 못한 은재가 '부케'에서 향료와 함께 가져온 책 한 권을 서둘러 펼쳤다. 그리고 낡은 책갈피가 꽂혀 있는 책장을 황급히 읽어 내려가기 시작했다.

*

은은한 달빛이 가득 내려앉은 펜트하우스. 달이 하늘에 떠 있는 건지, 물 위에 떠 있는 건지 알 수 없는 신비한 풍경 속에서 남녀가 서로를 꽉 부둥켜안고 있었다.

"두 분, 또 껴안고 계시네요."

오늘도 어김없이 수영장에서 시하와 안나를 소환한 태주가 짓궂게 물었다.

"이번엔 양손 다 허전해 보이시는데 무슨 이유로 껴안으셨을까?"

하지만 그런 태주의 목소리조차 들리지 않는 모양인지 둘은 서로에게서 떨어질 줄을 몰랐다. 아니, 정확하게는 망부석처럼 굳어 있는 안나를 시하가 놔주지 않는 것이었다. 어두운 수영장, 시하의 눈빛이 아쉬움으로 일렁였다.

차원의 영향을 받지 않는 시하는 물속에 잠겨 있는 하반신만 젖었지만, 차원의 영향을 고스란히 받은 안나는 이번에도 머리끝부터 발끝까지 전부 젖은 상태였다. 두툼한 코트를 입고 있는 안나는 마치 물에 잔뜩 젖은 솜이불 같았다. 덕분에 안나를 아무리 세게 안고 있어도 그녀가 잘 느껴지지 않았다.

시하는 좀 더 오롯이 안나를 느끼고 싶었다. 그녀에게 더 가까이 닿고 싶고, 그녀를 더 애틋하게 만지고 싶었다. 코트를 벗기고 싶은 충동에 자꾸만 손이 움찔거렸다. 하지만 안나더러 절대 코트를 벗지 말라고 해놓고 이제와 다시 벗으라 할 수는 없었다. 그럴 만한 명분이 전혀 없는 상황이었다. 그러나 곤란한 상황에도 불구하고 그의 손은 본능적으로 움직이고 있었다. 슬며시 코트 속으로 들어간 손이 안나의 가는 허리를 더 꽉 끌어안았다.

"……훗!"

그 바람에 안나에게서 여린 신음이 터져 나왔다. 오밀조밀한 척추를 조심스럽게 쓸어 올리자 여리여리한 몸이 부르르 떨었다. 어느새 코트는 거의 벗겨진 채로 가녀린 허리 부근까지 죄다 흘러 내려와 있었다. 안나가 화들짝 놀라 위를 올려다보자 동그란 눈동자에 시하의 모습이 비쳤다. 달빛보다 눈부신 눈망울. 시하는 그 안에 어린 자신의 모습이 낯설었다. 안나를 매만지며 애가 닳아 어쩔 줄 몰라 하는 스스로가 어색해서 견딜 수 없었다.

그런데도 도저히 안나의 몸에서 손을 뗄 수가 없다. 이미 진즉에 차원은 빠져나왔는데. 더는 자신을 놓치면 안 된다는 핑계를 댈 수도 없는데. 이대로 있으면 코트를 입고 있는 게 더 감기에 걸리기 쉬울 텐데. 그러니 빨리 손을 떼야 하는데. 놓아줘야 하는데. 그래야만 하는데……. 그러나 온갖 이유를 다 가져다 대도 어느 것도 남자의 본능을 이기지 못했다.

"오안나……."

그렇게 이성보다 강한 본능에 시하가 결국 백기를 흔들려 했을 때였다.

"세상에, 다 젖으셨네요."

가만히 지켜보던 태주가 다시 말을 걸어왔다. 시하는 갑자기 끼어든 태주를 맹렬하게 노려봤다. 스스로도 안나에게 무슨 말을 하려 했는지 알 수가 없으면서도, 말할 기회를 빼앗겼단 생각에 그저 억울함만 들었다.

태주는 마치 사탕을 빼앗긴 어린아이처럼 자신을 노려보는 주인을 마찬가지로 억울한 눈으로 바라봤다. 아무리 진심이 가장 중요하다고 해도, 배려 없이 들이대기만 하면 그건 강요와 다름없었다. 상대방은 당연히 부담을 느끼고 도망치려 할 게 뻔했다. 이 이상 들이대는 건 결코 올바른 유혹이 아니었다. 그래서 비서 된 도리로 최대한 주인을 도와주고 있는 건데, 저런 못마땅한 눈빛이라니.

확 모른 척해버릴까 싶었지만, 태주는 결국 주인에 대한 충성심을 저버리지 못했다. 누군가를 처음 좋아하게 된 주인이 얼마나 당황스러울지 충분히 이해가 됐다. 게다가 고약한 주인님을 저 아니면 누가 도와주겠는가? 비서로서 주인님의 첫사랑을 열렬히 응원해줘야지. 한껏 희생정신을 불태우며 태주는 입을 열었다.

"어? 그런데 오늘은 쇼핑백이 방수가 안 되는 것 같은데요? 안에 뭐가 들었는지 몰라도 다 젖겠어요."

"맞다, 교재!"

덕분에 시하의 수상한 행동을 까맣게 잊은 안나가 헐레벌떡 그를 밀쳐내며 쇼핑백을 열었다. 물에 잠긴 탓에 완전히 젖어버린 교재가 보였다. 쇼핑백도 찢어지기 일보 직전이었다. 안나는 금세 울상이 되었다.

"어떡해요, 다 젖었어. 이제 한동안 밖에 나갈 수도 없는데……."

그러나 울상이 된 것은 비단 안나만이 아니었다. 비서의 절절한 충심도 모르고 노골적으로 아쉬운 표정을 짓고 있던 시하가 문득 중얼거렸다.

"왜 나갈 수가 없어? 너 여기 갇혀 있는 거 아니야. 나가고 싶으면 얼마든지 나가도 돼. 책 못 쓰게 됐으면 내일 나랑 또 사러 가면 되잖아."

안나가 눈을 동그랗게 뜨며 되물었다.

"가, 같이 가자고요?"

"어. 같이."

여전히 혼잣말하듯 시하가 대답했다. 마치 꿈을 꾸듯 몽롱한 말투였다. 안나는 본능적으로 거부했다.

"됐어요. 나 혼자 가도……."

"아니, 꼭 나랑 가."

시하는 살짝 뒤로 물러나는 안나의 손목을 붙잡아 다시금 자신에게 끌어당기며 속삭였다.

"주은재 말고, 나랑."

결국 그 순간, 안나의 인내심이 뚝 끊어졌다. 또다시 시하의 입에서 은재의 이름이 나오자 더 이상 참을 수가 없게 돼버린 것이다. 처음에는 그의 말이 전부 자신을 유혹하기 위해서 꾸며낸 거짓말이라고 생각했었다. 그러니 자신이 거짓말에 속지 않으면 그만이라고 여겼다.

하지만 그는 시도 때도 없이 은재에 대해 질투심을 드러냈고, 매번 예상치 못한 순간 허를 찔렀다. 안나는 급기야 그가 하는 말들이 전부 진심처럼 들리기 시작했다. 시하가 자신의 코트를 입혀준 그 시점부터 레스토랑, 서점, 호수, 그리고 지금 이곳 수영장까지……. 손부채질처럼 미약했던 바람이 겨우 하루 사이에 거대한 태풍이 돼버린 것 같은 기분이었다.

이대로 두면 정말 큰일이 날 것만 같았다. 절대로 차시하의 유혹에 넘어가지 않겠다고 다짐했는데. 기필코 이 남자에게 반하지 않겠다고 맹세했는데. 분명 그랬는데 자꾸만 그의 말에 가슴이 떨렸다. 지금도 마치 큰 병에 걸린 것처럼 심장이 동요하고 있었다.

아까 은재를 만났을 때도 그랬다. 시하가 나타난 순간부터 안나는 전혀 은재에게 집중할 수 없었다. 무려 3년을 그리워한 첫사랑인데, 그 사람 앞에서 엉뚱하게도 내내 차시하만 의식했었다.

안나는 뼈저리게 위기의식을 느꼈다. 이제는 더 이상 그의 유혹에 넋 놓고 있을 수 없었다. 또다시 시하에게 붙잡혀버린 손목을 비틀며 안나는 따지듯이 물었다.

"언제는 나 같은 여자는 취향 아니라면서요? 나보고 절대 착각하지 말라면서요?"

그 순간, 시하가 꿈에서 깬 듯 눈에 띄게 당황스러운 표정을 지었다. 안나는 느슨하게 힘이 빠진 시하의 손을 탁 쳐내며 계속 따졌다.

"근데 당신은 아까부터 왜 자꾸 멋대로 나 껴안고, 만지고 그래요?"

그제야 시하는 자신이 무슨 짓을 저지른 건지 깨달았다는 듯 난감한 얼굴로 안나를 내려다봤다. 그 멍청한 표정에 안나가 입술을 질끈 깨물었다.

'대체 뭐냐고, 저 표정은.'

눈앞의 남자는 이제까지 제가 알던 차시하가 아닌 것 같았다. 저 얼떨떨한 표정마저도 전부 자신을 좋아한다고 고백하는 것처럼 느껴져서 심장이 찌르르 울렸다. 그 울림을 지우려 안나는 일부러 더 크게 목소릴 냈다.

"잘 들어요! 앞으로는 내 허락 없이 절대 내 몸에 손대지 말아요! 영역 표시니 뭐니 입맞춤하는 거 안 돼요! 이렇게 맘대로 껴안고 손목 잡고 그러는 것도 절대 안 돼요!"

안나는 애써 흔들리는 마음을 다잡았다. 지금 자신이 흔들리는 상대는 다름 아닌 악마였다. 그중에서도 꿈을 먹는 악마였다. 불현듯 시하와 처음 만났던 순간이 떠올랐다.

'앞으로 난 보름에 한 번씩 네 꿈을 먹을 거야.'

그때부터 자신의 꿈만을 원했던 악마였다. 그 생각은 분명 지금도 마찬가지일 것이다. 어쩌면 이 순간 그가 하는 말 모두가 제 꿈을 먹기 위한 달콤한 거짓말일지도 몰랐다. 이대로 가다간 꼼짝없이 심장이 바짝 쪼그라질 때까지 꿈을 빼앗길지도 모를 일이었다.

그가 얼마나 제 꿈을 맛있게 먹었는지 아직까지도 기억이 선명했다. 고모가 펜트하우스에 다녀간 날 밤. 그 잔인한 밤에 꿨던 죽고 싶을 만큼 괴로웠던 악몽. 시하가 그 악몽을 허겁지겁 먹어 치우던 느낌은 여전히 몸에 새겨져 있었다.

'인간은 참 신기해. 인생이 불행해질수록, 꿈은 더욱더 달콤해지거든.'

그 황홀해하는 목소리를 어떻게 잊을까? 차시하는 그런 악마였다. 제 불행을 더없이 달콤하게 집어삼켰던 냉정한 악마.

'그랬으면서 갑자기 날 좋아한다는 게 말이 돼?'

안나는 차시하를 거부하는 이 순간에도 여실히 두근거리는 자신의 심장을 아프게 툭툭 때리며 말했다.

"날 좋아하는 척 연기하지 마요. 당신은 그저 내 꿈이 먹고 싶은 것뿐이잖아요."

곧바로 아니라고 반박하고 싶었지만, 시하는 이상하게 아무런 말도 할 수 없었다. 불과 얼마 전까지만 해도 안나의 말이 진실이었기 때문이다. 시하는 찰싹 달라붙어 떨어지지 않는 입술만 애꿏게 깨물었다. 안나가 그런 시하를 속상한 눈으로 올려다보며 힘없이 내뱉었다.

"계약은 제대로 지킬 거니까 쓸데없이 날 유혹할 필요 없어요."

괜히 눈가가 시큰거렸다. 목소리도 떨려 나왔다. 안나는 두 눈과 목에 힘을 바짝 주며 마지막으로 요구했다.

"부탁이니까 이제 이런 짓 그만해요. 제발요. 네?"

그렇게 말한 뒤, 안나는 곧장 물살을 가르며 수영장을 빠져나갔다. 시하는 그저 멍하니 그 뒷모습을 바라보기만 했나. 안나가 낳지 못할 곳으로 멀어지는데도, 차마 손을 뻗어 붙잡을 수 없었다.

"내가⋯⋯."

홀로 남은 그가 멍하니 굳은 채로 중얼거렸다.

"도대체 너한테 뭘 원하는 걸까?"

머릿속이 어지러웠다.

"몰라. 정말 모르겠어."

확실한 건 그가 원하는 것이 더 이상 안나의 꿈만이 아니라는 분명한 사실 하나였다.

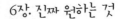

6장. 진짜 원하는 것

　다음 날, 늦게까지 자는 척을 했던 안나는 점심 무렵 시하가 누군가와 전화하는 틈을 타서 몰래 펜트하우스를 빠져나왔다. 서점에 다시 가기 위해서였다. 검정고시 교재는 물기를 말려놓고 보니 너무 쭈글쭈글해서 도저히 사용할 수 없는 상태였다. 시험 날짜가 얼마 남지 않았으니 당장 다시 교재를 구입해야만 했다.

　로비를 빠져나온 안나는 문득 뒤돌아 물끄러미 호텔 꼭대기를 올려다봤다. 아무리 후각이 좋아도 여기선 그의 냄새를 맡을 수가 없는데, 여전히 그의 진한 향기가 코를 간질였다. 어제 하루 종일 그의 코트를 입고 있던 탓에 제 몸에 그의 향기가 밴 것 같았다. 안나는 시하의 냄새를 지우려는 듯 애써 몸을 털었다. 하지만 그럴수록 그의 냄새는 낙인처럼 더욱 짙어졌다.

　'꼭 나랑 가. 주은재 말고, 나랑.'

　그가 했던 말도 마치 바로 지금 귓가에 속삭여지는 것 같았다. 순식간에 안나의 뺨이 붉게 달아올랐다. 뜨끈뜨끈한 뺨에 차가운 손등을 대며 안나는 심각하게 고민했다. 자신이 도대체 왜 이러는지 알 길이 없었다. 오히려 시하에게 서점에 같이 가자고 말하는 편이 훨씬 더 당당해 보인다는 걸 알면서도, 생각처럼 몸이 움직여주질 않았다. 몇 번이나 다시 펜트하우스로 돌아가려고 했지만, 안나는 결국 뒤돌아섰다.

'안 돼…… 무리야. 도저히 지금은 안 되겠어.'

이 상태로는 도무지 시하를 마주 볼 용기가 나지 않았다. 안나는 호텔을 등지고 걷기 시작했다. 서점에 다녀온 후에 시하를 마주쳐도 곤란한 건 마찬가지일 테지만, 일단 눈앞의 난감한 상황만이라도 피하고 싶었다.

탁, 탁, 탁. 마치 도망치듯 안나의 걸음걸이가 빨라지던 그때였다. 퍽! 그녀는 앞에서 마주 걸어오던 누군가를 보지 못하고 그대로 부딪혀 넘어지고 말았다.

"죄송합니다! 세가 딴 네 성신을 팔고 있어서 앞을 보지 못했어요!"

안나는 황급히 사과했다. 상대방이 일어서려는 그녀를 향해 손을 내밀었다. 얼핏 보기에도 분명 남자의 손이었다. 유난히 손가락 마디가 굵고, 바짝 손톱을 깎은 탓에 손끝이 불그스름한 손. 그 손을 보는 순간, 안나는 숨이 턱 막히는 느낌이 들었다.

"괜찮으세요?"

동시에 손의 형태만큼이나 익숙한 목소리가 안나의 귓가에 들려왔다. 단순한 기시감 같이 느껴지진 않았다. 안나는 본능적으로 위험을 느끼고 남자의 손을 뿌리쳤다.

"괜찮습……!"

하지만 안나는 끝까지 말을 이을 수 없었다. 남자가 억지로 안나의 손을 잡아챘기 때문이었다. 그 순간, 머리카락이 쭈뼛 서게 만드는 섬뜩한 감각이 손끝에서 온몸으로 순식간에 퍼져 나갔다. 마치 불길처럼 뜨겁고 고통스러운 감각이었다.

'……윽!'

안나는 본능적으로 비명을 눌러 삼켰다. 지금 이 순간 느끼는 공포심을 절대 들키면 안 된다는 경고가 비상등처럼 머릿속에서 계속 깜빡거리고 있었다. 하지만 고통이 점점 더 심해져서 언제까지 태연한 척을 할 수 있을지 알 수 없었다.

'……숨을 못 쉬겠어.'

이런 식으로 목이 짓눌리는 듯한 공포감을 안나는 매우 잘 알고 있었다. 매일 밤 꿨던 누군가에게 살해당하는 끔찍한 예지몽. 그 꿈속에서 자신의 목을 조르던 손의 감각이 꼭 이러했다. 안나는 숨죽인 채 천천히 고개를 들어 올렸다. 그리고 남자의 얼굴을 똑바로 마주 바라봤다.

"다치셨어요? 안색이 너무 창백한데."

해를 등지고 있어 그늘이 드리워진 남자의 얼굴은 익숙하게 느껴지는 손이나 목소리와는 달리 조금 낯설었다. 혹시 착각을 한 걸까? 하지만 그러기엔 여전히 붙잡고 있는 남자의 손에서 끔찍한 감각이 느껴졌다.

"일어설 수 있겠어요?"

두렵고 당황스러웠지만, 안나는 최대한 남자의 의심을 사지 않기 위해 동요를 숨기며 대답했다.

"네, 일어설 수 있어요, 당연히…… 어, 어라?"

그러나 몸이 말을 듣지를 않았다. 도저히 참기 힘든 어지럼증이 느껴지더니, 곧 눈앞이 뿌옇게 흐려졌다. 조금 전까지 억지로 안나의 손을 잡고 있던 남자는 정작 그녀가 쓰러질 땐 미동조차 없었다. 안나는 그런 와중에도 본능적으로 냄새를 맡으며 상황을 파악하려고 애썼다. 그리고 마침내 주변의 냄새와 섞이지 않는 이질적인 냄새를 희미하게 맡아냈다.

'분명 이 냄새도 전에 맡아본 적 있는 냄새야.'

하지만 그 순간, 안나는 결국 냄새의 정체를 밝혀내지 못한 채 정신을 잃고 말았다. 털썩. 남자는 바닥에 나무토막처럼 쓰러진 안나의 몸을 아주 자연스럽게 들쳐 안으며 속삭였다.

"놀라지 마요, 아가씨."

마치 최면을 걸 듯, 아득한 목소리.

"아주 잠깐만, 꿈을 꾸고 깨어나는 거예요. 그러고 나면 한결 기분이 나아질 거예요."

그 주문 같은 말에 안나의 몸이 한순간 축 늘어졌다.

*

시하는 째깍째깍 숫자 12를 막 넘어가는 짧은 시침을 바라보며 응접실에서 누군가와 통화를 나누고 있었다.

"그렇습니까? 결국 CCTV로도 문찬영을 그렇게 만든 범인이 나라는 걸 사실을 알아내지 못한 거군요."

-네, CCTV에는 전무님의 뒷모습이 잡힌 게 다라고 했습니다. 일이 커지지 않아서 정말 다행입니다.

상대는 윤희였다. 일전에 펜트하우스로 찾아온 찬영을 위협했던 것과 관련해 정숙이 시하를 의심하고 있다고 했다. 시하는 통화 내용에 귀를 기울이면서 동시에 꼭꼭 닫혀 있는 안나의 침실 문을 흘깃 바라봤다. 어제 앞으로는 허락 없이 자기 몸에 손대지 말라는 말을 들은 이후로 한 번도 그녀의 얼굴을 보지 못했다.

아침에는 볼 수 있을 줄 알았는데……. 그 기대감으로 괜히 응접실을 왔다 갔다 하며 흘려보낸 시간이 벌써 반나절이나 되었다. 그동안 안나는 늦잠을 자는 건지, 아니면 늦잠을 자는 척하는 건지 방에서 전혀 나오질 않았다. 여전히 안나의 침실 문에서 눈길을 떼지 못한 채 시하는 말을 이었다.

"아뇨. 일은 커져야 재밌죠. 이번에도 서 지배인이 정보 제공을 하는 게 좋을 것 같습니다. 오정숙 대표에게 문찬영을 그렇게 만든 게 나라고 전하세요."

-네? 전무님, 또 그렇게 무모한 일을…….

윤희가 걱정이 가득 담긴 목소리로 말끝을 흐렸다. 그녀가 무엇을 염려하는지 시하도 모르지 않았다.

아주 달콤한 갈증 233

"이쪽에서 무모하게 굴어야 반대로 저쪽에선 안심을 하겠죠. 그래야 방심을 할 테고요."

-하지만 아무리 그래도 또 저희가 먼저 정보를 넘기는 건 위험하지 않을까요?

"정보를 넘기는 게 아니라 덫을 놓는 겁니다. 오정숙이 내 약점인 줄 알고 손아귀에 틀어쥐었던 것이 알고 보니 본인의 약점인 걸 알았을 때, 그때가 바로 우리에게 반격의 기회가 될 테니까요. 서 지배인도 내 계획을 잘 알지 않습니까? 내 말 믿어요. 다 잘될 테니까."

-물론 저도 전무님 계획은 잘 알고 있습니다. 하지만 지난번에 안나 아가씨 사진을 그쪽에 넘긴 일만으로도 저는 불안해서 잠도 잘 못 자겠습니다. 혹시라도 제가 한 일 때문에 안나 아가씨한테 무슨 일이라도 생기면…….

"그런 걱정은 안 해도 됩니다, 서 지배인. 안나는 내가 지켜요. 반드시."

그 순간, 갑자기 윤희가 침묵했다. 어쩐지 석연치 않은 침묵에 시하가 낮게 가라앉은 목소리로 물었다.

"서 지배인, 설마 지금 내 말을 못 믿는 겁니까?"

-아뇨, 그런 건 아니지만…….

"그런 건 아니지만, 뭡니까?"

너머에서 윤희가 한참을 망설이다 어렵게 대답했다.

-왠지 처음 뵀을 때 전무님께서 안나 아가씨를 대하던 느낌이랑, 지금 느낌이 조금 달라지신 것 같아서요.

윤희의 말에 속으로 뜨끔한 시하가 애써 아닌 척 되물었다.

"그래요? 난 잘 모르겠는데. 뭐가, 달라진 것 같습니까?"

-그땐 분명 안나 아가씨를 오랜만에 보는 여동생 대하는 느낌이었는데, 지금은…….

지금은? 시하가 티 안 나게 침을 꿀꺽 삼키며 이어질 윤희의 말을 기다렸다.

-전무님. 혹시…….

혹시 뭐? 대체 무슨 말을 하려는 거야? 윤희가 망설이는 1초가 시하에겐 마치 1시간처럼 길게 느껴졌다.

-안나 아가씨를 여자로서 좋아하는 건 아니시죠?

쿵! 시하는 심장이 마치 묵직한 돌덩이처럼 떨어져 내리는 기분을 느꼈다. 처음엔 매일 곁에 있는 태주의 눈에만 제 행동이 수상해 보이는 줄 알았더니, 이제는 자주 보지도 않는 윤희마저 이상하게 느낄 정도가 된 것이다.

-아까 안나 아가씨를 지켜주겠다던 전무님 말투가 좀…….

그저 목소리만으로. 말투만으로. 그렇게 쉽게 들킬 만큼 자신이 정신을 못 차리고 있는 건가 싶어 시하는 절로 한숨이 나왔다.

"그럴 리가요. 평소와 똑같았습니다. 분명 서 지배인이 잘못 들은 걸 겁니다."

재빨리 한숨 소리를 수습하며 시하는 일부러 냉정하게 말했다. 그 차가운 태도에 뒤늦게 너머에서 윤희가 안심하는 소리가 들려왔다.

-그렇죠? 아니신 거죠?

그런데 가만히 듣고 있자니 시하는 윤희의 질문이 마음에 들지 않았다. '좋아하세요?'도 아니고 '좋아하는 건 아니시죠?'라니. 마치 자신은 절대 안나를 좋아해서는 안 된다는 말처럼 들려서 기분이 묘하게 나빴다.

"그런데 서 지배인은 내 어디가 그렇게 마음에 들지 않습니까?"

-네? 그게 무슨……?

"꼭 나를 마음에 들지 않는 딸의 남자친구를 대하는 것 같아서 그럽니다."

-아, 아닙니다! 제가 감히 무슨 자격으로요! 그런 게 아니라 그저 안나 아가씨랑 전무님, 못 해도 열 살 이상 나이 차이가 나니까요.

겨우 열 살 차이가 뭐 어때서?

-전 혹 두 분에 관해서 이상한 소문이라도 돌까 봐 노파심에 드린 말이었습니다.

실제로는 150살 차이인 걸 알면 아주 뒷목 잡고 넘어가게 생겼군. 시하가 쌉쓸한 웃음을 꿀꺽 삼키며 침착한 목소리로 말을 이었다.

"서 지배인. 애석하게도 곧 그런 소문이 성운 호텔에 파다하게 퍼질 겁니다."

-네?

"난 그 소문도 이용할 생각이니까요. 안나의 적이 어디 오정숙 대표 하나 겠습니까? 오정숙 대표가 부임한 후 경영 부진이 이어지면서 성운 호텔을 노리는 인간들이 곳곳에 도사리고 있다고 들었습니다."

-그건 사실입니다만…….

"내가 안나의 법적 보호자라는 걸 확실히 밝힐 수 있다면 좋겠지만, 그건 오태영 사장과 나 사이에 단지 구두로밖에 오가지 않은 이야기라 쉽지가 않은 상황입니다."

-네, 이해합니다. 서류로 증명한다고 해도 분명 조작된 거라고 난리를 칠 테니까요.

"그래요. 그러니 지금은 이게 최선입니다. 안나가 내 여자라고 해두면, 일단 그들도 섣불리 모습을 드러내진 못할 겁니다. 숨어서 몸을 사리겠죠. 적어도 내 이름이 그 정도 방패는 되어줄 테니."

-아…….

윤희는 그 부분은 전혀 생각지 못했던 듯 멍한 감탄사를 내뱉었다.

"만약 내가 안나에게 특별한 감정을 가진 것 같아 보여도, 너무 신경 쓰지 말아요."

시하는 그런 윤희를 안심시키듯 말했다.

"다 연기니까."

좋아하는 척. 아니, 좋아하지 않는 척. 과연 어느 쪽이 진짜고 어느 쪽이 가짜일까? 이미 어느 한쪽으로 완전히 기울어진 마음을 시하는 애써 부정하고 또 부정했다.

-저는 정말 전무님만 믿습니다. 우리 불쌍한 안나 아가씨를 반드시 지켜주세요.

윤희의 절절한 진심에 복잡한 기분을 느끼며 시하가 대답했다.

"그러겠습니다. 내 이름이 방패가 되지 못한다면 내 몸을 던져서라도 지켜 주죠. 뭐, 그것도 안나가 내가 자길 만지는 걸 허락해줄 때의 이야기겠지만."

-네? 만지는 걸 허락해줄 때라니요?

"허락은 고사하고 지금으로선 얼굴만이라도 보여주면 좋겠군요."

시하가 윤희와 통화를 하는 건지, 하소연을 하는 건지 알 수 없는 말을 무의식중에 중얼거렸다. 기껏 윤희와의 통화에 집중하는가 싶더니, 결국 안나에 관한 일로 머릿속이 꽉 차고 만 것이다.

그는 생각할수록 억울했다. 백번 양보해서 제가 그동안 했던 짓이 있기에 손노 못 내게 하는 건 이해하지만, 아예 얼굴까지 안 보여주는 건 너무한 처사 같았다. 아무리 그래도 자신은 지금 그녀의 법적 보호자가 아닌가. 시하가 뒤돌아 다시 안나의 침실 문을 노려봤다.

"서 지배인, 그럼 난 일이 있어서 이만 먼저 전화를 끊어야겠습니다. 내가 지시한 대로 잘 처리해주세요."

-잠깐만요, 전무님! 방금 한 말이 무슨 뜻인가요? 안나 아가씨랑 무슨 일이 있으셨던 거죠? 전무님? 차시하 전무님!

시하는 다급한 윤희의 외침을 무시하고 곧바로 전화를 끊었다. 그러곤 안나의 침실을 향해 저벅저벅 걸어갔다. 그는 노크도 없이 곧장 문을 열어젖혔다. 벌컥! 문이 열리자마자 수상한 바람이 휘이이잉 불어 들었다.

"……하!"

방 안을 본 시하의 입에서 실소가 터져 나왔다. 안나는 그곳에 없었다. 텅 빈 방 안에는 그가 안나에게 전날 억지로 입혀준 코트가 아무렇게나 벗어진 채 놓여 있을 뿐이었다.

"기어코 나 몰래 빠져나갔군. 도둑고양이처럼."

그녀는 펜트하우스 뒤쪽에 마련된 작은 정원을 통해 몰래 빠져나간 듯했다. 펄럭펄럭, 열린 창문 너머 실려 오는 바람에 커튼만이 나풀거렸다.

얼마 전까지 안나가 이곳에 있었다는 사실을 증명하듯, 그녀 특유의 달콤한 향기가 방 안에 가득했다. 후읍. 시하는 방 안에 남아 있는 안나의 체취를 한껏 들이마셨다. 이내 그의 능력이 발동되며 두 눈이 푸르게 빛나기 시작했다. 이제 안나가 있는 곳이 어디든 그는 순식간에 그곳으로 이동할 수 있었다.

"뛰어봤자 벼룩이지, 오안나."

시하가 방금 전 안나가 열고 달아난 창문을 통해 마찬가지로 빠져나갔다. 그러곤 곧장 날개를 펼쳐 수영장 위로 솟구치듯 날아올랐다. 곧이어 수영장 푸른 물속으로 그의 몸이 한순간에 빨려 들어갔다. 그렇게 차원 이동을 한 곳에서 시하는 조금도 예상치 못한 상황과 맞닥뜨렸다.

"오안나?"

안나가 차가운 길바닥에 쓰러져 있었다.

"오안나!"

시하는 피가 싸늘하게 식는 아찔한 기분을 느꼈다. 태주가 소환해주지 않으면 다시 호텔로 돌아갈 수도 없어 그는 가장 가까운 병원으로 안나를 안고 미친 듯이 뛰었다. 인간들의 눈을 의식하느라 날개마저도 펼 수 없었다. 초조함에 피가 식는 정도가 아니라 아예 바짝바짝 메말라버릴 것 같은 절망감이 전신을 온통 휘감았다.

그때야 그는 그토록 부정하고 모른 척하려 애썼던 자신의 마음을 확실히 깨달았다. 태주가 말한 이미 시작해버렸다는 감정이 무엇인지. 왜 주은재만 보면 질투로 미쳐버릴 것 같았는지. 안나가 제게 거리를 두는 게 어째서 그렇게 화가 났는지. 자신이 진짜로 원하는 것이 무엇인지. 결국 다 알아버리고 말았다.

*

"으음……."

안나는 치료가 끝나고 나서도 한참 후에야 정신을 차렸다. 눈을 깜빡이며 시야를 가늠하던 그녀가 돌연 눈을 휘둥그레 떴다. 그러곤 믿기지 않는다는 듯 다시 수차례 눈을 깜빡였다.

시하가 자신을 내려다보고 있었다. 혹시 꿈을 꾸고 있는 건 아닐까? 그를 피해서 몰래 펜트하우스를 빠져나왔는데, 이렇게 얼굴을 마주하고 있을 리가 없었다. 안나는 두 눈을 세게 비비고 다시 앞을 바라봤다. 하지만 어김없이 시하가 눈앞에 있었다. 심지어 코앞까지 얼굴을 들이밀고 있는 탓에 그의 섬세한 표정 하나하나까지 낱낱이 눈에 들어올 정도였다.

시하는 이제껏 한 번도 보여준 적 없는 굉장히 다급하고 절박한 표정을 짓고 있었다. 만약 이 모든 게 꿈이라면 이해가 갔다. 항상 느긋하고, 여유만만하고, 재수 없을 정도로 태연하던 악마가 전혀 어울리지 않는 저런 표정을 짓고 있는 이 상황이…… 안나가 참 괴상한 꿈이다 싶어 피식 웃고 만 순간이었다.

"웃어?"

느닷없이 시린 목소리가 귓전에 매섭게 날아들었다.

"지금 웃음이 나와?"

꿈인 줄 알았는데 시하의 목소리가 너무나 생생했다. 안나는 이 순간이 꿈인지 아닌지 확인하기 위해 스스로 볼을 세게 꼬집었다.

"아야!"

아팠다. 눈물 나게 아팠다. 단번에 정신이 번쩍 돌아온 안나는 시하와 눈이 정면으로 마주치자 기함했다. 눈앞에 있는 건 진짜 차시하였다. 꿈이 아니라.

"차, 차시하 씨가 여긴 어떻게? 난 분명 몰래……!"

"그래! 몰래 도둑고양이처럼 날 피해 달아났지!"

시하는 불같이 화를 냈다. 싸늘하고 축축해진 주변 공기가 그의 분노를 여실히 증명하고 있었다.

"달아나다니요? 오해예요. 난 그냥 얼른 몰래 책만 사서 돌아오려고…….
앗!"

황망한 표정으로 변명을 쏟아내는 안나를 시하가 와락 껴안았다. 도저히
주체할 수가 없었다. 안나의 심장 소리를 느껴야지만 이 애끓는 마음을 진
정시킬 수 있을 것 같았다.

오안나. 오안나. 오안나! 차마 말할 수 없는 마음이 흘러넘쳐서 그는 부드
러운 머리카락에 입술을 묻고 더 꽉 안나를 끌어안았다. 부러질 것 같은 가
는 허리를 바짝 당겨 밀착시키고, 작고 여린 몸을 빈틈 하나 없을 정도로 부
둥켜안았다. 그런데도 이상하게 끝없이 갈증을 느꼈다.

어떻게 하면 이 갈증을 해소할 수 있을까? 더 이상 가까이 닿을 수도 없
고, 깊이 끌어안을 수도 없는데. 도대체 뭘 어떡해야 하는 거지? 그때, 한참
을 멍하니 굳어 있던 안나가 이내 그의 품 안에서 발버둥 쳤다.

"이봐요, 차시하 씨! 내가 이렇게 함부로 나 만지지 말라 그랬죠?"

온몸을 비틀어대며 빠져나가려는 안나를 시하는 더 깊숙이 끌어당겨 안
았다. 달콤한 안나의 체취가 피부로 직접 스며들었다. 기절해 있는 동안 악
몽을 꿨는지, 안나의 몸 여기저기에 달콤한 꿈의 흔적이 덕지덕지 묻어 있
었다. 시하는 허겁지겁 그 찌꺼기를 들이마셨다. 하지만 아무리 안나의 꿈
을 먹어도 이 애타는 갈증은 해소되지 않았다. 오히려 더욱더 극심해질 뿐
이었다. 전혀 통하지 않는 반항에 지친 안나가 힘없이 늘어지며 말했다.

"내가 말했죠. 계약은 반드시 지켜요. 내 꿈, 얼마든지 먹게 해줄 테니까
이런 식으로 사람 괴롭히지 마요, 제발."

틀렸다. 오해였다. 이 심장이 타들어가는 듯한 감각은…… 확 돌아버릴
것 같은 이 기분은…… 안나의 꿈을 아무리 먹어도 결코 해갈되지 않을 갈
증이었다. 시하가 결 좋은 머리카락에 묻었던 입술을 미끄러뜨려 안나의 귓
가로 내려갔다.

"오안나. 나……."

그러곤 불긋불긋 달아오른 귀여운 귓등을 입술로 살짝 물고 늘어지며 속 삭였다.

"이젠 네 꿈 말고 다른 게 먹고 싶어졌어."

안나의 귀가 금세 데워졌다. 도저히 참을 수 없는 지독히도 달콤한 갈증에 시하의 숨결이 뜨겁게 달아올랐다. 할짝. 시하가 귀를 핥는 느낌에 안나는 몸을 부르르 떨었다. 귓바퀴를 타고 미끄러지는 혀에 그녀가 반사적으로 시하의 가슴을 밀어냈다.

"미쳤어요?"

"뭐가?"

"내가 내 몸 함부로 만지지 말라 그랬죠? 귀는 왜 핥아요? 내 귀가 사탕이에요?"

시하는 안나가 벌린 간격을 아무렇지 않게 다시 좁히며 속삭였다.

"사탕보다 네가 더 달아."

맙소사. 정신을 잃고 쓰러진 건 자신인데, 아무래도 머리가 어떻게 된 건 차시하인 모양이었다.

"꿈만 달콤한 줄 알았더니, 살결까지 미치게 다네."

야하디야한 그 말에 안나의 얼굴이 새빨갛게 달아올랐다. 시하의 입술이 닿았던 귀가 생크림처럼 흐물흐물 녹아내리는 것만 같았다. 안나가 울 것 같은 얼굴로 시하에게 말했다.

"도대체 나한테 왜 이래요?"

당신은 이런 달콤한 말을 할 수 있는 남자가 아니잖아. 잔인하고 냉정한 악마잖아.

"그냥 계약대로만 해요. 계약대로 당신은 내가 원하는 걸 들어주고, 나는 당신한테 그 대가로 꿈을 주면 되잖아요. 그거면 되는 거잖아요."

그러니까 제발 이러지 마. 자꾸 날 흔들지 말란 말이야. 하지만 시하는 야속하게도 안나의 바람을 이뤄주지 않았다.

"말했잖아. 네 꿈 말고 다른 게 먹고 싶어졌다고."

"다른 거라니, 도대체 뭐가 먹고 싶은 건데요?"

"……."

"말을 해요. 그래야 나도 계약을 어떻게 바꿀지 판단을 해보죠."

"……너."

충격적인 대답에 안나의 모든 움직임이 굳었다. 동공조차도 굳어버린 안나가 눈도 깜빡이지 못한 채 시하를 올려다봤다.

"그게 무슨? 당신 지금 무슨 말을 하고 있는 건지 알아요?"

"어. 너무 잘 알아."

시하가 안나에게 확인사살을 하듯 한 번 더 또박또박 말했다.

"나는 오안나 너를 먹고 싶어."

안나는 차라리 다시 기절하고 싶은 심정이었다. 정신없는 응급실 한복판에서 이런 야하디야한 고백을 듣게 될 거라곤 상상도 하지 못했다. 이글거리는 시하의 눈빛을 계속 똑바로 보고 있을 수 없어 안나가 다시 이불 속으로 파고든 순간이었다.

"오안나 환자분 맞으시죠?"

구세주처럼 응급실 의사가 다가와 말을 걸었다. 안나는 부리나케 시하의 가슴을 밀어내며 외쳤다.

"네! 제가 오안나예요!"

*

의사는 안나의 팔에 링거를 하나 매달고 갔다. 충격적인 고백을 들었음에도 불구하고, 안나는 그 직후 기절하듯 잠들어버렸다. 혹시 몰라 추가로 몇 가지 검사를 더 받을 예정이었다. 원래 몽유병을 앓는 데다 갑자기 쓰러진 원인을 제대로 알아내기 위해서였다.

잠든 안나를 응급실에서 2인실로 옮긴 후, 입원 수속을 하기 위해 시하는 병실을 빠져나왔다. 그는 문을 닫고 나와 벽에 몸을 기댄 채 잠시 굳은 듯 움직이질 않았다. 170년을 살았어도 느껴보지 못했던 감정들을 하루 만에 전부 느낀 듯했다.

누군가를 잃을까 봐 불안하고 초조해서 죽을 것 같았던 기분. 다시 품에 안은 누군가에게 마지막인 것처럼 진심을 고백하는 마음. 몽마로 살면서 몸으로는 수없이 많은 여자를 안았어도, 단 한 번도 한 여자를 가슴에 품어본 적 없기에 느낄 수도 없었던 그 다채로운 감정을 모조리 알아버린 것이다.

덕분에 물에 젖은 솜을 온몸에 잔뜩 두르고 있는 것처럼 정신이 몽롱했다. 잘 단련해온 근육까지 뻐근했다. 단순히 감정 소모라고 생각했던 것은 의외로 체력적으로도 고단한 것이었다. 벽에 기댄 그의 몸이 스르르 무너져 내렸다. 무릎을 굽힐 힘마저도 남아 있지 않아 긴 다리를 쭉 뻗고 멍하니 천장을 올려다봤다. 이내 서서히 그의 입가에 희미하게 미소가 번졌다.

'나는 오안나 너를 먹고 싶어.'

그 한마디에 빨갛게 익어가던 안나의 두 뺨이 떠올랐다. 햇살에 무르익은 과실처럼 탐스러운 모습. 은은하게 달아오른 열기에 향기마저 더욱 달콤해져서, 안나는 존재만으로도 자꾸만 깊숙한 곳에 숨어 있는 시하의 본능을 자극했다. 사탕과는 비교도 안 될 만큼 달았던 살결. 그는 정말로 안나를 베어 물고 싶다고 생각했다. 안나의 몸 구석구석, 어느 하나 맛있지 않은 곳이 없을 것 같았다.

동시에 또 한 번 확실하게 깨달았다. 자신이 진짜 원하는 게 무엇인지. 꿈이 아니라 오안나 그 자체가 먹고 싶어진 자기 자신을 깨달은 그가 난감한 표정으로 웃었다.

"이래서야 6개월씩이나 대체 어떻게 기다리지?"

자꾸만 애가 탔다. 그날을 상상만 해도 머릿속이 새하얘지는 것 같았다.

그러나 막상 그날이 와도 문제였다. 안나는 이제 겨우 스무 살이었다. 몽마는 보다 더 인간의 꿈을 잘 흡수하기 위해 은밀하고도 야릇한 신체적인 접촉을 하는 악마였다. 그렇다면 과연 안나에게도 다른 여자들에게 했듯이 아무렇지 않게 살결을 어루만지고 밀어를 속삭이며 더 많은 꿈을 빼앗을 수 있을까? 아니, 그럴 수 없었다. 안나가 저의 욕심에 다치는 걸 상상만 해도 고통스러운 기분이 밀려들었다.

그 반대의 경우도 고민스럽긴 마찬가지였다. 이렇게 그녀를 간절히 원하게 됐는데. 오롯이 꿈만을 먹고 오안나에겐 손 하나 까딱하지 않을 수 있을까? 스스로에게 수십 번을 물어도 시하는 대답할 수 없었다.

처음 계약을 할 때만 해도 자신의 마음이 이렇게 변하리란 걸 조금도 예상하지 못했다. 그래서 이런 걱정 따위도 하지 않았다. 하지만 지금은 안나가 다른 여자들처럼 제 밑에 쓰러져 있는 상상만 해도 숨이 가빠왔다. 제 품에서 흐트러지고 녹아내릴 안나의 모습이 자꾸만 뇌리에 맺혀 감당하기 힘들었다.

"큭……."

문득 기침 같은 웃음이 그의 잇새를 비집고 터져 나왔다. 자신이 곤란하고 말고를 떠나, 안나가 다른 여자들처럼 제게 매달리고 안달 난 것처럼 행동할 리가 없지 않은가. 어쩌면 그녀는 숨결 한 조각을 내어주며 간신히 죽지 않을 만큼만 꿈을 먹게 해줄지도 몰랐다. 그 우스꽝스러운 모습을 상상하며 시하가 한숨을 길게 내쉬었다. 조그마한 인간 여자애 하나 때문에 이런 말도 안 되는 고민을 하게 될 줄이야. 체면을 완전히 구긴 상상에 시하가 바닥에 주저앉아 허탈한 웃음만 짓고 있던 바로 그때였다.

"시하."

복도에 그의 이름이 낮게 울려 퍼졌다. 천천히 고개를 들어 올리자 한 남자가 어느새 코앞까지 다가와 있었다. 남자는 금테 안경을 쓰고, 하얀 가운을 입고 있는데도 단정해 보이기는커녕 색기가 줄줄 흘러넘쳤다.

"⋯⋯유현 형?"

시하의 입에서 흘러나온 형이라는 호칭에 남자가 입가에 희미한 미소를 띠었다.

"오랜만이다."

"형이 여길 어떻게?"

"여기 내 병원인 거, 그새 잊었어?"

유현의 말에 뒤늦게 이곳이 어디인지를 깨달은 시하가 멋쩍은 표정을 지으며 일어섰다. 미래병원. 이곳은 이복형 유현이 원장으로 있는 병원이었다.

"그랬지, 참. 내가 워낙 정신이 없어서 여기가 어딘지도 살피질 못했네."

"언뜻 봐도 정신이 하나도 없어 보이더라. 근데 의외야. 네가 스위트 노트를 찾았다는 소식은 들었지만, 이렇게 꼼짝 못 하고 있는 모습은 예상 밖이라."

"꼬, 꼼짝 못 하긴 무슨. 애가 갑자기 쓰러져서 당황한 것뿐이야."

"스위트 노트가 몸이 약한가 보지?"

"어, 좀. 그나저나 형은 대체 언제부터 여기 와 있었어?"

"내가 담당하는 외래 환자가 응급실로 내원했다기에 내려왔다가⋯⋯."

"설마 응급실에서부터 따라온 거야?"

"응. 본의 아니게 다 봐버렸네."

그러니까 꿈이 아니라 널 먹고 싶다고 했던 그 야릇한 고백까지 다 들었다는 뜻이었다. 왜 유현이 꼼짝 못 한다는 표현을 썼는지 이제야 이해한 시하가 창피함에 마른세수를 했다. 동시에 불길한 생각이 뇌리를 스치고 지나간 순간, 유현이 묘한 표정으로 그를 불렀다.

"시하야."

"어?"

유현의 얼굴에서 동생을 바라보던 다정한 표정이 순식간에 인간을 사냥하는 몽마의 잔인하고 냉정한 표정으로 바뀌었다.

"우리는 스위트 노트에게 본능적으로 끌리게 되어 있어. 초반에는 그 본능을 좋아하는 감정으로 착각하는 경우도 많고."

시하는 차마 대답하지 못하고 고개만 살짝 끄덕였다.

"잘 알고 있겠지만, 그 본능에 너무 휩쓸리지 않는 게 좋아. 스위트 노트는 단지 먹이에 불과하니까."

유현의 말을 들으며 시하는 속으로는 계속 고개를 저었다. 단순히 먹이에 끌리는 본능이라면, 꿈을 먹을 때 안나를 다치지 않게 지켜주고 싶은 마음 같은 건 들지 않을 터였다. 그녀와 밤을 보내는 상상을 하는 것만으로 심장이 이렇게 터질 것 같지도 않을 것이다.

하지만 시하는 상대가 유현인지라 침묵했다. 유현은 스위트 노트가 더욱더 달콤한 꿈을 꾸게 하기 위해, 스위트 노트의 인생을 불행하게 만드는 행위를 서슴지 않는 비정한 형제였다. 그의 스위트 노트인 라희를 문득 떠올린 시하가 안나만큼은 절대 그렇게 만들고 싶지 않다는 생각에 주먹을 꽉 움켜쥐었다. 핏줄이 일어선 시하의 손을 미묘한 눈길로 바라본 유현이 어깨를 으쓱하며 물었다.

"그나저나 네 스위트 노트, 나이가 아직 스무 살밖에 안 됐던데. 부모님은 안 계셔?"

"알잖아. 스위트 노트들 대부분 달콤한 체향 덕분에 불행한 인생을 사는 거. 부모님 두 분 다 돌아가셨어."

"역시. 그럼 지금은 너랑 같이 지내?"

"어? 어."

"어디서?"

"성운 호텔에서."

시하의 대답에 유현이 눈썹 끝을 치켜세우며 되물었다.

"이제 다시 호텔에 드나들 수 있게 된 거야?"

계약자의 배신으로 호텔에 드나들 수 없게 된 시하의 사정은 유현도 잘 알고 있었다. 제 스위트 노트의 꿈이라도 먹을 수 있도록 도와주려 했지만, 자존심이 강한 시하는 유현의 제안을 단칼에 거부했다. 그렇게 연락조차 없이 지낸 지 자그마치 1년이었다. 그런데 그사이 다시 성운 호텔에서 지내고 있다니.

"완전히는 아니고, 안에서 누군가 날 소환해주면."

"대체 언제부터?"

"얼마 안 됐어."

덤덤한 대답에 유현이 짧게 한숨을 내쉬며 시하의 어깨를 손으로 짚었다.

"시하야, 우리 그동안 너무 소원하게 지냈나 보다. 소식을 전혀 몰랐네."

형제의 다정한 말에 시하도 부드럽게 동조했다.

"그러게. 그동안 내가 형한테 무심했다."

"나도 마찬가지였지. 기왕 말 나온 거 다음 주에 다 같이 보자."

"다 같이?"

"성재랑 정우랑도 못 본 지 오래됐지?"

"응."

"잘됐네. 이참에 네가 드디어 스위트 노트를 찾은 걸 축하하는 의미로 모이는 거지. 가볍게 파티나 하자. 준비는 내가 할게."

시하는 그동안 번번이 형제들의 모임에 불참했던 기억을 떠올리며 말없이 고개를 끄덕였다. 더 이상 유현의 제안을 거절하기 어려웠다. 그 모습에 유현이 활짝 웃으며 팔꿈치로 시하의 허리춤을 아프지 않게 쳤다.

"이제 차시하 얼굴 자주 볼 수 있겠네."

상냥한 미소였다. 형제를 대할 때의 유현은 스위트 노트를 대할 때의 잔악한 모습은 전혀 상상도 할 수 없을 만큼 다정했다. 시하가 또다시 머릿속에 떠오른 라희의 모습을 애써 털어내며 손을 내밀었다.

"만나서 반가웠어. 난 이제 안나 입원 수속도 해야 하고, 담당 의사도 만나야 해서 가봐야 할 것 같아."

유현이 시하의 손을 마주 잡으며 물었다.

"담당 의사가 누구야? 내가 특별히 잘 봐달라고 말해둘게."

"괜찮아. 그렇게까지 할 필요 없어."

"어허. 오랜만에 형 노릇 좀 하게 해주라."

장난스럽지만 진심이 가득한 유현의 성화에 시하는 결국 담당 의사의 이름을 말했다.

"강해우 전문의라고. 알아?"

유현이 반가운 얼굴로 고개를 끄덕였다.

"그럼, 잘 알지. 우리 과에서 가장 실력 좋은 의사야. 따로 내가 부탁할 필요도 없겠다. 환자가 최우선인 의사거든."

시하는 유현의 말에 안심했다. 실력이 좋다 하니, 안나의 몽유병도 깨끗이 치료해줄 수 있지 않을까 하는 기대감이 들었다. 순식간에 조바심이 가득 들어찬 시하의 표정에 유현이 눈치껏 등을 떠밀었다.

"인사가 너무 길어졌다. 바쁠 텐데 얼른 가봐."

"응. 형, 내가 나중에 연락할게."

시하가 서둘러 뒤돌아섰다. 그런 시하의 뒷모습을 어두운 복도 끝에서 유현이 한참 동안 바라보고 서 있었다.

*

입원 수속을 마친 시하는 곧바로 담당 의사 강해우의 진료실을 찾았다. 안나의 검사 결과를 듣기 위해서였다. 하지만 진료실 안은 비어 있었다. 간호사는 그에게 담당 의사가 조금 늦을 거라고 전했다.

어느새 창밖에 짙은 땅거미가 내려앉고 있었다. 주인 없는 진료실 안에는 독특한 냄새가 부유했다. 묘하게 거슬리는 냄새였다. 시하가 저도 모르게 집중해서 냄새를 맡으려는 순간, 급하게 진료실 안으로 강해우가 뛰어들어 왔다.

시하는 처방을 듣기 전, 그에게 그동안 안나가 겪은 일들에 관해 간략하게나마 설명했다. 그가 안나를 좀 더 제대로 치료해주었으면 하는 마음에 설명은 생각보다 길어졌다. 시하의 이야기를 꼼꼼히 들은 해우가 차분히 입을 열었다.

"대부분의 몽유병 환자들에게 특별한 치료는 필요하지 않습니다."

어쩐지 석연치 않은 말이었다. 대부분의 환자라니. 문득 그 말이 안나는 예외라는 뜻 같다고 생각했을 때, 해우가 정확히 시하의 예상대로 말을 덧붙였다.

"하지만 오안나 씨처럼 몽유병이 단순한 스트레스나 육체적 피로감에 의해서가 아니라 트라우마에 의해 발발된 경우, 게다가 일상생활에까지 지장을 주는 특수한 경우에는 약물치료가 필요하기도 합니다."

안나의 병세가 일반적인 환자에 비해 특수하다는 진단을 들은 시하는 암담한 기분이었다. 그럼에도 불구하고 그는 일말의 희망을 가지고 물었다.

"약물치료를 받으면 확실히 호전될 수 있는 건가요?"

"약물은 보조 개념이라고 보시면 됩니다. 무엇보다 환자가 스트레스를 받지 않는 환경이 중요하죠. 퇴원 후 집으로 돌아갔을 때, 환자가 수면을 취하는 데 방해가 될 요소들은 모두 제거해주시는 게 좋습니다."

이전에는 어땠을지 몰라도 최근 들어 오안나의 스트레스 요인 중 가장 큰 지분을 차지하는 건 바로 자신이었다. 시하는 난감한 표정으로 대답을 얼버무렸다. 자신이 안나 곁에서 사라질 수는 없는 노릇이었으니까. 이젠 절대 그럴 생각도 없었고. 그 찰나의 모습을 힐긋 바라본 해우는 컴퓨터로 처방전을 빠르게 작성해 내려갔다.

"처방한 약은 절대 빼놓지 말고 꼭 먹도록 해주시고요. 잠들기 전에 최대한 자극을 받지 않도록 주의해주세요."

"알겠습니다."

"퇴원은 내일 점심에 하는 거로 하겠습니다. 한동안은 이대로 일상생활을 해 나가면서 경과를 지켜보도록 하죠."

고개를 끄덕인 시하는 착잡한 심정으로 진료실을 빠져나왔다. 안나의 병세가 생각보다 심각하다는 사실은 그에게도 제법 충격이었다. 그가 무거운 발걸음으로 처방이 내려진 약을 받으러 갈 때였다. 안나의 병실 앞을 지나치는데, 달갑지 않은 존재가 눈에 띄었다.

"주은재."

운동화로 툭툭 바닥을 차던 은재가 제 이름을 부르는 마뜩잖은 목소리에 천천히 고개를 들어 올렸다. 눈이 마주치자 시하가 사납게 물었다.

"여긴 어떻게 알고 온 거야?"

은재는 매서운 시하의 기세에도 눈 하나 깜짝하지 않았다. 그는 시하의 앞으로 바짝 다가가 더 가까이에서 눈을 마주쳤다. 평소의 서글서글한 눈빛은 온데간데없이 은재의 눈빛은 집요했다. 마치 시하를 낱낱이 해부하는 것처럼 예민하고 날카로운 눈빛이었다. 지지 않으려고 그 눈빛을 고스란히 마주하고 있던 결국 시하가 참지 못하고 입을 연 순간이었다.

"뭐야, 너?"

"차시하 씨."

"그래, 말해!"

"당신, 인간이 아니지?"

순간, 전혀 예상하지 못한 질문이 은재의 입에서 흘러나왔다. 시하의 얼굴 근육이 당혹감으로 전부 풀어졌다. 도저히 믿기지 않는 말에 시하는 잠깐 사이 완전히 갈라진 목소리로 되물었다.

"뭐? 주은재 너, 방금…… 뭐라고……?"

"다시 물을까요?"

비릿한 웃음을 입가에 머금은 은재가 이번에는 더욱 단도직입적으로 물었다.

"당신, 몽마지?"

시하는 당혹감에 창백해진 얼굴을 거칠게 쓸어내리며 이내 더없이 서늘하게 물었다.

"주은재. 대체 어떻게 내 정체를 안 거지?"

그의 눈동자에는 의문이 한가득 담겨 있었다. 주은재는 어떻게 자신이 악마라는 비밀을 알고 있는 걸까? 동시에 시하는 그 사실보다 은재의 목소리에 잔뜩 서린 적대감이 더욱 의심스러웠다.

"추측하기 어렵지 않았어."

은재는 빙빙 돌리지 않고 대답했다.

"내 어머니도 몽마와 계약을 했었거든."

아아. 이제야 알겠다. 은재가 가진 적대감의 이유를 깨달은 시하가 일부러 눈을 푸르게 빛냈다.

"다 알면서 겁도 없이 날 찾아온 건가?"

어두운 병원 복도를 감싼 공기가 금세 싸늘하게 젖어들었다. 축축해진 공기에서 진하고 불쾌한 냄새가 풍기기 시작했다. 그 냄새는 곧 폐부를 쥐어짜는 것처럼 강렬해졌다. 마치 수천 개의 가시가 내장을 찌르는 듯한 고통이 엄습했다. 이렇게 노골적으로 악마의 힘을 드러낸 것은 명백한 위협이었다. 은재는 주먹을 꾹 움켜쥐며 고통스러운 목소리로 물었다.

"차시하 당신, 그런 식으로 안나도 협박해서 계약하게 만든 거야?"

시하는 자비 없는 표정을 지으며 되물었다.

"그것도 추측?"

"맞아. 아무리 생각해도 당신이 안나를 그냥 도와줄 것 같지는 않거든. 윽! 안나 사정을 이용해서 계약한 거 맞지?"

은재가 고통에 찬 신음을 애써 짓씹어 삼켰다. 그는 지금 분명 제대로 서 있기도 힘들 만큼 숨이 막힐 터였다. 깊고 차가운 바닷속에 빠진 듯 온몸이 따끔거리는 통증 역시 상당할 터였다. 그런데도 은재의 눈빛은 변함없이 생생했다. 자신보다 안나를 더 위하고 생각하는 그의 마음이 오롯이 시하에게도 전해졌다. 그래서 더 마음에 들지 않았다. 시하는 가소로운 듯 코웃음을 치며 대답했다.

"분명히 말하지만, 계약을 먼저 원한 건 오안나였어."

"그럴 리가 없어!"

"넌 죽어도 모를 거야. 오안나가 얼마나 절망적이었는지. 얼마나 끔찍한 삶을 살고 있었는지."

은재가 결국 고통을 참지 못하고 바닥에 한쪽 무릎을 굽히고 주저앉았다. 그 와중에도 그는 시하에게 질문을 계속했다.

"대체…… 안나한테 무슨 일이 있었던 거야?"

"부모님이 죽고 오안나는 유산을 가로채려는 고모에 의해 족쇄에 묶인 채 갇혀 지냈어. 매일 발버둥 치느라 발목에는 상처가 끊이질 않았지."

시하의 강한 힘에도 꿈쩍 않던 은재가 안나의 과거를 듣고서 처참하게 얼굴을 일그러뜨렸다. 항상 검은색 스타킹을 신고 있던 안나의 모습이 불현듯 눈에 어른거렸다. 설마 그런 아픈 이유 때문일 거라고 꿈에도 생각지 못했다. 무너지는 은재의 모습을 내려다보며 시하는 그 순간 쐐기를 박았다.

"악마와 계약을 해서라도 그 끔찍한 감옥에서 벗어나고 싶었던 거겠지. 그래서 스스로 날 선택한 거야, 오안나는."

은재는 너무도 참혹한 진실 앞에 애써 부정했다.

"거짓말하지 마! 그랬다면 안나가 나한테 말하지 않았을 리 없어!"

"자만하지 마. 그때 너는 안나 곁에 없었잖아."

시하의 말대로였다. 그때 자신은 조향사의 꿈을 이루기 위해 머나먼 타국

땅에서 살아가고 있었다. 더는 오지 않는 안나의 편지에도 아무 일 없을 거라고, 6개월 후면 안나 곁으로 갈 수 있다고 멋대로 변명하고 판단했다. 그 시간 동안 안나가 그토록 끔찍하고 고통스러운 일을 겪고 있는 줄 꿈에도 모른 채.

"그런 너한테 이제 와서 안나를 지켜줄 자격 같은 건 없어."

더 이상은 부정할 수도 없었다.

"그래도 너무 걱정하지 마. 안나는 이제부터 내가 지켜줄 테니까."

하지만 이대로 안나를 저 악마의 손아귀에 놔둘 수도 없었다. 은재는 후회의 눈물이 흘러내린 얼굴을 사납게 닦아내며 말했다.

"시끄러워. 사석이 넓어노 내가 지킬 거야."

고통으로 얼룩진 목소리는 단호했다. 그리고 시하는 절대 모르는 어떤 확신을 가득 담고 있었다. 은재는 꿋꿋하게 일어서며 말을 이었다.

"당신은 아무것도 몰라."

"내가 뭘, 모른다는 거지?"

그 분명한 태도에 시하가 마뜩잖은 기색으로 되물었다.

"차시하 당신 곁에 있으면 안나는 위험해질 거야."

이건 그가 무슨 짓을 해도 바뀌지 않는 진실이었다. 차시하도, 안나도, 절대 모르는 저주받은 운명이기도 했다. 그러니 이 아픈 진실과 잔인한 운명이 낱낱이 밝혀지기 전에 제 손으로 그 모든 걸 막아내겠다고 은재는 결심했다.

"내 말 명심해. 안나를 지키고 싶다면, 지금이라도 놔줘. 나중에 후회하지 말고."

그 말을 끝으로 은재의 눈길이 병실에 난 조그만 창으로 향했다. 너머에 고단한 기색으로 잠들어 있는 안나가 보였다. 은재가 손을 뻗어 안나의 머리카락을 쓸어내리듯 허공을 더듬었다.

'조금만 참아, 안나야. 절대 널 그 불행한 운명 속으로 휘말리게 하지 않

을 테니까.'

은재는 미련 없이 뒤돌아섰다. 한동안 시하가 그 뒷모습을 주먹을 꽉 움켜쥔 채로 싸늘하게 지켜보고 있었다.

*

미래병원 원장실.

"어디 갔다 오나 봐요? 꽤 오래 기다렸는데."

유현이 시하를 만나고 돌아왔을 때, 한 여자가 그의 의자에 앉아 있었다. 민라희. 그의 스위트 노트였다.

짧은 치마 아래로 드러난 매끈한 다리가 보는 것만으로도 아찔했다. 업무를 보거나, 논문을 쓰거나, 환자들의 차트를 보는 게 전부인 고지식한 책상. 그 책상과는 썩 어울리지 않는 느낌이었으나, 유현은 그 이질적인 모습이 무척 마음에 들었다.

게다가 원장실 가득 풍기는 라희 특유의 향기. 달콤하면서도 쌉싸름한 초콜릿 향기는 곧장 유현의 본능을 뜨겁게 달구었다. 위험하게 입맛을 다시던 유현이 이윽고 저벅저벅 걸어가 거침없이 라희를 일으켜 세웠다.

"앗!"

그러곤 비워진 의자에 무너지듯 앉으며 라희를 제 무릎에 앉혔다. 끼익끼익, 압력을 받은 의자에서 거친 소음이 울려 퍼졌다. 그 틈으로 나른한 숨소리가 길게 터져 나왔다.

"하아……."

라희가 유현의 가슴에 기댄 채 뜨거운 숨을 몰아쉬었다. 앞으로 일어날 일은 어렵지 않게 예상할 수 있었다. 유현이 목까지 꽉 채워진 드레스셔츠 단추를 하나둘 풀기 시작했다. 마지막 단추까지 다 풀어내고서 라희가 입고 있던 두툼한 코트 역시 성마른 손길로 벗겨냈다. 스르륵, 코트가 바닥으로 떨어지고 풍만한 여체의 굴곡을 한껏 살려주는 타이트한 원피스가 그대로 드러났다.

유현은 눈으로 라희의 몸을 더듬다 한순간 손을 그녀의 등 뒤로 뻗었다. 나른한 손길이 허리선을 문지르다 꽉 움켜쥐었다. 자극을 견디지 못한 라희가 열에 달뜬 이마를 유현의 헐벗은 어깨 위에 기댔다. 지독한 희열이 순식간에 의식을 하얗게 덮쳐왔다. 동시에 온몸의 피가 한순간에 전부 빠져나가는 듯한 공허감이 전신을 덮쳤다.

번번이 이런 식이었다. 백 마디의 차가운 말. 천 번의 시린 눈빛. 그 후에 찾아오는 단 한 번의 뜨거운 손길. 이것이 그가 자신에게 촘촘히 드리우는 거미줄임을 알면서도 라희는 도저히 거부할 수가 없었다.

"유현."

라희는 신음하듯 유현의 이름을 애달피 불렀다.

"유현 씨."

나의 불행.

나의 구원.

나의 주인.

라희는 가물가물해지는 의식 속에서 거듭 유현의 얼굴을 보고 또 바라봤다. 지금으로부터 13년 전. 그녀를 불행의 구렁텅이에서 건져내 더 큰 불행 속으로 밀어 넣은 잔악한 악마. 그가 더 달콤한 꿈을 먹기 위해 끊임없이 자신을 상처 주고, 결국엔 나락까지 떨어뜨릴 걸 알면서도 라희는 끝까지 미련했다.

"유현 씨……."

꿈을 한계치 이상으로 빼앗겼는지 머릿속이 빙글빙글 돌았다. 조금만 더 꿈을 빼앗겨도 위험한 상태였다.

"유…… 현……."

하지만 라희가 할 수 있는 건 고작 그의 이름을 부르는 게 전부였다. 언제

나 그랬듯, 거친 반항은 일절 하지 않았다. 그가 원한다면 이대로 꿈을 전부 빼앗겨 죽어도 할 수 없었다. 죽음이 바로 코앞까지 덮쳐온 그 겨를에도 라희는 단 하나만 생각했다.

'버림받고 싶지 않아.'

그녀의 바람은 오직 그 하나뿐이었다.

'제발 날 버리지 말아요.'

구슬픈 소원을 되뇌며 결국 그녀는 까무룩 정신을 잃고 말았다.

*

이런. 언제 또 잠이 들었는지 모르겠다. 안나는 몽롱한 의식을 깨우며 억지로 몸을 일으켰다.

'그러고 보니 갑자기 이상야릇한 고백을 받는 바람에 쓰러진 이유도 말하지 못했네.'

낯설면서도 익숙한, 어딘가 꺼림칙했던 남자. 그와 닿았던 자신의 손을 무심결에 바라본 안나가 무조건반사처럼 밀려드는 공포심에 몸을 웅크렸다. 식은땀이 등줄기를 타고 미끄러졌다. 땀이 식으면서 한기가 밀려들었다. 안나가 이불을 뒤집어쓴 채로 오들오들 몸을 떨던 그때였다.

"어디 아파요?"

분명 텅 비어 있었던 옆 침대에서 예쁜 목소리가 들려왔다.

"누, 누구세요?"

안나가 벽에 등을 바짝 붙이고 뒤로 물러났다. 그런데 옆 침대에는 이런 식으로 나쁜 놈 대하듯 경계하기엔 너무도 아름다운 여자가 누워 있었다. 천천히 몸을 일으킨 여자가 붉게 칠한 입술을 우아하게 끌어 올리며 물었다.

"그 반응, 진짜?"

"네? 뭐, 뭐가요?"

"세상에, 정말 날 몰라요?"

마치 천연기념물을 보듯 자신을 신기하게 여기는 눈빛에 안나가 당황했는지 빠르게 눈을 깜빡였다. 그 모습에 여자가 귀엽다는 듯 설핏 웃음을 터뜨렸다.

"가엾게. 그렇게 당황하면 내가 미안하잖아요."

"죄, 죄송해요."

"뭐가 죄송해요. 잘못한 건 도리어 난데. 그러네. 나 모르는 사람도 대한민국에 있을 수 있는데, 내가 너무 신기해했다. 기분 상했다면 미안해요."

안나는 자기도 모르게 고개를 끄덕이다가 이내 다시 고개를 저었다. 여자는 침대에서 내려와 안나의 앞에 똑바로 서서 자신을 소개했다.

"내 이름은 민라희예요. 직업은 배우."

아아. 안나는 여자가 왜 자신을 당연히 알아볼 거라고 생각했는지 뒤늦게 이유를 알아차리고 빤히 그녀의 얼굴을 쳐다봤다. 최근 1년 사이에 활동을 시작한 신인이 아니라면 분명 누군지 모르진 않을 거다. 1년 전에는 안나도 친구들과 어젯밤 본 드라마 이야기에 호들갑을 떨며 수다를 나누던 평범한 여고생이었으니까. 한참을 뚫어져라 라희를 쳐다보던 안나가 멍하니 입을 벌렸다.

"설마 '13월의 첫사랑'에서 여주인공 역할을 맡았던 그 민라희?"

"어머, 나 아네?"

라희가 진심으로 기쁜 듯 활짝 웃었다.

"혹시 내 이미지가 너무 달라서 못 알아본 거였어요?"

안나는 세차게 고개를 끄덕였다. 못 알아보는 게 당연했다. 청순미의 대명사였던 민라희가 이렇게 변했는데!

"내가 사랑하는 남자가 이런 쪽이 취향이라서 평소에는 이러고 다니거든. 게다가 최근에 방영 시작한 드라마 콘셉트도 못된 재벌녀라."

"사랑하는 남자?"

안나는 스캔들에 엄격한 여배우가 아무렇지 않게 연인을 언급하는 모습이 그저 의아하기만 했다. 그런 안나를 라희가 그럴 줄 알았다는 시선으로 바라봤다.

"최근에 내 스캔들 때문에 한바탕 난리가 났는데, 역시 그것도 전혀 모르는 눈치네."

"죄송해요. 최근에는 바깥소식을 통 듣지를 못해서."

삽시간에 그늘이 드리워진 안나의 얼굴을 본 라희가 손을 살살 흔들었다.

"죄송해할 일 아니래도."

이렇게 어린 나이의 여자애가 바깥소식을 통 듣지 못했다니. 불행한 사연을 가졌을 거라 절로 짐작이 되었기 때문이다. 찰나에 우울한 눈빛을 지었던 라희는 이내 언제 그랬냐는 듯 여지없이 화사하게 웃으며 물었다.

"그나저나 우리 귀여운 아가씨 이름은?"

"아, 오안나예요."

"어머나. 얼굴만큼 이름도 예쁘네. 우리 이렇게 만난 것도 인연인데, 앞으로 친하게 지내요."

라희가 손을 내밀었다. 하지만 안나는 선뜻 라희의 손을 붙잡을 수 없었다. 그저 같은 병실을 우연히 쓰게 된 것뿐인데, 배우라는 직업을 가진 사람이 이렇게 허물없이 다가오는 것이 쉽게 이해가 가지 않았다. 눈치 빠른 라희는 안나의 생각을 곧장 읽어냈다. 그녀는 머뭇거리는 안나의 손을 재빨리 마주 잡아 끌어당겼다.

"너무 경계하지 마요. 내가 안나 씨랑 친해지고 싶은 이유는 다른 게 아니라……."

그러곤 천천히 귓가에 다가가 속삭였다.

"우리가 같은 스위트 노트이기 때문이니까."

순간, 안나의 눈이 이제까지와는 비교도 할 수 없을 만큼 커다래졌다. 잠시 충격으로 굳어 있던 안나가 이내 속사포처럼 물었다.

"정말 당신도 스위트 노트예요? 어떤 몽마의 스위트 노트인데요? 혹시 민라희 씨도 몽마한테 꿈을 먹게 해준 적이 있어요?"

"궁금한 게 참 많은 아가씨네. 그렇지만 우리 앞으로 얘기 나눌 기회는 얼마든지 있으니까 나중에 천천히 하기로 하고. 지금 급한 건 이거 같은데?"

라희는 상냥하게 속삭이며 안나를 다시 침대에 눕혔다. 그러곤 엉켜서 약이 제대로 주입되지 못하는 링거를 말끔히 정리해주고, 바늘을 고정하는 테이프가 떨어진 것도 침착하게 매만져주었다.

"내가 들어올 때부터 링거 맞고 있었는데 속도가 느리게 들어가네. 자세가 편하지 않아서 그럴 거예요. 그러니까 지금부턴 편하게 누워 있어요."

그 손길이 마치 엄마처럼 다정해서 거짓말처럼 졸음이 쏟아졌다.

"그래요, 눈 감고 푹 자요."

그렇게 안나는 또다시 깊은 잠에 빠져들었다.

*

"네가 왜 거기서 나와?"

은재를 마주친 후, 약을 타서 안나의 병실로 돌아온 시하가 라희를 보고 놀라 물었다. 살살 문을 닫다가 이내 시하를 발견한 라희가 어깨를 으쓱이며 대답했다.

"여기에서 나오는 이유가 그거 말고 더 있어?"

라희의 말에 시하가 아차 싶은 듯 입술을 살짝 깨물었다. 또 유현이 라희의 꿈을 지나치게 먹어 치운 게 분명했다. 유현은 종종 스위트 노트가 정신을 잃을 때까지 꿈을 먹고, 페르소나 향수를 이용해 치료하고는 했다. 적당히 꿈을 먹고 모자라는 꿈은 페르소나 향수로 흡수하는 반대의 경우도 가능했지만, 유현은 한 번도 그런 적이 없었다. 스위트 노트와 관계를 가지며 꿈을 흡수하는 쪽이 훨씬 더 큰 쾌락을 가져다주기 때문이었다. 그 대가로 스위트 노트는 수명을 갉아먹히는데도 유현은 아랑곳하지 않았다.

한순간의 쾌락과 스위트 노트의 목숨, 둘 중 유현에게 더 중요한 것은 명백히 전자였다. 유현에게 라희는 말 그대로 먹이에 불과했다. 진심으로 유현을 사랑하는 라희는 덤덤한 척해도 화려한 눈가에 눈물이 반짝이며 고여 있었다. 그 눈물을 애써 모른 척하며 시하는 말꼬리를 돌렸다.

"안나는, 만났어?"

라희가 눈매를 기름하게 모으며 시하를 쳐다봤다. 시하가 뚜벅뚜벅 옮기던 걸음을 멈추고 본능적으로 등을 뒤로 뺐다.

"왜?"

"아니. 스위트 노트 이름을 무지 다정하게 불러서. 유현 씨도 날 그렇게 불러주면 좋을 텐데."

"그냥 이름 좀 부른 거 가지고 뭘 그렇게 오버해?"

"오버 아니거든. 목소리에서 꿀이 뚝뚝 떨어지던데?"

민망했는지 다급히 병실로 들어가려는 시하의 앞을 탁 가로막으며 라희가 기습적으로 물었다.

"혹시 좋아하니?"

"뭐?"

"당신 스위트 노트."

시하는 당황해서 기침이 나오려는 걸 억지로 참았다. 안나를 향한 마음을 부정하려는 게 아니라 그저 황당한 것뿐이었다. 매일 보는 태주, 가끔 보는 윤희에 이어 1년 만에 본 라희에게까지 제 마음을 단번에 들킨 상황이 어처구니가 없어 웃음이 났다. 동시에 그렇게 쉽게 들키는 마음을 오안나만 죽어라 계약 때문이라고 우기고 있는 상황이 씁쓸하기도 했다. 복잡해 보이는 시하의 모습에 라희가 무의식중에 중얼거렸다.

"잘됐으면 좋겠다."

"어?"

"우리 스위트 노트들, 불쌍하잖아. 나처럼 아무리 사랑해도 그저 먹이 취급밖에 못 받는 스위트 노트도 있고. 겨우 첫날밤 치르고 소박맞고 사는 스위트 노트도 있고. 사랑을 주고 싶어도 받을 줄 모르는 스위트 노트도 있고."

몽마를 만나기 전에도 불행했던 스위트 노트들은 몽마를 만난 후에도 여전히 불행한 삶을 살았다. 그럼에도 불구하고 그들은 행복을 꿈꿨다. 그래서 그토록 달콤한 꿈을 꿀 수 있는 것이었다.

"그러니까 우리 중 하나쯤은 제대로 사랑을 했으면 좋겠어. 대리만족이라도 하게."

"민라희."

"시하 씨가 저 귀여운 아가씨랑 해줘. 난 평생 못 해볼 테니까. 둘이 하는 사랑 같은 거."

라희의 표정이 더없이 쓸쓸했다.

*

촤아악! 시하가 커튼을 걷어내자 병실 가득 햇빛이 쏟아져 들어왔다. 햇살은 사르르 뻗어 나가 고요히 잠들어 있는 안나의 눈두덩 위로도 내려앉았다. 간지러운지 속눈썹을 움찔거리던 안나가 한순간 벌떡 몸을 일으켰다.

"뭐야? 나 설마 또 잠들었던 거예요?"

안나가 도무지 믿기지 않는지 자신이 정말 잠들었던 것이 맞나 손으로 얼굴을 더듬었다. 그러고도 모자라 협탁 위에 놓인 휴대전화를 집어 들어 거듭 시간을 확인했다. 하지만 몇 번을 확인해도 상황은 달라지지 않았다.

"와, 진짜로 지금이 아침 10시란 말이야? 나 도대체 몇 시간을 잔 거예요?"

"글쎄. 내가 왔을 땐 이미 넌 자고 있어서."

커튼을 다 걷고 안나의 곁으로 걸어온 시하가 시계를 바라보며 대답했다.

"내가 병실에 들어온 게 아마 자정쯤이었던 것 같은데."

맙소사. 그렇다면 꼬박 열 시간 이상을 잤다는 소리였다. 거기에 그 전에도 분명 두 번을 더 기절하듯 잠이 들었었다. 종합해보면 길에서 낯선 남자를 만나 쓰러진 걸 포함하면 불과 이틀 사이에 세 번 잠이 든 것이었다. 그것도 누가 업어 가도 모를 정도로 아주 깊이.

몽유병 증상이 나타날까 봐 잠드는 걸 극도로 경계하는 게 버릇이 돼버린 안나로선 상상도 못 할 일이었다. 게다가 세 번 모두 기절하듯 잠든 타이밍이 너무나 이상했다. 길에서 갑자기 수상한 남자를 마주친 직후. 시하에게서 널 먹고 싶다는 고백을 들은 직후. 민라희에게서 자신도 스위트 노트라는 이야기를 들은 직후.

하나같이 도저히 그냥은 잠이 들 것 같은 타이밍이 아니었다. 오히려 충격을 받아 잠이 확 달아났으면 모를까. 안나는 턱에 엄지와 검지를 가져다 댄 채 고민에 빠졌다. 혹시 그 수상한 남자와 접촉하면서 몸에 무슨 변화가 생긴 것은 아닐까? 그녀가 불안한 목소리로 시하에게 말했다.

"진짜 이상해요, 나. 어제부터 틈만 나면 잠드는 게. 원래 잠 잘 못 잔단 말이에요. 수면제도 소용없었는데……."

시하가 안나가 팔에 꽂고 있는 링거를 가리키며 대꾸했다.

"걱정할 필요 없어. 이 약 때문이니까."

"약?"

"담당 의사가 그러는데 멀쩡하게 활동하다가 갑자기 몽유병 증상이 나타나는 경우는 일반적이지 않대. 그래서 당분간은 약물치료를 병행하기로 했어."

안나는 시하의 말에 의뭉스러운 표정을 애써 숨겼다. 아무래도 그는 자신이 몰래 펜트하우스를 빠져나간 정황을 몽유병 때문으로 오해하고 있는 듯

했다. 그래서 아직 혼자서 교재를 사러 나간 것을 혼내지 않고 있었던 거였다.

길에서 만난, 자신을 죽이려는 살인자일지도 모를 수상한 남자. 그 남자에 관해서 시하에게 숨길 생각은 추호도 없었지만, 안나는 일단 침묵을 택했다. 혼날 때 혼나더라도 절 감싸줄 착한 태주 씨가 있는 펜트하우스에서 혼나고 싶었다. 그래서 시하의 오해를 정정해주는 것은 나중으로 미루고 어설프게 그의 말에 대꾸했다.

"그, 그래요?"

"어. 이 약 때문에 평소보다 훨씬 숙면을 취할 수 있을 거라던데. 하지만 너무 오래 자는 것도 좋지 않다고 해서 일부러 깨웠어. 기분은 좀 어때? 괜찮아?"

"그러고 보니 몸 상태는 확실히 좋아진 것 같긴 한데……."

안나는 정말로 예전보다 몸 상태가 한결 개운해진 것 같았다. 늘 긴장한 자세로 얕은 잠을 자느라 뻐근했던 목과 어깨도 훨씬 부드러웠다. 시하가 침대 끝에 걸터앉으며 안나의 머리통을 손가락으로 살짝 밀었다.

"당연하지. 정신과 분야에선 실력 있기로 소문난 의사가 직접 진찰해서 내린 처방이니까 틀림없이 더 좋아질 거야. 그러니까 돌아가서도 빼먹지 말고 약 꼭 먹어."

"네. 여러모로 신경 써줘서 고마워요."

평소였다면 안나는 시하가 이렇게 다정하게 구는 것을 의심하고 경계했겠지만, 지금은 달랐다. 안나가 시하에게 이 순간 전하는 고맙다는 말은 진심이었다. 그녀 역시 늘 몽유병을 제대로 치료하고 싶었다. 고모 집에 갇히기 전까지만 해도 스스로 유명한 병원을 알아보고 정기적으로 치료를 받았을 정도였다.

그러다 고모에 의해 감금당한 후로 그 모든 게 소용없어져버렸다. 몽유병은 날이 갈수록 더 심해져만 갔다. 잠옷 차림에 맨발로 낯선 곳에서 정신을 차릴 때마다 안나는 말로는 설명할 수 없는 끔찍하고 참담한 기분을 느끼곤 했었다. 그러니 시하가 제 치료를 도와주는 것에는 솔직하게 고마움을 표시하고 싶었다.

"진심이에요. 내 병을 치료하는 것까진 계약에 없는데 도와줘서 고마워요."

하지만 시하는 그런 안나의 마음에 가차 없이 찬물을 끼얹었다.

"별로 고마울 거 없어. 일단은 네가 건강해져야 잡아먹든 말든 할 거 같아서 도와주는 거니까."

또! 또 그 소리였다. 세상에서 가장 야한 고백. 이제는 뭘 먹는다는 소리만 들어도 귀부터 화끈거렸다.

"말했잖아. 내가 진짜 원하는 건 네 꿈이 아니라 바로 너야."

그가 이번엔 먹고 싶다는 말이 아니라, 절 원한다고 말했다. 심장이 미친 듯이 뛰어댔다. 안나는 또다시 멋대로 떨리기 시작한 심장을 들키지 않으려고 애써 표정을 굳혔다. 어색해진 그녀의 표정에 시하의 표정은 더욱 짓궂어졌다.

"오안나 너, 설마 내가 먹고 싶다고 한 말의 의미를 그대로 식인(食人)의 의미로 받아들인 건 아니겠지?"

"아, 아니거든요?"

"근데 왜 그렇게 겁을 잔뜩 집어먹고 있어?"

시하는 제 말 한마디에 또다시 뻣뻣하게 굳어버린 안나를 보며 피식 웃었다. 저런 귀여운 표정을 보면 더 놀리고 싶어지는 걸 모르는 모양이었다. 욕구를 이기지 못하고 시하는 더욱 짓궂게 안나를 몰아붙였다.

"6개월 뒤, 계약대로 반드시 널 내 여자로 만들 거야. 그리고 그때가 오면 나는 널 단순히 먹이로서만 대하진 않을 거야. 말했다시피 꿈 말고 오안나 자체가 먹고 싶어졌으니까."

장난 속에 담아 전하는 이 말은 더할 나위 없는 그의 진심이었다.

"그러니까 기대해. 우리의 첫날밤."

*

해우는 벽 뒤에 몸을 숨긴 채, 문에 난 조그만 유리창으로 병실 안을 훔쳐보고 있었다. 시하가 안나에게 링거를 가리키며 무슨 말인가를 전하는 모습이 보였다. 안에서 나는 소리는 들리지 않았지만, 눈으로 보기엔 둘 다 약의 정체에 대해서 전혀 의심하지 않는 것 같았다.

'들키지 않아서 다행이군.'

수염을 깎은 지 얼마 되지 않아 파르스름한 턱을 매만지며 해우는 속으로 생각했다. 저 약을 꾸준히 먹으면 한동안은 정말로 잠도 더 잘 자고 몽유병 증상도 완화되는 것처럼 느껴질 터였다. 하지만 그것은 일종의 연막이었다. 안나의 몸에 계속 쌓인 약 성분은 다시 예전처럼 그녀의 잠든 몸을 지배하게 될 것이다.

그때처럼. 오정숙의 집에 갇혀 족쇄에 묶여 지내던 그 시절처럼. 해우는 며칠 전, 오정숙의 사무실에 찾아가 나눴던 대화 내용을 머릿속에 떠올렸다.

'일전에 추진했던 일, 다시 진행해.'

잔인하고 끔찍한 그 일이 다시금 시작되려 하고 있었다. 해우는 얼마 전까지 오정숙의 지시로 감금된 오안나에게 수면 중에 보행을 하거나 음식을 먹거나 하는 이상 행동을 유발시키는 약을 먹였었다. 그리고 약에 의해 안나에게 의도된 몽유병 증상이 나타날 때마다 오정숙은 일부러 족쇄를 풀어주었다. 어린 조카가 길바닥에 나가 교통사고를 당하든 강도를 당하든 비명횡사라도 하길 바라며.

그런 식으로 그녀는 온갖 죄를 저질러놓고도 마지막 죄만큼은 끝내 저지르지 않았다. 제 손으로 목숨을 거두는 짓만은 결코 하지 않았던 것이다. 자신이 살 구멍 하나만큼은 기가 막히게 만들어두는 여자였다. 밤중에 뛰쳐나가는 조카를 2층 창가에서 내려다보던 오정숙의 간악한 눈빛이 해우의 뇌리에 여전히 선명했다.

"하아……."

해우의 목구멍에서 깊은 한숨이 새어 나왔다. 불쌍한 소녀가 피투성이 맨발로 지옥을 빠져나갔기에 이제 다 끝인 줄만 알았는데. 오정숙은 이번에는 소녀의 구원자에게 누명을 씌워 자신의 사리사욕을 채우려 했다. 과연 이번에는 그녀의 뜻대로 모든 일이 흘러갈지…….

한참을 병실 안을 지켜보던 해우의 눈이 가늘어졌다. 이미 오정숙의 예상과는 다른 변수가 생겨난 듯싶었다. 얼굴이 빨개진 안나를 더없이 사랑스러운 눈으로 바라보는 시하의 모습. 아무래도 저자에게 쉽게 누명을 씌울 수 있을 것 같아 보이지는 않았다. 예상외로 다정해 보이는 둘의 모습을 오래도록 바라보다 해우는 자리를 떠났다.

*

퇴원 시간이 다가와 시하와 안나는 태주에게 소환될 준비를 서둘렀다.

"참, 나 어제 나랑 같은 스위트 노트라고 말하는 사람을 만났어요."

안나가 깜빡 잊고 있었던 이야기를 꺼냈다.

"혹시 배우 민라희라고 알아요?"

"어, 알아."

빠뜨린 약이 없는지 꼼꼼히 챙기며 시하가 대답했다. 망설임 없이 튀어나온 그의 대답에 안나가 되물었다.

"그 사람, 진짜 스위트 노트가 맞아요?"

"맞아. 내 형의 스위트 노트야."

"형?"

"정확하게는 이복형. 참고로 이 병원 원장."

어쩐지 복잡해 보이는 가정사에 안나는 냉큼 입을 다물었다. 듣고 나면 왠지 감당이 안 될 것 같아서였다. 악마도 인간만큼 핏줄에 얽힌 이야기가 복잡한 걸까? 호기심이 일면서도 동시에 차시하의 일에 깊숙이 관여하는 것이 두려웠다. 시도 때도 없이 먹고 싶다는 고백을 해대는 바람에 긴장을 늦출 수 없는데, 그에게 괜한 동정심까지 가지고 싶지 않았다. 그럼 정말 차시하에게서 영영 벗어날 수가 없을 것 같았다. 그때, 시하가 무심히 한마디 던졌다.

"참, 말이 나와서 말인데 형이 조만간 형제들 모임 마련할 거래."

"차시하 씨 형제늘 모임이요?"

"어."

"그거 내가 꼭 참석해야 하는 자리는 아닌 거죠?"

"글쎄. 내가 스위트 노트를 찾은 걸 축하하는 기념도 겸해서 모이자고 했으니까 너도 일단 생각은 하고 있어."

안나가 두려워하고 열심히 벽을 세우는 것을 아는지 모르는지, 시하는 자신의 세계에 아무렇지 않게 그녀를 끌어들이려 하고 있었다. 안나는 애써 부담스러운 내색을 하지 않으며 말꼬리를 돌렸다.

"그나저나 배우 민라희가 정말 스위트 노트인 줄 알았으면 전화번호라도 받아두는 건데. 주변에 아는 스위트 노트 하나쯤 있으면 좋잖아요."

진심이 반, 분위기를 바꾸기 위한 농담이 반이었다. 하지만 싱거운 농담에도 시하의 분위기가 왠지 모르게 심각했다. 그의 시선은 휴대전화를 만지작거리는 안나의 손을 뚫어져라 향하고 있었다. 한시도 휴대전화에서 시선을 떼지 않은 채, 그가 입을 열었다.

"아까부터 신경 쓰였는데, 그건 대체 어디서 난 거야?"

돌연 시하의 눈매가 날카로워졌다.

"나 몰래 샀어?"

안나는 심장이 쿵 하고 내려앉는 느낌에 저도 모르게 숨을 들이켰다. 방심한 나머지 시하의 눈앞에서 은재가 선물한 휴대전화를 무방비하게 드러내고 만 것이었다. 그 상태로 숨죽인 채 둘러댈 말을 고민하고 있는데, 예리한 시하의 추리가 이어졌다.

"아닌데. 그럴 겨를이 도저히 없었을 텐데."

허를 찌르듯, 시하의 날카로운 눈빛이 안나를 똑바로 향했다.

"태주가 나한테 묻지도 않고 너한테 휴대전화를 사다 줬을 리도 없고. 서지배인은 내가 꿈에서 조작한 이상의 행동은 더 안 할 테고."

점점 포위망을 좁혀오는 그의 추리에 안나의 눈동자가 갈피를 잃고 거세게 흔들렸다. 그 동요를 눈치챈 시하가 순식간에 결론을 내렸다.

"그렇다면 그걸 너한테 주는 게 가능한 사람이 한 명뿐이네."

그러곤 범인의 이름을 살벌하게 내뱉었다.

"주은재."

은재의 이름을 말하며 시하의 표정이 더없이 사나워졌다. 안나의 몽유병을 치료하는 일만 생각하느라 어제저녁 나타나 알 수 없는 말을 잔뜩 지껄이고 간 주은재를 잠시 잊고 있었다. 시하는 은재가 했던 말을 불현듯 떠올리며 이를 꽉 사리물었다.

'차시하 당신 곁에 있으면 안나는 위험해질 거야.'

'안나를 지키고 싶다면, 지금이라도 놔줘. 나중에 후회하지 말고.'

내 곁에 있으면 위험해진다니? 내가 후회할 거라니? 전부 다 말도 안 되는 개소리였다. 은재가 한 말은 분명 백 퍼센트 진실이 아닐 터였다. 제게서 안나를 떨어뜨려놓기 위해 허무맹랑하게 지껄인 말이 확실했다.

그런데 왜 이렇게 그 말이 신경 쓰이는지 알 수 없는 노릇이었다. 자꾸만 석연치 않은 기분이 머릿속을 지배했다. 그러나 이내 그는 복잡한 머릿속을 털어내듯 머리카락을 흐트러뜨리며 은재의 생각을 지워냈다. 그러곤 얌전히 침대 위에 앉아 있는 안나의 손을 무작정 잡아끌었다.

"따라와."

미처 대비를 못 한 안나가 고꾸라지듯 침대에서 내려오며 물었다.

"어딜 가는 거예요? 우리 여기서 태주 씨 소환 기다리는 거 아니었어요?"

"소환되기 전에 잠깐 들릴 곳이 생겼어. 시간 없으니까 빨리 가야 해."

시하는 비틀거리는 안나의 손을 더 단단히 그러쥐었다. 행여 그녀를 놓칠세라 간격을 바짝 좁힌 채 곧장 어디론가 향했다.

*

"내가 못 살아."

휴대전화 매장을 나서며 안나가 푸념했다.

"우리 방금 완전 호갱님이었던 거 알아요?"

질투심에 눈이 멀어 시하는 기어코 안나에게 휴대전화를 새로 사줬다. 매장에 들어가자마자 시하가 직원에게 요구한 조건은 단 하나였다.

'무조건 이거보다 비싸고 좋은 거로.'

파리만 날리던 매장에 통큰 호갱님이 납시니 직원의 눈이 번쩍 뜨였다. 직원은 잔뜩 신이 나서 가장 비싼 기종에 가장 비싼 요금제를 시하에게 들이밀었다.

'정말로 이것보다 비싸고 좋은 게 확실합니까?'

'그럼요, 그럼요. 이게 최신에 나온 것 중에 가장 사양도 좋고 인기도 많아요.'

시하는 다시 한 번 완벽한 호갱님 질문을 던지곤, 매우 훌륭하게 직원의 낚싯대에 낚였다. 그는 열심히 고개를 끄덕이는 직원이 내민 계약서를 두말없이 작성하기 시작했다. 그 결과가 바로 안나가 지금 양손에 쥐고 있는 두 대의 휴대전화였다. 안나는 땅이 꺼져라 한숨을 크게 내쉬었다. 정말이지

이 호구 악마를 어쩌면 좋을지 알 수 없었다.

"차시하 씨, 내 말 듣고 있어요? 우리 방금 완전히 바가지 썼다니까요?"

"몰라, 그런 거. 아무튼 이게 이거보다 훨씬 더 좋은 거야."

이 망할 악마. 제 말은 하나도 듣고 있지 않았다. 그저 은재보다 비싸고 좋은 휴대전화를 선물했다는 것에 심하게 뿌듯해하고 있는 중이었다.

"더 좋건 말건 나는 정말 휴대전화 두 개씩이나 필요 없거든요?"

"그래? 그럼 이걸 버리면 되지."

시하가 한 치의 망설임도 없이 은재가 선물을 폰을 빼앗아 들더니, 정말로 집어 던지려고 했다. 안나가 기겁하며 그의 손에 매달렸다.

"스톱! 그렇다고 멀쩡한 휴대전화를 버리면 어떡해요? 상식적으로 생각했을 때 방금 산 휴대전화를 환불하는 게 맞잖아요."

시하가 눈썹 끝을 날카롭게 올리며 물었다.

"주은재 선물은 받으면서 내가 주는 선물은 못 받겠다는 거야?"

"아니, 내 말은 그런 게 아니라……."

"오안나 너, 앞으로 주은재한테서 뭔가 받으려면 나한테도 똑같이 받아. 아니, 두 배, 세 배 더 좋은 거로 받아. 물론, 선물은 나한테만 받으면 더 좋고."

안나가 진심으로 난감한 표정을 지었다. 시하의 질투가 나날이 심해지고 있었다. 이제는 계약 때문이라는 핑계도 대지 못할 만큼 그의 질투는 지나치게 노골적이었다. 잠시 고민하던 안나는 두 눈을 질끈 감고 물었다.

"차, 차시하 씨, 그렇게 내가 좋아요?"

최대한 오만하고 건방지게. 이렇게 대놓고 물으면 자존심이 상해서라도 그가 아니라는 대답을 해올 거란 희망에서였다. 그래, 잘 모르겠다고 대답했던 그때 서점에서처럼. 하지만 안나의 기대는 무참히 배신당했다.

"어. 좋아."

더할 나위 없이 단도직입적인 고백. 한 치의 틈도 없이 간단명료한 고백이 귓가를 파고들었다.

"네가 좋다고."

천하의 차시하가 자존심도 다 내려놓고서 하는 고백이었다. 그 바람에 온몸에 힘이 풀려 안나는 손에 쥔 휴대전화를 떨어트릴 뻔했다. 양손에서 미끄러지는 휴대전화를 잡기 위해 안나가 허둥대며 허공에서 손을 휘저었다. 착, 착. 두 대의 휴대전화를 대신 모두 받아낸 시하가 그대로 손을 뻗어 안나의 허리를 감싸 안았다.

그의 팔 안에 갇혀 꼼짝없이 눈이 마주쳤다. 뜨거운 숨이 끼얹어진 얼굴이 하릴없이 달아올랐다. 시하가 일부러 짓궂게 휴대전화 모서리로 허리에 은근한 자극을 줬다. 안나는 저도 모르게 이를 악물며 몸을 부르르 떨었다. 그사이 안나에게 바짝 얼굴을 들이민 시하가 그녀의 귓가에 한 번 더 속삭였다.

"제대로 들었어? 나 너 좋아한다고, 오안나."

"……."

"왜 아무 말이 없어? 내 말 못 들었어?"

시하가 손등으로 안나의 뺨을 톡톡 두드리며 물었다. 하지만 안나는 충격으로 굳어서 그의 말에 대답할 정신 같은 건 없었다.

'진짜로 저 악마가 날 좋아한다고?'

예전이었으면 거짓말하지 말라고 펄쩍 뛰었을 테고, 얼마 전이었다면 그런 마음은 날 좋아하는 게 아니라고 설득이라도 했을 거다. 그런데 지금의 고백은 거짓말도 아니고, 헷갈려 하는 여지조차도 없었다.

'정말? 정말로 날……?'

"한 번 더 말해줘? 내가 오안나 너……."

"들었어요, 들었어! 완전 똑똑히 들었어요!"

안나는 급하게 시하의 입을 틀어막았다. 한 번 더 대놓고 좋아한다는 말을 들었다간 심장마비가 올 것 같았다. 시하가 부드럽게 미소 지으며 다정하게 물었다.

"들었어?"

"······네에."

기어들어가는 목소리로 대답한 안나는 차마 시하의 눈을 볼 수 없어 고개를 푹 숙였다. 그러나 그녀는 1초 만에 다시 고개를 번쩍 들 수밖에 없었다. 시하가 좋아한다는 말보다 더 기함할 소리를 해온 탓이었다.

"그럼 키스해도 돼?"

"무, 무슨? 어떻게 하면 이야기가 그렇게 흘러가는 거예요?"

안나의 정색에 시하가 뭘 그리 놀라느냐는 듯 어깨를 으쓱이며 대꾸했다.

"원래 고백 다음엔 키스가 순서 아닌가?"

"그, 그거야 여자도 남자를 좋아할 때 그런 거죠!"

"그런 거야?"

"그런 거예요!"

어쩐지 이 남자랑은 그냥 말을 하는 것만으로도 숨이 벅찼다. 안나는 목구멍까지 차오른 숨을 힘겹게 토해냈다. 자꾸만 고개를 숙이는 안나가 신경 쓰였는지 시하가 휴대전화를 쥔 손을 그녀의 두 뺨에 대고 억지로 들어 올렸다.

"오안나."

"왜, 왜요?

"그럼 넌 나 언제 좋아할래?"

안나는 이게 복싱이었다면 자신은 이미 KO패를 당했을 거고, 야구였다면 만루 홈런을 맞았을 거라고 생각했다. 하지만 그녀는 여전히 팽팽한 경기를 하는 척 대꾸했다.

"내, 내가 예전에 말 안 했어요? 난 절대로 차시하 씨한테 반하지 않을 거라고."

"나도 그때 말하지 않았나? 내가 누구를 좋아할 때는 상대도 날 좋아하게 만들 자신이 있어서라고."

"흥. 누구 말이 맞는지는 시간이 지나면 알게 되겠죠."

시하가 꽉 붙잡고 있어서 더는 시선을 피할 수도 없게 된 안나는 최대한 눈을 작게 떴다. 그렇게라도 시하의 눈길을 피하고 싶어서였다. 하지만 이번에도 1초 만에 안나의 눈을 더 커질 수 없을 만큼 커지고 말았다.

"아, 빨리 키스하고 싶은데."

아무래도 이 악마가 미쳤나 보다.

"어차피 나 좋아하게 될 거 지금 당장 좋아해주면 안 되나?"

아니, 미친 게 분명했다!

"싫어? 그럼 내일은?"

"무슨 사람 마음이 주문만 하면 뚝딱 바뀌는 줄 알아요? 차라리 내 꿈에 들어가서 조작이라도 하지 그래요?"

안나가 정신이 없어서 아무렇게나 쏟아낸 말에 시하가 돌연 화색을 띠며 되물었다.

"진짜 그럴까?"

"와. 내가 진짜 무슨 말을 못 해. 어디 내 꿈 조작하기만 해봐요! 확 정강이를 걷어차 줄 테니까!"

"조작만 안 하면 꿈에 들어가서 키스하는 건 괜찮아? 그냥 개꿈이라고 생각하면 되잖아."

이 남자가 무슨 키스 한 번 못 해보고 죽은 귀신이라도 붙었나! 왜 이렇게 질척질척대?

"잘 생각해. 악마가 이 정도 매너 있게 부탁하는 거, 쉬운 거 아니야."

"나 참, 어이가 없어서. 이게 무슨 매너예요?"

더는 시하에게 말리기 싫어서 안나가 그의 가슴을 밀어내려던 때였다. 안나의 표정이 일순 확 굳었다. 돌연 시하의 눈동자 색깔이 푸르게 변한 것이다. 안나는 저 의미를 너무나 잘 알고 있었다.

"이봐요, 차시하 씨. 정말 나 좋아하는 거 맞아요?"

시하의 표정이 불만스럽게 변했다.

"이렇게까지 대놓고 말했는데, 아직도 내 마음을 의심하는 거야?"

"그쪽이 의심을 하게 만들잖아요! 당신 눈 지금 푸르게 변한 거 알아요?"

안나의 말에 시하가 재빨리 손을 뒤집어 휴대전화 액정으로 눈동자를 확인했다. 정말로 스멀스멀 푸른 기운이 피어오르고 있었다. 오해할 법한 상황이긴 하지만 시하는 억울했다.

"이건 나도 어쩔 수가 없어. 본능이라고!"

"본능?"

"그래, 우리 몽마들은 성욕이 곧 식욕이니까."

서, 성욕이라니! 이 악마가 보자보자 하니까 진짜 못 하는 말이 없다.

"이제 난 너 보면 안고 싶다는 생각 먼저 들어."

연달아 흘러나온 시하의 노골적인 단어 선택에 안나가 펄쩍 뛰었다.

"아, 안, 안고 싶다니! 제발 그런 말 좀 하지 말아요! 부끄럽게!"

"어차피 6개월 뒤엔 좋든 싫든 내 거 해야 하잖아. 그러니까 그때까진 나 좋아해라. 나도 이젠 억지로 널 안기 싫거든."

"그런 말 하지 말라니까요?"

안나가 이번에야말로 시하의 가슴을 있는 힘껏 밀어내며 그가 붙잡고 있는 얼굴을 마구 흔들었다. 반항이 어찌나 심한지 시하가 손에 들고 있던 휴대전화를 바닥에 툭 떨어트리고 말았다.

그런데 둘 다가 아니라 하나만. 공교롭게도 떨어진 건 은재가 선물한 휴대전화였다. 액정에 쩍 하고 금이 간 휴대전화를 주워들며 안나가 시하를 무섭게 노려봤다.

"이거, 일부러 그랬죠?"

"응? 뭐가?"

시하는 괜한 딴청을 피우며 안나의 시선을 피했다. 안나가 은재의 휴대전화를 두 손에 꼭 쥐고 얄미운 악마가 멀쩡히 들고 있는 새 휴대전화를 노려 봤다.

"왜 은재 오빠가 준 휴대전화만 떨어트려요? 이건 이렇게 잘만 쥐고 있으 면서!"

"내가 오른손잡이라서 왼손이 힘이 약해."

"거짓말! 양손 다 잘 쓰는 거 알거든요?"

"어차피 잘된 거 아니야? 휴대전화 두 개씩이나 필요 없다며? 이제 이거 하나 가지고 잘 쓰면 되겠네."

"허!"

어처구니가 없어 헛숨만 토해낸 안나가 잠시 생각하더니, 휙 뒤돌아 걷기 시작했다. 똥은 무서워서 피하는 게 아니라 더러워서 피하는 법이었다.

"오안나, 어디 가?"

스스로도 꽤나 유치한 행동을 했다고 생각됐는지 시하가 멋쩍게 웃으며 물었다. 안나는 뒤도 안 보고 소리쳤다.

"아무 데나요! 차시하 씨 같은 유치한 악마랑은 같이 있기 싫어서요!"

나 화났다! 그렇게 말하듯 씩씩거리며 걸어가는 안나의 뒷모습조차도 시 하의 눈에는 그저 귀엽기만 했다. 천천히 양팔을 넓게 벌리며 시하가 말했 다.

"그러지 말고 빨리 와서 안겨."

이 상황에 안기라니, 정말이지 눈치라곤 눈곱만큼도 없는 악마였다. 안나 는 그 순간부터 아예 경보 수준으로 걷기 시작했다. 누가 당신 말을 들을 줄 알고?

"웃기지 말아요, 내가 왜 차시하 씨한테 안겨요?"

"얼른. 소환 시작됐어."

끼이익. 소환이라는 말에 안나가 급브레이크를 밟은 자동차처럼 멈춰 섰 다. 그러곤 등에 뒤돌아볼까 말까 망설이는 표정을 새긴 채로 물었다.

"또 거짓말이죠? 분명 거짓말일 거야."

"이번엔 진짜야."

"……거짓말이면 진짜로 가만 안 둬요."

안나가 획 뒤를 돌아봤다. 그런데 이번엔 진짜였다. 그의 발치에 있는 물웅덩이에 작은 소용돌이가 번지고 있었다. 안나는 망할 타이밍에 발을 쿵쿵 굴렀다. 왜 하필 지금이야? 자존심 상하게.

"짜증 나, 진짜!"

꽤 오래 머뭇거리긴 했지만, 안나는 결국 다시 시하에게로 뛰어가 안길 수밖에 없었다. 탁, 탁, 탁. 마지못해 뛰어와 억지로 제 품에 안기는 안나를 시하는 더없이 사랑스럽게 끌어안았다. 그리고 그 순간.

"믿어주라, 오안나."

차원 속으로 끌려 들어가며 얼핏 들은 말에 안나의 심장이 속절없이 뛰었다.

"진짜 좋아해……."

7장. 지켜줄게

"태주 씨! 차시하 저 악마, 원래 금사빠였어요?"

"아이쿠, 깜짝아!"

안나가 갑자기 창문을 벌컥 열고 질문을 던지는 바람에 깜짝 놀란 태주가 엉덩방아를 찧으며 넘어졌다. 황급히 손을 뻗었지만, 닿을 리 없었다. 안나는 괜히 저 때문에 넘어진 태주에게 황급히 사과했다.

"괘, 괜찮아요, 태주 씨? 미안해요. 내가 갑자기 튀어나와서 놀랐죠?"

태주가 흙이 묻어 더러워진 엉덩이를 툭툭 털며 고개를 저었다.

"아니에요, 안나 님. 괜찮아요. 근데 방금 뭐 물어보셨죠?"

"네? 아……. 그게 그러니까……."

안나는 펜트하우스로 돌아온 후, 내내 방에 틀어박혀서 시하의 고백만 곱씹었다. 백 번, 천 번, 아무리 생각해도 믿을 수가 없었다. 차시하가 자신을 좋아한다는 걸. 얼마나 정신이 없었는지 냄새로 그의 말이 진심인지 아닌지 알아볼 생각조차도 하지 못했다.

'믿어주라, 오안나. 진짜 좋아해.'

그의 마지막 고백을 떠올리는 것만으로 다시금 심장이 묵직하게 진동했다. 그러다 창문 너머로 정원을 손질 중인 태주의 모습이 보이기에 충동적으로 해버린 질문이었다. 그런데 멀쩡한 정신이 돌아오고 나니 차마 그 질문을 다시 할 수가 없었다.

"아, 아무것도 아니에요."

'내 입으로 태주 씨가 모시는 악마가 나한테 반했다는 말을 어떻게 하냐고.'

안나는 한숨을 푹 내쉬며 창가를 등지고 벽에 기댔다. 뒤돌아서기 전, 찰나에 시무룩한 표정의 안나를 본 태주가 장갑을 벗으며 창가로 다가왔다.

"에이. 아무것도 아닌 게 아닌데요? 말씀해보세요."

귓가에 태주의 다정한 목소리가 스며들었다. 부끄러운 마음은 그 목소리에 금세 사르르 녹아버렸다. 안나는 저도 모르게 입을 열고 말았다.

"태주 씨 주인이요. 원래 누구한테 금방 반하고 그러는지 궁금해서……."

태주가 고개를 갸웃했다.

"안나 님. 제가 질문을 제대로 이해한 게 맞나요? 여자들이 시하 님한테 금방 반하는지를 물어본 게 아니라 시하 님이 누구한테 금방 반하냐고 물어보신 거 맞죠?"

"……네."

안나가 왜 이런 질문을 한 걸까? 곰곰이 고민하며 태주는 대답했다.

"흐음. 그 반대 경우는 횟수를 셀 수 없을 정도로 많았는데, 시하 님이 누구한테 반한 경우는 한 번도 본 적 없었어요."

"단 한 번도요? 정말로?"

"예. 적어도 제가 시하 님을 모신 지난 100년 동안에는 단 한 번도요."

"그럼 당연히 여자한테 좋아한다는 말 같은 것도 한 번도 해본 적이 없겠네요."

"당연히 없죠."

한참을 꼬리잡기하듯 질문을 이어가던 안나가 돌연 황급히 손으로 입을 틀어막았다. 아마도 태주는 형사가 돼서 유도신문을 해도 아주 잘할 것 같았다. 방심하고 이것저것 묻다가 도리어 차시하가 저한테 고백했다는 것마저 몽땅 들킬 것 같았다. 그 와중에도 심장은 주책없이 뛰어댔다.

'그럼 내가 차시하가 처음으로 반한 여자란 말이야?'

안나의 입가에 희미하게 미소가 번졌다. 그러다 한순간 그녀는 아주 딱딱하게 입매를 굳혔다.

'그게 뭐? 차시하가 처음으로 반한 여자가 나인 게 뭐? 정신줄 꽉 붙잡아, 오안나!'

갑자기 입을 틀어막은 채 얼굴이 잘 익은 토마토처럼 붉어지는 안나의 모습을 본 태주의 입꼬리가 매끄럽게 올라갔다. 이제야 알 것 같았다. 안나가 왜 그런 질문을 했던 건지.

"설마 시하 님……."

꿀꺽. 안나는 도둑이 제 발 저리는 심정으로 침을 삼키며 태주의 말을 기다렸다. 들킨 건가?

"벌써 안나 님한테 고백하신 거예요?"

역시 다 들켰구나!

"연애에는 워낙 신생아 같으셔서 훨씬 더 늦게 자각하실 줄 알았는데."

그런데 어딘가 좀 이상했다. 방금 들킨 게 아니라 꼭 태주는 이미 차시하가 고백할 거라는 걸 알고 있던 것 같았다.

"있죠, 나 지금 느낌이 좀 쎄한데. 태주 씨, 설마 이미 다 알고 있었던 거예요? 차시하가 나한테 조, 조, 조……."

"좋아한다고 고백할 거라고요?"

안나가 버벅대다가 결국 꺼내지 못한 말을 태주가 생긋 웃으며 대신 말해주었다. 전기밥솥이 김을 뿜어내듯 안나는 잔뜩 창피한 기색으로 고개를 끄덕였다.

"……태주 씬 진작 알고 있었던 거죠?"

고개를 푹 숙인 안나의 앞머리를 살짝 매만져주며 태주가 대답했다.

"그럼요. 다 알고 있었죠. 제가 안나 님을 처음 봤을 때부터."

"날 처음 봤을 때부터?"

"네. 그날 시하 님 뒤통수 꽤나 아프셨을걸요?"

"뒤통수?"

"그런 게 있어요. 시하 님, 단호박에 제대로 뒤통수 얻어맞으셨거든요."

어째 친절하게 설명을 해주는데도 더 알아듣기 어려웠다. 안나가 영문을 모르겠는 눈으로 빤히 쳐다보자 태주가 상냥하게 미소 지었다.

"처음 하는 일은 누구나 서툴잖아요. 어설퍼 보여도 의심하지 마세요. 진심이에요, 우리 시하 님."

그러곤 애정이 듬뿍 담겨 있는 목소리로 부탁했다.

"그러니까 안나 님도 시하 님을 진심으로 대해주셨으면 좋겠어요."

태주의 진지한 태도에 안나는 얼떨결에 고개를 끄덕이고 말았더랬다.

*

소환이 끝나자마자 냉큼 방으로 사라져버린 안나 덕분에 시하는 서재에서 홀로 심심한 시간을 보내고 있었다. 안나와 같이 있을 땐 시간 가는 줄 모르겠더니, 지금은 1분 1초가 따분하고 지루하기만 했다. 뭐라도 읽어볼까 싶어 멍하니 책장에 빼곡하게 꽂힌 책들을 보던 시하의 눈에 문득 책 한 권이 들어왔다. 몽마가 인간과 계약하는 법에 관한 설명이 기재되어 있는 책이었다.

'내 어머니도 몽마와 계약을 했었거든.'

불현듯 주은재가 떠올랐다. 의자 등받이를 한껏 뒤로 젖힌 채, 시하는 책상 위를 일정한 간격을 두고 손가락으로 톡, 톡 두드렸다. 몽마에게 꿈을 빼앗긴 인간이야 널렸지만, 몽마와 계약을 한 인간의 숫자는 그리 많지 않았다. 특히 그 대상을 한국인으로 좁히면 숫자는 더욱 줄어들었다.

'도대체 누구지?'

몽마와 계약을 했다던 주은재의 어머니는? 게다가 그 후에 주은재가 했던 말들도 수상하기는 매한가지였다.

'당신은 아무것도 몰라. 차시하 당신 곁에 있으면 안나가 위험해질 거야. 안나를 지키고 싶다면, 지금이라도 놔줘. 나중에 후회하지 말고.'

왜 그딴 엉터리 말들이 뇌리에 그대로 남아 있는 건지…… 시하가 신경질적으로 발을 박차며 일어섰다. 한계까지 젖혀져 있던 의자 등받이가 삐걱삐걱 소리를 내며 흔들렸다. 답답함에 시하는 창문을 열기 위해 창가로 다가갔다. 그 순간, 작은 정원 너머로 반대편 창가에서 이야기를 나누는 안나와 태수의 모습이 보였다.

둘이서 무슨 얘길 하는 건지 안나는 복숭아처럼 발그레하게 뺨을 붉힌 채였다. 입술은 또 왜 저리 사과처럼 붉고 탐스러운지. 순식간에 입 안에서 갈증이 가시처럼 돋아났다. 안나의 두 뺨, 입술…… 어김없이 베어물고, 머금고 싶다고 생각했다. 그러다 황홀하게 풀어지던 시하의 눈매가 일순 매서워졌다.

"태주 저 자식, 어딜 만져?"

태주가 얼굴이 달아오른 채로 고개를 푹 숙인 안나의 앞머리를 다정하게 매만져주고 있었다. 하나뿐인 비서에게마저 질투를 느끼며 시하는 동시에 스스로가 어리석고 미련하게 느껴졌다.

이토록 오안나를 좋아하게 될 줄 알았다면 처음부터 계약 같은 건 하지 않았을 것이다. 그런 계약에 얽매여 안나가 제 마음을 의심할 여지도 주지 않았을 테고, 주은재가 자꾸만 저와 안나 사이에 끼어들 틈 따위도 절대 만들지 않았을 테다. 계약이 아니었다면…….

"너는 내 마음을 조금은 쉽게 믿어줬을까?"

추운 날씨에도 꿋꿋이 꽃을 피운 붉은 동백 사이로 그보다 더 어여쁜 안나가 보였다. 도저히 꽃이 필 것 같지 않은 계절에도 아름답게 피어나는 꽃.

불행한 삶을 살면서도 가장 달콤한 꿈을 피워낸 안나. 시하는 문득 안나와 동백꽃이 닮았다는 생각을 했다.

예전이었다면 무심히 감상하고 지나쳤을 꽃 하나인데. 그저 익숙하다 여기고 스쳐 갔을 한순간일 뿐인데. 한 여자를 마음에 담으니 그 모든 게 이토록 특별해졌다. 그러자 희망과 절망이 동시에 욱신거리는 통증으로 가슴에 찾아들었다. 하지만 안나로 인해 느끼는 감정들은 모두 다 처음 겪는 것들 뿐이라, 시하는 희망의 이유도, 절망의 이유도 알지 못했다. 사랑에 빠진 시하를 '신생아' 같다고 했던 태주의 표현은 정확했다.

지금 이 순간도 그랬다. 눈앞에 있는 안나의 모습에 어쩔 줄 몰라 하며 시하는 창문을 향해 손을 뻗었다. 머릿속에는 그저 안나에게 조금 더 가까이 닿고 싶다는 생각밖에 없었다.

바로 그때였다. 책상 위에 올려둔 그의 휴대전화가 울렸다. 액정을 살피니 유현에게서 메시지가 도착해 있었다.

[내일 저녁 8시. 메종에서. 참, 스위트 노트도 데려와.]

준비하겠다는 말을 하고 하루 만에 연락이 온 셈이었다. 형제들에게 안나를 소개하는 자리라……. 그녀를 단순히 스위트 노트로만 대했을 때 이런 모임이 마련됐더라면 무심하게 데리고 나갔겠지만, 지금은 느낌이 달랐다. 스위트 노트가 아니라 좋아하는 여자를 소개하는 자리가 될 테니까. 유현이 마음에 걸렸지만, 시하는 기분 좋은 두근거림을 느끼며 창문을 활짝 열었다. 그러곤 안나의 이름을 크게 불렀다.

"오안나!"

모임에 가기 전에 둘이서 데이트를 하는 것도 좋겠다고 생각했다. 잔뜩 들뜬 기색을 숨기지 못하고 시하는 소리쳤다.

"내일 나랑 데이트하자!"

안나와는 뭘 해도, 어딜 가도 좋을 것 같았다.

"혹시 뭐 하고 싶은 거나, 어디 가고 싶은 데……."

꽝!

응?

시하는 방금 무슨 일이 일어난 건지 알아차리지 못했다. 그렇게 한참을 멍하니 서 있는데 어느새 곁에 태주가 다가와 있었다. 그는 연신 손목을 문지르며 주인에게 말했다.

"시하 님, 그렇게 갑자기 안나 님한테 들이대시면 어떡합니까? 덕분에 저 방금 손목 잘릴 뻔했잖아요."

느닷없이 닫힌 창문. 그것이 의미하는 게 무엇인지 시하도 이제 알 것 같았다.

"안나 님이 얼미니 딩횡하셨으믄 저딯게 창문을 부서져라 닫고 달아나십니까?"

비서도 분명 '달아난다'는 표현을 썼다.

"태주야."

"네."

"네가 보기에도 오안나가 지금 도망친 것 같아?"

"그래 보이는데요."

"그 말은 즉……."

"즉 시하 님께서 데이트 신청을 거절당했다는 뜻 아니겠습니까?"

빠지직. 주인의 자존심에 금이 가는 소리가 태주의 귀에까지 들리는 듯했다. 태주는 너무 솔직하게 말한 것을 뒤늦게 후회하며 입을 열었다.

"다, 다시 생각해보니 너무 설레서 도, 도망치신 것 같기도 하고……."

"이미 늦었다."

시하가 말한 대로였다. 한낮의 햇살이 무색하게 주변의 공기가 순식간에 젖어들더니, 소환을 당할 때처럼 물폭탄이 사방에서 터졌다. 얼마나 화가 난 건지, 태풍이라도 불어닥친 것 같았다. 한창 절정의 시기를 맞이한 동백꽃이 진흙 위로 후두둑 떨어졌다. 태주가 방금 손질을 끝낸 정원은 한순간에 엉망이 되고 말았다. 진흙에 처박힌 동백꽃 한 송이를 손바닥 위에 올리며 태주가 푸념했다.

"너무하십니다. 제가 데이트 거절한 것도 아닌데……."

그 모습을 보며 시하가 움찔했다. 태주의 손바닥 위에 놓인 꽃의 모습이 처참했다. 방금까지 안나를 닮았다 생각한 꽃이었다. 그 꽃이 저리 꺾이고 진흙투성이가 된 모습을 보니 괜히 안나에게 상처를 준 듯해 마음이 불편했다.

"그거."

"이거요?"

"다시 원래대로 해놔. 아까 봤던 모습대로."

태주가 당황한 듯 눈을 깜빡였다.

"이걸 어떻게 원래대로 돌려놓습니까? 이리 엉망이 된 것을요."

"태주 넌 할 수 있잖아."

이끼에서 태어난 악마. 인간에게서 꿈을 흡수하는 것이 쉽지 않은 하급 몽마 태주는 생명을 가진 식물에서 꿈을 흡수했다. 그것은 몽마의 체내에 저장되고, 이미 죽은 식물을 되살릴 수 있는 힘이 되었다. 시하를 100년이나 주인으로 모시고 사는 게 가능한 태주의 착한 심성은 그냥 생긴 게 아니었다. 태주의 힘은 악마의 힘이라기엔 어울리지 않게 다정하고 상냥했다.

"이 정도 크기의 정원을 되살리려면 제 힘을 다 써야 가능하다는 거, 아시죠?"

그러나 그 힘은 극히 적었다. 태주가 말한 대로 떨어진 동백꽃을 전부 다시 피우려면 태주는 기력을 모두 소진해야만 했다.

"설마 저더러 몇 날 며칠 쓰러져 있으라는 뜻이세요?"

"머스크 페르소나 줄게."

"네?"

태주가 믿기지 않는 듯 눈을 크게 떴다.

"진심이세요?"

머스크 페르소나는 왕의 후계자인 시하만이 사용할 수 있는 특별한 향수였다. 하급 몽마인 태주는 감히 욕심낼 수 없는 최고의 꿈으로 만든 향수. 그 향수만 취할 수 있다면, 동백나무를 몇만 그루는 되살릴 수도 있을 터였다. 시하는 태주의 손 위에 놓인 꽃에 비처럼 살살 물을 쏟아 진흙을 깨끗이 닦아내곤 명령했다.

"다 줄 테니까 무조건 다시 피워놔."

제 주인의 변덕을 도무지 이해할 수가 없는 태주였다.

＊

한편, 창문을 꽝 닫고 달아난 안나도 자신을 도무지 이해할 수가 없었다.

"어떡해! 나 미쳤나 봐! 진짜 미쳤나 봐!"

열심히 손부채질을 해보지만 빨개진 얼굴은 도무지 가라앉을 기미가 보이지 않았다. 안나는 결국 침대 위로 뛰어올라 베개에 얼굴을 파묻었다. 심장 소리가 더 크게 들려왔다. 두근두근두근. 데이트하자며 활짝 웃는 시하를 보는데, 심장이 터져버리는 줄만 알았다. 활짝 핀 동백꽃, 그 곁에서 눈부시게 미소 짓는 악마라니. 이건 명백한 반칙이었다.

"안 되는데……. 이러면 정말 안 되는데……."

울먹이듯 중얼거리며 안나는 몸을 뒤집었다. 천장을 보게끔 드러누운 채로 가슴 위에 손을 올렸다. 고동이 여실히 느껴졌다. 그녀는 이 고동의 의미를 부정하고 싶었다.

하지만 심장이 말을 듣지 않았다. 차마 그를 냉정하게 외면할 수가 없었다. 제 심장은 분명 차시하에게 반응했다. 그의 눈빛에, 그의 미소에, 그의 한마디에, 아주 열렬하게. 하루에도 몇 번씩 수줍게.

"……그래도 아니라고 할 거야."

내 심장, 모른 척할 거야. 아직은 전부 믿을 수가 없는걸. 안나는 스스로에게 명령하듯, 몇 번을 더 같은 말을 곱씹었다.

차시하는 분명 돌아가신 아빠와도 관계가 있었다. 회중시계를 두고, 악마와 계약한 증표니 함부로 버릴 순 없다던 아빠의 말을 안나는 똑똑히 기억했다. 분명 그는 아빠와도 계약을 했었을 것이다. 그리고 그 후 성운 호텔에 결계가 쳐져 안으로는 한 발짝도 들어가지 못하게 됐다. 도대체 아빠와 차시하 사이에 무슨 일이 있었던 걸까? 예전에 그에게 떠보듯이 물어본 적이 있었다.

'대체 그 결계는 누가 쳐놓은 거예요? 나갈 땐 마음대로지만, 들어갈 땐 아니라니, 무지 이상한 결계네요.'

그때, 그는 분명 수상한 반응을 보였다.

'혹시 너……'

끝내 아무것도 아니라며 입을 다물어버렸지만. 그는 대체 무슨 말을 하려고 했던 걸까? 혹시 부모님의 죽음에 대해서도 그는 이미 알고 있는 게 아닐까?

불안한 생각은 끝을 모르고 이어졌다. 그가 악마인 탓도 있긴 했지만, 그를 오롯이 신뢰하지 못했기 때문에 안나는 그동안 그를 대할 때마다 벽을 단단히 하고, 가시를 뾰족 세웠다. 절대 반하지 않을 거라고 몇 번이나 선언하기도 했다.

그런데도 시하는 벽을 허물고, 가시를 뭉개며 기어코 안나의 가슴속으로 들어와 버렸다. 의심과 설렘 사이에서 안나의 마음은 마치 물에 빠진 것처럼 허우적대고 있었다. 안나는 다시 천천히 동요하는 가슴을 다독였다.

"멈춰줘, 제발. 아직은 설레선 안 돼. 아직은……."

그녀가 다독이던 손으로 옷섶을 움켜쥐며 모로 누웠다. 그대로 몸을 웅크려 잠을 청했다. 그런데 그 순간, 협탁 위에 올려둔 휴대전화에서 메시지가 도착했다는 알림음이 울려 퍼졌다. 발신인은 시하였다.

[내일 형제들 모임 있어. 스위트 노트들도 데리고 참석하래.]

시하의 세계에 들어가는 것은 두려웠지만, 안나는 알고 싶었다. 그를 완전히 믿어도 되는 것인지. 그래서 용기를 내어 곧바로 답장을 보냈다.

[내일 몇 시예요?]

시하의 답장은 약간의 간격을 두고 날아왔다.

[점심. 11시에 나갈 거야.]

안나도 답장을 고민하다가 두 개의 메시지를 연달아 적어 보냈다.

[알겠어요. 준비할게요.]

[근데 우리 데이트하는 거 아니에요.]

이번엔 조금 전보다 더 긴 시간이 흐르고 시하의 답장이 도착했다.

[알아.]

단 두 글자의 문자에서조차 그가 서운해하는 것이 느껴졌다. 안나는 배꼼 고개를 내미는 미안함을 애써 외면하며 다시 잠을 청했다. 내일은 제발 이 두근거림이 사라지길 바라며.

*

늦게 잠이 들었는데도 평소보다 일찍 잠에서 깬 안나는 서둘러 준비를 마치고 응접실로 나갔다. 시하가 먼저 나와 소파에 앉아 기다리고 있었다. 막 전화 통화를 끝낸 모양인지 액정이 환한 휴대전화를 슈트 상의 안주머니에 집어넣던 시하와 눈이 딱 마주쳤다. 언제 봐도 슈트를 차려입은 시하는 두 다리에 바짝 힘을 주고 마주 봐야 할 만큼 섹시하고 멋졌다.

안나는 어김없이 발끝에 잔뜩 힘을 싣고 걸음을 옮겼다. 조금씩 가까이 다가가자 시하가 조금은 멍한 표정을 지으며 손으로 얼굴을 쓸어내렸다. 저 표정이 무엇을 의미하는지, 안나도 이젠 모르지 않았다.

이 순간은, 저토록 멋진 남자가 자신에게 반하는 순간이다. 반한 건 그인데, 안나의 가슴이 또 두근거렸다. 자고 일어나면 더 이상 두근거리지 않기를 간절히 바랐건만.

"일찍 나왔네?"

시하가 부리나케 일어나 물었다.

"그러는 차시하 씨는 더 일찍 나왔네요?"

"네 얼굴, 빨리 보고 싶어서. 어제 점심 이후로 계속 방에서 안 나왔잖아, 너."

아무래도 차시하 앞에선 이제 아무 말도 하지 말아야겠다. 입만 열면 심장에 무리가 가는 말만 해대니까.

"근데 못 보던 옷인데?"

"아, 서 지배인님한테 부탁했어요. 그래도 차시하 씨 형제들 모임에 가는 건데, 전에 산 옷들은 그런 자리에는 안 어울리는 것 같아서."

우아한 디자인의 하얀색 원피스는 안나의 몸매를 그대로 드러내고 있었다. 그래서인지 노출이 많지 않은데도 절로 야릇한 기분이 들었다. 점점 집요해지는 시하의 시선에 안나가 손에 들고 나온 코트를 걸치며 말했다.

"그만 봐요. 민망해."

"예뻐서."

또 심장에 해로운 말. 안나는 당황한 티를 내지 않으려고 핸드백 손잡이를 꾹 움켜쥐었다. 시하가 진심을 고백해올 때마다 계속 당황한 모습을 보이면, 결국엔 흔들리는 마음을 들키게 될 것 같아서였다.

"잘 어울린다."

"나도 알거든요?"

두근거림을 멈출 수 없다면, 뻔뻔하게 응수하기라도 해야지.

"가자. 모임 가기 전에 잠깐 들를 데가 생겼어."

쌀쌀맞아진 안나의 태도에도 시하는 다정하게 그녀의 어깨를 끌어안으며 이끌었다. 안나가 그런 시하의 손길을 뿌리치며 말했다.

"내 몸에 함부로 손대면 안 된다고 했잖아요. 왜 자꾸 내 말 무시해요?"

시하가 자신을 마주 보게끔 안나의 어깨를 두 손으로 돌려세우며 대답했다.

"알아. 아는데. 지금부터 딱 1시간만 내가 너 만지는 거 허락해줘."

"1시간?"

"응. 딱 1시간만 우리 연인인 척하자."

부탁하는 시하의 표정이 사뭇 진지했다. 그래서 안나는 더 이유를 묻지 못하고 고개를 끄덕이고 말았다.

*

-연결이 되지 않아 음성사서함으로 연결되며 삐 소리 이후 통화료가 부과됩니다.

안내 멘트가 흘러나오자 은재는 신경질적으로 통화 종료 버튼을 눌렀다. 벌써 몇 번째 통화대기음만 듣다가 전화를 끊었는지 헤아릴 수조차 없었다. 의자 등받이에 깊숙이 몸을 묻은 그가 한숨을 길게 내쉬었다. 불과 며칠 사이에 태풍이 머릿속을 휩쓸고 지나간 기분이었다. 안나의 사정, 차시하의 정체, 복잡하게 얽힌 인연, 잔인한 운명. 그 모든 걸 떠올리다 은재는 잠긴 목소리로 애타게 애원했다.

"안나야……. 차시하, 그 남자만은 안 돼."

결국 너만 다칠 거야.

은재가 차시하의 정체를 알게 된 것은 사실 안나의 어머니가 남긴 한 권의 책 때문이었다. 그 책에는 향에 관한 특별한 능력을 가진 일족과 몽마의 관계가 자세히 적혀 있었다. 또한 몽마에게서 나는 냄새의 특징도 기록되어 있었는데, 그 덕분에 차시하와 윤태주에게서 나는 냄새로 그들의 정체를 파악해낼 수 있었다.

어머니가 몽마의 계약자였다는 은재의 말은 거짓이 아니었다. 그가 어렴풋한 기억하는 한, 어머니는 몽마의 조향사로 노예처럼 부려지다 결국 도망치셨다.

불현듯 안나 역시 자신의 어머니처럼 차시하에게 이용당하고 있는 건 아닐까 불안한 생각이 들었다. 물론 아직 그는 안나의 정체를 모르고 있는 것 같았지만.

은재는 시하의 정체를 알자마자 곧장 분노에 떨며 펜트하우스로 찾아갔다. 하지만 그를 맞이한 건 차시하가 아닌 윤태주 비서였다.

'아무래도 직접 시하 님을 만나 이야기를 나누셔야 할 것 같군요. 특별히 시하 님이 계신 곳을 알려드리겠습니다.'

차시하의 위치를 알려주길 극구 거부하던 그는 은재가 비밀을 폭로하자 입을 열었다. 그 과정에서 안나가 느닷없이 쓰러져 병원에 입원했다는 사실을 알게 된 것이었다. 병원으로 찾아갔지만, 안나는 곤히 잠들어 있었다. 안나가 깨길 기다리다 차시하를 마주쳤다. 끝내 안나와 이야기를 나누지 못하고 돌아섰다.

결국 안나를 보기 위해 은재는 오늘 낮에 다시 병원을 찾아야만 했다. 그러나 안나는 그사이 퇴원해버렸고, 그는 또다시 허무한 기분으로 발길을 돌릴 수밖에 없었다. 그 후 성운 프라그랑스로 돌아와 계속 통화를 시도했지만, 번번이 전화는 연결이 되지 않고 있었다.

"설마 벌써 무슨 일이 벌어진 건 아니겠지?"

은재가 불안한 마음을 애써 억누르며 다시 한 번 통화 버튼을 눌렀을 때였다.

"여기가 주은재 조향사 작업실이 맞습니까?"

구두 소리가 들리더니, 누군가 조향실에 들어섰다. 깐깐해 보이는 인상의 남자가 의자에 앉아 있는 은재를 발견하고 고개를 숙였다.

"제가 주은재인데, 누구시죠?"

은재의 대답을 들은 남자가 옆으로 살짝 비켜섰다. 남자의 뒤편에서 화려한 복장의 중년 여성이 모습을 드러냈다. 여자의 얼굴은 은재도 잘 알고 있었다. 안나가 고모와 유산을 두고 상속 다툼을 벌이고 있다는 얘기를 들었을 때, 얼굴을 확인해두었던 까닭이었다.

여자는 오정숙이었다. 안나를 가둔 고모. 안나가 극단적으로 악마와의 계약을 선택할 수밖에 없도록 만든 여자. 은재는 핏줄이 도드라지도록 세게 움켜쥔 주먹을 등 뒤에 숨기고 오정숙을 바라봤다. 정숙은 도도하게 걸어가 은재의 앞에서 멈춰 서 손을 내밀었다.

"성운 호텔 사장 오정숙이에요."

"주은재입니다."

어찌나 힘을 세게 줬는지 저릿저릿한 손바닥을 펼쳐 은재가 내키지 않는 악수에 응했다. 오정숙이 자신을 찾아온 의도를 알기 전까진 적대심을 감출 필요가 있었다.

"주은재 조향사를 차시하 전무이사가 직접 우리 호텔로 스카우트해왔다고 들었어요."

은재가 고개를 끄덕이자 정숙이 비밀스럽게 입을 열었다.

"그래서 내가 주은재 씨한테 개인적으로 긴히 할 말이 있는데……."

목소리만큼이나 그녀의 눈빛이 은밀하게 번쩍였다.

*

"잠깐 들를 데가 여기였어요?"

안나는 성운 호텔 대표실로 자신을 데려온 시하를 매섭게 노려봤다.

"나 갈래요."

"잠깐만!"

탁, 시하가 반사적으로 안나의 손목을 붙잡았다. 그 뜨거운 손길을 뿌리

치러다 몇 번을 다시 붙잡힌 안나가 애써 떨리는 목소리를 숨기며 말했다.

"나도 고모를 절대 안 만나겠다는 건 아니에요. 그렇지만 적어도 마음의 준비를 할 시간은 줬어야죠."

그녀가 이런 반응을 보일 걸 예상은 했었지만, 막상 불안한 모습을 직접 보니 시하도 마음이 약해졌다. 하지만 더는 이대로 안나를 숨겨두고만 있을 수가 없어 그도 어렵게 내린 결정이었다.

"못 놔. 너도 숨어 있기만 하는 거 싫잖아."

"그래서 대체 뭘 어쩌려는 건데요?"

"반격을 해야지. 찔러보기만 하는 건 여러 번 했으니 이제 진짜로 공격을 할 때야."

시하는 이제까지 윤희를 통해서 자신과 펜트하우스에서 지내는 연인이 안나일지도 모른다는 사실을 오정숙에게 넘겼다. 또한 그 후 한 차례 더 문찬영을 다치게 만든 범인이 자신이라는 정보도 넘겨주었다. 예상대로 오정숙은 그 두 가지 사실을 엮어 교묘한 연극을 설계하고 있었다.

차시하 전무가 자신의 죄를 숨기기 위해 오태영 전 사장의 딸 오안나를 펜트하우스에 감금하고 있으며, 그녀를 찾으러 간 사촌 오빠까지 폭행했다.

이곳에 오기 전, 서 지배인과 통화를 나누며 들은 내용이었다. 윤희가 보고한 바에 따르면 이미 언론사까지 매수해둔 상태라고 했다. 그 정도 사연이 언론에 공개되면 안나를 다시 자신의 감옥으로 데려가는 것은 식은 죽 먹기일 테니까. 그거로도 모자라 오늘은 시하의 또 다른 주변인을 매수하러 간다고 했다. 오정숙은 제 주변을 모두 먹어 치울 생각이었다. 시하도 더는 가만히 있을 수 없었다.

"잘 들어. 이제부터 본격적으로 성운 호텔의 주인이 누구인지 가리는 싸움이 시작될 거야. 근데 애석하게도 성운 호텔을 노리는 맹수가 오정숙 하나만은 아니거든."

그건 안나도 잘 알고 있었다. 이따금 고모가 피라미들이 주제도 모르고 성운 호텔을 노린다는 얘기를 불만스럽게 중얼거리곤 했기 때문이다.

"상대가 오정숙일 때도 슬쩍슬쩍 발톱을 드러내는 인간들이 있는데, 만약 성운 호텔 주인이 너라면 어떡하겠어?"

안나는 그 상황을 어렵지 않게 상상할 수 있었다.

"대놓고 이빨을 드러내고 네 급소를 물어뜯으려 하겠지."

마치 지금 당장 맹수에게 위협받고 있는 것처럼 안나는 목을 손으로 감쌌다. 시하는 그런 안나의 손 위로 자신의 커다란 손을 포개며 살짝 힘을 줘 턱을 들어 올렸다. 시선이 부드럽게 맞물렸다.

"오정숙 앞에서 내가 네 법적 보호자인 척은 하겠지만, 그걸 확실하게 증명할 방법은 없어. 그러니까 내가 무조건 네 편이라는 걸 알릴 방법은 단 하나야."

시하와 눈이 마주친 순간, 안나는 알 것 같았다. 왜 그가 1시간만 만지는 걸 허락해달라고 했는지.

"내가 너의 연인이 되는 거."

심장이 맹렬히 뛰어댔다.

"내가 널 위해서라면 못 할 게 없다는 걸 보여주는 거."

고모의 앞에 당당히 나타나기 위해, 또 한 번 차시하와 연인인 척 연극을 해야만 하는 순간이 찾아온 것이다.

"그리고 우리가 연인인 척해야 하는 이유는 그뿐만이 아니야."

"또 무슨 이유가 있는데요?"

"네가 지독한 악몽을 꾸고 아팠던 다음 날이었을 거야. 문찬영이 널 보러 펜트하우스에 찾아온 적이 있었어."

몰랐다. 그런 일이 있었다는 걸, 전혀 몰랐다.

"그땐 이유도 모른 채 그냥 그 자식이 널 보게 하고 싶지 않았어. 그래서 내 능력을 써서 한동안은 호텔 근처에는 얼씬도 못 하게 만들었지."

당연했다. 그가 말해준 적이 없었으니까.

"알아. 섣부른 행동이었다는 거. 그 일을 이용해서 오정숙은 나를 널 감금한 거로도 모자라, 널 구하러 온 자기 아들을 폭행한 죄인으로 만들려 하고 있어. 이미 언론까지 매수해둔 상태야.”

절 위해서 눈에 보이는 위험을 무릅쓰고서도, 단 한 번도 내색한 적이 없었으니까.

“내가 꿈을 조작하는 것도 한계가 있어. 거짓말을 하면 할수록 복잡해지는 것과 마찬가지야. 너만 개입되어 있지 않았다면 차라리 그들을 영영 꿈에 가둬버리겠지만, 그것 역시 곤란해. 그들이 사라지면 제일 먼저 의심받을 사람은 너니까.”

생각해보면 처음 만났을 때부터 지금까지, 그는 계속 절 지켜주고 있었다. 그러다 결국 인간인 자신의 처지 때문에 함부로 악마의 힘도 쓰지 못하고 곤란에 처하고 말았다.

“예전에 오정숙이 펜트하우스로 찾아왔을 때 숨어 있는 널 내 여자라고 말한 거 기억해?”

당연히 기억했다. 그 소리에 고모뿐만 아니라 저 역시도 깜짝 놀랐으니까.

“그때 상황도 수습하고, 오정숙의 함정도 피하는 방법은 단 하나야.”

“나도 이제야 뭐가 뭔지 알겠네요.”

지금 이 순간만큼은 그가 악마라는 사실도, 아빠와 어떤 관계를 갖고 있었는지도 중요하지 않았다. 중요한 건⋯⋯.

“그래서 나한테 다시 애인인 척 연극을 하자고 했던 거예요?”

그가 자신을 지켜주려 했듯, 자신도 그를 지켜주고 싶다는 것.

“당신이 날 사랑해서, 그동안 날 감금한 고모와 스토킹했던 찬영 오빠를 내게서 떼어놓으려 한 거라고 설명하면 모든 게 해결되니까?”

“⋯⋯그래.”

고개를 끄덕이는 시하를 보며 안은 참으로 묘한 기분을 느꼈다. 자신을 지키기 위해서가 아니라, 그를 지키기 위해서라고 생각하니 없던 용기도 샘솟았다. 그에게도 이 용기를 보여줄 수 있다면 좋을 텐데. 그럴 수 없기에 안나는 망설임 없이, 그러나 조심스럽게 손을 뻗어 시하의 허리를 끌어안았다. 당황한 시하의 몸이 통나무처럼 굳는 게 느껴졌다. 수줍게 그의 가슴에 머리를 기대고 있다가 천천히 고개를 들어 올렸다. 그러곤 눈을 맞추며 속삭였다. 지금이 순간만큼은 가시를 세울 필요도, 퉁명한 가면을 쓸 필요도 없었다.

"완벽하게 연기할게요. 당신의 여자."

어차피 이건 거짓 연극. 끝나면 전부 잊어버려도 상관없는, 가짜. 이 심장이 터질 것 같은 포옹도 결국 전부 연극이었다. 그러니까 지금 이 순간만. 딱 1시간만. 당신을 마음껏 좋아할래.

"나도 잘 부탁해요. 1시간 한정, 내 남자."

안나는 더 이상 인정하지 않을 수 없었다. 마음은 결국 흘러버렸다. 어디까지 뻗어 나갈지 모를 길을 내내 아슬아슬하게 걷고 있었다. 예민하게 자존심 세워가며 서로 좋아하는 척 연기를 했던 그날에서 불쑥 흘러와 이렇게. 그와 연인 사이가 되는 것이 그저 연기일 뿐임을 알면서도 안나의 가슴은 속절없이 두근거리고 있었다.

"용기를 내, 오안나. 내가 네 옆에 있을 테니까."

"그럴게요. 겁내지 않을게요."

"그럼 이제 시작할까?"

시하의 물음에, 안나는 오래 전 했던 다짐을 떠올렸다. 피가 묻은 낡은 잠옷을 벗어 던지며 자신은 어떤 다짐을 했었던가.

'……두고 봐. 더 이상 그렇게 얌전히 당하지만은 않을 테니까. 절대로.'

지금이 바로 그 말을 지킬 때였다.

*

정숙은 시하와 안나가 기다리고 있는 줄 꿈에도 모른 채, 은재를 데리고 자신의 사무실로 향했다. 적이 많은 그녀에겐 성운 호텔 안에서도 대표실만

이 유일하게 안심할 수 있는 공간이었다. 그런데 정숙이 사무실에 도착했을 때, 비서가 귓속말로 방문자가 있다는 소식을 전달해왔다.

"차시하 전무이사가 응접실에서 기다리고 계십니다."

대표실과 비서실 사이에는 손님이 대기할 수 있는 응접실이 자리하고 있었다. 정숙은 굳게 닫혀 있는 문을 흠칫 놀란 눈으로 노려봤다.

'갑자기 왜 날 찾아온 거지?'

정숙의 수상한 낌새에 은재는 신중한 눈빛으로 그녀를 주시했다. 이미 냄새로 시하의 방문은 눈치채고 있었다. 그래서 잠자코 정숙이 어떻게 나올지 반응을 살피며 기다렸다.

"주은재 씨?"

"네."

"내, 내가 갑자기 급한 일이 생겨서. 다음에 다시 약속을 잡는 거로 하고 오늘은 이만 돌아가세요."

예상대로 차시하 몰래 일을 꾸미려던 것인지 정숙은 은재를 돌려보내려고 했다. 하지만 은재는 내키지 않았다. 방문자가 차시하 혼자가 아니라는 사실을 냄새로 이미 알아차렸기 때문이었다. 떠날 때 떠나더라도 도대체 차시하가 왜 이곳에 그녀를 데리고 나타났는지 이유는 알아야 할 것 같았다. 바로 그때였다.

"그럴 필요 없습니다, 오정숙 대표님."

기습하듯 시하가 문을 열고 비서실로 들어섰다. 정숙은 귀신이라도 본 것처럼 경악했다.

"차, 차시하 전무!"

"제가 데려온 조향사인데, 둘이서 무슨 이야기를 나누시는지 저도 들어야겠습니다."

시하는 더없이 냉정한 눈길로 정숙과 은재를 차례차례 바라보며 입을 열었다.

"마침 저도 오정숙 대표님께 소개할 사람이 있었거든요."

그가 손을 쭉 뻗어 응접실을 가리켰다.

"지난번에 상황이 상황인지라 제대로 인사도 못 드렸던 게 계속 마음에 걸렸습니다."

정숙의 시선이 시하의 손끝을 따라 움직였다.

"소개하죠. 제 여자입니다."

그 순간, 응접실에서 걸어 나오는 여자를 본 정숙의 낯빛이 순식간에 창백해졌다. 은재 역시 시하의 소개에 놀란 기색을 감추지 못했다. 놀랍도록 아름답게 변한 안나가 우아한 자태로 그들을 향해 걸어오고 있었다. 이윽고 정숙 앞에 멈춰 선 그녀가 더없이 화사하게 미소를 지어 보였다.

하지만 안나는 사실 속으로는 엄청 떨고 있었다. 떨리는 마음을 숨기기 위해 두 눈에 필사적으로 힘을 줘야만 했다. 이곳에 들어오기 전 굳은 결심을 했지만, 은재가 고모와 함께 나타나는 바람에 머릿속이 혼란스러웠다. 그는 시하와 자신의 관계를 알고 있었다. 게다가 이미 한 번 거짓 연극을 하다가 들통이 난 적도 있었다. 이번에는 과연 그의 앞에서 아무렇지 않게 연기를 할 수 있을까? 불안했지만, 안나는 최대한 침착함을 잃지 않으려 노력했다.

"잘 지내셨어요, 고모?"

"어? 어어……. 그, 그래."

정숙은 저도 모르게 목소리를 떨었다. 도대체 지금 무슨 일이 벌어지고 있는 건지 감이 잡히질 않았다. 분명, 서윤희 지배인에게서 건네받은 정보로 안나를 다시 궁지에 몰아넣을 계획을 차근차근 진행시키고 있었는데. 이렇게 안나가 제 발로 자신을 찾아올 줄이야.

창백한 안색, 파르르 떨리는 목소리, 갈피를 잃은 눈동자. 똑바로 서려고 애를 썼지만, 그녀는 긴장했는지 두 다리까지 달달 떨고 있었다. 고모답지 않은 불안한 모습에 안나의 가슴속에 자신감이 번져갔다.

여기까지 고모를 궁지로 몰아넣은 것은 모두 차시하, 그였다. 자신이 위험해지는 것도 마다하지 않은 그의 노력 때문이었다. 안나는 그 노력을 헛되이 하지 않기 위해 다시 한 번 지금 이 순간만큼은 시하와 자신이 연인 사이임을 상기시켰다. 은재가 지켜보고 있는 당혹스러운 상황에도 절대 휘둘려선 안 되었다.

"할 말이 있어서 왔어요. 시간, 괜찮으세요?"

정숙 역시도 안나가 답지 않은 모습이라고 생각했다. 사랑스러운 혈색, 당당한 목소리, 또렷하고 생기 가득한 눈빛. 제집에 갇혀 있던 음침한 시절과는 전혀 다른 모습이었다.

물론 안나는 오빠 부부가 죽기 전만 해도 당차고 똑 부러진 성격이기는 했다. 하지만 족쇄에 묶인 채 갇혀 지내는 동안 그 사랑스러운 모습을 전부 잃어버렸다고 생각했다. 그런데 지금 안나의 모습은 꼭 그 시절로 되돌아간 것만 같았다. 원래 그런 성격이었다고는 해도, 제 집에서 사라진 잠깐 동안의 놀라운 변화가 정숙은 믿기지 않았다.

대체 안나에게 그간 무슨 일이 있었던 걸까? 정숙은 가느스름한 눈으로 확 달라진 안나를 살폈다. 그때, 돌연 커다란 손이 안나의 손을 방패처럼 잡아주었다. 순간 정숙은 안나가 어떻게 변하게 된 건지는 알 수 없어도, 무엇이 안나를 변하게 했는지는 알 것 같았다.

"안 괜찮아도 내주시죠, 시간. 꼭 해야 할 말이 있으니까."

바로 이 남자 때문이었다. 더없이 든든하게 안나의 곁에 서 있는 이 남자. 안나를 제 여자라고 당당히 소개하는 이 남자. 차시하가 안나를 변하게 한 것이다. 정숙은 둘 사이에 느껴지는 묘한 분위기에 얼떨떨하게 고개를 끄덕였다.

"그, 그러죠. 들어오세요."

그녀가 앞장서 대표실 문을 열었다. 시하가 정숙의 뒤편에 서 있던 은재에게도 함께 들어갈 것을 명령했다.

"주은재 씨도 들어가세요."

"네?"

"먼저 들어가라고요."

"아, 네……."

굳어 있던 은재가 움찔하며 저도 모르게 걸음을 옮겼다. 평소처럼 차시하와 신경전을 벌일 여유조차 그에겐 없었다. 그 순간에도 은재의 시선은 내내 시하와 안나가 붙잡고 있는 손을 미련스레 향하고 있었다.

그는 달리 놀란 것이 아니었다. 차시하가 안나의 손을 잡았을 때는 그다지 놀라지 않았다. 하지만 안나가 차시하의 손을 자연스럽게 받아들인 것은 충격이었다. 당연히 깜짝 놀라며 뿌리칠 줄 알았다. 불과 얼마 전에 봤을 때만 해도 차시하의 손이 닿을 때마다 흠칫흠칫 놀라던 안나였다.

그런데 그사이 저토록 가까워지다니. 그렇다고 둘이서 그때처럼 거짓 연극을 하는 것 같아 보이지도 않는데……. 오히려 거짓처럼 보이기는커녕, 안나는 차시하의 손에 간절하게 의지하고 있는 것처럼 보였다. 둘은 진짜 연인이라고 해도 믿길 만큼 친밀한 분위기였다. 은재는 엄습하는 두려움에 붉은 기가 가시도록 입술을 꾹 깨물었다. 어느새 깍지까지 끼고 있는 둘의 손을 억지로 외면한 채, 은재는 말없이 대표실 안으로 들어갔다. 잠시 눈을 마주친 시하와 안나도 조용히 그 뒤를 따랐다.

*

탁자 위에 놓인 찻잔 위로 뜨거운 김이 모락모락 피어올랐다. 그 아지랑이 같은 연기 사이로 넷은 서로의 얼굴을 조심스레 살폈다. 누구 하나 선뜻 입을 열지 않았다.

"그런데……."

그중 가장 먼저 침묵을 깨트린 사람은 시하였다.

"주은재 조향사는 무슨 일로 이곳에 데리고 온 겁니까?"

깜짝 놀라 뜨거운 차를 뜨거운지도 모르고 한 모금 들이켠 정숙이 다급히 대답했다.

"그건 성운 프라그랑스에 새로 온 수석 조향사라기에 이, 인사나 할까 해서……. 그래도 명색이 제가 성운 호텔 대표인데……."

"이런. 제가 실수를 범했군요."

"네?"

"두 분 인사 자리를 마련한다는 걸 그만 깜빡했습니다. 죄송합니다, 오 대표님."

"아뇨. 뭘 사과까지……. 그저 인사일 뿐인데요."

"그저 인사라. 그러고 보니 오정숙 대표님도 이 자리에서 인사할 사람이 있지 않습니까?"

정숙이 그게 무슨 뜻이냐는 듯 쳐다보자 시하가 고개를 돌려 안나를 응시했다. 그 시선을 따라가던 정숙의 눈가가 파르르 경련했다.

"조카분, 오랫동안 찾고 있다고 하지 않으셨습니까?"

"그, 그랬죠. 맞아요……."

"혹시 잘못된 걸 아닐까 잠도 못 자고, 매일 마음이 문드러졌다고 하셨죠."

시하의 미묘한 말에 차마 안나에게는 말도 못 걸던 정숙이 마지못해 아련한 표정으로 입을 열었다.

"그, 그러고 보니 아, 안나 네가 어떻게 차시하 전무와 함께 있는 거니? 네가 갑자기 사라져서 내가 얼마나 찾아다녔는지……."

"절 찾으셨어요?"

안나는 차갑게 되물었다. 절 앞에 두고도 뻔뻔하게 거짓말을 하는 고모가 가증스러웠다. 그녀가 울컥하는 걸 느꼈는지, 시하가 손을 더 단단히 잡아왔다. 그래서 고모의 거짓말 앞에서도 이번엔 무너지지 않을 수 있었다.

"왜요?"

"왜, 왜라니? 무슨 그런 말을 해?"

"또 절 가두시게요? 족쇄라도 채우시려고요?"

"가, 가두다니! 조, 족쇄는 또 무슨 해괴한 소리······!"

"거짓말은 그만하세요, 고모."

오장육부가 뒤틀리는 듯한 악취에 안나는 간신히 말을 이었다.

"절 가두고, 제 발에 족쇄를 채우고, 그렇게 절 세상에서 없애버리려고 했잖아요. 아빠의 유산을 차지하려고!"

"아니야!"

정숙이 창백해신 얼굴을 마구 흔들며 소리쳤다.

"아까부터 계속 무슨 그런 말도 안 되는 소릴 하는 거니? 안나 네가 뭔가를 단단히 착각하고 있는 것 같은데 난 네 병을 잘 치료하려고 그랬던 거야! 몽유병을 앓더니 정신까지 이상해진 거니?"

"내 정신은 멀쩡해요! 고모가 한 말을 다 기억할 만큼요!"

"뭐?"

비명을 지르듯 목청을 높이던 정숙이 당혹감이 가득 서린 얼굴로 되물었다.

"무, 무슨 말······? 도대체 내가 무슨 말을 했다는 거야?"

안나는 그 파렴치한 연기에 점점 격앙되는 감정을 참지 못하고 터뜨렸다.

"다 들었다고요! 제가 6개월 전에 사라졌다고 시하 씨한테 거짓말하는 거! 그때부터 절 찾고 있었다고 말도 안 되는 연기를 한 거 다 들었어요, 저."

폭발하듯 내뱉고 나니 오히려 마음이 더욱 차분해졌다.

"그때 전 고모 집에 있었어요. 정말로 절 치료할 목적으로 데려간 거였다면, 왜 거짓말하셨어요? 제가 사라졌다고?"

평온한 얼굴로 안나는 더욱 매섭게 정숙을 노려봤다. 그녀의 입가에 피식, 비웃음이 걸렸다.

"아니다. 아주 거짓말은 아니었네요. 고모 집에 갇혀 있느라 성운 호텔 오태영 사장의 외동딸이자 상속녀인 오안나, 자존심 세고 누구 앞에서도 주눅들지 않던 오안나는 세상에서 사라져버렸으니까요."

안나는 천천히 고개를 돌려 여전히 제 손을 잡아주고 있는 시하를 바라봤다. 그러곤 그의 손 위로 자신의 나머지 손을 더 포개며 말했다.

"하지만 완전히 사라진 건 아니었어요. 시하 씨가 원래의 날 되찾아줬거든요."

시하는 그 말에 동조한다는 듯 부드럽게 웃으며 고개를 끄덕였다. 그녀가 처음 자신을 소환했던 밤. 족쇄에 묶인 채 벌벌 떨면서도 어찌나 제 할 말을 또박또박 해대던지. 욕조 안에서 금방 숨이 넘어가게 생겼는데도 절대 먼저 손을 내밀지 않던 그 자존심은 또 어떻고. 시하의 다정한 미소에 안나가 다시 용기를 내어 정숙을 똑바로 바라봤다.

"난 더 이상 고모 집에 갇혀 있던 바보 같은 오안나가 아니에요."

그리고 확실히 경고했다.

"그러니까 여기서 멈춰요."

"나, 나는 도대체 안나 네가 무슨 소릴 하는지 모르겠다. 도대체 뭘 멈추라는 거니?"

정숙은 마지막 순간까지 뻔뻔하게 나왔다. 안나는 다시금 격앙된 목소리로 외쳤다.

"언론까지 매수해서 시하 씨한테 고모의 죄를 뒤집어씌우려는 그 파렴치한 짓! 당장 멈추라고요!"

정숙의 안색이 파리해졌다. 안나가 어떻게 자신이 암암리에 진행시키고 있는 계획을 아는 건지, 쉽사리 파악되질 않았다.

"오, 오해야! 어디서 무슨 헛소문을 듣고 왔는지 모르겠지만, 정말 오해야, 안나야!"

"거짓말 그만하라고 말씀드렸잖아요. 다 알고 왔어요. 고모가 무슨 짓을 벌이려고 하는지. 시하 씨가 성운 호텔을 손에 넣기 위해서 날 펜트하우스에 감금했다고 인터뷰라도 할 생각이었어요?"

정숙은 말문이 턱 막혔다. 안나는 자신의 계획을 단순히 아는 정도가 아니라 낱낱이 꿰뚫고 있었다.

"뻔뻔해! 날 감금한 건 고모면서!"

"아냐……. 아니야……."

넋이 나간 정숙은 앵무새처럼 아니라는 말만 계속 반복했다.

"그것도 모자라 날 구하러 온 찬영 오빠를 시하 씨가 폭행했다고요?"

"아니라고. 내가 아니라잖아!"

"날 구한 건 시하 씨예요."

제대로 된 사고가 불가능한 와중에도, 정숙은 대체 누가 차시하와 안나의 귀에 저 정보들을 흘린 건지 미친 듯이 고민했다. 자신을 제외하면 몇 사람 알지 못하는 비밀이었다. 그러다 문득, 누군가의 모습이 정숙의 머리를 쿵 하고 내리쳤다.

"혹시, 서 지배인이……?"

시하가 그 틈을 파고들어 정숙에게 진실을 폭로했다.

"의외로 사람을 쉽게 믿습니다, 오 대표님."

명백한 조롱에 정숙이 입술을 파르르 떨며 물었다.

"설마 차시하, 당신이 사주한 거야?"

"아뇨. 사주는 오 대표님이 하셨죠. 서 지배인은 날 배신하고 당신에게 간 게 아닙니다. 내가 내 손으로 당신 소굴로 들여보낸 거죠."

"마, 말도 안 돼! 그런 낌새는 전혀 없었는데?"

"당신이 그녀 앞에서 방심하기까지 꽤 오래 기다렸습니다. 서 지배인이 완전히 당신한테 돌아섰다고 생각하고 내 사람 매수하는 것쯤이야 별거 아니라고 생각했겠죠. 그래서 주은재 조향사도 사주하려고 데려온 거 아닙니까?"

"웃기지 마!"

정숙은 원망하듯 시하를 노려봤다.

"당신 뭐야? 당신이 뭔데 자꾸 나와 안나 일에 끼어들어? 이건 우리 문제야! 우리 문제라고! 제삼자인 당신은 끼어들 자격 따위 없단 말이야!"

낱낱이 까발려진 진실 앞에 정숙은 발악했다. 당장에라도 시하의 멱살을 잡아챌 것처럼 달려드는 정숙의 앞을 안나가 재빨리 가로막았다. 그러곤 시하의 품에 이마를 살짝 기댄 채 정숙을 바라보며 단호하게 말했다.

"이 사람이 어떤 존재인지는 처음부터 말했잖아요. 우리가 무슨 사이인지, 아직도 모르겠어요?"

시하는 보란 듯이 고개를 기울여 안나의 뺨에 입을 맞췄다. 참고 또 참았는데도 미처 숨기지 못한 눈물방울이 안나의 눈가에 안간힘을 쓰고 매달려 있었다. 그것을 나른히 훔치며 그는 생각했다. 처음 안나의 눈물을 맛봤을 때 왜 그토록 맛이 없었는지. 아무리 생각해도 도무지 이유를 알 수 없었는데, 그걸 이제야 깨달았다.

널 좋아해서……. 네가 너무 소중해서…….

그래서 너의 아픔이 나의 아픔이 되고, 너의 고통이 나의 고통이 되어, 그렇게 끔찍하게 아프고 고통스러워 네 눈물 역시 맛없을 수밖에 없던 거라고. 시하는 위태롭게 매달린 눈물을 쪽 빨아들이고 젖은 살결 위로 다시 지그시 입술을 눌렀다. 이 고운 살결이 더는 젖는 일이 없기를 간절히 바라고 바랐다. 그러곤 천천히 안나에게서 입술을 떼어내고 정숙을 차갑게 응시했다.

"이만하면 내 자격은 확실히 보여준 것 같은데."

멍하니 둘의 모습을 보던 정숙의 눈빛에 경악이 가득 들어찼다.

"그렇다면 오정숙 당신이 지금 얼마나 무모한 짓을 하고 있는지도 확실히 알았겠지? 그러니 안나 말대로 이쯤에서 그만 멈춰."

더없이 싸늘한 시하의 말 뒤에 안나는 마지막 경고를 덧붙였다.

"고모가 멈추지 않으면, 우리가 멈추게 만들어요. 언론까지 끌어들여서 고모 죄를 빠짐없이 밝히고 싶으면, 어디 한번 계속해보세요."

그리고 거짓 속에 교묘하게 진심을 담아 말했다.

"내 남자가 다치는 거, 난 절대 못 보니까."

지난 6개월의 분노와 절망을 모두 쏟아부은 안나가 그 말을 끝으로 비틀 거렸다.

"안나야!"

무너지는 안나를 받아 들며 시하는 이를 악물었다. 제 선에서 해결할 수 있기를 간절히 바랐지만, 결국 안나의 손을 빌려 오정숙을 매듭지은 것이 그는 화가 나서 참을 수가 없었다. 더는 안나가 이런 일을 겪도록 하고 싶지 않았다. 생각 같아선 이대로 당장 오정숙을 지옥 불구덩이에 처넣고 싶었 다. 정말로 두 번 다시 빠져나올 수 없는 끔찍한 악몽에 영영 가둬버리고 싶 었다. 하지만 그랬다간 의심의 화살이 자칫 안나에게로 돌아갈 수도 있었 다. 그렇기에 인내심을 쥐어짜 시하 역시 마지막 경고만을 남겼다.

"오정숙 당신, 한 가지 더 명심해두는 게 좋을 거야."

정숙은 완전히 넋이 나간 표정으로 시하를 바라봤다. 그는 언젠가부터 아 예 자신을 대표님이라고도 부르지 않았다. 존댓말도 쓰지 않았다. 그것이 마치 바닥까지 자신을 끌어내리겠다는 경고처럼 느껴져 몸이 절로 떨렸다.

"나도 내 여자가 다치는 건 절대 못 봐. 내 여자를 지키기 위해서라면 난 못 할 게 없다고. 그러니 더 이상 더러운 당신 아들이 안나 주변에서 얼쩡거 리지 못하게 해."

"우리 아들? 차, 찬영이가 왜……?"

"당신 아들이 얼마나 추악한 스토커인지, 정말 모르는 거야? 아니면 모른 척하고 싶은 거야?"

문찬영이 안나의 방에 들어갈 때마다 미묘한 눈빛으로 지켜보던 정숙의 꿈속 모습을 떠올리며 시하가 무섭게 뇌까렸다.

"또 한 번 그 인간이 내 눈에 띄면 절대로 가만있지 않아."

그러곤 안나를 잠시 소파에 앉혀놓고, 오정숙의 귓가에 다가가 잔인하게 속삭였다.

"지금은 단지 꿈에서 겪는 거짓 통증일 뿐이지만, 그땐 정말로 문찬영의 눈알을 뿌리까지 뽑아버릴 테니까. 아들이 진짜 통증에 내지르는 비명을 듣고 싶지 않으면 인정하라고. 당신 아들이 얼마나 추악하고 더러운지."

차시하의 말이 맞았다. 어렴풋이 느끼고 있었지만, 일부러 깊숙이 파고들지 않았다. 애써 외면했던 아들의 가면을 확실히 깨닫고 만 정숙은 그 순간 모래성처럼 무너져 내렸다. 시하는 다시 안나를 일으켜 품에 소중히 안고, 싸늘한 눈으로 정숙을 내려다봤다.

"당신 아들의 죄까지 포함해서, 다음엔 법정에서 보도록 하지."

그러곤 그대로 미련 없이 대표실을 빠져나갔다. 이 끔찍한 인간과 같은 공간에 한시도 더는 안나를 머물게 하고 싶지 않았다.

*

시하가 안나를 데리고 대표실을 빠져나간 후, 한참을 축 늘어진 채로 멍하니 있던 정숙이 갑자기 고래고래 소리를 지르기 시작했다.

"김 실장! 김 실장!"

그 소리에 놀란 주석이 바삐 대표실 안으로 뛰어 들어왔다. 정숙은 주석을 보자마자 그의 팔에 매달렸다.

"어떡해, 김 실장? 차시하가! 차시하가 다 알아. 전부 다 알고 있다고!"

"대표님, 정신을 차리십시오! 지금 여기에……!"

충격에 빠진 정숙은 주석의 말을 전혀 귀담아듣지 않았다.

"근데 그걸 알려준 게 누군 줄 알아? 서 지배인 그게 내 꼬리인 척 굴더니, 내내 차시하 전무 꼬리였던 거야! 그걸 내 엉덩이에 갖다 붙이고 있었으니, 모든 정보가 새어 나갈 수밖에!"

"대표님!"

"김 실장은 서 지배인 동태 하나 제대로 살피지 못하고 뭘 한 거야? 당장 닥터 강한테 연락해. 전화해서 내가 시킨 일 빨리 처리하라고 전해! 적절한 타이밍 같은 거 따지지 말고 펜트하우스로 쳐들어가든 안나를 데리고 나오든 당장 끝내라고 하란 말이야!"

"대표님! 주은재 조향사가 아직 여기 있습니다!"

결국 주석이 고함을 쳐서 정숙의 말을 끊었다. 그제야 정숙의 넋을 놓은 눈동자가 은재를 향했다. 은연중에 은재도 대표실을 나갔을 거라 생각한 정숙의 입에서 비명에 가까운 외침이 터져 나왔다.

"주, 주은재 씨!"

정숙의 눈빛을 본 은재는 소름이 오싹 돋았다. 찰나에 그녀의 눈빛에는 자신을 적으로 간주해야 하는지, 포섭해야 하는 정보원으로 간주해야 하는지 갈등하는 기색이 역력했다. 만약 적으로 인식한다면 가차 없이 절 죽이기라도 할 듯 위험한 눈빛. 은재는 조향실에서 몰래 챙겨온 향수를 조심스럽게 꺼내 주먹 안에 숨겼다. 그 순간, 정숙이 결정을 내린 듯 입을 열었다.

"아직 안 나갔습니까?"

"네……. 언제 나가야 하는지 타이밍을 잡지 못해서요."

"어쨌든 다 들었을 테니 한마디만 더 할게요."

순식간에 다시 가면을 쓴 정숙이 말을 이었다.

"차시하 전무 말, 믿지 말아요. 전부 거짓이니까."

"거짓?"

"그래요. 어떻게 안나를 홀렸는지 몰라도 그가 내 조카를 앞세워 나에게서 이 성운 호텔을 빼앗으려 하고 있어요. 심지어 스파이까지 심어서 교묘하게 우리 쪽 정보도 다 빼가고."

"혹시 그래서 절 찾아오신 건가요?"

"말귀를 잘 알아들어 좋네요. 맞아요. 주은재 씨한테 도움을 청하려고 찾아간 거예요. 차시하 전무가 직접 스카우트한 인재니 뭔가 알고 있지 않을까 해서. 우리도 당하고 있을 수만은 없잖아요."

입에 침도 바르지 않고 무모한 거짓말을 하는 정숙을 은재는 빤히 응시했다. 그녀는 당혹감에 마구 떠들어댄 말까지 능숙하게 위장하고 있었다. 놀라울 정도로 오정숙의 거짓말은 그럴싸했다. 하긴, 이 정도로 악랄했기에 조카를 가두고 유산을 빼돌릴 생각까지 했던 거겠지. 골똘히 생각에 잠겨 있던 은재가 넌지시 물었다.

"제가 차시하 전무에 대해서 뭘 알고 있는지 궁금하세요?"

그 말을 전하는 잠깐 사이, 그는 온도부터 달라져 있었다. 내내 신중하고 조심스럽던 태도를 보이던 그의 모습은 온데간데없이 사라져버린 듯했다. 정숙은 그 수상한 낌새에 머뭇거리며 대답했다.

"다, 당연히 궁금하죠. 어때요, 주은재 씨? 내 편에 서주겠어요?"

어쨌든 지푸라기라도 잡아야 하는 상황이었다. 정숙의 질문에 은재가 천천히 입술을 벌렸다. 그의 입가에는 조금 전까지는 볼 수 없던 비릿한 웃음이 선명하게 걸려 있었다.

"내가 왜?"

"주, 주은재 씨?"

"당신은 그 악마만큼이나 안나한테 해로운 존재인데."

은재는 절박한 기색이 역력한 정숙을 내려다보며 천천히 일어섰다.

"잘됐어. 당신이 안나한테 무슨 짓을 했는지 나도 똑똑히 알고 싶었으니까."

동시에 재빠르게 정숙의 얼굴을 향해 손을 뻗어 일회용 용기에 담아 온 향수 중 하나를 먼저 분사시켰다. 털썩! 정숙이 기절하듯 힘없이 바닥에 쓰러졌다.

"대, 대표님!"

오정숙을 깨우려는 주석을 향해서도 은재는 곧 향수를 뿌렸다. 주석도 여지없이 정신을 잃고 바닥에 무너졌다. 방금 두 사람에게 뿌린 향수는 엔트라스였다.

"하필 공유몽인 게 걸리긴 하지만, 웬만한 건 다 김 실장 손을 통해서 해결하고 있는 것 같으니까 상관없겠지."

바닥에 쓰러진 두 사람을 내려다보며 중얼거리던 은재가 아직 뿌리지 않은 나머지 향수를 물끄러미 바라봤다. 이 향수의 종류는 레플리카. 향을 다루는 일족 가운데 극히 소수의 조향사만이 제조가 가능한 희귀한 향수였다. 인간이 아닌 몽마의 꿈에서 추출한 향. 레플리카를 뿌리면 일시적으로 몽마의 능력을 모방할 수 있게 된다. 즉, 인간의 꿈속으로 들어가는 것이 가능하다는 뜻이었다. 기기에 24시간 안에 벌어진 일이라면 꿈을 통해 현실을 조작하는 것도 어느 정도는 가능했다.

"가급적 이것만은 쓰고 싶지 않았지만……."

꺼림칙한 표정을 지으며 은재가 마지못해 펌프를 눌렀다. 분사된 검은색 향수가 촘촘하게 그를 둘러쌌다. 진한 냄새가 피어오르며 서서히 공기가 뜨겁게 달아올랐다. 은재는 신음을 삼키며 눈을 감았다.

다시 눈을 뜬 그의 눈동자 색깔이 온통 검었다. 피부 위로 도드라지는 혈관마저 짙은 검은색이었다. 악마의 힘이 혈관을 타고 몸 구석구석 퍼져 나가는 느낌이 끔찍했다.

"으윽! 이래서 정말 쓰기 싫었다고!"

고통을 참지 못한 은재의 입에서 신음과 불평이 한꺼번에 터져 나왔다. 그 순간, 그의 몸이 예고도 없이 정숙과 주석이 꾸는 공유몽 속으로 연기처럼 빨려 들어갔다.

*

우는 안나를 안은 채 바깥으로 나가는 건 너무 눈에 띄기 때문에 시하는 다시 펜트하우스로 돌아와야 했다. 그는 안정을 되찾을 때까지 안나를 침대에 누워 있게 할 생각이었지만, 그녀가 떨어지려 하지 않았다. 지난번에 오정숙의 거짓말을 엿듣고 악몽을 꿨던 날에도 그러더니⋯⋯. 시하는 안나를 눕히는 걸 포기하고 그녀를 안은 상태에서 직접 침대 위로 올라가 등을 기대고 앉았다.

그녀를 마음대로 만져도 되는 1시간은 이미 지났지만, 어쩔 수 없었다. 그렇게 30분 남짓이 지나자 작은 몸에서 느껴지던 떨림이 잦아들기 시작했다. 아무래도 잠든 것 같지는 않아 시하는 조심스럽게 말을 걸었다.

"다 울었어?"

안나는 갑작스럽게 날아든 질문에 움찔 몸을 굳히더니, 잠시 후 그의 셔츠에 얼굴을 비비며 작게 목소릴 냈다.

"⋯⋯무슨 소리예요?"

"다 울었냐고."

"나 안 울었어요."

시하는 기가 막혔다. 어쩐지 소리도 내지 않고 끅끅 참으며 울더라니. 이렇게 자존심을 세우려고 그랬던 모양이다. 동시에 그는 안나가 눈물에 체할까 걱정했던 게 괜히 억울해졌다.

"또, 또 거짓말한다. 이거 안 보여? 네 눈물 때문에 내 셔츠 다 젖었는데."

"정말요?"

후다닥 시하의 무릎에서 내려온 안나가 무릎을 꿇은 채로 시하의 셔츠를 물끄러미 바라봤다. 정말로 그의 가슴 부근이 색조 화장 얼룩이 잔뜩 묻은 채 젖어 있었다. 한참 뭐라고 변명할까 눈동자를 도로록 굴리던 그녀가 멘트가 생각났는지 냉큼 입을 열었다.

"눈물 아니고, 침이에요."

"뭐?"

"깜빡 졸았어요. 좀, 많이 흘렸네."

"우는 건 창피하고, 침 흘리고 존 건 안 창피해? 무슨 자존심이 그래?"

"여자의 자존심이 아니라, 인간 오안나의 자존심이니까요. 원래 남 앞에서 잘 안 운단 말이에요."

하지만 시하는 이미 인간 오안나의 눈물을 본 적 있었다.

"기억 안 나나 본데, 너 내 앞에서 운 적 있거든?"

시하의 말에 안나는 순간적으로 표정을 왈칵 구겼다.

"알아요. 제대로 기억하거든요? 그래서 더 울기 싫은 거예요. 그때 진짜 창피했으니까."

하긴. 그렇게 울고 나서도 위로 차원에서 옷을 사주려는 저에게 나중에 일해서 갚겠다고 했었지. 문득 부니그에서의 기억을 떠올린 시하가 피식 웃으며 중얼거렸다.

"부럽네, 오안나."

진심이 가득 담긴 한숨 같은 목소리에 안나는 곧바로 되물었다.

"뭐가요?"

"하나라도 자존심 지킬 수 있어서. 나는 남자의 자존심도, 악마의 자존심도 전부 내려놨거든. 누구 때문에."

'누구'를 유독 힘줘 발음하는 시하의 시선이 올곧게 안나를 향했다. 그 눈빛에 잠시 숨 쉬는 것조차 까먹고 있던 안나가 있는 힘껏 코웃음을 치며 따졌다.

"무, 무슨? 차시하 씬 나랑 반대로 남자의 자존심 하나만 내려놨잖아요. 날 좋아한다고 말만 하지, 6개월 후엔 계약대로 다 이행할 거죠? 내가 아무리 좋아도 계약은 못 무르겠죠?"

안나는 쉽게 대답을 못 하는 시하의 모습에 이 순간을 절대 놓치면 안 된다고 생각했다. 지금이 바로 시도 때도 없이 '좋아해' 공격을 퍼붓는 그를 원천봉쇄할 수 있는 기회였다.

"잘 생각해봐요. 차시하 씨는 날 좋아하는 게 아니라, 그냥 먹이에 대한 소유욕을 착각하고 있는 거니까."

하지만 시하가 멍하니 생각에 잠겨 있었던 건 전혀 다른 이유 때문이었다.

"그거, 계약 없던 거로 하면 내 말을 믿겠다는 뜻이야?"

안나는 눈을 동그랗게 뜨고 되물었다.

"뭘 없던 거로 해요? 계약을? 설마 진심으로 하는 말은 아니죠?"

"진심이야. 이제 계약 따윈 아무래도 상관없어."

안나는 도저히 믿기지 않아서 눈만 깜빡거렸다. 시하는 그런 안나의 눈을 올곧게 마주하며 다시 한 번 분명하게 말했다.

"오정숙한테서 너 구하고, 호텔도 다시 찾아주고, 네 부모님 죽인 범인도 찾아주고. 그래도 네 꿈 안 먹겠다고 하면, 그럼 정말 내가 너 좋아하는 거 믿어줄 거야?"

장난도 아니고, 떠보는 말도 아니었다. 방금 한 말은 정말로 시하의 진심이었다. 그의 요즘 최대 고민은 어떻게 하면 안나가 자신의 말을 믿을까 하는 것이었으니까.

안나를 좋아하는 자신의 감정을 깨달은 후로 시하는 하루에도 몇 번씩 후회를 거듭해야만 했다. 안나에게 취향이 아니라느니, 계약 때문에 억지로 곁에 있는 거라느니, 그런 쓸데없는 말을 지껄인 제 입을 꿰매버리고 싶은 심정이었다. 자신의 말이라면 무조건 불신하고 보는 안나를 믿게 할 수 있다면, 뭐든 할 수 있을 것 같았다. 그 방법이 설령 자신에게 가장 소중한 물건을 내놓는 것이라 할지라도.

"진짜로 믿어줄 거지?"

그 마음을 증명하듯, 시하는 망설임 없이 주머니에서 무언가를 꺼내 안나의 손에 쥐여 주었다.

"이게…… 뭐예요?"

"일단 봐봐."

안나는 고개를 갸웃하며 손바닥을 펼쳤다. 이윽고 그가 건넨 물건을 확인한 안나의 눈이 튀어나올 것처럼 커다래졌다.

"뭐야? 이걸 왜 나한테 줘요? 아니, 그보다 이걸 왜 가지고 나왔어요? 태주 씨한테 주고 왔어야죠! 소환은 어쩌려고!"

시하가 내민 물건은 다름 아닌 회중시계였다. 안나는 부리나케 다시 시하의 손에 회중시계를 떠넘겼다. 이토록 귀한 물건을 받을 수는 없었다. 이 회중시계에는 시하와 안나가 했던 계약이 그대로 깃들어 있어서, 이를테면 시계 자체가 노상에 지장까지 꽉꽉 찍힌 계약서나 다름없었다. 게다가 이게 없으면 시하는 호텔 안으로 다시 돌아갈 수도 없는 처지였다. 하지만 그토록 귀중한 회중시계를 시하는 끝내 고집스럽게 놀려받지 않았다.

"그냥 받아. 그때 너 쓰러졌을 때. 그때부터 계속 생각했던 거야. 너한테 이걸 줘야겠다고."

시하는 망치로 머리를 세게 얻어맞은 것처럼 얼얼한 표정을 짓는 안나의 목에 회중시계를 걸어주며 속삭였다.

"네가 나 없는 곳에서 또 쓰러지거나 위험한 일 당할까 봐 걱정하는 것보다 네가 나 소환 안 해줄까 봐 걱정하는 게 차라리 나아."

악마의 다정한 진심에 안나는 울컥 목이 메었다. 한참 동안 제 목에 걸린 회중시계를 내려다보던 그녀가 어느 순간 고개를 휙 치켜들고 따져 물었다.

"그러다 내가 호텔에 들어가서 꼭꼭 숨어버리면요?"

"어쩔 수 없지. 괜찮아. 바깥 생활 안 해봤던 것도 아니고."

"괜찮긴 뭐가 괜찮아요? 호텔 되찾고, 범인 다 찾고 했는데도 계약 안 지키고 당신한테서 도망치면 그땐 어떡할 건데?"

"계약 없던 거로 해도 좋다고 했잖아. 상관없어."

"……미쳤어."

안나는 한 치의 머뭇거림도 없이 대답하는 시하를 보며 고개를 절레절레 흔들었다.

"차시하 씨 정말 미친 거 아니에요?"

하도 어이가 없어 맥없는 웃음이 기침처럼 터져 나왔다.

"아니, 내가 왜 좋아요? 난 나밖에 모르고, 어떻게 하면 계약을 없던 일로 만들까 못된 궁리만 하고, 그런 주제에 계속 귀찮은 요구만 해대고, 이렇게 매일매일 자존심 세우면서 건방지게 구는데!"

"알긴 아네."

"그런데 대체 내가 왜 좋아요? 어? 난 아무리 생각해도 이해가 안 돼."

"나도 이해 안 돼."

"그런데 왜 좋아하는 거냐고요!"

모른 척해야 하는데. 설레면 안 되는데. 이미 1시간짜리 연극도 다 끝나버렸는데! 자꾸만 아는 척하고 싶게 만들고, 설레게 만드는 시하 때문에 멋대로 감정이 격해졌다. 그래서 저도 모르게 두개골이 찡 울릴 정도로 버럭 소리를 지르고 말았다. 하지만 그런데도 그는 여전히 자신을 한없이 사랑스럽게 바라보고 있었다.

"내가 널 좋아하는 게 아니라고 날 설득할 생각이면 포기해. 나도 미친 듯이 고민하고 인정한 거니까."

역부족이었다.

"지켜줄게. 네가 나와 같은 마음이 될 때까지. 너도 날 원하게 될 때까지."

이 남자의 진심을 도저히 막을 수가 없었다.

"나는 네가 나 때문에 웃었으면 좋겠어. 나한텐 이제 꿈을 먹는 것보다도 네 미소가 더 중요해."

하지만 안나는 그럴수록 더 억지로 마음을 다잡았다.

"포기해요. 내가 당신한테 넘어가는 일은 절대로 일어나지 않을 거예요."

"단순히 자존심 때문이야?"

시하가 진심으로 안타까운 표정을 지으며 물었다.

"아니면 내가 악마라서?"

안나는 입술을 꼭 깨물었다. 왜 이렇게 간절한 목소리로 묻는 건데? 어설프게 둘러대려다 진심이 튀어나올 것 같아 안나는 고개를 저었다.

"말 안 해줄래요. 굳이 말해줄 의무는 없는 거잖아요."

아빠와 어떤 계약을 했었던 거냐고. 대체 둘 사이에 무슨 일이 있었던 거냐고. 묻고 싶은 말을 꾹꾹 눌러 삼키며 안나는 다시 그의 사정거리에서 벗어났다. 그러다 문득 벽에 걸린 시계를 보고 화들짝 놀라 벌떡 일어섰다.

"차시하 씨! 벌써 12시예요! 우리 모임 시간에 늦은 거 아니에요?"

그 순간, 시하가 헐레벌떡 빠져나가려는 안나의 손목을 잡아챘다.

"엄마야!"

그 바람에 안나는 시하의 품에 넘어지듯 안기고 말았다. 다시 일어나기 위해 바둥거리는 그녀를 시하가 힘으로 끌어당겼다. 안나는 이번엔 흰 셔츠에 입술 자국까지 선명히 새기며 시하의 품에 안기고 말았다. 단단히 붙들린 허리 대신 간신히 고개만 든 안나가 시하를 올려다보며 물었다.

"······지금 나랑 뭐 하자는 거예요?"

시하가 망설이며 대답했다.

"나 사실, 너한테 고백할 게 있어."

안나의 표정이 대번에 구겨졌다. 고백은 이제 정말 그만해줬으면 좋겠는데. 이러다 진짜 심장이 고장 나버릴 것 같다고! 하지만 안나의 바람을 아는지 모르는지 시하는 꿋꿋이 그녀의 귓가에 다가와 고해성사했다.

"오늘 모임 시간은 저녁 8시야."

귓속을 파고든 말에 안나는 시하의 단단한 손을 뿌리치고 벌떡 일어섰다.

"나한테 거짓말한 거예요? 어째서?"

"몰라서 물어?"

허리에 양손을 올리고 도끼눈을 뜬 안나를 시하가 상처받은 눈으로 흘겨봤다. 너무도 당연하게 되묻는 말에 곰곰이 고민해보니 그녀는 이미 정답을 알고 있었다.

'내일 나랑 데이트하자!'

붉은 동백꽃, 눈부신 미소, 데이트 신청. 사진이라도 찍은 것처럼 선명한 기억이 뇌리에 범벅된 채 떠올랐다. 달아오른 얼굴을 하고서 안나는 다시 한 번 못을 박았다.

"내, 내가 분명히 데이트 아니라고 했죠!"

하지만 시하는 말도 안 되는 소릴 늘어놓으며 안나가 박은 못을 냉큼 뽑아버렸다.

"누가 뭐래? 너는 그냥 아는 악마랑 밥 먹고 산책한다고 생각해."

"뭐라고요? 아는 악마?"

"어. 아는 악마. 걱정 마. 데이트는 나 혼자 할 테니까."

"그게 말이 돼요? 둘이서 밥 먹고 산책하는데 한쪽은 그냥이고, 한쪽은 데이트라는 게?"

"안 될 건 또 뭐야?"

벽에 대고 말하는 기분이 이런 걸까? 아무리 말이 안 된다는 걸 설명해봤자, 통하지 않을 걸 깨달은 안나는 입을 다물었다. 어차피 밥을 먹을 시간이었고, 매일 똑같은 펜트하우스 정원보다야 바깥에서 거리를 산책하는 게 더 끌리기도 했다.

"다시 한 번 말하지만, 나는 데이트 아니에요."

"어련하시겠어."

쿨한 척하더니 내심 서운한 모양이었다. 입술을 비죽 내미는 시하를 흘기며 욕실로 향하던 안나가 문득 생각이 난 듯 말했다.

"참, 경황이 없어서 아깐 그냥 왔는데. 은재 오빠는 괜찮겠죠?"

"그 인간 걱정을 뭐 하러 해? 겉보기엔 서글서글 웃고만 있는 것 같아도 절대 호락호락한 녀석 아니야."

"하지만 고모가 은재 오빠한테 거짓말을 한다거나, 또 날 음해하려고 들면……."

"걱정할 필요 없대도. 설사 오정숙이 거짓말로 속이려고 한들, 주은재는 널 다치게 하는 짓은 절대 안 해."

방금 안나에게 해준 말은 사실이었다. 악마 앞에서도 전혀 기죽지 않는 주은재가 오정숙 앞에서 벌벌 떨 리는 없었다. 안나를 위해서라면 더 전능한 존재 앞에서도 칼을 빼 들 녀석이었다. 그걸 알기에 시하는 더욱 기분이 나쁜 것이고.

"혹시 몰라서 태주 대표실로 보냈어."

"그랬어요?"

"어. 그러니까 우린 밥이나 먹고 산책이나 하러 가자고. 얼른 세수하고 나와."

시하는 다시금 머릿속을 맴도는 주은재의 의뭉스러운 말들을 애써 털어내며 안나의 등을 떠밀었다. 안나 역시 태주가 갔다면 아무 문제 없을 거란 생각에 시하가 이끄는 대로 다시 욕실을 향해 걸음을 옮겼다. 정작 은재를 살피러 간 태주에게 문제가 생길 거라곤, 전혀 예상하지 못한 채로.

*

"마, 말도 안 돼……."

태주는 바닥에 쓰러진 두 사람의 꿈속으로 빨려 들어간 은재를 지켜보다 다리에 힘이 풀려 주저앉고 말았다. 흰자위까지 몽땅 까맣게 변한 은재에게서 뿜어져 나오던 강한 기운. 틀림없이 몽마의 힘이었다. 그것도 왕족 이상만이 지니는 강력한 힘. 그 힘은 분명히 은재가 스스로 제 몸에 향수를 뿌린 후에 생겨났다.

태주는 저 향수에 대해서 잘 알고 있었다. 저 향수를 만들 수 있는 특별한 일족에 관해서도. 인간의 감정이나 생각에서 냄새를 맡고, 꿈을 향수로 만들 수 있으며, 나아가 몽마의 힘마저도 향수로 만드는 것이 가능한, 향(香)

의 일족. 그들의 능력은 신의 선물이라고 불리었다.

하지만 신의 선물은 이내 저주로 바뀌었고, 향의 일족은 그 능력으로 인해 오랜 세월 몽마의 조향사가 되어 노예처럼 부려졌다. 그리고 어느 날 갑자기 이 세상에서 사라졌다. 그런데 그때 함께 사라졌어야 마땅한 그 향수가…….

"어떻게 주은재 씨 손에 있는 거지?"

태주가 아무리 고민해도 답을 알 수 없는 질문을 중얼거린 그때였다.

"그 답, 내가 직접 해줄까요?"

어느새 꿈에서 빠져나온 은재가 섬뜩하기 짝이 없는 검은 눈동자로 태주를 내려다보고 있었다. 먹물을 흠뻑 빨아들인 듯 온통 시커먼 은재의 눈은 공포 그 자체였다. 그뿐만 아니라 은재에게서 뻗어 나온 검은 힘은 시하의 푸른 힘만큼이나 압도적이고, 광포했다.

단지 향수를 뿌린 것만으로 이토록 강한 힘을 뿜어내다니. 레플리카에 관해서 들어본 적은 있지만, 태주는 그 위력이 어느 정도인지까지는 세세히 알지 못했다. 그런데 지금, 직접 겪은 그 힘은 온몸이 바들바들 떨릴 만큼 두려웠다. 하지만 한편으론 그만큼 호기심도 강하게 일었다. 도발한 후에 쉽게 열리지 않는 은재의 입을 바라보며 태주가 저도 모르게 물었다.

"대답해요. 주은재 씨가 대체 어떻게 그 향수를……!"

순간, 은재를 둘러싸고 있던 검은 연기가 태주의 살갗에 닿았다. 단지 연기가 피부에 스친 것뿐인데 인두로 지지는 듯한 고통이 순식간에 밀려들었다.

"크억!"

태주는 말을 채 끝맺지 못하고 고통에 찬 신음을 토해냈다. 찰나 은재의 눈빛에 동요하는 기색이 스쳐 지나갔다. 지금까지의 위압적인 분위기는 한순간 사라지고 정중한 목소리가 그에게서 흘러나왔다.

"미, 미안해요."

사나운 모습과는 도무지 어울리지 않는 말투에 태주는 극렬한 통증을 느끼는 와중에도 헛웃음이 나왔다.

"도대체 뭐가…… 미안하다는 거죠?"

"나는 아직 이 레플리카를 잘 제어하지 못해요. 악마의 힘을 뒤집어쓴 거다 보니 표정도 말투도 제멋대로 사나워지고요. 윤태주 씨를 기분 나쁘게하거나 다치게 할 생각은 없었어요."

은재는 태주에게서 한 발짝 뒤로 물러서며 진심으로 말했다. 제어를 잘못 한다는 그의 말은 진실인 듯했다. 그의 온몸에 검게 돋아난 혈관은 마치뱀처럼 움직였고, 눈동자에 스며든 검은 기운도 마치 살아 있는 것처럼 요동치고 있었다. 어느 순간엔 잔인한 악마의 모습이, 어느 순간엔 젠틀한 원래 그의 모습이 겨루듯이 나타났다. 마치 한 몸을 두고 두 명의 인격이 자리싸움을 하는 것 같았다. 잠시 후, 간신히 검은 기운을 제압한 은재가 한 걸음뒤로 물러서며 물었다.

"이렇게 조금 떨어져서 얘기하는 편이 좋겠네요. 이제 좀 괜찮으세요?"

태주는 필사적으로 고개를 저으며 대답했다.

"아뇨. 좀 더 멀리 떨어져 주시면 좋겠는데요. 한 열 걸음쯤? 숨을 쉬기가너무 힘들어요."

가뜩이나 얼마 전 시하의 지시로 동백나무를 되살리느라 기력을 많이 잃었던 터였다. 태주는 호흡이 곤란한지 거칠게 숨을 토해냈다. 언뜻 봐도 고통이 극심한 듯한 태주의 모습에 은재는 말없이 정확하게 아홉 걸음을 더물러섰다.

"지금은 어때요?"

"좀 나아요."

태주의 대답에 은재가 방금 사용한 레플리카를 앞으로 내밀며 말했다.

"이게 뭔지는 이미 알고 있는 거죠?"

"네, 들어본 적 있어요."

"그럼 레플리카에 관해 따로 설명할 필요는 없을 테니 바로 본론으로 넘어가서……. 제가 이걸 가지고 있는 이유는 이게 안나 어머님이 남긴 유품이기 때문이에요."

"왜 안나 님 어머니의 유품을 주은재 씨가 가지고 있는 건가요?"

"안나가 어머니의 공방에서 미처 발견하지 못한 걸 제가 찾아냈거든요. 그리고……."

마치 화상을 입은 것처럼 쓰라린 피부에 호호 입김을 불고 있던 태주가 어쩐지 수상한 느낌에 은재를 바라봤다. 그의 예감은 적중했다.

"안나 어머님이 남긴 유품은 이 레플리카만이 아니에요."

귀를 쫑긋 기울이고 있던 태주의 눈이 휘둥그레졌다. 잠깐 사이에 벌써 몇 번을 이렇게 크게 놀란 건지 모르겠다. 팔은 안으로 굽는다고 제 주인의 라이벌에게 미묘한 적대감을 느끼며 태주가 뾰족한 목소리로 물었다.

"또 다른 유품은 뭐죠?"

"안나에게만 말해줄 거예요. 그게 그분의 유언이니까."

"그런데 왜 아직 안나 님에게 전해주지 않는 거예요?"

"전해주려고 했어요."

은재는 억울한 목소리로 단호하게 대답했다. 태주도 질 수 없다는 듯 되물었다.

"도대체 언제요?"

"차시하가 방해만 안 했다면 진작 전해줄 수 있었는데……."

문득 태주는 안나가 은재를 만나러 갔던 날, 결정적인 타이밍에 나타나 둘을 훼방 놓았던 시하의 모습을 떠올리며 이마를 짚었다. 아무래도 그때 유품에 관해 말을 하려고 했었나 보다.

"제가 안나 옆에 다가가기만 해도 어찌나 무섭게 으르렁대는지. 갑자기 나타나선 저 보란 듯이 일부러 어깨에 손 올리는 거 보셨죠?"

반박할 말이 없다. 질투에 눈이 먼 주인 탓에 비서는 입이 열 개라도 할 말이 없었다.

"지난번에 윤 비서님이 알려주셔서 병원에 찾아갔을 때는 절 아예 병실에도 못 들어가게 하더라고요. 하는 수 없이 그냥 돌아왔죠."

안 봐도 훤했다. 요즘 한창 주인님의 질투에 물이 올랐었으니. 도무지 유품을 전해줄 틈이 없기는 했겠다. 태주는 깔끔하게 인정했다.

"그럼 이제라도 전해주세요. 원래 안나 님이 가지고 있어야 할 물건이니까. 아니면 제가 대신 안나 님께 가져다드릴까요?"

"글쎄요. 윤 비서님도 마냥 믿을 수만은 없어서요. 왠지 저한테 계속 공격적이신 것 같고."

뼛속부터 주인님의 충식한 비서인 게 그렇게 티가 났나? 뜨끔한 표정을 숨기며 태주가 이번에는 원래의 말투로 부드럽게 물었다.

"그래서 언제 전해주시려고요?"

"지금이라도 당장……."

"지금은 곤란해요. 시하 님이랑 안나 님, 두 분 같이 외출 중이시거든요."

은재는 둘이서 함께 외출했다는 사실에 씁쓸한 표정을 감추지 못하며 억지로 웃어 보였다.

"어차피 저도 지금 당장은 곤란해요. 마음만은 그렇다는 뜻이었어요. 아까 말씀드렸다시피 제가 레플리카를 다루는 데 서툴러서요. 이 흉측한 모습에서 벗어나려면 적어도 하루는 꼬박 지나야 하거든요."

여전히 마치 살아 있는 생명체처럼 올록볼록 솟았다 꺼지는 검은 기운을 바라보며 태주가 긴장한 목소리로 물었다.

"주은재 씨, 괜찮아요?"

점점 힘을 제어하기가 어려워지는지 검은 핏줄이 금방이라도 터질 것처럼 부풀어 있었다. 상당히 위태로운 모습이었지만, 은재는 애써 웃으며 대답했다.

"괜찮아요. 아무튼 제가 내일 펜트하우스로 찾아가겠다고 전해주세요.

가기 전에 문자 드릴게요. 그 후에 선택은 안나에게 맡기도록 하죠."

선택? 무슨 선택? 태주가 그게 무슨 소리냐고 물으려 했을 때였다.

"크윽!"

끝내 은재가 휘청거렸다. 곧이어 그의 눈에서 검은색 연기가 마치 눈물처럼 뚝뚝 흘러내리기 시작했다.

"아무래도 계속 이러고 있다간 윤 비서님 꿈마저 먹어 치울 것 같으니 이야기는 이쯤 하는 게 좋을 것 같네요. 그럼 내일 뵙겠습니다."

말을 마친 후, 은재는 눈을 질끈 감은 채 곧장 대표실을 빠져나갔다. 아직 통증이 가시지 않은 탓에 태주는 그를 따라갈 엄두조차 내지 못했다. 태주가 의심이 가득한 눈빛으로 은재가 사라진 곳을 바라봤다. 그가 지나간 자리마다 잔인한 악마가 남긴 검은색 얼룩이 지저분하게 묻어 있었다.

*

"지저분하게 뭘 이런 걸 묻히고 먹어?"

시하가 손을 뻗어 안나의 입꼬리에 묻은 탕수육 소스를 닦아주며 말했다. 무뚝뚝한 말투였으나, 안나를 만지고 달아나듯 멀어지는 손길은 매우 조심스럽고 다정했다. 아무렇지 않게 소스를 닦아낸 손가락을 입으로 가져가 쪼옥 빨아먹는 그의 모습은 역시나 야릇했다. 그의 손길은 입술에 닿았는데, 마치 척추를 섬세하게 매만진 것처럼 전기가 찌릿하게 흘렀다.

"으으……."

티 안 나게 몸을 부르르 떠는 안나를 보며 시하가 살풋 웃음을 터뜨렸다. 저녁 모임은 프렌치 레스토랑에서 있다고 했더니, 안나가 문득 중식이 먹고 싶다고 해서 찾은 식당. 코스 요리가 나오는 내내 눈 한 번 마주치지 않고 안나는 식사에만 열중한 모습이었다.

처음엔 배가 많이 고팠던 건가 싶었는데, 그게 아니었다. 사실은 긴장하고 있었던 것이다. 새삼 그 모습이 또 귀엽기만 해서 시하는 저도 모르게 짓궂게 굴고 말았다.

"데이트도 아닌데 왜 그렇게 긴장하고 그러실까? 응?"

그 얄미운 목소리에 안나가 어김없이 새초롬하게 눈을 흘겼다.

"몰라서 그래요? 차시하 씨가 괜히 긴장하게 만들잖아요. 밥 먹자더니 밥은 안 먹고 나만 계속 쳐다보고……. 이러다 체하면 책임질 것도 아니면서……."

정말이지 콩깍지가 제대로 씌었나 보다. 별것도 아닌 일로 억울해하는 모습조차 사랑스러우니, 어쩌면 좋을까.

"나 원래 인간 음식 잘 안 먹는 거 알면서 괜히 억울해하긴?"

시하는 언제나처럼 발끈하는 안나의 귀여운 모습을 기대하며 나른히 턱을 괴었다. 칼을 꽂으면 인형이 통 튀어나오는 장난감처럼 안나의 반응은 늘 그를 유쾌하게 했다. 하지만 기대와는 달리 안나는 아무 말 없이 그저 빤히 그를 바라보고 있을 뿐이었다. 시하가 의아한 기색으로 중얼거렸다.

"이상하네. 그럴 거면 왜 밥 먹자고 했냐며 발끈하고도 남았을 타이밍 아닌가?"

안나는 더더욱 심각해진 얼굴로 입을 열었다.

"이상한 건 차시하 씨예요."

"뭐가?"

"그동안은 깨닫지 못했는데, 왜 내 꿈 안 먹어요? 보름에 한 번씩 먹겠다고 해놓고 계속 안 먹었어요."

이런 질문을 이렇게 느닷없이 해올 거라고는 전혀 예상하지 못했다. 갑자기 뒤통수를 얻어맞은 시하가 얼른 정신을 차리고 대꾸했다.

"아예 안 먹은 건 아니지. 계약하고 얼마 지나지 않아서 네가 꾼 악몽 먹었잖아."

하지만 안나에게 그런 변명은 통하지 않았다. 벌써 그와 계약한 지 두 달 가까이 시간이 흘렀지만, 그동안 시하가 안나의 꿈을 먹은 건 그 딱 한 번뿐이었다. 몽마에 관해서 잘은 모르지만, 절대 그것만으로 충분할 리 없었다.

"그때 말고요. 그 후로는 먹은 적 없잖아요. 그래도 괜찮은 거예요?"

시하는 대답을 못 하고 망설였다. 안나는 그런 시하의 태도를 괜찮지 않다는 뜻으로 받아들이고 마치 자기가 오랫동안 굶은 것처럼 투덜거렸다.

"괜찮을 리가 없지. 인간이 밥 안 먹고 몇 날 며칠을 버티는 거랑 뭐가 달라."

문득 고모네 집에서 달아난 후, 처음으로 먹었던 윤희의 따뜻한 오믈렛이 떠올랐다. 그때부터였던가. 안나는 따뜻한 음식에 대한 욕구가 강렬해졌다. 갓 튀겨서 나온 탕수육이 먹고 싶었던 것도 바로 그런 이유였다. 시하도 꽤 긴 시간 굶주림과 갈증에 시달리다 제 악몽을 맛본 것이니, 분명 다시 꿈을 먹고 싶은 욕구가 극렬할 거라고 생각이 들었다. 아무리 계약을 없던 일로 할 만큼 그가 자신을 좋아한다지만, 이렇게까지 양심 없이 받기만 하는 건 내키지 않았다. 안나는 단도직입적으로 말했다.

"오늘 밤에 먹어요, 내 꿈."

"뭐?"

시하가 잔뜩 동요하는 눈빛으로 안나를 마주 바라봤다. 반면 안나의 눈동자는 일절 흔들림 없이 올곧았다.

"우리 감정이 어떻든 간에 아직 계약 유효해요. 당신은 날 고모한테서 벗어나게 하려고, 나한테 호텔을 되찾아 주려고 온갖 위험한 짓은 다 하고 다니는데, 나는 그냥 받기만 하라고요? 싫어요. 그러니까!"

"……."

"내 꿈 먹어요."

"너. 그 말, 후회할 거야."

시하는 입술을 짓깨물며 거부했다. 지금 맞닥뜨린 이 상황이 꽤나 곤혹스러운 듯한 표정이었다. 안나는 그가 왜 이렇게까지 필사적으로 거부하는지 이해할 수 없었다. 그래서 더 오기로 물러서지 않았다.

"후회 안 해요."

"분명히 후회할걸?"

"후회 안 한다니까요?"

한참을 한 치의 양보도 없이 반대되는 주장을 하다가 결국 시하가 먼저 백기를 흔들었다. 묵직한 한숨을 길게 내쉰 그는 이내 진지해진 눈빛으로 안나에게 물었다.

"멍청이. 너 내가 전에 했던 말 기억 안 나?"

"무슨 말이요?"

"농나에선 성복이 곧 식복이라고 했던 말."

그 순간, 안나의 얼굴에서 바싹 마른 찰흙처럼 쩍쩍 금이 가는 소리가 들리는 듯했다. 그녀는 이제야 자신이 악마에게 어떤 말을 한 건지 깨달았다. 내 꿈을 먹으라는 말은, 제 발로 그의 야릇한 식탁 위에 걸어 올라가겠다고 선언한 것이나 다름없었다. 시하가 혀로 한 번 입술을 느리게 훔치더니 다시금 입을 열었다.

"나……."

안나는 자신이 저지른 만행에 두 눈을 휘둥그레지게 뜨고 침을 꿀꺽 삼켰다. 입술을 훑고 지나가는 그의 혀가 아주 느리고 선명하게 보였다. 목이 뻣뻣해질 정도로 한꺼번에 긴장감이 밀려들었다.

"도저히 널 옆에 두고 얌전히 꿈만 먹을 자신 없어."

그래서 대체 뭘 먹겠다는 건데? '오빠 믿지? 손만 잡고 잘게!' 같은 사기를 쳐도 모자랄 판에! 안나가 마음속으로 소리 없는 아우성을 지르고 있던 그때였다.

"그러니까 감당할 자신 없으면 더는 나 건들지 마. 나도 싫다는 너 억지로 어떻게 해볼 생각 없어."

악마는 또다시 어울리지 않는 말을 꺼냈다.

"지켜준다고 했잖아. 네가 날 원하게 될 때까지."

"정말로 날, 지켜준다고요?"

"그래. 6개월이 지나도 억지로 널 안는 일은 절대 없을 거야. 너도 날 좋아하게 될 때까지 기다릴게. 그동안은 내가 알아서 할 테니까 넌 신경 쓰지 마. 설마 굶어 죽기야 하겠어?"

이제는 굳이 냄새를 맡지 않아도 알 수 있었다. 시하가 하는 말들이 전부 진심이라는 것쯤은. 안나는 악마가 굶어 죽는 것보다 그의 진심에 자신이 심장마비로 죽는 게 더 빠를 것 같다고 생각했다. 악마의 말에 또다시 심장이 제멋대로 쿵쾅거리기 시작했다. 이 악마는 야릇하게 만질 때도 가슴을 두근거리게 하더니, 만지지 않아도 심장을 터질 것처럼 뛰게 했다.

"그 대신, 빨리 나 좀 좋아해줘. 안 그럼 정말 네 꿈에 들어가서라도 널 잡아먹을지 모르니까."

정신이 하나도 없어서 더는 그가 뭐라고 하는지도 들리지 않았다. 제 심장 소리가 너무 커서 혹 그의 귀에 들리기라도 할까, 안나는 허겁지겁 다시 음식을 먹기 시작했다. 차마 숨길 수 없을 정도로 점점 더 빨개지는 얼굴을 뜨거운 음식 탓이라고 변명할 수 있어서 다행이었다. 그런 안나를 보며 시하가 본능적으로 입맛을 다시며 푸념했다.

"그래. 너라도 많이 먹어라. 한 명이라도 배불러야지."

무심한 소리나 해대는 악마를 노려보며, 안나는 마지막 남은 탕수육 하나를 입에 넣고 열심히 씹어 삼켰다.

8장. 키스의 진심

시하의 진심을 피하기 위해 결국 과식을 하고 만 안나는 모임 장소인 프렌치 레스토랑 '메종'에 도착해서도 여전히 속이 더부룩했다. 예약된 자리로 안내받는 도중에도 계속해서 명치를 꾹꾹 누르는 안나를 보며 시하가 한마디 했다.

"그렇게 왜 미련하게 그 많은 음식을 다 먹어?"

와, 그 많은 음식을 다 먹을 동안 계속 가슴 두근거리게 만든 게 누군데! 하지만 차마 억울함을 따질 수도 없는 입장이었다. 왜 날 가슴 떨리게 만드냐는 항변 따위, 혀를 깨무는 한이 있어도 절대 할 수 없었다. 안나는 답답함에 앞서 걷는 시하의 뒤통수를 노려보며 예약석으로 걸음을 옮겼다. 자리에 도착하자마자 시하가 안나가 앉을 의자를 빼주며 말했다.

"기다려. 약 사올게."

"네?"

"약 사올 테니까 기다리라고. 안 그래도 마냥 편한 자리도 아닐 텐데. 속이라도 편해야지."

아까 그는 핀잔을 주는 게 아니라 걱정을 했던 거였다. 안나는 얼떨떨한 기색으로 대꾸했다.

"됐어요. 그냥 두면 저절로 소화될……."

그러나 시하는 안나가 말을 미처 다 끝내기도 전에 뒤돌아 레스토랑을 빠져나갔다. 뭐가 그리 급한지 쏜살같이 달려나가는 그의 뒷모습에 목덜미가 뜨거워졌다. 정말이지 차시하는 시도 때도 없이 이런 식으로 빈틈을 파고들었다.

"틀렸어. 소화될 것 같지 않아."

안나는 힘없이 중얼거리며 멍하니 천장을 올려다봤다. 명치를 세게 꾹꾹 눌러보지만, 체증은 전혀 가시질 않았다.

"큰일이야. 아주 제대로 얹힌 것 같아."

아마도 여기에 얹힌 건, 음식이 아니라 그가 주는 마음. 이토록 다정하게 대해주는 그에게 결국엔 설레고 마는 제 마음. 이 마음을 소화시키기 위해선 스스로 결단을 내리는 수밖에 없었다.

천천히 심호흡을 한 안나가 일순 주먹을 꾹 움켜쥐었다. 동시에 굳게 결심했다. 오늘 일정이 끝난 후에, 그간 의심스럽게 여겼던 부모님과의 관계를 시하에게 직접 물어보기로.

'당신 입으로 과거의 진실을 듣고 나면, 나도 조금은 솔직해질 수 있겠지.'

그렇게 안나가 오랜 고민의 종지부를 찍은 바로 그때였다. 저 멀리서 세 명의 남자가 그녀가 앉은 자리를 향해 걸어오는 모습이 보였다. 안나는 그들을 보자마자 단숨에 직감했다. 바로 저들이 시하의 형제들이라고.

시하를 처음 봤을 때도 느꼈지만, 몽마는 진정 아름답고 황홀한 존재였다. 그들의 외모는 정말이지 순식간에 여자의 마음을 빼앗고 홀리기에 충분했다.

'어라? 근데 갑자기 왜 이렇게 어지럽지?'

그런데 레스토랑에 그들이 나타나자 마치 꿈속에 들어온 것처럼 정신이 몽롱해졌다. 저벅저벅. 그들이 다가오는 소리가 마치 환청처럼 들렸다. 어느새 세 명의 악마가 안나의 바로 앞에서 걸음을 멈춰 세웠다. 동시에 순간적으로 안나의 시야가 완전히 흐려졌다. 가물거리는 시야를 바로잡으려고 안나는 눈을 수차례 깜빡거렸다. 하지만 계속 눈앞은 안개가 낀 듯 부옇기만 했다.

"다들 왔네?"

그때 약을 사서 돌아온 시하의 목소리가 들렸다. 그러나 곧 이어지는 그의 목소리는 어쩐지 다급하고 절박했다.

"지금 뭐 하는 거야? 다들 가만히 그러고 있으면 어떡해!"

화가 난 시하가 재빨리 안나에게로 달려갔다.

"안나야, 위험해!"

시하의 경고에 안나는 반사적으로 위를 올려다봤다. 동시에 시야가 정상적으로 돌아온 것 같지는 않은데, 마치 환각처럼 세 명의 악마의 모습이 선명하게 보였다. 그러다 그 선명한 모습을 삽시간에 붉은빛, 보랏빛, 잿빛의 다채로운 연기가 완전히 뒤덮었다. 안나는 다시 시야를 잃어버리고, 연기에 잠식된 채 비틀거렸다.

"안나야!"

바닥으로 미끄러진 시하가 두 팔을 뻗어 허물어지는 안나의 몸을 받아 끌어안았다. 까무룩, 그녀는 그의 너른 품 안에서 이내 정신을 잃고 말았다.

＊

"……야."

아득하게 들리던 소리가 점차 또렷해진다.

"……안나야."

애정이 가득 담긴 목소리. 이마에 맺힌 땀방울을 거두어가는 다정한 손.

"정신이 좀 들어?"

안나는 부드럽게 뺨을 감싸는 손길을 느끼며 느릿느릿 깜빡이던 눈꺼풀을 들어 올렸다. 흐린 시야가 점점 선명해지면서 시하의 얼굴이 보였다.

"차시하 씨…… 읏!"

아직까지도 머리가 어지러웠다. 몸을 일으키려다 비틀거리는 안나를 시하가 부축해 반듯하게 앉혔다. 그의 단단한 손에 머리를 기댄 채 안나는 속상한 얼굴로 물었다.

"나 또 쓰러진 거예요?"

안나가 왜 속상한 건지 굳이 말하지 않아도 아는 시하는 고개를 저었다.

"네 병 때문 아니야. 그러니까 그런 표정 짓지 마."

"어떻게 그렇게 단정해요? 어쩌면 약이 더 이상 안 듣는 걸 수도 있잖아요."

고모네 집으로 끌려가기 전, 혼자서 어떻게든 병을 치료하려고 병원에 다닐 때도 몇 번이나 같은 일을 겪었었다. 금방 좋아질 거라고, 일시적인 트라우마 때문이라고. 하지만 그런 말을 듣고 집에 돌아가면 번번이 더 심한 악몽을 꿨다. 그리고 꿈과 현실을 구분 못 하고 달아나다 밤마다 어두운 거리를 헤매곤 했다.

이번에도 그런 걸지 몰랐다. 한동안 악몽도 꾸지 않고 잠도 잘 자기에, 차도가 있는 것 같아 기뻤는데. 시무룩해진 안나의 표정에 시하가 황급히 말을 보탰다.

"아니라니까, 그런 거. 네 병은 점점 더 좋아지고 있어. 불안한 거 아는데 진짜 몽유병 증상 아니야."

"그러니까 그걸 어떻게 아냐고요."

"안나야……"

"혹시 내가 왜 쓰러진 건지, 진짜 이유를 알고 있는 거예요?"

정곡을 찌르는 안나의 질문에 한참 변명을 늘어놓던 시하의 입이 일순 다물어졌다. 침묵은 긍정의 신호였다. 안나의 얼굴에 긴장한 기색이 가득 드리워졌다. 지난번 거리에서 낯선 남자를 만난 후 갑자기 쓰러졌던 찜찜한 기억이 떠오른 탓이다. 병이 아닌 다른 요인이 있는 거라면, 대체 뭘까? 시하는 그녀에게 이 일을 어떻게 설명하면 좋을지 알 수 없어 막막했다.

"뭔데요. 말해줘요. 대체 내가 왜 쓰러진 건지."

그가 무척 곤란해 보였지만, 절박했기에 안나는 집요했다. 꼭 대답을 듣고야 말겠다는 안나의 단호한 눈빛에 시하는 결국 고개를 끄덕였다.

"알았어. 대신 내 말 듣고 절대 부담 갖지 마."

"대체 이유가 뭐기에 이렇게 망설이는 거예요?"

"약속부터 해."

"알았어요. 알았으니까 어서 말해줘요."

오롯이 눈을 맞추는 안나를 보며, 시하는 설명도 하기 전에 벌써 달아오른 얼굴을 쓸어내렸다.

"휴우. 안나 네가 쓰러진 이유는……."

그때였다.

"설마 둘, 아직 같이 잔 적 없어?"

어둠 속에서 그림자처럼 서 있던 남자가 기습적으로 물었다.

"형!"

시하가 당황해 뒤를 돌아보며 소리쳤다. 은은한 조명 아래 모습을 드러낸 남자는 안나도 익히 아는 얼굴이었다. 병원에서 라희를 마주쳤을 때, 그녀 역시 스위트 노트라는 사실을 안 후 인터넷으로 검색해본 적이 있었다. 그녀가 한바탕 시끄러웠다고 말한 스캔들 상대는 미래병원의 젊은 원장 이유현이었다. 그리고 그가 바로 시하가 말한 이복형이었다.

사진 속에서 라희와 입을 맞추고 있던 그는 더없이 사랑스러운 눈빛을 짓고 있었는데, 지금의 그는 전혀 달랐다. 반짝이는 안경 너머의 눈빛은 매섭고 날카로웠다. 그에게서 풍기는 냄새도 눈빛과 별반 다르지 않았다. 스멀스멀 피어오르기 시작한 분노의 냄새는 점점 더 위협적으로 짙어졌다.

안나는 혼란스러웠다. 그는 어째서 저렇게 화가 난 걸까? 그리고 그의 분노의 화살은 어째서 저를 향하고 있는 걸까?

"도대체 누구 선택이야? 아직까지도 어코드를 안 한 건?"

'어코드?'

안나가 아는 한 어코드란 서로 다른 향료가 만나 조화를 이루는 것을 뜻하는 용어였다. 조향사셨던 어머니의 영향이었다. 안나는 느닷없이 노골적인 질문을 하더니, 이번엔 이해할 수 없는 말을 꺼내놓는 유현을 두려움에 떨며 바라봤다. 그러곤 저도 모르게 시하의 손가락을 살짝 잡았다.

순간적으로 느껴지는 체온에 시하가 아래를 내려다봤다. 안나는 자신이 먼저 손가락을 잡았다는 걸 의식하지 못한 것 같아 보였다. 그건 즉, 본능적으로 이런 행동을 했다는 뜻이었다.

'아⋯⋯.'

시하는 잇새로 감탄이 터져 나오려는 걸 간신히 이를 꾹 악물어 참았다. 안나가 계약에 의해 펜트하우스 욕조에서 자신을 처음 소환했을 때가 생각났다. 그녀는 금방이라도 숨이 넘어갈 것 같은 위기의 상황에서도 절대 먼저 손을 내밀지 않았다. 차라리 죽고 말겠다는 말도 안 되는 자존심에 당황했던 기억이 여전히 선연했다.

그녀가 이제 조금은 저를 의지하게 됐다고 생각해도 되는 걸까? 겨우 손가락 하나 잡았을 뿐이지만, 그 끝에서 희미하게 느껴지는 체온이 곧장 시하의 차가운 심장을 뜨겁게 데워왔다. 시하는 안나가 잡아온 손을 단단히 그러쥐었다. 그 모습을 유심히 지켜보던 유현이 날카롭게 소리쳤다.

"차시하! 너 지금 뭐 하는 거야? 제정신이야? 어코드를 안 하면 다른 몽마한테 먹이를 빼앗길 수도 있다는 걸 잊었어?"

"그만해, 형!"

"뭘 그만해? 먹이도 제대로 못 구해서 지난 1년간 네가 어떻게 살았는데? 대체 무슨 생각이야, 너!"

"안나는 먹이가 아니야! 내가 좋아하는 여자야!"

안나는 시하마저 언성을 높이는 상황에 움찔 어깨를 떨었다. 마주 잡은 손으로 느껴지는 떨림에 시하가 얼른 부드럽게 손등을 쓰다듬으며 안나를 안심시켰다. 허리를 살짝 세워 안나의 눈높이에서 유현을 완벽하게 가린 시하가 작게 속삭였다.

"괜찮아. 별일 아니야."

안나는 그 다정함에 용기를 내어 물었다.

"어코드가 뭐예요?"

"어?"

"그걸 안 하면 왜 날 다른 몽마한테 빼앗길 수도 있다는 건데요? 먹이라는 거, 나 말하는 거잖아요."

"그게……."

아아, 정말 이걸 어떻게 설명하면 좋을까? 시하가 머뭇거리는 사이, 유현은 조금 전보다 더 분노한 기색으로 끼어들었다.

"어코드가 뭔지조차 모르는 스위트 노트라고? 시하 너! 내가 그때 뭐라고 했어? 스위트 노트한테 끌리는 몽마의 본능을 애정으로 착각하지 말라고 했지!"

"유현 형!"

형제에게는 한없이 다정하지만, 스위트 노트 앞에선 철저하게 잔인해지는 유현의 성격을 아는 터라 시하는 불안했다. 이럴 줄 알았다면, 안나가 체한 것이 아무리 걱정되더라도 절대 그녀의 곁에서 떨어지지 않는 건데. 이런 식으로 어코드를 하지 않은 사실을 들키게 될 줄은 몰랐다.

"오안나라고 했던가? 어코드가 뭔지 내가 직접 가르쳐주지!"

유현이 손가락을 까딱여 누군가를 곁으로 불렀다. 언제 와 있던 건지 라희가 그 손길에 곧장 유현의 곁으로 다가왔다.

"다시 만났네요. 얼굴이 그때보다 좋아 보여서 안심…… 홋!"

유현은 안나에게 인사를 건네는 라희를 무력으로 끌어당겨 무자비하게 입을 맞췄다. 그들이 입을 맞추고 있는 모습은 스캔들 사진과 똑같았지만, 분위기는 전혀 달랐다.

라희의 탐스러운 머리채를 휘어잡은 유현은 막무가내로 입술을 밀어붙였다. 억눌린 신음이 끊어질 듯 위태롭게 들려왔다. 배려심이라곤 일절 없는, 그야말로 광포한 키스였다. 아니, 키스라고 부를 수도 없는 폭력이었다. 라희의 눈에서 눈물이 후두둑 떨어졌다.

"그만해요!"

유현의 기세에 공포를 느끼면서도, 차마 라희를 그냥 두고 볼 수 없었던 안나가 벌떡 일어서서 소리쳤다.

"그만하라고요! 민라희 씨가 울잖아요! 아파하잖아요!"

하지만 유현의 기세는 더욱더 포악해질 뿐이었다. 그 모습을 보고 있으니, 어느새 마음속에서 두려움 따위는 싸악 가시는 것 같았다. 정의감이 뒤섞인 분노로 이성을 잃은 안나가 라희를 구하기 위해 유현에게 달려들었다. 그러나 유현은 그런 안나를 너무도 가볍게 밀쳐냈다.

"아악!"

간신히 그의 팔을 붙잡았지만, 안나는 곧바로 바닥으로 내동댕이쳐졌다.

"안나야!"

득달같이 안나에게 뛰어간 시하가 그녀를 조심스럽게 품에 보듬고 물었다.

"괜찮아?"

"응, 난 괜찮아요. 그렇지만 라희 씨가……."

안나가 미약한 통증에 인상을 쓰며 다시 위를 올려다봤을 때였다. 돌연 눈앞에서 믿을 수 없는 일이 벌어졌다. 유현의 눈동자가 불길처럼 붉게 변하더니, 곧 아지랑이 같은 열기가 그의 온몸을 감쌌다. 그가 가진 몽마의 힘이 발현되는 것이었다. 안나에게는 어느덧 익숙해진 광경이었다. 시하가 몽마의 힘을 발현시킬 때에도 비슷한 변화가 늘 일어났으니까.

하지만 뒤이어 발생한 현상은 처음 보는 것이었다. 유현에게서 뻗어 나온 붉은 연기가 라희의 몸을 촘촘히 감쌌다. 그러자 다크초콜릿처럼 진하고 강렬한 빛깔의 연기가 그녀의 몸에서 폭발하듯 뿜어져 나왔다.

"……꿈?"

안나는 본능적으로 알 수 있었다. 그것이 라희가 꾸는 꿈의 빛깔이란 걸. 그때부터 유현의 붉은 힘과 라희의 검정에 가까운 초콜릿색 꿈이 매듭을 묶듯이 연결되며 하나로 뒤엉키기 시작했다. 붉은 빛과 초콜릿 빛이 소용돌이처럼 뒤섞였다. 강렬한 붉은색, 칠흑 같은 검은색, 고혹적인 말린 장미색의 마블링이 황홀하게 시야를 앗아갔다.

동시에 꽤 넓은 레스토랑 가득, 뜨거운 기운에 녹은 초콜릿처럼 달콤한 향기가 진동했다. 묵직하면서도 부드럽고, 예리하면서도 따스한 향이었다. 보이는 그대로 유현과 라희를 섞어놓은 듯한 조화의 향기. 안나는 일순, 이성이 날아가 버릴 것만 같았다. 그저 이 향기를 탐닉하고 싶다는 생각만이 머릿속을 가득 지배했다. 안나는 마치 중독자처럼 저도 모르게 폐부 깊숙이 향기를 들이마셨다.

"하아……!"

혈관을 타고 흘러간 향기가 피에 녹아내렸다. 피에 스며든 향기는 온몸으로 순식간에 퍼져 나갔다. 향기가 지나간 자리마다 신경이 찌릿찌릿 아파왔다. 동시에 온몸의 세포가 바짝 일어서서 아주 사소한 자극에조차 예민하게 반응하기 시작했다. 유현이 발하는 몽마의 힘에 사로잡혀버린 것이었다. 그가 지금 내뿜는 힘은, 라희의 꿈을 흡수하기 전과는 비교도 안 되는 압도적인 힘이었다. 그때, 시하가 안나를 조용히 불렀다.

"안나야."

안나는 몽롱한 시선으로 그를 바라봤다. 같은 왕족 몽마인 시하조차도 유현의 힘을 견디기가 버거운 건지 고통스러운 목소리로 말했다.

"이게 바로, 어코드야."

성적인 행위를 함으로써 스위트 노트에게서 꿈을 빼앗아 몽마의 힘을 더욱더 강하게 만드는 의식. 서로 다른 향료가 조화를 이루듯, 몽마의 힘과 스위트 노트의 꿈이 조화롭게 섞이는 것.

"안나 네가 아까 쓰러진 이유는 바로 이 어코드 때문이었어. 왕족의 몽마는 주인이 없는 스위트 노트를 만나면 자신도 모르게 어코드를 해버리거든."

"그럼 아까 갑자기 어지러웠던 이유가 바로……."

"그래. 무방비한 상태에서 한꺼번에 셋이나 되는 몽마와 어코드가 시작돼버려서 감당하질 못한 거야."

"하지만 차시하 씨랑 처음 만났을 때는 아무 일도 없었는데."

"그땐 내가 어코드를 할 수 있을 정도로 힘을 가지고 있지 않았으니까. 1년 동안 제대로 먹지도 못하고 간신히 버텼던 때라."

정말로 눈앞에서 벌어지고 있는 저 어코드란 걸 시하의 형제들과 할 뻔했다는 것이다. 안나는 저도 모르게 어깨를 부르르 떨었다. 유현이 라희에게 하는 끔찍한 행위를 자신도 당할 뻔했다는 사실이 그저 끔찍하고 두려웠다. 그 모습을 본 시하가 죄책감에 고개를 숙였다.

"미안해. 내가 네 옆에만 있었어도 내 몽마의 힘으로 형제들과 어코드를 하는 것 정도는 막을 수 있었어. 전부 내 실수야."

"그게 어떻게 당신 실수예요? 내가 아파서 약 사러 갔던 건데."

"아니, 어떤 상황이었든 나는 널 지켰어야 했어. 이런 변수는 얼마든지 생각했어야 했다고."

"아뇨. 근본적인 원인을 따지자면 내 탓이에요. 우리가 어코드를 하지 않아서 이런 일이 벌어진 거잖아요. 내가 당신의 소유가 되는 걸 6개월 뒤로 미뤘기 때문에."

안나는 시하를 두 번째로 소환했을 때, 욕조 안에서 그에게 억지로 약속하게 했던 계약 조건을 머릿속에 떠올렸다.

'얌전히 기다리세요. 내가 법적으로 성인이 될 때까지. 내 스무 살 생일 때까지요.'

시하는 이 약속을 지켜주기 위해서 많은 걸 감수해야만 했다. 다른 왕족의 몽마에게 자신을 빼앗길 위험. 그리고……. 안나는 불현듯 떠오른 기억에 시하에게 다급히 물었다.

"그럼 처음 나한테 입을 맞춘 것도 어코드 때문이었어요?"

"맞아. 어코드는 몽마의 힘을 강하게 만들어주는 행위기도 하지만, 동시에 스위트 노트에게 주인의 낙인을 찍는 행위이기도 해."

"주인의 낙인?"

"이 먹이는 내 거니까, 함부로 건들면 가만두지 않겠다는 뜻을 자신의 냄새를 묻혀서 다른 몽마에게 알리는 거지. 그때 입을 맞춘 건 임시방편으로 내 냄새를 너한테 묻힌 거였어."

납득한다는 듯 고개를 끄덕이던 안나가 문득 고개를 저었다.

"근데 이상해요. 난 차시하 씨를 만나기 전에는 다른 몽마를 만난 적이 없어요. 어코드를 통해서 주인의 낙인을 찍어야 할 정도면, 아무도 날 안 건드린 게 말이 안 되잖아요."

"지난번에 악몽 꿨을 때 기억해? 태주는 너한테 감히 다가가지도 못했었는데."

"네, 어렴풋이는요."

"스위트 노트가 꾸는 꿈의 출입구를 열 수 있는 건 왕족 몽마뿐이야. 현재 왕족 몽마는 한국엔 우리 형제밖에 없어. 그런데 나 빼곤 이미 다 스위트 노트를 소유하고 있어서 굳이 널 찾을 필요가 없었던 거고."

"하지만 그땐 이 도시에 사는 몽마란 몽마는 다 달려들어 내 꿈을 먹을 거라고 했었잖아요. 분명 심장이 다 쪼그라들 때까지 먹힐 거라고……."

"그땐 네가 엔트라스로 잠들었으니까. 이미 꿈의 출입구가 열려버렸기 때문에 모든 몽마가 네 꿈에 접근할 수 있어서 꽤 위험한 상황이었어."

그래. 그때도 시하는 분명 지금 말한 것과 같은 단서를 붙였다.

'네가 엔트라스로 잠들면 무슨 일이 벌어지는지 알아?'

이제야 모든 것이 이해가 됐다. 시하는 왕족 몽마뿐만이 아니라 엔트라스를 이용할 경우 다른 숱한 몽마들에게조차 제 먹이의 꿈을 빼앗길 위험까지 감수한 것이었다. 안나가 미안함에 눈물이 그렁그렁해진 눈으로 시하를 바라보며 물었다.

"대체 왜 그때 나한테 이런 사정을 설명하지 않은 거예요? 왜 내가 해달라는 대로 다 해준 건데요? 왜!"

"그땐 나도 약속을 지킬 생각 같은 거 없었어. 널 먹이라고만 생각했고, 때가 되면 무력으로라도 널 가질 참이었으니까."

대답을 이어가는 도중 시하의 눈빛이 깊어졌다. 안나는 그가 할 말을 미리 알 것 같았다.

"그러다 널 좋아하게 돼버렸어. 그래서 변했어, 내가."

외면했던 그의 진심이 가슴속으로 파도처럼 밀려 들어왔다.

"좋아하는 여자를 억지로 갖고 싶은 남자는 세상에 없으니까. 그건 인간이든, 동물이든, 그리고 악마든, 마찬가지야."

썰물은 존재하지 않았다. 그의 진심은 오로지 밀물만으로 가득했다. 천천히 밀려 들어와 그대로 안나의 가슴에 깊이 고였다. 그렇게 촉촉이 안나의 마음을 적셨다.

안나는 다시 눈앞의 유현을 물끄러미 바라봤다. 불길처럼 타오르는 황홀하고 강렬한 힘. 시하는 먹이를 빼앗길 위험을 감수한 것뿐만 아니라, 저 압도적인 힘을 손에 넣을 기회조차 포기한 것이었다. 자신을 좋아하기 때문에.

"차시하 씨, 나. 나요. 나도……."

안나가 흘러넘치는 감정을 참지 못하고 충동적으로 입술을 달싹였다. 바로 그 순간, 유현이 라희에게서 천천히 입술을 떼어냈다. 라희는 어느새 깊이 잠들어 있었다. 왕족 몽마 자체가 엔트라스인 셈이었다. 비스듬히 고개를 기울인 유현은 자신의 어깨에 이마를 기댄 라희에게서 마지막 한 줄기 꿈까지 집요하게 빨아들였다. 사아아아. 스산한 소리를 내며 라희의 꿈을 모두 흡수한 유현이 나른한 시선으로 안나를 바라봤다. 입가에 묻은 라희의 꿈을 혀로 핥으며 그가 중얼거렸다.

"이해가 안 돼. 이 황홀한 걸 왜 안 하겠다는 거지?"

입맛을 다시는 유현을 경계하며 시하가 일어서서 안나를 자신의 등 뒤로 숨겼다. 유현은 그런 시하를 비웃었다.

"그것도 모자라 잡아먹어야 할 먹이를 도리어 보호하다니, 기가 다 차는군."

순간, 라희의 하얀 피부에 불그스름한 실핏줄이 거미줄처럼 돋아났다. 꿈을 전부 빼앗겨 유현이 흘려보낸 몽마의 힘이 스며들고 있는 것이었다. 라희의 목숨이 위험한 일각의 상황. 시하가 다급히 소리쳤다.

"그만해, 형! 그러다 라희 죽어!"

유현이 혀를 쯧 차며 냉정하게 라희를 떨쳐냈다. 라희는 그대로 바닥에 힘없이 축 늘어섰다. 그가 겨우 가느다란 숨만 내쉬는 라희의 모습을 싸늘하게 내려다봤다.

"먹이 따위 걱정할 시간에 네 목숨이나 걱정해. 우리한테 어코드는 생존이야. 강해지지 않으면 잡아먹힌다고. 몰라서 그래? 순혈한테 우리 혼혈은 스위트 노트랑 다를 바 없다는 거."

"나도, 알아."

시하가 이를 악물고 대답했다. 혼혈의 비극을 가장 참혹하게 겪은 몽마가 바로 그였다. 차디찬 물속을 헤매다 찾아간 지옥에도, 아버지의 낙원인 에뚜알르 호텔에도 인간의 피가 섞인 그의 자리는 없었다. 결국 쫓겨나듯 조선으로 흘러들어와 오랜 세월 스위트 노트를 찾아 헤맸다. 살기 위해 닥치는 대로 인간의 꿈을 먹으며 버텼다.

지금 이 자리에 모인 형제들은 모두 그 아픔을 공유하고 있었다. 그들은 왕에게 버림받은 아들이었고, 살아남기 위해 스위트 노트의 꿈을 먹으며 강해져야만 했던 비운의 후계자였다.

그중에서도 가장 긴 세월 그 비극을 살아온 유현은 유난히 스위트 노트에 관해서 냉정했다. 유현의 마음을 이해를 못 하는 건 아니었다. 하지만 이 모진 말을 들으며 안나가 상처받을 걸 생각하니 마음이 타들어갔다. 시하가 안나를 더 꽉 끌어안으며 말했다.

"형. 나도 다 아니까 어코드에 관해선 이제 그만 얘기해."

그러나 그것이 도리어 유현의 화만 돋우는 꼴이 되고 말았다.

"웃기지 마! 제대로 아는 녀석이 이런 행동을 해? 저 인간 계집을 사랑해서 또 우리 같은 반쪽짜리 악마를 만들기라도 하겠다는 거야?"

"나도 많이 생각하고 결정한 거야. 안나는 내 어머니처럼 불행하게 만들지 않아. 내가 지켜줄 거라고!"

"정신 차려. 네가 멋대로 바꿀 수 있는 운명이 아니야. 착각은 그만해!"

"형!"

"명심해. 다음번에 만났을 때도 만약 어코드를 안 했다면, 오늘처럼 그냥은 안 넘어가."

"뭐?"

유현의 경고에 시하의 얼굴 근육이 사납게 굳었다. 순식간에 그의 주변이 싸늘하게 젖어들었다. 눈동자 역시 금세 푸른빛으로 물들었다. 이제까지 유현에 대한 우애로 억눌렀던 감정이 위태위태하게 발산되고 있었다. 시하의 푸른 눈동자가 유현의 붉은 눈동자를 맹렬히 노려봤다. 그 누구라도, 안나를 건드리는 것만큼은 용서할 수 없었다.

"형."

낮게 울려 퍼지는 목소리를 따라, 시하와 유현의 힘이 만나는 경계선에서 마치 물이 끓어오르듯 공기가 진동했다.

"방금 그 말, 무슨 뜻이야?"

시하가 물었다. 유현이 한쪽 입꼬릴 끌어 올리며 대답했다.

"네 먹이, 내가 먹어버린다고."

결국 유현의 도발을 참지 못한 시하가 그에게 주먹을 날렸다. 시하가 자신을 때릴 거라고는 전혀 예상 못 한 탓에 유현은 방어조차 하지 못했다.

"하……. 차시하 네가 감히!"

유현이 입가에 흐르는 피를 거칠게 닦아내며 시하를 노려봤다. 하지만 시하는 전혀 물러서지 않았다. 그가 짓씹듯이 경고했다.

"형이야말로 명심해. 정말로 그런 짓 하면, 그땐 나도 가만 안 있을 테니까!"

그 길로 시하는 미련 없이 안나를 데리고 레스토랑을 빠져나갔다.

＊

저녁 시간이 되자 프렌치 레스토랑 '메종'은 손님들로 붐비기 시작했다. 기다란 창 너머로 불을 밝힌 도시가 한눈에 내려다보이는 특별한 자리. 다른 손님들과의 간격도 제법 있어 홀이면서도 독립된 느낌을 주는 VVIP만을 위한 자리에 시하를 뺀 형제가 둘러앉았다.

조금 전의 소동은 잊은 듯, 형제는 조용히 식사에 열중했다. 언뜻 보면 그들은 평범하게 식사를 하고 있는 것 같았다. 하지만 그들이 먹고 있는 음식은 전혀 평범하지 않았다. 나이프가 접시에 부딪히는 소리가 계속 들려왔으나, 그들이 썰고 있는 건 스테이크가 아니었다. 마치 시즈닝처럼 스테이크 위를 온통 뒤덮고 있는 페르소나, 즉 꿈이었다. 달콤한 향기를 풍기는 꿈이 은은한 빛깔을 내뿜으며 반짝거렸다.

어둑어둑한 실내, 거기다 화려한 초까지 여러 개를 켜둔 테이블 위에서 야경에 뒤섞인 꿈의 빛깔을 알아채는 인간은 단 한 명도 없었다. 이 같은 식사는 그들에겐 일종의 유희였다. 인간 세상에서 진짜 모습을 숨기고 사는 답답함을, 인간의 지척에서 꿈을 먹는 것으로 해소하는 것이었다.

그러나 평소 같으면 만족스러웠을 식사 분위기는 내내 가라앉아 있었다. 유현은 심기가 불편한 얼굴로 크게 조각낸 꿈을 꿀꺽 삼켰다. 부드럽기 그지없는 스테이크와 최고급 페르소나를 삼키면서도 그의 굳은 표정은 끝내 풀리지 않았다. 힐긋 유현을 살핀 성재가 입을 열었다.

"그렇게 억지로 먹으면 소화나 되겠어? 그럴 거면 아까 라희는 조금만 먹어도 됐잖아."

성재의 볼멘소리에 유현이 커트러리를 날카롭게 내려놓았다.

"마성재. 너까지 지금 먹이 걱정하는 거야?"

"걱정하는 게 아니라 짜증내는 거야. 형 덕분에 라희 스케줄 펑크 나서. 내가 라희 스케줄 봐가면서 어코드 해달라고 몇 번을 더 부탁해야 해?"

성재는 라희가 소속된 더 힐 엔터테인먼트의 대표였다. 호텔이나 병원만큼은 아니어도 엔터테인먼트 사업도 인간의 꿈을 빼앗기에 제법 용이한 매개체였다. 인간이 노래를 들으며 잠들거나, 드라마 혹은 영화에 몰입하는 경우에도 꿈을 빼앗는 것이 가능하기 때문이었다.

"가뜩이나 요새 드라마 촬영 때문에 제대로 잘 시간도 없이 바쁜데. 대체 스위트 노트는 뭐하러 데리고 오라고 한 거야?"

"몰라서 물어? 처음이잖아. 우리 넷이 전부 스위트 노트를 데리고 있는 건. 실컷 만찬 좀 즐겨보려고 했더니, 시하 그놈은 기껏 먹이를 찾아놓고서 손도 안 대고. 근데 그러고 보니까 너흰 왜 스위트 노트를 안 데려온 거지?"

유현의 물음에 성재도 페르소나가 제법 남은 접시 위에 커트러리를 내려놓으며 심드렁하게 답했다.

"언젠 먹이는 먹이일 뿐이라며? 형제들끼리 모이는 자리에 뭐하러 걔를 데려다 놔. 괜한 틈 줘서 뭘 하자고."

성재의 스위트 노트인 한수민은 그의 엔터테인먼트에 소속된 드라마 작가였다. 엘리트 코스만 밟아 드라마 작가가 된 그녀는 몇 년째 시청률 1위를 기록하는 대본만 줄줄이 써냈다. 명실상부 현재 최고 주가를 달리고 있는 드라마 작가라고 할 수 있었다.

유현은 늘 그게 불만이었다. 달콤한 꿈을 얻기 위해선 스위트 노트를 불행의 나락까지 떨어뜨려도 모자랄 판에 성재는 수민에게 최고의 환경을 제공했다. 의붓아버지의 폭력에 시달리다 자살까지 하려고 했던 계집이 환골탈태를 한 건 전부 성재의 지원 덕분이었다.

하지만 딱 거기까지였다. 성재는 수민을 후원하기만 했다. 형제 모임에 수민을 데려오는 것을 꺼리는 태도만 봐도 알 수 있었다. 그는 자신의 인생에서 수민을 철저히 배척했다.

그건 수민이 오래전부터 그를 짝사랑하고 있기 때문이었다. 성재는 수민의 마음을 절대 받아줄 생각이 없었다. 당연히 단 한 번의 틈도 보인 적이 없었다.

그러나 그는 다른 여자들에겐 쉽게 틈을 내줬다. 엔터테인먼트 대표로 있는 탓인지 성재에게 들이대는 여자는 많았다. 성재는 수민 보란 듯이 그 여자들을 안았다. 제게 다가오는 여자들을 통해 적당히 꿈을 얻었고, 어코드가 필요한 경우에는 수민에게서 추출한 페르소나를 통해 해결하곤 했다. 오리진, 악마에게 구원을 바랐던 수민을 품은 것이 처음이자 마지막이었다.

그런 성재를 수민은 진심으로 사랑했다. 그래서 불행했다. 그 탓에 그나마 수민의 꿈이 달콤해지는 것이었다. 유현은 탐탁지 않은 목소리로 성재를 나무랐다.

"시하도 시하지만, 성재 너도 조심해. 어코드는 직접 관계를 맺어야 더 효과가 큰 거 몰라? 계속 그런 식으로 먹이를 방치했다간 언젠간 못 쓰게 될 거야."

성재도 지지 않고 유현의 말을 받아쳤다.

"형이나 조심해. 대충 봐도 라희 어코드 시간, 전보다 더 줄어든 것 같던데. 너무 자주 해도 고장 나는 거 알지?"

건방지기까지 한 성재의 도발에 유현의 눈매가 아까 시하를 볼 때처럼 매서워졌다.

"마성재."

유현의 목소리는 터지기 일보 직전의 시한폭탄 같았다. 혼자서 접시를 깨끗이 비운 정우가 눈치를 살피며 한숨을 푹 내쉬었다. 옛날부터 유현과 성재는 유독 서로에게 예민했다. 정확하게는 번번이 성재가 먼저 도발을 하는 것이지만.

"왜? 내가 틀린 말 했어?"

이번에도 어김없이 성재가 시비를 멈추지 않자, 정우가 살살 눈웃음을 치며 끼어들었다.

"왜 싸우고 그래요. 형들. 각자 자기 스위트 노트만 잘 챙겨요, 우리."

"시끄러워. 정우 네가 제일 문제야."

고래 싸움에 새우 등 터진다는 말이 딱 맞았다. 제게 괜한 불똥이 튀자 정우가 입술을 쭉 내밀었다.

"내가 뭘……."

"겨우 먹이 따위를 무슨 공주님이라도 되는 양 떠받들잖아. 오늘은 왜 안 데려왔어? 항상 옆구리에 끼고 다니더니."

유현이 마찬가지로 스위트 노트를 데려오지 않은 정우를 불만스럽게 바라봤다. 정우는 형제들 가운데 제일 어린 악마였다. 악마의 나이가 아니라 인간의 나이를 기준으로 해도 그랬다.

그는 스무 살이 될 때까지도 자신이 악마라는 사실을 알지 못했다. 어느 날 좋아하는 여자애와 입을 맞추다 상대를 죽일 뻔한 후에야 자신이 보통 인간과는 다르다는 걸 알게 됐고, 정체성의 혼란을 오래 겪었다. 그래서 다른 형제들처럼 호텔을 짓거나 병원을 세우거나 기업의 대표가 될 시간이 정우에겐 없었다. 그는 자신이 인간인 줄 알았던 시절의 꿈대로 고등학교 보건교사가 되었다. 그렇게 학교에서 잠든 아이들의 꿈을 빼앗으며 혼란스러운 시간을 버텼다.

그러던 어느 날, 정소담이란 소녀를 만나게 됐다. 반 친구들로부터 따돌림을 당하던 가난한 소녀. 친구들에게 맞아 온몸에 상처를 새기고 양호실에 찾아온 소담과 계약을 맺으며, 정우는 처음으로 자신이 악마라는 사실을 기꺼이 받아들일 수 있었다. 그러니 어느 날 갑자기 악마가 된 그에게 살아갈 이유를 만들어준 소담은 공주님이 맞았다.

"알면서. 우리 소담이는 사람 많은 곳 싫어해요."

"우리 소담이? 하……."

유현은 격앙된 목청을 세우다 이내 풍선에 바람 빠지듯 한숨을 토해냈다. 어깨를 축 늘어뜨린 그가 입을 다물었다. 정우는 이렇게 철부지같이 굴어도 이해할 수 있었다. 이제 겨우 30년도 살지 못한 이 아이는 혼혈 왕족이 어떤 비극을 겪었는지 감히 상상도 못 할 테니까.

그래서 더욱 시하에게 화가 났다. 제 어미가 어떻게 죽었는데! 제가 지난 170년의 세월을 어떻게 살아왔는데! 그 비극을 뼈에 새겨놓고도 여자에 정신이 팔린 시하가 도무지 이해가 되지 않았다. 그것도 우리 어미들과 똑같은 보잘것없는 인간 여자를! 형제 중에 저의 고통을 가장 공감해주던 시하였기에 유현이 느끼는 배신감은 더욱 컸다.

유현은 접시 위에 남아 있는 페르소나를 통째로 삼켰다. 날카로운 이로 꿈을 찢어발기며 그는 생각했다. 무슨 일이 있어도 시하가 그 인간 계집 때문에 뼈에 새긴 고통을 그냥 잊게 두지 않을 것이다. 절대로!

*

호텔 바깥으로 나올 때마다 늘 시하와 함께 소환을 기다렸던 호숫가 벤치. 시하와 안나는 오늘도 어김없이 그 벤치에 나란히 앉아 있었다. 둘은 한동안 말없이 달빛이 가루처럼 흩뿌려진 호수를 바라보기만 했다. 홀린 듯 바람결에 쓸려가는 수면을 바라보던 안나가 조심스럽게 시하의 옆얼굴을 들여다봤다. 오늘 이 악마에 대해, 아니 이 남자에 관해서 참 많은 것을 알게 되었다. 우선 그가 자신을 필요로 했던 이유는 단순히 허기 때문만이 아니었다.

'앞으로 난 보름에 한 번씩 네 꿈을 먹을 거야.'

그렇게 해야 강해지니까. 그래야만 살아남을 수 있으니까. 시하에게도 자신만큼이나 절박한 이유가 있었다. 안나는 단순히 악마와의 계약이라는 이유만으로 그와의 약속을 어겨도 된다고 여겼던 자신을 한없이 반성했다.

무엇보다 그는 완전한 악마가 아니었다. 시하에게는 인간의 피가 흐르고 있었다. 처음에는 회중시계에서 갑자기 튀어나왔던 시하의 첫인상이 떠올라서 그 사실을 받아들이기 어려웠다. 하지만 차츰 시간이 지날수록 안나는 이해가 되었다. 차시하. 그의 안에 뜨거운 피가 흐르고 있기 때문에, 이토록 따뜻한 사랑을 할 수 있었던 거라는 걸. 안나는 수줍게 시하의 손을 잡으며 물었다.

"……괜찮아요?"

또다시 먼저 닿아온 따뜻한 체온에 시하가 천천히 고개를 들어 올렸다. 괴로운 듯 잔뜩 일그러진 얼굴을 하고서 그는 입술을 꾹 깨물고 있었다. 솔직히 말하면 다른 누구도 아닌 유현과 크게 다툰 것이 내내 마음에 걸렸다. 어머니의 고향이기는 하나 제게는 낯설기만 했던 조선이란 땅. 그 외로운 땅에서 피붙이라는 이유만으로 유일하게 의지가 되었던 존재가 바로 유현이었다. 시하가 라희에게 친근한 반말을 하는 사이가 된 것도, 유현이 기꺼이 자신의 스위트 노트를 나눠주려 했기 때문이었다. 라희의 꿈을 먹지는 않았지만, 시하는 그때 유현의 깊은 우애를 마음에 새길 수 있었다.

'네 먹이, 내가 먹어버린다고.'

그래서 유현의 그 말에 가슴이 찢어지는 것 같았다. 안나가 제 손을 잡고 레스토랑에서 끌고 나오지 않았다면 유현과는 결국 어떻게 됐을까? 어쩌면 영영 등을 돌렸으려나. 시하는 참담한 심정을 애써 숨기며 웃어 보였다.

"……괜찮아."

안나는 빤히 그 미소를 들여다보더니 싱겁게 웃었다.

"하나도 안 괜찮으면서."

억지로 괜찮다 말한 것을 그녀는 단번에 알아봐줬다. 그래서 이상하게 마음이 편해졌다. 시하는 안나를 따라 싱겁게 웃으며 중얼거리듯 말했다.

"이젠 정말 괜찮아. 너 때문……."

그러다 고개를 옆으로 돌려 안나는 바라보려던 그가 돌연 말끝을 흐렸다. 그제야 안나의 발이 눈에 들어온 까닭이었다.

"안나, 너!"

스타킹이 찢어진 왼쪽 다리에 상처가 나 있었다. 시하는 재빨리 안나의 앞에 무릎을 꿇고 앉아 신중하게 종아리 부근을 살폈다. 피가 흐를 정도로 제법 깊은 상처였다.

"이거, 언제 그런 거야?"

안나는 갑자기 발을 붙잡는 시하로 인해 화들짝 비명을 삼키면서도, 반사적으로 상처가 난 시기를 고민했다.

"어라? 언제 이런 거지? 아, 혹시 아까 라희 씨 구하려다 넘어졌을 때인가?"

안나의 대답에 시하의 미간이 아프게 찌푸려졌다. 오늘만 해도 안나를 대체 몇 번이나 위험에 빠뜨린 건지 알 수 없었다. 시하가 또 자책하는 걸 알아차린 안나가 서둘러 발을 빼내려고 했다.

"또 미안해하고 있는 거죠? 그렇지만 이건 당신 잘못이 아니잖아요."

하지만 시하는 안나의 뜻대로 두지 않았다. 그는 오히려 더 단단히 안나의 발목을 두 손에 쥐었다. 마치 사죄라도 하는 것처럼 간절한 그의 모습에 발버둥 치던 안나의 움직임이 점차 멎어갔다. 끝내 고이 제 손에 감긴 안나의 발목 위로 시하가 조심스럽게 고개를 숙였다. 어쩐지 젖은 듯한 목소리가 그 사이로 흘러나왔다.

"역시 난 네가 아프거나 다치는 게 싫다."

처음엔 이 상처 난 발로 호텔 정원을 뛰게 했었지.

"네가 우는 것도 싫고."

차라리 자기 이름을 부르짖으며 울라고도 했었다. 그 냉정하고 잔인한 악마는 대체 어디로 갔을까?

"오안나."

시하는 붉은 상처에 대고 그녀의 이름을 불렀다.

"안나야."

뜨겁고 간지러워 움찔거리는 가녀린 다리에 대고 한 번 더 소중한 이름을 불렀다. 제 달뜬 숨결에 붙잡힌 다리 대신, 제멋대로 상체가 튕겨 오른다. 허물어지듯 자신의 어깨에 기대오는 안나를 시하는 꽉 끌어안았다. 그렇게 한참을 안나의 다리에 갓 새겨진 상처를 어루만지다, 오래전 아문 상처까지 섬세하게 훑으며 그가 고백했다.

고백하지 않으면 안 될 것 같은 순간. 지금이 아니면 버티지 못할 것 같은 벅찬 찰나.

"……좋아해."

제 인생에 오지 않을 것만 같던, 그런 순간이고 찰나였다.

"옛날에 내가 어땠는지 하나도 생각 안 날 만큼."

오래전 아버지에 대한 원망의 마음마저 비웠을 땐, 살면서 무언가가 이토록 다시 간절해질 거라곤 감히 상상도 하지 못했다. 제게 꿈을 빨아 먹혀 생명이 꺼져가던 여자를 볼 때도 동정심 한 톨 가지지 않던 자신이, 고작 누군가의 다리에 난 상처 하나에 이렇게 마음 아플 줄도 알지 못했다.

미친 게 아닌가 싶을 만큼 오안나에게 푹 빠져버렸다. 그러고 보니 안나도 유난히 자주 묻곤 했었다. 미쳤냐고. 정말 미친 거 아니냐고. 우는 그녀를 달래주겠다고 옷을 스무 벌씩이나 사주려 했을 때도. 이젠 네 꿈 말고 다른 게 먹고 싶어졌다며 마음을 드러냈을 때도. 그 마음 증명하겠다고 계약을 없던 일로 해도 좋다고 말했을 때도. 이번에는 물어봐주지 않으니 아쉬운 마음마저 들 정도였다.

"왜 안 물어봐?"

"네? 뭐, 뭘?"

좋아한다는 고백에 그저 수줍게 얼굴을 붉힌 채 아무 말 없는 안나에게 시하는 재촉하듯 다시 물었다.

"미쳤냐고. 미친 거 아니냐고. 지금은 왜 안 물어보는데?"

안나가 어김없이 귀여운 자존심을 세웠다.

"물어보려고 했어요!"

"진짜?"

"진짜죠, 그럼! 차시하 씨, 정말 미친 거 아니에요? 미친 거 맞죠?"

그 예쁜 콧대를 꽉 깨물어주고 싶다고 생각하며 시하는 대답했다.

"응."

아주 홀가분하게.

"아무래도 오안나 너한테 정말 미친 것 같다, 나."

너무도 간절하고 진솔한 고백이었다. 머릿속이 하얘져 안나는 무슨 말을 해야 할지 하나도 생각이 나지 않았다. 그에게 뭔가 하려던 말이 있었던 것 같은데. 묻고 싶은 말도 있었던 것 같은데. 바보처럼 눈만 깜빡이는 그녀에게 그는 당장 대답을 바라지 않았다.

"……이제 가."

그저 그렇게 등을 떠밀 뿐이었다.

"가서 나리 상처부터 지료하고, 밤이라 추우니까 옷도 따뜻하게 갈아입어."

여전히 그녀 걱정만 할 뿐이었다.

"그리고 만약 너도 조금이라도 나와 같은 마음이라면……."

그토록 절박한 고백을 하고서도, 그는 결코 자신의 마음을 강요하지 않았다.

"날 다시 불러줘. 네 곁으로."

참고로 이건 계약이나 명령 같은 게 아니라고 그는 덧붙였다. 제 곁으로 불러달라는 시하의 말에 안나는 문득 재킷 주머니 안을 헤집었다. 손끝에 만져지는 회중시계에 그제야 그에게 하려던 말이 기억이 났다. 그에게 묻고 싶었던 말도 생각났다.

회중시계를 돌려주며 계약은 반드시 지키겠다고 말하려고 했었다. 그러니 당신은 강해지라고, 살아남으라고 이야기하려고 했었다. 그리고 부모님에 관해 묻고 싶었다. 아빠와 어떤 계약을 했었던 거냐고. 만약 호텔에 결계를 친 게 부모님이 맞다면, 대체 왜 그런 거냐고. 부모님의 죽음에 당신은 아무런 관련도 없는 게 맞냐고. 그렇다면 나는 양심의 가책 없이…….

당신을 좋아해도 되는 거냐고.

하지만 아무런 말도 하지 못했고, 아무것도 묻지 못했다. 결국 그대로 혼자서 펜트하우스로 돌아오고 말았다. 머릿속은 복잡했지만, 몸은 착실히 시하가 시킨 대로 움직였다. 안나는 깨끗이 씻고, 상처 난 다리에 약을 바르고, 옷도 따뜻하게 갈아입었다. 그러곤 회중시계를 손에 든 채 수영장으로 나왔다. 시하가 자신을 기다리고 있는 그 호숫가처럼, 달빛이 흐드러지게 내려앉은 수영장 턱 끝에서 조심스럽게 무릎을 굽히고 앉았다. 손가락으로 살포시 물결을 쓸었다. 의미 없는 행동을 반복하며 그렇게 스스로 무엇을 망설이는지 곰곰 짚어봤다.

머리로 생각했을 땐 그를 소환하기로 결심하는 일이 어려울 것만 같았다. 어쨌든 그에겐 악마의 피가 흐르고 있고, 악마와 연인이 된다는 건 어쩐지 설렘보단 두려움이 컸다. 게다가 그가 부모님과 어떤 사이였는지도 아직은 의문스럽기만 했다. 거기에 자신이 아직 고모에게서 완전히 벗어나지 못한 것도 마음에 걸렸고, 호텔을 되찾기까지의 과정은 여전히 험난해 보이기만 했다.

몽유병도 낫지 않았다. 스토커인 찬영도 언제 다시 나타날지 몰랐다. 길에서 만났던 낯선 남자도 꺼림칙했고, 시하의 형인 유현도 절 탐탁지 않아 하는 것 같았다. 마지막으로 시하에게 밝히지 못한 후각에 관한 제 비밀도 신경 쓰였다. 그러니 그의 고백을 받아들이는 게 쉽지만은 않을 거라고 생각했었다. 이렇게 마음에 걸리는 것들이 많으니까.

하지만 막상 고민은 길지 않았다. 수영장 물빛에 반짝이는 회중시계를 보고 있으니 손이 멋대로 움직였다. 저도 모르는 사이 회중시계에 물을 묻히고, 안나는 애타게 그를 불렀다.

"와줘요, 내 곁으로."

평소보다 더 빨리 신호가 왔다. 곧장 달이 휘영청 뜬 감청색 밤하늘에 물보라가 일었다. 차가운 물방울이 튀어 눈을 감았다 뜬 찰나, 수영장 물속에 잠긴 채 자신을 들여다보고 있는 푸른 눈과 마주쳤다.

한동안 말없이 그 눈을 들여다보다가…… 안나는 저도 모르게 손을 뻗어 시하의 얼굴을 감싸 쥐었다. 그를 보자마자 하고 싶었던 말과 묻고 싶었던 말, 그의 고백을 듣고 했던 무수한 고민들이 입 안에서 몽땅 맴돌았다.

"차시하 씨, 나요. 나 말이에요."

하지만 언젠가처럼 진심은 웅얼대기만 할 뿐, 정리되어 나오지 않았다. 그 많은 말들을 차마 다 전할 수 없다고 생각하니 가슴이 답답했다. 초조해서 눈물까지 핑 돌았다. 바로 그때였다. 문득 정신을 차리고 보니 어느새 그에게 입을 맞추고 있었다.

"……아."

촉, 달콤한 소리가 끝나고, 얼빠진 소리가 잇새로 흘러나왔다. 불쑥 젖은 손이 얼굴 쪽으로 뻗어지는 걸 본 것 같았다.

"오안나."

도무지 정신을 못 차리셨는 와중에 시하의 목소리가 들렸다. 코앞에 푸른 눈동자가 일렁이고 있었다.

"이거, 내 탓 아니다?"

부드러운 힘에 의해 고개가 좀 더 아래로 숙여졌다. 입술 위에서 차가운 손과 뜨거운 숨결이 동시에 느껴졌다.

"네가 먼저 시작한 거야."

"……뭘?"

안나가 몽롱하게 되물은 찰나였다. 대답 대신, 시하가 그대로 안나의 입술을 집어삼켰다. 정신없이 파고드는 뜨거운 입술에 안나는 본능적으로 시하의 가슴을 밀어냈다. 탁, 탁! 바르작거리며 조그만 주먹으로 가슴을 때려보지만, 바짝 몸을 세워 끌어당기는 시하의 힘에는 도저히 당해낼 수가 없었다. 시하는 안나의 얼굴을 감싸고 있던 손을 내려 한 손에 그녀의 두 손목을 꼼짝 못 하게 움켜쥐었다. 그러곤 다른 한 손으론 뒤통수를 감싸 입술을 강하게 밀어붙였다.

"홋……!"

순식간에 입 안을 점령해버리는 열기에 안나는 속수무책으로 허물어졌다. 가느다란 신음마저 온통 시하에게 빼앗겼다. 이마에 달뜬 열이 끓고, 머릿속이 빙글빙글 돌았다. 무릎을 굽히고 앉은 다리로 몸의 중심을 유지하는 것만도 벅찼다.

그의 커다란 손에 꽉 잡혀버린 두 손이 다시 한 번 쑥 앞으로 끌어당겨졌다. 안나는 시하에게 끌려가면서 그가 지금 수영장 물속에 잠겨 있다는 사실을 불현듯 깨달았다. 이대로라면 물에 빠지고 만다. 그것만은 막아야 한다는 생각에 필사적으로 시하의 몸에 매달렸다.

"아, 안, 돼! 당, 흐으, 기지, 마요, 읏!"

입술이 붙은 상태에서 내뱉은 말은 시하의 입속으로 흘러 들어가느라 마디마디마다 끊겼다. 애처로울 만큼 다급한 비명에 시하가 스르륵 입꼬리를 끌어 올려 미소 지었다. 안나는 지금 두 발은 간신히 수영장 턱에, 상반신은 제게 기댄 채 물 위에 아슬아슬하게 떠 있는 상태였다. 하지만 시하는 짓궂게 그녀의 말을 무시한 채 오히려 한 걸음 더 뒤로 물러났다.

"어어어? 어어어어? 어어어어어어어?"

당황해서 옹알이 같은 의성어만 내뱉는 안나 때문에 시하는 결국 크게 웃음을 터뜨렸다. 그는 입술을 떼어내고 안나의 가녀린 두 손목을 해방시켜 주었다. 그러곤 자연스럽게 연약한 겨드랑이와 무릎 뒤를 단단히 받쳐 안았다. 당황한 안나가 두 발을 사정없이 바동거렸다.

"뭐 하는 거예요? 내려줘요! 내려달라고요!"

하지만 이번에도 그는 안나의 말을 들어줄 생각이 없어 보였다. 시하는 오히려 수영장 중앙으로 천천히 걸어갔다. 차라락, 물살이 이는 소리가 나긋나긋 밤공기를 가르며 울려 퍼졌다. 어느새 한가운데에 도착한 시하가 안나를 나른하게 내려다봤다.

"내려줘? 그럼 빠질 텐데?"

그가 얄밉게 웃으며 말했다. 파들거리며 검푸른 수영장 물을 내려다보고 있던 안나가 돌연 시하의 넥타이를 움켜잡으며 말했다.

"나 빠트리면 진짜 가만 안 있을 거예요."

352

"가만 안 있으면 어쩔 건데?"

시하가 확인해보자는 듯, 천천히 몸을 한쪽으로 기울였다. 발끝이 차가운 물 속에 잠겨들자 안나가 넥타이를 더 꽉 잡아당기며 소리쳤다.

"와아! 지금 나 협박하는 거예요?"

"협박하는 거로 보여?"

보여! 완전! 이대로 가다간 이 악마가 정말로 절 수영장에 담글 것 같았다. 안나는 재빠르게 노선을 바꿨다.

"……빠, 빠트리지 마요, 제발!"

그녀는 마치 장화 신은 고양이처럼 눈망울을 촉촉하게 반짝이며 시하를 올려다봤다.

"안 빠트릴 거죠?"

통해라! 통해라, 좀! 좋아하는 여자가 이런 눈빛으로 부탁하는데 거절하면 남자도 아니다!

"안 해, 그런 짓."

통했다! 안나가 속으로 회심의 미소를 지은 바로 그때였다.

"네가 발버둥 치지만 않는다면."

시하가 덧붙이는 조건에 그녀의 얼굴은 금세 다시 시무룩해졌다.

"나 아까 상처 난 거, 물에 빠지면 덧날지도 몰라요."

"그러니까 내 목 더 꽉 끌어안아. 나도 너 아픈 거 싫다고 했잖아."

"치사해."

"빨리. 나 지금 엄청난 인내심으로 참고 있는 거야."

도대체 뭘 참고 있다는 건지 따지려던 안나는 마주친 시하의 눈빛에 입술을 꼭 깨물었다. 그의 눈빛에 노골적으로 정답이 적혀 있었다. 지금 이 순간 그가 간절하게 바라는 것은…….

"안나야, 어서. 응?"

다시 입술이 닿는 것.

"정말 나 빠트리면 안 돼요?"

기어들어가듯 속삭이며 마지못해 안나는 팔을 들어 올렸다.

"응. 그러니까 빨리."

그 잠깐도 애가 달아 시하는 안나의 손바닥에, 손목에, 팔목에, 어깨에 촉, 촉 입술로 낙인을 찍으며 성마르게 고개를 숙여왔다. 이윽고 안나가 자신의 목 뒤에서 수줍게 손가락을 깍지 꼈을 때, 시하는 그녀의 허리를 꽉 부둥켜 안았다. 입술은 마치 제자리를 찾듯이 다시 격렬하게 맞닿았다.

"흐윽!"

또다시 자신을 집어삼키는 시하의 품에서 안나는 울음을 터뜨리듯 앓았다. 강렬한 자극에 허공에 떠 있는 발가락이 곱아들었다. 도저히 정신을 차릴 수가 없었다. 마치 용광로에 담겨진 듯 온몸이 달아오르는 기분이었다.

그 느낌은 시하도 마찬가지였다. 엔트라스로 잠든 그녀를 깨우기 위해 입을 맞췄을 때나, 해열제를 먹이기 위해 입을 맞췄을 때는 느낄 수 없었던 감각들이, 이 순간 마치 비명을 지르듯 무섭게 곤두섰다. 시하는 안나의 보드라운 입술을 열고 들어가 촉촉한 살결을 마음껏 맛봤다. 그사이 내내 그를 고민하게 했던 갈증은 일순 해소되는 것 같다가도 찰나 견디기 힘들 정도로 다시 심해졌다.

그럴 때면 시하는 안나의 탐스러운 볼이 홀쭉해지도록 입술을 빨아들이며 입 안을 샅샅이 어루만졌다. 안나가 숨을 못 쉬겠는지 입술을 맞댄 채로 고개를 도리질했다. 하지만 그의 본능은 잠시도 입술이 떨어지는 걸 허락하지 않았다. 젠장! 안나를 전부 다 집어삼키면 이 갈증이 사라질까? 그러다 한순간, 갈급하게 키스를 이어가던 시하가 갑자기 모든 움직임을 정지시켰다.

"······하아!"

겨우 호흡할 수 있게 된 안나가 물에 빠졌다 구해진 사람처럼 숨을 토해 냈다. 그 뜨거운 숨결이 곧장 시하의 귀를 지분거렸다. 별것도 아닌 자극이 건만, 시하는 벼락을 맞은 것처럼 몸을 떨었다. 그러곤 이내 다시 입술을 겹칠 것처럼 거칠게 안나에게 고개를 기울였다.

"자, 잠깐만······!"

이미 터득한 황홀한 감각에 지레 놀란 안나가 몸을 뒤로 뺐다. 하지만 시하는 키스를 이어가는 대신 그대로 안나를 꼭 끌어안고 수영장 턱까지 조급하게 걸어갔다. 그는 여유를 완전히 잃어버린 모습이었다. 거칠게 숨을 내쉬며 시하가 안나를 수영장 턱 위에 내려놓았다.

어라? 아무런 예고도 없이 키스를 끝낸 시하 덕분에 안나는 얼떨떨하기만 했다. 안나가 나른하게 풀린 시선으로 시하를 바라봤다. 그런데 그의 눈빛은 키스를 끝내려는 남자의 것이 아니었다. 마주친 눈빛이 조금 전의 입맞춤처럼 다시 뜨겁게 뒤엉키기 시작했다.

하지만 시하는 초인적인 인내력을 발휘해 욕구를 참고 있었다. 그는 자꾸만 끓어오르는 욕심에 괴로운 듯 표정을 찌푸리더니, 갑자기 물속 깊숙이 잠수했다. 첨벙! 그가 이내 검푸른 물속으로 사라졌다.

"차, 차시하 씨!"

안나는 갑자기 캄캄한 물속으로 가라앉는 시하의 모습에 놀라 그의 이름을 다급히 외쳤다. 시하는 그 상태로 한참 동안 수면 위로 떠오르지 않았다.

그동안 물 위에 떠 있던 푸른 달이 이지러졌다가 다시 제 모습을 되찾았다. 고요해진 수면을 바라보고 있으려니, 가슴이 조마조마하게 뛰었다. 혹시 너무 오래 굶었다가 갑자기 과식을 해서 정신을 잃은 건 아닐까? 안나는 무릎을 꿇고 두 손으로 수영장 턱을 움켜쥐었다. 그러곤 최대한 상체를 내밀어 물속을 들여다봤다. 하지만 밤중이라 너무 어두운 탓에 수면 아래는 잘보이지 않았다.

"차시하 씨! 대체 어디 있어요?"

시하를 애타게 찾으며, 안나는 순간적으로 그를 구하러 물속에 뛰어들어야 하는지 갈등했다. 끄응. 물을 통해 차원 이동을 하는 악마니 죽진 않을 것같은데. 그래도 이렇게 오래 올라오질 않으니 불안감은 더욱 커져만 갔다. 갈등하던 안나가 결심한 듯 숨을 크게 들이마셨을 때였다.

찰박! 시하가 불시에 수면 위로 모습을 드러냈다. 고개를 물 위로 내밀고 있던 안나는 그의 눈동자를 바로 코앞에서 마주치고 말았다. 안나는 저도 모르게 숨을 죽였다. 시하의 눈에도 수면처럼 푸른 달이 떠 있었다. 그 빛이 너무 아름다워서 할 말을 잃었다. 그리고 자신을 황홀하게 바라보는 안나의 모습에 시하도 말을 잊었다.

시하는 자석에 이끌리듯 다시 안나에게 다가갔다. 욕심을 참기 위해 그녀의 얼굴을 감싸거나 어깨를 끌어안는 대신 입술만 조심스럽게 마주 댔다. 한 번, 두 번, 세 번. 짧게 여러 번 입술을 섞었다. 정말 가벼운 입맞춤이었지만, 젖은 입술은 부딪히는 동안 더없이 야릇하게 귀를 자극시켰다. 더는 안 된다고 스스로를 혼내면서도 미련은 쉽게 떨쳐지지 않았다. 몇 번이나 더 안나의 입 안을 훔친 시하가 뜨거운 이마를 기대며 속삭였다.

"하아, 너는 어떻게, 이 안쪽까지 달아……."

본능과 싸우는 그의 목소리는 한숨처럼 내뱉어졌다.

"도무지 정신을 차릴 수가 없어. 물속에서 겨우 식히고 나왔는데, 또 뜨거워졌잖아."

시하는 차마 다시 키스할 순 없어 안나의 빰과 콧방울, 눈가를 배회하며 입술을 눌렀다. 얼굴 곳곳에 흩뿌려지는 남자의 뜨거운 온도에 수영장 턱을 움켜쥔 안나의 손에도 바짝 힘이 들어갔다. 격렬한 키스가 아니어도 온몸이 아플 정도로 긴장이 되었다. 게다가 자세까지 힘들어서 금방이라도 쓰러질 것 같았다.

또다시 그에게 매달리면, 이번엔 멈출 수 없을 것만 같은데. 제발 그가 먼저 멈춰줬으면 좋겠는데. 안나가 애타게 속으로 빌었을 때였다. 그 바람을 들은 것인지 시하가 천천히 그녀의 어깨를 잡아 세웠다.

"이제 진짜 그만해야겠다. 이러다 진짜 큰일 날 것 같아."

찰박찰박, 걸음을 옮겨 수영장 턱에 바짝 붙어선 그가 안나의 귓가에 속삭였다.

"더는 위험해."

시하가 먼저 멈춰주길 바랐으면서도 아쉬운 마음이 밀려들어 안나는 저도 모르게 물었다.

"뭐, 뭐가 위험해요?"

"아까 나도 모르게 어코드를 할 뻔했어."

그래서 그는 재빨리 키스를 멈추고 잠수를 한 것이었다. 달아오른 본능을 그렇게라도 식히려고. 그런데 안나는 눈치 없이 그나마 온도가 내려간 본능에 기름을 부었다.

"하면…… 되잖아요."

"뭐?"

"아니, 해요. 왜 안 해요? 그걸 해야 당신도 좋고, 나도 안 위험해지는 건데?"

일순 시하의 표정이 험악해졌다. 그는 당장에라도 다시 안나에게 키스하고 싶은 충동을 억누르기 위해 어금니를 악물고 말했다.

"다른 몽마한테 잡아먹히지 않으려고 나한테 잡아먹히겠다는 거야, 지금?"

"나름 합리적인 판단을 한 거예요."

하! 절대 안 된다고 거절을 해도 모자랄 판에 하라고 생떼를 쓰는 안나를 보고 있으니 허망한 기분마저 들었다. 하지만 어떻게든 참아야 했다. 시하는 한숨을 길게 내쉬며 감정을 다스렸다. 처음 하는 어코드는 몽마도 인간도, 절대 자제할 수 없다. 머리론 멈추고 싶어도, 어느새 몸은 멈출 수 없게 되고 말 것이다. 결국 끝까지 가게 된다는 뜻이었다. 이걸 안나에게 어떻게 설명하면 좋을까? 고민 끝에 그가 무겁게 입을 열었다.

"아까 유현 형이랑 라희가 키스만으로 어코드를 하는 걸 보고 뭔가 착각했나 본데, 처음 어코드를 할 경우엔 그렇게 간단하지 않아."

"뭐가 안 간단한데요?"

그에 반해 안나가 너무도 쉽게 되물어서 시하는 화가 났다. 그래서 일부러 사납게 말했다.

"이성이 통째로 날아가서 도저히 중간에 멈출 수 없을 거란 소리야. 나쁜

만 아니라 너도."

"나는 왜요?"

"내가 어떤 악마인지 잊었어? 몽마는 인간을 홀리는 악마야. 쾌락을 주는 대신 꿈을 빼앗는 거라고. 네가 날 싫어해도 한 번 어코드를 하게 되면 결국 끝까지 갈 수밖에 없어. 그런 식으로 마음 없이 나한테 안기고 싶어?"

시하는 더욱더 냉정하고 나쁜 말투로 안나를 몰아붙였다. 차라리 그녀가 겁을 잔뜩 집어먹고 도망쳐주길 바랐다.

"분명히 말하지만, 오늘 어코드를 하게 된다면 넌 다쳐."

하지만 그렇다고 그녀가 손이 닿지 않는 먼 곳으로 달아나길 바라진 않았다.

"그러니까 지금은 안 돼. 게다가 난 우리가 오늘 한 키스를 어코드로 기억하고 싶지 않아."

키스. 그 가슴 뛰는 단어에 시하는 결국 그토록 나쁜 말투를 하고서도 자신의 진심을 숨길 수 없었다.

"언젠가 너도 날 좋아하게 되면, 그때 널 안을 거야. 내 말 알아들어?"

그의 애틋한 진심을 들은 안나는 더 이상 웃길 수 없었다. 얌전히 고개를 끄덕이곤, 멋쩍게 대답했다.

"알았어요."

그러곤 벌떡 일어선 후에 괜히 시선을 피하며 한 문장을 더 덧붙였다.

"근데 나 당신 싫어하지 않아요."

시하가 눈을 크게 뜨고 안나를 올려다봤다. 사실은 제 입으로 안나가 자신을 좋아하지 않는다는 말을 하고서 가슴이 많이 아팠다. 내색하지 않으려 했지만, 은연중에 티가 났던 건 아닐까? 그래서 안나가 적당히 위로를 해주려는 건 아닐까 씁쓸한 생각을 문득 했다. 하지만 그의 예상은 완벽하게 빗나갔다.

"솔직히 말하면 좋아해요."

처음엔 잘못 들은 줄만 알았다. 도무지 믿기지가 않았다. 안나가 절 좋아한다니. 시하는 물 밑에서 몰래 허벅지를 세게 꼬집었다. 아팠다. 창피하게도 눈물이 핑 돌 만큼 아팠다. 그 아픔에 시하는 활짝 웃었다.

"그렇게 좋아요?"

그의 눈부신 미소를 바라보며 안나가 수줍게 물었다. 시하는 망설임 없이 대답했다.

"당연하지. 당연히 좋지!"

안나는 가슴이 벅차서 괜한 헛기침을 하며 말을 이었다.

"기왕 솔직해진 거 지금 내 마음이 어떤지 다 말해줄게요. 차시하 씨가 날 좋아해주는 만큼 좋아하냐고 묻는다면, 아마 그건 아닐 거예요."

이렇게 말하면 서운해할 줄 알았는데, 아니었다. 시하는 여전히 얼굴 가득 미소를 띤 재로 내꾸했다.

"괜찮아. 어쨌든 날 조금은 좋아한다는 거잖아. 싫어하지 않는다는 거잖아!"

"그래요. 좋아해요. 조금이 아니라 생각보다 더 많이 좋아하는 것 같아요. 실은 나도 당신을 좋아한다고 말하고 싶어서 아까 레스토랑에서도, 그리고 당신을 막 소환했을 때도 몇 번이나 망설였었어요."

안나의 말에 시하는 기억을 곰곰이 더듬었다. 그러자 그녀가 저에게 무언가 말하려는 듯 망설이던 모습이 머릿속에 떠올랐다. 그때 하려던 말이, 절 좋아한다는 고백이었다니.

"그리고 이런 얘기 하면 밝힌다고 생각할지도 모르지만, 방금 한 키스도 너무 좋았어요. 어코드 핑계를 대서라도 계속 하고 싶었을 정도로."

그리고 저와 한 키스까지 좋았다니. 계속 하고 싶었다니! 시하는 날개가 없어도 날 수 있을 것 같은 기분이었다.

"근데 그 이상은 두려워요. 그러니까 오늘은 여기서 멈추는 게 좋을 것 같아요. 고마워요, 시하 씨. 날 위해줘서."

아까보다 심장이 두 배는 더 빨리 뛰는 것 같았다. 정말 큰일이었다. 여기서 멈추자는 말을 들었는데, 열이 다시 오르기 시작했다. 안나를 따라 물 밖으로 나서려던 시하는 다시 깊숙이 몸을 담갔다. 또다시 첨벙 소리가 들려오자 펜트하우스로 들어가려던 안나가 의아해하며 뒤를 돌아봤다.

"같이 안 들어가요?"

시하는 젖은 머리를 쓸어 올리며 태연한 척 대답했다.

"먼저 들어가. 난 좀 더 식히고 들어가야 할 것 같으니까."

좀 더 식혀야 한다는 말에 무얼 상상한 건지 안나의 눈동자가 갈피를 잃고 흔들렸다. 그러더니 급기야 어둠 속에서도 확연히 알아차릴 수 있을 만큼 얼굴이 빨갛게 달아올랐다.

"그, 그, 그럼 나 먼저 들어갈게요! 잘 자요!"

안나는 유난히 말을 더듬으며 인사를 건네곤, 부리나케 펜트하우스로 뛰어들어갔다. 그 당황한 뒷모습을 바라보다 시하는 쓰러지듯 물 위에 드러누웠다. 온몸에 힘이 하나도 없었다.

"오안나."

그가 젖은 손으로 입술을 매만지며 중얼거렸다.

"너 때문에 오늘 밤은 도저히 못 잘 것 같다……."

*

시하가 끝내 잠들지 못한 밤. 안나는 그의 형제들과 어코드를 할 뻔했던 것만으로 체력이 소진돼 침대에 눕자마자 깊은 잠에 빠져들었다. 그리고 아주 오랜만에 꿈을 꿨다. 병원에서 처방받은 약을 먹은 후로 처음 꾸는 꿈이었다. 하지만 얼핏 느끼기에 악몽은 아닌 것 같았다.

꿈속에서 안나는 다시 시하와 키스를 나누고 있었다. 푸른 달, 차가운 물, 뺨을 감싼 뜨거운 손, 달뜬 숨소리, 젖은 입술에서 느껴지는 열기, 두근두근 뛰는 심장. 그 모든 게 너무도 생생해서 현실이라고 해도 믿겨질 정도였다. 그러다 문득 언젠가 시하가 농담처럼 했던 말이 귓가에 어른거렸다.

'그 대신, 빨리 나 좀 좋아해줘. 안 그럼 정말 네 꿈에 들어가서라도 널 잡

아먹을지 모르니까.'

혹시 정말 그가 꿈에 찾아온 건 아닐까? 그 순간, 마음이 시키는 대로 열정적으로 시하의 키스에 응하던 안나는 억지로 입술을 떼어냈다. 만약 정말로 그가 꿈에 들어온 거라면, 나중에 잠에서 깼을 때 엄청 창피할 것 같았다. 안나는 빨개진 얼굴을 감추려고 고개를 푹 숙인 채 물었다.

'차시하 씨. 이거 정말 내가 꾸는 꿈이에요? 아니면 당신이 내 꿈에 들어와 조작한 거예요?'

그런데 어딘가 이상했다. 자연스럽게 말을 했다고 생각했는데, 목소리가 나오질 않았다.

"윽! 으으윽!"

목구멍에서 나오는 소리라곤 억눌린 신음뿐이었다. 불현듯 뭔가 잘못됐다는 생각이 들었다. 하지만 그 생각을 했을 땐 이미 모든 것이 돌이킬 수 없이 변해버린 후였다.

하늘에서 아름답게 빛나던 푸른 달이 사라졌다. 대신 깜깜한 천장이 보였다. 안나가 있는 장소도 수영장이 아니라 낡은 침대 위였다. 두 다리는 어김없이 족쇄에 묶인 상태였다.

"켁! 켁!"

시커먼 손이 그녀의 목을 사정없이 졸랐다. 숨이 막히고 머리가 어지러웠다. 눈물이 하염없이 흘러내려 앞이 제대로 보이질 않았다.

하지만 안나는 자신의 목을 조르는 상대의 얼굴을 보기 위해 사력을 다했다. 그러자 그동안은 무슨 수를 써도 보이지 않던 살인자의 얼굴이 조금씩 보이기 시작했다. 이윽고 살인자의 윤곽이 분명하게 드러난 순간! 안나의 두 눈이 경악으로 물들었다.

'거짓말……!'

그녀의 목을 조르며 푸른 눈동자를 가진 악마가 잔인하게 웃고 있었다.

'이건 거짓말이야!'

꿈속에서 그녀를 죽이려 하는 자는 바로 시하였다.

'제발 이 꿈에서 깨게 해줘!'

내뱉어지지 않는 비명이 역류했다. 정신이 아득해지며, 고통에 핏발 선 눈에선 끊임없이 눈물이 흘러내렸다. 목이 졸리는 감각이 말도 안 되게 생생했다. 분명 꿈인 걸 아는데도 정말 이러다 죽을 것 같다는 생각이 들었다. 안나는 꿈쩍 않는 시하의 손을 필사적으로 움켜쥐고 잡아당겼다. 하지만 그녀의 연약한 힘은 시하에게 전혀 통하지 않았다. 목을 쥔 악력은 점점 거세졌고, 안나의 눈은 결국 완전히 뒤집혔다.

'사, 살……!'

비명마저 토해지지 않았다. 아슬아슬하게 숨이 끊어지기 직전. 아득한 암전이 찾아오고 그 순간, 안나는 꿈에서 깼다.

"살려줘!"

마지막 순간 내지른 비명은 현실에서 뒤늦게 쏟아졌다.

"하아, 하아……."

안나는 거친 숨을 헐떡이며 눈을 떴다. 익숙한 풍경은 어둠 속에서도 곧 윤곽이 잡혔다. 제 침실이었다. 그런데 침대 앞에 누군가가 서 있었다. 기시감이 느껴지는 낯설지 않은 상황. 그리고 동시에 다리에서 느껴지는 차가운 체온.

"누구?"

안나는 부리나케 일어나 등을 한껏 벽에 붙이고 앞을 노려봤다. 하지만 이내 제 침대 앞에 서 있는 남자의 정체를 알아본 안나의 눈에서 스르륵 힘이 빠져나갔다.

"시하 씨……?"

자신을 부르는 낮은 목소리에 시하가 황급히 손을 떼어냈다. 어둠 속에서 푸르게 빛나는 그의 눈동자를 본 안나가 더욱더 불안한 목소리로 물었다.

"지금 뭐 하는 거예요?"

시하가 확연히 당황한 기색으로 답했다.

"아, 난 가, 갑자기 비명이 들려와서……."

"비명…… 이 들렸어요?"

"으응. 괜찮아? 악몽이라도 꾼 거야?"

"아뇨."

아무 일 없는 듯 겉으론 그를 안심시켰지만, 안나는 속으로는 의문을 떨쳐낼 수 없었다. 자신이 입 밖으로 비명을 내지를 수 있었던 건 분명 마지막 순간, 단 한 번뿐이었다. 하지만 시하는 갑자기 달려온 모습처럼 보이지 않았다. 도리어 사신이 꿈에서 깨기 훨씬 전부터 그 자리에 서 있었던 것 같았다.

그는 대체 자신이 잠든 사이, 무엇을 하려 했던 걸까? 안나는 수영장에서 시하와 나눈 키스로 인해 여전히 부풀어 있는 입술을 꼭 깨물었다. 붓기 때문인지 살짝 깨물었을 뿐인데 눈물이 찔끔 고일 만큼 아찔한 통증이 느껴졌다. 어둠 속에서 눈물이 그렁그렁 고인 안나의 눈가를 알아차린 시하가 다시 한 번 물었다.

"너, 정말 괜찮은 거야?"

"네, 괜찮아요."

안나는 거짓 대답을 하며 시하의 눈을 빤히 들여다봤다. 어느새 그윽한 갈색으로 돌아온 그의 눈동자에는 걱정만이 가득 담겨 있었다. 저 따스한 눈빛만 믿고 싶은데. 정말 그러고 싶은데. 그가 절대 자신을 죽이려는 살인자일 리가 없는데. 예지몽이 아니라 엉터리 꿈일 뿐인데!

그런데 그를 믿고 싶은 마음만큼 불안감도 컸다. 어젯밤 그와 키스를 나눴을 때만 해도, 이 남자를 믿어도 될까 하는 고민 따윈 전혀 하지 않았는데 겨우 잠깐 사이 흔들리고 만 것이다. 하룻밤 사이 완전히 달라져버린 키스의 진실은 도대체 무엇일까? 안나의 눈동자가 불안으로 거칠게 흔들렸다.

"혹시 다시 악몽이 심해진 거면 나랑 같이 병원에 가보자."

"괜찮다니까요. 그냥 오늘 좀 무리해서 그래요."

그 불안감은 시하의 눈에도 고스란히 비쳐졌다. 시하는 자꾸만 자신을 외면하는 안나의 태도에 가까이 다가가 어깨를 붙들었다.

"너 이상해. 왜 자꾸 내 눈 피해?"

"내가 언제요?"

"지금도."

안나는 억지로 시하와 눈을 마주쳤다. 마치 주인에게 버림받은 강아지처럼 슬픈 눈을 하고 있는 그 때문에 마음이 아팠다. 하지만 내색하지 않고 다시 곧바로 고개를 숙였다.

"미안한데, 나 좀 쉬고 싶어요."

안나는 땀에 축축이 젖은 이불 속으로 도망치듯 파고들었다. 시하가 한 번 더 안나를 불렀다. 어쩐지 이대로 침실을 나서면 안 될 것 같은 기분이 들었다.

"안나야."

"피곤해서 그래요. 잘래요."

하지만 안나는 단호했다. 피곤하다는 말에 시하는 더 이상 말을 걸지 못하고 뒤돌아설 수밖에 없었다.

*

유현과의 급작스러운 어코드로 인해 기절한 라희는 또다시 해우에게 치료를 받아야만 했다. 해우가 잠든 라희에게 페르소나를 주입하고 있는데, 전화가 한 통 걸려왔다. 오정숙이었다.

-닥터 강. 시간이 없어. 빨리 하지 않으면 이대로 호텔을 뺏길 것 같아.

어두컴컴한 병실. 구석으로 가 귀를 기울인 해우가 머리카락을 거칠게 쓸어 올렸다. 오정숙. 이 여자한테서 연락이 올 때마다 어둠 속에 잠식되는 기분이었다. 마치 물에 빠진 듯 숨이 제대로 쉬어지질 않았다.

-내가 시킨 일 제대로 하고 있는 거 맞지? 대체 결과는 언제쯤이나 돼야 알 수 있는 거야?

"조급해하지 마세요. 함정은 완벽합니다."

-그렇게 번번이 말만 번지르르하고 당장 내 손에 쥐여준 게 아무것도 없잖아!

점점 격앙되어가는 정숙의 목소리를 들으며 해우는 목까지 답답하게 채워진 단추를 거칠게 풀어냈다.

"당장에 해결하고 싶으셨으면 저한테 부탁하지 마셨어야죠. 제가 오래 걸린다고 말씀드렸죠. 후우……. 원래 계획대로 일은 잘 진행되고 있습니다."

역시나 이 여자에게 예의를 갖춰 대답하는 일은 쉽지 않았다. 해우는 묵직한 심호흡을 해야만 겨우 말을 이어갈 수 있었다. 하지만 그 심호흡을 한숨으로 받아들인 정숙은 더욱더 흥분해서 목청을 높였다.

-그러니까 그 잘 진행되고 있는 걸 내 눈에도 보여달라는 거잖아! 내가 지금 얼마나 궁지에 몰린 줄 알아? 오죽하면 이러겠냐고!

"그게 제 탓입니까?"

결국 해우의 인내심도 한계에 다다르고 말았다. 너머에서 오정숙의 부들거리는 목소리가 들려왔다.

-……뭐? 지금 뭐라고 했어?

"제 손은 더럽히기 싫고, 욕심에 눈멀어 더러운 짓은 해야겠고."

-닥터 강, 지금 제정신이야?

"그래서 남의 손 빌렸으면 얌전히 기다리셔야죠. 제가 이 사실을 어디 가서 발설하기라도 하면 어쩌시려고요. 성운 호텔, 지키셔야죠?"

정숙이 곧장 조용해졌다. 해우는 제 입으로 내뱉은 협박에 비릿하게 입술을 깨물었다.

-아, 알았어. 기다릴게. 얌전히 기다릴 테니까 꼭 성공시켜줘. 꼭? 응?

전화는 그렇게 비참하게 끊어졌다. 해우는 이미 단추가 풀린 드레스셔츠 목깃을 잡아당겨 더 느른하게 헤집었다. 오정숙이 제 앞에서 납작 엎드린 모습을 봐도 기분은 나아지지 않았다. 이제는 자신이 얼마나 어둠에 갇아먹

아주 달콤한 *갈증* 365

혔는지조차 가늠할 수 없었다.

창밖으로 보이는 세상에는 어느새 새까만 땅거미가 내려앉아 있었다. 고장이라도 난 것인지 방금 켜진 가로등 하나가 몇 번을 깜빡이다 이내 지지직 소리를 내며 꺼졌다. 마치 구렁텅이에 빠진 제 인생 같아서 해우가 깊은 한숨을 내쉬었다. 그 순간, 등 뒤에서 누군가의 목소리가 들려왔다.

"무슨 일 있어요?"

해우는 반사적으로 뒤를 돌아봤다. 링거 바늘을 팔에 꽂은 라희가 힘겹게 몸을 일으키고 있었다. 어지러운지 한쪽 눈을 질끈 감는 모습에 해우는 한달음에 달려가 그녀의 팔을 잡아 부축했다.

"더 누워 계세요. 아직 많이 어지러울 거예요."

"괜찮아요. 근데 나 얼마나 잤어요?"

"한 여섯 시간 정도."

"아아, 점점 시간이 늘어가네."

라희가 씁쓸하게 중얼거렸다. 해우는 안타까운 눈빛으로 그녀를 바라봤다. 대한민국 최고의 여배우. 그러나 지금 이 모습이 브라운관 이면에 숨겨진 그녀의 진짜 모습이었다.

세간을 떠들썩하게 만든 스캔들에도 불구하고 그녀의 사랑은 늘 외로웠다. 적어도 처음 이 병원에 실려 왔을 때부터 지금까지, 해우가 본 라희는 조금도 행복해 보이지 않았다. 제까짓 게 감히 그녀를 동정해도 되는지 모르겠지만, 그래도 해우는 라희가 가여웠다. 만인의 사랑을 받고 사는 그녀가, 단 한 명의 사랑을 구걸하느라 망가져가는 것 같아서. 애써 안쓰러운 마음을 숨긴 해우가 라희를 위로했다.

"다른 때보다 양이 많은 게 아니라 일부러 천천히 주입시켰어요. 그냥 푹자라고요. 매니저 다녀갔는데 밤 스케줄 미뤄졌다고 해서."

"그랬구나."

"요즘 드라마 때문에 잠도 제대로 못 자죠?"

"조금요."

라희는 유현과 어코드를 했던 탓에 아직 붉은 핏줄이 징그럽게 돋아 있는 팔을 이불로 가리며 해우에게 물었다.

"그런데요, 강 선생님. 혹시 이 약, 뭔지 알아요?"

라희가 손가락으로 가리킨 링거를 흘깃 본 해우는 고개를 저었다.

"아뇨. 원장님께서 직접 주시는 거라 저도 정확히는 몰라요. 그렇지만 엄청 비싸고 좋은 거 아닐까요? 원장님이 라희 씨는 끔찍이 생각하시잖아요."

갑작스럽게 변명을 생각해내느라 아무렇게나 해버린 말에 라희의 안색이 어두워졌다. 다른 의사들이나 간호사들에게 이유현 원장의 비밀스러운 치병을 둘러댈 때 하는 변명을 부심결에 그녀에게 해버린 걸 뒤늦게 깨달은 해우가 주먹을 꾹 움켜쥐었다.

"정말 날 생각한다면, 그냥 옆에 있어주기만 하면 되는데……."

라희의 아픈 말을 다 알아듣고서도 해우는 일부러 모른 척했다. 어쩌면 그녀는 모든 걸 솔직하게 털어놓고 진실한 위로를 받고 싶은 걸지도 몰랐다.

하지만 해우는 그럴 수 없었다. 제 처지를 생각하면 아마 억겁을 산다 해도 누군가에게 솔직해질 수 없을 것이다. 끝내 입을 열지 않는 해우를 올려다보며 라희는 힘없이 웃는 얼굴로 고개를 저었다.

"내가 괜한 소릴 했다. 강 선생님 말대로 좀 더 자야겠어요. 아무래도 내일은 철야할 것 같으니까."

"그래요. 푹 자요. 불 꺼줄게요."

"고마워요."

라희의 인사를 받으며 해우는 병실 불을 끄고 복도로 나왔다. 일순, 그의 눈동자 색이 어둠 속에서 붉게 빛이 났다. 붉은색 연기가 그의 잇새로 뱀의 혀처럼 새어 나왔다 다시 삼켜졌다. 눈을 질끈 감은 채 괴로운 듯 손바닥으로 얼굴을 감싼 해우가 떨리는 목소리로 말했다.

"미안해요, 라희 씨. 정말……. 정말로 미안해요."

금세 꿈에 빠져든 라희에게 차마 닿지 않을 용서를 구한 그는 이내 점점 어둠 속으로 걸어가 사라졌다. 마치 시커먼 아귀에 날름 잡아먹히듯이.

*

늦은 아침. 식탁에 마주 보고 앉은 시하와 안나의 눈 밑이 퀭했다. 둘 다 밤새 잠을 설친 탓이었다. 어색한 분위기에 한참을 눈치만 살피던 시하가 안나의 접시에 샐러드를 덜어주며 슬쩍 말을 걸었다.

"잠 못 잤어? 피곤하다더니."

안나는 잠깐 눈길을 주는가 싶더니, 말없이 고개만 저었다. 시하는 찰나에 어젯밤 자신이 느꼈던 감각이 틀리지 않았다고 확신했다. 아닌 척하지만, 절 피하는 게 분명했다. 이유라면 물론 짐작이 갔다. 어젯밤 수영장에서 있었던 그 일. 자신은 차곡차곡 쌓아온 감정이 터진 걸지 몰라도, 안나에겐 급작스러운 키스일 수 있었다. 그래, 이해한다. 충분히 자신과 단둘이 있는 이 상황이 어색할 수도 있었다.

하지만 이런 종류의 어색함을 예상한 건 아니었다. 좀 더 설레고 가슴 두근거리고, 그래서 어색할 줄 알았다. 그런데 오히려 그 반대였다. 마치 체한 것처럼 불편하고 답답했다.

'대체 이유가 뭐야. 꿈이라도 꾼 것 같잖아, 꼭.'

차가운 수영장 속에서 나눈 뜨거운 키스 그 후에 맞닥뜨린 이 어마어마하게 어색한 분위기에 시하는 도무지 적응이 되질 않았다. 희망고문이라도 하듯 한 발짝 다가와주고선, 뒤통수치듯 두 발짝 멀어지는 그녀가 야속하기만 했다.

"차시하 씨."

아니, 두 발짝이 아니라 세 발짝. 시하는 다시금 변해버린 호칭에 미간을 구겼다. 어젯밤 그 달콤한 호칭마저 원래대로 돌아선 것이다. 시하는 서운함에 뾰족한 말투로 대답했다.

"왜?"

"혹시 어제 내 꿈에 들어왔었어요?"

제 몫의 접시에도 신경질적으로 샐러드를 덜던 시하의 손이 우뚝 굳었다. 도대체 어떻게 안 것일까? 제가 꿈에 들어가려 했었다는 걸. 혹시 말도 없이 꿈에 들어가려 해서 화가 났던 걸까? 안나의 다리에 새로 생긴 상처가 신경 쓰여 꿈에 들어가 그때의 순간을 지워주고 싶었다. 하지만 안나가 자신의 그런 속내를 정확하게 알고 있을 리 없었다. 문득 예전에 그녀에게 농담 삼아 했던 말을 떠올린 시하의 얼굴이 눈에 띄게 곤란해졌다.

'그 대신, 빨리 나 좀 좋아해줘. 안 그럼 정말 네 꿈에 들어가서라도 널 잡아먹을지 모르니까.'

아닌데. 그런 야비한 짓을 하려던 게 아닌데. 시하가 진심을 꺼내놓으려 막 입을 열었을 때였다.

"안나야, 그건 있잖아."

"태주 씨?"

돌연 눈이 휘둥그레진 안나가 벌떡 일어나 주방을 뛰쳐나갔다.

'태주?'

시하도 의아한 기색으로 재빨리 안나를 따라 일어섰다. 뒤를 돌아보니 태주가 하룻밤 사이에 무척이나 수척해진 모습으로 현관에 들어서고 있었다.

"태주야!"

안나보다도 더 빨리 태주에게 뛰어간 시하가 그의 얼굴을 살피며 눈을 부릅 떴다. 태주의 얼굴이며 몸 이곳저곳에 검은 핏줄이 도드라졌다 가라앉은 흔적이 남아 있었다. 이건 분명 몽마의 힘에 당한 상처였다. 그것도 꽤 강한 몽마에 의해 공격을 받은 듯싶었다. 주은재에게 무슨 일이 생겼는지 살피러 간 녀석이 왜 이런 꼴이 된 것일까? 안나도 같은 생각을 했는지 다급하게 물었다.

"우리 대신 은재 오빠가 괜찮은지 보러 갔다고 들었는데, 이게 대체 무슨 일이에요? 태주 씨 괜찮아요?"

"네, 저 괜찮아요. 주은재 씨 만나고 돌아오는 길에 엉뚱한 사람들이랑 시비가 좀 붙었어요."

태주는 희미하게 웃으며 대답했다. 숲에서 기력을 회복하고 온 탓에 흔적은 남았어도 정말로 상처는 다 나아 있었다. 하지만 안나는 태주의 말을 오롯이 믿을 수 없었다. 그에게서 이끼와 나무 냄새, 그리고 아주 희미하지만 악취라고 해도 무방할 만큼 지독한 냄새가 나고 있었다. 평소 태주에게선 전혀 맡을 수 없었던 냄새였다. 안나는 여전히 걱정스러운 기색으로 입을 열었다.

"태주 씨."

무슨 말을 할지 다 안다는 듯 태주가 먼저 말했다.

"아, 주은재 씨한테는 아무 일도 없었어요. 만난 후에 벌어진 일이니까. 걱정 안 하셔도 돼요."

안나는 일부러 화가 난 표정을 지어 보였다.

"나는 지금 태주 씨 걱정하는 거예요. 정말 괜찮은 거죠?"

"······네."

가슴이 뭉클해져 태주는 간신히 대답했다. 누군가 자신을 이토록 걱정해 주는 건 시하 이외에 처음이었다. 안나가 낮게 한숨을 내쉬며 태주를 소파로 이끌었다.

"일단 앉아요. 상처 좀 보게."

그러곤 욕실에 가서 곧장 수건에 물을 적셔 나왔다. 안타깝지만 냄새에 관해선 함부로 아는 척을 할 수 없었다. 태주에게 묻어 있는 지독한 냄새가 어디에서 나는 건지 정확히 파악할 수 없기 때문이었다. 만약 태주를 공격한 누군가에게서 묻은 거라면 단순한 악취인지, 아니면 상대의 폭력적인 마음에서 비롯된 냄새인지 구분이 어려웠다.

섣불리 아는 척을 하는 건 금물이었다. 어린 시절에는 뭣 모르고 솔직하게 말했다가 종종 난처한 일을 겪곤 했었다. 안나는 복잡한 심경을 애써 숨긴 채 태주의 얼굴에 묻은 흙을 닦아주었다.

"그나저나 왜 연락을 안 했어요? 그럼 우리가 바로 갔을 텐데."

질문을 들은 태주의 기색이 난감해 보였다. 곤란한 질문을 한 건가? 안나가 머뭇거리는 사이 대답은 예상외로 시하에게서 흘러나왔다.

"나 때문이야."

"네?"

"내가 호텔 밖에 있어서 연락을 못 한 거야."

"그게 무슨 뜻이에요? 아무리 멀리 있어도 휴대폰으로 연락하면……."

"휴대폰도 안 돼. 이 호텔에 쳐진 결계는 매우 강력해서 내가 호텔 안에 있을 땐 상관없지만, 바깥으로 나가는 즉시 내 영향력을 모두 제거해버려. 전화도, 심지어 문자도 받을 수 없어."

"말도 안 돼. 단순히 다시 호텔 안으로 못 들어가는 정도가 아니었어요?"

"응."

결계는 안나의 생각보다 훨씬 더 강력한 것이었다. 대체 이런 결계를 친게 누굴까? 그 일에 정말 자신의 부모님도 관련이 되어 있을까? 아직 풀지 못한 의문점들이 다시금 안나의 머릿속을 맴돌았다. 가장 먼저 해결해야 할 의문점이었지만, 안타깝게도 시하에게 직접 물어보자고 결심한 후로 번번이 타이밍을 놓쳤다. 더는 뒤로 미루지 말자고 다짐하면서 안나는 태주를 부축해 일어섰다. 지금은 태주를 쉬게 하는 게 먼저였다.

"태주 씨는 들어가서 좀 더 쉬어요. 아직 힘들어 보여요."

"그럴게요."

"아 참, 혹시 모르니까 내 번호 알려줄게요. 다음에 또 무슨 일 생기면 이 번호로 꼭 연락해요."

안나는 주머니에서 휴대전화를 꺼내 번호 입력창을 띄워 태주에게 내밀었다. 그러자 태주가 의아한 눈빛을 지으며 물었다.

"휴대폰은 언제 장만하셨어요?"

예상치 못한 질문에 안나가 어색하게 시하를 돌아봤다. 질투에 눈이 먼

남자가 억지로 선물해준 휴대전화라고 곧이곧대로 대답할 수는 없는 노릇
이었다. 그래서 표면적인 사실만 딱딱하게 대답했다.

"아, 지난번에 나 쓰러졌을 때 차시하 씨가 사줬어요."

또 차시하 씨. 시하가 불만스럽게 안나를 노려봤다. 안나는 자신이 의심
하고 있다는 사실도 모른 채, 여전히 진심을 가득 담아 애정을 드러내는 그
를 복잡한 심경으로 바라봤다. 마음이 무거웠다. 아니, 콕콕 쑤시듯 아팠다.
그와의 키스가 좋으면서, 속으로는 이런 의심을 하고 있는 상황이 너무 속
상했다. 그렇게 무거운 기류가 흐르는 시하와 안나 사이를 번갈아 바라보던
태주가 농담처럼 툭 내뱉었다.

"흐음. 제 것보다 훨씬 좋은 기종을 사주셨네요. 얼마 주셨어요?"

금방이라도 왈칵 울어버릴 것처럼 속상한 표정을 짓고 있던 안나가 태주
의 농담에 피식 웃었다.

"태주 씨 뭐야, 진짜. 이 상황에 농담이 나와요?"

"전 농담 아니고 진담인데요?"

"못 살아. 얼른 들어가서 쉬기나 해요."

안나가 싱거운 웃음을 입가에 매달고서 태주의 등을 떠밀었다. 마지못해
방으로 향하는 척하면서 태주가 뒤를 흘깃 돌아봤다. 제 주인도 어느새 안
나를 따라 웃고 있었다. 심각했던 분위기가 풀어진 것 같아 태주가 안도했
을 때였다. 그에게 문자가 한 통 도착했다. 문자 내용을 확인한 태주가 곧 조
심스럽게 입을 열었다.

"참, 오늘 주은재 씨가 찾아오겠다고 전해달라고 하셨는데. 안나 님께 할
말이 있다고."

그리고 그 순간.

"뭐? 주은재가?"

가뜩이나 안나의 태도가 갑자기 달라진 것 때문에 심기가 불편했던 시하
의 표정이 사납게 구겨졌다.

9장. 간절한 유언

찾아온다는 문자를 보내고 얼마 지나지 않아 은재는 펜트하우스 현관 벨을 눌렀다. 그리고 동시에 시하도 방에서 옷을 갈아입고 다시 응접실로 나왔다. 근육에 딱 맞게 재단된 셔츠와 베스트는 집 안에서 입는 편안한 차림과는 거리가 멀었다. 태주가 문을 열어주러 간 사이 소파에 나란히 앉은 안나가 시하를 곁눈질로 바라보며 물었다.

"갑자기 옷은 왜 갈아입었어요?"

"그야 상사로서 흐트러진 모습을 보이면 안 되니까."

정말 이유가 그것뿐일까. 시하는 유독 은재만 만나면 예민해지곤 했다. 그래서 삼자대면을 떠올리기만 해도 안나는 손에 식은땀부터 났다. 첫 번째 삼자대면 때 시하는 이 여자는 내 거라고 폭탄 발언을 날렸고, 두 번째 삼자대면 때는 더 이상 널 좋아하는 척 거짓말을 하는 게 아니라는 핵폭탄 발언을 날렸다. 오늘 세 번째 삼자대면에서는 그가 또 어떤 상상도 못 할 발언을 날릴지 걱정이 이만저만이 아니었다. 말하자면 은재는 차시하라는 폭탄의 스위치인 셈이었다.

"안나야. 나 왔어."

그때, 그 스위치가 아주 다정한 인사를 건네며 응접실에 들어섰다. 안나는 자신의 곁에 앉은 폭탄이 시비를 걸기 전에 먼저 벌떡 일어나 은재를 맞았다.

"은재 오빠!"

그녀의 목소리는 다소 초조하고 조급했다. 사실 그녀는 지금 어젯밤 꾼 불길한 악몽이 신경 쓰여 미칠 것 같았다. 그 꿈 때문에 자꾸만 의도치 않게 시하에게 상처를 주는 상황이 거북하기만 했다. 그를 의심하는 것과 별개로 그가 상처받는 것은 싫었다. 더군다나 그 상처를 다른 사람도 아니고 자신이 줬다면, 감당할 수 없을 것 같았다.

의심이라는 것도, 결국엔 그를 믿고 싶은 마음이 크기 때문에 머릿속에서 쉽게 떨쳐지지가 않는 것이었다. 결국엔 시하가 자신을 죽이려 하는 살인자가 아니라는 확신을 얻고 싶은 게 안나의 진짜 본심이었다. 새벽엔 당황해서 그를 내쫓고 말았지만, 오래 이 문제를 외면할 생각은 없었다.

'혹시 어제 내 꿈에 들어왔었어요?'

식탁에서 그 말을 물었던 건 시하에게 모든 진위를 직접 듣고 싶었기 때문이었다. 갑자기 태주가 다친 모습으로 나타나 또다시 타이밍을 잃고 말았지만, 은재가 이야기를 마치고 돌아가면 그땐 정말 이 의심의 종지부를 찍을 생각이었다. 빨리 그 문제에 관해 그와 대화를 나누고 싶었다. 그러기 위해선 은재의 이야기부터 들어야 했다.

"오빠, 무슨 할 말이 있어서 여기까지 온 거예요?"

조바심이 난 탓인지 말투가 평소처럼 살갑지 못했다. 은재의 얼굴이 삼시간에 어두워지는 것을 본 안나가 황급히 말을 덧붙였다.

"그게, 꽤 급하게 전할 이야기가 있는 것 같아서……. 그래서……."

안나가 난처해하자 은재가 얼른 표정을 펴며 대답했다. 하지만 온화한 표정과는 달리 그의 입에서 흘러나온 말은 꽤 심각한 것이었다.

"안나 네 부모님에 관한 이야기야."

차분하던 은재의 눈빛이 돌연 살벌하게 변해 시하를 노려봤다. 그는 들고 온 가방에서 책 한 권을 꺼내 탁자 위에 올려놓으며 말했다.

"그리고 네 아버지와 계약한 몽마 차시하에 관한 이야기이기도 해."

시하에게 직접 듣고 싶었던 비밀에 관한 이야기가 느닷없이 은재의 입에서 흘러나왔다. 갑작스러운 상황에 안나의 안색이 창백해졌다.

"오빠. 대체 뭘 알고 있는 거예요? 이 책은 또 뭐고요?"

안나는 은재가 탁자 위에 꺼내놓은 책 표지를 살펴보다가 고개를 들고 물었다. 은재는 모두 다 설명해주겠다는 듯 부드러운 표정으로 입을 열었다.

"안나야, 내 말 잘 들어. 지금부터 내가 말하는 것들은……."

"잠깐만!"

그때, 시하가 다급히 끼어들었다.

"이 책이 뭔지는 몰라도, 오태영, 그러니까 안나 아버지와 내 관계는 내 입으로 설명할게."

지난날 병원에서 은재가 자신이 몽마라는 사실을 간파하고 안나의 곁에서 떨어지라고 경고했을 때, 이런 날이 올 거라고 막연한 예상은 했었다. 그리고 안나에게 솔직히 말하자고도 생각했다. 내가 너의 아버지 오태영과도 계약을 했었다는 것. 오태영이 딸만큼은 악마에게서 지켜내기 위해 결계를 치고 자신을 성운 호텔에서 쫓아냈다는 것. 그 비밀을 솔직히 털어놔야 한다고 수십 번 생각하고 또 생각했다. 하지만 그 모든 걸 털어놓았을 때 안나가 지을 표정을 상상하면 차마 입술이 떨어지질 않았다.

처음 호숫가에서 둘이 함께 소환을 기다리던 그때, 문득 그 순간을 상상하고 입을 다물었던 기억이 선연했다. 안나를 좋아한다고 깨닫기 전에도 절경멸의 눈으로 바라볼 그녀를 상상조차 하고 싶지 않았는데, 하물며 제 마음을 깨달은 후에는 어땠을까.

그저 보고만 있어도 좋아서. 손끝이 스치기만 해도 설레어서. 입을 맞추고 있으면 가슴이 터질 것 같아서. 그래서 네 아버지가 널 지키기 위해 결계를 치고 계약까지 파기했다는 과거의 진실을 밝힐 수가 없었다. 하지만 그 두려움이 결국 이 순간을 자초하고 말았다.

"그래요. 당신 입으로 직접 말해요. 당신, 우리 아버지랑 대체 어떤 관계였어요?"

시하는 입술을 질끈 깨문 채 고개를 돌려 안나와 눈을 마주쳤다. 안나의 눈동자가 애처롭게 흔들리고 있었다. 그는 그녀가 이런 눈빛을 짓게 한 게 자신이라는 사실이 끔찍했다. 할 수만 있다면 시간을 되돌리고 싶었다.

하지만 대체 어디까지 되돌려야 할까? 안나가 처음 자신을 소환했던 그때? 아니면 오태영이 자신을 배신한 1년 전? 그도 아니면 오태영과 처음 계약을 맺었던 시점? 아니, 오태영의 조상인 오성운과 계약을 맺었던 100여 년 전으로 되돌아가 애초부터 이 질긴 고리를 만들지 말았어야 했다.

결국엔 아무리 후회해도 자신은 안나에게 이런 슬픈 눈빛을 짓게 할 악마였다. 오히려 오태영이 자신을 배신하지 않았다면, 안나에게 더 잔인한 짓을 저질렀을지도 모를 일이었다. 시하는 자신이 살아온 지난 세월의 무게를 뼈저리게 느꼈다. 비록 혼혈이지만 악마로 살면서 처음 느껴보는 죄책감이 그의 가슴을 짓눌렀다.

하지만 아무리 괴로워도 주은재의 입을 통해서 이 사실을 안나가 알게 하느니 제 입으로 말하는 편이 훨씬 나았다. 슬쩍 은재를 쳐다보니, 그는 자신에게 기회를 주는 데 동의하듯 얌전히 입을 다물고 있었다. 시하는 한숨을 내쉬듯 천천히 입을 열었다.

"나와 네 아버지의 관계를 설명하려면 약 120년 전으로 거슬러 올라가야 해."

"120년 전?"

"응. 그때에 난 바닷속에서 50년이란 세월을 떠돌다 처음으로 한 인간에게 소환됐어. 그자의 이름은 오성운. 네 아버지 오태영의 조상이었지."

안나에게 오성운은 증조할아버지였다. 그녀의 머릿속에 어릴 적 성운 호텔 대표실에서 증조할아버지의 사진을 본 기억이 어렴풋이 떠올랐다. 바로 그분이 처음으로 이 악마와 계약을 맺었던 분이었다. 그리고 자신의 자식들에게 똑같은 굴레를 씌웠던 사람. 울컥 명치를 때리고 지나가는 아픈 감정에 안나가 두 주먹을 꽉 움켜쥐었다. 그 손을 보듬어주고 싶은 충동을 애써 억누르며 시하는 이야기를 이어 나갔다.

"그때부터 난 오성운의 자식들과 대대로 계약을 맺어 호텔에 투숙하는 인간들의 꿈을 거래했어. 오태영도……."

"우리 아빠도 당연히 당신과 계약을 맺어야만 했던 거네요. 원하지 않아도 어쩔 수 없이. 대대로 성운 호텔 후계자들이 맺어야만 했던 계약이니까."

시하의 말을 낚아챈 안나의 목소리에는 자신의 아버지를 괴롭혔던 악마에 대한 원망이 가득 스며들어 있었다. 시하가 그것을 못 알아챌 리 없었다. 좋아하는 여자가 자신을 원망하는 상황에서, 그는 체념한 듯 말을 이었다. 앞으로 해야 할 말들은 더욱더 안나를 슬프게 할 터였다.

"그래. 오태영은 나와 계약하는 걸 원하지 않았어. 그래서 결심한 거야. 자기 자식한테만큼은 절대로 이 계약을 맺게 하지 않겠다고."

"역시, 성운 호텔에 결계를 치고 당신을 들어오지 못하게 만든 건 우리 아빠였던 거죠?"

"맞아. 오태영은 아주 오랜 시간 철저하게 준비를 했을 거야. 강력한 결계를 칠 수 있는 자를 수소문했을 거고, 결계가 완성될 때까지 네 존재를 내게 들키지 않기 위해서 철저하게 너를 숨겨 키워야만 했어."

안나는 그런 사정도 모르고 철없이 부모님을 원망만 했던 지난날을 떠올리며 이를 악물었다. 부모님은 대체 어떤 심정으로 저를 키우셨을까? 자기를 지켜주려는 애틋한 마음도 모르고 철없이 굴기만 했었다.

펜트하우스에서 생일 파티를 하게 해달라고 했다가 크게 혼이 났던 날의 기억이 엄습했다. 다시는 아빠랑 말도 안 하겠다며 돌아섰던 그때. 그 후 얼마 지나지 않아 갑작스러운 사고로 부모님이 돌아가시고 얼마나 많은 후회를 했었던가. 바로 지금, 그때보다 더 큰 후회가 안나의 가슴에 아픈 멍을 새기고 있었다. 시하는 슬픈 그늘이 드리워진 안나의 얼굴을 차마 바라보지 못하고 시선을 피하며 설명에 마침표를 찍었다.

"그렇게 결국 오태영은 자신의 딸을 지켜냈어. 성운 호텔에서 완전히 날 몰아낸 거지. 그게 1년 전 벌어진 일이야. 그 후로 난 길거리에서 아무 인간들이나 사냥하며 간신히 버텼고."

그러나 애석하게도 잔인한 운명은 거기서 끝나지 않았다. 그 후, 안나가 다시 악마를 소환한 것이다. 아버지가 목숨을 걸고 벗어나게 했던 그 악마의 품으로 제 발로 걸어 들어간 것이나 다름없었다. 그리고 안나는 그런 악마에게 제 마음까지 주고 말았다. 참으로 잔혹한 운명이었다. 안나는 그토록 잔인한 운명으로 묶인 악마에게 마지막 질문을 던졌다.

"궁금한 게 있어요."

"그래, 말해. 내가 설명할 수 있는 건 뭐든 다 말해줄게."

"당신이 우리 부모님을 죽였어요?"

안나의 질문에 가만히 두 사람을 지켜보고 있던 은재조차 흠칫 놀라는 기색이었다. 당연히 시하는 두말할 것도 없었다. 그가 떨리는 목소리로 되물었다.

"뭐?"

"당신을 배신한 우리 부모님을 죽이고 나까지 죽이려고 했어요?"

두 번째 질문은 첫 번째 질문보다 더 당혹스러웠다.

"오안나! 그걸 지금 말이라고 해?"

감정이 격해진 시하가 저도 모르게 안나의 어깨를 움켜잡으며 소리를 질렀다. 충분히 의심할 수 있는 가정이었지만, 그래도 안나의 입에서 자신의 마음을 부정하는 말이 흘러나오니 견딜 수가 없었다. 부모님을 죽였냐는 말을 물어볼 거라곤 예상했었다. 하지만 자기까지 죽이려 했냐는 말을 할 줄은 몰랐다. 자신이 안나에게 그 정도 믿음밖에 주지 못했던 걸까 싶어 괴로웠다. 시하는 자신을 믿지 못하는 안나의 눈을 똑바로 쳐다볼 수 없어 어깨를 그러쥐고도 한참을 고개를 푹 숙이고 있었다. 그러나 가슴이 찢어질 것 같은 그 와중에도 머릿속을 맴도는 생각은 오로지 한 가지였다.

나는 네 부모를 죽이지 않았어. 당연히 너를 죽일 생각도 전혀 하지 않았어. 그런 내 진심을 네게 말해줘야지. 제발 내 진심을 믿어달라고 매달려야지. 계속 네 곁에 있게 해달라고 애원해야지.

시하가 부너지듯 소파에 앉은 안나의 앞에 무릎을 꿇었다. 여전히 그녀의 가녀린 어깨를 두 손에 쥐고서 천천히 고개를 들었다. 그렇게 170년을 살아온 익마가 조그만 인간 여자 앞에서 너없이 저잡하고 비굴하게 무릎을 꿇고 눈을 맞춘 순간이었다.

"정말…… 정말 아닌 거죠?"

조그만 인간 여자도 한없이 비참하고 괴로운 얼굴을 하고서 그에게 물었다.

"정말 당신이 그런 게 아니죠? 나, 계속 이렇게 당신 옆에 있어도 되는 거죠?"

시하는 그 순간 깨달았다. 안나 역시 저와 같은 마음이었다는 걸.

"응, 내가 그런 거 아니야. 나는 네가 날 소환할 때까지 오태영이 죽었다는 것도 몰랐어. 진짜야. 믿어줘."

그동안 절 의심하면서 얼마나 괴로웠던 걸까? 믿으라는 제 말 한마디에 온통 눈물범벅이 되어버린 안나의 얼굴을 시하는 하염없이 어루만졌다.

"흑……! 흐흑……!"

안나는 그 손길에 꾹꾹 참았던 눈물을 끝내 토해냈다. 맞은편의 은재마저 안나가 엉엉 우는 모습을 본 순간 알 수 있었다. 아무리 모른 척하려고 해도 소용없었다. 그냥 보고 있으면 다 알게 되었다.

'안나야. 너는 이미 마음을 정한 거구나. 차시하 곁에 있기로 결정한 거야.'

그 순간, 은재와 같은 공간에 있다는 사실마저 잊은 듯 둘은 서로를 꽉 끌어안았다. 그것만이 지금 느끼는 이 슬픔에 위로가 되는 것처럼. 시하의 품에 안겨 안나는 한참 만에야 안정을 되찾았다. 간신히 눈물을 멈춘 안나가 조심스럽게 입을 열었다. 시하의 말을 믿지만, 여전히 이해가 가지 않는 것이 하나 있었다.

"……근데 나, 이상한 꿈을 꿨어요."

"이상한 꿈?"

"당신이 나를…… 목 졸라 죽이는 꿈이요."

힘겹게 토해낸 안나의 말에 시하의 두 눈이 경악으로 물들었다. 아무리 꿈이라지만, 안나가 그런 상황을 겪었다는 사실이 가슴 아팠다. 제가 안나를 죽이려 했다니! 가까스로 참담한 심정을 다스리며 턱에 바짝 힘을 주고 있던 그가 문득 물었다.

"그럼 설마 간밤에 꾼 꿈이……?"

"맞아요. 내가 죽는 꿈이었어요."

그런 꿈을 꾸고 깨어났는데, 침대 바로 앞에 서 있는 자신을 맞닥뜨렸으니 얼마나 무서웠을까? 시하가 안나의 어깨를 다정하게 쓰다듬으며 거듭 말했다.

"그냥 꿈일 뿐이야. 내가 어떻게 그런 짓을 해……? 내가 어떻게 널……."

죽일 수가 있어? 차마 하지 못한 말을 삼키는 시하의 손길이 뜨거웠다.

"나는 그날 밤 네 다리에 새로 새겨진 상처를 지우려고 꿈에 들어가려고 했던 거야. 나로 인해 또 다른 상처를 네 몸에 새기고 싶지 않아서. 그래서 그랬어. 그래서……."

평소의 서늘한 체온은 온데간데없이 진심을 전하기 위해 애쓰는 시하의 노력이 고스란히 느껴졌다. 자신이 그를 의심하며 괴로워했던 그 밤, 그는 이토록 다정한 생각을 하고 있었구나. 안나는 그 손길에 기댄 채 곰곰 생각에 잠겼다.

시하가 자신을 죽이려 하지 않았다면, 어째서 그토록 생생한 악몽을 꾼 것일까? 게다가 어젯밤 꾼 꿈은 마치 오랫동안 꿔온 예지몽의 진범을 알려 주는 듯한 뉘앙스까지 풍기고 있었다. 한동안 꿈을 꾸지 않다가 하필 어젯 밤 그런 악몽을 꾼 이유는 대체 무엇일까? 혼란스러운 안나의 마음을 눈치 챈 것인지 시하가 조심스레 말을 꺼냈다.

"안나야."

"……네."

"인간의 꿈은 기본적으로 무의식을 반영하게 되어 있어. 기억도 상상도 모두 그 기저는 무의식에 있지. 그런데 내가 널 죽이는 꿈을 꿨다는 게 이상 해. 네 무의식은 오히려 내가 널 죽이려고 한다는 걸 믿고 싶어 하지 않는 쪽이거든."

시하의 말을 가만히 듣고 있던 안나가 재빨리 추리를 해 나갔다.

"그 말은 내 무의식이 아닌 다른 무언가가 내 꿈에 개입했다는 뜻이에 요?"

"그래. 분명히 어떤 조작이 가해졌던 거야. 내가 네 꿈에 들어가서 직접 확인해봐야겠어."

말을 마친 시하가 한동안 망설이다가 조심스럽게 물었다.

"허락, 해줄래? 내가 네 꿈에 들어가는 거."

더없이 조심스러운 그의 부탁에 안나가 재빨리 고개를 끄덕였다. 그 망설 임 없는 고갯짓이 이제는 자신을 완벽히 믿는다는 표현 같아 시하가 기쁨을 참지 못하고 안나의 이마에 입을 맞췄다. 쪽. 물기 어린 마찰에 안나의 얼굴 이 순식간에 새빨개졌다. 마주 앉은 은재를 의식했는지 안나는 재빨리 시하 에게서 떨어지려고 했다. 조금 전 시하의 품에 안겨 올 때야 정신이 하나도 없었다지만, 지금은 신경이 안 쓰일 수가 없었다.

하지만 시하가 안나를 놔주지 않았다. 그는 목까지 전부 빨개진 안나를 보란 듯이 제 품에 끌어안았다. 그 모습은 누가 봐도 서로를 마음에 품은 남녀의 모습이었다.

마지못해 그 광경을 지켜보던 은재가 쓸쓸한 표정을 지으며 다시 가방에 손을 집어넣었다. 오늘 어머니의 유품과 유언을 전하며 안나에게 시하의 곁에 계속 있을지 말지를 선택하게 할 작정이었으나, 애초에 그 답은 정해져 있었다. 안나는 자신이 아닌 시하의 곁에 있길 원했다. 그가 가져온 물건들은 아무런 소용이 없었다. 하지만 이대로 다시 가져갈 수도 없는 물건들이었다. 은재가 힘없이 가방에서 유품을 꺼내 탁자 위에 올려놓으며 말했다.

"둘 사이에 끼어들어서 미안하지만, 내가 오늘 찾아온 이유는 이것들을 전해주기 위해서였으니까 할 일은 하고 갈게."

은재가 꺼내놓은 건 두 개의 향수였다. 시하의 품에서 황급히 빠져나온 안나가 멋쩍은 기색으로 그 두 가지 향수를 내려다보며 물었다.

"이게…… 뭐예요?"

"안나 네 어머님 유품."

"엄마의 유품?"

엄마가 남긴 물건이라는 말에 안나의 두 눈이 금세 젖어 들었다. 그 눈가를 어서 훔쳐주고 싶었지만, 그 몫은 더 이상 자신이 해야 할 것이 아니었다. 이번에도 시하가 그 행동을 하고 있었다. 은재는 한 손에는 먼저 꺼내두었던 책을, 나머지 한 손에는 두 개의 향수 중 하나를 집어 들고 애써 덤덤한 척 말을 이었다.

"일단 이 책에는 차시하에게서 널 지키기 위해 네 부모님이 했던 일들이 자세하게 적혀 있어. 그리고 그 수많은 일 중에 하나가 차시하가 네 꿈을 조작할지도 모를 때를 대비해 이 레플리카를 남겨놓는 거였어."

"레플리카?"

"응. 뿌리면 일시적으로 몽마의 힘을 얻게 되는 향수야. 혹시나 혼자 남겨진 네가 차시하와의 계약을 거부하고 대적하게 된다면 필요할 거라고 생각하셨던 거겠지."

안나야. 그래도 넌 차시하 곁에 있는 걸 선택한 거지? 네 부모님이 이렇게 네 곁에서 그를 떨어뜨려 놓으려 했던 걸 알면서도, 네 마음은 변하지 않는 거지? 은재가 설명 속에 교묘히 숨긴 마음이 애달팠다. 자신의 마음을 눈치채고도 변함없이 시하의 곁에 앉아 있는 안나를 바라보며 은재는 조용히 안나 어머님의 책과 레플리카를 탁자 위에 다시 내려놓았다.

"그리고 이건……."

그러곤 아직 설명하지 않은 나머지 향수와 가방에서 또 무언가를 꺼내 양손에 나눠 들고 말했다.

"네 부모님이 성운 호텔에 결계를 치기 위해 사용한 물건들이야."

그 순간, 은재가 뒤늦게 꺼내 든 물건을 본 시하와 안나의 눈이 휘둥그레졌다.

"그게 왜 주은재 씨한테 있습니까?"

시하가 싸늘한 목소리로 물었다. 은재가 가방에서 마지막으로 꺼낸 물건이 그들에게 너무나 익숙한 물건인 까닭이었다. 황금으로 만들어진 회중시계. 뚜껑을 열자 그 안에 장식된 사파이어까지 완벽히 시하의 것과 똑같았다.

하지만 이건 모조품이었다. 진짜 회중시계는 안나가 가지고 있었다. 주머니에서 진짜 회중시계를 꺼내 시하의 의심을 풀어준 다음, 안나는 은재에게 단호하게 물었다.

"이게 아빠랑 엄마가 호텔에 결계를 칠 때 사용한 물건들이라고 했죠? 좀 더 자세히 설명해줘요."

은재는 안나의 예쁜 미소가 가시처럼 걸린 목에 억지로 힘을 주며 대답했다.

"원리는 간단해. 차시하는 물을 통해 차원을 이동하는 악마니까, 네 부모님은 그가 호텔로 들어오는 차원을 결계로 막아버린 거야."

"잠깐만. 아직도 정확히 이해가 되질 않아요. 이 회중시계랑 향수로 어떻게 차원을 막는다는 거예요?"

"차시하가 이동하는 차원은 이 회중시계로 열고 닫을 수 있어. 쉽게 말해 이 회중시계가 차원의 문이 되는 셈인데."

그렇게 말하며 은재는 손에 들고 있던 향수 뚜껑을 열어 회중시계 위에 뿌렸다.

"이렇게 이 향수를 뿌리면……."

분사된 향수가 회중시계를 촘촘히 감쌌다. 정확하게는 향수가 마치 밧줄처럼 시곗바늘을 옭아매고 있었다. 은재는 그 광경을 안나에게 자세히 보여주며 설명을 이어 나갔다.

"마치 고장이 난 것처럼 차원의 문은 열리지 않아. 결국 차시하는 스스로 차원을 이동하는 것도, 누군가에게 소환당하는 것도 불가능해지는 거지."

제 설명이 맞냐는 듯, 은재가 시하를 바라봤다. 하지만 시하는 고집스럽게 은재의 눈길을 외면했다. 그저 마뜩지 않은 시선으로 향수가 뿌려진 회중시계를 내려다보고 있을 뿐이었다. 은재의 말대로 저렇게 시곗바늘이 움직이지 못하면, 차원의 문은 열리질 않는다. 바로 저 향수가 시하가 그토록 궁금해했던 결계였다. 그때, 안나가 의아한 얼굴로 물었다.

"향수를 뿌려서 차원의 이동을 막는 원리는 이해했어요. 하지만 어째서 직접 호텔 입구를 통과하는 것도 불가능한 거예요? 게다가 호텔 바깥으로 나가면 휴대폰조차 불가능하대요. 그건 또 왜 그런 건데요?"

안나의 질문에 은재가 시하를 똑바로 바라보며 입을 열었다.

"차시하가 호텔 입구를 통과하지 못하는 건 그곳에 이 향수를 뿌려뒀기 때문이야. 휴대폰이 안 되는 것도 마찬가지지. 만약 성운 호텔 곳곳에 이 향수를 뿌렸다면 전파마저 방해받을 테니까."

참으로 치밀하게 결계를 친 것이었다. 안나는 복잡한 표정으로 시하를 바라봤다. 마치 로미오와 줄리엣이 된 것 같은 심정이었다. 돌아가신 부모님에게도 죄송했고, 시하에게도 미안했다. 그런 안나의 마음을 눈치챈 은재가 그녀의 죄책감을 부채질했다. 그렇게라도 안나가 마음을 고쳤으면 좋겠다고 간절히 바랐다.

"안나 네 부모님께선 그만큼 절박했던 거야. 너만은 절대로 악마와 계약해서 불행한 삶을 살게 하고 싶지 않았으니까."

"오빠……."

"이 정도로 강력한 결계 향수를 만들 수 있는 조향사를 찾기 쉽지 않았을 거야. 그런데 결국 찾아냈고, 그렇게 널 지키셨던 거지. 이 책에 다 나와 있어. 부모님이 널 얼마나 사랑했는지, 얼마나 행복하길 바랐는지."

"하지만 나는……."

"사실 내가 오늘 여기에 온 이유는 널 데려가기 위해서였어. 돌아가신 네 부모님의 간절한 유언대로, 저 악마에게서 널 구하기 위해서."

시하는 은재의 말을 차마 부정하지 못하고 아픈 시선으로 안나를 바라봤다. 그녀가 자신의 곁에 있을 거라던 마음을 바꿔도 탓할 수 없었다. 아무래도 오태영 부부의 간절한 바람을 안나가 쉽게 외면할 수 있을 것 같지는 않았다. 안나는 그런 시하를 안쓰러운 시선으로 마주 보다가 문득 생각이 난 듯 말했다.

"하지만……! 내가 다시 그를 소환했어요!"

그래, 그렇게 결국엔 다시 그를 만난 이유가 있을 것이다. 부모님이 친 강력한 결계를 자신이 깬 이유가 분명 있을 것이다. 아빠 엄마는 혼자 남은 딸이 행복해지길 바라셨겠지만, 그 바람은 이루어지지 않았다. 안나는 이 악마가 없는 세상에서 오히려 더 불행하고 참혹하게 살았다.

고모와 찬영, 그들로 인해 끔찍하기만 했던 인생을 구원해준 건 바로 시하였다. 어쩌면 불행에 빠진 제 곁에 부모님이 다시 이 악마를 보내준 걸지도 몰랐다. 안나는 그렇게 믿고 싶었다. 간절한 바람을 담아 안나가 물었다.

"그 정도로 강력한 결계라면 어떻게 내가 다시 그를 소환하는 게 가능했던 걸까요? 이 회중시계에도 분명 그 향수를 뿌렸을 텐데?"

은재는 침착하게 안나에게 되물었다.

"안나 네가 이 회중시계를 손에 넣은 게 언제야?"

안나는 미간에 주름을 잡으며 회중시계를 받은 정확한 시점을 떠올렸다.

"부모님이 돌아가시고 여섯 달 후예요. 사건이 미제로 처리되고, 고모 집에 들어가기 전에 경찰서에서 돌려받았어요."

"그 후에 넌 당연히 시계를 고이 보관만 하고 있었을 테고?"

"네."

이유를 짐작하는 듯한 은재의 표정에 안나는 불안한 기색으로 대답을 기다렸다.

"이 향수의 유효기간은 1개월. 경찰서에서 보관하고 있는 동안 이미 향수의 효과는 다 사라져버렸을 거야. 그래서 소환이 가능했던 거고."

안나는 실망한 얼굴로 어깨를 축 늘어뜨렸다. 부모님의 유일한 희망을 외면한 채, 어쩌면 말도 안 되는 바람을 가졌던 것일까? 시하는 대화에 끼어들지도 못하고 안타까운 시선으로 그런 안나를 바라봤다. 안나가 마지막의 마지막까지 자신의 곁에 남기 위해 노력한 걸 충분히 느낄 수 있었다. 하지만 오태영과 자신의 관계는 어떻게 해도 회복할 수 없는 것이었다. 그건 절대 변하지 않는 과거였다.

이 불행한 여자에게 빠져버린 건 진정 잔인한 운명이었다. 차라리 좋아한다고 말하지 말 것을 그랬나. 하지만 도저히 마음을 속일 수가 없었다. 아마 오태영이 얼마나 절박하게 딸을 지키려 했는지 안 지금에도, 자신은 또다시 안나에게 벅찬 고백을 했을 것이다. 그래서 시하는 안나에게 미안하고 또 미안했다. 그때, 안나가 문득 생각난 오류를 은재에게 물었다.

"근데 향수의 유효기간이 1개월뿐이라면 어째서 부모님이 돌아가시고 난 후에도 시하 씨가 호텔 안으로 들어올 수 없었을까요?"

기대를 잃은 안나의 목소리에는 더 이상 힘이 하나도 없었다. 은재는 여전히 안나의 마음이 돌아서지 않았다는 걸 알면서도, 실낱같은 희망을 버리지 못하고 설명했다.

"그래서 이 복제품이 필요했던 거야."

그가 내민 물건은 시하의 것과 놀랍도록 똑같은 바로 그 회중시계였다.

"네 부모님은 혹시 진짜 회중시계가 다시 차시하의 손에 넘어가거나, 잃어버릴 경우를 대비해 정밀한 복제품을 만들었어."

"복제품?"

"그래. 그리고 누군가가 진짜 회중시계를 가지고 이 호텔에서 차시하를 소환하지 않는 이상 스스로는 이 안에 들어올 수 없게끔 주기적으로 향수를 뿌렸던 거지."

"하지만 부모님이 놀아가신 후에는 복제품에도 향수를 뿌릴 수 없었을 텐데……?"

그 순간, 반박하던 안나의 눈이 번개를 맞은 것처럼 커다래졌다. 부모님이 돌아가신 후에도 시하가 호텔 안으로 들어올 수 없었던 이유가 곧바로 짐작이 갔다. 안나의 표정에서 그녀가 모든 걸 알아차렸다는 걸 파악한 은재가 고개를 끄덕이며 말했다.

"그래, 부모님 대신 누군가 계속 이 향수를 뿌렸던 거야. 복제품에는 물론이고, 호텔 입구, 호텔 곳곳 전부. 그것도 지난 1년간 빠짐없이."

은재의 말은 정확히 안나의 예상과 일치했다. 그리고 그는 계속해서 주기적으로 향수를 뿌린 자에 대한 단서를 덧붙였다.

"이 향수 용기와 회중시계에서 공통적으로 맡아지는 냄새가 있어. 아마이 향수를 지속적으로 사용했던 사람에게서 나는 냄새 같아."

은재의 말에 안나는 복제된 회중시계와 향수를 가져와 허겁지겁 냄새를 맡았다. 순간 그녀의 눈빛이 예리하게 반짝였다.

'이 냄새는……!'

향수 용기와 회중시계에선 안나가 언젠가 맡아본 적 있는 냄새가 났다. 안나는 이내 다급히 휴대전화를 집어 들었다. 계속 이 향수를 뿌린 사람이 누구인지, 알 것 같았다.

*

　은재의 조향실. 불도 켜지 않은 어두컴컴한 공간에 누군가 침입해 살금살금 걸음을 옮기고 있었다. 수상한 누군가는 작업실로 이어지는 복도 맨 끝에서 마지막 수석 조향사의 사진이 들어 있는 액자를 떼어냈다. 그러곤 조용히 휴대전화를 꺼내 벽에 불빛을 비췄다. 액자로 가려져 있던 벽에는 정사각형의 홈이 파여 있었다.

　그런데 반드시 그 홈 안에 있어야 할 물건이 없었다. 황금으로 만들어진 회중시계. 그리고 향수 하나. 절대 잃어버리면 안 될 그 물건들이 없어진 것이었다. 침입자는 믿을 수 없다는 듯 홈 안쪽으로 손을 집어넣어 휘저었다. 하지만 아무리 안을 헤집어도 손에 닿는 물건은 없었다.

　"맙소사! 정말 없어졌잖아!"

　침입자의 입에서 아뜩한 탄식이 터져 나왔다. 전 수석 조향사와는 가까운 사이였기 때문에 이렇게 몰래 조향실에 침입할 필요가 없었다. 하지만 주은재 조향사로 수석이 바뀌고 난 후 번번이 타이밍을 잡기가 어려웠다. 그런데 그사이 물건이 사라졌을 줄이야. 곧 향수를 뿌릴 시점이 다가오고 있었다. 침입자는 약속을 지키지 못하게 됐다는 사실에 망연자실하게 휴대전화 불빛을 응시했다. 바로 그때였다.

　"까, 깜짝아!"

　느닷없이 울리는 벨소리에 화들짝 놀란 침입자가 손에서 휴대전화를 떨어트렸다. 쿵! 소리와 함께 물건이 없어진 텅 빈 벽을 비추던 불빛이 사라졌다. 곧 조향실 안은 다시 완벽한 어둠에 잠겼다. 어둠 속에서 벨소리는 끊이지 않고 계속 울려 퍼졌다.

　심장이 무서운 속도로 뛰어댔다. 조향실 안에 아무도 없다는 걸 알지만,

두려움은 본능적으로 가슴을 파고들었다. 침입자는 부랴부랴 당황한 몸짓으로 휴대전화를 집어 들었다. 그러곤 재빨리 액정에 뜬 발신자를 확인했다. 발신인을 확인한 침입자의 눈동자가 불빛에 어지럽게 흔들렸다. 침입자는 답답하게 얼굴을 가리고 있던 마스크를 끌어 내리고 얼른 전화를 받았다.

"네! 안나 아가씨."

놀랍게도 은재의 조향실에 침입한 사람은…….

"무, 무슨 일이세요?"

윤희였다.

*

"서 지배인님, 혹시 물건을 잃어버리지 않으셨나요?"

-네? 그, 그걸 어떻게 아셨어요?

휴대전화 너머에서 당황한 윤희의 목소리가 흘러나왔다. 안나는 차분하게 가라앉은 눈빛으로 회중시계와 향수를 물끄러미 바라봤다. 은재가 저 두 물건에서 난다고 했던 냄새는 바로 윤희의 냄새였다. 언젠가 그녀가 오믈렛을 해줬을 때 맡았던 그 냄새. 따뜻하고 포근한 냄새. 온화하고 자애로운 엄마의 냄새.

아마도 아빠는 자신의 목숨이 위태롭다는 걸 알았을 때, 믿을 만한 사람에게 저 두 가지 물건을 맡기고자 했을 것이다. 당연히 아빠의 곁에 그럴 만한 사람은 서 지배인밖에 없었다.

"우연히 부모님의 유품을 찾았는데, 거기에 회중시계와 향수에 관한 이야기가 적혀 있었어요. 마음이 급해서 무작정 가지고 왔는데, 뒤늦게 생각해보니 서 지배인님한테 제대로 말해야 할 것 같아서요."

-아, 그러셨군요.

"계속 아빠 뜻을 지키고 계셨던 거죠? 지난 1년 동안 내내."

-네, 그게 사장님이 제게 마지막으로 한 부탁이셨어요.

"미안해요, 쉽게 이해하기 힘든 부탁이었을 텐데."

안나의 말에 윤희는 울컥하며 잠시 침묵했다. 그리고 잠시 후 잔뜩 목이 멘 목소리로 말했다.

-아니에요, 아가씨. 전 사장님한테 평생 갚지 못할 은혜를 입었어요. 제가 사장님을 위해서 할 수 있는 일이 있어서 오히려 감사했는걸요.

"지금까지 우리 아빠 부탁 잘 들어주셔서 감사해요. 이 일은 앞으로는 제가 할게요. 그 대신 서 지배인님은 지금까지처럼 제 곁에서 호텔을 위해 애써주세요."

-네, 알겠습니다. 호텔을 지키기 위해서 제가 할 수 있는 일은 그 일 말고도 많으니까요. 더 열심히 일하겠습니다.

"고마워요. 덕분에 든든하네요."

-저야말로 무사히 살아주셔서 감사해요, 아가씨. 사장님이 호텔을 지키고 싶었던 건, 다 아가씨 때문이었을 거예요.

살아줘서 고맙다는 윤희의 말에 안나도 울컥하며 목이 메었다. 입술을 깨물며 간신히 눈물을 참아낸 안나가 이내 전화를 마무리 지었다.

"그럼 나중에 봬요, 서 지배인님. 이만 끊을게요."

-네, 들어가세요. 안나 아가씨.

안나는 그렇게 따뜻한 윤희의 인사를 들으며 천천히 전화를 끊었다. 전화를 끊고 난 후에도 그녀가 했던 말이 계속 머릿속을 맴돌았다. 사장님을 위해서. 그리고 호텔을 지키기 위해서. 아빠의 부탁이기에 그녀는 아마도 머리로는 쉽게 이해가 가지 않을 일을 지난 1년 동안 꾸준히 해온 것일 터였다. 안나는 윤희에게 고마우면서, 동시에 오롯이 솔직하지 못한 것이 미안했다. 한참을 끊어진 휴대전화만 바라보던 안나가 이윽고 고개를 들어 올렸다. 그녀는 복잡한 심경을 애써 갈무리하며 시선을 옮겼다.

윤희가 향수를 뿌리는 걸 막았으니, 호텔에 쳐진 결계는 못해도 한 달 후면 자연스레 소멸될 것이었다. 그렇게 안나는 부모님의 유언을 자처해서 어겼다. 이제 남은 건 자신의 선택을 시하와 은재에게도 전하는 것이었다.

안나는 올곧게 자신만을 바라보는 두 남자를 차례차례 응시했다. 여태껏 아무 말도 하지 않은 채 자신의 선택을 기다린 시하. 그리고 제발 자신이 마음을 돌려주길 바라면서 부모님의 유언을 전한 은재. 둘 모두에게서 절 아끼고 좋아하는 마음이 절절하게 느껴졌다. 누구 한 명을 선택하는 것은 잔인한 일이었지만, 하지 않을 수는 없었다.

안나는 천천히 손을 뻗었다. 이윽고 그녀의 손이 자리한 곳은 은재의 따뜻한 손 위였다.

내 소중한 첫사랑, 은재 오빠.

안나는 은재를 3년 만에 다시 만났던 날, 문득 그날 나눈 대화를 머릿속에 떠올렸다. 예쁜 원피스를 선물하며 그가 했던 다정한 말.

'그 옷 입은 모습 나도 보고 싶은데.'

'네?'

'그냥. 잘 어울릴 것 같아서. 보여주면 안 돼?'

'오빠 그런 말도 할 줄 아는 사람이었어요? 3년 사이에 성격이 엄청 변한 것 같아요.'

'성격이 변한 게 아니라 마음이 변한 거야.'

'마음?'

지난 3년이란 시간 동안 교복을 입은 소녀는 은재에게 마음에 품은 여자가 되었다. 안나는 이제 알 것 같았다. 그가 변했다고 말한 마음이 어떤 것인지.

하지만 그 시간 동안 소녀의 마음도 변하고 말았다. 당장 바로 내일조차도 장담할 수 없는 관계였지만, 그래도 시하 곁에 있고 싶었다. 안나는 미안한 마음에 은재의 손을 더 꼭 쥐며 간신히 말했다.

"나는 차시하라는 악마가 필요해요."

고모의 악행을 밝히기 위해서. 성운 호텔을 되찾기 위해서. 부모님을 죽인 진범을 밝히기 위해서. 어딘가에 숨어 있을 자신을 죽이려는 살인범을 찾아내기 위해서.

"미안해요. 부모님 유품을 오빠가 발견하게 해서. 그래서 몰라도 될 이 많을 일들을 알게 해서. 하마터면 나 때문에 오빠까지 위험해질 뻔했어."

겹쳐진 손등 위로 결국 그녀의 따스한 눈물 한 방울이 떨어졌다. 은재는 이제까지 차마 닦아주지 못했던 그 눈물을 손끝으로 훔치며 안나를 바라봤다. 안나는 젖은 눈으로 절 보며 힘겹게 웃고 있었다. 슬픈 결정을 내린 것이다.

"오빠. 부모님이 남겨준 결계는 이제 사라질 테지만, 나한텐 앞으로 차시하라는 존재가 결계예요. 아무도 날 다치게 할 수 없어요. 무려 악마가 내 옆에 있잖아요."

그리고 그 결계는 은재가 남자로서 안나에게 품은 마음마저 막아버렸다. 은재는 이어질 안나의 말을 예감하며 입술을 깨물었다.

"오빠는 이 위험한 일에 말려들 필요 없어요. 나한테서 멀어져서 안전하게 살아요. 편안하게 살아요."

"안나야."

"제발 그래줘요, 오빠. 부탁이야."

"내가 그러길 원하지 않아. 너 없는 곳에서 나 혼자 안전해지라고? 편안해지라고? 싫어. 나는 널 지켜주고 싶어. 네 옆에 있고 싶어. 내가 이렇게 부탁해도 안 되는 거야?"

은재는 간절하게 안나를 바라봤다. 같이 가지 않겠다면, 곁에 머무는 것만이라도 허락해주길 바랐다. 하지만 안나는 아무 말이 없었다. 침묵이 곧 안나의 대답이었다. 3년을 무럭무럭 자라온 그의 마음은 쉽게 그런 안나의 선택을 받아들이지 못했다.

"단지 그 이유만이 아니지?"

"오빠."

"다른 이유가 있는 거지?"

그래서 스스로 가슴에 더 깊은 상처를 내기로 결심했다.

"솔직하게 말해줘. 그래야 여기에 널 두고 혼자 돌아갈 수 있을 것 같아."

이것밖에는 안나를 포기할 수 있는 방법이 없으니까. 은재의 마음을 알아차린 안나가 파르르 떨리는 입술을 애써 달싹였다. 그를 위해서라도 괴롭지만, 진심을 말해야만 했다.

"……응."

은재는 아득하게 눈을 감았다.

"나, 이 남자 곁에 있고 싶어요."

눈시울이 참을 수 없이 뜨거워졌다.

"그러고 싶어."

결국 그의 감은 눈에서 눈물이 한줄기 흘러내렸다.

"네 뜻은 잘 알았어."

은재는 그대로 천천히 자리에서 일어섰다. 겹쳐져 있던 안나의 따스한 체온이 거짓말처럼 사라져 갔다. 그는 스치는 그녀의 손끝을 다시 붙잡고만 싶었다. 하지만 그 스스로도 이 마음이 욕심인 걸 잘 알고 있었다. 그래서 은재는 흘러넘치는 마음을 애써 눌러 삼키며 말했다.

"나랑 같이 가자고 안 할게. 네 곁에 있게 해달라는 말도 안 할게. 그 대신 너한테서 멀어지라는 부탁은 못 들어줘."

"오빠……."

"네가 나였어도 똑같이 했을 거야. 적어도 지금처럼 이곳에서 일하면서 네가 안전해지고, 편안해질 때까지 지켜보게 해줘."

애원하듯 말하던 은재는 한순간 단호한 표정을 지으며 고개를 저었다.

"아니, 네가 허락 안 해줘도 난 그렇게 할 거야."

턱 끝에 맺힌 눈물을 닦아내는 손길마저 단호했다. 안나는 더는 은재에게

제 뜻만을 강요할 수 없었다. 그녀가 어쩔 수 없이 고개를 끄덕이자 은재가
어깨를 살짝 짚으며 인사를 건넸다.

"그럼 난 이만 갈게."

"배, 배웅해줄게요."

"됐어."

은재가 반사적으로 따라나서는 안나의 앞을 가볍게 막으며, 미묘한 눈길
로 시하를 쳐다봤다.

"배웅은 차시하 전무님께 받을 거니까."

"뭐? 나한테?"

"네."

배웅을 해달라는 것도 충분히 수상한데, 은재는 갑자기 차시하 전무님이
라고 깍듯한 호칭을 쓰는 것도 모자라 존댓말까지 사용했다.

"해주실 거죠?"

그런 은재의 속을, 시하는 도무지 알 수가 없었다. 그 후로도 은재의 알
수 없는 행동은 계속 이어졌다. 배웅을 받겠다고 할 때는 언제고, 그는 현관
을 나서자마자 쌩하니 앞서 걷기 시작했다. 그러곤 엘리베이터 앞에 당도하
고 나서야 겨우 걸음을 멈춰 세웠다.

"주은재. 도대체 날 왜 불러낸 거야?"

간신히 말을 붙일 수 있게 된 시하가 은재의 등 뒤에서 날카롭게 물었다.
내내 머릿속을 맴돌던 의심의 꼬리를 슬쩍 드러낸 것이다.

"일부러 엘리베이터가 있는 곳까지 온 걸 보면, 뭔가 안나가 들으면 안 될
말을 하려는 것 같은데. 맞아?"

시하의 예리한 추측에 은재가 빙글 뒤돌아서며 말했다.

"맞아요. 안나는 들어선 안 될 이야기를 하려고 전무님을 따로 불러낸 거
예요."

"언제는 차시하라고 이름만 부르더니, 왜 갑자기 전무님이야? 소름 돋게."

"조금 전엔 안나 부모님이 어떻게든 자신의 딸에게서 떼어놓으려 했던 악마를 부르는 거였지만, 지금은 다르니까요."

"어떻게 다른데?"

"안나를 지켜줄 유일한 존재. 에뚜알르 호텔 전무이사 차시하를 상대하는 거니 제대로 예의를 갖춰야죠."

예의를 차렸다고 보기엔 눈빛이 지나치게 도전적이었지만, 시하는 일부러 걸고넘어지지 않았다. 조금 전 울었던 흔적이 아직 그의 눈가에 희미하게 남아 있었다. 은재는 자신의 눈을 꿰뚫어 보듯 응시하는 시하에게서 슬쩍 시선을 피하며 말을 이었다.

"앞으로 내 도움이 필요할 일이 있을 거예요."

"그게 무슨 뜻이지?"

"어제, 전무님과 안나가 자리를 뜨고 난 후에 오정숙 대표와 김주석 실장의 공유몽에 들어갔었어요."

시하는 은재가 안나 어머님의 유품이라며 꺼내놓았던 레플리카를 문득 떠올렸다. 그 향수의 색깔은 검은색이었다. 그리고 오늘 아침 태주의 피부 곳곳에 돋아 있던 상처의 흔적도 검은색이었다. 시간대를 짜 맞춰보면 은재가 오정숙의 꿈에 들어가기 위해 레플리카를 사용했고, 그 과정에서 태주가 상처를 입은 게 분명했다. 이제야 태주가 다친 전말을 알게 된 시하는 불같이 화를 냈다.

"너였어? 네가 태주를 그 꼴로 만든 거야?"

은재는 어제 레플리카의 힘에 압도당하는 바람에 태주를 다치게 했던 기억을 떠올리곤 한 발짝 뒤로 물러났다. 그러곤 시하를 향해 고개를 숙이며 진심으로 사과했다.

"윤 비서님을 다치게 한 점은 진심으로 사과드립니다. 그땐 저도 레플리카를 억제하는 데만 급급해서 제대로 사과하지 못했어요. 윤 비서님께도 제 사과 전해주세요."

은재의 사과는 진심이었다. 시하는 더 이상 화를 내지 못하고 애꿎은 주먹만 꽉 움켜쥐었다. 따지고 보면 우는 안나를 신경 쓰느라 은재 혼자 대표실에 남겨두고 온 것도, 그런 은재를 살피고 오라 태주만 그곳에 보낸 것도 다 제 불찰이었다. 시하가 한결 누그러진 목소리로 레플리카를 사용한 이유를 물었다.

"대체 왜 오정숙 꿈에 들어가려고 한 거야? 레플리카가 얼마나 위험한 건데. 그 책에 레플리카를 사용하는 게 얼마나 위험한지는 안 적혀 있었어?"

"안 그래도 죽다 살아났어요."

"그러니까 왜 그런 무모한 짓을 해?"

"안나가……!"

은재는 또다시 울컥 치솟는 감정을 겨우 추스르며 대답을 이었다.

"나한텐 자기가 얼마나 힘든 일을 겪었는지 얘기해주지 않으니까. 나도 알고 싶었어요. 안나가 왜 당신 같은 악마를 불러내 계약까지 했었는지."

시하는 아까만 해도 은재가 태주를 다치게 해서 머리끝까지 화가 났는데, 지금은 어울리지 않게 동정심이 들었다. 안나를 좋아하는 은재의 마음에 구구절절 공감이 되어서였다. 결국 그 마음을 끝내야만 하는 심정도 충분히 상상할 수 있었다. 괴로울 터였다. 이렇게 절 마주 보고 있는 것조차 못 견디게 쓰라릴 터였다. 저 역시 안나가 제 마음을 알아주지 않아서 애가 탔었다. 이대로 영영 안나가 절 받아주지 않을까 봐 애가 달았었다. 거기까지 생각하고 시하는 긴 한숨을 내쉬었다.

아무래도 인간 세상에서 너무 오래 산 모양이었다. 악마가 동정심이라니. 공감이라니. 그러다 얼마 지나지 않아 그의 잇새로 피식 웃음이 새어 나왔다. 새삼스러울 것도 없었다. 요즘 들어 질투도 하고, 사랑도 하고. 악마한테 안 어울리는 짓만 골라서 하고 있는데, 무슨. 시하는 아무럼 어떠냐는 심정으로 은재의 말에 대꾸했다.

"언제는 전무님이라더니, 다시 또 악마야? 자꾸 이랬다저랬다 할래?"

"자세히 안 들으셨네요. 난 분명 과거형으로 말했는데."

"말투도 존댓말 했다 반말했다 아주 변덕이 죽 끓듯 한다?"

"차시하 전무님한테 느끼는 제 기분이 오락가락해서요. 안나를 지켜줄 유일한 존재니까 잘 대해주고 싶다가도, 결국엔 안나를 빼앗아간 연적이잖아요."

농담으로 우울한 분위기 좀 걷어냈나 싶더니, 다시 또 공기가 무거워졌다.

"프랑스에서 조금만 일찍 귀국했어도 내가 먼저일 수 있었는데. 그럼 안나가 악마 따위 불러내는 일도 없었을 텐데."

"악마 따위? 지난번처럼 또 고통을 느끼고 싶은가 보지?"

"또 그런 짓 하면 안나한테 다 이를 거예요."

"뭐?"

시하가 어처구니가 없는 표정으로 은재를 노려봤다. 하지만 은재는 하나도 무섭지 않다는 듯 어깨를 으쓱이며 대꾸했다.

"이래 봬도 내가 안나한텐 소중한 첫사랑이라서요. 만약 내가 당신 때문에 다쳤다는 소식 들으면 엄청 화낼걸요?"

윽. 시하가 고통스러운 신음을 꾹 삼켰다. 안나가 다른 남자 때문에 저에게 화를 내는 모습은 상상하기도 싫었다. 특히나 그 상대가 주은재라면 더더욱. 동정심과는 별개로 주은재 한정 예민해지는 습관은 여전했다. 은재는 싫은 티가 역력한 시하를 바라보며 가볍게 경고했다.

"덤덤한 척, 쿨한 척 하니까 내가 안나 완전히 포기한 거 같죠?"

"아니야?"

"네. 그러니까 너무 안심하지 마요. 당신 곁에 있으면 안나가 불행해질 거란 생각은 변함없으니까."

은재는 아직 안나에게 모든 비밀을 다 말한 것이 아니었다. 언젠가 닥쳐올지 모를 잔인한 운명.

"당신이 그 운명까지 바꿀 수 있을지 없을지 내가 지켜볼 거예요."

그때, 때마침 도착한 엘리베이터에 은재가 먼저 올라탔다. 시하는 도대체 무슨 소릴 하는 거냐고 구시렁대며 뒤따랐다. 뷰를 감상할 수 있도록 설계된 엘리베이터에서는 정원에 세워진 성운 프라그랑스 건물이 한눈에 내려다보였다. 시하가 볼 수 있도록 은재가 손가락으로 유리 너머 한 지점을 짚으며 말했다.

"딱 저만큼이에요."

"뭐가?"

시하의 시선이 은재가 손가락으로 가리킨 방향을 향했다.

"펜트하우스와 성운 프랑그랑스 건물 간격만큼 떨어져서 계속 지켜볼 거라고요. 혹시라도 안나 울리면 바로 내가 데려갈 거니까 항상 각오하고 있어요."

"주은재 너, 안나 말대로 아예 멀리 가버려."

"내가 가긴 어딜 가요? 그리고 앞으로 내가 종종 필요할 거라고 말했잖아요."

시하는 코웃음을 쳤다. 눈엣가시 같은 존재를 대체 무엇 때문에 필요로 한단 말인가. 멀리 가버리라는 말은 그의 진심이었다.

"내가 왜? 호텔에서 안 쫓아내는 것만으로 다행인 줄 알아."

"장담하지 마시죠. 내가 오정숙 꿈에 들어가서 안나한테 무슨 일이 있었는지만 확인하고 나온 게 아니거든요."

"뭐?"

예상치 못한 말에 엘리베이터 벽에 등을 기대고 있던 시하가 튕겨지듯이 은재에게로 다가갔다.

"주은재. 너 대체 오정숙 꿈에서 무슨 짓을 하고 나온 거야?"

은재는 예민한 시하의 반응에도 침착하게 대답했다.

"서 지배인이라는 사람, 차시하 전무님 이중 스파이인 거 다 들통났잖아요."

"그래서?"

"그 잠깐 사이에 오정숙이 이번엔 내게 스파이 제안을 하더라고요. 처음엔 안나를 다치게 만든 것에 화가 나서 거절했는데…….”

말끝을 흐리는 은재의 태도에 시하의 뇌리에 불안한 생각이 스치고 지나
갔다.

“너 설마? 꿈을 조작해서 그 제안을 받아들인 거로 만든 거야?”

은재는 시하의 눈이 분노로 푸르게 변한 것을 보고, 이번엔 대답 대신 고
개만 살짝 끄덕였다. 그 모습에 시하는 손으로 끓는 이마를 짚었다. 안나가
절대 알면 안 되는 일이라던 게 바로 이것이었다. 시하가 은재를 향해 매섭
게 눈을 부라렸다.

“왜 시키지도 않은 짓을 해? 안나가 알면 가만있을 것 같아?”

“비밀만 지켜주면 안나가 아는 일은 안 생길 거예요.”

“시끄러워. 주은재 넌 위험한 일 하지 말고 얌전히 있어. 내가 다시 오정
숙 꿈 조작할 테니까 절대 나서지 말고.”

“싫어요.”

“싫기는 뭐가…… 어? 야!”

하필 그 타이밍에 1층에 도착한 엘리베이터 문이 활짝 열렸다. 온몸으로
거부 의사를 표현한 은재가 성큼 엘리베이터에서 내렸다. 시하는 빠른 걸음
으로 은재를 따라잡아 다시 그와 마주 보고 섰다.

“진짜 왜 이렇게 고집을 부려?”

“나도 안나를 위해 뭐라고 하고 싶으니까!”

은재가 내지른 소리에 시하의 입이 절로 다물어졌다. 하여간 또 동정심으
로 악마 입이나 틀어막고. 시하가 답답한 듯 머리카락을 흐트러뜨렸다. 그
에게서 슬쩍 빈틈을 발견한 은재가 그 얇은 틈을 날렵하게 파고들었다.

“그날 오정숙 대표를 협박하는 데 성공하긴 했지만, 법적으로 보호자 권
한을 완전히 빼앗아 온 건 아니잖아요. 증거가 더 필요한 거 맞죠? 꿈에서
보니까 서 지배인이라는 사람도 결정적인 증거는 못 얻은 것 같던데.”

“그래서 대체 뭘 어쩌려는 건데?”

"그 증거, 만약 내가 물어다 줄 수 있다면요?"

"뭐?"

서슬 퍼렇던 시하의 기세가 조금 주춤했다. 은재가 이 위험한 일에 끼어든 걸 알고도 막지 않았다는 사실을 안나가 알면 크게 화를 낼 건 불을 보듯 뻔한데. 하지만 은재의 제안에 귀가 솔깃해지는 건 어쩔 수가 없었다.

"이미 증거 하나는 물었어요."

"……무슨 증거?"

결국 시하는 은재의 딜에 넘어가고 말았다.

"닥터 강이라는 사람에 대해서 알아봐요. 오정숙이 그 사람을 써서 안나를 어떻게 해보려는 것 같으니까."

"닥터 강?"

"네. 그날, 전무님이랑 안나 가고 오정숙 엄청 흥분해서 그 사람을 찾았어요. 자기가 시킨 일 빨리 처리하라고 난리를 치던데요. 당장 끝을 내라고요."

그 순간, 시하는 순간적으로 머릿속에 한 사람의 얼굴을 떠올렸다. 일전에 안나가 쓰러졌을 때 만났던 담당 의사. 강해우. 이제 보니 그자의 성도 분명 강씨였다.

그자에게 처방받은 약을 빼먹지 않고 복용했는데도 안나는 다시 악몽을 꾸기 시작했다. 악몽의 강도는 이전에 비해 훨씬 더 심각해진 상태였다. 게다가 그토록 강력한 악몽임에도 불구하고, 안나의 무의식은 전혀 반영되지 않았다.

이상했다. 안나에게도 말했지만, 외부적인 요인이 안나의 꿈에 영향을 미친 게 확실했다. 곰곰 따져보니, 안나의 꿈에 접근할 수 있는 인물은 강해우밖에 없는 것 같았다.

하지만 이 정도만으로 강해우라는 의사가 오정숙이 고용한 사람이라고 확신하기에는 무리가 있었다. 시하는 내일이라도 당장 병원에 가서 확인해보는 편이 나을 것 같다고 판단했다. 그렇게 그가 한참을 생각에 골몰하고 있을 때였다.

"누구 짐작 가는 사람 있어요?"

은재가 기습적으로 질문을 던졌다. 하지만 시하는 곧바로 고개를 저었다. 이 일에 은재를 더 깊이 개입시킬 수는 없었다.

"닥터 강이라는 사람에 대한 조사는 나한테 맡겨. 그리고 혹시 오정숙한테서 또 접선하려는 시도가 보이면 나한테 바로 연락하고."

"내가 무슨 애도 아니고."

"나에 비하면 애 맞아. 어쨌든 이중 스파이까지는 허락하지만, 그게 네 맘대로 해도 좋다는 뜻은 아니니까 명심해. 사소한 것도 다 나한테 보고하고 행동해."

"알았어요. 감히 부하직원이 상사 말을 거스를 수 있겠습니까?"

"감히 상사한테 그런 식으로 대답하는 부하직원도 있어?"

"제가 아부하고는 거리가 멀어서요."

"말이나 못 하면. 얼른 가기나 해. 배웅은 이제 됐지? 멀리 안 나간다."

능청스럽게 구는 은재를 보며 시하는 다시 엘리베이터 버튼을 눌렀다. 그 사이 중간층까지 올라갔던 엘리베이터가 빠른 속도로 내려오기 시작했다. 이내 엘리베이터가 거의 1층에 다다랐을 무렵, 그는 뒤늦게 말을 보탰다.

"그리고 안나는 내가 잘 지킬 거니까 걱정 말고."

엘리베이터 도착 알림음 소리에도 묻힐 정도로 작은 목소리였다. 겸연쩍어서 못 들어도 상관없다고 생각하며 내뱉은 말. 하지만 은재는 그 말을 두 귀로 똑똑히 들었다. 울컥 터지는 감정을 참기 위해 은재의 턱에 힘이 바짝 들어갔다. 엘리베이터 안에 시하가 막 들어섰을 때, 닫히는 문틈으로 보이는 은재의 표정은 역시나 잔뜩 일그러져 있었다. 금방이라도 엉엉 울어버릴 것처럼.

*

시하가 다시 펜트하우스로 돌아왔을 때, 안나는 여전히 응접실 소파에 앉아 있었다. 고개를 푹 숙이고 있는 그녀는 시하가 돌아온 것도 모르는 눈치였다. 시하는 안나의 발치까지 조심스럽게 다가갔다. 그때야 그녀가 고개를 들어 올렸다.

"은재 오빠 잘 배웅하고 왔어요?"

비록 은재가 바란 것이었지만, 그에게 모진 말을 했다는 사실이 미안했는지 안나의 눈가엔 눈물이 그렁그렁 고여 있었다. 시하가 손끝으로 슬며시 안나의 턱을 들어 올렸다. 그러곤 깊이 눈을 맞췄다. 한계까지 고인 눈물이 끝내 눈꼬리를 타고 또르르 흘러내렸다. 그 눈물을 손가락으로 훔치며 시하가 말했다.

"그만 울어. 나 이제 너 울리면 안 돼."

따뜻하고 간질간질한 숨결이 젖은 눈가로 내려앉았다.

"그럼 주은재가 바로 너 데려간다고 했어."

그 숨결이 눈물이 된 것처럼, 그 순간 안나는 걷잡을 수 없이 울기 시작했다.

"흑……! 미안해서……."

"뭐가."

"은재 오빠 마음 아프게 해서. 그리고……."

"미안한 사람이 또 있어?"

"아빠 엄마 마지막 유언 못 들어준 것도 미안하고."

"또?"

"시하 씨한테도 미안하고."

"나한텐 왜?"

"날 죽이려 하는 살인범일지도 모른다고 의심했잖아요."

"난 괜찮은데."

"내가 안 괜찮아서 그러지. 미안해요, 진짜."

이 아가씨는 정말이지 사과도 무지 귀엽게 했다. 우느라 빨개진 안나의 콧방울과 양 뺨은 한입에 꿀꺽 삼키고 싶을 만큼 탐스러웠다. 본능적으로 푸르게 일렁이기 시작한 눈동자를 억지로 잠재우며, 시하가 안나의 귓가에 속삭였다.

"미안하면 내 부탁 하나만 들어줘."

그의 입술이 귓불에 밀착된 채로 떨어지질 않자, 안나가 온몸을 부르르 떨며 물었다.

"무, 무슨 부탁?"

시하는 여전히 입술을 안나의 귀에 내리누른 채로 대답했다.

"더 이상 울지 마."

"겨우 그거?"

"겨우 그거라니? 나 진짜로 겁나. 주은재가 진짜로 너 데려간다고 했다고."

그는 마치 어린아이가 떼를 쓰듯 부탁했다. 안나는 결국 울던 눈으로 피식 웃고 말았다. 꿈에서 자신을 죽이려 했던 자. 돌아가신 부모님이 마지막까지 제게서 떼어놓으려 했던 악마. 울던 저를 웃게 해주는 남자. 이 말도 안 되는 수식어를 전부 가진 눈앞의 존재를 바라보며 안나는 오늘 자신이 한 선택을 절대로 후회하지 않을 거라고 확신했다. 그러곤 확신에 가득 차 시하의 목에 팔을 둘러 한껏 그를 끌어안았다. 시하는 자연스럽게 무릎을 구부려 안나가 자신을 한결 편하게 안을 수 있게 키를 맞췄다. 그리고 그 순간, 문득 생각이 난 듯 그가 안나의 귓가에 부탁 한 가지를 더 속삭였다.

"기왕 선심 쓴 김에 부탁 하나만 더 들어줄래?"

안나는 망설임 없이 고개를 끄덕였다.

"응. 부탁이 뭔데요?"

"아까 네 꿈에 들어가도 된다고 허락한 거, 기억하지?"

어쩐지 불길한 예감이 들어 안나는 떨리는 목소리로 되물었다.

"그게 왜요……?"

"그거, 오늘 밤에 해버리자."

"오늘 밤에?"

"응."

"그, 근데 너무 빠르지 않나?"

"빠르긴 뭐가 빨라? 내가 진짜 자존심 상해서 이 말까지는 안 하려고 했는데……. 나……."

이 악마가 진짜. 도대체 무슨 말을 하려고 이런 야릇한 분위기를 잡는 건데?

"배고파. 너무 오래 굶었어."

그리 말하며 시하가 한 마리의 굶주린 늑대처럼 혀로 입술을 훔쳤다. 안나의 머릿속에 언젠가 그가 했던 말이 떠올랐다. 몽마에겐 식욕이 성욕이고, 성욕이 식욕이라던 그 말!

"그러니까 오늘 밤."

이거 아무래도 위험한 상황 아닌가? 하지만 시하는 안나가 발을 빼기도 전에 어느새 애피타이저처럼 그녀의 귓불을 베어물고 있었다.

"날 너의 침실에 초대해줘."

이내 안나의 심장이 피부 밖으로 튀어나올 것처럼 거칠게 뛰기 시작했다.

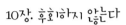

10장. 후회하지 않는다

촉, 촉, 물기 어린 마찰음이 고요한 응접실에 쉼 없이 울려 퍼졌다. 처음엔 침실에 초대해달라는 말 한마디에 목석처럼 굳어버린 안나를 놀리듯 장난스럽게 시작한 입맞춤이었다. 하지만 언제나 그랬듯 안나에게 닿는 순간, 이성은 순식간에 허물어지고 본능만이 뜨겁게 달아올랐다. 감질나게 안나의 입술을 빨아 당기던 시하가 한순간 안나의 허리를 부둥켜안아 소파에서 일으켜 세웠다.

"앗!"

안나의 입에서 외마디 비명이 절로 터져 나왔다. 시하는 찰나에 터지는 비명마저 달콤하게 삼키며 비틀거리는 그녀를 침실로 이끌었다. 쾅! 침실 문이 거칠게 열렸다 닫히자, 안나가 흠칫 놀라며 입술을 떼어냈다.

"살살 좀 닫아요! 태주 씨 자고 있거든요!"

"나도 알아. 근데 문 닫는 소리보다 네 목소리가 더 큰 것 같은데?"

"진짜요?"

안나는 반사적으로 자신의 입을 틀어막았다. 시하는 그런 안나의 모습이 귀여워서 참을 수가 없었다. 당장 저 손을 치우고 다시 입 맞추고 싶은 생각만이 머릿속에 가득했다. 정말이지 이렇게 달아오를 생각은 눈곱만큼도 없었는데. 진심으로 순수하게 그녀의 꿈에 들어갈 생각이었는데. 하지만 그런 생각들은 순식간에 머릿속에서 다 증발해버리고 말았다.

잔뜩 조바심이 난 시하가 다시 고개를 내려 입을 틀어막은 안나의 손등을 이로 잘근 깨물었다. 아프기보다 당황해서 안나가 손을 입에서 떼어냈다. 곧장 시하가 다시 입술을 겹쳤다. 안나는 어떻게든 그를 말려보려고 필사적으로 말했다.

"이러다 진짜 태주 씨……!"

하지만 '깨요!'라는 말마저도 시하의 입속으로 우물우물 삼켜졌다. 안나는 불안해하는 것 같았지만, 시하는 조금도 걱정이 되지 않았다. 태주는 절대 깨지 않을 테니까.

펜트하우스에 돌아왔을 때부터 응접실에는 동백꽃 향기가 물씬 풍기고 있었다. 지난 한 달 동안 이미 모두 지고도 남았을 꽃을 시하의 명령으로 계속 피워온 태주였다. 주인의 명령이 안나에 대한 마음임을 알기 때문이었다. 게다가 그는 약속한 머스크 페르소나도 극구 받지 않았다. 안나의 꿈을 먹지 않는 주인이 페르소나로 버티는 걸 잘 알고 있는 까닭이었다.

대신 태주는 틈나는 대로 호텔 정원에 나가 식물의 꿈을 흡수하거나, 룸메이드들 눈을 피해 몰래 세탁물 바구니에서 찌꺼기를 먹어 치우는 것으로 조금씩 체력을 회복해 나갔다. 그러다 레플리카를 뿌린 은재의 힘에 노출됐던 탓에 겨우 회복한 체력을 모두 잃고 만 것이었다.

시하는 은재를 배웅하러 가기 전, 태주에게 그동안 애써 피워온 동백꽃을 다시 모조리 먹어도 좋다고 말했다. 그렇게 하면 하룻밤 동안 아주 깊은 잠에 빠져들어 체력을 한 번에 회복할 수 있었다. 물론 태주는 선뜻 내키지 않는 기색이었다.

거듭 정말 그래도 괜찮은 거냐고 물어보는 태주에게 시하는 이렇게 답했다. 이제 봄이 찾아오고 있다고. 싸늘했던 겨울, 그 겨울 외롭고 아프게 버틴 동백꽃. 모두 보내주어도 좋을 것 같다고. 그리고 이번엔 제 곁에 성큼 다가온 봄을 꽉 끌어안고 놓아주지 않겠다고.

시하에겐 안나가 바로 그 봄이었다. 싸늘한 그의 인생에 살랑살랑 불어준 따스한 봄바람. 어두운 그의 세상에 반짝반짝 내리쬔 눈부신 봄볕. 외로운 그의 마음에 톡, 톡 꽃망울을 터뜨린 봄꽃.

"으음……"

몸살을 앓듯 제 품 안에서 바르작거리는 안나를 끌어안은 채 시하는 침대 위로 무너졌다. 찰나, 안나의 침실 창밖으로 밤이 슬그머니 내려앉은 정원이 보였다. 붉은 동백꽃이 반짝이며 흩날리고 있었다. 저 꽃이 지고 있다는 건, 태주가 제 명대로 꿈을 모조리 흡수했다는 뜻이었다. 그땐 떨어지는 동백꽃이 그렇게 마음 아프더니, 오늘은 더없이 어여쁘게만 보였다. 저토록 아름답게 저무는 꽃을 보니, 오늘 태주는 아주 달콤한 꿈을 꿀 모양이었다. 시하 역시도 그 달콤함에 한껏 취해보려는데, 안나가 또다시 브레이크를 걸어왔다.

"잠깐만요. 태주 씨 신경 쓰여서 도저히 안 되겠…… 읏!"

시하는 계속 태주 핑계를 대며 입술을 떼는 안나를 벌주듯 그녀의 콧등을 살짝 깨물었다. 안나가 소스라치게 놀라며 따져 물었다.

"남의 코를 왜 깨물어요?"

"자꾸 태주 핑계 댈래?"

"난 핑계가 아니라 진짜 걱정돼서……!"

"걱정 마. 태주 절대 안 깨니까."

"그걸 어떻게 알아요? 그리고 깨든 안 깨든 태주 씨가 있는 집에서 이러는 건…… 하읍!"

또다시 안나의 외침은 시하의 입속으로 삼켜졌다. 시하는 입 안에 맴도는 이 달콤한 것이 흩날리는 동백꽃 향인지 안나의 체향인지 알 수 없었다. 더 제대로 맛을 봐야지만 알 것 같았다. 그 생각이 들자마자 그는 단숨에 몸을 뒤집었다.

"어?"

느닷없이 시하의 몸 위에 올라타게 된 안나가 부끄러워 몸을 일으켜 세웠다. 하지만 몸을 세우자마자 시하가 손을 쭉 뻗어 그녀의 목을 잡아 아래로 끌어당겼다. 입술이 닿을락 말락, 아주 좁은 간격을 두고 둘의 눈이 마주쳤다. 시하는 안나의 목을 감싼 손을 미끄러뜨려 흘러내린 머리카락을 한쪽으로 쓸어 넘겼다. 그러곤 맥이 팔딱팔딱 뛰는 귀밑을 문지르던 손을 움직여 옷을 아주 살짝 끌어 내렸다. 긴 머리카락을 전부 반대쪽으로 넘긴 탓에 옷을 끌어 내린 만큼 뽀얀 살결이 그대로 드러났다.

어둠 속에서 확연히 느껴질 만큼 뜨거운 시선이 살결에 닿았다. 노골적인 긴장감에 안나는 시하의 몸 위에 올라탄 채로 바짝 굳어버렸다. 그러나 그 동작이 도리어 허벅지로 시하의 허리를 꽉 조여 더 자극을 준다는 걸 안나가 알 리 없었다.

"으윽!"

시하가 자극을 버티려고 이를 악물며 고통스럽게 중얼거렸다.

"미치겠다, 진짜……."

안나는 등줄기가 오싹해졌다. 찰나에 침실 분위기가 완전히 바뀌었다는 걸 본능적으로 느낄 수 있었다. 공기의 냄새, 마주 보는 눈빛의 온도, 그 모든 것들이 단번에 변했다. 안나의 예감은 그대로 적중했다.

"왜 이렇게 날 참기 힘들게 만들어?"

느슨해진 본능을 틈타 그의 눈이 푸르게 일렁이기 시작했다.

"자, 잠깐만! 제발 잠깐만요!"

"난 진짜 끝까지 갈 생각 없었어. 알아? 이건 다 네 탓이야."

네가 너무 예쁜 짓만 골라 하니까. 부끄러워하면서 새빨개진 얼굴로 자꾸 날 자극하니까. 안나의 부탁에도 불구하고 마치 화를 내듯 으르렁거린 시하가 다시 몸을 뒤집어 그녀를 제 아래 가두었다.

"앗!"

촉촉한 입술을 벌리며 더욱 빈틈없이 안나에게 파고들었다. 촉, 물방울이 피어오르듯 입술이 맞물렸다 떨어지면, 하아, 뒤이어 물방울이 터지듯 벅찬 숨소리가 흘러나왔다. 키스를 나누는 동안 안나는 이따금 자극을 견디지 못하고 감전된 것처럼 몸을 떨었다.

시하는 긴장해서 이불을 꼭 움켜쥐고 있는 안나의 두 손을 끌어와 제 얼굴을 감쌌다. 그러곤 자신은 좀 더 몸이 밀착되도록 그녀의 허리를 감싸 안으며 반듯하게 돋은 척추를 촘촘히 어루만졌다. 동시에 안나가 더는 물러나지 못하도록 볼이 홀쭉해지도록 그녀를 들이마셨다가, 아랫입술을 이로 길게 물고 당겼다. 그렇게 벌어진 입 안으로 파고들어 가, 은밀하고 깊숙한 곳을 집요하게 건드렸다.

"하아!"

안나가 진저리치듯 몸을 파르르 떨며 늘어졌다. 시하는 좀 더 과감하게 손을 옮겼다. 허리를 쓰다듬은 손이 무릎 뒤 우묵 파인 곳까지 내려갔다가 다시 위로 올라와 허리춤을 파고들었다.

"홋!"

맨살에 닿는 차가운 체온에 안나가 흠칫 놀라며 저도 모르게 입술을 떼어냈다. 퍽! 가슴을 밀어낸 연약한 힘에 어이없이 몸을 세운 시하가 안나를 내려다봤다. 조금 멀어진 간격. 그 거리에서 마주한 눈동자가 서서히 당혹스럽게 물드는 것이 보였다. 그리고 이내 반짝이는 무언가. 시하가 황급히 허리춤을 쓰다듬던 손을 빼내며 망설이듯 안나의 이름을 불렀다.

"아, 안나야."

그녀가 그의 부름에 대답하려고 입술을 달싹이자 눈가에 반짝이던 것이 뺨을 타고 흘러내리며 사라졌다. 시하는 당황한 기색이 역력한 얼굴로 물었다.

"너…… 울어?"

안나는 그 순간에야 자신이 울고 있다는 사실을 깨달았다. 그녀는 우는 자신을 이해할 수 없었다. 왜 눈물이 나는 걸까? 저 역시 그를 원하는데. 이런 순간을 제법 상상했었는데. 하지만 그 와중에 고민할 새도 없이 또다시 눈물방울이 눈꼬리를 타고 흘러내렸다. 믿기지 않는지 그 눈물을 손끝에 묻힌 시하가 당황한 목소리로 다시 한 번 물었다.

"진짜로 우는 거야?"

안나는 입술을 잘근잘근 깨물며 두서없이 대답했다.

"그게……. 나도 내가 왜 이러는지 잘 모르겠어요. 그냥 너무 놀라서……. 갑작스러워서 나도 모르게……."

그녀가 허둥지둥 내뱉은 말에 시하가 재빨리 몸을 일으켰다. 그러곤 눈물을 매단 채로 힘없이 누워 있는 안나도 일으켜 세웠다. 일어선 안나의 허리춤이 흐트러진 것이 슬쩍 보였다. 혹여 다시 그녀의 맨살을 건드리지 않도록 조심조심 정돈해주며 시하가 말했다.

"미안. 내가 널 무섭게 했나 보다."

그의 말을 듣고 나서야 안나는 비로소 자신의 감정을 깨달았다. 아……. 무서웠던 거구나. 좋아하는 남자와도 처음은 두려운 거구나.

안나는 지난번 수영장에서 당장 어코드를 하자며 그를 채근했던 자신이 얼마나 어리석었는지 이제야 깨달았다. 그때 왜 그가 차가운 수영장 물에서 오래도록 나오지 못했는지도 뒤늦게 이해가 되었다.

'나 대체, 얼마나 터무니없는 소리를 했던 거야?'

스스로를 비웃은 안나가 두 다리에 힘이 풀려 바닥에 주저앉았다. 바짝 긴장했던 근육들이 전부 흐물흐물 녹아내리는 것 같았다. 무릎을 끌어모은 채로 고개를 파묻고 있는 안나를 내려다보다가, 시하가 안타까운 얼굴을 하고서 그 앞에 앉았다. 그러곤 두 손으로 부드럽게 안나의 얼굴을 쥐고 들어 올렸다. 양 엄지로 눈가에 위태롭게 맺혀 있는 눈물을 마저 거두어가며 그가 말했다.

"미안해. 내가 내 욕심을 주체 못 한 거면서 네 탓이라고 몰아붙여서. 널 울릴 생각은 없었는데. 정말 미안해."

안나는 거듭 사과하는 시하가 안쓰러웠는지 어떻게든 웃어 보이려 애를 썼다. 눈 밑이 빨개지도록 세게 눈물을 닦아냈다. 하지만 애써 괜찮은 척하려 해도, 눈물은 다시 고였다. 도저히 눈물이 멈출 것 같지 않은 안나의 모습에 시하가 한쪽 뺨을 들이대며 물었다.

"차라리 한 대 때릴래?"

이렇게라도 안나가 웃어줬으면 해서 건넨 말이었다. 정말로 그녀가 자신을 때려서 속이 풀린대도 할 말은 없었다. 안나가 간신히 목소리를 냈다.

"한 대 가지고 안 될 것 같은데."

"괜찮아. 몇 대든 맞아줄게."

제 기분을 달래주려 어서 때리라는 듯 뺨을 더 가깝게 대는 시하를 향해 안나가 손을 뻗었다. 어쩌면 진짜 맞을 수도 있겠다는 생각에 시하가 저도 모르게 이를 악물었을 때였다. 문득 뺨에 따뜻한 체온이 느껴졌다. 시하는 의아한 눈빛으로 안나를 바라봤다. 더없이 다정한 목소리가 그의 귓가에 스며들었다.

"미안해요. 당신이 싫어서 그런 게 아니에요. 지금 이 상황이 싫은 것도 아니고요. 알죠?"

이번엔 웃는 얼굴로 우는 안나였다. 괜찮아진 척해 보지만, 실은 여전히 무서운 거였다. 그 모습에 시하는 마음이 욱신욱신 아파왔다. 이런 감정을 좀처럼 느껴본 적이 없기에 그 고통은 더욱 크게 느껴졌다.

"나는 그냥……."

"알아."

시하는 자신의 뺨을 어루만져주는 안나의 손에 얼굴을 비비며 말했다.

"네 마음 다 알아."

그리고 마음속으로 자신에게 크게 분노했다. 한순간의 본능에 휘둘려 좋아하는 여자에게 상처를 줄 뻔했다니. 어쩌면 그 본능이 좋아하는 여자에게 드는 당연한 감정이 아니라, 인간을 유혹하는 몽마의 성질에서 비롯된 것일 지도 모른다는 생각에 스스로에 대한 혐오감은 더욱 사무쳤다. 그는 제 몸 속에 흐르고 있는 몽마의 피를 죄다 뽑아버리고 싶은 심정이었다. 아버지가 물려준 것이라면 그게 무엇이든 전부 날카롭게 도려내고 싶었다. 그 대가로 피를 철철 흘리게 된다 해도 상관없었다.

"그러니까 네가 미안해할 필요 없어. 잘못한 건 나니까."

그런 와중에도 다행스럽게 느껴지는 건, 제 안에 흐르고 있는 또 다른 피 였다. 인간인 어머니의 피. 어머니가 물려준 것은 전부 다 아버지와는 반대 가 되는 것뿐이었다.

그녀를 다치게 할 뻔했지만, 결국엔 멈췄다. 좋아하는 여자를 지켜줄 수 있었다. 상대를 더 생각하는 이 마음은 어머니에게서 물려받은 것이었다. 시하는 태어나 처음으로 자신을 낳아준 어머니에게 감사했다. 그리고 눈앞 의 이 여자만큼은 제 어머니처럼 비참하게 만들지 않겠다고 다짐했다.

"다시는 널 이렇게 무섭게 하지 않을게. 약속해. 다음번에도 내가 또 이러 면……."

"그땐 내가 노력할게요."

"어?"

예상치 못한 말에 시하가 눈을 깜빡였다. 쪽. 안나는 새가 부리로 쪼듯 시 하의 입술에 입을 맞추며 말을 이었다.

"나는 솔직하지도 못하고, 말투도 사납고. 그래서 이런 날 좋아하는 게 많 이 불안하고 힘들겠지만……. 노력할 테니까, 그러니까 당신이 계속 날 욕 심내줬으면 좋겠어요."

"오안나."

"날 좋아하는 마음을 억지로 참는 거 싫어요. 그러다 날 안 좋아하게 될까 봐…… 걱정 돼요."

안나가 빨개져 터질 것 같은 얼굴을 하고서 속삭였다. 방금 한 말이 그녀가 무척 어렵게 꺼내 보인 진심이라는 걸, 시하도 잘 알았다. 시하는 제 뺨을 감싼 안나의 손을 살짝 끌어내려 양 손바닥에 차례로 입술을 꾹 눌렀다. 조금 전과 똑같이 그녀의 피부에 닿는 건데도, 뜨겁게 끓어오르던 본능은 거짓말처럼 잠잠해져 있었다.

"괜한 걱정을 다 한다. 이런 널 어떻게 안 좋아해?"

안나는 손바닥에서 느껴지는 따스한 열기에 손가락을 꼼지락댔다. 시하가 눈을 오롯이 맞추며 손가락 하나를 살짝 들어 올렸다. 그리고 바르작대는 손가락에도 하나하나 진심을 담아 입을 맞추며 고백했다.

"이렇게 미치게 사랑스러운데."

안나의 두 뺨이 분홍빛으로 물들었다. 이번엔 그녀도 두려운 감정이 아닌 간질간질하고 설레는 감정을 느끼는 것 같았다. 시하는 앞으로도 안나가 자신을 바라볼 때면 늘 이런 표정을 짓길 바라며 남은 진심마저 모두 쏟아냈다.

"걱정하지 말라는 뜻에서 미리 말할게. 나는 앞으로 네가 점점 더 좋아질 것 같아."

"……."

"죽을 때까지, 계속."

그에 조용히 아무 말 없던 안나가 그가 바라는 대로 예쁘게 미소 지었다. 두려움에 흘렸던 눈물. 그 눈물을 감추려 억지로 지어 보였던 웃음. 그리고 마지막에야 드디어 볼 수 있었던 진심 어린 미소. 시하는 오늘 밤 이 미소를 보게 되어 참 다행이라고 여겼다. 지금부터는 안나의 꿈속으로 들어가 그녀가 가장 괴로워하는 순간을 엿봐야만 했으니까.

"그러니까 내 마음은 걱정하지 말고 편하게 자."

"에? 자라니……? 갑자기 그게 무슨?"

"슬슬 졸리지 않아?"

신기했다. 방금까지만 해도 전혀 졸리지 않았는데, 그의 말 한마디에 거짓말처럼 눈꺼풀이 무거워지는 느낌이 들었다. 안나가 몽롱한 목소리로 대답했다.

"그러고 보니…… 무지하게 졸려요."

급속도로 밀려드는 잠에 안나의 몸이 휘청거렸다. 시하는 그녀가 바닥에 쓰러지지 않게 두 팔을 벌리고 얌전히 기다렸다. 사실 처음 키스를 나눌 때부터 시하는 조금씩 몽마의 힘을 주입해서 안나에게 잠을 유도했었다. 안나가 너무 사랑스러워서 조금 짓궂은 장난을 친다는 게 엉뚱하게도 본능에 휩쓸려 그녀를 울려버리고 말았지만, 애초에 이 침실에 들어온 목적은 안나의 꿈에 들어가기 위해서였다.

바로 그 순간, 그가 예상한 대로 순식간에 잠들어버린 안나가 그의 품 안으로 쓰러졌다. 몽마의 힘을 이기지 못하고 결국 깊은 잠에 빠져든 것이었다. 시하는 안나를 가뿐히 안아 들어 침대 위에 편하게 눕혔다. 그녀의 동그란 이마에 입을 맞추며 속삭였다.

"꿈에서 만나자, 안나야."

오늘 밤이 지나면 다시는 괴로운 악몽을 꾸지 않게 해줄게.

*

밤이 찾아온 미래병원에는 무언가 수상한 일이 벌어지고 있었다. 최대한 머리카락을 내리고 고개를 숙인 채 얼굴을 가린 해우가 복도를 빠르게 지나갔다.

"강 선생님, 오늘도 밤……."

……새우시는 거예요? 마주친 간호사의 인사가 채 끝나기도 전에 스쳐 지날 만큼 빠른 걸음걸이였다. 대답도 없이 간호사를 지나친 해우는 이제는 뛰다시피 하며 복도 끝으로 향했다. 그는 거칠게 문을 열고 자신의 연구실

로 들어갔다.

연구실 안은 지나치게 깜깜했다. 하지만 그는 불도 켜지 않은 채 어둠 속에서 정신없이 무언가를 찾는 데 급급했다. 깜깜한 곳에서 완연히 드러난 그의 눈동자가 붉었다. 그래서 그는 조금 전 복도를 걸을 때 최대한 고개를 숙이고 있었던 것이었다. 한참을 책장에 놓인 수십 개의 상자를 열어보고도 원하는 걸 못 찾았는지, 해우는 이어 책상 위를 미친 사람처럼 더듬었다. 그렇게 온 서랍을 다 헤집고 나서야 간신히 찾은 물건의 뚜껑을 부리나케 열었다.

그가 그토록 간절히 찾은 것은 향수였다. 치익, 치익. 거침없이 분사시킨 향수가 어둠 속에서도 선명한 제 색깔을 뽐내며 흩뿌려졌다.

"후읍……!"

해우는 피가 들끓을 정도로 달콤한 그 향기를 갈급하게 들이마셨다. 한참을 용기의 바닥이 드러날 때까지 향수를 빨아들이고 나서야 그는 간신히 진정이 된 모습이었다.

"하아, 하아!"

잔뜩 흐트러진 숨을 거칠게 내뱉으며 해우가 소파 위로 쓰러졌다. 여전히 그는 사지가 힘없이 늘어진 채였고, 식은땀이 송골송골 맺힌 창백한 얼굴 역시도 잔뜩 일그러져 있었다. 그 순간, 미처 단단히 쥐지 못한 향수 용기가 그의 손에서 미끄러져 바닥을 데굴데굴 굴러갔다. 완전히 풀린 눈을 한 해우가 고개만 살짝 비스듬히 돌려 텅 빈 용기를 바라봤다.

정말 한 방울도 남기지 않고 바닥까지 싹 긁어 마셨다. 불과 얼마 전만 해도 저만큼을 흡수하면 몇 달은 넉넉히 버틸 수 있었는데, 이제는 한 달도 채 견디질 못했다. 방금도 수면 치료를 받으러 온 외래 환자의 꿈을 넣을 놓고 먹을 뻔했다가, 잠든 사람을 진료실에 그대로 놔둔 채 헐레벌떡 연구실로 돌아온 것이었다.

해우는 자신이 언제까지 이런 빈껍데기 같은 삶을 살아야만 하는 건지 참담했다. 그의 머릿속에 무심코 한 소녀의 얼굴이 떠올랐다. 그 애만……. 오안나 그 애만 죽이면 제 삶을 원래대로 되돌려준다고 했다. 힘없이 축 늘어져 있던 해우의 손에 단단한 힘이 들어갔다.

때마침 그에게 걸려온 한 통의 전화. 휴대전화 액정에 뜬 발신인을 확인한 해우가 벌떡 일어나 곧바로 전화를 받았다.

"네, 강해우입니다."

잠시 후, 너머에서 들려오는 명령에 그는 단호하게 대답했다.

"지시하신 대로 오늘 밤 모든 일을 끝내겠습니다. 그럼."

전화를 끊은 해우가 다시 한 번 텅 빈 향수 용기를 물끄러미 바라봤다. 이제 정말 이 지독한 갈증에서 벗어날 수 있는 것일까? 기대와 죄책감이 뒤섞인 눈동자를 다시 한차례 붉게 빛낸 그가 소파에서 일어섰다. 그러곤 가운 대신 겉옷을 걸치며 오정숙에게 전화를 걸었다. 그녀는 초조한 목소리로 곧장 전화를 받았다.

"저 강해우입니다."

-알아요. 안 그래도 기다리고 있었어요. 내가 지시한 일은 대체 언제쯤……!

"그 일로 대표님께 부탁하고 싶은 일이 있습니다. 지금 댁으로 가겠습니다."

-그래요, 기다리죠.

만족한 듯한 오정숙의 잔인한 웃음소리를 들으며 해우는 연구실을 나섰다.

*

선명한 달을 바라보며 정숙은 회심의 미소를 지었다. 자정이 넘은 시각 느닷없이 걸려온 전화 한 통.

-저 강해우입니다. 부탁하고 싶은 일이 있습니다. 지금 댁으로 가겠습니다.

해우가 그녀에게 요구한 것은 다름 아닌 성운 호텔 펜트하우스에 접근할 수 있는 권한이었다. 정숙은 기쁨을 감출 수 없었다.

"자요. 이것만 있으면 펜트하우스에 들어갈 수 있어요. 일은, 확실히 처리해주는 거죠?"

"네. 비로소 오늘 밤 모든 게 끝이 날 겁니다."

"확실하게 부탁해요. 정말 확실하게."

정숙은 VIP용 엘리베이터와 펜트하우스에 접근이 가능한 카드를 해우의 손에 쥐여 주며 거듭 다짐을 받았다. 그 순간, 어둠 속에서 그의 눈이 불그스름하게 빛나는 거 같다는 생각이 들었지만, 신경 쓰고 싶지 않았다. 오늘 밤이 지나면 모두 끝이라고 했다. 눈엣가시였던 방해물이 영원히 사라지고, 성운 호텔이 온전히 제 손에 들어오게 되는 것이다. 그녀는 오로지 그 순간만 생각하고 싶었다.

해우의 모습이 정원을 가로질러 어둠 속으로 완전히 사라졌을 때, 정숙은 뒤돌아 2층으로 향했다. 계단을 천천히 밟아 올라간 그녀는 복도 모퉁이를 지나 첫 번째로 맞닥뜨린 문 앞에서 멈춰 섰다. 바로 옆에는 아직도 악몽에서 깨지 못한 찬영의 방이 보였다.

"안나야……. 안나야……."

여전히 안나를 찾는 찬영의 갈라진 목소리가 희미하게 들려왔다. 갈등이 이는 듯 정숙의 눈동자가 살짝 요동쳤다. 하지만 아주 잠시뿐, 그녀는 이내 첫 번째 문을 활짝 열어젖혔다.

분홍빛 사랑스러운 방의 풍경이 눈앞에 펼쳐졌다. 불과 얼마 전까지 안나가 갇혀 있던 방이었다. 그러나 가구라곤 낡은 침대 하나밖에 없던 외로운 공간은 이제 완전히 자취를 감추고 없었다. 뿌옇게 먼지가 내려앉아 있던 바닥도, 핏자국이 덕지덕지 묻어 있던 이불과 시트도, 안나의 가녀린 두 발목을 잔인하게 옥죄었던 족쇄도, 그 모든 것이 감쪽같이 사라진 거짓의 방.

분홍빛 방은 안나의 고통스러운 시간조차 모두 거짓으로 만들어버렸다. 안나가 마치 이곳에서 지극정성으로 보살핌을 받으며 행복했을 것만 같은 분위기를 곳곳에서 내뿜고 있었다. 정숙은 레이스가 서걱거리는 푹신한 침대에 앉아, 달빛이 새어 들어오는 창가를 바라보며 뇌까렸다.

"내 불쌍한 조카……."

을씨년스러운 목소리는 마치 최면을 걸듯 거듭 흘러나왔다.

"내, 불쌍한, 조카."

오빠 부부 대신 이렇게 예쁜 방에서 잘 보살펴줬는데……. 어느 날 갑자기 차시하에게 납치된 채 결국 죽임을 당하고 만…….

"내 불쌍한 조카, 안나."

왜곡되고 조작된 기억을 진실로 각인시키는 그녀의 주문은 그 밤 내내 끊이질 않았다.

*

"후읍!"

정숙이 내어준 카드로 어렵지 않게 펜트하우스에 들어선 해우는 공기 중에 부유하는 냄새를 한껏 빨아들였다. 오늘 밤은 그 어떤 실수도 용납되지 않았다. 신속하게 일을 끝내야만 했다. 이곳에 오기 전 흡수한 페르소나 덕분에 그가 쓸 수 있는 몽마의 능력치는 최상이었다. 역시나 단번에 가장 달콤한 향기를 찾아내 안나의 위치를 확인한 해우는 거침없이 걸음을 옮겼다.

문을 열자 곤히 잠든 안나의 모습이 보였다. 조심스럽게 침대맡으로 다가간 해우가 주머니에서 향수를 꺼내 들었다. '일루전' 향수였다. 일루전은 이름 그대로 인간의 꿈에서 환상을 보여주는 향수였다. 그간 그는 안나에게 일루전 향수를 섞은 알약을 매일 먹게 함으로써 점진적으로 살해당하는 환상을 증폭시켜왔다. 시하에게 들키지 않기 위해서 절대 일루전의 냄새가 빠져나가지 않도록 특수 코팅된 캡슐을 썼고, 그래도 안심이 되지 않아 극히 미량의 일루전만을 약에 섞었다. 그러다 보니 효과는 참으로 더뎠다. 무려 한 달 가까이 시간이 소요됐다.

그리고 바로 얼마 전 안나가 드디어 살해당하는 꿈을 꿨다. 게다가 마지막 알약에 심어놓은 차시하의 향기까지 덧입혀져, 실루엣만 보였던 살인자의 모습이 차시하로 대체되기까지 했다. 오안나의 정신력은 아마 한계에 다다랐을 것이다. 지금이 모든 걸 끝낼 최적의 타이밍이었다.

해우는 일루전 향수의 펌프를 분리한 다음, 미리 준비해온 차시하의 향기를 일루전에 직접 섞었다. 둥글게 원을 그리며 일루전과 차시하의 향기가 잘 섞이는 걸 확인한 그가 천천히 안나에게 다가갔다. 향수를 뿌리기 전, 그는 마지막으로 받았던 명령을 잠시 머릿속에 떠올렸다.

'오늘 밤엔 향수만 뿌릴 게 아니라 꿈에 들어가서 조작이 제대로 끝났는지 눈으로 직접 확인해. 혹 변수가 생기면 직접 나서도 좋아.'

즉, 안나의 숨이 끊어지는 걸 눈으로 직접 확인하라는 지시였다. 행여 변수가 생기거든 자신의 손으로라도 안나의 숨통을 끊어놓으라는 뜻이기도 했다. 칙, 칙! 해우는 엄습하는 긴장감에 펌핑조차 제대로 하지 못했다. 땀 때문에 몇 번이나 손가락이 미끄러졌다. 그러다 한참 후에야 간신히 안나의 얼굴 위로 일루전을 분사시키곤, 이마에 진득하게 흐르는 식은땀을 훔쳐냈다.

동시에 안나의 얼굴이 서서히 괴로운 듯 일그러지기 시작했다. 이제 해우 역시 안나의 꿈에 들어갈 타이밍이었다. 그런데 불길한 느낌이 자꾸만 그의 발목을 잡았다.

'나약한 생각은 하지 마. 이 일만 제대로 끝내면 다시 인간이 될 수 있게 해줄 테니까.'

일루전 향수를 받으러 갔을 때, 그가 마지막으로 협박처럼 남긴 말을 떠올린 해우가 이를 악물며 눈을 붉게 빛냈다. 자신의 등 뒤에 버티고 있는 것은 가파른 낭떠러지. 물러날 곳은 더 이상 없었다.

*

"그러니까 안나가 처음 악몽을 꾸기 시작한 게 대략 1년 전……."

안나의 꿈속으로 들어간 시하는 미리 건네받은 회중시계를 꺼내 시곗바늘을 거꾸로 돌렸다. 꿈속에서 찾고자 하는 정확한 지점이 있을 경우엔 이렇게 회중시계로 지정이 가능했다. 그의 손끝에서 사파이어가 박힌 짧은 시곗바늘이 빠른 속도로 8760바퀴를 돌아갔다. 그래도 안나가 최초로 꾼 악몽에 닿지 않아 시하는 다시 한 번 직접 시곗바늘을 뒤로 돌렸다. 그렇게 짧은 시곗바늘이 다시 200번 이상을 거꾸로 돌아갔을 때. 시하는 비로소 안나가 처음 꾼 악몽을 목격할 수 있었다. 마치 붕대를 감아놓은 것처럼 새까만 연기로 칭칭 감싸인 누군가가 안나의 목을 움켜쥐고 있는 모습이 보였다.

'죽어. 죽어!'

'시, 싫어. 제발 사, 살려…… 컥!'

안나는 얼굴이 시뻘게져서 비명조차 제대로 내지르지 못했다. 경계 너머에서 그 모습을 지켜보던 시하가 참지 못하고 경계 안으로 뛰어내렸다.

"빌어먹을! 당장 안나에게서 안 떨어져?"

퍽! 시하는 곧장 달려가 그녀에게서 살인자를 떼어냈다. 그 순간, 살인자에게서 벗어난 안나가 죽을힘을 다해 달아나기 시작했다.

"안나야!"

시하가 다급히 그녀를 불러 세웠지만, 안나는 절대 멈춰 서지 않았다. 시하는 망연히 서서 그 뒷모습을 참담한 얼굴로 바라봤다. 안나는 자신이 나타났다는 사실도, 그래서 살인자가 더는 위협이 되지 않는다는 사실도 전혀 모르고 있었다. 그저 저렇게……. 저렇게 덫에서 간신히 빠져나온 작은 짐승처럼 도망치기 바빴다.

그 상황은 주기적으로 반복되었다. 그것이 안나에게 몽유병이란 증상을 가져다주었고, 오정숙이 안나의 두 발에 족쇄를 채울 명분을 주었으며, 안나의 인생을 빼앗아갈 기회까지 주었다.

주먹을 바득 움켜쥔 시하가 뒤돌아 서슬 퍼런 눈으로 살인자를 노려봤다. 이미 냄새로 그가 저와 같은 몽마라는 사실을 알아차린 시하였다. 푹! 한순간 시하의 푸른 힘이 송곳처럼 뻗어 나가 살인자를 찔렀다. 그러자 붕대처럼 싸여 있던 새까만 연기가 한 꺼풀 벗겨지고 그 안의 비밀스러운 실체가 살짝 드러났다. 풀썩거리는 검은 연기 사이로 희미하게 보인 붉은 무언가.

'피? 아니면⋯⋯?'

미묘한 표정의 시하가 살인자에게 다가가 냄새를 맡으려던 순간이었다. 팟! 살인자는 아지랑이 같은 연기 한 줄기만을 남긴 채 거짓말처럼 사라졌다. 서서히 사라져가는 한 줄기 연기는 분명 검은 연기 속에 감춰져 있던 것과 마찬가지로 붉은 빛깔을 띠고 있었다. 그 연기를 노려보던 시하가 일순다시 바닥을 박차 경계 너머로 날아올랐다.

안나는 거의 매일 밤 이와 같은 악몽을 꿨다고 했다. 이따금 오정숙이나 문찬영의 괴롭힘이 심해질 때면 살인자가 아닌 그들의 꿈을 꾸곤 했지만, 횟수를 비교할 정도는 아니었다. 시커먼 연기에 둘러싸인 살인자는 주기적으로 나타나 안나의 목을 졸랐다. 그러니 이 악몽의 궤적을 따라가다 보면 살인자에 대한 단서는 또 찾을 수 있을 터였다.

'누군지 몰라도 내가 오늘 반드시 네 정체를 밝혀내주마.'

안나의 악몽을 가로지르는 시하의 날개에 단단히 힘이 들어갔다. 뒤이어 시하가 두 번째로 도착한 지점은 대략 일곱 달 전의 밤이었다. 안나는 초췌한 모습으로 침대에 누워 잠들어 있었다. 그리고 바로 그때, 누군가 그녀의 방 안으로 들어섰다. 오정숙과 웬 남자였다.

'닥터 강, 늦은 시간에 갑자기 불러서 미안해요.'

'아닙니다. 괜찮습니다.'

'아무래도 약의 효과가 떨어진 것 같아서. 닥터 강이 살펴봐야 할 듯싶어 불렀어요.'

오정숙이 부른 남자는 바로 은재가 언급한 닥터 강이라는 자였다. 그자는 족쇄에 묶여 있는 안나를 보고도 전혀 놀라지 않았다. 오히려 더없이 태연하기만 했다. 그 수상한 낌새에 시하는 남자를 뚫어져라 쳐다봤다. 하지만 애석하게도 그의 얼굴을 자세히 확인하는 것은 불가능했다. 안나의 꿈속에서는 시하도 오로지 그녀가 느끼는 감각만을 느낄 수 있는 탓이었다. 어두운 방 안, 약해진 체력, 게다가 심각한 몽유병에 시달리느라 안나의 시야는 많이 흐려진 상태였다.

시하는 하는 수 없이 안나의 꿈속을 계속 날아가 닥터 강이 등장하는 다른 지점을 찾기 시작했다. 그렇게 계속 안나의 악몽을 쫓으면서 시하는 매우 수상한 점을 한 가지 발견할 수 있었다. 안나는 하필 닥터 강이 다녀가는 날마다 극심한 악몽을 꿨다. 그리고 그녀가 회중시계로 시하를 불러내기 며칠 전 밤에도 닥터 강이 침실에 다녀갔었다.

'닥터 강. 우리 안나 잘 좀 부탁해요.'

'걱정 마십시오. 대표님께서 원하시는 대로 빠짐없이 처방하고 있으니 곧 그날이 올 겁니다.'

그렇게 대답한 후 닥터 강은 안나의 팔에 정체불명의 약을 주사하고 일어섰다. '대표님께서 원하시는 대로'라는 표현만 보더라도 그 약의 목적이 치료가 아닌 악화라는 것은 분명해 보였다. 오정숙이 원하는 건 안나의 몽유병이 완쾌되는 것이 아니라, 안나가 이 세상에서 영영 사라지는 것이었으니까. 남자가 입에 담은 '그날'도 분명 안나가 다 나아서 치료가 끝나는 날을 의미하진 않을 테다. 어쩌면 안나가 죽어서 더 이상 치료를 할 필요가 없어질 날을 의미하는 것일지도 몰랐다.

시하는 이번에야말로 남자의 모습을 자세히 보기 위해 모든 감각을 곤두세웠다. 이후엔 안나가 자신과 함께 오정숙의 집에서 도망쳤으니 전혀 닥터 강을 보지 못했을 터였다. 그러니 지금이 닥터 강이라는 자의 얼굴을 볼 수 있는 마지막 기회였다. 하지만 역시나 안나의 몸 상태는 최악이었고, 결국 시하는 이번에도 닥터 강의 정확한 생김새를 특징지을 수 없었다. 그래도 어렴풋이 나는 냄새만큼은 식별이 가능했다.

'분명 이 냄새는 그때 진료실에서 맡았던 냄샌데……'

강해우 전문의. 그의 진료실에서 맡았던 묘하게 거슬리던 바로 그 냄새와 오정숙이 고용한 닥터 강의 냄새가 일치했다. 같은 직업에, 같은 성씨. 처방 해준 대로 약을 먹었는데도 안나가 다시 악몽을 꾸기 시작한 점. 거기에 같은 냄새가 난다는 단서까지 추가되었다.

막연한 추측은 조금 더 강도 높은 확신으로 발전했다. 시하는 몽마가 다루는 향수 중에 일루전이라는 향수를 머릿속에 떠올렸다. 만약 캡슐 속에 일루전을 미량 섞었다면, 안나가 처음에는 악몽을 꾸지 않았던 것도 설명이 가능했다, 일루전이 어느 정도 체내에 쌓일 때까지 향수의 효과는 나타나지 않을 테니까. 인간인 그가 일루전을 사용한다는 게 논리적으로 이해가 되지는 않았지만, 모든 정황은 맞아떨어졌다.

"젠장!"

거기까지 추리를 끝낸 시하가 잇새로 거친 욕지거릴 뱉어냈다. 안나에게 하루도 빠짐없이 그가 처방한 약을 먹게 한 건 바로 자신이었다. 약이 피에 돌기 시작하자 안나가 몸부림을 치기 시작했다. 저렇게 직접적으로 혈관에 향수를 주입하면 효과는 더 빠르게 나타났다.

얼마나 필사적으로 발버둥을 치는지 족쇄에 묶인 다리에서 피가 흘러나왔다. 살이 움푹 파이고 찢기는 와중에도 계속 달리고 또 달리는 가냘픈 두 발. 안나는 또 살인자에게서 달아나고 있었다. 그 모습을 보며 오정숙이 어둠 속에서 비틀린 미소를 지어 보였다.

시하는 확신했다. 틀림없었다. 강해우, 그가 사주를 받아 안나의 꿈을 조작한 게 분명했다. 시하는 당장에라도 강해우의 숨통을 끊어놓고 싶은 충동을 가까스로 억눌렀다. 지금 자신이 나섰다간 꿈과 현실 사이에 메꿀 수 없는 간극이 생기고 말았다. 그렇게 되면 타격을 입는 건 강해우가 아니라 안나였다. 뒤틀린 꿈과 현실의 경계를 인간의 뇌는 받아들이지 못했다. 간혹 실수나 고의로 몽마의 장난감이 된 인간들은 어김없이 정신병원에 갇히곤 했었다. 제 충동으로 안나를 그렇게 만들 수는 없었다.

'침착해, 차시하.'

부들부들 떨리는 손을 꽉 주먹 쥐며 시하는 냉정하게 사태를 파악하려고 노력했다. 여전히 그가 일루전을 손에 넣게 된 경로가 마음에 걸렸다. 강해우는 대체 무슨 수로 그 향수를 손에 넣은 것일까?

인간이 일루전 향수를 손에 넣을 수 있는 경우의 수는 그리 많지 않았다. 그게 가능한 첫 번째는 그가 몽마의 계약자일 경우였다. 더욱 달콤한 꿈을 얻기 위해 계약자의 꿈을 일루전 향수로 조작하는 몽마들이 더러 있었다. 두 번째는 그가 일루전과 같은 귀한 향수를 만들어낼 수 있는 특별한 능력자일 경우였다.

시하의 머릿속에 잊고 있던 존재가 섬광처럼 떠올랐다. 향의 일족. 오랜 세월 몽마의 조향사로 일한 특별한 인간들. 어쩌면 그는 향의 일족 중 한 사람으로서, 직접 제 손으로 일루전 향수를 제조했을 수도 있었다.

하나 시하는 강해우가 어느 쪽이든 석연치 않은 기분을 지울 수 없었다. 강해우가 저 두 가지의 경우 중 하나에 해당된다 하더라도, 일부러 안나에게 더 강력한 악몽을 꾸게 하는 그의 태도는 이해가 가지 않았다. 오정숙의 사주를 받아 안나를 죽이는 것이 목적이라면, 일루전 향수가 아니라 독극물을 쓰는 게 더 간단한 방법이었다.

'굳이 안나에게 일루전 향수를 사용한 이유가 반드시 있을 텐데……'

턱을 괴고 한동안 이유를 고민해보지만, 답은 쉽사리 나오지 않았다. 시하는 결국 풀지 못한 문제를 내려놓고 다시 날개를 펼쳤다. 더는 이곳에서 지체할 시간이 없었다. 안나가 꿈에서 깨기까지 이제 얼마 남지 않았다. 그

전에 자신이 그녀를 살해하려는 악몽을 꾼 시점까지 가기 위해선 서둘러야 했다. 강해우에 대한 해답을 찾는 것을 마지못해 뒤로 미룬 시하가 날갯짓에 박차를 가했다. 하지만 얼마 지나지 않아 그는 한 구역에서 또다시 멈춰 서고 말았다.

"이건…… 그때?"

안나가 몰래 교재를 사러 갔다가 길에서 쓰러졌을 당시 기억이 저장된 구역이었다. 내내 이때 무슨 일이 벌어진 건지 궁금했었기에 도저히 그냥 지나칠 수가 없었다. 몰래 펜트하우스를 빠져나간 안나는 길에서 어떤 남자와 부딪히고 사과를 하고 있었다. 그런데 안나의 태도가 어딘지 모르게 이상했다.

안나는 자신을 도와주려는 남자의 목소리를 들을 순간부터 눈에 띄게 동요했다. 이어 남자가 부축하려 손을 잡아주었을 때는 무언가 문제가 생긴 것처럼 비틀거리기까지 했다. 남자도 안나가 이상했는지 그녀를 부축해주려는 모습이었다. 하지만 급기야 안나는 정신을 잃고 쓰러지고 말았다. 놀라운 사실은 거기서 끝이 아니었다. 남자가 쓰러진 안나를 끌어안고 이렇게 속삭였다.

'놀라지 마요, 아가씨. 아주 잠깐만, 꿈을 꾸고 깨어나는 거예요. 그러고 나면 한결 기분이 나아질 거예요.'

이제야 시하도 모든 전말을 알게 되었다. 그날, 안나는 평소처럼 트라우마가 되살아나 악몽을 꾼 것이 아니었다. 안 그래도 갑자기 길을 걷다 몽유병 증상이 나타났다는 게 석연치 않았는데. 길거리에서 부딪힌 낯선 남자가 안나로 하여금 악몽을 꾸게끔 유도한 것이었다. 시하가 분노하며 안나를 그렇게 만든 남자의 얼굴을 자세히 확인하기 위해 경계 가까이 내려갔다.

'도대체 누구지?'

바로 그 순간, 남자의 얼굴을 확인한 시하의 두 눈이 충격으로 커다래졌다. 시하는 믿기지 않는 듯 안나를 끌어안은 채로 서 있는 남자의 모습을 내려다봤다. 안나의 의식이 그 시점에서 끊긴 탓에 남자는 마치 박제처럼 굳은 자세로 멈춰 서 있었다. 경계에 완벽히 발을 디디며 시하는 남자의 얼굴을 자세히 살폈다. 하지만 몇 번을 다시 봐도 남자는 시하가 무척 잘 아는 얼굴이었다.

"유현 형?"

안나를 잠재운 남자는 그의 이복형, 이유현이었다. 시하는 혼란스러운 듯 요동치는 눈동자로 한 번 더 유현의 얼굴을 바라봤다. 원래보다 훨씬 앳된 모습이기는 했으나, 분명 그가 아는 유현이 맞았다.

인간의 피가 섞인 몽마는 나이를 먹었다. 수명도 가지고 있었다. 물론 길어봤자 겨우 100년을 사는 인간에 비하면 마치 죽지 않는 것처럼 느껴질 수 있는 긴 삶이었다. 그런 삶을 500년이 넘게 살아온 유현은 40대 초반의 인간 모습을 하고 있었다.

하지만 안나와 마주친 유현은 20대 후반의 모습을 한 시하보다도 훨씬 더 어려 보였다. 몽마가 페르소나를 뿌리면 흉측한 모습을 아름다운 껍데기로 감출 수 있으나, 그것은 왕족 몽마에게는 해당되지 않았다. 아름다운 외모를 타고난 왕족 몽마는 페르소나를 뿌려도 기껏해야 모습이 더 어려지는 정도였다. 아마도 유현은 페르소나를 뿌리고 안나 앞에 나타난 것 같았다. 마치 자신의 정체를 숨기려는 것처럼.

그리고 그는 분명 일부러 안나에게 악몽을 꾸게 했다. 그것도 길거리에서 돌연 정신을 잃을 만큼 거친 방법으로. 시하는 문득 미래 병원 복도에서 유현을 마주쳤을 때를 떠올렸다. 그때 분명 유현은 안나를 처음 본 것처럼 말했었다. 하지만 그는 사실 응급실이 아니라 길거리에서부터 모든 걸 지켜보고 있었다.

'유현 형. 대체 무슨 일을 벌이고 있는 거야?'

안나의 멈춰버린 기억 속에서 언제나처럼 젠틀한 미소를 짓고 있는 유현을 바라보며 시하가 이를 악물었다. 유현이 자신에게 무얼 숨기고 있는지,

안나에게 무슨 짓을 저지른 건지, 풀리긴커녕 점점 더 꼬여만 가는 의구심에 가슴이 답답했다.

동시에 머릿속에서 정말 믿고 싶지 않은 가능성이 스멀스멀 떠올랐다. 하지만 시하는 애써 외면했다. 유현이 안나를 죽이려 할 리 없었다. 형과 그녀는 아무런 접점도 없었다. 어쩌면 형도 누군가에 의해 누명을 쓴 걸지도 몰랐다. 안나의 꿈속에서 제 얼굴을 하고 그녀를 죽이려 했던 살인자의 방식처럼. 시하가 이 꿈에서 빠져나가는 대로 곧장 유현에게 가봐야겠다고 생각했다. 바로 그때였다. 갑자기 안나의 꿈속 공간이 뒤틀리기 시작했다.

"싫어! 이러지 마, 제발!"

곧이어 안나의 비명이 생생하게 들려왔다. 안나가 또다시 살해당하는 악몽을 꾸기 시작한 것이다. 엄청난 충격을 버티지 못하고 그녀의 무의식에 저장된 기억들이 모래성처럼 허물어져갔다. 시하는 반사적으로 다시 경계 위로 날아올랐다.

"조금만……! 조금만 버텨, 안나야! 내가 금방 갈 테니까!"

그러곤 마치 미로처럼 복잡하게 얽힌 안나의 꿈속을 거침없이 헤집으며 날아갔다. 시하는 금세 안나가 현재 꿈을 꾸고 있는 지점에 도착했다. 잠깐 사이 안나는 비명을 지를 기력마저도 잃고 서서히 생명이 꺼져가고 있었다.

"으으……. 윽……."

겨우 내뱉어지는 가녀린 신음이 시하의 귓가를 파고들었다. 곧 얼굴이 온통 눈물로 짓무른 안나와 눈이 마주쳤다. 조금 전만 해도 한없이 사랑스러운 눈빛으로 자신을 바라봐주었는데……. 그런 안나가 지금은 더없이 두려운 눈으로 자신을 보며 덜덜 떨고 있었다. 시하는 자신의 얼굴을 한 살인마가 안나의 목을 조르고 있는 모습에 이성을 잃고 경계를 뛰어넘었다.

"그 손 당장 못 놔?"

동시에 그의 눈동자가 시퍼렇게 물들고, 몸 여기저기에서 마구잡이로 힘이 뻗어 나왔다.

"커억!"

시하의 푸른 힘에 공격을 받은 살인자는 이내 손에서 안나를 놓쳤다. 하지만 안나는 이미 정신을 잃은 후였다. 새하얗게 질린 안나가 종잇장처럼 힘없이 바닥으로 쓰러졌다. 순간, 길에서 쓰러져 있는 안나를 발견했을 때보다 더 큰 충격과 분노가 시하를 휘감았다. 그는 분노를 억누르지 못한 채, 자신의 모습을 하고 있는 살인자의 목을 움켜쥐기 위해 빠르게 손을 뻗었다.

"너도! 너도 안나와 똑같은 고통을 느껴봐!"

그러나 살인자의 숨통을 손아귀에 움켜쥔 그 순간, 그의 목이 마치 바람 빠진 풍선처럼 순식간에 찌그러졌다. 당황한 시하가 손을 놓자, 찌그러진 형체는 금세 원래대로 다시 돌아왔다. 마치 형체가 없는 것에 자신의 얼굴과 똑같은 껍데기를 씌워놓은 것 같았다. 다시 시하의 껍데기를 뒤집어쓴 살인자가 입가에 비웃음을 매달았다.

시하는 제 얼굴과 똑같은 살인마를 보고 있자니 절로 소름이 끼쳤다. 저도 이럴진대, 안나는 어땠을까? 그녀가 얼마나 두려웠을지 상상하는 건 어렵지 않았다. 시하는 여전히 기분 나쁜 미소를 머금고 있는 살인자를 맹렬하게 노려봤다.

"너 이 자식, 대체 정체가 뭐야?"

그가 거침없이 살인자의 얼굴을 잡아 뜯었다. 아까 안나의 오래전 악몽에서 겪은 것이 떠오른 까닭이었다. 시커먼 연기가 한 꺼풀 벗겨지고 드러났던 붉은 연기. 지이익! 시하의 손끝에서 거죽이 무참히 뜯겨 나갔다. 예상대로 그의 모습을 한 껍데기가 마치 천 조각처럼 쉽게 떨어져나가고, 속이 비쳐 보였다. 그 안에 자리하고 있는 것은 역시나 붉은 빛깔의 연기였다. 붉은 연기는 마치 실타래처럼 잔뜩 뒤엉켜 있었다. 그때, 조금 전 맡을 수 없었던 냄새가 뜯어진 피부 아래에서 스멀스멀 새어 나왔다.

'설마 이 냄새는?'

시하가 자신도 모르게 입술을 짓깨물었다. 붉은 빛깔의 연기에서 피어오르는 향기가 무척이나 익숙했기 때문이다. 바로 형인 유현의 향기였다.

일루전은 몽마가 인간의 꿈에 들어가 조작하는 원리를 본떠 만들어진 향수였다. 당연히 향수를 만들 때 가장 중요한 재료는 몽마의 힘이었다. 유현의 힘이 살인자의 껍데기 속에 숨겨져 있다는 건, 바로 그가 이 일루전 향수를 만들어낸 장본인이라는 뜻이었다.

믿고 싶지 않았던, 애써 외면했던 진실이 시하를 벼락처럼 뒤흔들었다. 껍데기를 잃자마자 또다시 붉은 연기는 흔적도 없이 사라지려 했다. 연기가 모조리 증발하기 전, 다급히 한 줄기를 빨아들인 시하가 허무한 목소리로 허공에 대고 물었다.

"······형이었어?"

길에서 마주친 안나에게 유현이 뭔가를 했다는 건 짐작하고 있었지만, 이 끔찍한 악몽을 주입시킨 건 그가 아니라고 믿고 싶었다. 뭔가 다른 이유가 있겠지. 그렇게 애써 외면했었다. 하지만 형제를 향한 그의 믿음은 끝내 무참히 배신당했다.

"진짜로 형이었던 거야?"

어느새 유현의 힘은 완전히 사라졌고, 시하의 질문만이 공허하게 허공을 맴돌았다. 그런데 바로 그 순간.

"거기 누구야!"

안나의 꿈에 들어와 있는 또 다른 누군가의 기척을 느낀 시하가 무섭게 소리를 질렀다. 저 멀리 어둠 속에 몸을 숨기고 있던 자가 부리나케 달아나기 시작했다.

"거기 서!"

시하는 재빨리 날개를 펼치고 그자의 뒤를 쫓았다. 간격은 순식간에 좁혀졌다. 탁! 시하가 상대의 손목을 붙잡은 순간이었다.

"꺄아악!"

안나가 뒤늦게 비명을 지르며 잠에서 깨어났다. 동시에 시하도, 그가 쫓던 자도 안나의 꿈에서 튕겨 나왔다. 시하는 순간적으로 몽마의 힘을 쏴서 그자의 팔에 상처를 남겼다.

"윽!"

손목을 움켜쥔 상대는 벽이 있는 곳까지 미끄러져 등을 세게 부딪혔다. 곧바로 그자를 잡으려 몸을 움직였던 시하가 어둠 속에서 들려오는 안나의 목소리에 반사적으로 뒤돌아섰다.

"시, 시하! 시하 씨, 어디 있어요?"

한동안 정신을 잃었다가 깨어난 안나의 뇌리엔 꿈속에서 자신이 죽은 감각만이 선명하게 남아 있었다. 안나는 잔뜩 공포에 질려 하염없이 시하의 이름을 불러댔다.

"시하 씨, 제발!"

간절한 외침에 시하는 침입자를 뒤쫓으려던 것도 잊고, 얼른 안나에게로 다가가 파르르 떠는 어깨를 꽉 감싸 안았다.

"나 여기 있어. 바로 네 옆에 있어."

비로소 그의 체온을 느낀 안나가 울먹이며 말했다.

"또 그 꿈을……. 내가 죽는 꿈을 꿨어요. 이번엔 정말로 숨이 완전히 끊어질 것 같아서……. 난 진짜 죽는 줄만 알고, 너무 무서워서……."

"걱정하지 마, 안나야. 내가 너, 다시는 그런 악몽 꾸지 않게 할 거야. 나 믿지?"

다정한 시하의 말에 안나는 멍하니 고개만 끄덕였다. 그런 와중에도 그녀가 불안해하는 게 고스란히 전해져서 시하는 더욱 열심히 머리카락과 등을 쓰다듬으며 안나를 달랬다.

타다다닥! 그 틈을 타서 안나의 꿈에 침입했던 자가 황급히 달아나는 기척이 느껴졌다. 하지만 시하는 그 방향으로 차가운 시선만 잠깐 던질 뿐, 뒤를 쫓지 않았다. 달아난 자의 손목에 몽마의 힘으로 상처를 내두었으니, 다시 만난다면 곧바로 그를 잡을 수 있을 터였다.

그리고 만약 그자에게 상처를 남기지 못했더라도, 그래서 지금 그를 놓치면 안 되는 상황이었다 하더라도, 시하는 결코 움직이지 않았을 것이다. 시하에겐 그자를 잡는 일보다 안나를 달래는 일이 훨씬 더 중요했다. 울먹이는 안나를 끌어안은 채 시하는 속으로 다짐하고 또 다짐했다.

'안나야, 널 해치려 하는 자가 누구든 상관없어. 상대가 설사 내 소중한 형이라 할지라도, 기필코 내가 널⋯⋯.'

"지킬 거니까."

지켜주겠다는 마지막 말만큼은 물이 흘러넘치듯 그의 입 밖으로 나직이 새어 나왔다. 너무나 많은 진실을 알게 된 폭풍 같은 그 밤. 시하는 안나가 진정될 때까지 그렇게 내내 그녀를 어루만져주었다.

안나는 아침 6시가 넘어서야 다시 간신히 잠이 들었다. 초췌한 모습으로 잠든 안나의 이마에 입을 맞춘 후, 시하는 서둘러 침실을 빠져나왔다. 그러곤 곧장 태주의 방으로 가서 안나의 신변을 부탁하고 펜트하우스를 나섰다. 당장 유현에게 찾아갈 생각이었다. 형에게 확인해야 할 것들이 너무나 많았다.

수영장 앞에 멈춰 선 시하는 조금 전 안나의 꿈에서 삼켰던 붉은 연기 한 줄기를 다시 토해냈다. 그에겐 지금 시간이 걸리는 이동수단을 이용할 여유가 없었다. 시하는 붉은 연기가 사라지기 전에 유현의 냄새를 맡은 다음, 재빠르게 힘을 발동시켰다. 수영장 표면이 거칠게 진동하기 시작했다. 하지만 시하는 그 잠깐조차도 기다리기 힘들었다. 결국 차원이 그를 빨아들이기도 전에, 시하가 수영장 안으로 다급히 뛰어들었다.

*

쏴아아! 난데없이 물벼락을 맞은 유현이 흘러내린 안경테를 추어올리며 연구실 안을 둘러봤다. 바닥에는 물이 흥건히 고여 있었고, 값비싼 책이 잔뜩 꽂힌 책장에도 물기가 뚝뚝 흘러내리고 있었다. 게다가 물보라에 휩쓸려 몇몇 책은 아예 책장에서 빠져나와 바닥에 쌓여 있었다. 그 책 더미 위에 시하가 서 있었다.

"시하 너, 네가 밟고 있는 그 책들이 얼마나 구하기 힘든 건지 알아? 게다가 물에 젖기까지 했잖아."

유현이 날카로운 말투로 시하의 잘못을 지적했다. 하지만 시하는 눈 하나 깜짝하지 않고 유현의 말을 되받아쳤다.

"이게 얼마나 귀한 건지, 나랑은 아무 상관 없어. 알고 싶지도 않고."

"뭐?"

유현은 순간적으로 일이 잘못됐음을 직감했다.

"내가 지금 알고 싶은 건⋯⋯."

시하는 유현이 아끼는 책을 지르밟으며 그에게 가까이 다가갔다.

"왜 형이 안나의 꿈을 조작했는지, 그 이유야."

코앞까지 얼굴을 들이민 시하에게서 일순 몽마의 힘이 뻗어져 나왔다. 유현은 그 힘을 반사적으로 튕겨내며 물었다.

"내가 누구의 꿈을 조작해? 안나? 아아, 네 스위트 노트?"

"발뺌은 하지 마. 난 안나의 꿈에서 마주친 일루전의 냄새를 맡고 차원을 이동했어. 그리고 형이 있는 이곳으로 왔지. 그게 무슨 뜻이라고 생각해?"

"글쎄. 잘 모르겠는데."

"내가 발뺌할 생각 하지 말라고 했지!"

이번엔 유현이 방어할 틈도 없이 시하의 푸른 힘이 그를 공격했다.

"형이 안나의 꿈을 조작했어! 오정숙이 안나를 죽이려는 걸 이용해서! 그리고 오정숙이 고용한 강해우까지 사주해서 안나를 밤마다 끔찍한 악몽에 시달리게 했다고!"

잘 벼린 칼날처럼 날카롭게 솟은 시하의 힘이 단번에 유현의 뺨에 상처를 내고 지나갔다. 금세 길게 그어진 상처에서 피가 뚝뚝 흘렀다.

"차시하, 감히 날 공격했어?"

유현이 이제까지와는 비교도 안 될 정도로 싸늘한 눈빛으로 시하를 쳐다봤다.

"그깟 스위트 노트 하나 때문에 날 공격해?"

"내가 사랑하는 여자야! 그깟 스위트 노트가 아니라, 내 전부라고!"

그 순간, 안나가 자신의 전부라는 시하의 말에 유현의 눈이 뒤집혔다. 고작 먹이 때문에 흥분해서 자신의 멱살까지 잡은 시하에게 참을 수 없이 화가 났다.

"하! 이럴 줄 알았으면 처음 발견했을 때부터 아예 목숨을 끊어놓는 건데."

"뭐?"

알 수 없는 유현의 말에 그의 멱살을 쥔 시하의 손에서 스르르 힘이 빠져나갔다. 그 틈을 비집고 이번엔 유현이 시하의 멱살아 잡아다 제 코앞으로 끌어왔다.

"윽!"

유현의 책상 위에 놓여 있던 물건들이 시하의 몸에 부딪혀 바닥으로 사정없이 나뒹굴었다. 그런데도 유현은 아랑곳하지 않고 시하의 두 눈만 뚫어지게 들여다봤다. 방금 자신이 한 말의 의미를 파악하기 위해 애쓰는 기색이 푸른 눈동자에 역력했다. 유현은 그런 시하를 코웃음 치며 입을 열었다.

"시하야."

그의 말투는 변함없이 다정했지만, 목소리는 한없이 냉소적이었다.

"아직도 모르겠어? 오안나 그 아이가 왜 스위트 노트가 된 건지?"

"그게 무슨⋯⋯?"

"네가 하도 멍청하게 구니까 내가 직접 나선 거잖아. 내 동생, 이 이유현 동생이 지난 1년을 하급 몽마처럼 길거리 사냥이나 하고 다니니까."

"형, 대체 지금 무슨 소릴 하는 거야!"

"그래서 내가 직접 만들었어, 널 위한 스위트 노트를. 네 가까이에 있는 인간 중에서 딱 알맞은 조건을 가진 여자애가 있어서 일을 진행하긴 쉬웠지."

"형…… 형 설마……?"

"하루아침에 부모가 죽고, 하나뿐인 고모마저 자신을 죽이려 하질 않나. 친오빠 같았던 인간한테 스토킹까지 당하고. 매일 밤 이유도 모른 채 자신이 살해당하는 악몽을 꾸지."

유현은 안나를 지독한 불행에 빠뜨린 그 모든 일들을 낱낱이 열거하며 황홀한 표정을 지어 보였다. 시하는 다시 유현의 멱살을 강하게 움켜쥐며 매섭게 물었다.

"형이 그 일들을 어떻게 알아?"

"글쎄."

"형이 그랬어? 오태영을 죽인 게 형이었어?"

"누가 죽였든 무슨 상관이야? 불쌍한 소녀는 그렇게 시하 너의 아주 훌륭한 먹이가 됐는데."

유현이 무척이나 즐거운 듯 입꼬리를 휘며 천천히 시하의 뺨을 쓰다듬었다.

"차시하."

그의 손끝에서 시하의 얼굴 근육이 잔뜩 굳어졌다.

"내 동생."

형은 그 어느 때보다 다정하게 동생을 불렀다. 동생의 얼굴은 그 어느 때보다 처참하게 일그러졌다.

"내가 널 위해서 그 아이를 스위트 노트로 만들었어."

잔인한 형이 아집에 가득 찬 목소리로 동생의 귓가에 속삭였다.

"그러니까 이 형한테 고마워해야지?"

"……모든 게 날 위해서라고?"

시하는 유현의 손에 멱살을 잡혀 힘없이 늘어진 채로 물었다.

"날 위해서 안나를 그토록 불행하게 만든 거라고?"

유현은 잔인하게 비틀린 미소를 지으며 당당하게 대답했다.

"그래. 널 위해서, 내가 그 아이를 스위트 노트로 만들었어."

"웃기지 마! 그딴 건 날 위한 게 아니야!"

냉정하게 유현의 손을 쳐내며 시하가 소리쳤다. 참을 수가 없었다.

"대체 왜 그렇게까지 해? 그렇게 해서 강해지면 뭐가 나아져?"

"무른 소리 하지 마! 그렇게라도 해야 순혈이 우릴 무시 못 하잖아! 하찮은 인간의 피가 섞였다는 이유만으로 지난 세월 우리가 느껴온 모멸감을 벌써 잊은 거야?"

"안 잊었어."

"그런 녀석이 고작 스위트 노트 따위에 미쳐서 나한테 대들어?"

"……하찮지 않으니까."

"뭐?"

지난 170년의 세월을 살면서 시하가 한시도 떨쳐낸 적 없는 고민이 하나 있었다. 몽마인 아버지와 인간인 어머니. 그 피가 섞인 자신은 악마일까, 인간일까?

처음에는 맹목적으로 자신이 악마라고 생각했다. 인간의 꿈을 먹어야만 살 수 있는 생존 법칙은 결코 부정할 수 없으니까. 그 때문에 시하는 지금껏 어쩌면 제 안에 들어 있을지도 모를 인간의 마음을 잔인하게 억누르고 죽여왔다. 인간의 꿈을 빼앗을 때 그는 더욱 냉정하고 무자비해졌다. 무엇이 진짜 제 모습인지도 모르면서, 그렇게 악마가 되려고 했다. 그런 식으로 자그마치 170년을 살았다.

하지만 안나를 좋아하게 되면서, 시하는 마치 본능처럼 제 깊숙한 곳에 숨어 있던 감정들에 눈뜨게 되었다. 설렘, 질투, 분노, 연민, 기쁨, 슬픔. 그

외에도 한 가지로는 쉽게 정의 내릴 수 없는 복잡한 감정들. 태풍에 휘말린 것처럼 혼란 속에서 수많은 감정을 느꼈다.

무엇보다 식욕과 성욕이 일치하는 몽마의 본능도 흐려졌다. 안나를 만질 때면 식욕이 아니라 성욕이 먼저 일었다. 아니, 성욕보다 애틋한 마음이 먼저였다. 손잡고 싶고, 껴안고 싶고, 입 맞추고 싶은 그 애틋한 마음은 매번 그를 새롭게 태어나게 했다. 그러면서 깨달았다. 누군가를 소중하게 여기는 마음이, 그래서 누군가를 간절하게 지키고 싶어 하는 마음이, 얼마나 강하고 눈부신 것인지를.

"하찮지 않아. 인간이란 존재는."

강조하듯 거듭 흘러나온 시하의 대답에 유현의 얼굴이 붉게 일그러졌다. 자신과 똑같은 삶을 살아온 동생이, 똑같은 상처를 받고 똑같은 모멸감을 느껴온 동생이, 제 말을 부정하는 것은 견디기 힘들었다.

"차시하!"

"인간은 강해. 우리보다 훨씬 더. 형도 이미 알고 있어. 불행 속에서 갖는 인간의 희망이 얼마나 달콤한지. 그래서 더 강력한 스위트 노트를 손에 넣으려고 이렇게 혈안인 거잖아."

"하! 네가 방금 한 말, 마치 인간이 되고 싶다는 소리처럼 들리는군."

"거기까진 생각해보지 않았어. 다만⋯⋯."

유현의 눈썹이 찰나 치켜 올라가며 시하를 주목했다.

"그냥 이렇게 살고 싶어졌어."

좋아하는 여자와 함께 살고 싶어졌다. 지금처럼. 그녀가 웃으면 함께 웃고, 그녀가 울면 눈물을 닦아주고, 서로가 곁에 있으면 그걸로 충분한 삶을 살고 싶어졌다.

"그러니까 다시는 안나 꿈에 나타나지 마. 내 일에 더는 간섭하지 말라고."

시하는 흐트러진 셔츠 목깃을 정돈하며 유현에게서 한 발짝 물러섰다. 찰나에 맞물린 눈빛은 날카롭고 예리했다. 그가 천천히 문으로 다가가며 말했다.

"나는 이제 꿈을 먹어야만 하는 내 본능 따위, 평생 모른 척하고 살 테니까."

진심이었다. 안나의 곁에 있기 위해서 그는 앞으로는 몽마로서의 본능을 최대한 억누를 생각이었다. 하지만 유현은 그런 시하의 각오를 비웃었다.

"시하 너, 후회할 거야."

마치 앞일을 다 알고 있다는 듯, 더없이 자신만만한 말투였다.

"운명은 우리가 선택할 수 있는 게 아니니까."

그때, 시하의 머릿속에 느닷없이 은재가 스치듯 했던 말이 떠올랐다.

'당신이 그 운명까지 바꿀 수 있을지 없을지 내가 지켜볼 거예요.'

어째서 지금 은재의 그 말이 떠오른 것일까? 그땐 무심히 넘기고 말았는데, 아직까지 그 말을 잊지 않은 자신이 신기할 따름이었다. 그러나 시하는 가시처럼 걸린 '운명'이란 말을 애써 머릿속에서 털어내며 유현을 향해 단호하게 말했다.

"후회 안 해. 절대로."

시하는 유현에게서 멀어지는 방향으로 한 걸음 내디뎠다. 이내 두 걸음, 세 걸음, 완전히 멀어져 갔다. 그리고 그대로 쾅, 문이 닫혔다.

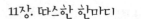

11장. 따스한 한마디

"라희?"

거칠게 유현의 연구실을 나선 시하의 눈에 복도 끝에서 허둥대고 있는 라희의 모습이 보였다. 마찬가지로 그를 발견한 라희도 놀란 눈치였다.

"시하 씨가 여긴 어떻게……?"

그녀는 짧은 스커트에 하이힐을 신은 불편한 차림으로 바닥에 쓰러져 있는 남자를 안으로 옮기느라 끙끙대고 있었다. 시하는 반사적으로 라희에게 다가가 남자의 부축을 거들며 물었다.

"라희 너야말로 이렇게 이른 시간에 병원엔 무슨 일이야? 이 남자는 또 누구고……. 어?"

그러다 남자의 얼굴을 본 시하가 말끝을 흐리며 눈매를 잘게 떨었다.

"강해우?"

남자는 바로 강해우였다. 시하의 눈길이 빠르게 그의 손목으로 향했다. 어김없이 자신이 남긴 선명한 상처가 보였다. 감정을 억누르는 데 실패한 시하가 순간적으로 해우의 머리카락을 잡아챘다.

"꺄악! 시하 씨!"

놀란 라희에게서 새된 비명이 터져 나왔다. 하지만 시하는 아랑곳 않고 해우를 질질 끌어 깜깜한 연구실 안으로 들어갔다. 그러곤 책이 빼곡한 책장에 그를 집어 던진 후, 사나운 눈으로 노려봤다. 뒤늦게 연구실 안으로 따라 들어온 라희가 둘 사이에 끼어들었다.

"시하 씨! 갑자기 이게 무슨 짓이야?"

하지만 한 번도 본 적 없는 시하의 화난 얼굴에 그녀는 이내 입을 다물었다. 시하의 눈이 마치 시푸른 바다처럼 차갑게 일렁이고 있었다. 라희는 잠시 망설이다가 조심스럽게 다시 물었다.

"도대체 무슨 일인데 그래? 안 그래도 다친 사람한테 이렇게까지 하는 이유가 뭐야?"

"이유?"

시하는 분노로 떨리는 손을 애써 주먹 쥐며 대답을 해우에게로 돌렸다.

"그 이유는 강해우한테 물어봐. 내가 왜 이렇게 화가 났는지, 그 작자가 제일 잘 알 테니까!"

제어가 안 된 힘이 진동하면서 간신히 버티고 있던 책 몇 권이 툭, 툭 바닥에 떨어졌다. 그 소란한 소음 사이로, 책장에 힘없이 늘어져 있던 해우가 간신히 입을 열었다.

"미안…… 합니다."

전혀 예상하지 못한 사과였다. 시하의 눈동자가 더욱 거센 분노로 이글거렸다. 강해우는 오정숙에게 사주받아 안나를 죽이려 했던 자였다. 그것도 모자라 유현의 명령으로 안나의 악몽까지 조작했던 자였다. 절대 미안하다는 한마디로 용서받을 수 있는 자가 아니었다.

"그딴 말 하지 마! 그런다고 당신이 저지른 짓이 없어질 것 같아?"

"시하 씨, 잠깐만!"

해우에게 무섭게 달려드는 시하를 라희가 몸으로 막아섰다.

"대체 강 선생님이 무슨 일을 저질렀는데? 응?"

시하는 힘겹게 진실을 말했다.

"안나를 죽이려 했어."

라희의 두 눈이 흔들렸다.

"뭐?"

"그것도 모자라 유현 형 명령을 받아 안나가 자신이 살해당하는 악몽까지 꾸게 했다고!"

시하의 고함에 라희가 순식간에 붉어진 눈으로 해우를 쳐다봤다. 라희는 해우가 그런 일을 저질렀다는 게 도저히 믿기지가 않았다.

"정말이에요?"

"라희 씨……."

"정말 강 선생님이 그런 일을 했어요?"

해우는 죄책감이 가득 서린 얼굴로 라희를 마주 올려다봤다. 침묵은 곧 긍정이었다. 일순 라희는 문득 떠오른 오래전 기억을 더듬으며 떨리는 목소리로 물었다.

"그럼 혹시 그때, 안나 씨한테 주입하던 약이 그런 목적이었어요?"

"……."

"그랬구나. 그런 것도 모르고 난……."

입술을 하얗게 깨물며 차마 대답하지 못하는 해우의 모습에 라희가 털썩 주저앉았다.

'내가 들어올 때부터 링거 맞고 있었는데 속도가 느리게 들어가네. 자세가 편하지 않아서 그럴 거예요. 그러니까 지금부턴 편하게 누워 있어요.'

그날, 그런 줄도 모르고 제 손으로 엉킨 링거줄을 풀어주며 약이 더 잘 들어가게 했었다. 유현이 절 불행하게 만들 때마다 죽고 싶을 만큼 괴로웠는데! 가련한 스위트 노트의 운명을 미치도록 원망했는데! 비록 몰랐다고는 하나 저 역시 안나를 괴롭게 만들었다는 사실에 라희는 참담한 심정이었다.

하지만 지금 누구보다 괴로운 건 시하였다. 점점 더 커져가는 분노에 그가 해우의 멱살을 잡아 일으켜 세웠다.

"대체 왜 그런 거야? 대체 왜!"

해우는 입이 열 개라도 할 말이 없어 목구멍을 넘어오려는 신음만 꾹꾹 참아냈다. 아까 시하의 말처럼 사과는 무의미했다. 변명도 마찬가지라는 생각이 들었다. 침묵하는 해우의 모습을 보던 시하가 다시 고함을 쳤을 때였다.

"강해우! 말하라고!"

라희가 천천히 일어서며 시하의 팔을 붙잡았다.

"시하 씨, 잠깐만."

흥분한 시하는 라희를 세차게 뿌리치려 했다. 하지만 해우의 멱살을 잡고 있는 탓에 쉽지가 않았다. 시하가 라희를 무섭게 노려보며 명령했다.

"이거 놔!"

그의 매서운 기세에도 라희는 단호하게 고개를 저었다.

"당신 지금 이러고 있을 때 아니야."

"이거 놓으라고!"

"강 선생님한테서 이유를 들으려면 안나 씨랑 함께 들어야지."

그 순간, 라희의 말에 시하가 이성을 되찾았다. 제 분노에 휘둘리느라 정작 안나를 잊고 있었다. 시하의 기세가 누그러진 것을 확인한 라희가 차분히 물었다.

"안나 씨는 지금 어디 있어?"

"집. 집에……."

"그럼 한 시간 후에 내 집으로 와. 매니저한테 데리러 가달라고 부탁해놓을 테니까."

"네 집?"

"응. 강 선생님도 내 집에 데려갈게. 이유도, 사과도 그때 다시 들어. 안나 씨랑 같이."

"알았어. 하지만 매니저는 안 보내도 돼. 차원 이동을 하면……."

"안나 씨 꿈속에서 죽을 뻔했다며? 그런 몸 상태로 악마의 차원 이동은 힘들어. 그리고 나도 강 선생님이랑 이야기할 시간이 필요해. 그러니까 내 말대로 해."

빠르게 상황을 정리한 라희가 서둘러 시하의 등을 떠밀었다.

"어서 가. 안나 씨 혼자서 얼마나 무섭겠어?"

유현이 자신을 불행하게 만들 때마다 그녀가 바라는 건 언제나 하나였다. 불행해도 좋으니까 당신이 곁에 있어줬으면. 하지만 애석하게도 단 한 번도 이뤄진 적 없는 소원이었다. 라희의 쓸쓸한 표정에 시하가 조심스레 그녀의 이름을 불렀다.

"라희야."

그녀는 애써 시하의 목소리를 외면했다.

"당신이 곁에 있어줬으면 할 거야. 그러니까 빨리 가봐."

이번에야말로 무겁게 힘을 실어 시하를 밀어냈다. 시하는 무심결에 연구실 밖으로 밀려나갔다.

"좋아하는 여자, 혼자 울게 하지 마."

시하는 정신이 번쩍 들었다. 비록 라희가 등을 떠밀어줘서 정신을 차리긴 했지만, 시하는 안나에게 진심으로 미안했다.

'잠에서 깨자마자 또 날 찾았을 텐데……. 혼자 울고 있을지도 모르는데.'

비명을 지르며 깨어난 안나가 절박하게 제 이름을 부르던 모습이 떠올라 이가 절로 악물어졌다. 유현에 대한 배신감에 미쳐서 잠에서 홀로 깬 안나가 느낄 두려움을 배려하지 못했다. 시하는 깊이 후회하며, 재빨리 날개를 펼쳐 호텔로 향했다.

그러다 호텔에 거의 다다랐을 즈음, 커다란 문제를 깨달았다. 안나의 꿈속에서 사용한 회중시계를 그대로 주머니에 넣고 나온 것이었다. 이대로라면 안나와 태주가 이상한 낌새를 차리고 바깥으로 나오지 않는 이상, 호텔로 돌아갈 수 없었다.

"젠장!"

그는 안나를 배려하지 못한 것뿐만 아니라, 냉철한 상황 판단마저 흐려졌던 자신이 한심해서 미칠 것 같았다. 혹시나 하는 희망에 몇 번이나 차원 이동을 시도해봤지만, 역시나 번번이 실패였다. 하는 수 없이 높이 날아올라 최대한 결계 가까이 다가갔다. 펜트하우스에서 안나가 자신을 발견해주길 바라며.

*

막 잠에서 깬 안나는 식은땀으로 흥건한 이마를 훔치며 조금 전까지 꿨던 꿈을 되새겼다. 이유는 알 수 없지만, 그녀는 시하가 꿈속에 개입한 순간을 모두 또렷하게 기억하고 있었다. 게다가 그 순간을 현실과 혼동하는 것이 아니라 완벽히 꿈으로서 인식하고 있었다. 덕분에 안나는 길거리에서 어떤 남자와 부딪히고 정신을 잃었던 그날의 기억을 다시 한 번 객관적으로 바라볼 수 있었다.

그리고 기억해냈다. 잊고 있었던 과거의 어느 날. 잔인한 악몽의 시작이었던 그 순간을……. 안나의 기억이 1년여 전 부모님의 장례를 막 치렀을 시점으로 빠르게 흘러갔다.

그날은 며칠째 비가 계속 추적추적 내렸다. 부모님의 장례식을 치른 지 얼마 되지 않았을 무렵. 학교 측에선 갑자기 부모님을 잃은 안나를 배려해 야간자율학습을 하지 않아도 된다고 했다. 하지만 안나는 번번이 다른 친구들보다 더 늦게 교실을 빠져나와 우산을 펼쳐 들었다. 집에 가고 싶지 않았다. 부모님이 안 계신 커다란 집은 안나를 더욱 외롭게 할 뿐이었다. 그날도 일부러 더 느린 걸음으로 집에 돌아가던 길이었다. 안나는 그만 어떤 남자와 부딪히고 말았다.

'괜찮으세요?'

빗속에서도 뚜렷하게 울리던 목소리. 스윽, 우산 아래로 내밀어진 손톱을 바짝 깎은 손.

'울고 있었어요?'

'……네?'

'슬픈 일이 있었나 보군요.'

우산에 가려져 분명 얼굴이 보이지 않았을 텐데도, 남자는 마치 안나의 표정과 눈물을 다 본 것처럼 이야기했었다. 그 미묘한 느낌은, 슬픔으로 가득 차 있던 그날에는 미처 알아차리지 못한 것이었다.

'오늘 밤엔 좋은 꿈을 꾸길 바랄게요.'

'꿈?'

'그래요, 좋은 꿈이요. 아주 잠깐만, 꿈을 꾸고 깨어나는 거예요. 그러고 나면 한결 기분이 나아질 거예요.'

그리고 바로 지금, 잊혀졌던 그날의 기억이 순식간에 선명하게 되살아났다. 분명 같은 남자였다. 1년 전 우산 아래 손을 내민 그 남자와, 얼마 전 길거리에서 부딪혔던 그 남자는. 남자의 목소리가 익숙했던 것도, 손 모양이 낯익었던 것도 전부 그래서였다.

그런데 자신은 왜 그 남자의 손이 닿는 순간 질식할 것 같은 끔찍한 감각을 느꼈던 것일까? 꿈을 꾸는 내내 안나는 그 점이 의아했다. 그리고 얼마 지나지 않아 그 이유를 깨달을 수 있었다. 어김없이 살해당하는 악몽을 꾸면서였다.

이번에도 시하와 키스를 나누다 그가 자신을 죽이려 하는 끔찍한 악몽이 시작됐다. 다정한 눈빛, 뜨거운 입술, 부드러운 손길. 그 모든 게 거짓이었던 것처럼 시하는 사나운 손길로 제 목을 움켜쥔 채 잔인한 말을 내뱉고 있었다.

'죽어. 죽어!'

잔인한 그 목소리. 목을 움켜쥐던 섬뜩한 그 손길.

그런데 이상했다. 살인자는 시하의 얼굴을 하고 있는데도, 목소리와 손길은 시하의 것이 아니었다. 그래, 그 남자! 분명 그 남자의 것이었다. 1년 전

우산을 쓰고 말을 걸었던 그 남자. 얼마 전 길거리에서 부딪힌 그 남자.

그 순간, 안나는 자신의 악몽이 조작되었다는 시하의 말이 무슨 뜻인지 똑똑히 알 수 있었다. 상대는 1년 전부터 시커먼 연기 속에 숨어 자신의 꿈을 조작해왔다. 그리고 차시하, 그가 그녀에게 더없이 소중한 존재가 된 지금엔 그의 껍데기를 뒤집어쓰고 꿈속에 살인자로 나타났다. 철저한 계획하에 악몽은 진화하고 있었다.

그 남자는 대체 왜 저에게 이런 악몽을 꾸게 한 것일까? 왜 그토록 오랫동안 그런 잔인한 짓을 해온 것일까? 이유를 생각할수록 무섭고 두려워졌다. 그리고 그럴수록 시하가 너무나 보고 싶었다.

하지만 그녀가 눈을 떴을 때 시하는 곁에 없었다. 본능처럼 목을 매만지던 안나가 허전함을 느끼고 어깨를 축 늘어뜨렸다. 회중시계가 없었다. 그게 없으면 그는 이 호텔로 돌아올 수 없는데.

힘없이 무릎을 끌어모아 얼굴을 파묻은 안나가 잠시 후 입술을 꼭 깨물며 눈을 빛냈다. 생각해보면 항상 시하가 먼저 다가와 주었다. 마음이 헷갈릴 때조차 솔직하게 진심을 말해주었고, 좋아한다는 고백도 그가 먼저 해주었다. 그러니 이번에는…….

'내가 먼저 다가가야 해. 그가 올 수 없다면, 내가 보러 가면 되는 거잖아.'

결심한 안나가 침대에서 벌떡 일어나 거침없이 밖으로 뛰쳐나갔다.

*

시하는 오랫동안 애타는 심정으로 호숫가 허공에서 호텔 입구 쪽을 주시하고 있었다. 바로 그 순간.

"안나 님! 안나 님!"

까마득한 아래, 호텔 출입구를 빠져나오는 안나의 모습이 보였다. 그 뒤를 다급히 뒤쫓는 태주의 모습도. 아무리 호텔 바깥에 자유롭게 나가도 좋다고 허락했지만, 저렇게 무방비한 모습으로 외출이라니 평소였으면 잔뜩 구박을 하고도 남을 행동이었다. 하지만 그녀가 왜 저러는지 이유를 알기에 시하는 그저 가슴이 뭉클할 뿐이었다.

안나는 지금 저와 한 치의 오차도 없는 똑같은 마음을 갖고 있었다. 좋아하는 상대를 보고 싶은 마음. 눈치 빠른 그녀니까, 자신이 회중시계를 가지고 나갔다는 걸 금방 알아차렸을 터였다. 그렇다면 저와 만날 방법은 하나뿐이었다. 호텔 바깥으로 나와 자신이 있을 만한 곳을 찾는 것. 안나는 이미 그곳을 짐작하고 있는 것 같았다. 시하는 쏜살같이 아래를 향해 추락하듯 날아갔다. 그러곤 안나보다 훨씬 더 빨리 벤치 앞에 도착해 쉬지 않고 달려오는 그녀를 기다렸다.

"헉……! 헉……!"

호수에 도착한 안나가 허리를 굽히고 거칠게 숨을 몰아쉬었다. 이윽고 허리를 세운 그녀가 시하를 발견하고 눈시울을 붉혔다.

"어디 갔었어요?"

목까지 차오른 숨을 미처 고르지도 못하고 안나가 갈급하게 입을 열었다. 살짝 원망이 깃든 그녀의 눈동자에 시하의 발이 절로 앞으로 나아갔다. 하지만 그의 두 발은 이내 붙박인 듯 멈춰 서고 말았다. 미안한 마음에 미친 듯이 이곳까지 날아온 것이 무색하게 막상 안나를 보니 망설여졌다.

"어디 갔었냐니까요?"

안나야. 미안해. 내 형이 널 그토록 끔찍한 불행에 빠트렸어.

"나 혼자 놔두고 어디 갔었냐고요!"

아마도 내가 계약을 오성운의 자식들에게까지 억지로 떠밀지 않았다면. 그래서 만약 내가 너의 아버지였던 오태영과는 아무런 관계도 없었더라면. 그랬다면.

"무서웠단 말이에요. 눈떴는데 혼자라서! 당신이 옆에 없어서!"

너는 부모도 잃지 않았을 거고, 사악한 오정숙의 음모에도 빠지지 않았을 텐데. 누군가에게 살해당하는 잔인한 악몽 같은 것도 꾸지 않아도 됐을 텐데.

"진짜로 무서웠다고요!"

안나야. 이런 내가 너한테 가도 되는 걸까? 내가 널 안아줘도 되는 걸까?

"내가 이렇게까지 솔직하게 말했는데도 계속 거기 서 있을 거예요?"

시하가 계속 망설이자 안나가 당장에라도 뒤돌아설 것처럼 말했다. 시하는 자꾸만 유현의 잔인한 웃음이 떠올라 입술만 달싹이다 또 대답하지 못했다. 그러자 안나가 작게 한숨을 내쉬며 고개를 끄덕였다.

"알았어요."

알았다니? 너는 도대체 무엇을 알았다는 걸까? 시하는 가슴이 철렁했다. 심장이 쿵 바닥으로 추락하는 것 같았다. 이대로 네가 정말 내게서 놀아서 버리면 어떡하지? 불안한 그가 충동적으로 다시 걸음을 뗐을 때였다.

"내가 한 번 더 솔직하지, 뭐."

"어?"

"대신 마지막이니까 잘 들어요."

그 순간, 안나가 그의 품으로 뛰어들어와 수줍게 고백했다.

"좋아해요."

어디선가 바람이 불어와 호수의 물결이 찰랑 번졌다.

"정말로 좋아해요, 당신을."

시하의 가슴에도 진한 울림을 주는 그 달콤한 물결이 가득 번졌다. 시하는 태어나 처음으로 달콤하다는 말의 의미를 새롭게 깨달았다. 이제껏 불행한 인간의 끔찍한 악몽을 먹으며 그들이 가진 간절한 희망을 달콤하다 여겨왔지만, 아니었다.

달콤하다는 건, 이런 거였다. 사랑하는 여자에게서 듣는 수줍은 고백. 겨우 한마디 말에 머릿속이 하얗게 변하고, 심장이 터질 것처럼 뛰고, 세상이 행복으로 가득 찬다. 지금까지 그가 먹어온 어떤 꿈도 이 고백에 비할 수는 없었다.

이런 행복한 기분을 느끼는 것 역시도 그는 처음이었다. 행복하다는 게 이토록 뭉클하고 벅찬 느낌이었구나. 말 한마디 뱉어내기조차 쉽지 않을 만큼. 시하는 안나를 더 꽉 끌어안으며 간신히 목소릴 냈다.

"한 번만……"

목이 멘 탓에 목소리가 갈라져 나왔다. 어렵게 목소리를 가다듬고, 그가 애원했다.

"한 번만 다시 말해줘."

"안 돼요. 난 분명 마지막이라고 말했는데."

안나가 부끄러운지 품 안에서 작게 바르작거렸다. 시하는 찰나에 살짝 멀어진 안나의 심장을 다시 가까이 끌어당기며 말했다.

"잘 안 들렸어. 네 심장 소리가 너무 커서."

"무슨? 이거 내 심장 소리 아니거든요?"

"그럼 내 심장 소리야?"

"다, 당연하죠!"

거짓말. 얼굴이 붉다 못해 터질 것 같은데. 하지만 시하는 안나의 귀여운 거짓말을 눈감아주기로 했다. 사실 그의 심장도 맞닿은 그녀의 심장처럼 미친 듯이 뛰고 있었다.

"떨려서 그래. 처음이잖아. 네가 날 좋아한다고 말해준 거."

늘 그랬다. 안나와 있으면 처음 겪는 일들이 너무 많아서 심장이 항상 소란스러웠다. 그때마다 시하는 낯설고 생소한 자신의 감정에 늘 어쩔 줄을 몰랐다. 처음엔 아니라고 부정도 해보고, 애써 모른 척도 해봤지만 아무 소용이 없었다. 그러다 될 대로 되라는 심정으로 오히려 솔직하게 인정하고 나니 훨씬 편해졌다. 진심을 전하지 못하고 안나가 자신을 오해하는 것보다야, 차라리 잠깐 부끄러운 게 나았다.

"네가 날 좋아한다는 게 믿기지 않아."

그래서 이번에도 솔직하게 진심을 전했다. 남자답지 못하게 불안해하는 모습을 보이는 게 창피했지만, 이렇게라도 안나가 한 번 더 그 달콤한 말을 속삭여주길 원했다. 그러자 안나가 그의 등을 감싼 손을 꼭 움켜쥐며 한 번 더 용기를 냈다.

"……좋아해요!"

어쩐지 안나의 목소리에 물기가 배어 있었다. 그녀는 언젠가 시하가 자신에게 고백했을 때가 떠올랐다. 그도 이런 기분이었을까? 좋아한다는 고백에도 거짓말하지 말라며 그를 믿어주지 않았을 때, 이렇게 가슴이 답답하고 속상했을까?

"정말로 좋아한다고요! 내 성격 몰라요? 자존심 때문에 안 좋아한다는 거짓말은 해도, 좋아한다는 말은 진심 아니면 죽었다 깨도 못 해요."

'믿어주라, 오안나.'

차원 속에서 착각한 거라고 애써 모른 척했던 고백이, 뒤늦게 파도처럼 가슴속으로 쏟아졌다.

'진짜 좋아해.'

도저히 다시 돌려주지 않고는 못 버틸 만큼.

"그러니까 믿어줘요. 진짜 좋아해요."

시하는 예쁜 말만 골라 하는 예쁜 입술에 큰 소리가 나게 입을 맞추며 대답했다.

"나도 좋아해."

쪽. 더 빨개질 수 없을 것 같던 안나의 얼굴이 더더욱 발그레해졌다. 시하가 얼른 다시 달콤하고 뜨거운 입술에 다가갔다. 쪼옥. 조금 전보다 더 길게 안나의 입술을 머금은 그가 끓어오르는 마음을 참지 못하고 결국 거세게 그녀를 덮쳤다.

"흐읍!"

달콤한 건 이토록 위험했다. 이미 더 가까워질 수 없을 만큼 닿아 있는데도. 이미 더 머금을 수 없을 만큼 머금고 있는데도. 늘 그 끝에 찾아오는 건 만족감이 아니라 갈증이었으니까. 비틀거리며 무너지는 안나의 허리를 끌어 올린 시하가 갈급하게 그녀의 입술을 물었다.

그러나 아무리 입을 맞춰도 갈증은 사라지지 않았다. 힘겹게 인내심을 발휘한 시하가 마지막으로 한 번 더 안나의 입술을 삼키고 그녀에게서 떨어졌다. 욕심 같아선 영영 떨어지고 싶지 않았지만, 지금 당장 안나에게 해줘야만 하는 말이 있었다.

"안나야, 너에게 꼭 해야 할 말이 있어."

순식간에 분위기가 달라진 시하의 목소리에 안나가 물었다.

"안 그래도 이상하다고 생각했어요. 대체 어딜 갔다 온 거예요? 회중시계 가지고 갔을 정도면 정신없이 나간 것 같은데."

시하의 표정이 참담하게 일그러졌다. 그 표정에 일순 불안한 생각이 든 안나가 다시 물었다.

"혹시 내 꿈에 들어갔을 때 뭔가를, 본 거예요?"

시하는 무겁게 고개를 끄덕였다. 이제 정말 안나에게 잔인한 과거의 진실을 말해줄 차례였다.

"안나야. 그게……."

내 형이……. 유현 형이 널…….

하지만 생각처럼 고백은 쉽지 않았다. 유현에 대한 배신감으로 시하의 눈시울이 붉어졌다. 안나가 걱정스러운 목소리로 물었다.

"시하 씨? 표정이 왜 그래요? 무슨 일 있었어요?"

안나의 달콤한 고백에 취해 잊고 있던 잔인한 진실은, 그저 입 안에서만 쓰게 맴돌았다.

"안나야."

시하는 다시 힘겹게 말문을 열었다. 안나는 잔뜩 긴장한 기색으로 그의 이어질 말을 기다렸다. 어쩐지 그가 무슨 말을 꺼내려 하는지 알 것 같았다. 꿈속에서 시하가 하는 일을 지켜보면서 뜨끔한 순간이 있었다.

"너, 전에 길에서 쓰러졌을 때……."

역시, 그때 일도 꿈에서 본 거구나. 안나는 입술을 슬며시 깨물었다. 그날 곧바로 말했어야 했는데. 정말 펜트하우스에 돌아가자마자 말하려고 했는데. 그런데 도무지 말할 기회가 없었다. 그동안 너무나 많은 일이 일어나 정신이 없었다.

 시하가 누군가 제 꿈을 조작하고 있는 것 같다는 말을 꺼내기 전까지, 그런 남자를 만났단 사실조차 까맣게 잊고 있었다. 하지만 조금만 더 일찍 그일에 대해 말했더라면, 어쩌면 시하가 자신을 죽이는 그 끔찍한 악몽만은 꾸지 않았을지도 모를 일. 안나는 눈을 질끈 감고 사과했다.

 "미안해요!"

 "어? 뭐가."

 "일부러 말 안 한 게 아니에요. 정말 펜트하우스에 놀아가사마사 밀하려고 했어요. 그랬는데……!"

 바로 그때였다. 돌연 다정한 손길이 머리 위로 툭, 내려앉았다. 안나가 실눈을 뜨고 앞을 바라봤다. 웃는 것 같기도 하고, 찡그리는 것 같기도 한 복잡한 표정을 한 시하가 보였다.

 "나 화내는 거 아니야."

 틀림없이 그가 화를 낼 거라고 생각한 안나의 눈이 동그래졌다.

 "사과하려는 거야."

 "사과라니? 시하 씨가 왜 나한테……?"

 시하는 점점 더 영문을 알 수 없는 소리만 했다. 그 와중에도 그의 표정은 진지하기만 했다. 동시에 한편으론 더없이 우울해 보이기도 했다.

 "그때 만난 남자 얼굴, 기억해?"

 그가 심각하게 건네는 질문에, 안나는 얼떨떨하게 고개를 끄덕이며 대답했다.

 "네, 기억해요."

 "혹시 그날 이전에도 그 남자를 본 적 있어?"

 이어지는 시하의 물음에 안나는 또다시 눈을 동그랗게 떴다. 1년 전에도 우연히 그 남자를 만난 사실을 시하가 대체 어떻게 알고 있는 걸까?

"그걸 어떻게 알았어요? 꿈에서 본 거예요?"

시하는 말없이 고개를 저었다. 그렇다면 그 일을 무슨 수로 안 거지? 대답을 바라듯 입을 다물고 있는 그의 모습에 안나는 의구심이 가득한 얼굴로 말을 이었다.

"부모님 돌아가시고 얼마 안 됐을 즈음이었어요. 어떤 남자랑 길에서 부딪힌 적이 있어요. 나더러 좋은 꿈 꾸라고 말했어요, 그 남자. 미처 몰랐는데, 그때부터였던 것 같아요. 내가 죽는 끔찍한 예지몽을 꾸기 시작한 게."

"아……."

시하의 입에서 이를 악문 신음이 흘러나왔다. 유현의 말은 전부 사실이었다. 그가 정말로 1년 전부터 안나의 꿈을 조작한 것이었다. 안나가 겪은 불행은 전부 저로 인해서 벌어진 일이었다. 가슴이 천 갈래 만 갈래 찢어지는 것 같아 숨도 제대로 쉬어지지 않았다. 시하는 차마 안나를 똑바로 쳐다볼 수 없어 그녀를 꽉 부둥켜안으며 물었다.

"그 남자한테서 어떤 냄새가 났는지도 기억해?"

후각이 뛰어난 안나라면 유현에게서 나는 냄새를 기억하고 있을지도 몰랐다.

"그러고 보니 그 남자한테서 희미하지만, 굉장히 수상한 냄새가 났었어요. 분명히 전에도 맡아본 적 있는 냄새였는데, 그땐 경황이 없어서 뭔지 생각이 안 났거든요."

"그랬는데 지금은 알 것 같아?"

"네. 알 것 같아요. 내가 쓰러졌던 곳에선 절대 날 리가 없는 냄새였어요."

그래. 남자에게선 가로수가 우거진 그 길에서는 절대로 맡을 수 없는 냄새가 풍겼다.

"그 냄새가 뭐야?"

"불이요. 정확하게는 불에 다 타버린 것에서 나는 연기 냄새요. 부모님이 돌아가시고 경찰서에 소지품을 확인하러 갔을 때, 회중시계에서 똑같은 냄새를 맡았어요. 분명해요."

교통사고로 전소한 차량에서 발견한 회중시계에서는 유난히 매캐한 냄새가 났었다.

"1년이나 지나서 지금은 그 냄새가 다 사라졌지만, 똑똑히 기억해요. 분명히 같은 냄새였어요."

안나의 머리카락에 입술을 묻은 채, 시하는 흘러나오는 신음을 또다시 억지로 참았다. 몽마들의 왕, 판. 판이 인간에게 뿌린 씨앗은, 어미가 죽는 순간에 잉태되는 것이 법칙이었다. 인간의 섭리를 배우지 못하도록. 그리하여 오로지 잔인한 악마의 본능만을 습득하도록.

불과 연기의 냄새는 정확히 유현에서 나는 냄새였다. 유현은 화재로 죽어가는 어머니에게서 태어났다. 시하가 차가운 바닷속에 몸을 던진 어미에게서 태어났듯이. 불에 탄 물건에서는 다 비슷한 냄새가 나겠지만, 유난히 후각이 뛰어난 안나라면 분명 몽마인 유현에게서만 나는 미세한 냄새를 구분해냈을 것이다. 안나의 확신에 찬 대답은 시하의 가슴속에 남아 있는 유현에 대한 미련을 싹둑 잘라내 주었다.

끝내 참지 못한 신음 같은 한숨이 시하의 잇새를 비집고 나왔다. 이렇게까지 확인을 했으니, 이제 안나에게도 진실을 말해줄 차례였다.

"안나야."

시하가 억지로 달라붙은 입술을 떼어냈을 때였다. 안나의 눈치가 시하의 결심보다 한발 빨랐다.

"그런데 그 남자한테서 독특한 냄새가 난다는 걸 어떻게 안 거예요?"

안나는 시하의 품에서 빠져나와 불안한 눈빛으로 물었다. 문득 불길한 예감이 그녀를 스치고 지나갔다. 어쩐지 그 강렬한 냄새를 최근에도 맡아본 적이 있는 것 같았다.

'도대체 언제 또 그 냄새를 맡았던 거지?'

그러다 번쩍 기억이 떠오른 안나가 경악한 눈빛으로 시하를 바라봤다. 바로 그날이었다. 시하의 형제들과 어코드를 할 뻔했던 그날. 그의 형 유현이 어코드가 뭔지 알려주겠다며 라희에게 잔인하게 입을 맞춘 순간, 똑같은 냄새를 맡았었다. 정확하게는 라희의 냄새와 조화롭게 섞이기 전 유현에게서 풍기던 그 독한 냄새였다.

"설마 그 남자가……."

이미 모든 걸 알아차린 안나를 보며 시하는 힘겹게 고개를 끄덕였다.

"그래, 맞아. 이유현, 바로 내 형이야."

진실을 전하는 시하의 표정은 침통했다. 드디어 오늘에서야 안나가 용기를 내 사랑스러운 마음을 고백해줬는데. 그런 안나에게 이토록 잔인한 진실을 들려줄 수밖에 없는 자신의 처지가 원망스러울 따름이었다.

"형이 널 스위트 노트로 만들기 위해서 일부러 네 꿈을 조작한 거였어."

"왜? 어째서 날……?"

안나가 이해가 되지 않는지 거듭 되물었다. 시하는 괴로운 얼굴로 진실을 들려주었다.

"내 주변에 있는 인간 중에서 널 고른 거야. 내가 쉽게 발견하게 하도록. 곧바로 네 꿈을 먹게 하려고. 그대로 두면 난 완전히 힘을 잃을 수도 있었거든."

"그럼 설마……. 설마 우리 부모님도……?"

"아직 그것까진 확실하지 않아. 그렇지만 형이 네가 살해당하는 꿈을 꾸도록 악몽을 조작한 건 확실해. 미안해, 안나야. 네가 불행해진 건 전부 다 나 때문이었어."

그래서 당신은 내게 사과를 하겠다고 한 거구나. 형이 저지른 잘못 때문에. 안나는 이제야 시하가 왜 그토록 우울한 표정을 지어 보였는지, 왜 그런 수상한 말을 했는지 전부 이해할 수 있었다.

그렇다고 해도 시하를 원망하는 마음이 들지는 않았다. 자신이 불행해진 건 그의 잘못이 아니었다. 오히려 그는 제 인생의 구원자였다.

하지만 그에게 무슨 말을 해줘야 좋을지 도무지 알 수 없었다. 그의 잘못이 아닌 걸 알지만, 그래도 그의 형이 벌인 일이기에 더 괴로웠다. 괜찮지 않은데, 괜찮다는 말을 해서 거짓으로 그를 위로하고 싶지도 않았다. 그 역시도 그런 말을 듣고 싶었던 건 아닌 모양인지, 꿋꿋이 진실을 전하는 데만 집중하고 있었다.

"형은 누군가에게 시켜서 네 꿈을 조작하도록 했어."

안나도 혼란스러운 생각을 애써 떨쳐내고서 시하의 말에만 집중했다.

"그게…… 누구예요?"

"혹시 닥터 강이라는 사람을 기억해?"

"닥터 강?"

"종종 오정숙이 네 방에 불렀던 주치의인데……."

그 순간, 안나의 무의식에 자리 잡고 있던 기억의 소각들이 두시없이 띠올랐다.

'닥터 강. 우리 안나 잘 좀 부탁해요.'

마치 수면제를 먹은 것처럼 잠에 취한 상태에서 얼핏 들려온 고모의 목소리는 은밀하고 위험했다. 그리고 그 목소리로 번번이 애타게 찾는 이가 바로 닥터 강이었다.

"지금부터 그자를 만나러 갈 거야."

"지금요……?"

안나는 본능적으로 거부감이 들었다. 그자로 인해 꿨던 지난날의 끔찍한 악몽이 아직도 뇌리에 남아 있기 때문이었다. 희미하게 떠오르는 그자의 손길. 피부를 뚫는 바늘의 감각과 혈관을 뱀처럼 기어가는 약물의 느낌이 마치 꿈을 꾸듯 되살아났다. 시하는 닥터 강이라는 말에 본능적으로 두려움을 느끼는 안나를 보며 천천히 두 팔을 벌렸다.

"괜찮아, 안나야."

안나는 저도 모르게 시하의 품으로 파고들었다. 그녀를 다시금 꽉 안아주며 시하는 거듭 속삭였다.

"그자는 이제 절대 널 해치지 못해."

그건 안나를 달래는 말이기도 했지만, 시하가 자신에게 하는 명령이기도 했다.

"내가 네 곁에 있어. 다시는 아무도 널 아프게 하도록 그냥 두지 않을 거야."

시하의 굳건한 목소리가 서서히 떨림을 진정시켜주었다. 안나는 그의 품에서 가만히 눈을 감은 채 스스로를 북돋았다. 당장 괜찮아질 순 없어도, 그와 함께 일을 해결해 나가면 언젠간 정말 괜찮아질 것 같았다. 그러니 용기를 내보자. 닥터 강이라는 자를 만나서 진실을 듣자. 거듭 다짐한 안나는 시하를 더 꽉 끌어안으며 그의 등 뒤로 옷깃을 꾹 움켜쥐었다.

*

빈 술병이 나뒹구는 어두운 연구실 안.

"으으……."

유현이 아득한 신음을 내뱉으며 몸을 일으켰다. 엄지로 꾹꾹 관자놀이를 짚는 그의 표정이 유난히 싸늘했다. 손가락으로 아무리 눌러봐도, 어금니를 아무리 악물어봐도 통증은 쉬이 사라지질 않았다. 결국 완전히 일어서길 포기한 유현이 벽에 등을 기댄 채 어지럽혀진 연구실 안을 바라봤다. 시하가 엉망으로 만들어놓은 연구실 풍경을 보고 있으니 다시 기분이 더러워졌다. 바닥에 뒹구는 술병 중 아무거나 집어들어 남은 술이나마 들이켰다. 그러곤 술에 취해 잠들기 전의 기억을 조금씩 떠올려봤다.

이른 아침, 강해우가 원장실로 찾아온 기억이 제일 먼저 떠올랐다. 그는 결국 오안나의 꿈을 조작하는 일에 실패했다고 말했다. 머리끝까지 화가 난 유현은 그의 몸에 축적된 꿈을 모두 빼앗아 내쫓아버렸다. 인간도 몽마도 아닌 그의 상태로는 그대로 두면 결국 하루도 버티지 못하고 소멸해 버릴 것이었다.

그리고 얼마 지나지 않아 시하가 그를 찾아왔다. 비록 어머니는 달라도, 동병상련의 정으로 그토록 아껴주었던 동생은 좋아하는 여자를 지키기 위

456

해 형제를 위협했다. 그것도 모자라 반드시 강한 힘을 손에 넣어, 하찮은 인간의 피를 이어받아 배다른 형제들로부터 괄시받으며 살아온 지난 시간을 보란 듯이 되갚아주자며 나눈 결의마저 잊었다.

'하찮지 않아. 인간이란 존재는.'

분명히 그렇게 말했다.

'인간은 강해. 우리보다 훨씬 더. 형도 이미 알고 있어. 불행 속에서 갖는 인간의 희망이 얼마나 달콤한지. 그래서 더 강력한 스위트 노트를 손에 넣으려고 이렇게 혈안인 거잖아.'

'하! 네가 방금 한 말, 마치 인간이 되고 싶다는 소리처럼 들리는군.'

'글쎄. 거기까진 생각해보지 않았어. 다만……'

그냥 지금처럼 살고 싶다고 말했다. 몽마로서의 본능 따위 모조리 억누르고, 좋아하는 여자 곁에서 살고 싶다고. 차시하가……. 다른 악마도 아니고 이유현의 동생 차시하가 그렇게 말했다. 왕에게 기필코 인정받자던 맹세마저 잊어버린 것이다. 시하는 변했다. 그는 더 이상 악마가 아니었다.

유현이 다시금 끓어오르는 배신감과 분노에 치를 떨었다. 그러곤 이내 습관처럼 라희를 부르기 위해 휴대전화를 찾았다. 지금 당장 자신의 연구실로 오라는 문자를 남기고, 유현은 서랍을 뒤졌다. 라희의 꿈을 흉내 내 만든 페르소나가 그 안에 들어 있었다.

라희의 달콤한 페르소나는 금세 유현의 갈증을 돋우었다. 유현은 망설임 없이 페르소나를 한입에 털어 넣었다. 일순, 맹수처럼 붉은 눈동자가 어둠 속에 위험하게 번뜩였다. 라희의 체취를 닮은 향기가 벨벳처럼 그의 몸을 감싸 안았다.

그 순간, 이유는 알 수 없지만 문득 시하가 했던 말이 유현의 머릿속에 떠올랐다. 인간이 하찮지 않다는 말. 그들이 품는 간절한 희망이 가진 힘은 악마보다 강하다는 그 말.

'제발 날 버리지 말아요.'

어코드를 할 때마다 라희가 간절히 빌었던 소원을 떠올린 유현이 돌연 끅끅거리며 발작하듯 비웃음을 흘렸다. 시하의 말은 어처구니가 없는 궤변이었다. 그런 논리라면 더더욱 스위트 노트를 지켜줄 게 아니라 착취하고 빼앗아야만 했다. 가장 불행할 때, 가장 달콤한 꿈을 꾸는 가련한 존재. 그런 인간이 품는 희망 따위…….

"우리에겐 한낱 먹이일 뿐이야."

먹고 강해지면 그뿐. 그런 하찮은 스위트 노트를 사랑한다니.

"가당치도 않지."

곧 가겠다는 라희의 답장을 보며 유현은 싸늘하게 조소했다.

*

'유현 씨한테 다녀올 테니까, 여기서 기다려요. 알죠? 1시간도 안 걸릴 거예요.'

해우는 어두컴컴한 연구실에 가만히 앉아 라희가 남기고 간 말을 떠올렸다. 1시간도 안 걸릴 거라는 그녀의 말에 왜 자신이 눈물이 날 것 같은지…….
울컥 솟아오르는 눈물을 힘겹게 참아내며 해우는 쓰러지듯 소파에 웅크리고 누웠다.

처음 이유현 원장과 라희를 목격했을 땐, 그들이 사랑을 나누는 줄로만 알았다. 몰래 지켜보는 것만으로도 손끝까지 찌릿찌릿하게 달구던 그 뜨거운 열기. 세포 하나하나를 찌르던 그 강렬한 자극.

하지만 그때 그가 본 것은 그저 달콤한 환각일 뿐이었다. 사실 라희는 유현에게 잡아먹히고 있었다. 거미가 옴짝달싹 못 하는 곤충을 사냥하듯. 말 그대로 그녀는 먹이였다. 이유현은 잔인한 포식자였고. 불행히도 해우는 그 진실을 자신 역시 이유현의 거미줄에 옥죄이고 나서야 깨달았다.

사랑하는 연인이 오랜만에 만나 1시간 만에 헤어질 수 있을까? 꿈을 간신히 숨만 내쉴 수 있을 때까지 빼앗긴 라희는, 냉정하게 뒤돌아서는 유현의 등을 바라보며 어떤 생각을 했을까? 비참한 그녀의 감정이 약을 주입하듯 제 안에 흘러들어와 가슴을 짓눌렀다.

"나는 대체…….'

그토록 아픈 당신에게 무슨 짓을 저지른 건지. 뒤늦은 후회가 가슴에 사무쳐 심장을 날카롭게 할퀴었다. 이를 악물며 제발 이 고통이 사라지길 빌던 해우가, 한순간 차라리 이대로 죽길 갈망했을 때였다. 한줄기 빛과 함께 연구실 문을 열고 들어선 라희가 그를 불렀다.

"강 선생님…….'

얼마나 많은 꿈을 빼앗긴 건지, 화장으로도 가릴 수 없을 만큼 창백해진 그녀는 금방이라도 쓰러질 듯 비틀거리고 있었다.

"라희 씨!'

그 순간, 생을 포기했던 해우가 믿을 수 없는 힘으로 달려가 라희를 품에 안았다.

"어째서? 왜 병실로 안 가고 여기로 왔어요?'

유현에게 꿈을 많이 빼앗겼을 테니, 당연히 치료까지 받고 올 줄 알았다. 그런데 아무리 항상 라희의 치료를 맡았던 자신이 없다곤 하지만, 이렇게 그녀를 내팽개칠 줄이야.

"나…… 이제 거기엔 들어가고 싶지 않아요.'

그곳은 언제나 유현에게 꿈을 빼앗긴 뒤 외롭게 치료를 받았던 곳이었다. 그 병실에 좋은 기억이라곤 단 한 가지도 없었다. 게다가 아무것도 몰랐다고는 해도 안나에게 악몽을 주입했던 기억까지 새겨져 이제 그곳은 라희에게 더 끔찍한 곳이 되어버렸다. 단 1초도 그곳에 머물고 싶지 않았다. 그래서 치료를 해주겠다는 유현을 거절하고 페르소나만 건네받아 해우에게 온 것이었다. 라희가 해우의 품에 안긴 채 간신히 부탁했다.

"나 좀…… 집으로 데려가줘요.'

그녀의 슬픈 마음이 오롯이 전해져, 해우는 그저 고개를 끄덕일 수밖에 없었다. 해우는 곧장 라희를 데리고 그녀의 집으로 향했다. 그러곤 집에 도착하자마자 꿈을 회복시키는 페르소나를 링거에 담아 그녀에게 주입시켰다. 라희는 곧바로 잠에 빠져들더니, 30분 만에 깨어났다.

"깼어요?"

해우가 물었다. 그 질문을 할 때의 그는 마치 가면을 쓴 것처럼 어색한 표정을 짓고 있었다. 해우의 모습을 빤히 바라보던 라희가 조심스럽게 물었다.

"……오늘은 왜 안 먹었어요?"

순식간에 해우가 쓴 가면에 금이 쩍 그어졌다.

"네? 뭘요?"

떨리는 목소리로 되묻는 해우에게 라희는 덤덤하게 대답했다.

"나, 알고 있어요. 강 선생님이 내 페르소나 먹는 거."

결국 그녀의 대답에 해우의 얼굴에서 가면은 산산조각 나고 말았다.

"강 선생님, 유현 씨 몰래 나한테 주입할 페르소나를 훔치고 있었죠? 그래서 내가 깨어나는 시간이 점점 더 오래 걸렸던 거죠?"

비밀을 들킨 해우의 동공이 소스라치게 요동쳤다. 그에 반해 라희의 눈동자는 미동도 없었다.

"이상하다고 생각했어요. 아무리 그래도 6시간이나 잘 리가 없는걸. 강선생님이 없을 때면 어쩔 수 없이 유현 씨가 직접 페르소나를 투여해줬는데, 그땐 오차 없이 30분 만에 잠에서 깼어요."

최근에 해우가 학회 참석차 멀리 출장을 가거나 정신건강의학과에 긴급한 일이 있어, 세 번 정도 유현이 직접 페르소나를 투여했었다. 그리고 세 번모두 정확히 회복되는 데 걸린 시간은 30분이었다. 이상하다고 생각했다. 해우가 치료해줄 때면 못해도 두 시간 이상은 걸렸으니까.

그러다 의심이 더욱 강해진 건, 지난번 레스토랑 메종에서 유현에게 강제로 어코드를 당하고 쓰러진 날이었다. 투여 시간이 갑자기 열두 배나 늘어난 것이다. 무엇보다 제가 잠든 줄 알고 복도로 나간 그가 중얼거렸던 말이 뇌리에서 잊히지가 않았다.

'미안해요, 라희 씨. 정말……. 정말로 미안해요.'

그는 대체 왜 저에게 사과했던 걸까? 그리고 어둠 속에서 찰나에 반짝이던 붉은 빛은 대체 무엇이었던 걸까?

"생각해보면 처음부터 이상했어. 강 선생님, 유현 씨와 있다가 갑자기 쓰러진 날 보고도 한 번도 이유를 물어본 적이 없어."

무려 13년을 그렇게 쓰러진 자신을 치료했으면서도 해우는 언제나 침묵하고 있었다. 병원 사람들이 도대체 여배우가 기록도 남기지 않고 투여받는 약물이 무엇인지 숙덕거릴 때도 그는 꿋꿋이 침묵했다. 혹시 마약이 아니냐는 루머에 휩싸여 희대의 마약 스캔들이 터질 뻔한 걸, 열애 스캔들로 무마시켰을 때조차 그는 아무것도 묻지 않았다.

"가끔 유현 씨가 지나치게 내 꿈을 먹는 바람에 사지에 붉은 핏줄이 돋고 피부가 쭈글쭈글해져서 치료받으러 나타났을 때도, 선생님은 놀라지 않았어요. 왜? 너무나 수상한데, 대체 왜?"

강해우란 남자에 관한 기억은 곰곰이 떠올릴수록 이상한 것투성이였다. 라희는 혼란스러움을 견디지 못하고 한껏 격앙된 목소리로 물었다.

"강 선생님. 도대체 정체가 뭐예요?"

"라희 씨, 내 말 좀 들어봐요. 라희 씨가 뭔가 오해하고 있는 것 같은데……."

해우는 다른 사람들에게 그랬듯, 다급히 그녀를 진정시키려 했다. 하지만 라희에겐 전혀 통하지 않았다.

"더는 거짓말하지 말아요. 어차피 시하 씨가 안나 씨를 데리고 오면 전부 밝혀야 할 일이잖아요. 말해요. 왜 페르소나를 훔치는 거예요?"

라희의 거센 추궁에 습관적으로 거짓말을 꺼낸 해우의 표정이 도리어 차분해졌다. 더는 그 어떤 거짓말도 통하지 않을 거라는 걸 깨달은 것이다. 이 윽고 그가 체념한 목소리로 입을 열었다.

"라희 씨. 혹시 레플리카라고 알아요?"

"레플리카?"

"단지 뿌리는 것만으로도 짧게는 몇 시간, 길게는 하루까지도 몽마의 힘을 사용할 수 있게 해주는 향수예요."

15년 전, 해우가 인턴 생활을 끝내고 정신건강의학과로 전공을 선택했을 때였다. 당시 정신건강의학과에서 두각을 나타내고 있던 이유현을 만났다. 그리고 그에게 아주 위험하고 은밀한 제안을 받게 되었다. 그는 인간의 꿈을 조작해서 정신병을 치료할 수 있다고 했다. 게다가 유현은 자신의 말이 허풍이 아님을 입증하기 위해, 레플리카를 통해 해우에게 직접 경험까지 시켜주었다. 인간의 꿈을 직접 조작하는 행위는 해우를 순식간에 매료시켰다.

"처음엔 반신반의했었는데, 한 번 레플리카를 투여받은 후에는 마치 마약에 중독된 것처럼 계속 찾게 됐어요."

언제부턴가 해우는 환자들의 수면 치료를 할 때면, 습관처럼 레플리카를 사용하게 되었다. 그렇게 마약 중독 환자처럼 미친 듯이 레플리카에 탐닉하고 난 뒤에야, 알게 됐다.

"무언가 잘못됐다는 걸 깨달았을 땐, 이미 돌이킬 수 없게 된 후였죠."

레플리카가 악마의 향수라는 걸. 자신이 아주 위험한 악마와 거래를 했다는 걸.

잠시 숨을 고른 해우가 라희의 팔에 꽂혀 있던 링거 바늘을 조심스럽게 빼내었다. 동시에 그녀의 피와 함께 페르소나가 공기 중에 흩뿌려졌다. 해우는 페르소나를 자연스럽게 빨아들였다. 이내 빨갛게 변해버린 두 눈으로 그가 라희를 똑바로 쳐다봤다.

"라희 씨 눈엔 내가 뭐로 보여요?"

그 순간, 라희는 해우에게서 얼핏 유현의 모습을 엿보고 온몸을 파르르 떨었다. 두려워하는 라희의 기색을 알아차린 해우가 자조적으로 웃으며 스스로 대답했다.

"깨달았을 때 난 이미 인간이 아니었어요."

"……."

"몽마였지."

자신이 몽마가 됐다는 놀라운 진실을 라희에게 전한 해우의 얼굴에는 그간의 고통이 잔뜩 스며 있었다.

"몽마가 된 후로 난 줄곧 고통의 나날을 보냈어요."

그는 끝내 버티지 못하고 무릎을 꿇으며 무너져 내렸다.

"언제부턴가 꿈을 먹지 않으면 금단 증상이 찾아왔죠. 더 이상 치료나 연구의 목적이 아니라 살기 위해서 환자의 꿈을 먹었어요."

그마저도 쉽지 않았다. 해우의 진료를 받은 환자들이 기억 상실을 호소하며 컴플레인을 걸어오는 경우가 종종 발생했다. 결국 그는 병원 밖에서 짐승처럼 사냥을 해야만 했다.

"그러던 어느 날, 이유현 원장이 페르소나라는 걸 내게 알려줬어요. 그걸 먹으면 인간의 꿈을 직접 먹지 않아도 괜찮을 거라고요."

"그래서 날 치료하기 위한 페르소나를 훔쳤던 거예요?"

라희의 질문에 힘없이 고개를 끄덕인 해우가 대답했다.

"라희 씨 페르소나를 먹으면 보통 인간의 꿈을 먹는 것보다 훨씬 더 오래 버틸 수 있었거든요."

라희는 자꾸만 흐려지는 시야를 억지로 다잡으며 쓸쓸하게 말했다.

"강 선생님이 훔친 게 아니라 유현 씨가 눈감아 줬던 거네요. 자기 명령을 따르는 대가로."

상처 입은 라희의 목소리에 유현은 가까스로 대답을 이어 나갔다.

"그런데 그것도 얼마 못 갔어요. 처음에는 몇 달은 버틸 수 있었는데, 점점 그 주기가 짧아졌어요. 이젠 채 한 달도 버티질 못해요. 그때 이유현 원장이 내게 말했죠. 페르소나로 만들어진 건 진짜 라희 씨 꿈에 비하면 100분의 1도 못 미친다고."

라희의 눈이 경악으로 커다래졌다.

"설마 날 직접 먹게 해준다고 한 건가요? 그래서 유현 씨 명령에 따랐어요?"

해우는 거세게 고개를 저었다.

"아뇨! 절대 그런 욕심 가진 적 없어요! 내가 원한 건 오히려 그 반대예요!"

"그럼 대체 강 선생님이 원한 건 뭔데요?"

유현에 대한 배신감으로 라희의 목소리가 파르르 떨렸다. 언젠가 유현은 시하에게도 자신을 나눠주려 했었다.

'라희 너, 오늘 밤은 시하랑 보내. 그 녀석, 이대로 뒀다간 완전히 힘을 잃고 말 거야.'

그때 라희는 처음으로 절망을 맛봤다. 이전까지는 유현이 제게 아무리 냉정하고 잔인하게 굴어도 그에게 자신이 소중한 존재라고 믿었다. 명백한 착각이었다. 그에게 자신은 단지 먹이에 불과했다. 배고픈 형제에게 기꺼이 내줄 수 있는 먹이.

하지만 라희는 거기까지도 참을 수 있었다. 시하는 유현이 아끼는 동생이니까. 사랑하는 남자의 소중한 형제니까. 그런데 그렇게라도 자신을 위로한 게 모두 헛수고였다. 유현에게 제 가치는 그보다 훨씬 더 바닥이었다.

"두려웠어요. 이대로 영영 악마인 채로 살게 될까 봐. 나는 라희 씨 꿈을 먹고 갈증에서 벗어나길 원했던 게 아니에요. 다시 인간이…… 되고 싶었을 뿐이에요."

그걸 이제야 깨달았다.

"유현 씨가…… 다시 인간으로 만들어주겠다고 한 거예요?"

해우가 눈물을 흘리며 고개를 끄덕였다. 어느새 라희의 눈시울도 붉어져 있었다. 유현이 왜 해우에게 안나의 꿈을 조작하라는 명령을 내린 건지는 모르지만, 어쨌든 그 명령을 해우가 반드시 따를 수밖에 없게끔 하기 위해서 그는 절 이용했다. 자신을 미끼로 해우를 떠본 것이다. 만약 해우가 원했다면, 유현은 정말로 자신을 그의 침실에 집어넣었을지도 모른다. 아니, 분명 그랬을 것이다. 자신의 가치는 겨우 그 정도였다.

"흑……!"

애써 무릎 꿇은 해우 앞에 꼿꼿이 허리를 세우고 서 있던 라희도 결국 무너졌다.

"라희 씨……."

"내 몸에 손대지 말아요."

라희는 자신을 부축하려고 다가온 해우의 손을 거칠게 쳐냈다. 그에겐 유현의 명령대로 움직인 죄밖에 없다는 걸 알면서도 쉽게 용서가 되지 않았다.

"지금 나한테 말한 것들, 시하 씨랑 안나 씨에게도 그대로 전해요. 그리고 죗값 치러요. 그게 나에게도 용서받는 길일 테니까."

해우는 허공에서 길을 잃은 손을 애써 거두며 연신 고개를 끄덕였다.

"그럴게요. 꼭 그렇게 할게요."

바로 그때, 라희의 오피스텔 초인종이 울렸다. 라희는 파르르 떨고 있는 해우의 손을 복잡한 시선으로 내려다보다 현관으로 향했다. 문을 열자 비장한 표정을 지은 채 두 손을 꼭 잡고 있는 시하와 안나의 모습이 보였다. 그들의 사랑 앞에서 라희는 저도 모르게 비참한 심정을 느꼈다. 부러웠다. 진실한 사랑에 빠진 시하와 안나가 너무나도 부러웠다. 하지만 그녀는 참담한 마음을 꾹 참고 입을 열었다.

"어서 와요. 안에서 강 선생님이 기다리고 있어요."

시하와 안나가 안으로 들어섰다. 그들의 시선 끝에, 무릎을 꿇고 있는 해우의 모습이 보였다.

*

"……그렇게 된 거였군요."

해우에게서 그간의 모든 자초지종을 들은 안나가 입술을 핏기가 가시도록 깨물었다. 부모님의 급작스러운 교통사고에 관한 진실까지는 알 수 없었지만, 덕분에 고모의 악행은 명확해졌다. 해우는 유현의 명령을 받아 고모의 제안을 받아들였고, 일루전 향수를 써서 자신의 꿈을 조작한 사실과 그 외에도 여러 약물을 써서 자신을 환각 상태에 빠트렸다는 것을 모두 털어놨다. 그도 고모와 이유현에게 이용당한 희생양이었다.

하지만 머리로는 이해해도, 마냥 냉철하게 상황 판단을 할 수 없는 것이 안나의 본심이었다. 안나는 무심결에 해우의 손을 보며 생각했다.

'저 손으로 내게 주사를 놨었지.'

주사를 맞은 날이면 잠든 상태로 밤마다 거리로 뛰쳐나갔다. 그러다 해코지를 당한 적도 많았고, 목숨이 위험한 적도 많았다. 아무리 다시 인간이 되고 싶었다지만, 그러기 위해서 자신을 희생시켜서는 안 되는 거였다. 그가 인간으로 되돌아가고 싶었던 것처럼, 저 역시 인간답게 행복하게 살 권리가 있었다. 무릎 위에 올려둔 안나의 두 손이 분노를 참기 위해 단단히 주먹 쥐어졌다. 그 모습을 본 해우가 바닥에 닿을 듯 고개를 숙이며 사과했다.

"그동안 제가 저질렀던 일에 대해서 진심으로 사죄하고 싶습니다. 정말로⋯⋯! 정말로 미안합니다."

안나는 제 발 아래 엎드려 있는 해우를 혼란스러운 눈으로 바라봤다. 그러곤 힘겹게 입을 열었다.

"아무리 그래도 나는 당신을, 쉽게 용서할 수 없어요."

순간 해우의 눈빛에 절망이 어렸다. 하지만 그는 이런 상황을 예상하고 있었던 듯 금세 체념했다. 안나는 이곳에 오기 전 약속해준 대로 제 옆에 든든히 있어주는 시하와 잠시 눈을 맞췄다. 그가 곁에 있다는 사실이 그녀에게 용기를 주었다. 시하의 손을 꼭 붙잡고, 안나는 다시 어렵게 말문을 열었다.

"강해우 씨 당신은 내게 해서는 안 되는 일을 저질렀어요. 당신의 불행도 내겐 변명이 되지 않아요. 당신 때문에 난, 똑같은 지옥을 살았으니까."

그 순간, 시하는 마주 잡은 안나의 손에 바짝 힘이 들어가는 걸 느꼈다.

"그러니까 당신은 날 도와야 해요."

마치 무언가 굳은 결심을 한 사람 같았다. 그의 예상대로 곧이어 안나는 아주 중요한 결심을 밝혔다.

"난 이제, 고모의 악행을 모조리 밝힐 거예요."

법이든, 언론이든, 모든 걸 이용해서 고모를 벌할 것이다. 이제껏 시하의 손에 모든 걸 맡겨왔지만, 더는 그럴 수 없었다. 자신을 불행하게 만들었다는 죄책감에서 시하를 벗어나게 하려면, 스스로 행복을 다시 손에 쥐는 수밖에 없었다. 그와 함께 행복해지고 싶다. 안나는 다시 한 번 설심하며 바닥에 엎드린 해우를 일으켜 세웠다. 그리고 단호하게 말했다.

"내가 고모의 악행을 밝힐 때, 강해우 씨가 증인이 되어주세요."

이제 지긋지긋한 고모와의 인연을 끊어낼 때가 되었다.

*

"뭐? 차시하가 지금 어디에 있어? 미래 병원?"

아침 일찍 대표실에 나와 해우의 연락을 기다리고 있던 정숙은 주석이 전한 소식에 사납게 표정을 구겼다.

"네. 닥터 강이 펜트하우스에서 뛰쳐나오고, 1시간 후쯤 미래 병원에서 차시하 전무의 모습이 목격됐다고 정보원이 전해왔습니다."

"닥터 강은? 아직 연락 없어?"

"계속 시도해봤는데, 연락이 되질 않습니다. 아무래도 일을 실패한 것 같습니다. 차시하 전무가 목격된 구체적인 장소가 닥터 강의 연구실이 있는 정신과 병동이라고 한 걸 보면……."

"설마 차시하가 지금 닥터 강을 만나고 있다는 뜻이야?"

"그, 그런 것 같습니다."

"김 실장, 지금 그걸 보고랍시고 올려?"

쾅! 정숙이 주먹으로 책상 위를 거칠게 내리쳤다. 오늘 드디어 성운 호텔을 완벽히 제 손에 넣을 수 있게 될 거라 믿어 의심치 않았던 그녀의 분노는 매서웠다.

"실패한 것 같아? 하! 그런 보고로 당장 뭘 대비할 수 있겠어? 지금이 어떤 상황인지 몰라? 닥터 강이 정말로 차시하한테 전부 다 불었으면 어떡할 거야?"

"······죄송합니다."

"됐고. 차시하 현재 위치는?"

"이유는 모르겠지만, 배우 민라희 씨의 자택에 오안나 씨와 함께 찾아갔다고 합니다."

주석의 말에 초조하게 흔들리던 정숙의 눈빛이 예리해졌다.

"안나랑 차시하가 지금 같이 있다고?"

"네. 성운 호텔에서 두 사람이 함께 차를 타고 이동하는 걸 확인했습니다."

"김 실장. 당장 차 대기시켜."

"갑자기 차는 왜······?"

"왜긴 왜야? 이 일을 계속 다른 사람한테 맡겼다간 죽도 밥도 안 되겠어. 내 손으로 직접 해결해야지."

그렇게 말하는 정숙의 눈빛이 위험하게 반짝였다.

"바, 바로 준비하겠습니다."

정숙의 의도를 알아차린 주석이 불안한 얼굴로 뒤돌아섰다. 그가 막 대표실 문고리에 손을 올렸을 때, 정숙이 한마디 더 덧붙였다.

"아 참, 오늘 차시하 동향 파악하려고 주은재 조향사 불렀지? 전화 넣어서 약속 취소해."

"예, 알겠습니다."

주석은 떨리는 손으로 문을 열고 밖으로 나섰다. 그가 나가고 대표실에는 정숙 혼자 남겨졌다. 정숙이 여느 때처럼 성운 호텔이 한눈에 내려다보이는 창가로 다가가 말했다.

"무슨 수를 써서든 반드시 오늘 끝을 내야 해."

그러나 그녀는 알지 못했다. 대표실 바깥에서 자신의 비밀스런 혼잣말을 몰래 듣고 있던 누군가의 존재를.

*

"어? 왜 이렇게 빨리 나오세요? 방금 심수석 실장님 나오는 기 보고 이제 막 들어갔을 거라 생각했는데."

은재가 응접실에서 나오자 데스크에 앉아 있던 비서가 의아해하며 물었다. 살금살금 발소리를 죽인 채 걸음을 옮기던 은재는 난감한 표정을 지었다. 자신이 여기에 다녀갔다는 사실을 비서가 오정숙에게 전하면 큰일이었다.

"아, 그게 그러니까……."

은재는 귀를 종긋 세우고 있는 비서에게 다가가며 주머니에 손을 집어넣었다. 만일을 대비해 이 향수를 챙겨 온 것이 천만다행이었다. 레플리카를 또 쓰기엔 몸에 부담이 돼서 대안으로 가져온 건데. 주머니 안에서 재빨리 향수의 뚜껑을 연 은재가 펌프 위에 막 손가락을 올렸을 때였다.

"어머! 혹시 사장님 또 화나셨어요? 어쩐지. 김 실장님 얼굴이 완전 사색이 돼서 나가시던데. 그래서 조향사님도 그냥 나오신 거 맞죠?"

대표실 문 앞까지 갔다가 벌벌 떨며 뒤돌아 나온 직원이 한둘이 아닌 듯 비서가 호들갑을 떨며 말했다. 은재는 그녀가 가슴에 단 명찰에서 슬쩍 이름을 확인하곤, 배시시 웃으며 속삭였다.

"미안해요, 왕 비서님."

"네? 뭐가요?"

치이익! 비서는 은재가 뿌린 향수가 말을 채 끝맺지도 못하고 쓰러졌다. 키스라도 할 것처럼 가까이 다가온 은재를 의식한 그녀의 두 볼이 자못 붉었다. 은재는 그녀의 뺨을 부드럽게 쓰다듬으며 한 번 더 사과했다.

"정말 미안해요. 내가 여기 왔었단 사실을 들키면 곤란하거든요."

이대로 오정숙이 계획을 실행에 옮기기 전에 차시하에게 정보를 넘기면 덜미를 잡을 수 있을 것이다. 그렇게만 되면 안나가 오정숙에게서 벗어나는 일이 한결 수월해질 것은 분명했다. 은재의 손가락이 비서의 눈 밑을 안쓰럽게 쓸어 올렸다.

"오정숙이 얼마나 일을 많이 시켰으면, 다크서클이 진하네. 푹 자고 일어나요. 이 향수. 누군가에게 기억을 잊게 할 때는 그에 상쇄할 만큼 좋은 기억을 만들어줘야 해서, 달콤하고 행복한 향료 많이 넣어서 만들었거든요. 자고 일어나면 엄청 개운할 거예요."

은재가 입가에 미소를 머금고 속살거렸다. 방금 비서에게 뿌린 건 망각의 향수 '레테'였다. 잠든 동안 비서의 머릿속에서 1시간 이내의 기억은 전부 사라질 것이었다.

은재는 오정숙이 대표실에서 나오기 전에 서둘러 비서실을 빠져나갔다. 그러곤 곧바로 휴대전화를 꺼내 들어 안나에게 전화를 걸었다. 이제 안나에게 오정숙의 계획을 전하기만 하면 모든 것이 끝이었다. 초조한 탓인지 유난히 길게 느껴지는 통화 대기음이 은재의 귓가에서 나른하게 울려 퍼졌다.

한 번. 두 번. 세 번……. 하지만 안나는 전화를 받지 않았다. 그 후로 몇 번을 더 걸었지만, 마찬가지였다. 황급히 다른 수단을 고민하던 은재는 호텔 로비로 달려갔다. 정숙의 꿈에서 봤던 서윤희 당직지배인이라면 안나에게 연락할 수단을 알고 있을 것 같아서였다.

"저기, 혹시 여기에 서윤희라는 분이 있습니까?"

"실례지만 누구시죠?"

"저는 성운 프라그랑스에서 일하는 조향사 주은재라고 합니다. 지금 당장 서 지배인님께 급히 전할 이야기가 있습니다. 빨리 연락을 좀 취해주실 수 없겠습니까?"

은재의 목소리가 사뭇 절박했다. 무언가 일이 심각하다고 느꼈는지, 직원이 곧바로 윤희에게 콜을 하기 위해 전화기를 집어 들었다. 그런데 그때, 은재의 뒤에서 다가오는 누군가를 발견한 직원이 전화번호를 누르던 손을 멈췄다.

"왜 멈추시죠? 정말 급한 일입니다!"

은재가 의문을 표시함과 동시에 그의 등 뒤에서 차분한 목소리가 들려왔다.

"제가 서윤희인데, 무슨 일로 저를 찾으십니까?"

곧장 뒤돌아선 은재가 윤희의 손을 붙들고 다급하게 말했다.

"안나가! 안나가 위험합니다! 차시하 전무님도요!"

은재의 말에 윤희의 얼굴도 사색이 되었다.

"그게 대체 무슨 소린가요?"

"오정숙 대표가 일을 꾸미고 있어요! 당장 이 소식을 전해야 하는데 연락이 되질 않습니다!"

이중 스파이까지 할 정도로 긴밀한 관계인 그녀에게라면, 혹 시하가 자신의 위치를 특정할 만한 단서를 남겨놓았을지도 모른다. 일말의 희망에 기댄 은재가 간절한 눈빛으로 윤희를 바라봤다. 하지만 뭔가 다른 조치를 취할 거라 기대한 윤희조차도 휴대전화를 꺼내 들더니, 자신과 똑같이 안나에게 연락을 시도할 뿐이었다.

"전무님은 외부에 계실 때는 전화를 받지 않으십니다. 제가 한번 안나 아가씨께 연락을 취해보겠습니다."

"소용없어요. 안나도 계속 전화를 받지 않……."

윤희에게 이미 안나에게도 수십 번 전화를 걸었지만, 받지 않았다는 말을 하려던 은재가 돌연 입을 다물었다. 그녀의 휴대전화 액정에 뜬 안나의 번호가 제가 준 휴대전화 번호와 달랐기 때문이었다. 설마 제가 준 휴대전화 번호까지 바꾼 건가? 자신이 안나에게 준 휴대전화가 시하 때문에 고장 났다는 사실을 알 리 없는 은재의 표정이 침울해졌다.

하지만 그는 이내 마음을 다잡았다. 지금은 제 서러운 마음 따위 중요한 게 아니었다. 서 지배인의 전화를 받아 안나가 위험을 모면할 수만 있다면, 다른 건 아무래도 상관없었다. 바로 그때였다.

-네, 서 지배인님.

안나가 전화를 받았다.

"안나 아가씨? 지금 어디 계세요?"

찰나에 은재와 눈빛을 주고받은 윤희가 황급히 안나의 위치를 물었을 때였다.

-네? 아, 저 지금 성운 호텔 산책로 입구에…… 어?

뭔가에 놀란 듯 당황해 하는 안나의 목소리와 함께 무언가 수상한 소리가 전화 너머에서 들려왔다.

*

시하와 안나는 태주의 소환을 기다리기 위해 호숫가로 향하던 중이었다. 안나의 몸 상태를 고려해 돌아오는 길에도 라희 매니저의 차량을 이용한 둘은 호숫가 산책로와 이어지는 한적한 도로에서 내렸다. 그때, 시하가 안나의 작은 손을 꼭 붙잡았다. 안나도 그의 손을 힘주어 마주 잡았다.

"고마워요."

문득 작게 들려온 목소리에 시하가 되물었다.

"뭐가?"

"덕분에 용기 낼 수 있었어요. 당신이 아니었다면, 고모랑 제대로 맞설 마음 같은 거 절대 안 생겼을 거야."

안나의 진심 어린 고백에 시하는 울컥 목이 메어와 아무 말도 할 수 없었다.

"정말 고마워요. 고모 집에서 날 데리고 나와준 것도, 날 좋아해준 것도, 이렇게 든든히 손잡아주는 것도."

그리고 뒤늦게야 간신히 목소릴 냈다.

"아냐. 고맙단 말 하지 마. 난 그런 말 들을 자격 없어. 널 불행하게 만든 건 바로 내 형……."

"맞아요. 이유현이 그런 거예요. 당신이 그런 게 아니라."

안나가 단호하게 말하며 시하와 눈을 마주쳤다.

"당신 잘못이 아니야."

그렇게 안나는 제 잘못이 아니라고 거듭 말해주었다. 시하는 꽉 붙잡은 안나의 손등을 엄지로 하염없이 쓰다듬며 고개를 숙였다. 정작 고맙다고 말해야 하는 건 오히려 저였다. 안나는 형의 허물을 탓하는 대신, 제 죄책감을 걷어가기 위해 오정숙과 제대로 싸워낼 결심을 했다. 시하가 안나의 손을 더욱 꽉 움켜쥐며 말했다.

"형은 내가 알아서 할게. 다시는 너한테 그런 나쁜 짓 못 하게 할게."

"응. 시하 씨만 믿어요. 나는 일단 고모에 관한 일만 생각할래요."

안나가 시하가 잡지 않은 반대쪽 손으로 그의 팔을 살짝 붙잡고, 어깨에 머리를 기댔다. 바로 그 순간, 그녀의 휴대전화가 요란하게 울렸다. 윤희에게서 걸려온 전화였다.

"네, 서 지배인님."

안나가 전화를 받자, 너머에서 굉장히 다급한 윤희의 질문이 날아들었다.

-안나 아가씨? 지금 어디 계세요?

"네? 아, 저 지금 성운 호텔 산책로 입구에…… 어?"

바로 그때였다. 부아아앙! 대기선 바로 앞에서 멈춰 있던 차에서 느닷없이 무서운 엔진 소리가 들려왔다. 안나가 그 수상한 사실을 깨달았을 땐, 이미 웬 차 한 대가 그들을 향해 거칠게 돌진해오고 있었다.

-안나 아가씨! 안나 아가씨!

윤희의 다급한 목소리가 들려왔을 땐, 이미 안나의 바로 앞에까지 차가 돌진해온 후였다.

"꺄아아악!"

안나가 날카로운 비명을 지르며 몸을 잔뜩 웅크렸다. 곧 차에 부딪히고, 온몸의 뼈가 부서지는 엄청난 고통이 엄습할 터였다. 안나는 이를 꽉 깨물고 고통을 견디려 애썼다. 하지만 한참이 지나도 아무런 고통도 느껴지지 않았다. 무언가 이상하다고 여긴 안나가 슬그머니 눈을 떴다. 눈앞이 온통 새까맸다.

"안나야, 괜찮아?"

자신은 시하의 날개에 폭 감싸여 있었다. 차가 안나를 덮치기 직전, 시하가 그녀를 품에 안고 허공으로 한순간에 날아오른 것이었다. 안나는 황급히 주위를 살폈다. 시하가 날개를 펼친 모습이 누군가의 눈에 띄기라도 하면 곤란했다. 다행히 성운 호텔 정문에서 멀리 떨어진 산책로 인근의 도로는 한산했다. 안도의 한숨을 내쉰 안나는 서둘러 자신에게 돌진해온 차 안을 살폈다. 곧이어 안나는 경악했다.

"고, 고모?"

뒷좌석에 앉은 사람이 바로 오정숙, 그녀의 고모였기 때문이다. 그 순간, 귓가에서 시하가 이를 악물고 으르렁거리는 말소리가 들려왔다.

"오정숙."

동시에 시하의 푸른 힘이 드넓은 야외를 빼곡히 채울 만큼 강력히 발산되기 시작됐다. 그 힘은 서서히 오정숙과 김주석 실장이 타고 있는 차에 집중되고 있었다. 압도적인 힘에 안나가 저도 모르게 그의 옷깃을 꾹 움켜쥐었을 때였다. 눈앞에서 도저히 믿을 수 없는 일이 벌어졌다.

*

'뭐야? 대체 뭐가 어떻게 된 거야?'

정숙은 보조석 등받이를 꽉 움켜쥔 채 전방을 살폈다. 분명 피를 흘리며 도로에 쓰러져 있어야 할 안나의 모습이 어디에서도 보이지 않았다. 모든 상황이 완벽하게 흘러가고 있었는데, 이게 대체 어떻게 된 일일까?

정숙은 주석과 함께 성운 호텔을 나서면서, 동시에 안나와 차시하에게 미행을 붙여 위치를 파악했다. 그 후 차량을 타고 이동하는 둘의 뒤를 쫓아온 것이었다. 지나다니는 차도 없는 인적 드문 도로에서 그 둘이 내렸을 땐, 신이 내려준 완벽한 기회라고 생각했다.

'뭐 해? 김 실장? 당장 밟아! 밟으라고!'

한 치의 망설임도 없었다. 주저하는 주석을 다그쳐 차를 거세게 출발시켰다. 겁에 질린 안나의 표정을 보며 드디어 모는 세 끝난 줄로만 알았다.

그런데 그녀의 예상은 모조리 빗나갔다. 핏자국 하나 없이 텅 빈 도로 위를 본 순간, 무언가 잘못됐다는 예감이 정숙의 머리를 강타했다. 전방, 좌우, 후방까지 전부 살핀 그녀가 마지막으로 홀린 듯이 위를 올려다봤을 때였다.

"차, 차시하!"

그가 크고 새까만 날개로 안나를 감싼 채 허공에 떠 있었다. 맑았던 하늘이 한순간 비가 올 것처럼 흐려졌고, 그의 주위에 음산한 푸른 연기가 너울쳤다. 검은 날개를 펼친 채, 푸른색 반짝이는 안개 속에 서 있는 차시하의 모습은 마치 지옥에서 내려온 악마의 모습처럼 을씨년스럽게 보였다. 시하의 눈동자가 파랗게 이글거렸다. 전세는 완벽히 뒤집어졌다. 이제는 안나가 아니라 정숙이 잔뜩 겁에 질려 있었다.

"내가 분명 경고했을 텐데? 내 여자 다치는 거, 절대 못 본다고!"

정숙이 손을 뻗어 주석의 팔을 움켜쥐었다.

"기, 김 실장! 뭐 하고 있어? 어, 얼른 출발해!"

하지만 주석은 어느새 기절해 있었다. 정숙이 사정없이 잡아당기자, 그의 팔은 힘없이 바닥으로 추락했다.

"흐읍!"

공포에 사로잡힌 정숙은 간신히 비명을 삼켰다. 주석이 정신을 잃었으니, 더 이상 달아날 방법조차 없는 상황. 이대로 꼼짝없이 시하의 손아귀에 갇히고 만 것이었다. 다시 정숙이 황망한 시선으로 위를 올려다봤을 때, 시하는 조금 전보다 더 분노한 기세로 그녀를 쳐다보고 있었다.

"그런데 감히 안나를 죽이려 해?"

그의 시푸른 눈이 위험하게 타올랐다.

"그 대가를 똑똑히 치르게 해주마."

시하가 '대가'란 말을 짓씹듯 내뱉은 순간이었다.

"이, 이게 뭐야?"

정숙이 탄 차 안에서 갑자기 수많은 물방울이 생겨나기 시작했다. 퐁, 퐁, 소리를 내며 터진 물방울은 곧 차 안을 물로 가득 채웠다. 차 밖의 상황도 마찬가지였다. 커다란 물방울이 차체를 뒤덮은 상태였다. 정숙은 순식간에 어항 속의 물고기가 되어버렸다. 다급히 문을 열려고 했지만, 이미 압력에 의해 문은 열리지 않았다.

바로 그때였다. 속수무책으로 물거품만 토해내던 정숙의 얼굴을 물방울 하나가 감쌌다. 마치 산소통을 연결한 것처럼 간신히 숨이 쉬어졌다. 기절해 있는 주석의 얼굴에도 그사이 물방울이 감싸여 있었다.

"내 경고를 무시하지 말았어야지."

마치 공명하듯 시하의 목소리가 정숙에게 전달되었다. 정숙은 새파랗게 질린 입술을 억지로 달싹여 말했다.

"차, 차시하……. 당신 대체 정체가 뭐야?"

"보고도 모르겠나?"

시하가 안나의 허리를 단단히 안고서 두 날개를 활짝 펼쳤다. 날개 끝에서 푸른색 연기가 성난 파도처럼 휘몰아쳤다.

"나는 대대로 네 가문과 계약을 맺어온 악마."

"악마……?"

"그래, 좀 더 정확히 말하자면 꿈을 먹는 악마, 몽마지."

"거, 거짓말하지 마! 우리 가문이 대대로 악마와 계약을 맺어왔다니? 그런 엄청난 일, 난 한 번도 들어본 적 없어!"

"당연히 들어본 적 없겠지."

"뭐?"

"오태영이 구하려 했던 건 딸뿐이 아니었다. 하나뿐인 여동생도 나와의 계약에 얽매이지 않게 하려고 필사적이었지."

그때 오태영의 나이가 고작 스물다섯이었던가. 당시 성운 호텔 사장이었던 오태영의 아버지는 병약하여 일찍 죽었다. 파격적일 정도로 젊은 나이에 대표 자리에 올랐던 오태영은, 아버지의 유언장에서 처음 가문 대대로 맺어온 악마와의 계약을 알게 되었다. 시하는 오태영 역시도 분명히 이전의 계약자들과 마찬가지로 시시할 거라고 생각했다.

하지만 오태영은 돈에만 눈이 멀었던 오성운이나, 제 앞에서 벌벌 떨기 바쁘던 그 자식들과는 사뭇 달랐다. 그는 돈이 아니라, 하나 남은 가족이었던 여동생을 지키기 위해 온갖 노력을 기울였다. 가족을 지키려는 오태영의 눈빛은 살아 있었다. 그래서인지 그의 꿈은 유난히 맛있었다. 그런 오태영이 시하는 마음에 들었다.

때문에 그가 제게서 도망쳤을 때, 그 배신감은 이루 말할 수 없었다. 하지만 지금은 오태영의 마음을 이해할 수 있었다. 시하는 제 품에 안긴 안나를 말없이 내려다봤다. 이토록 어여쁜 아이를 지키기 위해서라면, 저 역시 무엇이든 할 수 있을 것 같았다. 가령, 함부로 인간을 죽이지 말라는 지옥의 금기를 어기는 것도…….

"만약 그때, 네가 이렇게 안나를 위험하게 만들 줄 알았더라면, 아무리 오태영의 부탁이라도 절대 들어주지 않았을 거다."

무슨 수를 써서든 계약해서, 오정숙을 속박하고야 말았을 것이다. 그래서 안나의 털끝 하나도 함부로 건드리지 못하게 만들었을 것이다. 하지만 그러

한 가정은 지금에 와선 아무 소용이 없었다. 이미 오정숙은 안나에게 해서
는 안 될 짓을 저질렀으니까.

"그러니 더는 그런 쓸데없는 후회를 남기지 말아야겠지."

시하는 천천히 오른손을 들어 올려 엄지와 검지를 맞붙였다. 안나는 시하
가 지금 무슨 짓을 하려는지 알 것 같았다. 지금까지 그가 한 모든 일은, 단
순히 겁만 주려고 한 행동이 아니었다. 그는 이대로 물방울을 터뜨리고 고
모를 죽일 생각이었다.

"사라져라, 영원히."

안나의 예상대로 시하의 잇새로 잔인한 명령이 흘러나왔다. 그가 두 손가
락을 딱 소리가 나게 튕기자, 정숙의 얼굴을 감싸고 있던 물방울이 파르르
진동했다.

"뭐, 뭐 하는 거야? 차시하! 날 죽일 생각이야?"

"왜 아니겠어? 당신이 먼저 안나를 죽이려 했는데."

덤덤한 말투였지만, 시하의 목소리에는 분노가 꾹꾹 눌러 담겨 있었다.
이내 물방울에 미약한 균열이 생기고, 그 틈으로 조금씩 물이 스며들기 시
작했다. 공기가 부족해졌는지 정숙의 눈에 잔뜩 핏발이 일어섰다. 하얗게
질린 그녀의 얼굴 위로 마치 비처럼 물이 흘러내렸다. 그 물이 어찌나 시린
지 피부가 동상에 걸린 것처럼 아팠다.

"으윽! 크으윽!"

시시각각 더해지는 극도의 공포에 정숙이 온몸을 격렬하게 허우적거렸
다. 이윽고 그녀의 코 바로 아래까지 물이 차올랐을 때였다.

"안 돼요, 멈춰요!"

안나가 시하를 꽉 끌어안으며 소리쳤다.

"내가 원한 건 이런 식으로 시하 씨 손을 더럽히는 복수가 아니에요!"

하지만 시하는 그런 안나를 매섭게 뿌리쳤다. 절대로 오정숙을 용서할 순
없었다.

"계속 이대로 오정숙을 살려두면 언제고 또 너를 해치려 할 거야! 만약 내가 곁에 없을 때 이런 일이 생기면? 그래서 네가 잘못되기라도 하면? 나는 감당할 수 없어. 차라리 지금 오정숙을 없애버려야……!"

"그렇게 고모를 죽이면요?"

안나가 슬프게 물었다.

"그런 식으로 복수해버리면 당신은 살인자가 돼버려요! 그럼 우리 둘, 함께 행복해질 수 없잖아요."

"어차피 나는 악마야! 인간 한 명쯤 죽여도 눈 하나 깜짝 안 한다고!"

"아뇨! 나한테 당신은 내가 좋아하는 남자일 뿐이에요. 평생을 같이 있고 싶은 존재고, 뭐든 함께하고 싶은 손새란 말이에요!"

그 순간, 분노에 이성을 잃었던 시하가 정신을 차리고 안나와 눈을 마주쳤다. 그녀는 지금 자신을 악마가 아니라 그저 한 남자로서 올곧게 바라보고 있었다. 문득 안나의 눈동자에 비친 제 모습이 보였다. 그 속에서 자신은 악마라면 절대 지을 수 없는 슬픈 표정을 짓고 있었다. 안나와 함께하기 위해서 길고 긴 남은 생을 악마로서의 본능 따위 모두 억누르고 살겠다고 다짐했는데, 너무도 손쉽게 그 맹세를 저버리려 한 자신이 실망스러웠다.

"그러니까 제발 고모를 죽이지 마요."

그런 자신을 끝까지 지키려 하는 안나마저 실망시킬 수는 없었다.

"그냥 내가 정당하게 복수하는 거 지켜봐주기만 해요. 그렇게 계속 나랑 함께 있어요."

안나의 간절한 부탁에 시하는 다시 한 번 손을 허공에 뻗어 손가락을 탁 튕겼다. 그러자 오정숙의 얼굴을 감싸고 있던 작은 물방울뿐만 아니라, 차체를 감싸고 있던 커다란 물방울까지 순식간에 팡, 팡 부서져 내렸다.

차 안에는 정숙과 주석 모두 정신을 잃은 채 쓰러져 있었다. 정숙은 마치 죽은 듯이 눈을 감고 있었지만, 가슴이 크게 부풀었다 가라앉는 것이 육안으로도 확실히 보였다. 고모가 살아 있는 걸 확인한 안나가 안도의 한숨을 내쉬며 시하의 품에 얼굴을 기댔다. 그러곤 단단히 뿌리가 박힌 검은 날개 밑으로 그의 너른 등을 어루만지며 속삭였다.

"잘했어요. 진짜 잘했어."

시하는 푸른빛을 완전히 잠재운 눈을 살며시 감으며, 안나의 조곤조곤한 목소리에 귀를 기울였다. 부드러운 음성이 듣기 좋았다.

"착하다, 내 남자."

그가 170년을 살면서 처음 들어본 착하다는 말은, 무척이나 따뜻하고 뭉클했다. 그의 생에서 가장 따스한 한마디였다. 어느새 뜨거운 눈물 한 줄기가 그의 차가운 뺨 위로 흘러내리고 있었다.

-2권에서 계속-